LA BAMBINAIA FRANCESE

Della stessa autrice

nella collana I sassolini

A cavallo della scopa
Incantesimi e starnuti

nella collana Junior -10

La casa sull'albero
La bambola dell'alchimista
Clorofilla dal cielo blu
La bambola viva
Sette Robinson su un'isola matta
La Voce Segreta

nella collana Junior +10

Ascolta il mio cuore
Parlare a vanvera
Re Mida ha le orecchie d'asino
Diana, Cupído e il Commendatore
Polissena del Porcello
Tornatrás

nella collana Junior Gaia

Sulle tracce del tesoro scomparso
Speciale Violante
Principessa Laurentina
L'Amazzone di Alessandro Magno

nella collana Contemporanea

Ascolta il mio cuore
Polissena del Porcello
Diana, Cupído e il Commendatore
Re Mida ha le orecchie d'asino
La Voce Segreta
Tornatrás
Quando eravamo piccole

nella collana Leggere le Figure

Giulia Bau e i gatti gelosi

la collana Gli amici di Sherlock

BIANCA PITZORNO

LA BAMBINAIA FRANCESE

MONDADORI

Alla memoria di mia madre
e a Lalli, che per prima
mi ha fatto navigare
nel grande mare dei Sargassi

Illustrazione di copertina di Grazia Nidasio

ragazzi.mondadori.com

Prima edizione ottobre 2004
Stampato presso Mondadori Printing S.p.A.
Stabilimento N.S.M., Cles (TN)
Printed in Italy
ISBN 88-04-53505-9

With Sophie I used to talk French,
and sometimes I asked her
questions about her native country;
but she was not of a descriptive
or narrative turn,
and generally gave such vapid and confused answers
as were calculated rather to check
than encourage inquiry.

Con Sophie di solito parlavo in francese,
e qualche volta le chiedevo
del suo paese natale;
ma lei non sembrava aver voglia
di descrivere o di raccontare,
e in genere rispondeva in modo insulso e confuso,
come chi ha deciso di eludere le domande
piuttosto che incoraggiarle.

Currer Bell

IN FRANCIA
1830-1837

L'orfana e la ballerina

I
PARIGI, MAGGIO 1837

1

Parigi, rue Saint Augustin
Casa dei Frédéric
30 maggio 1837

Madame,
non dovete angosciarvi per la sorte di Adèle. È qui con me, al sicuro. Nessuno le ha fatto del male, e vi prometto che nessuno gliene farà, né domani né mai. Voi mi conoscete e sapete che, nonostante la mia giovane età, sono perfettamente in grado non solo di prendermi cura del nostro tesoro, ma anche di proteggerlo da ogni pericolo. Vi scongiuro quindi di stare tranquilla e di pensare solo alla vostra salute e al modo di risolvere al piú presto i vostri problemi.

Carissima madame, io spero che riuscirete quanto prima a leggere questa lettera. Non conosco il luogo dove vi hanno portato, ma Toussaint mi ha promesso che farà di tutto per scoprirlo. Fortunatamente siamo riusciti a parlare e a metterci d'accordo per restare in contatto prima che lo costringessero a seguirli. Lo considerano un bene di loro proprietà, quei cani rabbiosi

- non saprei in che altro modo definire i nipoti del vostro padrino - lo considerano un oggetto, come se fosse un quadro o un tappeto o un letto a baldacchino. Oppure uno dei cavalli della scuderia di Jean-Baptiste. Solo perché Toussaint ha la pelle nera e non è stato in grado di mostrare il documento che certifica la sua liberazione da parte vostra. Lo abbiamo cercato freneticamente nei cassetti del vostro secrétaire, quel foglio, mentre i nipoti del padrino saccheggiavano la casa senza nessun riguardo per il cadavere dello zio, che giaceva ancora nel suo letto di morte, su al primo piano. Povero Cittadino Marchese! Non era passata un'ora da quando il nostro amico e protettore aveva chiuso gli occhi, che i suoi aristocratici parenti ci sono piombati addosso come furie scatenate, senza lasciarci il tempo né il modo di piangerlo come meritava per la sua grande bontà e per l'affetto che ci ha sempre dimostrato.

Eravamo sicuri, Tússi e io, che il foglio si trovasse nel terzo cassetto a destra, insieme all'atto di donazione col quale monsieur Edouard ve lo aveva ceduto otto anni fa, appena arrivato dalla Giamaica. Siete stata voi a mostrare a Toussaint dove conservavate quel documento che lui stesso vi aveva pregato di custodire, ricordate?, perché sapesse dove cercarlo se ne avesse avuto bisogno in vostra assenza. Ma i cassetti del secrétaire erano tutti vuoti. Anche gli altri documenti, le lettere, il denaro, i vostri gioielli, tutto era sparito!

Restava solo, ma purtroppo non lo abbiamo visto perché era caduto sul fondo del mobile, il foglio della prima donazione, quello del 1829, che attestava il vostro diritto di proprietà su "uno schiavo negro di circa nove anni proveniente dalle Indie Occidentali chiamato Toussaint Louverture Déchâtre Lacroix". Se invece di limitarci ad aprire i cassetti, li avessimo sfilati completamente e poggiati per terra, come ha fatto mezz'ora dopo il visconte de Lagardière, saremmo stati noi a trovarlo, lo avremmo nascosto o distrutto, e oggi Tússi godrebbe di tutti i diritti di un uomo libero. Ma disgraziatamente il foglio è caduto nelle mani dei nipoti del Cittadino Marchese.

Ignorando le nostre proteste, e a onor del vero anche quelle di tutti i domestici, gli eredi hanno sostenuto che, fino a prova contraria, quello era l'unico attestato della condizione di Toussaint, e hanno requisito il nostro amico inventariandolo come "cosa" vostra, a risarcimento delle somme che, a loro dire, avreste estorto illecitamente al Cittadino Marchese.

Spero che abbiate la bontà, madame, d'informarci, se mai riceverete questa lettera e riuscirete a risponderci, se siete stata voi a svuotare in fretta i cassetti prima dell'arrivo dei parenti e a nascondere o a portare con voi il loro contenuto, oppure se sono stati quei cani rabbiosi a impadronirsene e a distruggere le prove che ponevano dei limiti alla loro avidità.

Io mi auguro che in qualche modo siate riuscita a nasconderveli addosso. Poter disporre di denaro e di gioielli vi sarebbe di grande aiuto, in qualunque sgradevole situazione quei malvagi individui vi abbiano cacciata.

Non preoccupatevi per Adèle e per me. Io sono riuscita a nascondere nella tasca interna della gonna la calza dove conservavo i miei risparmi. Non è una grande somma, ma confido che ci basterà fino al vostro ritorno. Anche perché adesso abitiamo in casa di madame Frédéric, la vecchia stiratrice moglie del cavatore di gesso di rue Saint Augustin, ricordate?, che ci ospita senza chiederci un soldo. A dire il vero i Frédéric non sanno che, volendo, potremmo pagare almeno il cibo che mangiamo. Ho preferito non rivelare l'esistenza della mia "cas-

saforte" segreta. All'inizio provavo un po' di rimorso all'idea di approfittare della generosità di una famiglia che vive a stento del proprio lavoro. Ma ho pensato che era mio dovere non toccare quel denaro e conservarlo per i casi di vera emergenza. Alla stiratrice e a suo marito potremo sempre chiedere il conto e pagarglielo, aggiungendovi anche un bel regalo, quando voi sarete ritornata.

Per quanto riguarda Adèle, state tranquilla perché non le manca niente. Prima che gl'indegni nipoti arrivassero a saccheggiare la sua camera, con l'aiuto di Solange ero riuscita a stipare l'intero corredo del nostro tesoro e le sue bambole preferite nel baule verde, e avevo convinto Jean-Baptiste a nasconderlo nella rimessa degli attrezzi della casa vicina. Piú tardi il marito di madame Frédéric mi ha aiutato a recuperarlo e a trasportarlo nella loro casa.

Naturalmente non abbiamo potuto mettere dentro il baule né il cavallo a dondolo né la carrozzina di Poupette. Non mi meraviglierei se qualcuno già domani mattina li trovasse in vendita da qualche rigattiere del Mercato delle Pulci.

Come mai ci siamo rifugiate in casa dei Frédéric?, vi chiederete. È che nessun altro sembrava disposto a ospitarci, quando quei cani feroci, una volta finito di spartirsi i mobili, i quadri, l'argenteria, la carrozza con i cavalli e gli altri oggetti facili da portare via, ci hanno informato che dovevamo andarcene all'istante, perché la casa adesso era loro e noi non avevamo alcun diritto di restarci. Oltretutto quegli imbecilli non sanno che la casa è in affitto, e che se vorranno tenersela, dovranno pagarne la pigione.

Attirata dal fracasso, madame Frédéric si era avvicinata con gli altri curiosi del quartiere per assistere al saccheggio. E si trovava proprio in prima fila quando il nipote piú giovane, il marchese d'Arconville, ha sollevato Adèle prendendola sotto le ascelle, le ha fatto varcare il cancello e l'ha poggiata sul marciapiede dicendole con sarcasmo: «Buona fortuna, marmocchia. Va' per la tua strada e fa' attenzione a non ritrovarti piú sulla nostra.»

Lo so che erano loro a doversi vergognare, però... Che umiliazione! Il nostro tesoro scacciato dalla sua casa come un cane rognoso, davanti a tutti. Una bambina di neppure sei anni che fino a quel giorno non aveva conosciuto dalla vita altro che affetto e gentilezza... Non sono riuscita a trattenermi e ho fulminato il giovane marchese con uno sguardo di disprezzo. «Siete un bruto! Vergognatevi» gli ho gridato sul viso. Ma lui ha finto di non sentire ed è rientrato in casa. Allora ho preso per mano Adèle. «Andiamocene» le ho detto, invitandola con lo sguardo e con l'esempio a tenere la testa alta, come il Cittadino Marchese ci aveva insegnato che bisogna fare quando ci si trova in mezzo a gente che gode delle nostre disgrazie. Dove saremmo andate, non lo sapevo. Il mio unico conforto era quella calza piena di monete che mi sentivo battere a ogni passo contro la gamba destra.

A quel punto madame Frédéric si è fatta avanti e ha carezzato Dédé sulla testa. «Venite a stare da me» ci ha detto «fino a quando la mamma di questa bella bambina non sarà tornata.»

È stata davvero generosa, la stiratrice, perché la casa dove vive col marito non è né grande né ricca e ci siamo dovute sistemare in uno stanzino senza finestre, dove c'è appena il posto per una sedia e un letto di ferro cosí stretto che di notte dobbiamo dormire abbracciate per non cadere. E a pranzo e a cena, i Frédéric possono offrirci solo patate e aringhe. Ma ci trattano con tanta gentilezza che davvero non potremmo desiderare di meglio.

Adèle non si lamenta. È una brava bambina, e capisce piú di quanto sarebbe augurabile. Non mi ha chiesto neppure una *volta come mai siamo state scacciate dalla nostra casa, e neppure come mai voi non siete venuta a soccorrerci. Per fortuna non ha visto quando le guardie vi hanno strappata dal letto di morte del vostro padrino e vi hanno portata via.*

Ma poco fa, quando si è inginocchiata per dire le preghiere della sera, l'ho sentita che chiedeva sottovoce: «Per favore, per favore, Vergine santa, fa' che la mamma torni presto. E tu, buon Gesú, manda i tuoi angeli in Boulevard des Capucines a prendere l'anima del Cittadino Marchese per portarla in cielo.»

È davvero commovente il nostro tesoro, nella sua ingenuità.

Eppure gliel'aveva spiegato tante volte, il padrino, che lui, da antico rivoluzionario, non credeva nella Santa Vergine, ma nell'Essere Supremo e nella dea Ragione.

Ma forse vi stancherete a leggere una lettera cosí lunga. Anche a me bruciano gli occhi e vedo che la fiamma della candela sta già vacillando. Bisogna che concluda prima di restare al buio.

Vi auguro tutto il bene del mondo, madame. Fateci sapere al piú presto vostre notizie. E state tranquilla per Adèle. Sarò il suo angelo custode, la proteggerò anche a costo della mia vita. Ve l'ho promesso fin dall'inizio, ricordate? Da quando me l'avete messa in braccio, quel giorno terribile in cui... Ma no, non voglio pensarci adesso! La fiamma sta dando gli ultimi guizzi. Addio, madame. Che l'Essere Supremo vi ricambi tutto il bene e l'affetto che avete offerto a me, a Toussaint, al povero Cittadino Marchese e a tutti quelli che hanno avuto bisogno del vostro aiuto. Che la dea Ragione vi protegga, insieme alla Vergine Maria, al buon Gesú e a tutti i santi del Paradiso.

La vostra fedele e per sempre riconoscente

Sophie

II

PARIGI, 1830-1832

1

La fiamma dette un ultimo guizzo e la piccola stanza piombò improvvisamente nel buio. Sophie depose a tentoni la penna sulla sedia che le era servita da scrittoio, chiuse il calamaio, soffiò sul foglio per invitare l'inchiostro ad asciugarsi e si gettò sul letto cercando di non addossarsi troppo a Adèle. Nel piccolo locale privo di finestra l'aria era ferma e densa d'umidità. Il caldo era soffocante.

Invece la prima volta che era entrata nella casa della bambina, ricordò Sophie, aveva i piedi lividi e quasi insensibili per il freddo. Nonostante si sforzasse di non pensarci, le immagini di quei giorni lontani le si affollavano prepotenti nella memoria, con un sapore insieme dolce e amaro.

Dolce perché quel gelido pomeriggio di tanti anni prima, con sua grande meraviglia, la giovane e bella padrona di casa, invece di sgridarla e scacciarla perché stava lasciando tracce di fango gelato sul marmo lucidissimo dell'atrio, l'aveva sollevata e messa a sedere sul tavolo a mezzaluna, i suoi stracci bagnati a contatto con le porcellane e i vasi d'argento colmi di fiori. Poi le si era inginocchiata davanti, le aveva tolto le scarpe sfondate e le calze a brandelli fradice di neve e le aveva asciugato delicatamente i piedi con una delle eleganti camicie a piegoline confezionate con tanta fatica dalla madre di Sophie.

— Non preoccuparti — le aveva detto la bella signora, cogliendo il suo sguardo contrariato. — Lisette la laverà e la farà tornare come nuova.

Sembrava tutto cosí facile in quella stanza calda e profumata... Ma quanta attenzione era costata alla povera Fantine Gravillon, là nella soffitta gelida e scarsamente illuminata, evitare che le belle camicie si macchiassero mentre le cuciva! Da una settimana ormai la giovane vedova non faceva che tossire, e ogni colpo di tosse era accompagnato da un fiotto di sangue o da un getto di minuscole goccioline rosse che non sempre il fazzoletto premuto contro la bocca riusciva ad assorbire.

Denaro per pagare il medico non ne avevano. E a quale scopo chiamarlo, quando sapevano che avrebbe prescritto medicine, cibi nutrienti, vino caldo, calze di lana, fuoco nel braciere, tutti lussi che madre e figlia ormai da piú di un anno non si potevano permettere?

Quando era vivo, il padre di Sophie non lasciava mancare loro il necessario, benché fosse solo un semplice operaio che stendeva la carta e faceva girare il torchio in una piccola tipografia di rue Championnet.

Ma un anno e mezzo prima, il 28 luglio 1830, Jean-Jacques Gravillon era morto, falciato sulle barricate di rue de Rivoli da una raffica di artiglieria, mentre agitava un drappo tricolore e gridava: — Abbasso i Borbone! Viva la Repubblica!

D'altronde, spiegava la madre alla bambina, cosa può fare un operaio tipografo quando un re usurpatore abusa del suo potere sciogliendo il Parlamento e sopprimendo la libertà di stampa, se non ribellarsi e scendere per strada insieme ai compagni per difendere il proprio lavoro?

Anche i giornalisti si erano rifiutati di obbedire. Nonostante il divieto, i giornali erano usciti ugualmente, con la loro protesta in prima pagina. I parigini si affollavano sempre piú numerosi e indignati per le strade, nonostante le autorità avessero mandato schiere di soldati per disperdere ogni assembramento. Dall'alto, dalle finestre delle case, la gente lanciava sui militari gli oggetti casalinghi che aveva sottomano: vasi di fiori, pentole, ciocchi di legna da ardere... Giú nella strada i ragazzini, saltando da un punto all'altro, scagliavano pietre. Quando i militari, stretti da ogni parte, avevano cominciato a sparare sulla folla, erano apparse le prime barricate, che l'indomani erano state rinforzate con gli alberi dei grandi viali abbattuti dagli insorti. Per ostacolare le cariche della cavalleria, la gente aveva cosparso il suolo di cocci di bottiglie. Il popolo di Parigi aveva combattuto con tanto coraggio che, nonostante le perdite, il terzo giorno si era impadronito del Palazzo Borbone e del Palazzo del Louvre. All'una di notte il re Carlo X e la sua corte avevano lasciato Parigi.

Ora, grazie al sacrificio del padre di Sophie e di molti altri patrioti liberali che erano morti in quelle giornate di lotta, che i parigini avevano battezzato "Le Tre Gloriose", la vecchia e corrotta dinastia dei Borbone era stata spazzata via e sul trono di Francia regnava un nuovo principe illuminato, Luigi Filippo d'Orléans, che aveva ripristinato la libertà di stampa. Il tricolore bianco rosso e azzurro della Prima Repubblica sventolava di nuovo sulle Tuileries. Il poeta Victor Hugo aveva composto una commovente *Ode alla giovane Francia* in onore degli eroici combattenti.

Ma, private del sostegno dei padri e dei fratelli maggiori, le famiglie di molti di quei "martiri" erano improvvisamente precipitate nella miseria. Come era successo alla vedova e all'orfana di Jean-Jacques Gravillon.

2

Una volta consumati i pochi franchi distribuiti a mo' di elemosina dalla Commissione delle Ricompense, per sopravvivere Sophie e la madre avevano dovuto vendere, l'uno dopo l'altro, i mobili, la biancheria, gli abiti migliori, e si erano dovute trasferire dal piccolo ma dignitoso appartamento del quarto piano alla soffitta dello stesso edificio. Fantine cercava di racimolare qualche soldo lavando, nel cortile della casa, la biancheria di alcune famiglie benestanti del quartiere. Come ricompensa per l'uso del cortile, che era riservato alla portinaia, dava una mano a madame Arnaud nella pulizia dell'atrio e delle scale e, aiutata dalla bambina, riforniva d'acqua, secchio dopo secchio, tutti gli appartamenti dei cinque piani. Il lavoro era pesante e il guadagno cosí scarso che a malapena madre e figlia riuscivano a mangiare. Non potevano permettersi né fuoco né panni pesanti e ai primi freddi la madre di Sophie si era ammalata.

Non era piú guarita, nonostante alternasse alle crisi di tosse e alla febbre alta brevi periodi di leggero miglioramento che le permettevano di mettersi seduta e di cucire biancheria per signora, unico lavoro in cui era molto abile e che poteva fare senza uscire di casa. Era stata una vera fortuna che fosse riuscita a procurarselo.

— Non è niente — aveva detto Fantine quel giorno per tranquillizzare la figlia, dopo aver controllato che il sangue non avesse sporcato la camicia che stava orlando. — Vedrai che domani starò meglio. Aiutami con queste piegoline, adesso, cosí riusciamo a finire prima che passi monsieur Félicien a ritirare la merce.

Nei giorni precedenti Sophie si era consumata le unghie fino alla carne viva a forza di segnare sul tessuto le pieghe sottili e parallele che, partendo dallo scollo della camicia, formavano sul davanti una increspatura fittissima, ma leggera come una schiuma. Era una bella ordinazione, quella che aveva portato la settimana prima monsieur Félicien: una dozzina di camicie eleganti in mussola bianca, venti soldi al pezzo. E Fantine, aiutata dalla figlia, aveva lavorato giorno e notte, consumandosi gli occhi alla fiamma di un'unica candela, per terminare il lavoro entro il tempo stabilito. Parlando sottovoce, fantasticavano su quello che avrebbero potuto comprare con la piccola somma che sarebbe loro rimasta una volta pagati i debiti col droghiere.

Adesso le dodici camicie erano pronte, ben piegate nel canestro e coperte da un telo bianco che doveva proteggerle dalla polvere della strada e dall'aria sporca di fuliggine, visto che era gennaio e tutti i caminetti di Parigi erano accesi.

Ma all'ora stabilita monsieur Félicien non si era fatto vedere.

Non era venuto nemmeno l'indomani. Eppure aveva detto che il lavoro era urgentissimo. Che le camicie erano un dono per il primo dell'anno e che un solo giorno di ritardo gli avrebbe fatto perdere la cliente.

Madre e figlia non sapevano come rintracciarlo. Ne ignoravano l'indirizzo e persino il cognome. Era stato lui, l'inverno precedente, quando Fantine sembrava ristabilita dal primo attacco di bronchite, a presentarsi nella soffitta di rue Marcadet, con una pezza di tela e una camicia già confezionata per modello. — La vedova Gravillon? Mi hanno riferito che avete una bella mano per la biancheria da signora — aveva detto alla madre senza tanti preamboli. — Se volete fare una prova, forse piú avanti avrò del lavoro da affidarvi.

Naturalmente non conoscendo ancora la sua abilità di cucitrice in bianco e la sua pulizia, non poteva rischiare che Fantine gli rovinasse la stoffa, aveva spiegato. Perciò era costretto a chiederle in pegno, come eventuale indennizzo per la pezza di tela che lasciava in consegna, quaranta soldi, e altrettanti per la camicia che doveva servire da modello.

— Se dopodomani, quando passerò a ritirarle, troverò che i miei informatori non mi hanno ingannato, vi renderò gli ottanta soldi, e ve ne darò quindici per il vostro lavoro.

Ma Fantine non aveva quel piccolo capitale da dare in pegno. Ogni centesimo che riusciva a guadagnare veniva immediatamente speso per la sopravvivenza quotidiana: non c'era alcuno spazio per il risparmio, nella loro economia. L'affare perciò, con sua grande disperazione, stava per andare a monte, quando lo sguardo di monsieur Félicien era caduto sulle scarpe indossate dalla bambina. Scarpe robuste e quasi nuove che nello scorso febbraio il padre aveva trovato da un rigattiere e che aveva comprato sebbene i piedi di Sophie ci ballassero dentro.

— Meglio cosí. Se le terrai da conto ti dureranno molti anni — aveva osservato Jean-Jacques Gravillon.

E Sophie le aveva tenute da conto, lucidandole ogni domenica con grasso di maiale, ed evitando di prendere a calci i ciottoli della strada quando le aveva ai piedi.

Monsieur Félicien le valutò con una rapida occhiata. — Non voglio fare il difficile. Mi accontenterò di quelle scarpe — disse.

— Ma valgono piú di ottanta soldi! — protestò debolmente Fantine. — Le abbiamo pagate tre franchi.

— E allora? Le riavrete indietro dopodomani. O forse non siete sicura di voi stessa e temete di rovinarmi la stoffa?

Benché fosse marzo, e le strade di Montmartre somigliassero a un pantano, Sophie era andata in giro scalza per due giorni, durante i quali le dita di sua madre avevano lavorato di forbici e d'ago, veloci e delicate sulla tela bianca.

Per fortuna monsieur Félicien non aveva trovato niente da criticare nella camicia confezionata da Fantine, e da quel giorno il lavoro non era mancato in casa Gravillon.

3

La madre di Sophie non sapeva chi fossero le destinatarie dei capi di biancheria che cuciva, né quanto guadagnasse monsieur Félicien per il suo lavoro di mediazione, e neppure se lo domandava. L'unica cosa che sapeva con certezza era che per riuscire a pagare l'affitto della soffitta, il poco cibo che lei e Sophie si facevano bastare, qualche abito usato per sé e per la bambina, oltre agli aghi, al filo e alle candele necessarie per continuare il lavoro anche dopo il tramonto, doveva confezionare almeno dodici camicie alla settimana. (Sempre che monsieur Félicien fosse cosí generoso da richiedergliene tante.)

Questo significava quindici ore di cucito al giorno, comprese le domeniche. Tredici, se Sophie l'aiutava con gli orli e le nervature.

Fantine però non voleva che la figlia dedicasse tutta la giornata al cucito. — E perché no? — la criticava madame Annaud. — Sta per compiere nove anni. È arrivato da un pezzo anche per lei il momento di smettere di giocare e di guadagnarsi il pane. Voi a che età avete cominciato?

Ma con grande indignazione della portinaia la povera vedova preferiva eseguire da sola quasi tutto il lavoro per permettere alla bambina di frequentare la scuola per i figli degli operai organizzata nel quartiere dalla Società degli Amici del Popolo.

Era stato Pierre Donadieu, un collega di lavoro del padre di Sophie, che l'aveva convinto a iscriverla, due anni prima, e a spiegargli quanto fosse importante l'istruzione, anche per una ragazza. Jean-Jacques Gravillon era analfabeta come Fantine. Apparteneva a quella categoria di operai che nel gergo delle stamperie venivano chiamati "Orsi", a causa del loro continuo andare e venire, come orsi in gabbia appunto, per passare dalle tavolette sulle quali era disteso l'inchiostro ai torchi che facevano poi girare a forza di braccia per pressare sulle matrici inchiostrate i fogli di carta da stampare. Era un lavoro molto faticoso, per il quale tuttavia non era necessario saper leggere e scrivere. Questa abilità era richiesta ai compositori, che venivano chiamati

"Scimmie" per il loro frenetico frugare nei centocinquantadue piccoli scomparti della cassetta tipografica alla ricerca dei caratteri necessari a scrivere un testo.

— Dovresti vederli, Sophie! — raccontava divertito Jean-Jacques alla figlia. — Sembrano proprio delle scimmie quando si cercano addosso i pidocchi.

Le Scimmie dunque erano in genere persone istruite che frequentavano le biblioteche pubbliche e i gabinetti di lettura e in tipografia parlavano continuamente di politica, oltre che di letteratura e di poesia. L'Orso Jean-Jacques Gravillon le sentiva discutere, commentare le pagine appena stampate, correggere le bozze dei discorsi degli intellettuali piú illuminati di Francia, i quali sostenevano che il suffragio universale, cioè il diritto di voto per tutti, si sarebbe potuto concedere solo quando la gente del popolo avesse imparato a leggere e a scrivere.

Quando Sophie, per la prima volta, aveva tracciato sotto i suoi occhi, su un pezzo di carta da macellaio, le lettere del proprio nome, il padre si era commosso, l'aveva baciata in fronte e l'aveva portata con sé all'osteria, dove le aveva comprato un cartoccio di confetti e una ciambella all'anice.

— È una bambina molto sveglia. L'anno venturo, quando sarà diventata piú esperta — aveva detto piú tardi alla moglie l'operaio — ogni domenica ci faremo leggere il giornale. Cosí sapremo che brutti scherzi prepara il governo per la povera gente, e come ci difende l'opposizione.

Poi, dando un colpetto affettuoso al braccio di Fantine, aveva aggiunto: — E magari Sophie ci leggerà anche il romanzo a puntate dell'ultima pagina. Lo so che voi signore andate pazze per i feuilleton.

Nonostante la sua timidezza, Sophie si era dimostrata subito un'ottima scolara, curiosa, avida d'imparare, dotata di buona memoria, capace di ragionare e di collegare le cose tra di loro. I maestri la additavano come esempio alle ragazze piú grandi, e le affidavano le bambine piú piccole perché insegnasse loro i primi elementi della lettura e della scrittura.

Sfortunatamente Jean-Jacques Gravillon non aveva fatto in tempo a inorgoglirsi dei progressi scolastici della figlia. Ma la moglie non aveva dimenticato le sue parole. E adesso, a tre anni di distanza, preferiva che, nelle ore libere dalla scuola, anziché aiutarla nel cucito, la bambina le leggesse le notizie di cronaca mondana dalle vecchie pagine di giornale con cui il verduraio aveva avvolto le rape o le patate. Dopo la morte del marito Fantine non voleva piú sentir parlare di politica. A cosa le era servito essere la vedova di un eroe della Rivoluzione di Luglio? Per lei, che sul trono di Francia sedessero gli eredi di Luigi XVI o quelli di Napoleone, non faceva grande differenza. E neppure che ci fosse la Monarchia invece che la Repubblica. Le pareva invece che sapere quante volte la contessa de Merlin o la viscontessa d'Abrantes erano state al Teatro dell'Opéra o a quello de la Porte Saint Martin, all'Odeon o a Les Italiens, e quali toilette avevano indossato, rendesse meno pesante la sua fatica. Conosceva tutti i nomi delle dame piú in vista di Parigi, le loro parentele, i fidanzamenti delle loro figlie. Sapeva anche quali erano le artiste piú famose e piú corteggiate, le attrici di teatro, le cantanti, le ballerine, quelle che facevano strage di cuori e dettavano legge in fatto di abbigliamento e di pettinature...

Si era appassionata quando Sophie le aveva letto dello scandalo suscitato nel mondo degli artisti dalla tragedia di Victor Hugo intitolata *Ernani*. Non tanto perché fosse in grado di giudicare la qualità di un'opera letteraria, anche se l'anno precedente aveva partecipato insieme al marito all'indignazione di Pierre Donadieu e delle altre Scimmie quando la censura aveva vietato la rappresentazione di un'altra tragedia dell'artista, intitolata *Marion de Lorme*. Questa volta l'opera aveva ottenuto il visto, ma il giorno della prima rappresentazione gli ammiratori del poeta, che si erano autobattezzati "i fiammeggianti", e i suoi nemici, chiamati con disprezzo "i grigiastri", si erano picchiati di santa ragione, dentro il teatro e per le strade. Fra i sostenitori di Hugo, raccontava il cronista, c'era un altro autore drammatico, un mulatto altissimo, magrissimo, dai folti capelli crespi, che si chiamava Alexandre Dumas. E c'era un giovane artista, scultore e poeta, di nome Théophile Gautier, che portava i capelli lisci e neri lunghi fino alla vita, "alla moda merovingia", come aveva spiegato alla stampa, e che indossava un fiammeggiante gilè rosso fuoco.

Fantine ascoltava, un po' scandalizzata e un po' divertita. Ma di recente non aveva nascosto la propria indignazione il giorno in cui Sophie le aveva letto che una giovane aristocratica, la baronessa Amandine Lucile Aurore Dudevant, nata Dupin, aveva abbandonato il marito nel suo castello in provincia e se n'era venuta a vivere a Parigi, dove frequentava gli artisti piú scapestrati, scriveva romanzi insieme al giovanissimo amante firmandoli con un nome maschile e, scandalo degli scandali, se ne andava in giro vestita da uomo!

4

Madame Annaud, la portinaia, anche lei analfabeta come la maggior parte degli abitanti dell'edificio, rideva di queste simpatie della povera cucitrice per il bel mondo. Da parte sua preferiva farsi leggere da Sophie le pagine di cronaca nera o i foglietti da un soldo che raccontavano di violenze, misteri e delitti sanguinosi. Aveva seguito con grande entusiasmo le cronache sulla prima rappresentazione di *Roberto il diavolo*. Si trattava di un'opera lirica dalla trama spaventosa, nella quale il balletto del terzo atto era interpretato da una schiera di fantasmi: suore defunte che, in una notte di tempesta, uscivano dalle rispettive tombe avvolte nel bianco sudario per sedurre il protagonista e convincerlo a compiere il sacrilegio che lo avrebbe fatto precipitare nell'Inferno.

Anche Sophie trovava che quelle storie paurose e romanzesche fossero molto piú interessanti delle cronache dei salotti, ma per lealtà verso la madre, si faceva pagare da madame Annaud mezzo soldo per ogni seduta di lettura, che poteva durare anche un'ora intera di intrighi, tradimenti, cadaveri insanguinati e pallidi fantasmi vendicatori.

Quando passò il quarto giorno senza che l'intermediario si presentasse a ritirare il lavoro, la ragazzina, suggestionata da queste letture, osservò: — Forse un rivale in amore l'ha ucciso e ne ha fatto scomparire il cadavere gettandolo nella Senna. Nessuno saprà piú niente di lui, povero monsieur Félicien!

— Povere noi, se le camicie non mi verranno pagate... — gemette tristemente la madre, asciugandosi la bocca dopo l'ultimo attacco di tosse che sembrava volesse schiantarle il petto. Bruciava di febbre e non aveva la forza di sollevarsi dal cuscino.

La sera prima Fantine aveva cenato con un bicchier d'acqua lasciando che Sophie mangiasse le ultime croste di pane secco, accompagnate da un pezzetto di lardo comprato con gli ultimi due soldi. Il braciere era spento e non c'era in tutta la soffitta un solo pezzo di legna o di carbone. Fuori nevicava e dalle tegole sconnesse del tetto entravano gelidi spifferi di vento. E come se non bastasse, madame Annaud le aveva chiamate a gran voce su per la tromba delle scale per ricordare che l'indomani sarebbe passato l'incaricato del proprietario a riscuotere l'affitto.

Era un uomo inflessibile, monsieur Ducroix, che non si lasciava commuovere dalle suppliche né dalle promesse. Sophie e la madre sapevano che se non avessero pagato, o con monete sonanti o dandogli in pegno un oggetto di maggior valore della cifra richiesta, l'esattore le avrebbe gettate immediatamente sulla strada. "E in questo caso non ci resterebbe altro che l'Ospizio di Mendicità" pensava terrorizzata la bambina.

La madre adesso si era assopita. Sophie le sistemò come meglio poteva la vecchia coperta, poi si guardò attorno, alla ricerca di qualcosa che si potesse offrire in pegno a quell'uomo spietato, come garanzia del futuro pagamento dell'affitto.

L'elenco di ciò che possedevano era molto breve: comprendeva gli stracci che madre e figlia avevano addosso; un lenzuolo e una coperta piena di buchi; due piatti, una brocca, un bicchiere, un coltello di stagno vecchi e ammaccati; il braciere; tre sedie spagliate e zoppicanti, una delle quali fungeva da tavolino; un materasso sdrucito e sottile poggiato sul pavimento, poiché il letto era stato venduto a un rigattiere subito dopo la morte del padre di Sophie per pagare le spese del funerale.

Sophie scosse la testa scoraggiata. No. Non c'era niente nella soffitta che potesse accendere un lampo d'interesse negli occhi avidi dell'esattore. E in quel momento lo sguardo le cadde sul canestro colmo di camicie che biancheggiava, come illuminato dall'interno, nell'angolo piú scuro della soffitta. Il cuore le saltò di gioia nel petto. Ecco cosa le avrebbe salvate dall'Ospizio di Mendicità: ancora una volta l'abilità nel cucito di sua madre!

Poteva offrire quella biancheria finissima a monsieur Ducroix, oppure portarla al Monte dei Pegni, come aveva fatto molte altre volte su incarico della madre, impegnando abiti in condizioni ben peggiori. Quelle camicie erano belle, nuovissime, un'intera dozzina: probabilmente al Monte dei Pegni le avrebbero dato almeno cinque franchi.

5

Fantine gemette nel sonno, come se avesse indovinato le sue intenzioni e non fosse d'accordo. A Sophie pareva di sentire l'obiezione della madre. "Non sono nostre. C'è il mio lavoro, ma il tessuto appartiene a monsieur Félicien. Come faremo a ripagargliele, se si presenterà a ritirarle e non le troverà?"

"Se si presenterà, mamma. Se..." le rispose mentalmente la bambina. "Io temo invece che non verrà. Probabilmente se lo stanno mangiando i pesci in fondo alla Senna, te l'ho già detto. Invece monsieur Ducroix domani viene di sicuro, e se non lo paghiamo..."

Si avviò decisa verso il canestro e impugnò il manico per saggiarne il peso. Sí, il percorso tra rue Marcadet e il Monte dei Pegni non era troppo lungo, ce l'avrebbe fatta a trasportarlo. Poi sollevò il panno per dare un'ultima sistemata alle camicie, e vide che dai ritagli di mussola avanzati, arrotolati con cura e legati con una fettuccia – sua madre era cosí onesta e scrupolosa che invece di tenerseli come facevano le altre cucitrici, li rendeva sempre a monsieur Félicien – spuntavano due foglietti di carta. Incuriosita, Sophie li sfilò con precauzione, li spiegò e andò a mettersi sotto all'unico abbaino dove il riverbero della neve sul tetto le forniva luce sufficiente per leggere senza sprecare una candela.

Sul primo foglietto c'era disegnata in modo schematico una camicia, con dei numeri scritti accanto alle maniche, alla scollatura e al bordo inferiore. Come le altre volte in cui monsieur Félicien non aveva portato un capo già pronto da usare come modello, aveva dovuto fornire le misure a Fantine nell'unico modo in cui la cucitrice, che conosceva i numeri ma non le lettere dell'alfabeto, le avrebbe potute capire.

Sul secondo foglietto si potevano leggere queste parole:

Una dozzina di camicie da mattina
per madame Céline Varens, Boulevard des Capucines 83,
che le pagherà cinque franchi al pezzo.

Cinque franchi al pezzo! Sophie si stropicciò gli occhi incredula, poi tornò a leggere seguendo le lettere col dito. Cinque franchi, non c'era alcun dubbio. Cercò a tentoni la spalliera della sedia per appoggiarsi, perché le girava la testa. Alla Scuola del Mutuo Soccorso Operaio le avevano insegnato anche un po' di aritmetica, cosí era in grado di calcolare a mente che per il contenuto di quel cestino di vimini dall'aspetto cosí modesto era stata pattuita e sarebbe stata pagata l'incredibile somma di sessanta franchi.

Come mai monsieur Félicien era stato cosí imprudente da lasciare quel foglio tra le pieghe del tessuto, sotto gli occhi della cucitrice che da tutto il suo lavoro avrebbe ricavato poco piú di due franchi?, si chiese Sophie. Conosceva anche il prezzo della stoffa e sapeva che la pezza intera non poteva essere stata pagata piú di cinque franchi. Cosí, senza fare altro che prendere le ordinazioni e ritirare e consegnare la merce, monsieur Félicien avrebbe guadagnato la bella somma di cinquantatré franchi. Non temeva, il mercante di biancheria, che a leggere quel biglietto, la cucitrice gli avrebbe chiesto di aumentarle il compenso per la confezione di ogni camicia?

Ma già, rifletté Sophie, monsieur Félicien da quel lato era tranquillo perché sapeva che la vedova Gravillon non era capace di leggere e di scrivere e che se anche avesse guardato quel foglio, non ne avrebbe capito un bel niente. Infatti Fantine lo aveva piegato e infilato tra i ritagli di mussola senza porsi alcun problema.

Quello che il mercante non poteva sospettare era che una donna cosí miserabile si concedesse il lusso di mandare a scuola la sua bambina, e che dunque quella mocciosa dalle vesti piene di rattoppi e rammendi, che aveva visto qualche volta strisciare lungo i muri della soffitta come un topo denutrito, fosse perfettamente in grado di leggere i suoi appunti.

"Sessanta franchi!" continuava a ripetersi mentalmente la "mocciosa" tormentando il biglietto fra le dita. Una fortuna che avrebbe risolto per un bel pezzo ogni loro problema. Come tutti i bambini molto poveri Sophie, nonostante i suoi nove anni, era a conoscenza dei dettagli del bilancio familiare. Sapeva per esempio che il salario mensile di suo padre, quando lavorava alla tipografia, era di venticinque franchi, e che con quella somma una famiglia di operai riusciva ad arrivare alla fine del mese senza soffrire la fame, sia pure senza concedersi niente piú dello stretto necessario.

Sessanta franchi! E se invece che al Monte dei Pegni fosse andata lei stessa a consegnare le camicie in Boulevard des Capucines, inventando una scusa per il ritardo e per l'assenza di monsieur Félicien? Gliel'avrebbero data una somma cosí grande, anche se era solo una bambina?

Rilesse con cura l'indirizzo. E improvvisamente si rese conto che quel nome, Céline Varens, lo aveva già sentito: anzi, era stata lei stessa a leggerlo ad alta voce alla madre, e piú di una volta, sulle pagine di giornale che parlavano del Corpo di Ballo dell'Opéra.

Da quelle pagine madre e figlia si erano fatte l'idea che il balletto fosse un tipo di spettacolo particolarmente suggestivo, qualcosa di raffinato, di spirituale, di etereo. Le ballerine per loro erano donne speciali, creature poetiche, che si muovevano tra i comuni mortali circondate da un alone di magia.

Conoscevano i nomi delle "stelle" piú famose e i loro successi. Sapevano che la celebre Marie Taglioni, figlia, sorella e nipote di artisti famosi, era stata qualche anno prima l'acclamatissima protagonista della *Cinderella* di Ferdinand Albert e, di recente, aveva interpretato il ruolo della badessa nella danza delle monache morte inserita nel terzo atto di *Roberto il diavolo*. Sapevano che l'unica rivale considerata all'altezza della Taglioni era l'austriaca Fanny Elssler, che mieteva successi a Vienna e in giro per l'Europa, ma non aveva ancora accettato la sfida di esibirsi all'Opéra di Parigi. Sophie aveva letto a Fantine, su un foglio strappato a metà, che tra le promesse piú giovani del tempio della danza parigino c'era la bellissima Céline Varens, e che alla Scala di Milano gli amanti del balletto seguivano con trepidazione i progressi di una piccola stella di undici anni, Carlotta Grisi, che prometteva di superare con gli anni tutte le altre.

Naturalmente madre e figlia non erano mai scese a Parigi dal sobborgo di Montmartre per assistere a uno spettacolo dell'Opéra. Il biglietto era troppo caro per le loro finanze, non conoscevano nessuno che potesse farle entrare gratis arruolandole nelle schiere turbolente delle claque, e poi entrare in quel teatro frequentato dalla gente piú ricca della città richiedeva un abbigliamento elegante che loro non avrebbero mai potuto permettersi. I loro sogni si basavano, oltre che sulle parole dei critici, sulle immagini, sulle incisioni, sulle stampe colorate a mano, che rappresentavano le scene, i movimenti delle danzatrici, i loro costumi romantici, i loro volti incantevoli. Di Céline Varens "Le Globe" aveva pubblicato un ritratto nel costume della contadinella protagonista di *La fanciulla mal custodita*.

Sophie non riusciva a credere che la dozzina di camicie fosse proprio per lei. Fu tentata di svegliare l'ammalata per comunicarle la grande notizia. Come si sarebbe emozionata Fantine, alla scoperta che le sue dita negli ultimi giorni avevano lavorato per una celebrità, per un'artista bella e famosa, ricevuta in tutti i salotti, assediata dagli adoratori che venivano a vederla ballare da tutte le parti del mondo...

Ma l'ammalata adesso dormiva tranquilla, e svegliarla sembrava una vera crudeltà.

"Boulevard des Capucines non dev'essere poi cosí lontano" pensò Sophie. Sapeva che era dalle parti di rue Le Peletier, dove il padre una volta l'aveva portata a guardare l'uscita delle ballerine, dei cantanti e dei musicisti dal Teatro dell'Opéra. "In un paio d'ore sarò di ritorno. E se nel frattempo mamma dovesse svegliarsi, penserà che sono scesa a leggere il giornale a madame Annaud."

6

Sophie non si era mai avventurata da sola cosí lontano da casa.

Ma a chi poteva chiedere di accompagnarla in quella spedizione da Montmartre verso il centro di Parigi e l'elegante quartiere dei Boulevards? Amiche della sua età non ne aveva. Non ne aveva mai avuto, un po' per la sua timidezza, un po' perché la madre non l'aveva mai lasciata scendere a giocare per la strada con le altre bambine del vicinato, per il timore che si lasciasse contagiare dai loro modi troppo sguaiati e disinvolti da vere monelle parigine, anche se il sobborgo era separato dalla città da un tratto di campagna. Prima di sposarsi Fantine era stata cameriera in una casa signorile ed era convinta che il garbo e la modestia fossero il miglior ornamento di una ragazza. Nonostante il suo carattere mite, e a dispetto dell'ambiente popolare in cui le era toccato vivere dopo il matrimonio, era fermamente decisa a educare la figlia secondo quei principi.

Quando i Gravillon vivevano nell'appartamento del quarto piano e Sophie era ancora troppo piccola per lavorare o per andare a scuola, Fantine se la teneva sempre accanto e non le permetteva di unirsi alla banda di mocciosi che abitavano nel casamento e per tutto il giorno si divertivano a correre rumorosamente su e giú per le scale o giocavano sui pianerottoli. In quell'edificio, come in tutti gli altri dei sobborghi e dei quartieri popolari di Parigi, su ogni pianerottolo si apriva un buco rotondo collegato col pozzo nero, dove gl'inquilini andavano a vuotare l'acqua sporca e i vasi da notte. Non era difficile per un bambino spostare il coperchio di pietra che copriva quel buco maleodorante, e Fantine era ossessionata dal timore che la figlia, spinta dagli scatenati compagni di giochi, potesse sporgersi a guardare in fondo, immergerci le braccia nel tentativo di recuperare un oggetto caduto o, Dio non voglia!, caderci dentro e finire nelle fogne. Jean-Jacques rideva di queste macabre fantasie della moglie. Ma Pierre Donadieu gli aveva spiegato che quei buchi immondi erano il tramite di un altro pericolo molto piú grave e, purtroppo, molto reale: il colera, che ogni anno con maggiore o minore virulenza faceva strage di parigini. E aveva approvato la decisione di Fantine di tenere la bambina in casa.

Cosí Sophie aveva finito per inventarsi un amico immaginario, mezzo bambino e mezzo folletto, che si chiamava Pipolet e che giocava silenzioso con lei sotto il tavolo di cucina, o nel rifugio costituito dal breve spazio tra l'armadio e il muro della camera da letto. Jean-Jacques e Fantine accettavano indulgenti e divertiti che ogni giorno la bambina mettesse a tavola un quarto coperto e facesse spazio sulla propria sedia perché anche Pipolet mangiasse con la famiglia. Quando Sophie riceveva un dolce in regalo, ne teneva sempre da parte un pezzettino per l'amico immaginario, e quando alla domenica Jean-Jacques portava la moglie e la figlia a passeggio sulle rive della Senna, Pipolet andava con loro e Sophie lo teneva stretto per mano perché non attraversasse la strada e non finisse sotto le ruote di una carrozza.

Poi un giorno, all'improvviso, Pipolet era scomparso. Sophie era disperata, perché non riusciva piú né a vederlo né a sentirlo. — Sei cresciuta e non ne hai piú bisogno — le aveva detto Jean-Jacques. — Tra poco andrai a scuola e troverai tante amiche in carne e ossa.

— Bambine che studiano. Bambine beneducate, che si lavano tutti i giorni — aveva aggiunto Fantine.

Ma Sophie non si era consolata facilmente della perdita dell'amico immaginario. Si sentiva tradita, abbandonata. Sapeva perfettamente che Pipolet era solo una creazione della sua fantasia, eppure aveva riempito cosí bene la sua solitudine!

Oltretutto la previsione di Jean-Jacques sulle amicizie scolastiche si era poi mostrata senza fondamento. Di femmine che frequentassero la Scuola del Mutuo Soccorso Operaio ce n'erano pochissime, e tutte riuscivano a malapena a ritagliare le ore di lezione da una giornata che era già completamente impegnata da un lavoro di solito piuttosto faticoso. Tempo per i giochi, gli scherzi, le chiacchiere da cui nasce l'amicizia, non ne avevano. Sophie era l'unica ad avere la scuola come unica attività. L'unica a non dover contribuire col suo lavoro al bilancio familiare, l'unica, in casa, a potersi immergere nella lettura senza che un adulto le allungasse uno scapaccione e la rimandasse a lavare per terra o a occuparsi di un fratellino minore che strillava. L'unica a frequentare – in compagnia di Donadieu, la Scimmia che aveva convinto suo padre a mandarla a scuola e che, anche se era piú istruita di Jean-Jacques, la domenica si fermava volentieri a fare due chiacchiere in casa Gravillon – i Gabinetti di Pubblica Lettura, dove si potevano leggere gratuitamente non solo le ultime novità letterarie, ma tutte le riviste e i giornali appena usciti. Guidata da Donadieu Sophie aveva sfogliato "Le Globe", "Le Constitutionnel", "Le Moniteur", "La Revue de Deux Mondes", "La Revue de Paris" e molti altri periodici, e ne aveva letto gli articoli piú facili e ammirato le illustrazioni.

Questo la faceva considerare una specie di bestia rara sia dalle compagne di scuola che dalle coetanee del casamento, che se la segnavano a dito e parlavano sottovoce della passione per i libri della piccola Gravillon come di un vizio strano, una specie di malattia che la rendeva diversa da tutte loro. Qualcuna la invidiava, qualcuna la compiangeva, qualcuna aveva cercato di farne oggetto di scherno o di frasi offensive. Ridevano della sua magrezza e della sua bassa statura. — Sei proprio un *gravillon*, un sassolino di fiume — le dicevano con malignità, scherzando sul suo cognome. — Come farà una scheggia di ghiaia cosí piccola a contenere tutta quella scienza?

Sophie ne aveva sofferto, ma non sapeva come reagire, se non cercando di evitare il piú possibile ogni occasione d'incontro.

Poi, dopo la morte del padre, i problemi legati alla sopravvivenza quotidiana e la preoccupazione per la salute di Fantine avevano fatto sparire dalla sua mente, come un lusso che non poteva piú permettersi, il dispiacere di non avere nemmeno un'amica della sua età.

E se anche l'avesse avuta, come avrebbe potuto chiederle quel giorno di lasciare il riparo della casa per gettarsi al suo fianco nelle strade solitarie flagellate dal vento e dalla neve? Solo Pipolet, se fosse ancora esistito, avrebbe potuto accompagnarla in quella spedizione.

Sophie dunque si avvolse stretta nello scialle di lana grigia lavorata ai ferri, sollevò il prezioso canestro di vimini e si avviò di corsa giú per le scale. Faceva cosí freddo che sui pianerottoli l'acqua nelle vaschette di pietra aveva formato una crosta di ghiaccio. Fuori la neve turbinava, sospinta in mulinelli da un furioso vento di tramontana. Sophie scendeva, saltando i gradini due a due per la fretta, con le guance che le bruciavano dall'eccitazione.

Al piano terreno madame Annaud socchiuse appena uno spiraglio della porta della guardiola per non disperdere il calore del braciere e le chiese: — Dove vai, con questo tempo da lupi?

— A fare una commissione — rispose Sophie senza fermarsi. — Se alle cinque non sono ancora tornata, per favore salite a dare un'occhiata a mia madre.

Appena fuori, la tramontana le si avventò contro, come se volesse strapparle di dosso i vestiti. Per fortuna soffiava alle sue spalle. Sophie correva lungo la discesa di rue Joseph de Maistre, spinta e quasi sollevata dal vento, tanto che le sembrava di volare. Correndo costeggiò il cimitero di Montmartre. Dal cancello poteva vedere che la neve aveva trasformato le tombe in un'unica distesa bianca. Là sotto, da qualche parte, era sepolto Jean-Jacques Gravillon. Ma Sophie non aveva tempo per fermarsi a dire una preghiera, e nemmeno poteva portare la mano destra alla fronte per fare il segno della croce, altrimenti avrebbe rischiato di lasciar cadere il canestro. Cosí salutò il padre mentalmente, informando anche lui con esultanza, come se potesse sentirla: "Mi daranno sessanta franchi!"

E giú di corsa, per rue Caulaincourt, poi per un tratto di strada fiancheggiato da cave di gesso e campi bianchi di neve, senza neppure una casa o un lampione, e ancora per rue Fontane. Il percorso per arrivare in città e in Boulevard des Capucines non era breve come ricordava, ma almeno era tutto in discesa. In giro c'era poca gente, passanti frettolosi che camminavano a testa china, col berretto calcato sulla testa e le mani affondate nelle tasche. Mentre Sophie scendeva per rue Notre Dame de Lorette, passarono due carrozze, stranamente silenziose. Dal muso dei cavalli si levava una piccola nuvola di vapore.

Adesso la bambina aveva il fiato corto, i piedi fradici, e sentiva una fitta dolorosa al fianco sinistro. Il braccio che reggeva il canestro le doleva talmente che, per paura di lasciar cadere il prezioso fardello, si avvolse un lembo dello scialle per due volte attorno al polso e poi lo infilò nello scollo del vestito. Da quanto stava correndo? Aveva perduto la nozione del tempo. Era esausta, ma sapeva di non potersi fermare a riprendere fiato, nemmeno per due minuti. Il freddo l'avrebbe irrigidita e trasformata in una statua di gelo impedendole di proseguire.

Per calmare la sete leccò i fiocchi di neve che le si posavano sulle labbra.

Ecco finalmente rue Le Peletier, col bell'edificio del Teatro dell'Opéra trasformato in un palazzo da fiaba di zucchero filato. Ecco il Boulevard des Italiens, e in fondo il Boulevard des Capucines. Da che parte era il numero 83?

Quella porta con tre gradini e con le maniglie di ottone lucidissime in fondo al giardino protetto da una cancellata? Dalla lunetta di vetro colorato che stava sopra i battenti trapelava una luce calda e rosata. Sophie spinse il cancello, che per fortuna era solo accostato. Percorse il breve viale, raggiunse la porta e, ansante, poggiò il canestro sull'ultimo gradino. Poi vide che c'era un batacchio di ottone a forma di mano chiusa a pugno. Si sollevò in punta di piedi e bussò con forza una, due, tre volte. Sapeva che non era buona educazione annunciarsi in modo cosí perentorio a una casa di sconosciuti. Ma adesso ch'era arrivata, si sentiva cosí debole che temeva di cadere a terra svenuta prima che qualcuno decidesse di aprirle.

7

La porta venne socchiusa e una striscia di luce si proiettò sui gradini coperti di neve. Sophie sbatté le palpebre abbagliata.

— Abita qui madame Varens? — riuscí a balbettare, mentre una mano si sporgeva fuori e l'afferrava per il braccio. Sophie tenne stretto il cestino che il vento cercava di strapparle.

Il proprietario della mano la trasse all'interno con uno strattone e le chiuse la porta alle spalle.

— E tu chi saresti? — le chiese.

Con enorme stupore Sophie vide che non si trattava di un adulto, ma di un ragazzino poco piú alto di lei, una creatura straordinaria, come non le era mai capitato di incontrarne prima. Era vestito in modo bizzarro, con calze aderenti di seta gialla, corte brache a sbuffo di velluto azzurro e un giubbetto rosso rubino con bottoni di perle. In testa aveva un turbante color pesca. Ma non era tanto il suo abbigliamento a lasciare sbalordita Sophie, quanto il colore della sua pelle, che era marrone scurissimo, quasi nera. Esitante la bambina allungò un dito a sfiorargli la guancia, sentí che era calda e morbida e vide che sul polpastrello non le era rimasta alcuna traccia di colore.

— Dalla tua meraviglia devo dedurre che prima d'oggi non avevi mai visto un negro — disse il ragazzino, ridendo divertito. Aveva i denti bianchissimi, e parlava un francese perfetto, anche se con una strana cadenza strascicata difficile da identificare.

Sophie era ammutolita. Le dimensioni della stanza, l'eleganza dei mobili, ma piú ancora il calore dell'aria e l'intenso profumo emanato dai grandi mazzi di fiori disposti sulla consolle le davano una leggera vertigine, un senso di irrealtà, come se stesse vivendo in un sogno.

— Vuoi un bicchiere d'acqua? — le chiese con sollecitudine la strana creatura variopinta.

Ma prima che Sophie potesse rispondere, un gentiluomo di circa trent'anni, che indossava una elegante veste da camera di broccato rosso cupo, entrò a grandi passi nell'atrio dall'interno della casa esclamando a gran voce, con tono irritato: — Cosa succede? Chi è questa straccionа, Toussaint? Perché l'hai fatta entrare?

Parlava con un forte accento inglese, ma era scuro di carnagione come un provenzale o un italiano, osservò

Sophie, intimorita dai suoi lineamenti marcati, dal mento deciso, dallo sguardo severo degli occhi nerissimi sotto le folte sopracciglia.

— Cerca madame — rispose il ragazzino nero senza scomporsi.

— Devo consegnarle una dozzina di camicie — riuscí a dire Sophie con un filo di voce.

Queste parole, invece di calmare il gentiluomo, fecero aumentare la sua ira. — La porta dei fornitori è sul retro. Non l'hai ancora imparato, brutta scimmia ignorante? — disse furioso al ragazzo. — Che razza di portiere sei? Falla uscire immediatamente! — E aggiunse con sdegno, levando gli occhi al cielo: — In questo paese nessuno sa piú stare al suo posto.

Sophie indietreggiò spaventata verso la porta. Ma il piccolo portiere dalla pelle scura non accennava a obbedire. Se ne restava accanto alla consolle con le braccia conserte e un vago sorriso sulle labbra, come se non avesse capito, o come se fosse sordo. Eppure, prima dell'arrivo dell'inglese, si era comportato con vivacità e prontezza. Sophie non aveva avuto l'impressione di avere a che fare con un giovane idiota.

Davanti a quell'atteggiamento passivo e indifferente il gentiluomo diventò paonazzo dalla collera. — Vuoi assaggiare la frusta? — gridò. Sotto gli occhi stupefatti di Sophie, a quelle parole il ragazzino si gettò per terra e cominciò a strillare fortissimo, come se la sola minaccia delle frustate gli avesse già straziato le carni. Sophie, per quanto terrorizzata a sua volta dai modi del gentiluomo, trovava del tutto incomprensibili quella reazione e quel comportamento, tanto piú che l'inglese era a mani nude, né si vedeva alcuno scudiscio nella stanza.

— Pietà, signore! Pietà — gridava il piccolo portiere contorcendosi sul pavimento.

— Edouard, cosa state facendo a questo povero bambino? — intervenne a quel punto in tono severo una fresca voce femminile. E Sophie restò per la seconda volta a bocca aperta. Perché dalla porta interna era entrata nell'atrio una giovane donna vestita di bianco, la creatura piú bella che la bambina avesse mai non solo visto, ma neppure sognato o immaginato.

Anche se non somigliava affatto all'incisione che la raffigurava sul giornale, dal modo elegante e armonioso con cui la nuova arrivata si muoveva, come se non avesse peso, sfiorando appena il pavimento con le scarpette leggere, e dal tono autoritario con cui parlava, Sophie capí che si trattava della padrona di casa, di colei che prometteva di diventare piú grande della grande Taglioni, della destinataria delle camicie, della famosa Céline Varens.

8

La giovane donna indossava una vesta da camera di leggera mussola ornata di pizzi. I capelli castani inanellati e sciolti giú per le spalle e la freschezza delle guance e di tutti i lineamenti facevano pensare che non avesse piú di diciotto o diciannove anni. Gli occhi, d'un azzurro cupo messo in risalto da lunghe e fitte ciglia scure, ardevano d'indignazione. Con passo energico raggiunse l'inglese e lo afferrò per il bavero della veste. Era alta quanto lui, e lo fronteggiava incrociando il suo sguardo con fierezza.

— Lo sapete che non sopporto che si usi la frusta in questa casa — gli disse severa. Poi addolcí la voce e aggiunse: — Amore mio, non vorrete rovinare il bellissimo regalo che mi avete portato da tanto lontano e che tutte le altre dame di Parigi mi invidiano?

— Non l'ho nemmeno toccato, quel bugiardo, quel commediante — protestò sdegnato il gentiluomo.

— Su, mio dolce bonbon al cioccolato, alzati, non avere paura. Monsieur Edouard non ti farà niente — disse la giovane donna in tono incoraggiante, chinandosi sul ragazzo e aiutandolo a mettersi in piedi. — Povero piccolo, non sei piú nelle Antille, adesso. Sei al sicuro, in questa casa.

Gli soffiò il naso, lo aiutò a rassettarsi i vestiti, gli sistemò il turbante, gli dette un buffetto sulla guancia.

— Guarda come ti sei ridotto! Il mio bel moretto tutto lacrimoso! Su, consolati. Vuoi uno zuccherino?

— Lo viziate troppo, Céline. Finirete per rovinarlo — protestò l'inglese, ma in tono piú calmo. La presenza della ballerina sembrava averlo addolcito, avergli fatto dimenticare completamente la sua rabbia. — Comunque — aggiunse — visto che gli avete affidato l'incarico di aprire la porta agli ospiti, il vostro bel moretto dovrebbe imparare una volta per tutte che i fornitori vanno fatti entrare dall'ingresso di servizio.

— Quali fornitori?

Solo allora Céline Varens si accorse di Sophie, che se ne stava appoggiata alla porta d'ingresso, pallidissima, e nonostante il caldo della stanza le desse una grande sonnolenza, osservava la scena con occhi attenti, vigili e preoccupati, come un animaletto preso in trappola. Attorno ai piedi della bambina si andava formando un rivoletto d'acqua sporca che si allargava sul lucidissimo pavimento di marmo.

— Le vostre camicie — balbettò Sophie scuotendosi dal suo torpore e indicando il canestro che aveva poggiato a terra. — Monsieur Félicien non è passato a ritirarle, e allora...

Ma la bella signora non le lasciò terminare la frase.

— Sei fradicia, povera creatura — esclamò in tono affettuoso. — Devi avere i piedi gelati. Vieni!

— Avete un cuore troppo tenero, angelo mio. Sempre a raccogliere gattini affamati e moribondi! — osservò l'inglese, tra lo sprezzante e il divertito. E per far capire alla compagna che non condivideva né apprezzava i suoi capricci, uscí dall'atrio rientrando nell'interno della casa.

Era stato allora che, senza preoccuparsi di sporcare la bella veste vaporosa, Céline Varens aveva preso in braccio Sophie, e l'aveva messa a sedere sul tavolo a mezzaluna, l'abito grigio e rammendato della bambina a contatto con le porcellane e i vasi d'argento colmi di fiori. Poi le si era inginocchiata davanti, le aveva tolto le scarpe sfondate e le calze bucate e fradice di neve.

— Toussaint! Qualcosa per asciugarla, presto! — aveva ordinato. — Presto! Presto!

E poiché non c'erano altri panni nell'atrio, Toussaint aveva porto alla padrona una delle belle camicie a piegoline che la madre di Sophie – secoli prima, in un altro mondo, pareva alla bambina – aveva sistemato con tanta cura nel cesto di vimini.

— Corri in cucina, ragazzo, e di' alla cuoca di portare subito una tazza di brodo bollente — aggiunse Céline massaggiando con dolcezza i piedi di Sophie. — E dille di metterci un cucchiaio di brandy. Questa poverina rischia di morire assiderata.

III
PARIGI, GIUGNO 1837

1

Parigi, rue Saint Augustin
3 giugno 1837

Carissima madame,
mi chiedo quando potrete leggere queste righe. Toussaint ancora non è riuscito a scoprire dove siete rinchiusa e dunque non può farvi avere le mie lettere né rassicurarvi sulla sorte di Adèle. Io però mi auguro che in queste ore buie voi ricordiate sempre la mia promessa: veglierò su Dédé e la proteggerò da qualsiasi pericolo. State tranquilla per quanto riguarda la vostra bambina, madame, e impegnate tutte le vostre energie a difendervi dalle accuse che vi fanno quei cani rabbiosi che vogliono strapparvi l'eredità del Cittadino Marchese.

Io mi chiedo se si può essere piú impudenti e piú bugiardi di quei due indegni nipoti, il visconte e il giovane marchese! È proprio vero, come diceva il nostro povero amico, che la nobiltà dell'animo non coincide quasi mai con i titoli della cosiddetta aristocrazia. Quando lo zio era vivo, quei due presuntuosi non si sono mai curati di lui, non sono mai venuti a trovarlo, anzi, lo criticavano e lo deridevano con gli estranei perché restava fedele agli ideali della sua giovinezza. E adesso, dopo avervi fatto gettare in carcere, vogliono convincere i giudici che avrebbero voluto occuparsi di lui, ma che non potevano, e nemmeno potevano vederlo, perché voi lo avevate sequestrato. Che da quando era venuto a vivere nella nostra casa il Cittadino Marchese era stato colpito da demenza senile, completamente rimbecillito, ed era una marionetta nelle vostre mani. Me l'ha detto Toussaint, il quale, nella divisione dei beni, è toccato al visconte de Lagardière, il piú anziano dei nipoti, nel cui palazzo si tengono le riunioni di famiglia. Mi ha raccontato che i due cugini stanno cercando di convincere uno per uno i vostri domestici a testimoniare contro di voi. Vogliono indurli a riferire che il nostro protettore, a causa dell'età, aveva perduto completamente il senno, si comportava come un bambino e obbediva a tutti i vostri ordini. E che invece di affidarlo alle cure di un medico, voi gli facevate bere certe pozioni che lo istupidivano ancora di piú per poterlo manovrare a vostro piacimento e spogliarlo delle sue ricchezze.

Che un'accusa del genere sia completamente falsa lo possono testimoniare tutti gli amici che hanno sempre frequentato la nostra casa. Potrebbero spiegare che, anzi, eravate voi a seguire i consigli del Cittadino Marchese e a obbedirgli come se fosse vostro padre, per la grande ammirazione e il rispetto che gli avete sempre portato. Toussaint dice che però neppure uno dei vostri amici è stato ancora convocato dai giudici i quali credono ciecamente alla versione dei nipoti – che voi tenevate prigioniero il vostro padrino e non gli permettevate di avere alcun contatto con l'esterno – e dunque pensano di non poter trovare nessuno che lo abbia avvicinato negli ultimi tempi.

Come possono sostenere una simile menzogna, i due accusatori, quando tutta Parigi sa che ogni giovedí il vostro salotto era aperto e che a cena ogni volta c'erano almeno sessanta commensali!

Il visconte, dopo che Jean-Baptiste ha raccontato ai giudici dei vostri ricevimenti, sta cercando di convincere la servitú perché dica che al Cittadino Marchese in quelle occasioni non era permesso di scendere al piano terreno per incontrare gl'invitati, e che per vostro ordine veniva tenuto chiuso a chiave nella sua stanza da letto. Charlotte è stata cosí stupida da firmare una dichiarazione nella quale riferisce che di giovedí il vostro padrino cenava nella sua camera. Ma non ha spiegato che era lui a preferire di cenare con la sola compagnia di noi due ragazzi e di Adèle, perché temeva la confusione della sala da pranzo, e che la sua porta era apertissima, tanto che per le scale c'era una continua processione di visitatori che salivano a porgergli i loro omaggi e a conversare con lui di politica o di filosofia.

Quando Toussaint ha protestato e ha chiesto che alla dichiarazione della cameriera fossero aggiunti questi dettagli, il suo nuovo padrone ha minacciato di frustarlo e di mandarlo in campagna a occuparsi dei maiali.

Potete immaginare, madame, quanto frema dalla rabbia il nostro Tússi, all'idea che non gli permettano di parlare con i giudici. Proprio lui, che era l'allievo prediletto del Cittadino Marchese e che avrebbe tante cose da raccontare sulle abitudini della nostra casa. Che per esempio ogni volta che voi danzavate in un nuovo balletto, il padrino si metteva elegante per accompagnare noi ragazzi e Adèle al Teatro dell'Opéra ad assistere alla prima. Che l'ha fatto fino a un mese prima di morire e che in quelle occasioni decine e decine di persone gli si avvicinavano per salutarlo e conversare con lui, e se fosse stato pazzo o rimbecillito se ne sarebbero accorte.

Ma il visconte mette a tacere Toussaint insultandolo, dicendo che è risaputo che i negri sono tutti bugiardi e che la testimonianza degli schiavi non è ammessa in tribunale.

Vi confesso che non riesco a capire tanto accanimento per strapparvi quella piccola parte del suo patrimonio che il vostro padrino vi aveva destinato. Sia il visconte che il marchese sono ricchissimi e non hanno bisogno del vostro denaro. Eppure si stanno comportando come se fosse per loro una questione di vita o di morte.

Madame, come andrà a finire tutta questa storia? Toussaint, ogni volta che passa a vederci, mi dice di avere fiducia. Per fortuna nella casa del visconte de Lagardière la sua mansione è quella di accompagnare la viscontessa Violaine, che è devotissima, quando esce per andare in chiesa. La sua, racconta, è una funzione puramente decorativa. Gli hanno fatto confezionare una livrea molto appariscente, molto "esotica", piú di quella che monsieur Edouard gli faceva indossare quando aveva undici anni. Questa è piena di catenelle dorate, per sottolineare, dice Tússi, la sua condizione di completa dipendenza. Non sono in molti oggi a Parigi a potersi permettere il lusso di uno schiavo di colore. E di questi, molti non avrebbero il coraggio di esibirlo con tanta ostentazione, dopo che l'Inghilterra ha abolito la schiavitú già da quattro anni, dopo la polemica risollevata in Francia dagli scritti di monsieur Victor Schoelcher e la recente creazione della Società Francese per l'Abolizione della Schiavitú. Ma sembra che la viscontessa de Lagardière non si faccia di questi scrupoli. Eppure è una dama molto pia che non frequenta la società ed esce soltanto per andare in chiesa. Assiste a tutte le funzioni religiose, piú volte al giorno, e questa è una fortuna, perché cosí Tússi ha molte occasioni per uscire di casa. In teoria dovrebbe aspettare la viscontessa fuori della chiesa, restando impettito sul predellino della carrozza. Ma per fortuna il cocchiere lo ha preso in simpatia e gli permette di allontanarsi, purché sia di ritorno prima che la funzione sia terminata. Devono essere lunghissime, queste funzioni, perché tutti i giorni Toussaint riesce a passare qui, da madame Frédéric, per tenerci informate, e mi ha detto che nel resto del suo tempo libero se ne va in giro per la città, nella speranza di farsi ricevere da qualcuno dei vostri amici piú influenti, e magari da qualche amico del Cittadino Marchese, per avvisarli di cosa vi stanno facendo e convincerli a farsi avanti per difendervi. Purtroppo con l'arrivo dell'estate sono partiti quasi tutti per la campagna.

Pensavamo che la nonna di Olympe, ricordate?, la vecchia madame Soulignac, avrebbe potuto aiutarci. Non è tipo da farsi intimidire dai nipoti del padrino, quella signora. Ma purtroppo è gravemente ammalata, e i suoi domestici non permettono a Tússi di vederla. Olympe è in Italia. La famiglia di Angélique e Maximilien non è ancora tornata dalla Virginia. La contessa de Merlin è ospite di amici a Biarritz. Sembra che la sorte congiuri contro di noi. Ma non dovete disperare. Sono passati solo cinque giorni dal vostro arresto, e Tússi non ha avuto molto tempo per andare in giro a cercare aiuto. Vedrete che presto troverà qualcuno disposto a testimoniare in vostro favore e a ristabilire la verità.

Adèle vi manda tanti baci. È di là che gioca tranquilla con la sua bambola di stoffa provenzale, sapete, quella imbottita di lavanda che le ha portato monsieur Jolivet da Grasse. Per fortuna ho convinto Solange a metterla nel baule insieme a Poupette. Dédé non riuscirebbe ad addormentarsi senza avere accanto la sua Dagoberta, tanto piú in questi giorni di novità e di incertezze. Poupette è bellissima, un vero giocattolo di lusso, ma è poco adatta da tenere abbracciata nel letto. Se cadesse andrebbe in mille pezzi, e poi la porcellana è cosí dura...

Forse anche a voi farebbe piacere una Dagoberta morbida e profumata da stringere per ricavarne un po' di conforto. Mi auguro che nella prigione abbiate delle buone compagne che vi trattino con affetto e vi sappiano consolare nei momenti piú tristi.

È inutile che vi dica che aspettiamo ansiosamente vostre notizie. Appena riceverete le mie lettere, vi scongiuro, trovate il modo di risponderci.

Vi saluta con amore e riconoscenza la vostra devotissima

Sophie

IV
PARIGI, GENNAIO 1832

1

Anche adesso, dopo tanti anni, quando ripensava al suo primo incontro con Céline Varens, Sophie provava la sensazione di averlo sognato, non vissuto nella realtà.

— Hai fame? — le aveva chiesto la giovane donna avvicinandole alla bocca la tazza di porcellana dalla quale si levava il profumo delizioso del brodo fumante. — Vuoi che ci spezziamo dentro del pane?

Quella proposta aveva ferito l'orgoglio di Sophie, che mai, nei suoi nove anni di vita, aveva chiesto del cibo a un estraneo. Perciò, nonostante l'estrema debolezza e uno spasmo nello stomaco che le doleva come per una ferita, la bambina aveva scosso la testa piena di vergogna, e aveva sorbito il brodo in silenzio. Era consapevole che il ragazzino dalla pelle nera la stava scrutando con uno sguardo penetrante e indagatore.

Quando la tazza fu vuota, Céline gliela tolse di mano, poi le dette un buffetto affettuoso sulla guancia. — E allora, queste camicie? — domandò. — Come mai monsieur Félicien ha mandato te a consegnarle, in una serataccia cosí brutta? Sei la sua nuova apprendista?

Forse la colpa fu del brandy che la cuoca aveva versato nel brodo con troppa generosità. Sophie non era abituata all'alcol. Cercò di rispondere, ma la lingua non le obbediva, dentro la testa sentiva uno strano ronzio. Vide il pavimento di marmo bianco e rosa oscillare, venirle incontro... E svenne.

Quando riprese i sensi si trovava in un bel salottino tappezzato di raso verde acqua, sdraiata su un divano di velluto e avvolta in una soffice coperta, davanti a un caminetto acceso. La padrona di casa le frizionava la fronte con acqua di colonia e Toussaint si dava da fare con sollecitudine a sistemarle dei cuscini sotto i piedi.

"Sto sognando" pensò Sophie. "Forse sono morta e questo è il Paradiso." Ma invece di provare sollievo, fu assalita da un senso amarissimo di rimorso. Come aveva potuto andarsene cosí, abbandonando la madre, che non aveva altri che lei sulla terra? Scoppiò in lacrime. Poi cominciò a tossire e capí che non era morta: tossiva perché Toussaint si era precipitato a cacciarle in bocca una gelatina di lampone, e il bonbon appiccicoso e cosparso di zucchero rischiava di soffocarla.

Céline Varens la colpí ripetutamente sulla schiena, poi le prese una mano: — Cosa c'è da piangere, povera piccola? Su, racconta! Non avere paura.

Il tono della sua voce era cosí affettuoso e sincero che vinse la naturale diffidenza di Sophie. Prima di allora la bambina non si era mai abbandonata a confidenze con gli estranei. Secondo l'educazione che aveva ricevuto, i problemi familiari non dovevano trapelare in nessun modo fuori delle mura di casa.

Ma con Céline era diverso. Anche se era la prima volta che la vedeva, Sophie istintivamente sentiva di potersi fidare della giovane donna, non riusciva a considerarla un'estranea. E cosí abbassò ogni difesa e, singhiozzando, raccontò di sua madre che stava tanto male, di monsieur Félicien che era scomparso, dell'esattore che se l'indomani non avesse ricevuto l'affitto le avrebbe gettate per strada...

— ... quindi ho pensato di portarvele io, le camicie, mentre mamma dormiva. Me li darete i sessanta franchi? — concluse titubante.

Il gentiluomo inglese, che era entrato in silenzio verso la fine del racconto, intervenne: — Mi sembra una cifra esagerata. E poi, se non sbaglio, Céline, la consegna è in ritardo. Aspettavate quella biancheria da almeno dieci giorni.

La bella signora gli mandò un bacio soffiandolo dal palmo della mano. — Vi sbagliate, amor mio. È la sottogonna a balze che monsieur Félicien mi sta facendo sospirare. Le camicie sono in anticipo. Le aspettavo per domani.

Rise con civetteria: — Voi uomini, di abbigliamento femminile proprio non ve ne intendete. Vi piace vederci circondate da una nuvola di trine, ma non siete in grado di distinguere un pizzo Sangallo da un valenciennes...

— Sono in grado di distinguere dieci soldi da dieci franchi, dal momento che sono io che pago — osservò con sarcasmo monsieur Edouard, tirando fuori il portasigari dal taschino.

— No! Nel mio salottino no, per favore! — esclamò Céline in tono allarmato, bloccandolo con un gesto. — Per favore, andate a fumare nel vostro studio, cuor mio. E non statevi a preoccupare per le nostre sciocchezzuole femminili. Sono problemi da cameriere, questi. Mandatemi Lisette, per favore. Ci penserà lei a sistemare tutto.

Lisette in realtà si limitò a eseguire gli ordini che la padrona le impartiva seguendo i consigli di Toussaint, che, con grande meraviglia di Sophie, sembrava conoscere meglio di lei quello di cui aveva bisogno Fantine.

— Il cestino con cui la piccola ha portato le camicie: Lisette, scendi in cucina e di' alla cuoca di riempirlo fino all'orlo — ordinava Céline.

— Ci dev'essere del pasticcio di selvaggina avanzato,

madame. E dell'arrosto, del formaggio Roquefort, uno sformato di riso e bietole... — suggeriva il ragazzo.

— E quel prosciutto che ieri abbiamo cominciato ad affettare. E poi del pane fresco, due trecce di brioche, la torta di mandorle...

— Ah, ragazza! Fateci mettere anche una bottiglia di vino dolce — aggiunse alla fine Toussaint.

— Madame, da quando è arrivato, questo scimmiotto non fa che girellare dappertutto, ficcando quel brutto naso nero dove non dovrebbe. Forse è il caso di rimetterlo al suo posto — protestò Lisette, risentita per quel "ragazza". Dallo schiavetto cresciuto tra i selvaggi pensava di avere il diritto d'essere chiamata "mademoiselle", anche se era solo una cameriera.

Ma la padrona rise della sua suscettibilità: — Il posto di Toussaint è dove io gli dico di andare. Il mio dolce bonbon al cioccolato mi è di grande aiuto. Senza di lui come farei a ricordare tutto quello che è avanzato in cucina prima che voi domestiche lo facciate sparire?

La cameriera, che mezz'ora prima aveva passato dal finestrino della dispensa una mezza crostata al garzone del vetraio che le faceva la corte, a quel punto ritenne piú opportuno lasciar perdere. E quando la padrona le disse: — Un ultimo favore, Lisette: scegli tra le tue calze di lana le due paia migliori. Domani te le ricompro — rispose con un bel sorriso: — Sissignora.

— E porta giú il mio scialle di lana dei Pirenei — aggiunse Céline — quello verde scuro che non uso piú perché a monsieur non piace il colore. Due lenzuola di lino e la coperta a righe della stanza degli ospiti. E di' a Jean-Baptiste di attaccare i cavalli alla carrozza grande.

— Con questo tempaccio, madame? Gli animali prenderanno freddo.

Céline fulminò la cameriera con lo sguardo: — E allora? Faranno il loro mestiere. O preferiresti che la tua padrona ci andasse a piedi, fino a Montmartre, ad accompagnare questa bambina?

— Voi, madame? Ma vi sembra prudente? Prenderete un'infreddatura.

Céline si mise a ridere. Lisette era la sua cameriera personale. Quante volte l'aveva aiutata a vestirsi, anche in serate peggiori, quando usciva tutta scollata per andare a teatro o a qualche riunione mondana!

— Vi si guasterà il latte — insistette la cameriera.

A questa strana battuta, che Sophie riteneva fosse un modo di dire derivato dallo spagnolo *de mala leche*, che aveva trovato su un libro per indicare il malumore, vide con meraviglia che la bella signora cambiava espressione.

— Dio non voglia! — esclamò Céline Varens portandosi le mani al petto. Meditò per un attimo. — Hai ragione. Ci andrà Toussaint ad accompagnare... non mi hai ancora detto come ti chiami, bambina.

— Sophie Gravillon — balbettò Sophie sempre piú frastornata.

— Ci andrà Toussaint ad accompagnare Sophie. Corri a vestirti, mio dolce bonbon al cioccolato. E copriti bene.

2

Con grande stupore di Sophie, nonostante la carrozza fosse ben chiusa, con l'interno imbottito e foderato di velluto, Toussaint si stringeva addosso intirizzito il mantello di pelliccia che lo avvolgeva da capo a piedi.

— Sai, quando sono arrivato a Parigi non sapevo cosa fosse la neve — disse il ragazzo, indicando fuori del finestrino i fiocchi che turbinavano silenziosi. — Ed ero cosí stupido che la prima volta che l'ho vista, nel giardino di madame, mi ci sono buttato dentro e l'ho leccata. Credevo che fosse zucchero, o panna montata. Da noi, per ripararsi dal freddo, basta una camicia di tela a maniche lunghe.

"Da noi dove?" pensò Sophie, senza osare la domanda. Era piena di curiosità a proposito del suo accompagnatore. Sapeva che nel Nuovo Mondo, dove la Francia aveva le sue colonie, c'erano paesi dove faceva cosí caldo che i selvaggi se ne andavano nudi per la strada senza nessuna vergogna. Pierre Donadieu al Gabinetto di Lettura le aveva mostrato delle figure su una rivista. E le aveva detto che il fatto che andassero in giro nudi non era un buon motivo perché i francesi e gli altri europei li privassero della libertà e li costringessero con la frusta a lavorare per loro nelle miniere e nelle piantagioni. "Schiavitú", era la parola che aveva usato. — Non è giusto, Sophie, che alcuni uomini riducano in schiavitú altri uomini — diceva picchiando con disapprovazione il dito sulla carta.

— Nemmeno se hanno la pelle nera — aveva aggiunto piú tardi suo padre a casa. — Gli uomini sono tutti uguali e hanno tutti gli stessi diritti, lo ha detto la Grande Rivoluzione.

— Lo hanno scritto i deputati, riuniti in Assemblea Nazionale, nella *Dichiarazione dei diritti dell'uomo e del cittadino* — lo aveva corretto Pierre Donadieu.

Frammenti di quei discorsi adesso si affollavano disordinati nella memoria di Sophie.

— Rousseau, che era un grande filosofo — aveva spiegato Pierre Donadieu — ha scritto che è la civiltà a rendere gli uomini malvagi. E prima di lui il conte de Bougainville, l'esploratore che ha scoperto e visitato per primo le isole del Pacifico...

— E che è sepolto qui a Montmartre, nel cimitero del Calvario — lo aveva interrotto Fantine.

— Bougainville — aveva ripreso Donadieu — durante il suo viaggio aveva verificato di persona che gli uomini allo stato di natura, quelli che noi chiamiamo selvaggi, non ancora corrotti dal nostro attaccamento al denaro e dal concetto di proprietà personale, sono tutti buoni.

Era un pensiero rassicurante, rifletté adesso Sophie. E d'altronde, il comportamento generoso di Toussaint nei suoi confronti ne era la dimostrazione. All'ultimo momento prima di salire in carrozza, dopo che madame Varens aveva assicurato con una spilla allo scialle di Sophie, perché non lo perdesse, il fazzoletto in cui aveva avvolto i sessanta franchi, il ragazzo aveva confabulato col cocchiere Jean-Baptiste e insieme avevano caricato sul bagagliaio un sacchetto di carbone.

— Per il braciere della madre — li aveva sentiti sussurrare la bambina.

Cosí adesso Sophie si fece coraggio e sfiorò timidamente una mano del suo giovane accompagnatore: — Tu sei un selvaggio, vero?

A quella domanda, Toussaint scoppiò a ridere.

— Suppongo di sí. Monsieur Edouard non fa che ripetermelo, quando è arrabbiato. Anche se, quando ero piccolo laggiú in colonia, passando tutto il giorno al fianco della mia antica padroncina, ho potuto approfittare dell'educazione che in genere ricevono i bianchi. Purtroppo, quando mademoiselle Athénaïs si è sposata, il marito, che era pieno di debiti, ha pensato che da uno schiavo con le mie qualità avrebbe ricavato un buon prezzo e mi ha subito messo in vendita.

Sophie sgranò gli occhi. Schiavo? In vendita? Ma come era arrivato a Parigi, dove non c'erano piantagioni né miniere...

— Non avevi mai visto uno schiavo domestico? Anzi, uno schiavo giocattolo? — le chiese divertito il ragazzo indovinando la sua meraviglia. — Sono stato molto fortunato, sai? Quando ero ancora un bambinetto il mio padrone, monsieur Jérôme Déchâtre Lacroix, venne nella baracca dove vivevo con mia madre e con gli altri schiavi, accompagnato dalla figlia minore. «Scegliti un bambino per giocare» — le disse. E mademoiselle Athénaïs, che allora aveva nove anni, scelse me.

— Tu, quanti anni avevi?

— Non so. Tre, quattro. Mi avevano già messo a lavorare. Sgranavo le pannocchie di mais con mia sorella e con gli altri bambini.

— E tua madre? Come hanno potuto strapparti a tua madre? — esclamò Sophie, inorridita all'idea che qualcuno la potesse separare da Fantine. — Un bambino cosí piccolo! Non hai pianto?

— Non credere che stessi tutto il giorno attaccato alle sue sottane. Mia madre lavorava nella piantagione, e tornava nella baracca a notte fonda, morta di stanchezza. Di noi bambini si occupava una vecchia che non era piú in grado di andare nei campi. Se ho pianto, è stato per il dispiacere di lasciare mia sorella, che aveva un anno piú di me e aveva sempre cercato di proteggermi. Da quel giorno non ho piú saputo niente di lei, perché mademoiselle Athénaïs mi portò con sé nella casa padronale, che era in un'altra provincia. A volte la padroncina mi trattava come una bambola, altre volte come se fossi il suo cane o il suo gatto. Un giorno la portarono in città a vedere un circo equestre, e quando tornò alla piantagione volle che imparassi a camminare sulle mani, arrampicarmi sulle corde, fare capriole e saltare come un acrobata da circo. E anche a fare giochi di prestigio, come far sparire con uno schioccare di dita il suo braccialetto, o estrarmi dal naso o da un orecchio la sciarpa di velo della sua istitutrice, un uovo, una moneta o una conchiglia. Dovevo fare tutto quello che mi diceva, altrimenti ordinava al sorvegliante di frustarmi. Ma almeno non lavoravo nei campi, e mangiavo il cibo che avanzava dalla tavola dei padroni. Stavo sempre con "la niña Tenaí", come la chiamavano. Anche quando la sua istitutrice le faceva lezione. Era formidabile, madame Judith! Mi sono chiesto spesso per quali casi della vita una donna cosí colta era finita a occuparsi dei figli di un ricco piantatore nella sperduta provincia orientale di Santiago. Per insegnare il francese alla sua allieva le faceva leggere certi libri difficili! Sai, Voltaire, Rousseau, le commedie di Molière... Non so come riuscisse a procurarsi quei libri in un'isola come Cuba dove si parla lo spagnolo... Aveva persino due volumi dell'*Enciclopedia* francese, quella degli illuministi Diderot e D'Alembert...

Si interruppe e guardò dubbioso la sua interlocutrice. Forse aveva esagerato. Cosa poteva saperne una bambina cosí piccola e sicuramente analfabeta, di quei grandi filosofi, le cui teorie lui stesso, nonostante si ritenesse molto intelligente, non aveva poi capito tanto bene...

Ma Sophie lo supplicò affascinata: — Continua! Li ho già sentiti quei nomi. Mio padre era tipografo, sai, anche se era solo un Orso, e stampava i loro libri... Ne parlava sempre con Pierre Donadieu e con gli altri suoi amici Scimmie.

Toussaint si divertí molto alla spiegazione di quei nomi di animali. — Credevo di essere solo io a venire chiamato "scimmiotto" qui a Parigi. Invece da quello che mi dici anche il grande Balzac, e chissà quanti altri scrittori da giovani sono stati delle Scimmie.

Sophie, Balzac non l'aveva mai sentito nominare. Evidentemente non era tra gli autori preferiti dai colleghi del padre che, come l'istitutrice della "niña Tenaí", laggiú a Cuba, preferivano leggere i filosofi illuministi, oppure, tra i contemporanei, Lamartine e Victor Hugo.

— Grazie a quegli scrittori ho imparato a parlare e a scrivere un buon francese — raccontava intanto il suo accompagnatore — e grazie a madame Judith, a comportarmi bene in società. Tre anni fa mademoiselle Athénaïs compí quattordici anni e monsieur Déchâtre Lacroix la fece sposare con un parente che viveva su un'isola vicina.

— A quattordici anni! — esclamò stupita Sophie.

— Nelle colonie le ragazze crescono in fretta — spiegò Toussaint — e anche i ragazzi. Madame Céline conosce una contessa che è nata all'Avana. Sai quanti anni avevano i suoi nobilissimi genitori quando si sono sposati? Lui ne aveva quindici, e lei dodici. Glielo ha raccontato la contessa, spiegando divertita che alla sua nascita la madre quasi non era in grado di capire la differenza tra una bambola e una neonata.

Con un sorrisetto di superiorità il giovane schiavo si godette per qualche secondo lo stupore di Sophie, poi continuò: — Io facevo parte della dote e dovetti lasciare Cuba per seguire la mia padrona in Giamaica. Ma il cugino-marito, col pretesto che in casa Déchâtre Lacroix mi avevano viziato troppo e che avrei creato invidia e discordie tra gli altri schiavi, il giorno stesso dopo il nostro arrivo decise di mettermi in vendita e fece pubblicare sulla Gazzetta locale un annuncio nel quale decantava le mie numerose qualità.

Io però temevo che la mia buona educazione e il fatto di saper leggere e scrivere non mi sarebbero serviti a niente, e che mi avrebbe comprato qualche proprietario terriero per farmi lavorare nelle sue piantagioni.

Devi sapere che la Giamaica appartiene agli inglesi, mentre l'isola dove sono nato appartiene agli spagnoli. Ma i Déchâtre Lacroix erano di origine francese e parlavano quella lingua, perché provenivano da Saint Dominique. I nonni di mademoiselle Athénaïs si erano rifugiati a Santiago di Cuba scappando dall'isola vicina, che apparteneva ai francesi, quando scoppiò la Rivoluzione degli schiavi e i nostri fratelli negri fondarono la Repubblica di Haiti, battezzandola con l'antico nome dell'isola. La prima Repubblica dell'America Meridionale! Mia madre mi ha chiamato Toussaint in onore dell'eroe che ha guidato gli schiavi haitiani alla conquista dell'indipendenza, Toussaint Louverture. Lo hai mai sentito nominare?

— No — ammise Sophie dispiaciuta.

— Era uno schiavo, ma di sangue reale. Suo nonno, il re Gaou Guinou, regnava sul popolo degli Arada, nella regione africana del Dahomey. Si fidava dei bianchi, e affidò il giovane principe suo figlio a un francese che aveva promesso di fargli visitare l'Europa. Invece il ragazzo fu portato a Saint Dominique e venduto come schiavo. I suoi figli nacquero schiavi, ma avevano nostalgia della libertà, e quando Toussaint seppe che la Rivoluzione Francese aveva proclamato l'uguaglianza e la libertà di tutti gli uomini, le pretese anche per i suoi fratelli neri delle colonie e li guidò in battaglia contro i bianchi che gliele negavano.

— Pierre Donadieu, l'amico di mio padre, ci ha letto un romanzo di Victor Hugo che parla della Rivoluzione di Haiti — disse Sophie. — Si intitola *Bug Jargal*. Lo conosci?

— Certo — rispose Toussaint. — Madame Céline lo ha ricevuto in dono dal suo padrino, anche se l'inglese non approva che la mia padrona abbia una biblioteca cosí fornita di novità. Le dice: «Diventerete una "précieuse ridicule"» sai, come quelle dame smorfiose della commedia di Molière! Però *Bug Jargal* è un libro triste. Io preferisco *L'ingenuo* di Voltaire, dove c'è un pellerossa dell'America Settentrionale, un hurone, che arriva in Francia e viene ricevuto a corte. E siccome non conosce tutti i salamelecchi del cerimoniale, e non è abituato alla ipocrisia, combina una serie di pasticci che fanno morire dal ridere.

— Quante cose sai, per essere un selvaggio! — esclamò Sophie piena di ammirazione. — Non lo avrei mai pensato quando ti ho visto agitarti e strillare a quel modo per paura di una frustata.

— Ma allora non l'hai capito che era tutta una commedia? Se la mia padrona non fosse venuta in mio soccorso e non ti avesse visto, monsieur Edouard ti avrebbe cacciata via senza troppi complimenti.

L'ammirazione e la gratitudine di Sophie per Toussaint, a questa rivelazione, crebbero ancora. "Riuscirò mai a ringraziarlo come merita?" pensò la bambina, e facendosi coraggio gli chiese: — Ma perché fai tutto questo per me?

"Perché sembri un topolino caduto in una pozzanghera che non si arrende e cerca di arrampicarsi fuori" pensò il ragazzo. Ma non voleva offendere la sua protetta con questo paragone. Né voleva dirle che il fatto di aiutare, lui ch'era uno schiavo, una ragazzina bianca, libera, cittadina francese, teoricamente di condizione sociale molto superiore alla sua, lo faceva sentire importante. E neppure confessare che l'arrivo di Sophie in Boulevard des Capucines gli aveva offerto la possibilità di esercitare la sua astuzia, di sfidare la volontà del suo ex padrone e di verificare, una volta di piú, il suo potere di seduzione nei riguardi di madame Varens.

3

Il ragazzo finse quindi di non aver sentito la domanda di Sophie e continuò il suo racconto: — Allora hai capito in che pasticcio ero andato a finire con tutte quelle lingue? Io conoscevo lo spagnolo, perché ero nato a Cuba, e il francese, che si parlava nella famiglia dei miei padroni. Ma in Giamaica parlano inglese, che per me allora era una lingua sconosciuta. Quindi laggiú non avrei potuto fare il domestico di casa: mi avrebbero mandato nelle piantagioni a tagliare canna da zucchero, e non avrei resistito a quell'inferno. Sai, i sorveglianti sono cosí crudeli che l'anno scorso anche su quell'isola gli schiavi si sono ribellati, giusto qualche settimana dopo la mia partenza. Erano piú di cinquantamila, ma a differenza dei fratelli di Haiti non sono riusciti a liberarsi dai loro padroni, e adesso, per punizione, vengono trattati in modo ancora piú crudele. Pensa che per raggiungere e punire i fuggitivi, i sorveglianti hanno fatto arrivare da Cuba una nave carica di mastini abituati a nutrirsi di carne umana.

— Non ci posso credere! — protestò Sophie inorridita. — Come è possibile tanta ferocia? A scuola ci hanno detto che nelle colonie i bianchi sono cristiani.

— È vero. I figli degli schiavi li fanno battezzare. Ma anche marchiare come vitelli. E se quando sono cresciuti tentano di scappare, perché anche loro come tutti gli uomini desiderano la libertà, li fanno sbranare dai cani — disse amaramente Toussaint.

Sophie gli rivolse uno sguardo colmo di simpatia: — E dopo cosa è successo?

— Come ti dicevo, il marito della mia padrona aveva fatto mettere quell'annuncio sulla "Gazzetta di Spanish Town", e io mi preparavo al peggio. Ma per fortuna proprio in quei giorni l'amministratore delle piantagioni che monsieur Edouard possiede in quell'isola cercava per conto del suo padrone uno schiavo giocattolo, che fosse ancora un bambino ma sapesse parlare il francese. Il suo principale gli aveva scritto di procurargliene uno di bell'aspetto e in buona salute e di mandarglielo in Europa perché voleva regalarlo... indovina a chi?

— A madame Varens? — chiese Sophie titubante.

— Brava! Proprio a lei. Monsieur Edouard mi ha pagato caro e pensava che con un regalo cosí costoso e cosí esotico avrebbe conquistato definitivamente la giovane ballerina piú bella e corteggiata di Parigi, strappandola agli altri adoratori. Ne aveva a dozzine, sai, la mia padrona, di adoratori. E ne avrebbe ancora adesso, se l'anno scorso non avesse deciso di ritirarsi per un po' dalle scene. L'aspettavano fuori del teatro, all'uscita degli artisti, per applaudirla e lanciarle fiori, anche in pieno inverno. Si toglievano i mantelli di pelliccia e li stendevano sulle pozzanghere, perché il loro idolo non si bagnasse le scarpine. Alcuni staccavano i due cavalli dalla carrozza, afferravano le stanghe e la trainavano loro stessi fino alla sua casa. Anche monsieur Edouard se n'era innamorato vedendola ballare sul palcoscenico dell'Opéra, nella parte di una delle monache morte, durante una rappresentazione di *Roberto il diavolo*. Monsieur prima viveva in Giamaica, dove si occupava delle sue proprietà. Ma poi il padre e il fratello maggiore sono morti, lasciandolo erede del titolo di baronetto e di alcune grandi tenute in Inghilterra. Cosí monsieur è tornato in Europa, ma evidentemente il clima inglese non è di suo gradimento, perché viaggia in continuazione, dalla Russia all'Italia, dalla Germania alla Francia... La città che preferisce è Parigi, specialmente da quando la mia padrona ha lasciato perdere tutti gli altri adoratori e gli ha concesso il suo cuore e la sua mano.

La sua mano! Sophie spalancò gli occhi incredula: nelle storie romantiche che leggeva sui foglietti a puntate a madame Annaud di solito i baronetti non sposavano le ballerine, ma le seducevano, le ingannavano e le facevano morire di crepacuore.

— Non dirmi che si sono sposati! — osservò. Non aveva letto niente in proposito sulle cronache dei giornali. Fantine ci si sarebbe appassionata, a una notizia cosí insolita, che ricordava la storia di Cenerentola. È pur vero che in rue Marcadet dei giornali arrivava solo, e nemmeno tutti i giorni, qualche pagina sporca e spiegazzata, e dunque madre e figlia non potevano dirsi veramente informate di tutto quello che accadeva nel mondo dello spettacolo.

— Veramente all'inizio, dopo gli sforzi, le promesse, le

spese folli che aveva fatto per conquistarla — continuò a raccontare Toussaint — l'inglese avrebbe voluto che madame diventasse la sua amante ufficiale. Pur di averla tutta per sé era disposto a metterle su casa, mantenerla nel lusso, esibirla al suo fianco nelle feste e nei teatri, ma senza prendere alcun impegno per rendere legale la loro unione. Fanno tutti cosí gli aristocratici e i ricchi borghesi quando s'innamorano di una artista che si guadagna da vivere col suo talento, ma non ha dote né parentele importanti. La mia padrona però non è come le altre. Lei ci crede davvero alla dignità delle donne, cosí gli ha detto: «Non me ne importa se gli altri fanno cosí. Non me ne importa se Coralie, l'attrice, ha accettato di farsi mantenere dal ricchissimo monsieur Camusot e contemporaneamente si tiene come amante quello squattrinato di Lucien Chardon. Prendersi un'amante, una mantenuta, non è meno abbietto che comprarsi una schiava. Finireste per considerarmi un essere inferiore e per disprezzarmi. E comunque, io non sono in vendita. Grazie al mio lavoro guadagno ogni anno quattromila franchi che mi bastano per vivere dignitosamente, anche se non col lusso che voi mi promettete.» Cosí monsieur Edouard, che era pazzo d'amore, ha dovuto accettare di sposarla.

— E adesso madame Céline è baronessa! — sospirò deliziata Sophie.

— Non credo — rispose il suo compagno. — Il loro matrimonio per ora è valido soltanto in Francia. È stato celebrato nel salotto di Boulevard des Capucines, davanti a un notaio amico dell'inglese. Come testimoni hanno chiamato Charlotte e Jean-Baptiste. Io non c'ero, e neppure il padrino di madame, che si trovava nella sua casa di campagna e quando è tornato a Parigi ha dovuto accettare il fatto compiuto.

— Niente vestito bianco e corona di fiori d'arancio?

Niente corteo nuziale? — osservò Sophie delusa. — Eppure madame Varens è un'artista famosa in Francia e anche all'estero.

— Appunto. Troppo famosa. Devi sapere che monsieur Edouard è il nipote preferito di una zia, cugina di suo padre, una vecchia lady molto ricca, molto orgogliosa e dai principi molto austeri, che non accetterebbe mai di essere imparentata con una ballerina dell'Opéra. Se lo venisse a sapere, cambierebbe il testamento e lascerebbe tutto il suo patrimonio a un altro nipote. Quindi, per non danneggiare lo sposo, madame Céline ha accettato che il matrimonio fosse celebrato con discrezione e trascritto in Inghilterra solo dopo la morte di questa signora.

— Deve amarlo molto!

— Moltissimo. Lo adora. Lisette, che la conosce fin da quando era bambina, dice che prima di lui madame non aveva amato nessuno, anche se nel mondo dello spettacolo le artiste cominciano molto presto la loro vita galante. Ma anche l'inglese nutre per lei una grande passione. Farebbe qualsiasi cosa per accontentarla. Ha un pessimo carattere, come avrai capito, però madame Céline riesce ad ammansirlo come un agnello. «Non essere severo con lui, Toussaint» mi dice quando monsieur sfoga la sua furia sul primo domestico che gli passa accanto. «Non pensare che il mio Edouard sia un uomo crudele. È solo molto infelice.»

«Infelice un uomo ricco e fortunato che è riuscito a conquistarvi? Che ha una bella casa a Parigi e un castello in Inghilterra, che possiede cavalli e carrozze e che ha girato il mondo?» protesto. «Voi siete davvero troppo indulgente, madame. Cosa c'è che non va nella sua vita?»

«Non lo so» mi risponde lei. «Non lo so. Ma c'è qualcosa nel suo passato, c'è qualcosa nei suoi ricordi che ancora lo fa soffrire. L'ho supplicato tante volte di parlarmene, di raccontarmi, di lasciarsi consolare. Oggi è al sicuro tra le mie braccia, gli ripeto. Non gli basta il mio amore a difenderlo dai suoi fantasmi? Ma Edouard non vuole parlare del suo passato. Io sono nato il giorno che hai accettato di sposarmi, mi dice.»

Sophie ascoltava con gli occhi sgranati. Le sembrava di sentir leggere un romanzo, di quelli che piacevano tanto a sua madre. Com'era complicata, e romantica, la vita degli abitanti dei Boulevards! E lei che li aveva sempre creduti felici e soddisfatti del loro destino!

Ma Toussaint non considerava la faccenda con la stessa indulgenza. — Se tutte le persone che hanno sofferto dovessero far pagare agli altri il loro antico dolore, cosa saremmo autorizzati a fare noi schiavi? — osservò. — Secondo me quelle di monsieur Edouard sono tutte scuse per giustificare un carattere violento ed egoista. Lo sapeva, quando l'ha sposata, che madame Céline era un'artista, non un'educanda appena uscita dal convento e che, grazie alle conoscenze del suo padrino, frequentava il bel mondo di Parigi. Eppure basta che a teatro un gentiluomo o un attore la saluti, o che arrivi a casa nostra l'invito per un concerto firmato dal compositore, e monsieur si abbandona a una terribile scenata di gelosia. Dopo, per farsi perdonare, la riempie di regali costosissimi: scialli indiani di cachemire da tremila franchi, vestiti di seta, trine d'Olanda, gioielli... la mia padrona non ha che da aprir bocca, e ogni suo desiderio è esaudito. «Ma uno schiavetto non lo desideravo affatto, Toussaint» mi ha detto quando sono arrivato nella sua casa. «Non approvo la schiavitú, vorrei che la avessimo già abolita, è un'usanza barbara. Tu sei solo un ragazzino e mi dispiace che ti abbiano portato cosí lontano dalla tua terra.»

— E allora perché ti ha accettato in regalo?

— Perché è una donna intelligente e ha capito che, se lei mi rifiutava, monsieur Edouard mi avrebbe venduto a qualcun altro... Magari a un padrone crudele che mi avrebbe frustato tutti i giorni.

— Ma non hai nostalgia del tuo paese?

— Ho nostalgia del caldo, della luce, dei colori, della musica — rispose Toussaint. — Ma non ho nostalgia della vita che facevo a Cuba o in Giamaica. Non sento la mancanza dei miei antichi padroni. Laggiú gli schiavi sono trattati peggio che animali. Ci marchiano a fuoco come dei vitelli, te l'ho già detto, per poterci riconoscere nel caso ci venisse in mente di fuggire.

— Anche se non avete fatto niente di male? Qui in Francia si marchiano solo i galeotti, i delinquenti che finiscono in prigione, ai Lavori Forzati, per aver commesso qualche orrendo delitto — osservò Sophie.

— Io non avevo ancora cinque anni, quando mi hanno impresso a fuoco sulla spalla destra le iniziali della famiglia Déchâtre Lacroix. Che delitto potevo aver compiuto a quell'età? Oggi fa troppo freddo, ma se ci incontriamo ancora la prossima estate, mi spoglio e ti faccio vedere la cicatrice.

Sophie si abbandonò sui cuscini imbottiti della carrozza sospirando. Quante cose aveva imparato in quel pomeriggio di neve! Come se un mondo nuovo le si fosse spalancato davanti, uscendo dalle pagine dei libri per farsi vivo e palpitante sotto i suoi occhi.

Affascinata dal racconto dello schiavetto, aveva quasi scordato la preoccupazione per la madre, anche se per tutto il tempo aveva continuato a stringersi al fianco il cestino colmo di viveri e il pacco della biancheria.

4

La carrozza frenò bruscamente e Jean-Baptiste si voltò e aprí il finestrino interno: — Siamo arrivati! — esclamò.

Era caduta tanta neve che a stento Sophie riconobbe il marciapiede di rue Marcadet, e la sagoma dell'edificio in cui abitava. Quanto tempo era stata via? Tre ore? Quattro? Solo adesso, meravigliandosi che a quell'ora il portone non fosse chiuso, ma che il battente fosse soltanto accostato, le venne da pensare che certamente durante la sua assenza la madre si era svegliata. Non poteva aver dormito tanto a lungo. Chissà se l'aveva chiamata? Chissà se aveva bevuto tutta l'acqua della brocca e se ora soffriva per la sete? Chissà se la febbre era ancora cosí alta? Chissà se la portinaia era salita a vederla come aveva promesso?

Spinse il battente ed entrò nell'androne. La stanzetta di madame Annaud era deserta. Toussaint, aiutato da Jean-Baptiste, stava scaricando il canestro e i due involti dalla carrozza.

— Grazie. Lasciateli pure qua nella guardiola. Ora porto su il cestino e la biancheria. Piú tardi madame Annaud mi aiuterà per il sacco di carbone.

— Ma neanche per sogno! — protestò Toussaint. — Il servizio è a domicilio. Jean-Baptiste deve restare per strada a sorvegliare la carrozza, ché qualche ladro non se la porti via con cavalli e tutto, ma io ho promesso a madame di accompagnarti fino a casa.

— Abitiamo in soffitta. Sono sei piani.

— E allora? Credi che non abbia le gambe abbastanza robuste?

Ridendo, Toussaint si tolse la pelliccia e la gettò al cocchiere. Poi, con un solo gesto, si caricò sulle spalle il sacco di carbone. Con la mano libera impugnò il manico del canestro.

— Tu porta la biancheria — ordinò.

Mentre i due salivano, gl'inquilini si affacciavano sulla soglia di casa a guardarli. Era l'ora di cena e nonostante il freddo tutti tenevano come al solito le porte aperte sul pianerottolo per creare un tiraggio d'aria ai fornelli. I bambini andavano su e giú tra gli appartamenti dei vicini a chiedere in prestito un po' di sale o uno spicchio d'aglio. Sophie era cosí euforica che non badò al fatto che tutti la guardavano in modo strano. O meglio, pensava che guardassero con invidia e ammirazione le sue vettovaglie, e con meraviglia il colore della pelle e le vesti stravaganti del suo accompagnatore.

Era cosí euforica che, arrivata al quinto piano, tirò fuori dal petto l'involto col denaro e fece l'ultima rampa di corsa, strillando: — Mamma! Mamma! Mi hanno dato sessanta franchi!

Ma arrivata alla porta della soffitta ammutolí e si fermò di botto, come se un incantesimo l'avesse trasformata in una statua di pietra. Non perché la porta fosse chiusa, ché anzi i due battenti contrariamente al solito erano spalancati sul pianerottolo. Si bloccò perché la soffitta era piena di gente che circondava in silenzio il giaciglio poggiato sul pavimento. E perché ai piedi del giaciglio c'erano due candele accese.

Come si accorse della sua presenza, madame Annaud le venne incontro furibonda. — Sessanta franchi, davvero! Arrivi a buon punto, vagabonda! Serviranno per il funerale. — Le dette un ceffone e le strappò di mano l'involto, facendoselo scomparire in tasca. — Dov'eri, disgraziata, mentre tua madre moriva? Ho dovuto pensare a tutto io. Ho dovuto comporla nel letto e ho speso dieci soldi per le candele. E il lenzuolo con cui l'ho coperta è mio. Dovrai pagarmelo, perché certo non lo potrò piú usare.

Sophie, sconvolta, aprí la bocca anche se non sapeva come rispondere a quelle accuse... Ma non le uscí alcun suono. Boccheggiando, alzò la mano per toccarsi la guancia che le bruciava per lo schiaffo.

— Siete troppo severa, Françoise — intervenne una inquilina avvicinandosi alla portinaia. — La bambina non poteva sapere. Va' ad abbracciare tua madre, Sophie! — e la spinse gentilmente verso il giaciglio.

Fantine era coperta dal lenzuolo fino al mento e sembrava addormentata. Era pallidissima. Madame Annaud non si era data tanto da fare quanto pretendeva, pensò Sophie, perché i capelli della morta erano in disordine. In silenzio le si inginocchiò di fianco e si mise a pettinarla con le dita. Al contatto gelido della sua fronte, solo allora, scoppiò in singhiozzi.

Toussaint intanto era entrato anche lui nella soffitta e aveva poggiato a terra i suoi carichi. Non gli ci volle molto per capire. Madame Annaud lo guardava con stupore, ma insieme con aria di sfida. — E cosí la mocciosa se n'è stata in giro tutto il giorno con questo pagliaccio dal muso nero, invece di assistere la madre moribonda — esclamò infine a voce alta, per attirare l'attenzione dei presenti sul nuovo arrivato.

Toussaint avanzò verso il giaciglio di Fantine senza degnare la portinaia di uno sguardo, incurante dei bisbigli degl'inquilini che se lo additavano a vicenda con curiosità. Si chinò su Sophie e la prese dolcemente per le spalle. — Dalle un bacio di addio — le sussurrò — e poi vieni via con me. Jean-Baptiste ci sta aspettando. Non hai piú niente da fare qui. Andiamo!

Sophie scosse la testa senza nemmeno girarsi a guardarlo.

— Vieni, Sophie — insistette il ragazzo.

Lei trovò la forza di mormorare tra i singhiozzi: — No. Non posso lasciare sola mia madre.

— Allora torno domani. Aspettami — le bisbigliò Toussaint tra i capelli. Si rimise in piedi con un gesto elegante, gettò uno sguardo di disprezzo a madame Annaud che stava esaminando con avidità il contenuto dell'involto della biancheria, e si slanciò di corsa giú per le scale.

5

Se il ricordo del suo primo incontro con Céline Varens profumava nella memoria di Sophie di una tenerezza tanto piú dolce quanto piú inattesa, il ricordo della conclusione di quello stesso pomeriggio, e dei fatti del giorno seguente, aveva un sapore cosí amaro, che anche dopo tanti anni la mente della ragazza si ritraeva al solo sfiorarlo.

Ma come poteva dimenticare la notte di gelo che aveva passato da sola nella soffitta abbracciata al cadavere della madre? Le vicine e i curiosi erano andati via. Anche madame Annaud era tornata nella sua guardiola portandosi via il sacco del carbone.

— A voi non serve. Anzi, se fossi in te, Sophie, lascerei aperta la finestra dell'abbaino. I morti col caldo cominciano a puzzare molto in fretta.

Sophie non le aveva risposto. Teneva la testa premuta contro il petto di Fantine e non riusciva a concentrarsi su alcun pensiero, tranne sulla vaga preoccupazione che se non fosse riuscita a smettere di piangere, le lacrime avrebbero finito per inzuppare il lenzuolo, disturbando la madre nel suo ultimo riposo.

Piú tardi le parve che qualcuno entrasse in punta di piedi e si avvicinasse al cestino dei viveri. Neppure allora sollevò la testa.

Che rubassero pure ogni cosa! Lei non avrebbe mangiato mai piú. Sarebbe morta di fame e cosí avrebbe accompagnato la madre nella tomba.

Ma dopo un tempo che non era in grado di calcolare, i passi leggeri tornarono, e si avvicinarono al giaciglio.

— Bevi! — mormorò la voce dell'inquilina del quarto piano, la moglie del falegname. — È vino caldo. Ti farà bene. Qua dentro si gela.

Le sollevò la testa, le avvicinò il bicchiere alla bocca. Sophie inghiottí meccanicamente.

— Ecco! Brava.

Appena la donna fu uscita, la bambina si alzò, raggiunse l'angolo della soffitta dove stava il vaso da notte e vomitò. Poi tornò a sdraiarsi sul corpo della madre. Le quattro candele si erano consumate, fra poco i moccoli si sarebbero spenti.

Sophie era cosí stremata dal dolore che nonostante il freddo finí per addormentarsi.

La svegliò una voce sconosciuta, sbatté gli occhi e vide che era giorno. Un cuscino di neve bianchissima si era posato sul davanzale dell'abbaino aperto.

La voce, bassa e rauca, sembrava quella di una vecchia e stava parlando a madame Annaud.

— Sí, potrei prenderla io — diceva la voce. — Ho giusto bisogno di una della sua età. Le altre sono troppo piccole.

— Mi darete dieci franchi.

Sophie si fece attenta e guardò senza farsene accorgere, tenendo il viso nascosto nel cavo del gomito piegato. Sussultò di sorpresa e di paura: non conosceva quella voce, ma la figura della vecchia non le era nuova. Da quando aveva memoria, l'aveva sempre vista ciabattare per le strade polverose di Montmartre seguita da due o tre bambine magrissime, sporche, lacere e scalze, che spingevano e trascinavano un carretto carico di ossa maleodoranti.

Si mormorava nel quartiere che le piccole orfane, allevate dalla vecchia per carità, avessero l'ordine di raccogliere non solo le ossa gettate via dalle cuoche delle case borghesi e spolpate dai cani, e quelle vendute a pochi centesimi dai macellai, ossa dalle quali la vecchia, bollendole con cenere e altri intrugli in un calderone, ricavava sapone a buon mercato. Si mormorava che avessero l'ordine di raccogliere anche i topi morti, e le carogne dei cani, dei gatti, degli uccelli e di ogni altro animale che trovassero nei mucchi di spazzatura. Anche questi, si diceva, venivano fatti bollire con rape, ortica e altre erbacce, e la brodaglia che ne risultava era l'unico cibo con cui la vecchia nutriva le sue orfanelle.

— Probabilmente è l'invenzione di qualche ubriaco dalla fantasia particolarmente macabra — aveva detto Pierre Donadieu a Fantine soltanto qualche mese prima. — Ma è strano che nessuna delle orfanelle, in tutti questi anni, sia cresciuta abbastanza da raggiungere la statura della sua benefattrice. Voi, madame Gravillon, ne avete mai visto una che si sia trasformata in una ragazza e poi in una giovane donna?

Qualche cavatore di gesso raccontava che appena un'orfanella compiva dodici anni, la vecchia delle ossa la portava in campagna e la vendeva ai contadini che la adibivano ai lavori piú pesanti...

— Oppure a qualche vecchio signore dal portafoglio pieno e dai vizi innominabili — suggeriva un vignaiolo.

— O magari, piú semplicemente, non le vediamo crescere perché, prima di crescere abbastanza, muoiono di fame e la vecchia ne getta i cadaveri nella Senna — concludeva con cinismo un decoratore in stucco.

— Non avvicinarti mai, se quella donna ti chiama — aveva raccomandato severamente Fantine alla figlia. — E se per caso ti prende per un braccio o per il vestito, dille che ti metterai a strillare per chiamare i gendarmi.

Adesso Sophie rabbrividiva a sentire quelle parole: «Potrei prenderla io.»

Finse di essere ancora addormentata, e quando la vecchia fu uscita, alzò la testa e disse alla portinaia: — Non ci vado, con quella. E se cercate di costringermi, chiederò aiuto a un gendarme.

— D'accordo, piccola insolente — le rispose la donna con malgarbo. — Se sono i gendarmi quello che vuoi, sarai accontentata. Raccogli i tuoi stracci, ché ti accompagno immediatamente al Commissariato di Polizia. Sai cosa succede, vero, agli orfani che non hanno nessuno al mondo? Vengono portati all'Ospizio di Mendicità.

6

All'Ospizio di Mendicità Sophie c'era stata una volta qualche anno prima in compagnia del padre, a cercare una vecchia parente venuta a Montmartre dalla provincia per sbrigare una pratica al tribunale. La poveretta era stata arrestata per vagabondaggio perché, poco pratica della città, si era smarrita ed era stata colta dal buio prima di arrivare in rue Marcadet. I gendarmi l'avevano trovata che dormiva su una panchina di Place de Clichy e l'avevano subito accompagnata all'Ospizio, senza lasciarle il modo di spiegarsi, di chiedere che la aiutassero a raggiungere la casa del nipote che l'aspettava ed era pronto a ospitarla.

Padre e figlia erano riusciti a entrare nell'Ospizio a cercarla grazie al fatto che il tipografo conosceva uno dei sorveglianti. Erano stati introdotti in uno stanzone affollato, al centro del quale troneggiava un lungo tavolo coperto di stracci sporchi e polverosi. Sedute gomito a gomito tutto attorno a questo tavolo, un centinaio di donne di tutte le età riducevano gli stracci in filacce, muovendo le mani con ritmo velocissimo. Se lo rallentavano appena, o se scambiavano una parola con la vicina, immediatamente un sorvegliante gridava: — Marie Laforet! Vi ho vista, sapete, fannullona. Per punizione oggi a pranzo avrete soltanto acqua fresca.

Gli unici rumori tollerati, evidentemente perché non dipendevano dalla volontà delle ospiti, erano i colpi di tosse e i raspii di gola. Nel locale, privo di finestre e illuminato da una dozzina di lanterne a olio, quasi non si riusciva a respirare, per via della polvere che si alzava dagli stracci e dell'odore nauseabondo che proveniva da tutti quei corpi mal lavati. Chi tossiva piú forte erano le bambine, che costituivano circa la metà delle lavoranti. Ce n'erano di giovanissime, che probabilmente non avevano ancora compiuto quattro anni, e dovevano lavorare con lo stesso ritmo delle adulte. Sophie le guardava sgomenta, chiedendosi come potevano reggere quel lavoro snervante e monotono, senza mai scendere dalla panca, senza sgranchirsi braccia e gambe, senza rinfrescarsi la gola con un bicchiere d'acqua.

— Quante ore lavorano, queste creature? — aveva chiesto il tipografo al sorvegliante suo amico.

— Sedici, come in qualsiasi altro laboratorio od opificio.

— Intendevo le bambine — aveva insistito il padre di Sophie.

L'altro lo aveva guardato stupito. — Sedici ore — aveva ripetuto.

— Ma allora non hanno la possibilità di ricevere nessuna istruzione! Non si fa nemmeno un'ora di scuola, qua dentro? Neppure nella sezione maschile?

— Sei proprio fissato, con questa storia dell'istruzione, Gravillon! — aveva osservato l'altro in tono di scherno. — Non dirmi che vorresti insegnare l'alfabeto persino alle femmine.

Non gli aveva lasciato il tempo di rispondere. — Devono ringraziare il cielo, queste piccole delinquenti! — aveva esclamato. — Devono ritenersi fortunate di avere trovato un tetto e il pranzo e la cena assicurati.

Piú tardi, una volta "liberata", rassicurata e seduta confortevolmente nella cucina dei Gravillon, la vecchia parente aveva descritto a Fantine il dormitorio soffocante, dove per fortuna si era fermata solo per qualche ora: le brande luride pullulanti di pulci e pidocchi dove si dormiva in due e anche in tre, le risse fra le ospiti per un lembo di coperta lacera o un tozzo di pane ammuffito. E poi il cibo scarso e immangiabile – nella zuppa della colazione c'erano dei vermi – servito alle ricoverate sullo stesso tavolo al quale lavoravano.

Nel settore maschile, riferí, si diceva che le cose andassero anche peggio, che i sorveglianti erano molto piú violenti, che picchiavano in continuazione gli ospiti, anche i bambini, anche i vecchi ammalati, senza nessun motivo e a loro completo arbitrio.

Seduta in grembo alla madre, Sophie ascoltava con gli occhi sgranati dall'orrore. Non poteva immaginare che anche per lei, qualche anno dopo, sarebbe arrivato il momento di sedere a quel tavolo, di respirare quell'aria putrida, di dover dividere il letto e i pidocchi con quelle megere!

— E comunque adesso la scuola te la scordi, signorina smorfiosa! — le disse madame Annaud, toccandola con un piede per farla allontanare dal giaciglio funebre della madre. — Su, alzati e andiamo, ché non ho tempo da perdere.

7

Aveva smesso di nevicare e le strade erano piene di fango gelato. Sophie camminava a testa bassa, rassegnata. Lo sforzo per rifiutare di essere affidata alla vecchia delle ossa aveva consumato in lei ogni energia nervosa, spento ogni possibile slancio di ribellione. Era consapevole di essere sola al mondo, senza difesa, in balia della volontà degli estranei. Come per qualsiasi altra orfana senza risorse né amici, niente e nessuno avrebbe potuto arrestare la sua caduta a precipizio nella piú completa rovina. L'unica parente di suo padre, la vecchia contadina che si era persa per le strade di Montmartre, era morta l'inverno precedente. Fantine non aveva famiglia. Aveva perduto tutti i suoi in un'epidemia di colera molti anni prima di sposare il tipografo. Né l'orfana poteva sperare nella generosità del buon Pierre Donadieu, perché sei mesi prima il tipografo aveva esagerato con i suoi discorsi repubblicani ed era stato licenziato. In tutte le stamperie di Parigi erano note le sue idee sovversive, cosí la Scimmia era dovuta andarsene a cercare lavoro in Svizzera o in Inghilterra.

L'ipotesi infine di potersi rivolgere a Céline Varens per chiederle aiuto era per Sophie un'idea tanto assurda quanto quella che la statua di Gesú Cristo potesse scendere dall'altare della chiesa di Saint Pierre per prendere l'orfana tra le sue braccia e portarla in cielo. La bella signora, le luci e il tepore della casa di Boulevard des Capucines, il piccolo schiavo dalle vesti variopinte, il viaggio in carrozza, appartenevano a un altro mondo, a un'altra vita, come se il maestro di scuola gliene avesse letto su un libro di fiabe di Madame d'Aulnoy tanto tanto tempo fa. L'unica impressione che persisteva concreta nella sua memoria, di quella esperienza, era la voce collerica dell'inglese che gridava al piccolo portiere: «Chi è questa stracciona? Falla uscire immediatamente.»

Al posto di polizia la donna e la bambina furono ricevute da un anziano commissario, che riusciva a stento a tenere gli occhi aperti per la stanchezza. Evidentemente aveva passato la notte a occuparsi di problemi ben piú gravi di quello che la portinaia gli esponeva in tono concitato.

— Si calmi, buona donna! — la interruppe a metà del discorso in tono autoritario. — Il caso non mi pare cosí urgente. La madre di questa povera creatura a quanto pare non è stata ancora seppellita. Eh, che diamine! Non si può lasciarla in quella che era la sua casa a vegliarne il corpo fino al momento del funerale?

— Ma bisognerà avvertire l'Ospizio perché le conservino il posto — insistette madame Annaud.

— Neanche si trattasse del pensionato per signorine di buona famiglia della Legion d'Onore! — rise con amarezza il commissario. — Di posto là dentro ce n'è sempre, al massimo ci si stringe un po'. In questi mesi freddi poi la polmonite fa tutti gli anni un bel repulisti e sono piú le ospiti che escono con i piedi in avanti che quelle che entrano camminando sulle proprie gambe. Davvero non ha modo di prendersene cura lei, di quest'orfana, buona donna? È già in grado di lavorare e potrebbe darle una mano.

— No. Meglio che vada all'Ospizio. È una creatura ribelle, e ha bisogno di essere tenuta a freno. Mi prepari la carta, signor commissario, cosí domani, dopo il funerale, ce la accompagnerò direttamente, senza venire ancora a disturbarla.

Sospirando, l'uomo tirò fuori un modulo, chiese il nome di Sophie e dei suoi genitori, scrisse, timbrò.

— Mi dispiace per tua madre, Sophie Gravillon — disse a mo' di commiato.

"E ancora di piú mi dispiace per te, povero sassolino" pensò vedendo la figura esile della bambina che si allontanava a fianco della portinaia.

Tornate in rue Marcadet, madame Annaud si infilò nella guardiola, dove il braciere acceso diffondeva un bel tepore. Dalla porta socchiusa Sophie vide il tavolo apparecchiato con le vivande provenienti dal canestro di Boulevard des Capucines. La portinaia colse il suo sguardo e con aria di gran degnazione tagliò una fetta dello sformato di riso e gliela porse. — Tieni! E fattelo durare fino a stasera. Non ingozzarti come fai di solito.

Sophie avrebbe voluto rifiutare con sdegno, ma nonostante il suo proposito di lasciarsi morire di fame, sentiva dei morsi cosí tremendi allo stomaco che temeva di svenire. Calcolò che erano piú di ventiquattr'ore che non mangiava qualcosa di solido.

Strappò dunque la fetta di torta dalle mani della donna e masticando con avidità si avviò su per le scale. Salí lentamente, strascicando i piedi. Durante la notte stare abbracciata al corpo inanimato della madre non le aveva fatto nessuna impressione. Adesso invece cercava di rimandare il momento in cui l'avrebbe rivista. Temeva di trovarla cambiata, era terrorizzata all'idea che una Fantine diversa, con gli occhi infossati e le labbra livide stirate sui denti macchiati di sangue, si mettesse a sedere sul giaciglio, che le parlasse con voce d'oltretomba, che la afferrasse per un lembo del vestito. Le tornavano alla mente tutte le storie di fantasmi che aveva sentito raccontare, persino il balletto delle monache morte di *Roberto il diavolo*. Aveva voglia di scapparsene lontano, di non entrare mai piú nella soffitta.

Ma quando varcò la soglia, vide con enorme sollievo che la madre era esattamente come l'aveva lasciata poche ore prima. Anzi, Fantine aveva sul viso un'espressione piú dolce, come se avesse dimenticato ogni sofferenza e dormisse serena.

Qualcuno, probabilmente una vicina, aveva sostituito i quattro mozziconi con nuove candele. E non candele di sego come quelle che il giorno prima aveva portato la portinaia. Queste erano candele di cera, come quelle degli altari della chiesa di Notre Dame, e bruciando mandavano un buon profumo. Tra le mani della morta incrociate sul petto la caritatevole visitatrice aveva infilato con delicatezza un mazzolino di fiori. Questo dettaglio fece pensare a Sophie che l'autrice del gesto affettuoso fosse madame Richier, la vedova del secondo piano che manteneva i suoi due bambini confezionando fiori di seta e modellando frutta di cera per le campane di cristallo con le quali i ricchi decoravano i loro salotti. Era sempre stata gentile con la povera Fantine, e quel mazzolino doveva esserle costato una intera giornata di lavoro, pensò

Sophie con riconoscenza. Ma quando si chinò a osservare meglio i fiori, sentí che emanavano un profumo dolce e penetrante e si rese conto stupita che non erano di stoffa, ma veri. Dove poteva averli colti madame Richier? Tutti i giardini e gli orti di Parigi e dei sobborghi in quel rigido inverno erano coperti di neve; le aiuole, gli alberi, gli arbusti erano spogli. Eppure da qualche parte quei giacinti, quei narcisi e quei mughetti erano riusciti a sbocciare, visto che adesso profumavano cosí dolcemente sul petto di Fantine.

Ma la generosità della vicina non si era limitata alla povera morta. Sulla sedia che stava sotto l'abbaino, poggiate su un tovagliolo bianco, Sophie vide una treccia di brioche fresca e una bottiglia di latte.

Il pezzetto di sformato di riso non l'aveva saziata. Mangiò e bevette avidamente, rinfrancata dall'idea che al mondo esistevano ancora persone generose. Poi sfiorò i piedi della madre con una carezza. — Torno subito — le disse. — Scendo un attimo a ringraziare.

Ma, uscita sul pianerottolo, si bloccò, colpita da un dubbio. Ringraziare chi? Se i fiori non erano artificiali, allora non era cosí certo che a portare quei doni fosse stata madame Richier. Poteva essere stato chiunque, tra i vicini. L'unica che Sophie poteva escludere, e non solo perché in tutto quel tempo era stata fuori di casa insieme a lei, era la portinaia.

"Una persona cosí gentile e cosí affezionata a mia madre, certo verrà al funerale" pensò la bambina. "La ringrazierò domani."

8

Ma l'indomani, quando la modesta bara uscí dal portone di rue Marcadet sulle spalle dei quattro uomini dell'Agenzia Funeraria preceduti dal sacerdote, non c'era nessuno degl'inquilini a rendere l'ultimo saluto a Fantine Gravillon. Nessuno si affiancò a Sophie e a madame Annaud per seguire il funerale.

— Raccogli i tuoi stracci, prima di uscire, e porta con te il fagotto! — aveva ordinato la portinaia all'orfana. — Dal cimitero ti accompagnerò direttamente all'Ospizio di Mendicità.

A causa del freddo, il prete e i quattro portatori camminavano cosí in fretta che Sophie riusciva a malapena a non restare indietro. Arrivarono al cimitero di Montmartre in meno di dieci minuti. Qualcuno aveva già aperto il cancello e spalato la neve dal sentiero principale. Sui due lati, le tombe erano ricoperte da una coltre bianca, sollevata a intervalli regolari da rilievi morbidamente arrotondati. Niente sembrava cambiato da quando, due giorni prima, Sophie era passata di corsa davanti al cancello gridando euforica all'indirizzo del padre: — Mi daranno sessanta franchi!

Due giorni... All'orfana sembrava che fosse passata una vita intera.

Guardò meglio e vide che qualcosa in realtà era cambiato. In fondo, nel campo dei poveri, un rettangolo nero feriva l'immacolato candore. La fossa già aperta aspettava di accogliere i resti di colei che era stata Fantine Gravillon.

Il curato spinse la testa di Sophie contro il legno della bara.

— Baciala! — le ordinò. Poi recitò una giaculatoria in latino di cui nessuno dei presenti comprese il significato.
— Amen! — concluse il prete.

— Amen! — risposero tutti.

La bara fu calata nella fossa e il sacerdote vi spruzzò sopra dell'acqua benedetta. Il becchino riempí una pala di terra mista a neve e la porse a Sophie che, non riuscendo a reggerla con una sola mano, dovette poggiare a terra il fagotto.

— Terra alla terra, polvere alla polvere — recitò il curato, questa volta in francese.

Sophie obbediva come un automa. Avrebbe voluto piangere, anche per non essere giudicata dai presenti una figlia senza cuore. Ma era come se il freddo le avesse gelato le lacrime, che non riuscivano a sgorgarle dagli occhi.

Quando tutto fu finito, madame Annaud le ordinò bruscamente: — Andiamo!

Tra poco un'altra bocca nera si sarebbe spalancata, questa volta per inghiottire l'orfana: la porta dell'Ospizio di Mendicità.

La donna e la bambina s'incamminarono verso il cancello del cimitero.

L'avevano appena varcato, quando Sophie avvertí un colpo alla schiena che la spinse avanti e sentí che qualcuno le strappava di mano il fagotto, gettandolo tra i piedi di madame Annaud. La portinaia inciampò a quell'ostacolo improvviso, vacillò e, per reggersi, dovette appoggiarsi al muro di cinta del cimitero, imprecando: — Ma cosa diavolo!?

Intanto una mano aveva stretto con forza il polso di Sophie, trascinando l'orfana lontano dal cancello.

— Corri! Scappiamo! — le sussurrò una voce all'orecchio. La voce di Toussaint.

Corsero veloci. I lembi della pelliccia bianca battevano contro gli stinchi del ragazzo, che non per questo rallentava l'andatura. Sophie perse una scarpa, e sentí che la neve bagnata le inzuppava la calza fino al ginocchio.

Jean-Baptiste li aspettava con la carrozza dietro l'angolo di rue Lemercier. — Presto, sali! — ordinò Toussaint a Sophie, tenendole aperto lo sportello. Il cocchiere agitò la frusta, fece un verso e i cavalli partirono al piccolo trotto.

— Dove andiamo? — chiese Sophie. Le pareva che gli ultimi cinque minuti non appartenessero alla realtà. Forse per la grande stanchezza e per il freddo si era addormentata di colpo e adesso stava sognando.

— Dove mi porti? — ripeté preoccupata.

— A casa — rispose tranquillo Toussaint. — Madame Varens ti sta aspettando. Perché tanta meraviglia? Te l'avevo promesso che sarei ritornato — osservò poi. — Sono venuto anche ieri a cercarti, ma non eri in casa.

Era stato Toussaint, capí allora Sophie, a lasciare nella soffitta, per ordine della sua padrona, il pane, il latte, le candele e il mazzolino di fiori.

— Quando le ho raccontato che tua madre era morta e che quella megera della portinaia ti aveva dato uno schiaffo e ti aveva portato via i soldi, madame Céline mi ha detto: «La tua amica non deve restare in quella casa un minuto di piú. Valla a prendere immediatamente. Perché non l'hai portata via subito?» Le ho spiegato che non volevi lasciare tua madre. «Allora valla a consolare. E dille che l'aspetto.»

— Ma perché? — balbettò Sophie sconcertata. — Cosa vuole da me?

Toussaint si strinse nelle spalle. — È un tipo originale, la mia padrona. Ha detto che d'ora in poi Boulevard des Capucines sarà la tua casa. Evidentemente si è incapricciata di te.

Guardò fisso Sophie negli occhi e aggiunse, in tono metà serio e metà scherzoso: — Adesso non metterti delle idee in testa, solo perché hai la pelle bianca. Non illuderti che madame ti voglia adottare. Ce l'ha già una figlia, una bambina di sette mesi, e probabilmente ne avrà degli altri. È ancora molto giovane.

— Una bambina in fasce? Non l'ho vista l'altro giorno — osservò Sophie stupita. — Dov'era? Forse l'ha mandata in campagna...

Toussaint la interruppe: — No, non l'ha mandata a balia in campagna. La alleva in casa. La allatta lei stessa. È questo il motivo per cui madame quest'anno non ha rinnovato il contratto con la Compagnia dei Balletti. Monsieur Edouard vorrebbe che smettesse per sempre di calcare il palcoscenico. Sostiene che non è dignitoso per la moglie di un gentiluomo. Ma io credo che anche la gelosia giochi la sua parte in questo desiderio di tenerla chiusa in casa. Vedremo cosa succederà quando Adèle sarà svezzata. Avant'ieri sera non l'hai vista, perché probabilmente Dédé a quell'ora dormiva già nella sua camera da letto, o forse era con Solange negli appartamenti delle domestiche.

Quella era stata la prima volta, ricordava adesso Sophie, mentre guardava Adèle rincorrere il cerchio nei viali delle Tuileries, che aveva sentito pronunciare il suo nome. Alle undici di mattina del 5 gennaio 1832. Ma senza provare troppo interesse per lei e senza riuscire ancora a immaginarla. Altre erano le cose che destavano la sua curiosità in quel momento.

— E i fiori? — aveva chiesto. — Dove li hai presi, di questa stagione?

— Madame ha sacrificato per te due interi vasi del suo giardino d'inverno. Una piccola serra con le pareti tutte di vetro, sai. I bulbi ci germogliano e ci fioriscono tutto l'anno. Non li hai visti, avant'ieri, nel vano delle finestre del salottino? Monsieur Edouard protesta, perché la moglie gli proibisce di fumare in quella stanza, e poi lo costringe a respirare il profumo dei giacinti e dei narcisi, che gli fa venire il mal di testa.

Il ricordo di come profumavano quei fiori sul petto di Fantine tornò cosí vivido nella mente di Sophie che le sue lacrime improvvisamente smisero di essere dure come schegge di ghiaccio e incominciarono a scorrerle brucianti lungo le guance. Toussaint non disse niente. Si limitò a porgerle in silenzio un fazzoletto.

Intanto erano arrivati in Boulevard des Capucines.

PARIGI, GENNAIO 1832

9

Aprí la porta una cameriera che l'altra volta Sophie non aveva visto. Indossava un grembiule bianco e aveva un piumino infilato nella cintura. Evidentemente stava spolverando le porcellane dell'atrio.

— Buongiorno, Charlotte — la salutò cordiale Toussaint. — Madame è già alzata? Valle a dire che siamo arrivati, e chiedile se desidera vedere subito la sua nuova protetta.

— Madame sta facendo colazione. E questa mocciosa, prima di mettere piede nelle stanze dei signori, dovrebbe fare un bagno, e indossare degli abiti puliti e magari mettersi due scarpe invece di una.

Toussaint scrutò Sophie da capo a piedi. — Effettivamente sei proprio malmessa — osservò. Ma non voleva darla vinta alla cameriera. — Prima bisogna che lei e io mangiamo qualcosa — disse. — Siamo affamati. Cosa c'è di pronto in cucina?

Charlotte lo colpí scherzosamente col piumino della polvere.

— Scendi e chiedilo alla cuoca, briccone. Ma vacci da solo. La tua amica deve passare in lavanderia, dove Gotton la sta aspettando già da un pezzo.

Gotton era una donna anziana, col volto butterato dal vaiolo che la faceva sembrare una strega. I suoi modi però erano gentili anche se un po' bruschi. Si accorse subito che Sophie era terrorizzata all'idea di immergersi nel semicupio di zinco colmo d'acqua fumante.

Fantine era una donna pulita e aveva abituato la figlia a lavarsi tutti i giorni il viso, il collo e le mani. Finché i Gravillon avevano vissuto nell'appartamento del quarto piano, una volta al mese la faceva spogliare e mettere in piedi su un catino. Poi le strofinava tutto il corpo con uno straccio insaponato e la risciacquava con l'aiuto di un mestolo da cucina. Da quando erano andate a vivere nella soffitta questa cerimonia naturalmente aveva luogo solo nei mesi piú caldi, perché d'inverno era impossibile riscaldare abbastanza il locale e la bambina avrebbe rischiato una polmonite. Ma in tutta la sua vita, confessò Sophie, non si era mai immersa nell'acqua fino al collo.

— Neppure d'estate in un ruscello? — chiese Gotton, che era stata molti e molti anni prima una ragazzina di campagna.

Sophie invece era una bambina di Montmartre, e gli unici ruscelli che conosceva erano i rigagnoli d'acqua sporca che costeggiavano i marciapiedi. Quanto alla Senna, il grande fiume che attraversava Parigi percorso da imbarcazioni d'ogni tipo, il tipografo e sua moglie avevano sempre ammonito la figlia a non avvicinarsi troppo alle sue rive. — Se ci caschi dentro, la corrente ti porta via — le ripeteva timorosa Fantine.

— Niente paura! Guarda, ti puoi reggere con le mani ai bordi. E poi ci sono io che, se scivoli, ti acciuffo per i capelli e ti tiro fuori — la incoraggiava invece adesso Gotton, nello stanzino pieno di vapore.

Le fece togliere il vestito e la biancheria. — Questi stracci è meglio che li bruciamo — disse accennando al fuoco del caminetto.

— Non ho i pidocchi — protestò indignata Sophie.

— Meglio cosí. Però devi ammettere che sono davvero indecenti, i tuoi vestiti, con tutti quei rammendi e quelle toppe. Davvero li preferisci al bell'abito nuovo e alla biancheria che madame ti ha fatto preparare?

Sophie sospirò. Era stata Fantine a cucirglielo, quel vestito, riducendo una sua vecchia sottana e un corpetto che le stava stretto. Distruggerlo le sembrava una mancanza di riguardo per la madre. Ma d'altronde era vero che stava per cadere a brandelli.

L'abito nuovo che l'aspettava disteso sullo schienale di

una sedia era semplice, senza fronzoli. Forse di una misura un po' troppo abbondante per il corpo magro della nuova arrivata. Ma il tessuto sembrava caldo e di buona qualità. C'era anche un grembiule, un po' grande per lei, che le fece capire meglio delle parole di Toussaint che il suo ruolo nella casa sarebbe stato piú simile a quello di Charlotte e di Gotton che a quello di una *protegée* o di una piccola dama di compagnia. In fondo preferiva cosí. Suo padre e poi sua madre erano stati orgogliosi di guadagnarsi la vita lavorando, e lei avrebbe fatto lo stesso.

Entrò nel semicupio e, reggendosi con precauzione ai bordi, si accoccolò. L'acqua le arrivava all'altezza del petto. Si lasciò fregare docilmente la schiena da Gotton con una spugna ruvida. Poi l'anziana domestica le insaponò i capelli e glieli districò con un pettine fitto.

— Avevi ragione. Niente pidocchi, nemmeno in testa.

Finalmente, asciugata, pettinata, vestita e calzata – il nuovo corredo comprendeva anche delle scarpe – Sophie fu dichiarata idonea a penetrare nelle stanze private della sua benefattrice.

10

Toussaint l'aspettava per accompagnarla. Mentre percorrevano un lungo corridoio deserto, le infilò tra le dita una fetta di pane con dell'arrosto.

— Mangia. Con calma, senza strozzarti. Madame può aspettarti ancora per cinque minuti. Non ha fretta. Sta allattando la bambina.

Fu cosí che Sophie vide per la prima volta Adèle, che a quel tempo aveva circa sette mesi, mentre poppava attaccata al seno della madre. La lattante si teneva stretta con le mani al collo e all'abito di Céline Varens, e il suo piccolo corpo aderiva talmente a quello piú grande che lo nutriva, che anche negli anni a venire a Sophie sarebbe riuscito difficile considerare madre e figlia come due entità separate.

Nel salottino verde c'era anche il gentiluomo inglese, che in piedi vicino al camino sfogliava un volumetto con aria di disapprovazione.

— Voi siete impazzita, Céline, se pensate di continuare ad allevare questa creatura secondo le teorie deliranti sostenute dal conte italiano Pietro Verri — stava dicendo. — Non capisco ancora perché non abbiate voluto mandarla a balia in campagna come fanno tutte le signore della buona società. Vi rovinerete il seno.

— Trovate che non sia piú bello e sodo come una volta? — chiese Céline civettuola, portandosi una mano alla scollatura aperta. — Eppure l'altra sera a teatro mi avete fatto coprire con lo scialle perché il marchese de Rubempré lo ammirava con troppa insistenza. Non ditemi che siete geloso anche di Adèle.

Il gentiluomo sbuffò infastidito. — Mi piacerebbe sapere come vi siete procurata questo libro, e anche perché il conte Verri, laggiú a Milano, ai suoi tempi, non si sia limitato a fare il funzionario di sua maestà l'imperatrice d'Austria. Quando mai si è sentito di un gentiluomo che preferisce disegnare la culla e gli abiti di una neonata, e lavarne personalmente le sozzure, invece di frequentare la società dei suoi pari o andarsene a cavallo a sorvegliare le sue proprietà!

— Ve l'ho già spiegato, amor mio — rispose dolcemente Céline, senza adeguarsi al tono aggressivo del marito. — È stato Jean-Jacques Rousseau a sostenere la teoria che il latte materno è l'alimento migliore per un neonato, e che le fasce danneggiano la crescita dei bambini invece di favorirla. Il conte Pietro Verri non ha fatto altro che mettere in pratica queste teorie allevando personalmente sin dalla nascita sua figlia Teresa.

— Anche se la neonata aveva una madre, e se la casa era piena di parenti di sesso femminile e di domestiche!

— Io trovo commovente che un padre abbia voluto seguire giorno per giorno la crescita della sua bambina — osservò Céline.

A Sophie parve di indovinare, in questa frase, un po' di amarezza, come una lieve critica per la mancanza di tenerezza, di carezze, di contatto fisico, per l'indifferenza che monsieur Edouard dimostrava nei confronti di Adèle.

— E poi era un esperimento scientifico — aggiunse la giovane donna. — Non dimenticate che Pietro Verri non era solo un conte e un funzionario dell'imperatrice Maria Teresa, ma era un filosofo, un illuminista.

— E voi rischiate di rovinare vostra figlia dando retta ai deliri di questi filosofi del secolo scorso! Non volete ammettere che le loro teorie hanno fatto solo danno all'umanità, e comunque sono superate. Magari quando sarà piú grande, vorrete fare di vostra figlia una selvaggia in preda a tutti gl'istinti piú bassi, come il povero Emile del vostro Rousseau — esclamò sdegnato l'inglese, sbattendo con forza il volumetto sul piano del tavolo.

Sophie riuscí a leggerne il titolo: *Manoscritto per Teresa*. Piú avanti avrebbe scoperto che il conte Verri non solo si era occupato come una madre della sua primogenita fin dal primo giorno di vita della bambina, ma che scriveva giorno per giorno il resoconto di questa singolare esperienza rivolgendosi direttamente alla piccola Teresa perché la figlia, una volta cresciuta, lo potesse leggere.

— Ad ogni modo non oserete affermare che l'assenza delle fasce abbia indebolito la schiena della nostra Adèle — osservò scherzosa Céline, sollevando la bambina che, sazia, le si era staccata dal seno. La piccola, che era vestita soltanto di un leggero abitino di mussola, si reggeva ben dritta, puntando i piedini nudi sulle ginocchia materne e tendeva le braccia verso le fiamme del camino.

Col suo piccolo corpo vigoroso e i capelli sottili arricciati sul sommo della testa, Adèle era bellissima, pensò Sophie. Sembrava una bambola di biscuit, di quelle a grandezza naturale, che aveva tanto ammirato una volta che suo padre l'aveva portata a guardare le vetrine del centro. Le tese le braccia, e la piccola, senza nessuna diffidenza, si sporse verso di lei.

— Visto? — esclamò allegramente la giovane madre dandogliela in braccio e approfittando delle mani libere per abbottonarsi il corsetto. — Adèle approva la mia scelta. Abbiamo trovato la nuova cameriera che cercavamo, mio caro Edouard.

— Cercavamo una nuova cameriera? Volete sostituire Charlotte? Fino a ieri ne sembravate cosí soddisfatta — osservò con stupore l'inglese.

— Infatti. Charlotte è una perla. Ma da sola presto non ce la farà piú a tenere pulita tutta la casa. Lo vedete anche voi come sta crescendo vivace il nostro tesoro. Tra qualche mese inizierà a camminare, e metterà tutto in disordine, sporcherà in giro. Proprio quando noi riapriremo il salotto agli amici. Ci sarà bisogno di un aiuto cameriera che dia una mano a Charlotte, ed è meglio addestrarla da subito.

Il marito fece un gesto di fastidio con la mano, come ad allontanare tutti quei dettagli che non potevano né dovevano interessare un gentiluomo. Poi scrutò perplesso Sophie, senza riconoscere in quella personcina linda e ordinata la bambina cenciosa che due giorni prima aveva osato entrare col canestro pieno di camicie dalla porta principale.

— Mi sembra un po' troppo giovane — osservò. — E poi, quanto ci verrà a costare?

— Niente — intervenne Toussaint, che fino a quel momento aveva osservato la scena in silenzio.

— È un'orfana. Si accontenta del vitto e dell'alloggio — spiegò Céline.

— Se è cosí... d'accordo — approvò l'inglese. — Ad ogni modo, siete sempre troppo generosa Céline. I suoi parenti vi dovrebbero pagare qualcosa, visto che le insegnate un mestiere.

La giovane donna sorrise a Sophie, con una piccola smorfia di complicità che l'orfana pensò volesse significare: "Lasciamoglielo credere, a quell'avaraccio. Avrai il tuo salario, sta' tranquilla."

Monsieur Edouard aveva ripreso in mano e aperto il volumetto del Verri. — Davvero, non vorrete imitare questo pazzo! — disse indignato, e cominciò a leggere: — *Per liberarvi finalmente dal pericolo del vaiolo questa sera giorno di Giovedí 28 settembre alle ore 24 siete stata innestata dal dottor Mainardi all'uno e all'altro braccio sul muscolo dettoide. Siete stata condotta in carrozza colla Savina e con Frisi a Porta Ticinese in casa di un povero galantuomo dove eravi un bambino con ottimo vaiolo e nato da parenti sani. Io non ho avuto coraggio di esservi...* Lo credo bene che non ha avuto il coraggio! Far correre un rischio cosí tremendo alla propria creatura...

— Se andrete avanti a leggere, mio caro amico — osservò Céline con gentilezza — scoprirete che alla piccola Teresa Verri non accadde niente di cosí terribile, e che restò immune per tutta la vita da quella tremenda malattia. E che le piccole eruzioni cutanee, conseguenza dell'innesto, o del vaccino come dicono oggi, non le lasciarono alcun segno deturpante né sul viso né sul corpo. Vorrei ricordarvi che ormai da piú di cinquant'anni anche in molte famiglie reali d'Europa, i piccoli principi vengono vaccinati.

— Ad ogni modo vi proibisco di far inoculare il vaiolo a "questa" creatura — insistette monsieur Edouard.

L'oggetto di tale disputa intanto si era messa a ballare tra le braccia di Sophie al ritmo vivace battuto con le mani da Toussaint sul piano del tavolino e a lanciare brevi grida di entusiasmo.

— Silenzio! — ordinò il padrone di casa irritato.

— Avete l'emicrania? Forse è meglio che andiate a riposare sul divano del vostro studio — gli consigliò con dolcezza Céline.

Quando il marito fu uscito, la giovane donna aprí le braccia a Sophie. — E dunque, eccoti arrivata, povera bambina! — esclamò. — Adesso sei al sicuro, sassolino. Non ti dispiace se ti chiamo cosí, vero? Qui non ci sono rocce o macigni che ti possano schiacciare. Da' la piccola a Toussaint e avvicinati.

Se la strinse al petto. Aveva un profumo cosí dolce! Sapeva di fiori, ma anche di latte, di tepore, di dolcezza. Sapeva di madre, come Fantine quando Sophie era piú piccola. A quel ricordo l'orfana scoppiò ancora una volta a piangere.

— Su, su! La tua mamma adesso è in cielo tra gli angeli — le disse Céline Varens carezzandole i capelli. — La tua mamma adesso è tranquilla, perché sa che niente potrà piú farti del male. Sa che accanto a te ci sono io, e che ti proteggerò da ogni pericolo.

Confortata da queste parole Sophie ebbe tuttavia un fremito d'orgoglio. I suoi genitori le avevano ripetuto tante volte che anche i poveri hanno la loro dignità e che non devono accettare un dono se non possono ricambiarlo. Dunque gettò indietro la testa, si asciugò le lacrime col polso dell'abito nuovo, ed esclamò fieramente: — E io quando sarò grande proteggerò da ogni pericolo la vostra bambina. Non dovrete piú preoccuparvi per Adèle, mai, per tutta la vita. Ve lo prometto.

Céline le sollevò il mento e la fissò gravemente negli occhi: — Accetto la tua promessa — le disse. — Adesso non temo piú niente per il futuro di mia figlia.

Qualche mese dopo, quando ormai Sophie si era consolata abbastanza da non scoppiare a piangere ogni volta che pensava a rue Marcadet, Toussaint le avrebbe detto che secondo lui madame Varens aveva accettato la sua promessa senza prenderla troppo sul serio. Come se fossero entrambe due bambine che giocavano a "fare finta che".

— Quel giorno sembravi fragile e indifesa, come un uccellino caduto dal nido. Fare affidamento su di te per la difesa e la protezione non dico di una bambina, ma persino di una mosca, sarebbe stato davvero ridicolo.

Ma Sophie non era dello stesso parere. Per un qualche istinto misterioso, sapeva che Céline Varens aveva davvero fiducia in lei.

V
PARIGI, GIUGNO 1837

1

Parigi, rue Saint Augustin
10 giugno 1837

Cara madame,
se per caso aprite questa lettera prima delle altre, devo pregarvi di richiuderla e di leggerla come terza, dopo quella datata 30 maggio e l'altra datata 3 giugno. Perché è in tale sequenza che ve le ho scritte, anche se adesso so che le riceverete tutte insieme.

Carissima madame Céline, sono cosí contenta che Toussaint abbia scoperto finalmente che vi tengono rinchiusa nella prigione femminile di Saint Lazare e che sia riuscito a parlare col vostro carceriere! Mi ha raccontato che è un uomo rozzo e ignorante, ma che, per vostra e nostra fortuna, non sembra né violento né crudele. E che, lusingato dalla promessa di qualche moneta d'oro, ha accettato di consegnarvi le nostre lettere. Vedete che ho fatto bene a conservare intatto il gruzzolo che avevo nascosto dentro la calza! Se come spero quei franchi ci serviranno a mantenerci in contatto con voi, li bacerò uno a uno prima di consegnarli a Toussaint.

Tússi mi ha anche rassicurato sulla segretezza della nostra corrispondenza, spiegandomi che siete sola nella vostra cella, il vostro guardiano è analfabeta, e che dunque siamo liberi di scrivervi qualsiasi cosa senza paura che lui la possa leggere. La prudenza però impone che voi distruggiate le nostre lettere subito dopo averle lette, in modo che non rischino di cadere nelle mani di qualcuno dei vostri nemici, che magari vi fa controllare e spiare a vostra insaputa e fa perquisire la vostra cella mentre dormite. Perciò Toussaint è rimasto d'accordo col carceriere che voi stessa brucerete le lettere in sua presenza grazie alla fiamma della candela che vi avrà portato per permettervi di leggerle.

Sapeste come vi compiango, madame, al pensiero che passate tutto il vostro tempo nell'oscurità, senza poter scambiare qualche parola con un altro essere umano! Toussaint mi ha detto che vi hanno rinchiuso in una segreta che si trova a due piani di profondità sotto il livello del suolo, e che dunque anche in questa stagione è fredda e umida come d'inverno. Il carceriere gli ha promesso che vi lascerà il lume per tutto il tempo necessario a leggere i nostri messaggi. Perciò, nella speranza che quest'uomo sia abbastanza generoso da permettervi, oltre che di leggere, anche di scrivere, alle tre lettere unisco un foglio bianco. Se siete in grado di risponderci, vi supplico di farci avere vostre notizie.

Sul vostro stato di salute, Toussaint si è già informato dal carceriere, che lo ha rassicurato. Ma leggere qualche riga scritta di vostro pugno, e conoscere il vostro stato d'animo e i vostri sentimenti, sarà per noi di enorme sollievo. Scriveteci anche se vi serve qualcosa che possa alleviare le vostre sofferenze. Cercheremo di esaudire, nei limiti delle nostre possibilità, ogni vostro desiderio.

Il carceriere sostiene che non avete in tasca un soldo per pagarvi una minestra calda o un po' di paglia asciutta, e che quando siete arrivata in prigione non avevate con voi né danaro né oggetti preziosi. Dobbiamo credergli? Con Toussaint abbiamo esaminato diverse ipotesi: la prima è che voi siate riuscita a nascondere da qualche parte il danaro, i gioielli e i documenti che tenevate nel secrétaire, e che abbiate effettivamente seguito a mani vuote le guardie che vi arrestavano.

La seconda è che lungo la strada, o al commissariato, le guardie vi abbiano perquisita e vi abbiano sequestrato i valori che portavate addosso.

La terza è che siate entrata nel carcere con il danaro e i gioielli, e che sia stato il carceriere a depredarvi, mentendo piú tardi a Tússi per ottenere del denaro anche da lui.

Non possiamo credere che abbiate ancora con voi monete o oggetti di valore, perché altrimenti avreste trovato il modo di farci avere subito vostre notizie, sapendo in quale angoscia ci avevate lasciati.

Abbiate la bontà, visto che il carceriere non è in grado di leggere le vostre parole e dunque non può riferirlo a nessuno, di spiegarci come stanno le cose a questo riguardo. E anche, se possibile, di dirci dove sono i documenti che attestano la libertà di Tússi. Capite anche voi che da uomo libero potrebbe aiutarvi meglio. Forse, nonostante il colore della pelle, il giudice gli permetterebbe anche di testimoniare.

Immagino che sarete impaziente di avere notizie di Adèle. Il nostro tesoro sta bene. Al mattino, se il tempo è asciutto, la accompagno a giocare col cerchio ai giardini delle Tuileries. Portiamo sempre con noi anche la bambola Dagoberta, da cui vostra figlia non si vuole mai separare. Mentre di Poupette sembra che le importi molto meno. Non mi ha chiesto neppure di toglierla fuori dal baule. Forse ha paura che in questo stanzino dove non c'è posto per niente si possa rovinare.

Ogni notte, per farla addormentare, leggo a Dédé una fiaba da *I racconti di Mamma Oca* di Perrault. Per fortuna sono riuscita a mettere in salvo il bel libro illustrato che monsieur Edouard le ha spedito da Nizza per il suo quarto compleanno. E dopo che abbiamo spento la candela, le recito qualcuna delle *Favole* di La Fontaine, di quelle che anche Adèle conosce a memoria. Poi, il giorno dopo, gliela faccio ripetere. È un gioco che la diverte, e mi ha chiesto lei stessa di continuare gli esercizi di scrittura che aveva cominciato col Cittadino Marchese. Pensate che quando siamo ai giardini, continua a tracciare le lettere con un bastoncino sulla ghiaia dei viali. Ha già imparato a mettere insieme qualche parola e ne è molto orgogliosa.

Adèle non sa che siete in prigione. Nessuno, neppure quell'uomo rude che è monsieur Frédéric, è stato cosí crudele da informarla delle vostre disgrazie. Per giustificare la vostra assenza io le ho raccontato che siete in tournée a Vienna con il Corpo di Ballo dell'Opéra e che ancora non sono riusciti a consegnarvi la lettera dove vi informavo che i parenti del vostro padrino ci hanno cacciato di casa.

Per quanto riguarda la vostra difesa in tribunale, purtroppo la viscontessa de Lagardière in questi ultimi giorni era ammalata e non è uscita come al solito per andare in chiesa. Tússi dunque non ha potuto disporre di molto tempo libero, e quel poco lo ha impiegato tutto nella vostra ricerca e nelle trattative col carceriere. Speriamo che la sua padrona guarisca presto e gli offra l'occasione di uscire piú spesso.

Adesso vi saluto, madame: come vedete sono quasi arrivata al limite del foglio e voglio lasciare un po' di spazio perché domani mattina vi farò aggiungere un saluto di pugno di Adèle, che ci tiene molto a mostrarvi i suoi progressi. Perdonate i suoi errori: le ho promesso che le lascerò scrivere tutto quello che vuole senza correggerla.

Madame, vi supplico, adesso che vi abbiamo ritrovata, rispondeteci al piú presto. Siamo ansiosi di avere vostre notizie e di sapere in che modo possiamo aiutarvi.

Abbiate fiducia in noi e state certa che tra breve le vostre sofferenze e le nostre saranno finite.

Vi saluta rispettosamente, con tutto il suo affetto e la sua devozione, la vostra fedele

Sophie

Cara mamma, Sopie madetto cqe sei a dansare in un pese lontano que si ciama Viena e qe ricevi tanti aplaussi. Ma bali il valzer o la sifide con Fany Elser? Io sono buona e obediscio ha Sopihe. Torna presto. Un baccione forte fote dala tua

Dédé

Parigi, Faubourg Saint Germain
Palazzo del visconte de Lagardière
10 giugno 1837

Cara Madame Céline,
unisco questo foglio alle tre lettere che Sophie, nella sua ostinata fiducia di ritrovarvi, aveva cominciato a scrivervi immediata-

mente dopo la vostra scomparsa. Voi mi conoscete e sapete che non sono molto portato per la corrispondenza. D'altra parte, tutte le domande e le informazioni necessarie, compresi gli sgorbi di Adèle, le troverete nelle lettere di Sophie.

Insieme alle lettere vi mandiamo una sciarpa di lana e un paio di guanti, lavorati ai ferri da Sophie, augurandoci che il carceriere ve li faccia avere come mi ha promesso. Oltre alla somma che mi ha chiesto per consegnarvi le lettere, gli ho dato dieci franchi, perché vi porti ogni giorno una zuppa calda e un po' di carne. Scrivetemi se lo fa davvero, e se il cibo è di buona qualità. E se quell'uomo vi cambia con frequenza la paglia della lettiera per consentirvi di dormire all'asciutto. Anche per questo si è fatto pagare.

Il denaro viene dai risparmi di Sophie, però dovremo trovare il modo di procurarcene dell'altro, anche in vista del processo. Ancora non so come. Ma abbiate fiducia nel vostro Tússi. Se non fossi ricaduto in schiavitú e potessi disporre liberamente di me stesso, andrei a offrirmi come equilibrista e prestigiatore al teatro comico di Bobino. Sono certo che mi scritturerebbero immediatamente, anche se forse grazie alla mia pelle nera piú che alla mia abilità.

Sfortunatamente però non sono padrone di me stesso, quindi dovrò escogitare qualche altro espediente. Voi comunque non perdete la fiducia. Il gruzzolo di Sophie è ancora quasi intatto e ci permetterà di tirare avanti per almeno un mese. Nel frattempo magari saremo già riusciti a farvi liberare.

Vi dirò che nella mia disgrazia sono stato fortunato, perché nella casa del visconte non mi hanno assegnato alcun lavoro faticoso. Devo soltanto rispondere agli ordini della viscontessa, madame Violaine, che ha già uno stuolo di cameriere a disposi-

zione per le sue necessità e da me si aspetta soltanto che la diverta, come un cagnolino ammaestrato, e che la scorti quando esce in carrozza per suscitare l'invidia delle sue amiche. Il cocchiere, Noiret, è un uomo intelligente, di idee liberali, e quando ha saputo che non ero un domestico stipendiato, ma uno schiavo, si è indignato che in Francia si tolleri ancora questa vergogna e mi ha promesso che per quanto lo riguarda, cercherà di aiutarmi ad avere la maggior libertà di movimento possibile. Non so perché, si è messo in testa che io abbia una innamorata, e che la mia smania di allontanarmi piú volte al giorno dal palazzo de Lagardière nasca dal desiderio di non mancare agli appuntamenti con lei. Lo ha raccontato alla moglie, che è la cameriera personale della viscontessa, e anche la brava donna si è impietosita sulla mia sorte, e mi ha preso sotto la sua protezione. Sapeste le bugie che è capace di raccontare alla sua padrona per giustificare un mio ritardo! Di sera la viscontessa va a letto presto. Cosí la buona Denise Noiret racconta a tutti che anch'io vado a dormire sulla panca dell'anticamera come un cane fedele per custodire il sonno della padrona. E di nascosto mi apre la porticina del giardino, lasciandomi la chiave perché possa rientrare senza svegliarla.

Quanto al visconte, nei primi tempi avevo paura che mi guardasse con diffidenza, che sospettasse la mia fedeltà nei vostri confronti, e i miei tentativi di rintracciarvi e di aiutarvi. Ma ho capito presto che mi giudica poco piú di un idiota, incapace di ragionamenti logici e di sentimenti profondi, forse anche di memoria. Per lui tutti i neri sono cosí, me lo ha spiegato Noiret che accompagnandolo in giro lo ascolta conversare con gli amici e lo ha sentito definirci scimmie senza peli, bruti senz'anima e senza intelletto.

Questo giudizio dovrebbe offendermi, ma dal momento che io penso lo stesso del visconte, ne sfrutto l'aspetto positivo, recito a meraviglia la parte dell'imbecille, ascolto quello che dice e che trama contro di voi con il cugino, e mi comporto di conseguenza.

Aspetto con impazienza di leggere la vostra risposta e vi bacio devotamente le mani.

Sono e sarò sempre il vostro affezionato figlio maggiore

Toussaint

2

— Risposta?! Quale risposta? Ehi, muso nero! Adesso stai esagerando. Cos'è questa pretesa di ricevere delle lettere dalla prigioniera in risposta a quelle che ho accettato di consegnarle? Non ti ho mai promesso che l'avrei lasciata scrivere. Inchiostro e penna non devono entrare nella mia prigione. È troppo pericoloso. Vuoi che mi scoprano e che ci rimetta il lavoro, se non peggio? Accontentati di far sapere a madame la schizzinosa quello che succede fuori a voialtri. Ma se desideri essere informato di quello che succede qua dentro, a lei... bene, ti devono bastare le mie parole. E allontanati in fretta, ché sta per arrivare il collega che mi dà il cambio. Quello di certo non lo convinci a chiudere un occhio sul regolamento, neppure con una montagna di monete d'oro!

VI
PARIGI, GENNAIO 1832

1

Quella prima notte in Boulevard des Capucines, ricordava Sophie, si era meravigliata che non la mandassero a dormire nelle stanzette dell'ultimo piano con Charlotte e con le altre domestiche. Per ordine di Céline l'avevano sistemata su un letto di fortuna, un divano nell'anticamera della stanza di Adèle. Nonostante la stanchezza, Sophie era cosí triste e angosciata che non riusciva a prendere sonno. Se chiudeva gli occhi, vedeva il viso pallidissimo della madre, i suoi occhi chiusi, le mani incrociate sul petto... Al pensiero che non l'avrebbe mai piú rivista, che mai piú avrebbe ascoltato la sua voce, si sentiva sprofondare in un gorgo cupo e nerissimo di dolore senza fondo.

Ascoltava i rumori della casa, la musica del pianoforte che saliva dal salone al pianterreno attutita dai tendaggi e dalle scale, l'acciottolio delle stoviglie in cucina, le risate delle domestiche. Sentiva la morbidezza del lenzuolo contro la guancia, il peso leggero della calda coperta di lana, e si chiedeva se non fosse tutto un sogno, se davvero sarebbe potuta restare per sempre sotto quel tetto ospitale o se invece l'indomani non si sarebbe risvegliata intirizzita e affamata su una branda dell'Ospizio di Mendicità.

Sbatterono porte, risuonò lontano la voce acuta di Toussaint che protestava per qualcosa, e quella di Gotton che ridendo gli ordinava di andarsene immediatamente a letto. Solange attraversò in punta di piedi l'anticamera schermando la candela con una mano e andò a coricarsi nella stanza di Adèle.

Cadde il silenzio, e ancora Sophie non riusciva a dormire. Sentí un mormorio nel corridoio vicino. Monsieur Edouard si accomiatava da Céline con parole tenere: — Addio, mio angelo! A domani. — Poi il rumore di un bacio. Passi maschili giú per le scale, il portone che si apriva e si chiudeva, il rumore degli zoccoli del cavallo sull'acciottolato del viale. "Va a una festa in casa di gente nobile e ricca dove le ballerine non sono ricevute" tentò di indovinare Sophie, forte della sua esperienza di lettrice di feuilleton. E si chiese se Céline soffriva per questa esclusione, se si sentiva umiliata. Le tornarono in mente i discorsi indignati dell'amico di suo padre.

«Come è possibile» protestava Pierre Donadieu «che in meno di cinquant'anni i sacri principi di uguaglianza, libertà e fratellanza proclamati dalla Grande Rivoluzione siano stati dimenticati?»

Chissà dov'era adesso la buona Scimmia fedele? Lo avrebbe mai piú incontrato? Improvvisamente Sophie si rese conto che, se l'amico di suo padre fosse tornato dall'estero e si fosse presentato a cercarla in rue Marcadet, non avrebbe trovato nessuno in grado di dirgli dove era andata a finire l'orfana del suo antico Orso. Sia la portinaia che gli altri inquilini gli avrebbero potuto raccontare soltanto in perfetta buona fede che, dopo la morte della madre, la piccola Gravillon era stata vista per l'ultima volta al cimitero e che poi era scomparsa nel nulla.

Al pensiero di avere perduto per sempre la possibilità di rivedere l'unico amico che le restava al mondo, l'unico legame col suo passato, Sophie ricominciò a piangere in silenzio. Aveva sentito suonare la mezzanotte e stava finalmente per scivolare nel sonno, quando nell'altra stanza Adèle cominciò a frignare piano.

Ricordando d'essere un aiuto cameriera Sophie si scosse, si alzò a sedere, poggiò a terra i piedi scalzi. Cosa doveva fare per evitare ogni disagio alla padrona che dormiva tre stanze piú in là? Doveva intervenire andando a cullare la piccola, magari prenderla in braccio per calmarla, o lasciar fare a Solange?

Mentre si interrogava sui propri compiti già qualcuno era entrato nell'anticamera reggendo un lume: Céline Varens, in accappatoio, con i capelli sciolti giú per le spalle e pantofoline leggere ai piedi.

— Lasciamo dormire Solange. È molto stanca — le sussurrò accorgendosi che era ancora sveglia. Poggiò il lume, entrò di là e in un attimo fu di ritorno con la bambina già attaccata al petto che poppava con furia.

— Devo decidermi a toglierle l'abitudine di questo pasto notturno — sospirò la giovane madre sedendosi sul bordo del divano a fianco di Sophie. — Edouard non può continuare a uscire tutte le sere senza che l'accompagni. Eravamo abituati ad andare insieme dappertutto: a teatro, ai veglioni mascherati, alle cene... Ma da quando è nata Adèle io la sera devo restare a casa o tornare in gran fretta come Cenerentola. Edouard insiste, fin da quando è nata, perché mandi la piccola a balia in campagna, come fanno le dame del bel mondo. Io però non voglio separarmi da lei. È tutta la mia vita, e se dovesse succederle qualcosa...

Rabbrividí e, come per proteggerla, avvolse piú stretta la figlioletta nella coperta di lana leggera. Cosí facendo, lo sguardo le cadde sui piedi nudi di Sophie.

— E tu, torna sotto le coperte, sassolino! Prenderai freddo.

Sophie obbedí. Incoraggiata dalla pace profonda che regnava nella piccola stanza silenziosa illuminata dal lume a petrolio, osò finalmente la domanda che le prudeva sulla lingua fin dalla mattina: — Perché avete detto a Toussaint di portarmi qui? Non mi conoscevate, fino ad avant'ieri. Non sapevate neppure che esistevo. Perché avete deciso di aiutarmi, di tenermi con voi?

Céline allungò una mano per darle un colpetto affettuoso sui piedi. — Non è stata una mia decisione, bambina — disse con dolcezza. — Ho semplicemente obbedito a mia madre.

— Vostra madre? Mi conosce? Conosceva i miei genitori?

— No. Non credo. Ma puoi ringraziare Adrienne Varens: è stata lei a salvarti dalla strada e dall'Ospizio, anche se è morta due anni fa.

Sophie aggrottò la fronte: non riusciva a capire. Céline continuò: — Forse Toussaint, con tutte le sue chiacchiere, ha dimenticato di raccontarti che sono una figlia d'arte, nata e cresciuta tra le quinte di un palcoscenico. Entrambi i miei genitori lavoravano a teatro, lui come scenografo e macchinista, lei come attrice. Era un'attrice famosa, mia madre. Venivano dalle province piú lontane a vederla recitare la parte di Cleantis ne *L'Isola degli schiavi* di Marivaux o quella di Agnese ne *La scuola delle mogli* di Molière.

Era anche una donna molto generosa. Aveva perduto entrambi i genitori durante la Grande Rivoluzione, ed era finita in mano a gente crudele che la picchiava, la affamava e la costringeva a chiedere l'elemosina. Quando ha compiuto cinque anni i suoi aguzzini l'hanno affidata, o per meglio dire venduta, a una sarta del caseggiato, che invece di insegnarle il mestiere, preferiva mandarla in giro per la città a fare le consegne. E questa è stata la sua fortuna, perché le ha dato il modo di incontrare l'addetta ai costumi del Teatro della Comedie Française, una vedova energica e intelligente, che si è impietosita e l'ha presa con sé. E che, constatato che la sua protetta era piú brava a cantare e a recitare che a lavorare d'ago, l'ha spinta e aiutata a muovere i primi passi sul palcoscenico.

A sedici anni mia madre era già famosa come la migliore "ingenua" di tutti i teatri parigini, e continuò a recitare, cambiando ruolo a seconda dell'età, fino all'anno della sua morte. Gl'impresari se la disputavano e le offrivano contratti molto vantaggiosi. Grazie anche al matrimonio con mio padre, adesso godeva di un certo benessere, ma non aveva mai dimenticato le sue sofferenze di bambina.

Quando io ero piccola, aveva fatto giurare al mio padrino, un marchese suo amico e ammiratore, che in caso di disgrazia, se anche mio padre fosse venuto a mancare, avrebbe provveduto al mio futuro. I miei genitori sono morti che avevo già sedici anni ed ero entrata da tempo nel Corpo di Ballo dell'Opéra, per cui non avevo piú bisogno di aiuto, ma il marchese Beaufort de la Pommelière ha mantenuto la promessa e mi è sempre rimasto vicino. D'altronde è stato lui a occuparsi della mia educazione fin da quando ero una bambina, lui che mi ha pagato per anni non solo le lezioni di danza con i migliori maestri, ma anche quelle di canto, di recitazione, di italiano e di scherma, nel caso alla fine avessi deciso di fare anch'io l'attrice come mia madre. E ancora adesso, all'insaputa di Edouard, il mio padrino paga il maestro Jolivet che viene a darmi lezione di ballo due volte alla settimana.

2

La meraviglia di Sophie alla notizia che una danzatrice già famosa prendesse ancora delle lezioni era cosí evidente che Céline si mise a ridere.

— Noi artisti dobbiamo studiare per tutta la vita, sai? Soprattutto nei periodi in cui non lavoriamo, come ho dovuto fare in questi mesi per via della bambina. Non possiamo restare fuori esercizio.

— Io credevo, madame, che adesso che siete sposata non aveste piú bisogno di lavorare — osservò Sophie.

— Parli come il mio Edouard, o come il conte Gilbert de Voisin che corteggia la grande Taglioni e pretende di farle lasciare le scene. Ma vedi, sassolino, non si tratta di un bisogno materiale. Quello di esprimersi con la propria arte è un bisogno di altra natura. L'uccello che non canta muore di tristezza. E questo vale anche per il poeta, per il pittore, per la ballerina e per la cantante. Prendi l'esempio della contessa de Merlin... Sai chi è?

— Una gran signora creola – c'era scritto sui giornali che leggevo a mamma – la moglie di un generale di Napoleone... Nel suo salotto di rue de Bondy riceve le persone piú famose e importanti di Parigi.

— Vedo che sei informata. Allora saprai che la contessa è un'ottima cantante lirica allieva del maestro Garcia, il padre della grande Maria Malibran. E che nella sua casa offre agli illustri ospiti concerti e serate musicali di cui è lei stessa l'interprete principale. Ha persino cantato nei teatri, per un pubblico pagante, destinando il ricavato dei biglietti alle cause piú nobili: agli esuli spagnoli, ai patrioti greci che combattono per l'indipendenza dai turchi, agli insorti polacchi, alle vittime del terremoto della Martinica... Edouard sostiene che non è dignitoso che la discendente delle due grandi famiglie spagnole Santa Cruz de Jaruco e Montalvo O'Farril, la moglie del conte Antonio Cristobal de Merlin, si esibisca su un palcoscenico come una qualsiasi figlia di artigiani o di operai dotata di una bella voce di soprano, e che il marito glielo dovrebbe proibire. Ma perché mai, se a lei cantare piace tanto, e se gli ospiti la ascoltano volentieri?

A Sophie in quel momento importava poco di quanto fossero corrette, opportune e consone alla sua condizione sociale le esibizioni della contessa de Merlin, quindi tornò all'argomento iniziale: — Dunque quando Adèle sarà cresciuta voi tornerete a ballare?

— Appena l'avrò svezzata. Mia madre, che era un'attrice e non una ballerina, aveva potuto riprendere a recitare un mese dopo la mia nascita e mi allattava dietro le quinte, tra un atto e l'altro de *Il Cid* di Corneille o della *Fedra* di Racine. Ce l'ho nel sangue, il teatro. Ho debuttato a cinque anni, sai?, nel balletto *La fanciulla mal custodita*, che si svolge in una fattoria. Noi piccole dovevamo fare la parte delle oche. E da allora ho sempre ballato. Non puoi immaginare quanto mi manchi il teatro in questo periodo! So già che sarà molto difficile convincere Edouard a lasciarmi accettare una nuova scrittura. E purtroppo il mio padrino non ha nessun ascendente su di lui. Anzi, per dirla tutta, sfortunatamente i due uomini che amo di piú al mondo non si stimano affatto l'un l'altro. Edouard sostiene che i libri che mi porta da leggere il marchese de la Pommelière hanno su di me una pessima influenza. Il padrino dal canto suo non si pronuncia, ma non è difficile capire che preferirebbe per me un marito diverso.

La giovane donna sospirò. Adèle intanto le si era addormentata sul seno. Céline si alzò e andò in punta di piedi nell'altra camera a deporla nella culla. Poi tornò a sedere sul letto di Sophie.

— Ti chiederai cosa c'entri tu, in tutta questa storia. Vedi, sassolino mio, due anni fa mia madre, sentendo che stava per morire, mi chiamò accanto al letto e mi disse: «Céline, me ne vado tranquilla perché so che ormai sei un'artista affermata, puoi guadagnare i tuoi quattromila franchi all'anno, contare sulla protezione del tuo padrino e dunque non hai preoccupazioni per il futuro. Ma devi farmi una promessa. Giurami che se un giorno dovesse bussare alla tua porta una *midinette*, la "piccinina" di una sarta che viene a consegnarti un vestito, e se ti accorgessi che è sola e infelice come lo ero io quando bussai alla porta di madame Camille, giurami che avrai pietà di lei e che farai di tutto per aiutarla come madame Camille ha fatto con me.»

— Ma io non ero una *midinette*... e le camicie appartenevano a monsieur Félicien, che se lo verrà a sapere... — la interruppe timidamente Sophie.

Céline rise. — Venivi a consegnarmi dei capi d'abbigliamento, eri sola e disperata... tutto il resto non ha importanza — tagliò corto. — E sai cosa ti dico? Sono felice e ringrazio la sorte che, a permettermi di mantenere la promessa fatta a mia madre, sia arrivata proprio tu, piccola Sophie. Mi fido dell'opinione di Toussaint. «Vi piacerà, madame» mi ha detto «e penso che andrete d'accordo.» Ne sono convinta anch'io. Buona notte, sassolino. Dormi, adesso.

E Sophie, sospirando di sollievo, finalmente si era addormentata.

3

L'indomani, quando Sophie si svegliò, qualcuno aveva già acceso il fuoco nel caminetto, e nella piccola anticamera c'era un tepore delizioso. La porta che dava sulla stanza di Adèle era socchiusa e, senza alzare la testa dal cuscino, la ragazzina poteva vedere Charlotte che, inginocchiata per terra, fregava il pavimento con uno spazzolone. L'orologio sulla mensola del camino segnava le dieci e mezzo.

Mai, in tutta la sua vita, Sophie si era alzata cosí tardi! Piena di vergogna saltò giú dal letto e a piedi scalzi corse nell'altra stanza.

— Perché non mi avete svegliata? — domandò a Charlotte. — Adesso mi vesto e vengo ad aiutarvi. Ditemi cosa devo fare.

— Niente — rispose la cameriera. — Ho quasi finito.

Sophie vide che il letto di Solange era stato rifatto, con le coperte ben allisciate. Anche la culla era vuota, col velo e le piccole lenzuola in perfetto ordine.

— Dove sono Adèle e Solange?

— Sono uscite — rispose la cameriera.

— Uscite? Con questo freddo?

— Ha smesso di nevicare, non vedi? Ed è spuntato il sole. Madame vuole che la figlia vada al parco tutti i giorni, a meno che non piova o non nevichi. La coprono bene, e fino ad oggi non ha mai preso un'infreddatura. Sta' attenta tu, piuttosto, con quella camicia leggera in mezzo alla corrente! Vestiti. Ti ho portato una brocca d'acqua calda piú di un'ora fa, e l'ho poggiata accanto al fuoco. Dev'essere ancora tiepida.

Abituata al gelo della soffitta, Sophie non immaginava quanto fosse confortevole potersi lavare senza rabbrividire dal freddo. Indossò il vestito nuovo, mise calze e scarpe, cercò il grembiule bianco inamidato. Ma la sua divisa da cameriera era sparita.

Charlotte non seppe darle spiegazioni in merito. Disse soltanto: — Sbrigati! Madame Céline si è alzata mezz'ora fa e ha detto che ti avrebbe aspettato per fare colazione insieme.

— Dove?

— Nel salottino verde. Sai come arrivarci? È giú da basso, di fianco al salone del pianoforte.

Céline non si era ancora vestita da giorno né fatta pettinare dalla cameriera, ma Sophie pensò che non ne aveva bisogno. Con quella carnagione fresca, quei capelli lucenti e naturalmente ondulati, avvolta nell'accappatoio bianco la sua benefattrice sembrava una rosa di maggio.

Era seduta in una poltrona dall'alto schienale, totalmente immersa nella lettura di un libro.

Quando sentí il timido "buongiorno" della sua protetta, alzò gli occhi dalle pagine, le sorrise, e in risposta al suo saluto la informò, come continuando una conversazione già iniziata: — Sto leggendo un libro bellissimo, *Notre Dame de Paris*, l'ultimo romanzo di Victor Hugo. — Poi aggiunse con entusiasmo: — Adoro Victor Hugo! È un genio, il piú grande scrittore di tutti i tempi.

— Anche mio padre diceva cosí — mormorò Sophie, guardandosi imbarazzata le scarpe e augurandosi che Céline non la rimproverasse per l'assenza del grembiule.

— Tuo padre leggeva Victor Hugo?! — esclamò stupita la giovane donna.

— No, non sapeva leggere, lui. Era soltanto un Orso.

— Un Orso?

E Sophie, lasciata da parte ogni timidezza, raccontò anche a Céline della tipografia, del gergo degli operai, spiegò la differenza tra gli Orsi e le Scimmie, raccontò delle loro discussioni sulla politica e sulla cultura, della Società degli Amici del Popolo, e di come, grazie alla Scuola del Mutuo Soccorso Operaio, quell'Orso di suo padre avesse deciso di fare di lei una Scimmia.

— Ero io che in casa leggevo sempre il giornale — spiegò la ragazzina — e ogni volta che usciva un nuovo romanzo, una raccolta di poesie o un dramma di monsieur Hugo, mio padre voleva sapere quello che dicevano i critici. Mia madre invece era interessata alla storia romantica del suo matrimonio. Lo sapete che il giorno stesso delle nozze, il fratello maggiore del poeta è impazzito dalla gelosia perché era segretamente innamorato anche lui della sposa?

— Mi stupisci, bambina. Non pensavo che a una povera cucitrice di Montmartre interessasse la vita privata dei poeti.

— Mia madre è... — cominciò Sophie, poi si rese conto che d'ora in poi avrebbe sempre dovuto dire "era", e dall'emozione le si spezzò la voce.

Céline la attirò verso di sé, la fece sedere sul bracciolo della poltrona. — A proposito, sai una cosa? — le chiese per distrarla, cingendole le spalle con un braccio. — Sai perché ho voluto chiamare Adèle mia figlia?

Sophie scosse la testa. Le lacrime le colavano giú per il naso.

Intanto era entrata Lisette col vassoio della colazione e l'aveva poggiato su un tavolino. C'erano un bricco di latte, un altro di cioccolata fumante e una teiera. C'erano brioche appena sfornate, biscotti, pane, burro e confetture di frutta diverse.

Céline porse il suo fazzoletto a Sophie perché si asciugasse gli occhi e si soffiasse il naso. — Su, mangia — le disse. — Io berrò soltanto una tazza di tè con un crostino imburrato. Quella del tè è un'abitudine inglese che ho preso da Edouard.

Lisette riempí le due tazze. Nonostante il nodo di tristezza che le serrava la gola, Sophie non poté fare a meno di gustare, per la prima volta nella sua vita, il sapore delizioso della cioccolata.

— Sai perché l'ho chiamata Adèle? — riprese Céline. — Perché madame Hugo si chiama cosí. È una donna bellissima, alta, bruna: sembra una spagnola. Quando va a teatro non c'è chi non si giri ad ammirarla: è la piú elegante di tutte le dame.

— Ha quattro figli — commentò Sophie, che l'aveva letto su un foglio di cronaca mondana.

— Era incinta della piú piccola quando è scoppiata la Rivoluzione di Luglio, Le Tre Gloriose... — precisò Céline, compiaciuta che la sua protetta fosse cosí bene informata.

"... quando è morto mio padre..." pensò Sophie, ma non lo disse.

— Il poeta ha voluto chiamare la bambina con lo stesso nome della madre. Cosí anch'io, quando un anno dopo è nata mia figlia, ho deciso di chiamarla Adèle — concluse Céline.

— È un bellissimo nome — approvò Sophie con la bocca piena di brioche.

4

Quando Lisette ebbe portato via il vassoio della colazione, Céline Varens disse a Sophie: — Non ti offendere, sai. Non voglio mettere in dubbio le tue parole. Però, mentre aspettiamo che arrivi la sarta, vorrei sentirti leggere un po'. Giusto per farmi un'idea del punto a cui sei arrivata in quella tua scuola popolare.

Le mise sotto gli occhi *Notre Dame de Paris*, e Sophie lesse senza fare neppure uno sbaglio il brano in cui la giovane e bellissima zingara Esmeralda interroga davanti alla folla la sua capretta Djali dalle corna dorate, e l'animale risponde a tutte le sue domande battendo con gli zoccoli d'oro sul tamburello oppure assumendo delle posizioni e facendo dei gesti quasi umani.

— Avete ragione — osservò Sophie quando Céline le fece cenno che bastava. — Dev'essere un libro bellissimo. Mi piacerebbe sapere da dove viene questa zingara e cosa succede dopo.

Céline le promise che quando l'avesse finito, gliel'avrebbe prestato. E le raccontò che per scriverlo senza essere disturbato dalle visite o distratto o tentato di uscire, Victor Hugo aveva chiuso a chiave tutti i suoi vestiti e aveva indossato una maglia di lana cosí grossa che i suoi bambini chiamavano "la pelliccia d'orso di papà". E che poiché aveva terminato il romanzo contemporaneamente al contenuto del calamaio, voleva intitolarlo "Quello che c'è dentro una bottiglia d'inchiostro". Poi Céline fece a Sophie qualche domanda di geografia, sulla Francia e sulle colonie. E anche su questa materia trovò che la figlia dell'operaio era molto piú preparata delle sue coetanee, comprese quelle che frequentavano i piú celebri pensionati femminili, quello delle Dames Augustines Anglaises o quello della Legion d'Onore di Saint Denis, per esempio, e che venivano esibite dalle madri nei salotti come cagnolini ammaestrati.

Sophie sapeva persino cos'erano i paralleli e i meridiani, e quali scienziati, negli anni difficili della Grande Rivoluzione e della Prima Repubblica, avevano organizzato e guidato la spedizione che doveva misurare il meridiano che passa per Parigi, allo scopo di stabilire una unità di misura valida in tutti i paesi del mondo.

— Monsieur Méchain e monsieur Delambre hanno viaggiato per tutta la Francia tra mille avventure e pericoli, e hanno misurato la lunghezza di quel meridiano. Poi lo hanno diviso in quaranta milioni di parti uguali. Quaranta milioni, ci pensate! La nuova misura universale è un quarantamilionesimo di meridiano terrestre. L'hanno chiamata "metro" perché i due geografi ammiravano entrambi il poeta greco Omero, l'autore dell'*Iliade* e dell'*Odissea*, e "metro" in greco vuol dire misura. Questo me l'ha spiegato un amico di mio padre, una Scimmia che si chiama Pierre Donadieu — concluse Sophie.

Céline batté le mani piena di entusiasmo.

— Sei molto piú avanti di quanto pensassi! Credo che pochissimi ragazzi della tua età, neppure quelli che frequentano le scuole da dieci franchi al mese, sappiano tutte queste cose. Bisognerà che ti esamini anche il Cittadino Marchese, naturalmente. Ma credo che potrai partecipare alle stesse lezioni che prende Toussaint. Ti piacerebbe?

Sophie la guardò a bocca aperta. Come poteva rispondere? Non si aspettava una domanda del genere. Erano troppi i dubbi, troppe le domande che quella proposta inattesa le faceva sorgere nella mente. Toussaint prendeva delle lezioni? Non gliel'aveva detto. E di quali materie? E da chi? Come mai gli veniva permesso di ricevere un'istruzione? Non era piú che sufficiente, per uno schiavo, quello che aveva imparato a Cuba al fianco di mademoiselle Athénaïs? E infine, chi era il personaggio che rispondeva allo strano nome di Cittadino Marchese?

Alla Scuola del Mutuo Soccorso Operaio le avevano spiegato che durante la Grande Rivoluzione tutti i titoli nobiliari erano stati aboliti. Però i francesi non si limitavano a rivolgersi l'uno all'altro col semplice termine di "monsieur" o "madame". Era stato deciso che l'unica qualifica che potevano darsi le persone era quella di "cittadino" o "cittadina" per significare che davanti allo Stato erano tutti uguali. E bisognava darsi del tu, anche con le persone con cui non si era in confidenza. Il "voi" ricordava le abitudini cerimoniose degli aristocratici e chi lo usava veniva insultato o deriso.

Chiamare qualcuno "Cittadino Marchese", rifletté Sophie, a quei tempi sarebbe stata una vera contraddizione. E negli anni del Terrore avrebbe potuto costare la ghigliottina.

Ma adesso che era stata restaurata la monarchia, e che i nobili avevano ripreso con orgoglio i loro titoli, nessun marchese avrebbe accettato l'appellativo rivoluzionario di "cittadino".

Infine, come poteva Sophie partecipare a un corso regolare di lezioni, quando doveva fare l'aiuto cameriera di Charlotte e assisterla nel tenere pulita quella grande casa?

5

Senza sospettare il tumulto che la proposta aveva suscitato nei pensieri della sua protetta, Céline Varens le sollevò con due dita l'orlo del vestito. — Questa gonna è troppo lunga — disse — e anche le maniche. La cintura va ristretta. Ma avant'ieri, quando ho deciso che saresti venuta a vivere qui con me, non avevo modo di farti fare un vestito su misura, e cosí ho convinto la guantaia che abita qua vicino, mamma Lagrange, a cedermene uno che aveva appena finito di cucire per una sua nipotina piú o meno della tua età. Non ha un gran taglio, e le pince sono tutte sbagliate. Tra poco, quando verrà la mia sarta personale, le dirò di sistemartelo.

— Anche il grembiule mi sta un po' grande. Ma posso modificarlo da sola. Aiutavo mia madre a segnare le nervature e a fare gli orli, sapete? — propose Sophie, augurandosi che Céline non le chiedesse come mai quella mattina non lo aveva indossato.

— Certo che ti stava grande! È di Charlotte, quel grembiule, e stanotte è tornato nel suo armadio.

— Se mi date della tela bianca — propose timidamente Sophie — posso farmene da sola un paio della mia misura, anche tre, in modo da avere sempre il cambio pulito.

— Non ti serve nessun grembiule, sassolino — rise Céline.

— Ma ieri...

— Non lo avevi capito, che quella di ieri era una mascherata per convincere il mio dolce Edouard a farti restare in questa casa? È stata un'idea di Toussaint, quella di spacciarti per aiuto cameriera. In fondo è mio marito che paga tutte le spese di casa, compreso il mantenimento di chi ci vive, ed era necessario che desse il suo permesso.

— Allora non dovrò aiutare Charlotte? — esclamò Sophie meravigliata.

— Se proprio vuoi renderti utile, puoi dare una mano a Solange, e occuparti un pochino di Adèle, visto che mi hai promesso di proteggerla. Ma solo quando ne avrai voglia, quando sarai libera dallo studio. Come una sorella maggiore. Non ti ho accolta per farti lavorare, bambina, ma per offrirti una vita e un avvenire migliori.

Sophie la guardò incredula. Che, solo per una promessa fatta anni prima alla madre, Céline Varens offrisse un lavoro onesto e la sua protezione a una perfetta sconosciuta le era sembrato già abbastanza strano. Ma che la tenesse in casa e si facesse carico della sua educazione senza chiederle niente in cambio, questo le sembrava impossibile. Guardò la sua benefattrice con diffidenza. Dove si nascondeva la trappola?

— Sta' tranquilla — la rassicurò Céline, equivocando i suoi pensieri. — Non voglio fare di te un gatto ammaestrato, una filosofa, una "donna sapiente", come mi chiama per scherzo il mio Edouard, da quando ha visto la commedia di Molière che mette in ridicolo le smanie delle donne di sembrare istruite. Preferisci forse studiare pittura, o diventare un'artista di teatro come me? È un po' tardi, per cominciare a studiare danza o recitazione, ma se hai talento...

— No, no! — protestò Sophie spaventata. Aveva letto sui giornali che le piccole attrici e le ballerinette dell'Opéra erano bambine di eccezionale bellezza. Lei era consapevole d'essere troppo magra e troppo piccola per la sua età, d'avere i capelli lisci e opachi, gli occhi vivaci, ma piccoli e troppo vicini. Si sentiva goffa e sgraziata. Mai avrebbe avuto la disinvoltura e il coraggio di presentarsi su un palcoscenico.

— Non agitarti — la rassicurò Céline. — Non dobbiamo deciderlo adesso, quello che farai da grande. Però, visto che sei una buona lettrice, e che hai già imparato tante cose, mi piacerebbe che almeno fino ai dodici anni continuassi ad andare a scuola. Era quello che desideravano i tuoi genitori, o sbaglio?

— Non sbagliate — ammise Sophie, che però continuava a non essere convinta. — Cosa ne dirà monsieur Edouard? — domandò preoccupata.

— Oh, lui non ne saprà niente! Ha affidato a me la direzione della casa e, purché tutto fili liscio e io non spenda troppo o non mi lamenti, non si preoccupa di quello che fanno i domestici. Oltretutto è spesso in viaggio per seguire i suoi affari; ogni tanto se ne va in Inghilterra a controllare le sue proprietà e ci resta per molte settimane. Pensi che sappia che monsieur Jolivet non è un parrucchiere, come Lisette e io gli lasciamo credere, ma un maestro di ballo? Che su nell'attico, nel locale piú grande e meglio illuminato, ho fatto portare un pianoforte e mettere uno specchio e una sbarra per continuare i miei esercizi quotidiani? E che Toussaint esce ogni mattina per andarsene sulla Rive Gauche, a frequentare la scuola del Cittadino Marchese? Edouard è convinto che il mio bello schiavetto moro passi tutto il suo tempo in anticamera ad aprire la porta ai visitatori. E che esca molto di rado, e solo per eseguire qualche incarico mio o della governante. Il fatto è che ai gentiluomini, che siano inglesi o francesi, non importa molto di quello che fanno i domestici durante la giornata, purché le loro signorie siano sempre servite a dovere.

— Ma se dovesse scoprire che ci mandate entrambi a scuola? — insistette Sophie.

— Gli dirò che ho dovuto cedere a un capriccio del mio padrino. Che si tratta di un esperimento pedagogico e che non ho potuto rifiutare la mia collaborazione a quel vecchio stravagante. Edouard sa quanto gli devo, e non nasconde la speranza che il padrino si ricorderà di me nel suo testamento. Quindi se gli dico che non ho voluto scontentarlo, mi darà ragione.

6

La pendola che stava sul caminetto suonò le dodici. Subito dopo si sentirono per le scale i passi di Solange e gli strilli di Adèle, di ritorno dalla passeggiata.

— La piccola golosa reclama il suo pranzo — rise Céline alzandosi per accogliere la figlia sulla porta. Adèle aveva le guance rosse per il freddo.

— Ha ricominciato a nevicare, madame — disse la bambinaia, e aggiunse: — È arrivata la sarta. Devo farla entrare?

— Quando avrò finito con la bambina, Solange. Intanto falla accomodare nella stanza del cucito e chiedile se vuol bere qualcosa di caldo.

Mentre Adèle poppava, Céline continuò a parlare con Sophie.

— Le chiederò di farti altri due vestiti invernali e qualcuno da mezza stagione, un cappotto e un soprabito leggero, in modo che tu possa uscire vestita in modo decente. Al Cittadino Marchese non importa cosa indossano i suoi allievi, ma io non voglio vederti infagottata in abiti non tuoi.

A questo punto Sophie non riuscí a trattenere la domanda che le faceva prudere da un pezzo la punta della lingua: — Chi è questo Cittadino Marchese? Perché lo chiamate cosí?

— Credevo che l'avessi capito! È il mio padrino, monsieur Philarete Arnaud Beaufort, marchese de la Pommelière, l'antico ammiratore di mia madre, il fedele amico e protettore dei miei genitori.

— Un vecchio dunque!?

Céline rise. — La scorsa settimana abbiamo festeggiato il suo settantesimo compleanno. Ma è sano come un pesce, pieno di energia, e quanto allo spirito è molto piú giovane di certi ventenni. Fatti raccontare da Toussaint quanto si divertono insieme a organizzare giochi, sciarade e scherzi per gli altri ragazzi.

— E come mai non va d'accordo con monsieur Edouard?

— Vedi, Sophie, mio marito è orgoglioso d'essere un baronetto e crede che la monarchia sia il miglior tipo di governo per gli uomini. Il padrino invece è un fervente repubblicano, convinto che un aristocratico non valga piú di un parrucchiere o di una lavandaia e non ci tiene affatto, al suo titolo di marchese. Fin da giovane era entusiasta delle teorie dei filosofi illuministi, e a ventotto anni ha partecipato alla Grande Rivoluzione, dalla parte del popolo, insieme a Danton e a Robespierre, contro gli aristocratici, che lo consideravano un traditore. Bah, d'altra parte non è stato l'unico! Solo che gli altri, dopo, al tempo dell'Impero e poi della Restaurazione, hanno rinnegato i principi di uguaglianza, fratellanza e libertà e si sono affrettati a riprendere gli antichi privilegi. Il mio padrino invece è rimasto fedele agli ideali della giovinezza, e continua a sostenere che i filosofi illuministi avevano ragione, e che i nobili non hanno alcun merito della loro posizione, perché non hanno fatto niente per meritarsela. Semplicemente hanno avuto la fortuna di nascere nella famiglia giusta.

— Proprio quello che dice Figaro, il barbiere di Siviglia! — approvò Sophie, e recitò, orgogliosa di ricordare a memoria l'intera battuta: — *Signore, vi siete dato la pena di nascere, e niente di piú. Per il resto, siete un uomo piuttosto ordinario.*

— Ti hanno portato a teatro a vedere le commedie di Beaumarchais? O magari a sentire le opere di Rossini? — chiese stupita Céline.

— Non sono mai stata a teatro — sospirò Sophie con rimpianto. — Ma nella tipografia dove lavorava mio padre hanno stampato *Il matrimonio di Figaro* e Pierre Donadieu mi ha portato le bozze perché le leggessi ai miei genitori.

— Allora capirai perché il marchese Philarete insista da piú di quarant'anni per essere chiamato "cittadino". Ma come si fa? Lo sanno tutti che è un aristocratico di antica e nobilissima stirpe, e prima della Rivoluzione di Luglio la parola "cittadino" poteva farti finire in prigione. I nipoti del mio padrino, che lo disprezzano e vanno dicendo in giro che è un povero pazzo, hanno cominciato a chiamarlo "il Cittadino Marchese" in segno di derisione, facendo il verso al Borghese Gentiluomo di Molière. Ma lui l'ha trovato divertente, come se fosse un motto di spirito: invece di vergognarsene se ne è fatto fare un monogramma e lo ha messo sullo stemma del portone e sul fianco della carrozza. Adesso a Parigi lo chiamano tutti cosí, i suoi nemici ma anche i suoi amici.

Si accorse che Sophie la guardava frastornata e aggiunse in tono rassicurante: — Non dovrai andarci subito, a scuola. Tra un paio di settimane, quando ti sarai abituata a vivere con noi. Quando ti sarai un po' rinforzata mangiando come si deve. Nel frattempo è meglio che resti in casa, al caldo, finché dura questo tempaccio. Sei cosí magra che un soffio di vento potrebbe portarti via.

7

La sarta sistemò in mezz'ora l'abito confezionato senza garbo dalla guantaia e promise che entro una settimana avrebbe consegnato i due primi vestiti nuovi di Sophie: un abito da tutti i giorni di lana a righe grigie e rosa e un cappotto pesante con la mantellina che si poteva staccare. Non era una cucitrice da venti soldi al pezzo come Fantine, ma una sarta alla moda, che serviva le attrici e le mogli e figlie dei ricchi borghesi di Parigi. Era lei che aveva disegnato e realizzato la variopinta "divisa da portinaio" di Toussaint, ed era abituata ai capricci delle sue clienti. Quindi non mostrò alcuna meraviglia davanti all'ordinazione di un intero corredo elegante per una bambina gracile, timida e denutrita che prima di quel giorno non aveva mai visto nella casa di Boulevard des Capucines.

Dopo la sarta, Céline mandò a chiamare un vecchio dottore che esaminò Sophie da capo a piedi, le poggiò l'orecchio peloso sulla schiena nuda, la fece tossire, parlare, respirare, la picchiettò a martello con la punta dura delle dita, le palpò il ventre e il collo, le rovesciò le palpebre...

— È anemica, naturalmente — decretò. — Ma gli organi sono a posto. Anche i polmoni. C'è solo una leggera bronchite che passerà con degli impacchi d'olio di lino caldo. Non è necessario che rimanga a letto. Basta che non sudi e non prenda freddo. E che mangi, naturalmente. Carne, tutti i giorni. Pane bianco. E uova battute con lo zucchero e un po' di marsala. Latte, burro e miele a volontà. Voglio vedere un po' di ciccia su queste ossa sottili quando torno, intesi, signorina?

Sophie era contenta di potersene restare in casa al calduccio in compagnia di Céline e di Adèle, che Solange non poteva accompagnare al parco per la abituale passeggiata igienica. Infatti aveva ripreso a nevicare e Toussaint tutte le mattine usciva ben avvolto nella sua pelliccia e imbottito da strati di giubbetti, sciarpe e scialli di lana. Quando rincasava, mentre facevano insieme merenda, Sophie lo supplicava perché le descrivesse la scuola, le lezioni, e soprattutto il Cittadino Marchese. Ma Toussaint, che su qualsiasi altro argomento era tanto loquace, su quello non voleva aprire bocca.

— Non essere impaziente — le diceva. — Presto la vedrai con i tuoi occhi, la nostra scuola. D'altra parte non ci sono parole per descriverla. Bisogna viverla giorno per giorno. È talmente diversa dalle altre!

Questa reticenza non faceva che accrescere la curiosità di Sophie, che interrogava Céline con lo sguardo.

— Sí, è davvero straordinaria. Ti piacerà moltissimo, vedrai — rispondeva la sua benefattrice. Ma neppure lei voleva spiegarle di piú. — Aspetta. Mancano pochi giorni. Abbi pazienza.

La vita, nella grande casa circondata dal silenzio ovattato del giardino coperto di neve, scorreva tranquilla. Sophie, con uno scialle di lana che le copriva le spalle e si incrociava sul petto a rendere piú caldo l'abito ereditato dalla nipote della guantaia, passava gran parte del tempo nella stanza del seminterrato dove la bambinaia e le altre domestiche stiravano e tenevano in ordine la biancheria. Solange approfittava della sua presenza per farle tenere in braccio la bambina e dedicarsi anche lei a qualche lavoro di cucito o di rammendo. Adèle in quel periodo cominciava a balbettare le prime parole, ancora confuse e incomprensibili. Voleva essere portata in giro per la stanza e puntava il dito sui diversi oggetti, cercando di ripeterne il nome, che Sophie le diceva con pazienza anche cinque o sei volte di seguito. Fra le due, giorno dopo giorno, si era stabilita una grande intesa. Sophie provava una strana emozione, allo stesso tempo tenera e profonda, quando Dédé, stanca di tanto esplorare il mondo circostante, le poggiava la testolina sulla spalla e in pochi istanti si addormentava. Era stupita di quanto, abbandonandosi al sonno, la piccola diventasse all'improvviso piú pesante. Adèle sembrava ricambiare il suo affetto cercandola con lo sguardo, sorridendole, tendendole le braccia.

Ma la vera passione della bambina era Toussaint. Appena il ragazzo nero entrava nella stanza Adèle perdeva interesse a qualsiasi altra persona, a qualsiasi cosa stesse facendo e si gettava verso di lui strillando di gioia. Sembrava affascinata dai suoi colori, gli affondava la manina tra i capelli, cercava di toccargli i denti, gli acchiappava un orecchio e cercava di metterlo in bocca, gli sfregava il nasino contro il naso o sulle guance... — Anche lei, come sua madre, è convinta che si tratti di un bonbon al cioccolato e vorrebbe assaggiarlo — osservava Solange ridendo. — Meglio che monsieur non se ne accorga.

Ancora Adèle non aveva imparato a dire "mamma", con un certo disappunto di Céline. Ma un giorno, passando dalle braccia di Sophie a quelle tese del giovane schiavo, gli puntò il dito sul petto e disse con tono di trionfo:
— Tússi!

Toussaint la lanciò per aria e, riprendendola al volo, la baciò sotto il mento fingendo di volerla divorare, mentre la piccola gorgogliava, rideva e ripeteva contenta: — Tússi, Tússi, Tússi.

— Madame sarà gelosa, quando lo verrà a sapere — osservò la vecchia Gotton.

— E monsieur si arrabbierà — aggiunse preoccupata Solange.

— Quante storie per una sciocchezza! — intervenne Lisette. — Il bebè della casa dove lavoravo da ragazza, come prima parola ha detto il nome del cane.

— Per non parlare di tutti quelli che inaugurano il linguaggio dicendo "cacca" — osservò Charlotte, che non aveva peli sulla lingua. E l'incidente finí in una risata generale.

Ma Sophie capiva e condivideva l'apprensione di Solange. Bisognava essere ciechi per non accorgersi che il padrone di casa, tanto innamorato e sollecito con la madre, altrettanto si mostrava freddo e indifferente nei confronti della bambina. Non la prendeva mai in braccio, non la vezzeggiava, si mostrava infastidito al minimo strillo. Sembrava quasi geloso della passione materna che Céline nutriva per Adèle. Non la chiamava mai per nome, e neppure "Dédé", non diceva mai "mia figlia" o "nostra figlia", ma solo "quella bambina" o "la vostra creatura".

Céline cercava di non darlo a vedere, ma sia Solange che Sophie si rendevano conto che ne soffriva e che cercava in tutti i modi di attirare sulla figlioletta l'attenzione e l'amore del marito.

— Forse se Adèle come prima parola avesse detto "papà"... — aveva commentato dispiaciuta la bambinaia — monsieur si sarebbe intenerito. Ma pronunciare per primo il nome di quello scimmiotto nero che il padrone disprezza con tanta evidenza!...

Comunque da quel giorno "Tússi" fu il diminutivo con cui tutti, nella casa di Boulevard des Capucines, cominciarono a chiamare il ragazzino nero, perlomeno quando non erano arrabbiati con lui. Per sgridarlo continuavano a gridare "Toussaint!", che proprio perché piú lungo, sembrava molto piú adatto al tono severo del rimprovero.

8

Nei primi giorni la prospettiva d'incontrare monsieur Edouard e di farlo arrabbiare con qualche azione o frase maldestra, o con la semplice presenza, aveva riempito d'ansia Sophie. Ma come le aveva detto Céline, il padrone di casa non scendeva mai nelle stanze dei domestici e, a meno che non dovesse dire qualcosa di urgente alla moglie, neppure entrava nella camera di Adèle.

Al mattino Céline era costretta a svegliarsi presto per allattare la figlioletta, il marito invece si alzava verso le undici e subito ordinava a Jean-Baptiste di attaccare i cavalli alla carrozza e se ne usciva sotto la neve per andare alla Borsa o dal suo banchiere tedesco, Herr von Nucingen, a seguire i suoi affari.

Pranzava fuori, al suo club inglese, e tornava nel pomeriggio a cambiarsi per andare a passeggio in compagnia della giovane moglie ai Giardini del Lussemburgo oppure nella galleria coperta del Palais Royal, che a quell'ora era frequentata dal bel mondo. Toussaint, ch'era appena tornato dalla scuola, doveva indossare in gran fretta la sua esotica livrea e scortarli, reggendo se necessario l'ombrello. A differenza di Céline, monsieur Edouard non gli permetteva di indossare la pelliccia quando esercitava la sua funzione di paggio, e nonostante la padrona lo avesse rifornito di pesante biancheria di lana, il ragazzo rientrava ogni volta da quelle passeggiate tutto intirizzito dal freddo.

Riaccompagnati a casa Céline e Toussaint, l'inglese tornava a uscire da solo, questa volta in abito da sera, per cenare in qualche palazzo aristocratico del Faubourg Saint Germain.

Céline passava la serata nel salottino verde in compagnia di Toussaint e di Sophie. Suonava il pianoforte, leggeva loro a voce alta qualche pagina dei suoi libri preferiti, o chiedeva che fosse Sophie a leggere, per tenerla in esercizio in vista del suo prossimo ingresso nella scuola del Cittadino Marchese.

C'era un racconto fantastico che Céline amava in modo particolare. Era intitolato *Trilby, o il folletto d'Argail*, e l'autore dichiarava di averlo scritto ispirandosi a una antica leggenda scozzese. Raccontava della giovane sposa di un pescatore della Contea d'Argail, Jeannie, che lasciata troppo spesso sola dal marito, si consolava immaginando di conversare e scherzare col folletto domestico che secondo la leggenda viveva nel suo focolare.

"Come facevo anch'io da piccola, quando giocavo con Pipolet" pensava Sophie.

E trepidava quando il folletto si dichiarava innamorato di Jeannie, e la donna non sapeva cosa fare, divisa tra la fedeltà al marito e al mondo prosaico della realtà e la strana attrazione esercitata su di lei dall'essere immaginario.

La storia non poteva che finire tragicamente, con la morte della moglie del pescatore. A Céline tremava la voce quando ne leggeva le ultime parole: — *Mille anni sono un tempo cosí breve per possedere coloro che amiamo! Un tempo cosí breve per piangerli quando li abbiamo perduti.*

L'autore del racconto, spiegava poi la giovane donna ai due ragazzi, era un anziano scrittore di nome Charles Nodier, direttore della Biblioteca dell'Arsenale, che amava scrivere storie fantastiche e un poco inquietanti. Sophie pensava che quei racconti sarebbero piaciuti moltissimo a madame Annaud, e ricordava con uno stringimento di cuore quelle altre "sedute di lettura" nella guardiola di rue Marcadet.

Céline era un'ascoltatrice molto piú esigente della portinaia: le correggeva gli errori, le insegnava a pronunciare le frasi in modo espressivo, a seconda del loro contenuto. Spesso gliele faceva ripetere anche quattro o cinque volte, muovendo la mano per darle il ritmo, per indicarle il momento esatto in cui doveva fare una pausa, o alzare il tono della voce.

Toussaint ascoltava senza fare commenti. A lui non veniva mai chiesto di leggere, perché aveva gli occhi e le mani impegnati altrove. Infatti, su richiesta di Céline, le stava facendo un ritratto a olio.

Prima dell'arrivo di Sophie aveva già eseguito a carboncino una dozzina di schizzi preparatori, e adesso era arrivato al lavoro sulla tela con spatole e pennelli. Non seguiva i contorni precisi del disegno, ma stendeva il colore a pennellate larghe e sfumate. — Lo stile che preferisco è quello di Delacroix — spiegò a Sophie.

La ragazzina confessò umilmente di non conoscere il nome né le opere di quell'artista.

— Ma come?! — s'indignò Toussaint. — Se è il pittore che ha dipinto un quadro bellissimo raffigurante i combattenti delle Tre Gloriose, i nuovi eroi della Francia morti sulle barricate. Forse c'è anche tuo padre, in quel quadro.

— Davvero? — chiese incredula Sophie.

— Chi lo sa? Quando ci sarà l'esposizione ti porterò a vederlo — promise Céline.

La precedente esperienza di Sophie nel campo delle arti visive non andava oltre le incisioni che venivano pubblicate sui giornali e le ingenue stampe d'Epinal che gli ambulanti vendevano alla fiera di Montmartre. Sulle pareti della casa di Boulevard des Capucines la ragazzina aveva scoperto molti quadri "veri", appesi ai muri nelle loro cornici dorate piene di riccioli e curve. Erano dipinti dai colori vivaci: paesaggi o scene di soggetto mitologico, ritratti di fanciulle con abiti dalla cintura alta, di moda ai tempi dell'Impero di Napoleone. Sophie passava delle mezz'ore a guardarli affascinata.

— Cosí dipingono Ingres e David. Ma io preferisco Delacroix — insisteva Toussaint.

C'erano nelle camere da letto al secondo piano alcuni ritratti di Céline in abito da sera e persino uno di Adèle, con una cuffietta a gale che le incorniciava il visetto rotondo. Ma non c'era in tutta la casa nessun quadro, e neppure uno schizzo a seppia o a carboncino, che raffigurasse monsieur Edouard.

— Come mai? — chiese Sophie meravigliata.

— Evidentemente, quando al mattino si guarda allo specchio per radersi, il suo viso non gli piace — disse ironico Toussaint. — Da quando lo conosco, si è sempre rifiutato di farsi ritrarre. A madame piacerebbe avere almeno una sua miniatura da tenere nel medaglione. Lo ha pregato tante e tante volte di posare per me o per qualche artista affermato. Ma lui non ne vuole sapere. Dice che non ha la pazienza di restarsene immobile ore e ore davanti a un imbrattatele. Ma non si tratta di pazienza. Un giorno che mi ha scoperto mentre, di nascosto, senza disturbarlo, cercavo di schizzare in fretta il suo profilo, si è infuriato come se gli avessi rubato qualcosa di molto prezioso, o avessi infangato il suo onore. Mi ha strappato di mano il foglio, l'ha fatto in mille pezzi e l'ha gettato nel fuoco.

Qualche volta anche Céline si stancava di restare immobile. Cominciava a muovere il collo, oppure a grattarsi il naso, segno che la seduta di posa per quel giorno era terminata.

— Lascia perdere i pennelli, Tússi, e pulisciti le mani. Facciamo ascoltare a Sophie un duetto dal *Flauto magico* di Mozart.

Allora scendevano nel salone, Céline sedeva al grande pianoforte a coda, il ragazzo le si metteva alle spalle in modo da poter leggere lo stesso foglio di musica, e cominciavano a cantare. Sophie ascoltava, stupita dello strano effetto che le faceva la musica: un misto di piacere e di tristezza, un'emozione sconosciuta che le stringeva la gola e le riempiva gli occhi di lacrime. Eppure non desiderava che il canto cessasse, anzi era come l'assetato della favola, che piú beveva, meno riusciva a saziarsi.

9

Il quinto giorno dall'arrivo di Sophie in Boulevard des Capucines, una donna anziana bussò alla porta dei fornitori, quella sul retro della casa, e chiese di parlare a madame a nome di monsieur Félicien. Sophie, che si trovava nelle vicinanze, a quelle parole sentí che il sangue le si gelava nelle vene. Però si fece forza e si costrinse a restare dov'era, nascosta dal fianco di un grande armadio della biancheria, per ascoltare ciò che la donna avrebbe detto. Céline scese avvolta nella piú elegante delle sue vesti da casa imbottite e con voce severa si lamentò di non aver ricevuto la dozzina di camicie promesse.

— Non è colpa di mio fratello! — si scusò la messaggera. — Al giorno d'oggi non ci si può piú fidare di nessuno! Félicien aveva affidato la stoffa a una cucitrice esperta, di cui si era servito altre volte. Ma quando sono andata a ritirare il lavoro, ho scoperto che la sciagurata il giorno prima aveva cambiato domicilio portandosi via il bel tessuto che le era stato affidato. Maledetta ladra! E nessuno nel casamento è stato in grado di darmi il suo nuovo indirizzo. Sono venuta a chiedervi scusa a nome di Félicien e...

— Come mai vostro fratello ha mandato voi e non è venuto di persona come suo solito? — la interruppe Céline.

— Il poveretto si è rotto una gamba scivolando sul ghiaccio venti giorni fa. Per questo ieri ha mandato me a ritirare quella dozzina di camicie. Vi chiede se le volete ancora. Ha un'altra lavorante bravissima che ve le può cucire in cinque giorni.

— No, grazie. Ho già provveduto altrimenti. Date questi cinque franchi a monsieur Félicien per il costo del tessuto...

— Ma... non capisco, quale tessuto?

— Quello che, come voi sostenete, gli è stato rubato. E ditegli che d'ora in poi farò a meno dei suoi servigi. Ho cambiato fornitore. Buongiorno.

La donna se ne andò delusa e perplessa. Sophie uscí dal suo nascondiglio ed esclamò indignata: — Che bugiarda! Di sicuro la portinaia le ha detto che mia madre è morta. Semmai madame Annaud potrebbe aver accusato me d'essere una ladra... Anche se poi i soldi che mi avete dato per le camicie se li è presi lei!

— Non pensarci piú — disse Céline. — Dimentica quella megera. È tutto finito.

Ma Sophie non riusciva ad accettare quella accusa ingiusta fatta alla madre. — Gli sta bene, a monsieur Félicien, d'essersi rotto una gamba! — esclamò piena di risentimento. Poi rifletté: — Ecco come mai non è venuto a ritirare le camicie il giorno stabilito. Poteva mandare sua sorella, però. Non ieri! Il giorno in cui l'aspettavamo. Poteva avvertirci. Se avesse pagato in tempo il lavoro di mia madre, forse... Se mamma quel giovedí non fosse stata cosí angosciata per l'affitto, se avesse potuto bere del buon brodo di carne...

Scoppiò a piangere. Céline la abbracciò stretta stretta.

— Non avrebbe fatto molta differenza — le mormorò dolcemente tra i capelli. — Era già troppo grave per essere salvata. Non farti prendere dai rimorsi, sassolino d'oro. Nessuno a quel punto avrebbe potuto farci niente. Su, vieni con me. Ti insegno come cambiare i panni a Adèle, cosí se per caso Solange dovesse assentarsi...

Il fatto di occuparsi della bambina riusciva sempre a distrarre Sophie dai pensieri tristi. Piú tardi, ripensando a mente fredda alla visita della donna, la ragazzina si rese conto che, perlomeno, da quel giorno in poi avrebbe potuto vivere tranquilla, con la certezza che monsieur Félicien non sarebbe venuto a cercarla proprio in quella casa per accusarla di furto e chiedere indietro la sua mussola.

Col passare dei giorni la terribile tensione nervosa che aveva sorretto Sophie, ma che anche l'aveva fatta tanto soffrire, si andava acquietando. Sempre piú di frequente la piccola orfana si sorprendeva a ridere a uno scherzo di Toussaint, a una smorfietta di Adèle. Oppure a godere della lettura di un racconto, ad ascoltare ammirata la bella voce di Céline che cantava una canzone seduta al pianoforte della grande sala.

Quei brevi istanti di immemore felicità, cosí come la consapevolezza di vivere nell'abbondanza, al riparo dal freddo, dalla fame e da ogni altro disagio, la facevano sentire colpevole nei confronti della madre. Cosí tutte le notti, prima di addormentarsi, parlava a lungo con Fantine, augurandosi che, là dov'era, potesse sentirla. Si affannava a spiegarle che voler bene a madame Varens non significava tradirla, che non l'avrebbe dimenticata mai, mai, mai. Nel suo desiderio di essere convincente, e forse suggestionata dal racconto di Nodier, si era scoperta di nuovo capace di evocare Pipolet. Con meraviglia aveva scoperto che l'amico immaginario, che una volta dimostrava la sua stessa età, col passare del tempo non era cresciuto. Dimostrava sempre cinque anni e aveva sempre gli stessi ricci castani, gli stessi occhi maliziosi, le stesse fossette sulle guance. Nel dormiveglia lo vedeva in piedi accanto al suo letto, con la piccola mano poggiata con gesto protettivo sul risvolto del lenzuolo. Si rendeva conto confusamente che il bambino-folletto, non appartenendo al mondo della realtà, poteva fare da tramite col paese dei morti.

— Diglielo tu, Pipolet — lo supplicava. — Dille che le voglio bene. Dille che la penso ogni momento, che la vedo seduta vicino a papà, e che prego perché almeno lassù non gli manchi nulla, perché finalmente siano felici.

"Sta' tranquilla" le rispondeva Pipolet. "Ci penso io. Fidati. Dormi tranquilla, amica mia."

VII
PARIGI, GIUGNO 1837

1

Parigi, rue Saint Augustin
12 giugno 1837

Cara madame,
quando l'altro ieri Tússi ha consegnato le quattro lettere al vostro carceriere, eravamo pieni di entusiasmo e di speranza. Credevamo di aver trovato finalmente una reale possibilità di comunicare con voi. Ma il rifiuto di quell'uomo rozzo e crudele di permettere che voi ci rispondiate non solo rende questa comunicazione a senso unico, ma ci fa ragionevolmente dubitare che voi possiate davvero leggere le nostre parole. Le nostre lettere, dice Toussaint, sono come frecce scagliate nel buio. Non abbiamo modo di sapere se hanno colpito il bersaglio, né quale è stata la vostra reazione alle notizie che vi scriviamo. Abbiamo discusso a lungo a questo proposito. Dobbiamo accettare di fidarci della parola del carceriere, visto che non abbiamo alcuna possibilità di controllare il suo operato? Ma se ci dimostriamo cosí arrendevoli, c'è il caso che presto o tardi quel losco individuo ne approfitti, se già non l'ha fatto, e i miei risparmi non sono inesauribili.

Bisogna assolutamente trovare il modo di ottenere, se non una lettera, perlomeno un segno da parte vostra, anche solo due parole. Altrimenti è tutto inutile. Se penso a quanto ero felice e piena di speranze solo pochi giorni fa!

Ora vi confesso che sono preoccupata anche per un altro motivo. Col passare dei giorni, la notizia del vostro arresto si è sparsa per il quartiere, e i Frédéric non sono piú tanto gentili con noi. Ogni volta che ci sediamo a tavola, madame non fa che lamentarsi che le patate e le aringhe costano sempre piú care. E questa lettera sono costretta a scriverla di giorno, vicino alla finestra di cucina, perché la nostra ospite mi ha detto che non ha soldi da spendere in candele e la sera dobbiamo coricarci al buio piú completo.

Naturalmente per scrivere devo aspettare che madame e suo marito siano usciti: preferisco che non sappiano che vi informo di quello che ci succede. Penso che non abbiano alcun sospetto al proposito, anche perché sono convinti che io sia analfabeta come loro.

Quando ci hanno scacciato dalla nostra casa, indossavo il mio vestito piú vecchio e malandato, una cuffia e un grembiule, perché, come ricorderete, mi avevate chiesto di aiutare Charlotte a mettere in ordine la biblioteca e il salotto del Cittadino Marchese, dove nessuno era piú entrato nei mesi della sua malattia, e dove ci aspettavamo di dover ricevere le visite di condoglianza. Quindi madame Frédéric mi ha scambiato per una delle vostre domestiche. Oltretutto, non so perché, è convinta che io abbia diciotto anni. Capirete che mi sono guardata bene dal correggere questi due errori. E neppure lo ha fatto Adèle. Non c'è stato bisogno di istruirla in proposito. È talmente sensibile, quella bambina, ha un intuito che le fa capire le cose al volo senza bisogno di tante spiegazioni.

Ieri poi ho scoperto che la nostra benefattrice ha forzato la serratura del baule verde, che avevo sistemato sotto il nostro letto. Me ne sono accorta perché quando l'ho aperto per prendere un nuovo cambio di biancheria per Adèle, ho visto che la bambola Poupette era scomparsa. (Per fortuna Dagoberta non ha un aspetto altrettanto costoso e desiderabile, perché se fosse stata lei a scomparire, Adèle ne avrebbe fatto una vera tragedia.) Ho protestato con madame Frédéric, e sapete cosa mi ha risposto?

«Non fare tante storie! L'ho dovuta vendere per comprarvi il pranzo e la cena. Cosa credi, che abbia la pianta dei marenghi in camera da letto?»

«Dédé si dispiacerà, quando non troverà la sua bambola» le ho detto.

E quella donna crudele: «Se madame Varens ritorna, gliene comprerà una nuova. E se non torna, il tuo tesoruccio dovrà andare all'Ospizio di Mendicità a fare filacce, altro che giocare con le bambole!»

Ma io vi giuro, vi giuro, vi giuro, madame; ve lo giuro su quanto ho di piú sacro, sulla memoria dei miei genitori, che Adèle non finirà all'Ospizio. Ho ancora la mia calza piena di monete d'oro: la tengo sempre addosso, anche quando dormo, e nessuno, a parte Toussaint, ne sospetta l'esistenza. Finora ne abbiamo cambiato e speso soltanto due per corrompere il vostro carceriere. Quindi se anche madame Frédéric dovesse metterci alla porta, Adèle e io potremo sopravvivere in qualche modo fino al vostro ritorno.

Perché voi tornerete presto. Ne sono sicura.

In attesa di quel momento vi saluta la vostra affezionata, riconoscente e fedelissima

Sophie

2

Parigi, Faubourg Saint Germain
15 giugno 1837

Cara madame Céline,
è tremendo scrivervi senza avere la certezza che leggerete le mie parole! E col sospetto che il carceriere consegni le nostre lettere non a voi, ma ai vostri nemici.

Ma vi giuro, se dovessi scoprire che ci ha tradito, lo ucciderei con queste mie mani. Ho deciso di minacciarlo esplicitamente, e mi auguro di fargli abbastanza paura, perché sono molto piú alto e robusto di lui, e poi ho capito che appartiene a quel novero di persone ignoranti convinte che i negri siano selvaggi sanguinari dotati di una forza sovrumana. Credo che se non fosse per l'avidità che gli fa brillare quegli occhietti porcini alla vista delle monete che gli allungo ogni volta insieme alle lettere per voi, mi avrebbe già denunciato e fatto rinchiudere a La Force.

La volta scorsa gli ho domandato quanto voleva per procurarvi una coperta calda e per ricordarsi di riempire ogni giorno la vostra brocca con dell'acqua pulita e abbondante, in modo che oltre a bere, possiate anche lavarvi, almeno il viso e le mani. Ha chiesto cinque franchi. Oggi glieli darò, perciò sappiate che d'ora in poi potrete pretendere questi nuovi "lussi".

Non li ho presi dalla calza di Sophie. Anzi, Sophie non sa neppure che vi sto scrivendo questa lettera. Non voglio darle un'altra preoccupazione: è già abbastanza turbata per il nuovo atteggiamento di madame Frédéric.

E non voglio che sappia come ho fatto a procurarmi quel denaro.

Ma a voi non posso fare a meno di confessarlo.

Madame, è inutile che ci giri attorno. Dovete sapere che il vostro "figlio maggiore" è diventato un ladro! Ve lo sareste mai aspettata? Mi dispiace e me ne vergogno, perché so di aver deluso la fiducia che voi e il Cittadino Marchese avete sempre avuto in me, e di aver tradito gli insegnamenti del mio caro maestro. E tanto piú mi dispiace, perché se venissi scoperto danneggerei i miei fratelli di colore, confermando il pregiudizio che ci vuole tutti ladri e bugiardi. Ma credetemi, cara madame Céline, non avevo scelta.

Il vostro carceriere come avrete capito ha fiutato l'affare e temo che continuare a corromperlo ci costerà sempre piú caro. D'altra parte il nuovo atteggiamento dei coniugi Frédéric ci sconsiglia di continuare ad attingere dalla calza di Sophie.

Dunque, abbiamo bisogno di poter disporre di un'altra fonte di denaro. Purtroppo viviamo in un mondo dove tutto si paga. Anche quando avrò trovato qualcuno disposto a testimoniare in vostro favore, ci saranno da affrontare le spese del processo.

Non è stato per scelta, dunque, che sono diventato un ladro, ma per necessità.

Cosa ho rubato e a chi?, vi chiederete. State tranquilla: non sono andato in giro per le strade a borseggiare passanti sconosciuti. Non ho privato una vecchia lavandaia del suo pane sfilandole dalla tasca il borsellino. Né ho fatto sparire il salario di un padre di famiglia, o il gruzzolo di uno studente povero.

Non dimenticate che vivo nella casa di una persona che, pur essendo molto ricca, non si è fatta scrupolo di spogliarvi di tutti i vostri beni e persino della libertà. Il visconte de Lagardière, come tutti i ricchi, è anche molto avaro. L'altro giorno mi è capitato per caso di ascoltare una sua conversazione col capitano di un battello che proveniva da Le Havre e, grazie alla mia conoscenza dell'inglese, ho scoperto che il visconte si era fatto arrivare da Londra una cassaforte rinforzata. All'insaputa di tutti i suoi domestici e dei familiari, persino della moglie, quell'avaro degno della commedia di Molière l'ha fatta murare dietro il capezzale del suo letto e l'ha nascosta con un arazzo d'Aubusson. Per aprirla bisogna salire in piedi sul cuscino, o sulla testa del visconte, se si è già coricato. Bisogna spostare l'arazzo senza farlo cadere, e infine bisogna conoscere la combinazione delle tre serrature, ed essere in possesso delle tre chiavi, che Lagardière porta sempre addosso, sul petto, appese a una catenella d'oro.

Io, come sapete, non ho bisogno di tutto questo. Grazie agli esercizi di acrobazia e prestidigitazione a cui mi ha costretto, quando vivevo a Cuba, mademoiselle Athénaïs, sono riuscito a entrare durante la notte in camera del visconte, a sfilargli dal collo le chiavi senza svegliarlo e a raggiungere di lato la cassaforte arrampicandomi alla colonna del letto. Sapevo che il mio padrone ha il sonno pesante, e per prudenza ho aggiunto un po' del sonnifero che usava il vostro padrino nel bicchiere di cognac che il visconte beve come digestivo dopo aver cenato.

Ho scoperto subito la combinazione. A chi è capace di farvi cogliere dall'albero un limone assolutamente intatto e di farvi trovare all'interno un bigliettino amoroso indirizzato alla piú graziosa dama presente, basta il tocco dei polpastrelli per "assaggiare" una serratura a combinazione e indovinare dove la chiave incontra la resistenza giusta. Ho aperto la cassaforte con una sola mano, perché con l'altra dovevo reggermi alla colonna, e ho prelevato il danaro di cui avevo bisogno.

Ho riempito il sacchetto che avevo portato con me di monete da cinque, dieci e venti franchi, perché non insospettiscano la *gente quando poi dovrò spenderle. Nella cassaforte ci sono anche luigi d'oro, sterline inglesi, orologi, tabacchiere e i gioielli della viscontessa. Ma si tratta di beni troppo compromettenti o facilmente riconoscibili, che potrebbero tradirmi.*

È impossibile che qualcuno sospetti di me. Durante il giorno nella camera del visconte c'è sempre il suo valletto, e un via vai di cameriere, perché monsieur è fanatico della pulizia. E durante la notte Lagardière è convinto di custodire il tesoro col proprio corpo, come il drago della leggenda tedesca che ci ha letto una volta il padrino. Se mai si accorgerà che dalla cassaforte manca qualcosa, dovrà pensare ai fantasmi.

Adesso devo proprio lasciarvi, madame. Il cocchiere mi sta chiamando da cinque minuti per accompagnare la viscontessa alla funzione. Mi chiedo se madame Violaine pregherà anche per il perdono dei peccatori sconosciuti, in modo che anch'io ne possa approfittare.

Voi, madame... voi, carissima madame Céline, sono sicuro che mi perdonerete e che pregherete per me, perché se sono diventato un ladro, è stato per amor vostro.

Vi bacia le mani con umiltà questo povero peccatore ancora non abbastanza pentito, anzi deciso a peccare e peccare ancora ogni volta che gliene si presenterà l'occasione.

Toussaint

VIII
PARIGI, GENNAIO-FEBBRAIO 1832

1

Da quando Céline aveva smesso di frequentare la sala prove del teatro, monsieur Jolivet, il suo maestro di danza, veniva due volte alla settimana, sulla tarda mattinata, per farle lezione. L'allieva lo aspettava su nell'attico, in un vasto locale col pavimento di legno che all'insaputa del marito aveva fatto attrezzare con un grande specchio alla parete e con un pianoforte verticale. Sophie aveva il permesso di assistere alle lezioni, purché se ne stesse zitta e buona in un angolo. Fin dalla prima volta era rimasta incantata dall'eleganza dei movimenti della ballerina, dalla grazia e dalla leggerezza con le quali Céline sollevava le braccia o slanciava una gamba verso l'alto, come se il suo corpo non avesse peso.

Il maestro invece non era mai soddisfatto. Batteva a terra il suo bastone richiamando l'allieva a un maggiore sforzo, si avvicinava a correggerne la posizione, la invitava con disgusto a osservare nello specchio i propri errori... Era un ometto di mezza età, magro e quasi completamente calvo, con un gran naso e piccoli occhi scuri che alla minima contrarietà scintillavano di rabbia sotto alle sopracciglia folte e irsute.

— Sei rigida come un manico di scopa, Céline! Stai diventando pigra come un'oca all'ingrasso! — strillava furioso. Le dava del tu e la trattava con gran confidenza perché la conosceva fin da quando era bambina. Era lui che aveva suggerito ai genitori di farne una ballerina invece che un'attrice, lui che le aveva insegnato i primi passi, e Céline reagiva senza scomporsi ai suoi scoppi d'ira come se fossero la cosa piú naturale del mondo.

Una volta terminata la lezione il maestro, dal canto suo, diventava tutto miele. — Vieni a darmi un bacio, bambina. Oggi ti ho fatto lavorare duro, lo so. Ma stai recuperando bene il tempo perduto. Tra poco sarai pronta a tornare sul palcoscenico.

A Sophie invece monsieur Jolivet dava del voi, e la trattava con una cortesia formale, all'antica, inchinandosi per salutarla e cedendole il passo alle porte. — Per il ballo non siete adatta — aveva decretato la prima volta che l'aveva vista, dopo averla fatta muovere e girare su se stessa. — Troppo rigida. Ma dovrete imparare almeno ad avere un portamento piú elegante.

Dopo la lezione scendevano nel salottino verde a prendere una tazza di cioccolata e qui il maestro di ballo si trasformava ancora una volta, sfoggiando una conversazione brillante e spiritosa, raccontando aneddoti divertenti sull'ambiente del balletto, riferendo pettegolezzi o facendo commenti talmente acuti e maligni sui personaggi piú famosi da far ridere la sua allieva fino alle lacrime.

Un giorno riferí che tutta l'Opéra era in gran fermento perché il grande Filippo Taglioni si era messo in testa di far interpretare alla figlia un balletto ispirato non alla mitologia classica, secondo la tradizione, ma alla moderna letteratura dei romantici.

Sophie, dal tempo delle sue letture di rue Marcadet, sapeva che Filippo Taglioni, il padre di Marie, era un grande coreografo di origine italiana, che a Stoccolma aveva sposato la prima attrice del teatro svedese, Sophia Karsten, e con lei aveva creato una vera e propria dinastia nel mondo della danza.

— Taglioni sostiene che il pubblico non sa piú cosa farsene di eroi ed eroine dell'antica Grecia o di Roma — continuava a raccontare monsieur Jolivet. — La gente è scontenta, insoddisfatta della realtà moderna, di come è cambiato il mondo del lavoro, con queste nuove macchine meccaniche che minacciano di renderci tutti uguali, una folla di esseri grigi e anonimi.

— Vuol fare un balletto sulla rivoluzione industriale? — chiese incuriosita Céline.

— No. Vuol mettere in scena un eroe dei nostri giorni, un personaggio romantico che si ribella a questo appiattimento, a questo grigiore, che non rinuncia alla ricerca della felicità, a costo di rifugiarsi nel sogno. Ha già pronti sia la musica, composta da Jean Schneitzhoeffer, che il libretto. Anzi, è stato proprio il suo librettista, Adolphe Nourrit, che gli ha suggerito l'idea di ispirarsi a un racconto di Nodier, *Trilby, o il folletto d'Argail.*

A queste parole l'attenzione di Sophie si fece piú viva. Céline chiese: — Davvero? E Marie Taglioni sarà la moglie del pescatore?

— No. Sarà la creatura fatata che costringe il protagonista a scegliere tra la cruda realtà e il fascino del sogno. Nourrit ha preso da Nodier solo il tema principale. Per il resto la storia è molto diversa. Ma perché non vieni ad assistere alle prove, uno di questi giorni? Le tue antiche compagne di lavoro saranno felici di salutarti.

Approfittando di una mattina in cui non nevicava Céline andò, e tornò cosí piena di entusiasmo che a malapena riuscí a nasconderlo al marito durante la passeggiata pomeridiana al Palais Royal.

— So che a Edouard non fa piacere sentir parlare del mio lavoro di un tempo — confidò dopo cena a Sophie e a Toussaint, con una sfumatura di amarezza nella voce. —

Temo che per lui il balletto sia solo un'occasione per ammirare dei corpi femminili privi di corsetti e crinoline. Non capirebbe che questa *Silfide* promette di rivoluzionare completamente la tradizione della nostra arte. E non solo per la modernità della storia.

— Cosa è cambiato, rispetto al racconto di Charles Nodier? — chiese Toussaint.

— Tutto. Qui non c'è un pescatore, c'è un contadino scozzese di nome James, che sta per sposarsi. Ma la vigilia delle nozze gli appare una silfide...

— Cos'è una silfide? — chiese Sophie, che prima di quel giorno non aveva mai sentito quella strana parola.

— Uno spirito dei boschi, una fanciulla alata, bellissima. La silfide dichiara il suo amore al giovane e poi fugge volando su per il camino. Questa apparizione turba il povero James, che è però deciso a mantenere fede alla sua promessa e a sposare la fidanzata. Ma durante la celebrazione delle nozze, mentre tutto il villaggio è in festa, ecco apparire di nuovo la creatura alata dei boschi che invita lo sposo ad andare con lei. James questa volta non resiste, abbandona la sposa sull'altare, i parenti, gli invitati, e scappa insieme all'essere fatato con grande scandalo di tutto il villaggio.

— E la sposa? — chiese Toussaint, il cui spirito cavalleresco non accettava un tradimento cosí vile.

— La sposa, Effie, per fortuna scopre di essere innamorata di un altro, un amico di James, che la ricambia. Cosí sposa Gurn, e i due vivranno felici e contenti. James invece è infelice, perché il matrimonio tra un mortale e un essere fatato non è semplice. Il giovane è geloso: teme che in qualsiasi momento la silfide possa stancarsi di lui e volarsene via. Chiede dunque consiglio a una strega, che gli dà un fazzoletto, promettendo che basterà legarlo alla vita della sposa fatata per farle cadere le ali. E cosí avviene, ma ciò che la strega non ha detto è che, priva di ali, una silfide non può vivere. Pentito, disperato e impotente James assiste all'agonia della amatissima sposa. Ed ecco apparire uno stuolo di creature alate che circondano l'amica morente, la sollevano in aria e ne portano via il corpo ormai senza vita.

— Che storia triste! — esclamò Sophie. — Piú triste ancora di quella di Trilby.

— Sí. Ma vedessi com'è leggera Marie Taglioni quando balla la sua parte, sembra che voli davvero, che si sollevi dal suolo senza peso! Il costumista Eugène Lamy ha disegnato per lei un costume di tulle e raso bianco che la fa apparire eterea, quasi trasparente, una vera ninfa dell'aria. Le ha fatto cucire sulle spalle due piccole ali di velo che tremano a ogni movimento. Anche il corpo di ballo, che nel finale appare al completo per interpretare lo stuolo delle silfidi amiche, è vestito allo stesso modo. E poi, la Taglioni ha introdotto un'altra novità. Fino a ieri noi ballerine ci sollevavamo sulle punte dei piedi solo per un attimo, o facevamo a stento due o tre passi, con i muscoli irrigiditi in modo innaturale. Ne *La Silfide*, per suggerire l'idea del volo, della leggerezza, della facilità di sollevarsi dalla realtà prosaica e materiale, la protagonista balla a lungo sulle punte, in perfetto equilibrio, senza mostrare alcuno sforzo. Credo che d'ora in avanti nessuna ballerina classica potrà piú tornare a danzare come una volta.

2

Il mattino seguente la sarta portò gli abiti nuovi di Sophie e Céline disse alla sua protetta che era arrivato anche per lei il momento di andare a scuola. Oltretutto da qualche giorno la ragazzina non tossiva piú. Aveva smesso di nevicare e il tempo era abbastanza asciutto da non farle temere un riacutizzarsi della vecchia bronchite.

Nel pomeriggio spuntò anche un pallido sole invernale, tanto che monsieur Edouard decise che, invece che alla galleria coperta del Palais Royal, sarebbero andati a passeggiare nei Giardini del Lussemburgo. A loro insaputa il conte e la contessa de Merlin avevano avuto la stessa idea, e fu cosí che le due coppie s'incontrarono nel viale protetto dalla statua del Gladiatore. Fu Toussaint a riferire a Sophie dell'incontro.

Come abbiamo visto, la ragazzina sapeva già chi era la contessa grazie alle cronache mondane che leggeva alla madre in rue Marcadet. Poi, in Boulevard des Capucines aveva scoperto che Céline conosceva i de Merlin da quando era ragazza, perché erano amici del suo padrino, e verso i quattordici anni aveva lei stessa accompagnato tre o quattro volte il Cittadino Marchese nel famoso salotto della contessa. Allora era troppo giovane, le aveva raccontato la sua benefattrice, per rendersi conto del privilegio di conversare con i frequentatori abituali di quel salone: grandi scrittori come Balzac o De Musset, famosi musicisti come Rossini, poeti raffinati come Lamartine, potenti uomini politici come il ministro inglese lord Palmerston o addirittura il vecchio generale Lafayette. L'unico che l'aveva colpita e davanti al quale era ammutolita per l'emozione era stato un giovanissimo poeta biondo dal viso malinconico, che Lamartine chiamava "il fanciullo sublime". Solo qualche anno piú tardi Céline aveva scoperto che quel "fanciullo" dai modi timidi e riservati si chiamava Victor Hugo e aveva rimpianto di non averne approfondito la conoscenza.

La contessa de Merlin, dal canto suo, aveva sempre mostrato una sincera e affettuosa simpatia per la figlioccia del marchese de la Pommelière, e aveva seguito con interesse la sua carriera e i suoi successi teatrali. Non era come la maggior parte delle dame aristocratiche francesi, che disprezzavano e tenevano a distanza le artiste. Forse perché era nata nelle Indie Occidentali e aveva ricevuto un'educazione molto libera. Forse perché, dotata di una bellissima voce, si considerava lei stessa un'artista.

Céline le era sinceramente affezionata. Dopo il matrimonio aveva proposto al suo Edouard di accompagnarla a far visita alla contessa. Ma il marito si era rifiutato. — Non mi piace che tu frequenti una creola — aveva dichiarato. — Ho le mie ragioni per non fidarmi di queste signore nate e cresciute nelle colonie del Nuovo Mondo. Anche se hanno la pelle bianchissima e discendono da una famiglia europea ricca e nobile, prima o poi salta fuori che sono delle donne dissolute. Sarà il clima, sarà il tipo di educazione che ricevono in quelle case piene di negri... Guarda Josephine Beauharnais!

— Veramente è stato Napoleone a voler divorziare per sposare la figlia dell'imperatore d'Austria — aveva protestato Céline.

— Cosa c'entra? Doveva obbedire alla ragion di Stato. Questo non toglie che prima e durante il matrimonio con Bonaparte Josephine si sia sempre comportata come una cortigiana!

Céline non replicava, come avrebbe potuto fare, che all'inizio della loro relazione Edouard avrebbe voluto che anche lei accettasse un ruolo di cortigiana. Invece di arrabbiarsi, si inteneriva al pensiero che certamente da giovane, laggiú in Giamaica, il marito aveva sofferto per colpa di qualche ragazza creola seducente e crudele.

Con tutto il suo disprezzo però l'inglese era un gentiluomo e non poteva sottrarsi ai doveri mondani e alle regole della buona educazione.

Perciò quel giorno, raccontò Toussaint, monsieur Edouard si tolse il cilindro per rendere omaggio alla contessa e si fermò a conversare amabilmente con i de Merlin.

— Chi vi ha fatto questa cuffietta, mia cara? È deliziosa. La fodera di seta azzurra mette straordinariamente in risalto il colore dei vostri occhi — disse la contessa a Céline.

— Grazie. Per i cappellini mi servo da Flautier. Madame Florence si lamenta che purtroppo è sempre piú difficile trovare della seta abbastanza robusta da poter essere modellata senza fare grinze.

— La colpa è di quei fannulloni degli operai tessili di Lione, i *canuts*, che non hanno piú voglia di lavorare come si deve — intervenne Edouard. — Sono capaci soltanto di scendere a protestare per la strada, da un po' di tempo a questa parte. Per fortuna il maresciallo Soult li ha rimessi al proprio posto.

— Dite pure che le sue truppe li hanno massacrati. Ventimila soldati armati di cannoni e baionette contro una manifestazione di poveracci affamati e a mani nude. Vergogna! La protesta dei *canuts* era sacrosanta. Gli industriali gli avevano ridotto ancora il salario. Da sei o quattro franchi al giorno, lo avevano portato a venti soldi, e quest'anno l'inverno è stato freddissimo — osservò con impeto la contessa. — Il colera poi ha colpito duramente i quartieri piú poveri dove abitano i tessitori...

— Anche chi ha investito i suoi capitali nel settore delle stoffe quest'anno ha subito delle perdite — obiettò il marito di Céline. — Le mie piantagioni di cotone nelle colonie, per esempio, hanno reso la metà rispetto agli anni passati. Dovrei forse scendere in piazza a protestare insieme agli altri piantatori? E magari innalzare delle barricate come quei fanatici della Rivoluzione di Luglio?

Toussaint si rese conto che a quelle parole la contessa aveva squadrato con deliberata attenzione l'elegante marsina dell'inglese, il bavero di pelliccia, la catena d'oro dell'orologio che gli attraversava il petto, il cilindro di seta, le scarpe di vernice e aveva scosso la testa. Non aveva detto una parola, ma aveva lanciato a Céline uno sguardo ironico, come a dirle: "Pover'uomo! È davvero caduto in miseria."

— Siete stati al ballo mascherato del visconte de Maupilat? — intervenne il conte per alleggerire il tono della conversazione.

— Io no, ero raffreddata — mentí Céline. — Ma Edouard mi ha raccontato che la padrona di casa era splendida nel suo domino verde smeraldo.

— C'era anche Marie Taglioni, che ha accettato finalmente di sposare il conte Gilbert de Voisin. Non si parla d'altro nei palazzi del Faubourg Saint Germain — disse il conte.

— E voi, mia cara, quando tornerete a ballare? — chiese a Céline la contessa. — Pensavo che vi avrebbero dato una parte nel nuovo balletto che stanno allestendo all'Opéra. Sapete, quella *Silfide* di cui parla tutta Parigi.

— Mia moglie ha chiuso col palcoscenico — tagliò corto l'inglese in tono deciso.

— Avrete tempo per leggere, allora, Céline — osservò la dama creola in tono conciliante. — Forse non vi ho ancora regalato il libricino di memorie che ho fatto stampare l'anno scorso. Per caso ne ho con me una copia. Ve ne faccio volentieri omaggio.

— Un libro cosí sottile per una vita interessante come la vostra! — esclamò Céline accettando dalle mani della contessa il volumetto azzurro.

— È corto — spiegò il conte — perché Mercedes vi racconta solo dei suoi primi dodici anni. Dalla nascita a quando ha lasciato Cuba per venire in Europa a raggiungere i genitori.

— Anch'io sono nato a Cuba, madame — non poté trattenersi dall'esclamare Toussaint, che fino a quel momento se n'era restato immobile come una di quelle statue veneziane di legno che reggono i tavolini dorati.

Monsieur Edouard lo fulminò con uno sguardo. — Vogliate scusare l'impudenza di un piccolo selvaggio al quale mia moglie non fa assaggiare abbastanza la frusta — si affrettò a dire in tono contrito il gentiluomo rivolto alla contessa. La quale però aveva liberato una mano dal manicotto di pelliccia e l'aveva allungata a sfiorare la guancia del ragazzino nero.

— In quale parte dell'isola? — gli chiese in spagnolo.

— A Oriente. Provincia di Santiago, señora — rispose Toussaint nella stessa lingua.

— E com'è che sei finito a Parigi, poverino?

— È lo schiavetto di mia moglie. Gliel'ho fatto spedire due anni fa dal mio intendente — intervenne monsieur Edouard, che conosceva anche lui un po' di spagnolo.

— Uno splendido regalo. Vero che è bello il mio bonbon al cioccolato? — commentò Céline, fingendo un'allegria che non sentiva e stringendosi con affetto ostentato al braccio del marito.

— Mia cara, in quel libretto di memorie ho scritto qualcosa su ciò che penso a proposito degli schiavi. La mia famiglia ne aveva moltissimi, laggiú in colonia. Abbiate la bontà di leggerlo e di rifletterci un poco. Sono certa che, se avete dei dubbi, il vostro padrino saprà darvi tutte le spiegazioni di cui sentirete il bisogno — disse la contessa. — Adesso scusateci, dobbiamo tornare a casa. Non vorrei che il conte prendesse un'infreddatura.

— Che donna insopportabile! Saccente, presuntuosa, maleducata come tutte le creole! — esclamò Edouard quando la coppia piú anziana si fu allontanata. — Ha scritto un libro di memorie, figuriamoci! Come se a noialtri importasse qualcosa dei suoi primi dodici anni tra i selvaggi. E poi: «Il vostro padrino saprà darvi tutte le spiegazioni»... E io? Mi ha ignorato deliberatamente. Come se non aveste un marito. Come se non fossi perfettamente in grado di spiegarvele io, assai meglio di quel fanatico del vostro padrino, le ribalderie cui si abbandonano gli schiavi laggiú nelle Antille, dopo il cattivo esempio che hanno ricevuto da quelle belve sanguinarie dei ribelli haitiani.

— Monsieur era cosí arrabbiato che ci ha accompagnato a casa senza dire piú una parola — riferí Toussaint a Sophie. — Madame lungo la strada ha cercato di fargli una carezza, ma lui le ha spostato la mano con malgarbo. E una volta arrivati, ci ha fatto scendere dalla carrozza e ha ordinato a Jean-Baptiste di accompagnarlo immediatamente al club.

Quella sera Céline cenò in fretta con una tazza di brodo e disse che sarebbe andata a letto presto, perché aveva una fortissima emicrania.

— Mi spiace di non passare la serata con voi — si scusò con i due ragazzi. — Specialmente per te, Sophie, che domani andrai finalmente a scuola. Avrei voluto prepararti a questa nuova esperienza con una bella chiacchierata, ma proprio non ce la faccio. Perdonami. Forse domani mattina mi sentirò meglio. Buona notte.

Sophie non l'aveva ancora mai vista cosí triste. Avrebbe voluto gettarle le braccia al collo, stringerla, dirle frasi tenere di consolazione. Ma non osava prendersi tanta confidenza. Cosí si limitò a baciare con calore la mano della sua benefattrice e a mormorare: — Buona notte a voi, madame.

Appena Céline si fu ritirata, Toussaint con gli occhi scintillanti dalla rabbia esclamò: — Quel bruto non la merita. Ah, se fossi già un uomo! Se fossi libero! Monsieur Edouard avrebbe a che fare con me. Lo scaccerei a pedate da questa casa.

— Ma lei lo ama... — obiettò Sophie spaventata da tanta furia — e anche lui... Madame dice sempre che se il marito è tanto geloso, se la vuole tutta per sé, questo significa che è pazzamente innamorato di lei.

— E allora? Anche James, il contadino scozzese, diceva di essere innamorato della silfide. E per dimostrarle il suo amore le ha tagliato le ali e l'ha fatta morire. Sai cosa ti dico? Anche madame morirà, se non potrà tornare a ballare.

Detto questo, Toussaint s'impadroní del libretto azzurro che la padrona aveva lasciato sul tavolo del salottino verde, si gettò sul divano e s'immerse avidamente nella lettura. Sophie, per non lasciarsi prendere dalla malinconia, indossò il vestito nuovo e scese in cucina a farsi ammirare dalle domestiche.

— Non è vero che l'abito non fa il monaco — commentò Lisette. — Adesso sembri proprio una signorina. Penso che dovremmo cominciare a darti del voi.

La nuova "signorina" dopo un poco se ne andò a letto, pensando con emozione che l'indomani avrebbe conosciuto finalmente il Cittadino Marchese.

Dormiva profondamente quando fu risvegliata dai passi di monsieur Edouard che rincasava, urtando contro i mobili e imprecando. Evidentemente, ne dedusse Sophie, al club aveva ecceduto nel bere. Proprio come faceva suo padre all'osteria quando aveva un problema difficile da risolvere. Dopo un poco sentí le voci alterate di Céline e dell'inglese che litigavano. Mise la testa sotto il cuscino, come faceva in rue Marcadet, quando le grida di Jean-Jacques facevano piangere Fantine.

— Per favore Pipolet, falli smettere. Per favore — supplicava in quelle occasioni. Ma Pipolet non aveva questo potere.

3

L'indomani Sophie si svegliò molto presto. Guardò verso la camera accanto, ma non c'era traccia né di Adèle né della sua bambinaia. Era una bella giornata e Charlotte cantava con insolito buonumore scuotendo coperte e lenzuola fuori della finestra.

— Solange è in cucina e la bambina è in camera di madame — disse la cameriera, rispondendo alla domanda di Sophie. — Se la terrà nel letto fino al momento della passeggiata. Oggi può farlo perché monsieur Edouard è partito all'alba per l'Inghilterra. Se vuoi, puoi andare a dar loro il buon giorno. Ma devi sbrigarti. Toussaint ti aspetta per fare colazione dabbasso, nello studiolo accanto all'atrio. Ho sentito che oggi dovete uscire insieme.

Nel grande letto dalle cortine di broccato verde-azzurro, tra le lenzuola ricamate, con la camicia leggera guarnita di trine che le era scivolata su una spalla, Céline Varens sembrava la bellissima eroina di uno di quei quadri mitologici che Sophie aveva visto riprodotti nelle stampe d'Epinal: Venere che sorge dalla spuma del mare, Leda che aspetta l'arrivo del cigno... E Adèle che le giocava accanto pareva interpretare con grazia il ruolo dell'immancabile amorino alato.

La giovane donna però aveva gli occhi arrossati e un'espressione malinconica che cercava a stento di nascondere.

— Lo sai, vero, che Edouard è partito — disse tristemente.

— Quanto tempo starà via? — chiese Sophie.

— Non lo so. Una settimana, un mese... Dice che non è in grado di prevederlo. Succede sempre cosí. Un giorno, all'improvviso, annuncia che deve partire subito, immediatamente. E un altro giorno, senza nessun preavviso, ritorna. «Ti ho fatto una bella sorpresa» mi dice abbracciandomi. «Non sei contenta di vedermi?» Io preferirei poter contare i giorni della sua assenza, però non ho piú il coraggio di chiedergli quando tornerà. Abbiamo litigato tante volte per questo motivo! D'altra parte, Edouard me l'ha detto fin dai primi giorni della nostra relazione che lui è uno spirito libero, insofferente di ogni controllo. Questo Natale, il primo Natale di Adèle, ci tenevo tanto che lo festeggiasse insieme a noi, in famiglia. Ma lui se ne è andato in Inghilterra perché la zia reclamava la sua presenza. Mi manca tanto, il mio Edouard, sassolino. Se almeno mi avesse lasciato un suo ritratto, anche solo una miniatura da contemplare e baciare durante la sua assenza! E se questi viaggi improvvisi servissero a fargli venire il buonumore! Invece torna sempre cupo e aggrondato, come se avesse un tormento che non vuole confessarmi.

Céline sospirò, asciugandosi una lacrima con l'angolo del lenzuolo. Sophie era terrorizzata all'idea di vederla scoppiare in pianto. Cosa avrebbe dovuto fare per consolarla?

Fortunatamente Adèle, che cercava di alzarsi in piedi sul cuscino di fianco tenendosi alle colonne del letto, barcollò, crollò addosso alla madre e fece un verso di disappunto cosí buffo che Céline scoppiò a ridere.

— Oggi non la mando al parco delle Tuileries con Solange — disse stringendosela al petto e coprendola di baci. — Alle undici faccio preparare da Jean-Baptiste la carrozza scoperta e ce ne andiamo insieme, Adèle e io, al Bois de Boulogne. Voglio che tutti gli elegantoni di Parigi vedano quanto è bella la mia bambina! Quando vado al Bois con Edouard non posso prenderla con noi, ma devo farmi accompagnare da Toussaint, vestito della sua livrea piú appariscente. È per questo che me l'ha regalato: per esibirlo come un giocattolo di lusso davanti alle altre dame. Povero il mio bonbon al cioccolato! Anche ieri ai Giardini del Lussemburgo batteva i denti dal freddo in quella livrea di seta e velluto. D'inverno, anche se c'è il sole, deve uscire ben avvolto nella pelliccia, altrimenti si ammala. E comunque, preferisco che al mattino vada a lezione dal Cittadino Marchese. A proposito! Corri a prepararti, che è tardi. Non te lo ricordavi che oggi è il tuo primo giorno di scuola?

Un'ombra di tristezza passò sul viso di Sophie. Il suo "vero" primo giorno di scuola le sembrava cosí lontano! Quella volta era uscita dalla casa di rue Marcadet allegra e sicura, col cuore pieno di fiducia e di speranza, tenuta per mano dal padre e dalla madre.

Céline si rese conto di aver risvegliato nella sua protetta un ricordo doloroso. La attirò a sé e la baciò con tenerezza. Poi le disse: — Guarda sul ripiano della toeletta. Troverai un foglio che ho scritto ieri notte al mio padrino per spiegargli chi sei e per chiedergli di trattarti con molta indulgenza, almeno nei primi tempi. Glielo darai appena lo vedi. Su, svelta! Devi ancora far colazione e Toussaint sarà impaziente. Detesta arrivare in ritardo.

4

Toussaint aspettava l'amica nello studiolo accanto all'atrio, già pronto per uscire. Le fece trangugiare in piedi la tazza di cioccolata, le infilò un pan dolce nella tasca del vestito e la trascinò per strada. Con l'abito nuovo e il pesante cappotto con la mantella, la testa riparata da una cuffia di lana bordata di velluto, Sophie si sentiva elegante come una principessa, talmente diversa dall'orfanella del cimitero di Montmartre che se madame Annaud l'avesse incontrata, non l'avrebbe riconosciuta.

I due ragazzi corsero giú per le strade che cominciavano ad animarsi per le attività mattutine. Qualcuno dei bottegai che toglievano le imposte di legno alle vetrine salutava Toussaint con familiarità, ma la maggior parte dei passanti lo guardava e se lo additava con meraviglia. Per quanto Parigi fosse una città cosmopolita, un ragazzino dalla pelle color cioccolato avvolto in un'elegante pelliccia costituiva ancora uno spettacolo insolito. I due amici costeggiarono a passo svelto il Palazzo del Louvre, arrivarono alla Senna, le cui acque non erano piú ghiacciate come in gennaio, attraversarono il Pont Neuf e si trovarono sulla Rive Gauche, nel Quartiere Latino.

— Il Cittadino Marchese abita in rue Jacob — disse Toussaint col fiato corto, fermandosi ad ascoltare l'orologio di una chiesa che batteva le ore. — Ma ho paura che non lo troveremo piú in casa. Dev'essere già uscito.

— Come? — chiese Sophie. — Non ci aspettava per farci lezione?

— Quando non piove, le lezioni ce le fa all'aperto. Oggi, se c'era il sole, dovevamo andare al Jardin des Plantes.

— Be', potremmo raggiungerlo là... — cominciò a dire Sophie, ma Toussaint la interruppe con un grido: — Guarda! Stanno arrivando.

In fondo alla strada era comparsa la piú strana processione che la ragazzina avesse mai visto in vita sua.

Apriva il corteo un vecchio alto e magro, vestito con una redingote di panno verde che probabilmente era di moda cinquant'anni prima. I suoi pantaloni si fermavano appena sotto il ginocchio, e i polpacci erano coperti da calze di seta rosa acceso. Le scarpe col tacco erano decorate da una fibbia dorata. Sulla testa portava un tricorno nero, come quelli che Sophie aveva visto nei ritratti di Voltaire o di altri personaggi dei tempi precedenti la Grande Rivoluzione. Non aveva parrucca, ma i suoi capelli grigi erano lunghi e raccolti sulla nuca in un codino legato da un nastro. Non c'era alcun dubbio, pensò la ragazzina, che quel personaggio originale fosse il Cittadino Marchese in persona.

Il vecchio conduceva tenendolo per mano un bambinetto di circa sei anni, affogato in una enorme giacca grigia da uomo, piena di toppe, che gli arrivava fino ai piedi, infilati in due stivali spaiati e troppo grandi per lui. Sulla testa, calzato fino al naso, il bambino portava un berretto di lana scura.

Seguivano due ragazzi della stessa statura di Toussaint, maschio e femmina, vestiti all'ultima moda e con grande ricercatezza, che reggevano rispettivamente un grande album da disegno e un cavalletto da pittore. Poi veniva un ragazzetto di circa otto anni, che indossava un elegante cappotto di foggia militare, forse la divisa di un collegio per figli di nobili, pensò Sophie. Era a testa nuda e aveva i capelli incredibilmente biondi e ricciuti. Dietro a lui camminavano una bambina sui dieci anni, vestita poveramente da popolana, e avvolta in uno scialle di lana a maglia simile a quello che portava Sophie in rue Marcadet, ma piú pesante e privo di strappi. Chiudeva la processione un ragazzo alto e snello, di almeno sedici anni, che indossava una antiquata redingote uguale a quella del vecchio, che si muoveva con una incredibile eleganza, e stava attento come un cane da pastore a che i compagni piú giovani non uscissero dalla fila.

Sophie era sbalordita, sia per la grande differenza d'età fra i diversi allievi del Cittadino Marchese, sia per il fatto che del gruppo facessero parte due ragazzine. Quando Céline le aveva parlato delle lezioni, aveva pensato che lei e Toussaint sarebbero stati gli unici allievi del padrino. Poi, nell'attesa, quando sentiva l'amico parlare al plurale, aveva creduto che ci fosse una classe tutta maschile alla quale lei era stata ammessa come unica ragazza per intercessione di Céline. Non aveva mai sentito che maschi e femmine potessero studiare insieme. Persino nella Scuola del Mutuo Soccorso Operaio, dove le bambine erano pochissime, venivano fatte studiare in aule separate.

Il terzo dettaglio che la lasciava stupefatta era la evidente differenza di censo e di condizione sociale degli allievi, anche se i giovani aristocratici, i ragazzi borghesi e i piccoli straccioni sembravano andare perfettamente d'accordo.

A differenza di Sophie, la gente per la strada guardava senza alcuna meraviglia quel gruppetto pittoresco. Evidentemente era abituata a vederlo passare. Dalle porte delle botteghe i negozianti salutavano con un piccolo inchino il Cittadino Marchese, che in risposta sollevava leggermente il tricorno.

Una robusta massaia che camminava sul marciapiede opposto con al braccio un canestro pieno di ortaggi attraversò la strada per venire a baciare la ragazzina con lo scialle, e a sistemarglielo piú stretto attorno al collo. — Non lasciatele prendere freddo, Cittadino Marchese — raccomandò al vecchio. — Stanotte Pauline non ha fatto che tossire.

Anche Toussaint, tirandosi dietro Sophie, aveva raggiunto il gruppo. — Buongiorno, padrino. La mia amica ha un messaggio per voi da parte di madame Varens.

Sophie tese timidamente al vecchio il foglio ripiegato, ma quello invece di leggerlo se lo infilò in tasca. — Lo guarderò a casa, quando torneremo per il pranzo. Suppongo che nel frattempo la giovane cittadina voglia restare con noi. Come ti chiami?

— Sophie Gravillon — rispose la nuova scolara.

Gli altri ragazzi intanto l'avevano circondata pieni di curiosità.

— Sei un'amica del cittadino Toussaint?

— Vieni anche tu dalle colonie?

— Sei capace di usare il cannocchiale?

— Per favore, hai un fazzoletto, cittadina? Altrimenti devo soffiarmi il naso con la manica della giacca, e stasera mio padre me le darà, se la trova sporca.

Questo era il bambino piú piccolo, che aveva lasciato la mano del Cittadino Marchese per esaminare piú da vicino Sophie. La quale gli porse divertita il fazzoletto di bucato che Lisette le aveva infilato nella tasca poco prima di uscire. Fu ringraziata molto cerimoniosamente, e quando la piccola comitiva riprese la strada verso il Jardin des Plantes, il bambino non tornò a stringere la mano del vecchio, ma si aggrappò con forza alla sua.

— Tienimi stretto, cittadina, altrimenti con queste scarpe troppo grandi potrei scivolare sul ghiaccio — le ordinò, e aggiunse preoccupato: — Sarebbe un guaio se cadessi in avanti e mi ferissi alla bocca. Tocca a me, oggi, fare lezione — concluse con orgoglio.

Sophie lo scrutò poco convinta. Era proprio un moccio-setto, un monello dalla testa rapata che si sarebbe trovato a suo agio nei vicoli di Montmartre. Di sicuro sotto quella lunga giacca, sotto i pantaloni di telaccia rappezzata, le sue ginocchia erano piene di graffi, croste e cicatrici.

5

Ma appena ebbero varcato il cancello dell'orto botanico, il vecchio sollevò il bambino, se lo mise a sedere su una spalla e disse agli altri con grande serietà: — Ascoltate con attenzione quello che vi dirà il cittadino Antoine a proposito dei lombrichi che con le loro gallerie rendono piú fertile il terreno.

E Antoine, con voce sicura, non solo spiegò la preziosa opera dei lombrichi che mangiando, digerendo e defecando la terra, la restituiscono piú grassa e nutriente per gli alberi e le piante. Indicò anche le specie che piú si avvantaggiavano di questo concime naturale, e quelle che stentavano ad acclimatarsi perché provenivano da paesi piú caldi.

Il giovane aristocratico, chiamato dai compagni cittadino Maximilien, aveva aperto il cavalletto e ci aveva sistemato l'album da disegno. Sua sorella, la cittadina Angélique, stava lí accanto, pronta a porgere le matite colorate ai compagni che, su invito del vecchio maestro, si avvicinavano a disegnare la forma delle foglie dei vari alberi, man mano che venivano nominati e illustrati da Antoine. Il Cittadino Marchese interveniva raramente, non per correggere, ma per integrare le informazioni fornite dal bambinetto. Raccontò della prima spedizione scientifica francese nell'Oceano Pacifico, il viaggio intorno al mondo del signor de Bougainville, cominciato nel 1766 e durato quasi tre anni; delle sue scoperte, e delle piante che aveva portato in Europa. Raccontò del suo amico personale, il barone tedesco Alexander von Humboldt che, in compagnia di un botanico francese, trent'anni dopo il viaggio di Bougainville, aveva esplorato l'America del Sud, l'arcipelago delle Antille, e gli stati meridionali della nuova grande nazione chiamata Stati Uniti d'America, studiandone non solo gli animali, i vegetali e i minerali, ma anche le strutture economiche e sociali.

— Mia nonna mi ha detto che le nobili famiglie e i proprietari terrieri delle colonie lo odiano, perché dopo essere stato ricevuto nelle loro case con tutti gli onori, il barone von Humboldt ha criticato il loro modo di vivere e ha scritto che la schiavitú, sulla quale si basa la loro ricchezza, è una istituzione barbara — intervenne il piú anziano degli allievi, quello che nell'abbigliamento imitava il vecchio maestro.

Sophie fu colpita dal timbro femminile della sua voce. E il suo stupore fu ancora piú grande quando il Cittadino Marchese esclamò: — Ottimo, cittadina Olympe! Non dirmi che hai letto tutti i trentasei volumi del *Viaggio nelle regioni equinoziali del Nuovo Continente* che ha scritto il mio amico von Humboldt quando è tornato a Parigi!

— No. Ho letto soltanto il saggio intitolato *I problemi dell'America Latina* — rispose arrossendo la strana adolescente che indossava panni maschili. A guardarla bene in viso, era evidente che le sue guance erano lisce e rosee, senza traccia di barba nascente, e i suoi lineamenti erano troppo delicati per essere quelli di un ragazzo.

— Qui da noi la schiavitú non è stata ancora abolita — osservò il Cittadino Marchese. — Ne abbiamo un esempio vivente nel cittadino Toussaint. Anzi, non dovremmo neppure chiamarlo "cittadino". Secondo l'articolo numero 45 del *Codice Nero*, l'insieme di leggi elaborate dal barone Colbert e promulgate nel 1685 dal Re Sole, il nostro amico deve essere considerato un "bene mobile", un oggetto, non un essere umano.

— Come mai la sua padrona non lo ha liberato? — chiese Pauline. — Toussaint dice che è una donna gentile, e che gli vuole bene.

— E ha ragione. Céline Varens è una donna intelligente, ed è contraria alla schiavitú — intervenne Olympe. — Ma sai bene che da noi in Francia la legge non permette alle donne sposate di compiere alcun atto legale senza il permesso del marito. E il marito di Céline...

— ... è uno schifoso schiavista! — disse con disprezzo Toussaint.

— È stata abolita la tratta, però — saltò su a dire Angélique. — In tutto il mondo civile oramai è proibito andare in Africa, catturare gli africani, caricarli sulle navi e trasportarli nelle colonie per venderli come schiavi.

— Sí, però chi nasce schiavo, resta schiavo. Invece dovrebbero essere tutti liberati. I Diritti dell'Uomo e del Cittadino devono valere anche per loro — osservò Maurice.

— Sull'isola dei miei padri, ad Haiti, gli schiavi si sono liberati da soli — affermò con orgoglio Toussaint. — Il vecchio generale Leclerc, mandato da Napoleone a sottometterli, e quelli che sono venuti dopo di lui, non sono riusciti a impedirglielo.

— E Napoleone si è spaventato, tanto da ripristinare in Francia e nelle sue colonie la schiavitú che era stata abolita dalla Grande Rivoluzione — disse ancora Maurice.

— Anche perché Josephine Beauharnais, la sua prima moglie, era una creola della Martinica, e la sua famiglia si era arricchita col lavoro degli schiavi — disse Toussaint.

— Non è che siano tanto furbi, però, i tuoi haitiani — intervenne Maximilien. — Dieci anni dopo avere proclamato la repubblica, hanno rinunciato ancora alla libertà accettando di farsi comandare da un nuovo re.

— Be', se non altro il re Henry Christophe era nero come loro! — rispose Toussaint. — E poi ti informo che gli haitiani non lo hanno accettato: appena hanno potuto, lo hanno detronizzato. Oggi Haiti è di nuovo una repubblica indipendente. Lo ha riconosciuto ufficialmente persino quel borbone di Carlo X!

Il Cittadino Marchese se la rideva ad ascoltare questo battibecco. Sophie invece lo seguiva con grande perplessità. Non capiva perché il maestro lasciasse che gli scolari interrompessero a loro piacimento la lezione di botanica. Alla Scuola del Mutuo Soccorso Operaio non sarebbe stato permesso. Gli alunni dovevano ascoltare in silenzio le parole del maestro senza fare né domande né commenti. Fu dunque con grande sollievo che la ragazzina accolse le parole di Olympe, che aveva alzato una mano per chiedere di intervenire, ed era tornata – almeno cosí pareva – sull'argomento.

— Von Humboldt ha esaminato le coltivazioni di zucchero, di tabacco, di caffè e di cotone — esordí infatti la ragazza vestita da uomo, ma fu subito interrotta da Antoine che continuava a dominare la piccola assemblea dall'alto della spalla del Cittadino Marchese: — Queste piante possiamo andare a vederle e a disegnarle nella serra. All'aperto da noi non crescono: fa troppo freddo.

— Von Humboldt non è affatto d'accordo con quello che sostengono i nostri coloni — riprese Olympe tranquilla — che cioè la coltivazione di queste piante è talmente faticosa che possono affrontarla e sopportarla solo gli schiavi, perché sono piú robusti e resistenti al clima dei bianchi, e perché – dico io – vi sono costretti a suon di frustate. Sostengono, i nostri coloni, che anche nelle miniere del Brasile gli uomini bianchi non resisterebbero, e che dunque la schiavitú sarebbe... scusate, vorrei citare il termine esatto con cui hanno il coraggio di difenderla. Ecco, per loro la schiavitú sarebbe "un crimine politico inevitabile". Von Humboldt dice che non è affatto vero. Che anche i bianchi, anche gli uomini liberi, ai tropici possono fare i contadini e i minatori. Certo, sarebbe faticoso, bisognerebbe rallentare il ritmo del lavoro, nutrire meglio i braccianti, dar loro un salario. Si guadagnerebbe di meno, forse, ma non sarebbe impossibile. Ha calcolato che nelle colonie gli schiavi sono molto piú numerosi di quanti ne servirebbero alla agricoltura. E dice che richiamarsi al Medioevo per sostenere, come fanno alcuni, che nelle Antille i neri sono trattati bene e che i bianchi li proteggono come i feudatari proteggevano i vassalli, è... vediamo se mi ricordo le parole precise... "è un imbroglio del linguaggio che profana la nobile arte dello spirito e dell'immaginazione".

6

— Ottimo, cittadina Olympe! C'è qualcuno che vuole fare domande o aggiungere qualcosa? — chiese il maestro.

— Io — dichiarò Toussaint. — Vorrei leggervi un'interessante riflessione sulla libertà e sulla schiavitú che ho trovato ieri sera su questo libretto di memorie che la contessa de Merlin ha regalato alla mia padrona.

— Sentiamo — disse il vecchio maestro.

E Toussaint incominciò: — Per prima cosa bisogna che vi spieghi che nel suo libro la contessa de Merlin racconta d'essere la discendente delle due grandi famiglie spagnole di Santa Cruz e di Montalvo, stabilitesi a Cuba da piú di un secolo. Quando aveva solo pochi mesi, i suoi genitori dovettero andare in Europa e la lasciarono affidata per otto anni alle cure della bisnonna, che le voleva un gran bene e la educò con la massima indulgenza, senza mai costringerla a fare ciò che non voleva. La bellezza della natura, la dolcezza del clima, rendono la nostra isola simile a un paradiso di colori e di profumi che voi neppure riuscite a immaginare, e la niña Mersè, come la chiamavano, sarebbe vissuta felice se... se la sua famiglia non avesse posseduto, come tutti i ricchi latifondisti di Cuba, una grande quantità di schiavi.

— Grazie ai quali certamente i padroni vivevano comodamente, evitando ogni sforzo e ogni fatica — osservò il Cittadino Marchese. — La bambina ne sarebbe dovuta essere contenta.

— Se fosse stata una persona egoista. Oppure una sciocchina senza cervello — disse Toussaint. — Invece ascoltate cosa ne pensava: *Uno schiavo non può mai servire il suo padrone di buon grado, neppure quando è trattato con umanità. La sola schiavitú, di per se stessa, è un fatto che lo avvilisce profondamente, gli fa trascinare con tristezza la sua catena e misurare con lo sguardo la distanza che lo separa dall'orizzonte, dove immagina si trovi la sua libertà. Questi sventurati hanno un'unica idea fissa: quella di tornare al proprio paese, e spesso li si trova impiccati nella loro capanna, perché sono persuasi che quel mondo migliore che ci viene promesso dopo la morte debba essere per loro la Patria da cui sono stati strappati e dove vivono ancora i loro familiari. Ricordo molto bene l'orrore che mi ispirava la schiavitú e, cosa che sembrerebbe incredibile, già a otto anni mi rendevo conto di quanto fosse innaturale la distanza immensa che separa il padrone dal suo schiavo; e che questo tipo di dominio era violento, basato sulla forza e mostruoso. Tali sentimenti si sviluppavano in me tanto piú facilmente poiché, in conseguenza della mia educazione, avevo sempre considerato la mancanza di libertà come la maggiore delle disgrazie.*

Toussaint s'interruppe per riprendere fiato, e il Cittadino Marchese disse: — È vero: la cittadina Mercedes era cosí insofferente d'ogni disciplina che a nove anni, dopo essere stata per qualche tempo come educanda nel convento di Santa Clara, scappò attraverso una finestrella e tornò a casa della bisnonna. Penso che nel suo libro di memorie abbia raccontato anche di questa evasione. Ma continua a leggere le sue riflessioni sulla schiavitú, cittadino!

E Toussaint, dopo essersi schiarito la voce, riprese: — *La vista di quegli esseri sfortunati, la cui intera esistenza non era che una catena di atti di sottomissione, ha fatto nascere in me, per tutto il resto della mia vita, una opposizione invincibile a forzare la volontà di chicchessia, neppure nelle cose di minima importanza.*

— Quindi appena è cresciuta, la contessa ha liberato tutti i suoi schiavi? — domandò Pauline.

— No, è andata via da Cuba ch'era ancora una ragazzina. Prima di partire ha ottenuto soltanto che il padre liberasse la sua balia e tutti i figli della donna, e che regalasse loro una casa e un terreno in modo che potessero vivere indipendenti.

— E poi? — chiese Angélique, come se avessero interrotto il racconto di una fiaba.

— E poi raggiunse la madre e i fratelli che vivevano alla corte di Spagna — disse Toussaint. — Dovette imparare la disciplina. Era abituata a camminare scalza, e fu costretta a mettersi non solo le scarpe, ma il busto che a quei tempi si usava molto stretto. Ricevette un'ottima istruzione. Pensate che insieme alla sorella Pepita prendeva lezioni di pittura dal grande Goya. Poi sposò un generale di Napoleone, il conte de Merlin, e quando i Borbone tornarono in Spagna, se ne venne a vivere col marito e i figli a Parigi.

— Allora, se vive a Parigi, possiamo invitarla a pranzo, questa signora, e farci raccontare tutto sulle piante e sugli animali di quella sua isola, Cittadino Marchese? — domandò Antoine.

— Credo che il cittadino Toussaint lo possa fare anche meglio della contessa — disse il vecchio maestro. — Ad ogni modo, prova a scrivergliela tu, una lettera d'invito, cittadino, e vediamo se la mia vecchia amica Mercedes ha voglia di passare un po' di tempo con noi.

Antoine sospirò, perché a scrivere non era bravo come a raccontare dei lombrichi. Ma sapeva che quello era il metodo usato dal vecchio maestro per stimolare gli allievi a impegnarsi e a migliorare nelle materie in cui erano piú deboli.

7

Per quanto appassionati all'argomento tutti gli allievi, a restare fermi nel viale dell'orto botanico, stavano cominciando a gelare. I piú piccoli battevano i piedi a terra per riscaldarsi, Pauline tossiva, Angélique si strofinava il naso che era diventato rosso e insensibile.

— Scusatemi giovani cittadini, forse è l'ora di tornare a casa — disse a quel punto il vecchio maestro.

In un attimo si riformò il corteo. Olympe chiese a Sophie di aiutarla a controllare che i piú piccoli non scendessero dal marciapiede rischiando di essere travolti dalle carrozze e dai furgoni trainati da muli e cavalli.

Lungo la strada si fermarono un attimo davanti a una modesta osteria che risultò appartenere alla vedova Goriot, madre di Pauline, dove li aspettavano due canestri pieni di cibo già cotto che Maximilien e Maurice si caricarono in spalla.

Arrivarono in rue Jacob. Il Cittadino Marchese abitava in un palazzo che un tempo doveva essere stato molto elegante, ma che ora denunciava con i muri scrostati e le finestre sconnesse un lungo periodo di trascuratezza e abbandono.

Gli scolari seguirono il maestro su per le scale buie e arrivarono al primo piano, detto anche "piano nobile", ch'era tutto occupato da un grande appartamento dove abitava il Cittadino Marchese, accudito da un'unica domestica ancora piú vecchia di lui. Una volta, disse Toussaint a Sophie, nella casa viveva anche un cocchiere, al piano terreno, dove c'era la scuderia con due bellissimi cavalli e una carrozza. Poi sia i cavalli che il cocchiere erano morti di vecchiaia e non erano stati sostituiti. La carrozza era diventata un nido di topi e il Cittadino Marchese, quando usciva, andava a piedi, oppure saliva su quei grossi carrozzoni da venti posti, gli omnibus, di recente invenzione, dove pagando due soldi si poteva viaggiare da un capo all'altro della città pigiati come acciughe in un barile, gomito a gomito con popolani, piccoli borghesi e tagliaborse. Nel caminetto del salone ardeva un bel fuoco, e al centro del locale c'era un lungo tavolo circondato da una ventina di sedie. I mobili erano antichi e di stile molto elegante, ma dappertutto regnava un gran disordine. Pile di libri, giornali, riviste e almanacchi, lavagne, un gran mappamondo, animali impagliati, mazzi d'erbe appesi a seccare, compassi, specchi deformanti, rotoli di pergamena, strumenti musicali, marionette accasciate sulle spalliere delle poltrone... Molti di questi oggetti Sophie non li aveva mai visti se non nelle illustrazioni dei libri e non riusciva a capire lo scopo per il quale il Cittadino Marchese li aveva riuniti nello stesso locale.

Altrettanto strana le parve la disinvoltura con la quale i giovani "cittadini", compreso Toussaint, avevano preso possesso del salone, spogliandosi in un attimo di cappotti, scialli e redingote, e cominciando di propria iniziativa a mettere ordine, mentre il vecchio maestro era andato a sedersi accanto al caminetto, aveva estratto dalla tasca il messaggio di Céline e si era messo a leggerlo tranquillamente, senza curarsi del movimento e del rumore che lo circondavano.

Quando ebbe finito di leggere, ripiegò il foglio, cercò con gli occhi Sophie che se ne restava intimidita accanto alla porta, e con un dito le fece segno di avvicinarsi.

— Dunque hai frequentato per due anni la Scuola del Mutuo Soccorso Operaio, cittadina — le disse invitandola a sedere nella poltrona di fronte.

— Quasi tre — puntualizzò Sophie.

— E sei abituata a una disciplina severa. Avrai trovato molto singolare la lezione di stamattina.

— Scusate, monsieur, ma di che lezione si trattava? Per un momento ho creduto che la materia fosse la botanica. Ma poi vi siete messi tutti quanti a parlare d'altro...

— Hai imparato delle cose che prima non sapevi, oppure no?

Sophie si morse le labbra com'era sua abitudine quando cercava di concentrarsi. Sí, accennò col capo. Aveva imparato molte cose nuove.

— Visto? Il nome della materia non ha importanza. E neppure chi insegna a chi. Il sapere è uno scambio reciproco. Tra i miei allievi ci sono molti specialisti, come avrai potuto notare.

— Ma non siete voi l'insegnante?

— Io sono il direttore d'orchestra. Sei mai stata a teatro, ad ascoltare una sinfonia?

— No — rispose Sophie avvilita. Prima di arrivare in Boulevard des Capucines l'unica musica che conosceva era quella dell'organetto del vecchio Vitali, che arrivava a Montmartre ogni primavera con la sua scimmia e i suoi cani ammaestrati. E le canzoni che cantava Fantine quand'era felice, prima della Rivoluzione di Luglio.

— Rimedieremo a questa lacuna — disse tranquillo il Cittadino Marchese. — La cittadina Angélique è una musicista raffinata. Da domani incomincerà a insegnarti il pianoforte. Tu, in cambio, cosa pensi di poterle insegnare?

— Cosa sono gli Orsi e le Scimmie...? — propose esitante Sophie.

— Temo che lo sappia già. E poi l'esperto di zoologia qui da noi è il cittadino Antoine.

— Volevo dire come si stampa un libro, oppure un giornale. Come funziona una tipografia...

— Ottimo! Ci mancava proprio, uno specialista in questa materia. Potremo dedicare un'intera settimana a questo argomento.

— So anche come è stata decisa la misura universale. Posso raccontare come è nato il metro — aggiunse Sophie prendendo coraggio.

Intanto un gruppo di ragazzi aveva sgombrato il tavolo e lo aveva pulito con uno straccio umido. Senza metterci tovaglia, Olympe e Maurice lo avevano apparecchiato con bei piatti antichi e posate d'argento e avevano disposto tutto attorno il pane, gli sformati e le torte preparati dalla madre di Pauline. Per bere c'erano caraffe d'acqua fresca.

8

— Vuoi sapere chi sono i tuoi compagni? — chiedeva intanto il Cittadino Marchese a Sophie. — Cominciamo dal cittadino Antoine: è figlio di un povero vetraio, e prima di Natale non era mai andato a scuola. Aiutava il padre nella bottega. La prossima estate, quando scenderà in giardino a gambe nude, potrai ammirare le cicatrici delle terribili bruciature che si è fatto con la pasta di vetro incandescente. Ha sette anni, ma fin da quando era piccolissimo, ha sempre avuto la passione delle scienze naturali. Appena poteva, scappava al Jardin des Plantes a osservare gli alberi, gl'insetti, gli uccelli... Stando accovacciato ore e ore in silenzio tra l'erba ha imparato molto piú di quanto non avrebbe potuto studiare sui libri. Ho dovuto discutere a lungo col padre per ottenere il permesso di lasciarlo venire a lezione. Alla fine ci siamo accordati che, per ogni ora che il cittadino Antoine passa con noi, io paghi al vetraio il salario di un apprendista in sostituzione del figlio.

Ma non devi preoccuparti per le mie finanze, giovane cittadina! Vedo che stai calcolando mentalmente quanto può costarmi l'istruzione del nostro piccolo Bougainville. Sta' pure tranquilla: quasi tutte le spese della scuola vengono sostenute dai genitori dei cittadini Angélique e Maximilien e dalla nonna della cittadina Olympe, i quali sono cosí ricchi che nemmeno se ne accorgono.

I cittadini Angélique e Maximilien, come avrai osservato, sono gemelli. Ma per le leggi assurde della nostra società, se volevano studiare sul serio, dovevano separarsi. Maximilien era iscritto al liceo Louis Le Grand e Angélique frequentava il pensionato per signorine delle Dame Inglesi. Soffrivano tanto per questa separazione che il padre mi ha chiesto di aprire solo per loro una scuola che ammettesse femmine e maschi insieme. È un buon repubblicano, il visconte d'Angers, ma è talmente ricco che non mi sono vergognato di chiedergli una retta altissima, grazie alla quale ho potuto accettare in classe la cittadina Pauline – la cui madre, come hai già visto, gestisce una taverna e ci aiuta con un forte sconto sul nostro pranzo quotidiano – Antoine, di cui ti ho già detto, e Toussaint, perché la mia figlioccia fa studiare il suo giovane schiavo di nascosto del marito, e dunque non può spendere per questo il denaro dell'inglese.

Quanto a te, credo che userò il danaro che mi dà generosamente ogni semestre la nonna della cittadina Olympe, madame Geneviève Soulignac, che conosco e apprezzo da ormai piú di quarant'anni. È una vecchia signora che ha sempre difeso strenuamente i diritti delle donne. Ha fatto dare quel nome alla nipote in onore di Olympe de Gouges, l'autrice de *I Diritti della Donna e della Cittadina* al tempo della Grande Rivoluzione. Riunisce nella sua casa di rue Notre Dame des Champs dame aristocratiche, signore borghesi e donne del popolo per leggere insieme il libro dell'inglese Mary Wollstonecraft, *Rivendicazione dei diritti della donna*. Anch'io sono d'accordo sul fatto che le donne hanno il diritto di lavorare fuori di casa venendo adeguatamente ricompensate, di votare i loro rappresentanti politici e, requisito indispensabile per esercitare i primi due, hanno il diritto di studiare.

— Per questo avete aperto la vostra scuola anche a noi bambine? — chiese Sophie.

— Perché sono convinto che avete le stesse identiche facoltà intellettuali dei vostri coetanei. E voglio dimostrarlo a chi vi ritiene buone soltanto a pulire la casa e a ricamare. È una sfida, cittadina Sophie, e insieme alle tue compagne devi aiutarmi a vincerla. Mi prometti che farai del tuo meglio?

— Ve lo prometto — disse la ragazzina con serietà.

— Ma torniamo alla nonna della cittadina Olympe. La vecchia signora è considerata da tutti una donna pazza e stravagante. In sua assenza gli stupidi la criticano e la deridono, come d'altronde saprete che fanno con me, solo perché non siamo pecore che si accodano al gregge. Ma quando le stanno davanti, non fanno che ossequiarla e adularla e darle ragione su qualsiasi argomento, per il semplice fatto che è ricchissima. La sua famiglia ha accumulato un'enorme fortuna col commercio dei tessuti. La cittadina Olympe è orfana di entrambi i genitori ed è la sua unica erede. Moltissimi gentiluomini la vorrebbero sposare attirati non dalle sue doti personali, ma dalla sua dote. Madame Geneviève però vuole che la nipote goda di tutti i privilegi maschili e per questo la fa vestire come un ragazzo e la manda a scuola da me. Ti sarai accorta che la cittadina Olympe ha accettato con entusiasmo la decisione della nonna. Prima che io aprissi la scuola, studiava in casa con un ottimo precettore. Conosce alla perfezione il greco, il latino, l'italiano, il tedesco e l'inglese. Sa andare a cavallo, tirare di scherma, e conosce l'anatomia umana come a nessuna fanciulla sarebbe consentito in un pensionato femminile. Perciò ha molte cose da insegnare ai compagni. È la mia aiutante piú valida, anche perché ha già sedici anni.

D'altra parte, ognuno dei miei allievi ha il suo bagaglio di cultura da scambiare con gli altri. Il cittadino Maurice, con quella testa da cherubino, conosce non soltanto tutte le opere teatrali del nostro paese, ma anche quelle inglesi, e nella lingua originale. Sa abbastanza di geometria e di prospettiva da costruire un piccolo teatro per marionette con le sue quinte e i suoi fondali, e abbastanza di anatomia da mettere insieme dei pupazzi di cartapesta perfettamente articolati. Sua madre d'altronde è un'artista, pittrice e scultrice, che si è separata dal marito per potersi dedicare alla sua arte. E il cittadino Maurice si trova meglio con noi che nel collegio dove l'aveva rinchiuso il padre fino all'anno scorso.

Del cittadino Toussaint sai già molte cose. Posso aggiungere soltanto che è il piú intelligente e il piú pronto dei miei allievi. Anche il fatto di ammettere alla mia scuola un piccolo schiavo nero costituisce una bella sfida per tutti coloro che ritengono gli africani una razza inferiore, incapace di raggiungere i risultati intellettuali dei bianchi. Sai cosa ha scritto a suo tempo Thomas Jefferson, il presidente degli Stati Uniti d'America che pure è stato il primo a vietare la tratta nel suo paese? E che, dicono, ha avuto una mezza dozzina di figli mulatti da una sua schiava di colore. Ha scritto che i neri non capiscono la logica, non hanno fantasia, non sanno apprezzare l'arte, non sono in grado di dipingere o scolpire né di apprezzare la musica.

— Avrebbe dovuto vedere il ritratto che Toussaint sta facendo a madame Céline! — esclamò Sophie indignata.

— E dovrebbe sentirlo cantare la parte di Papaceno nel *Flauto magico* di Mozart — aggiunse il vecchio. — I pregiudizi, mia piccola cittadina, sono duri a morire. Ma Toussaint e io siamo decisi a sferrargli un bel colpo, se non letale, che almeno li tramortisca.

Chi manca ancora? La cittadina Pauline, cosí timida e modesta, è un vero genio matematico. Per lei l'algebra e la trigonometria non hanno segreti, e sta muovendo i primi passi nell'astronomia. Potrete avere delle conversazioni interessanti, voi due, a proposito di meridiani e di paralleli. Né devi credere che i cittadini Angélique e Maximilien siano qui solo grazie al denaro del loro signor padre. La gemella, come avrai notato, è un'ottima pittrice, capace di insegnare a disegnare anche a quelli che si credono negati. Ha visitato con la famiglia tutti i musei d'Europa; conosce i grandi pittori di tutti i tempi ed è capace di eseguire copie perfette dei loro capolavori. Inoltre è appassionata di fisica e di meccanica, sa tutto sulle nuove macchine a vapore. E come se non bastasse è un'ottima cantante e una buona pianista. Il cittadino Maximilien, il suo gemello, ha una grande passione per la chimica, per il magnetismo terrestre, per la medicina... Vedrai, insomma, che se ci trasportassero all'improvviso tutti insieme su un'isola deserta, saremmo in grado di cavarcela da soli in ogni occasione.

— Come Robinson Crusoe — non poté fare a meno di osservare Sophie.

— Brava. Suppongo però che tu lo abbia letto in una traduzione francese. In questa scuola i libri si leggono nella lingua in cui sono stati scritti. Perciò da domani, oltre alle lezioni di musica che vi darà la cittadina Angélique, comincerai a imparare le prime nozioni della lingua inglese dai cittadini Olympe e Maurice...

— Posso farvi una domanda? — osò chiedere a quel punto Sophie. — Voi siete ricco e potreste passare i vostri giorni a viaggiare, a giocare a carte, a conversare... a godervi la vita, insomma. Cosa vi spinge a stancarvi con noi, a sopportare tutta questa confusione?

E accennò a un gruppetto di quattro ragazzi che, ridendo e incitandosi a vicenda, trasportavano verso la tavola una grande pentola fumante che erano andati a prendere in cucina.

Li seguiva Olympe che offriva il braccio con gesto cerimonioso a una anziana domestica vestita modestamente con cuffia e grembiule.

— Buongiorno, cittadina Corinne. Siedi pure a tavola. Adesso arriviamo anche noi — la salutò il Cittadino Marchese, poi si rivolse a Sophie: — Ti risponderò citando un brano di Rousseau, che di certo conosci almeno di fama: "La patria non può sussistere senza la libertà, né la libertà senza la virtú, ne la virtú senza i cittadini: avrete tutto se formerete i cittadini. Ora, formare i cittadini non è affare d'un giorno; e per avere dei cittadini adulti, bisogna istruirli da bambini."

9

Andarono a tavola. La pentola annerita che conteneva la minestra troneggiava al centro delle porcellane di Sèvres, dell'argenteria e dei bicchieri di cristallo. La vecchia domestica era seduta al posto d'onore e i ragazzi facevano a gara per servirla. Era evidente che nella casa del Cittadino Marchese alle divisioni sociali e alle regole imposte dagli aristocratici e accettate da tutti i buoni borghesi non veniva attribuito alcun valore. I ragazzi però dovevano mangiare educatamente e i piú grandi sorvegliavano i piú giovani, correggendo l'impugnatura di una forchetta, evitando che la brocca spargesse l'acqua fuori dal bicchiere, bloccando con un semplice aggrottare di sopracciglia sbrodolamenti, spargimento di briciole, gomiti poggiati sul tavolo e altre scorrettezze del genere. Sophie stava zitta, guardava e cercava di comportarsi come gli altri.

Ebbe un lampo di tristezza al pensiero che si stava abituando in fretta a mangiare a sazietà e a non badare troppo al cibo che aveva nel piatto. Solo due settimane prima avrebbe annusato con vera e propria estasi e contemplato a lungo come un tesoro, prima di portarlo alla bocca, il cucchiaio di minestra di verdura, per non parlare del pasticcio di coniglio preparato dalla madre di Pauline. Solo due settimane prima la crosta di pane secco e il ritaglio di lardo da mezzo soldo, che nel suo egoismo infantile aveva accettato di non dividere con la madre, le erano sembrati una cena da re.

Per fortuna l'allegria dei compagni di tavola, le continue gentilezze di Toussaint per non farla sentire a disagio in quel nuovo ambiente, richiedevano tutta la sua attenzione e non le permisero di abbandonarsi alla malinconia.

Finito il pasto, in pochi minuti i ragazzi sparecchiarono e andarono in cucina a rigovernare. Sophie non avrebbe mai immaginato che ragazze eleganti come Olympe e Angélique, che giovani gentiluomini come Maximilien e Maurice, si prestassero a un'operazione cosí umile e servile. Ma i suoi compagni sembravano divertirsi. — La prima regola di questa scuola è che ciascuno deve imparare a badare a se stesso — le disse Angélique intercettando il suo sguardo meravigliato. — Il Cittadino Marchese vuole che impariamo a non aver bisogno di domestici per le nostre esigenze personali.

Nel pomeriggio le lezioni proseguirono all'interno dell'appartamento. Strane lezioni, molto diverse da quelle cui era abituata Sophie. Maurice collocò sul tavolo il teatrino delle marionette che aveva costruito e decorato nei mesi precedenti con l'aiuto di Pauline. Gli altri ragazzi si riunirono attorno alla poltrona del Cittadino Marchese, che teneva spalancato sulle ginocchia un grande libro, scritto – per quanto riuscí a leggere Sophie – in una lingua che non era francese.

— Metteremo in scena un brano tratto da una tragedia di Shakespeare — le sussurrò Toussaint all'orecchio. — Reciteremo in inglese.

Maurice schierò sul palcoscenico le marionette che rappresentavano i diversi personaggi e ricordò a ciascuno dei compagni a quale pupazzo doveva prestare la voce. Qualcuno, come Angélique, Toussaint e Olympe, sapeva la sua parte a memoria, mentre Antoine, Pauline e Maximilien l'avrebbero letta nel librone che il maestro teneva in grembo.

Con grande sollievo di Sophie, a lei non venne assegnato alcun ruolo. Della recita non capí quasi niente, tranne che c'era un vecchio re, interpretato da Toussaint, molto affettuoso e gentile con due signore e molto arrabbiato con una ragazza di nome Cordelia. Però era divertente vedere i suoi nuovi compagni recitare, impappinarsi, venire corretti da Olympe o dal Cittadino Marchese tra mille risate.

— Se domani non potremo uscire, ci eserciteremo tutti nella pronuncia dell'inglese — annunciò il maestro quando lo spettacolo fu terminato. — E adesso, cittadina Angélique, cittadino Toussaint, ci piacerebbe ascoltare un po' di musica.

10

Toussaint andò a mettersi accanto al pianoforte, Angélique sedette sullo sgabello girevole, poi scrollò sulle spalle i bei riccioli neri, distese le dita sui tasti e guardò il maestro con aria interrogativa.

— Figaro — disse il Cittadino Marchese.

— Mozart o Rossini? — chiese Toussaint.

— Rossini, Rossini! — gridarono Maurice e Maximilien. Lo conoscevano personalmente, il grande musicista italiano, che ormai viveva a Parigi da tanti anni e frequentava i salotti dei loro genitori. Lo avevano visto mangiare con sfacciata golosità i pâté e gli arrosti serviti alle loro tavole, e suggerire nuove ricette, decantare i pregi dei formaggi italiani che si faceva spedire dal paese lombardo chiamato Gorgonzola. Erano stati al Teatro des Italiens ad ascoltare la sua *Italiana in Algeri* e *La gazza ladra*. Adoravano la sua musica cosí allegra e cosí scherzosa e adoravano i suoi aneddoti.

— Vada per Rossini — concesse il Cittadino Marchese, attirandosi Antoine sulle ginocchia.

Angélique annunciò seria, come se si trovasse davanti a un pubblico di sconosciuti: — Eseguiremo la cavatina di Figaro, dal primo atto de *Il barbiere di Siviglia*. La musica naturalmente è adattata per pianoforte. Se ci fosse l'orchestra con tutti gli strumenti, il canto sarebbe accompagnato dall'ottavino, dal flauto, dal fagotto, dagli archi, e poi dai clarinetti, dai corni e dalla tromba in do.

Respirò a fondo, poggiò le dita sulla tastiera e le fece correre sempre piú veloci. Dal pianoforte scaturí un'aria allegra e vivace, sempre piú accelerata, che suggerí a Sophie l'immagine della cucina di un'osteria in cui i Gravillon erano stati invitati da Pierre Donadieu, un locale pieno di cuoche e sguattere affaccendate e contente che correvano tra i fornelli e la ghiacciaia tenendo in equilibrio pentole piene di crema e coppe di sorbetti.

Dopo poche battute Toussaint cominciò a cantare con la sua voce acerba, ma perfettamente intonata:

Largo al factotum
della città.
Largo!
Presto, a bottega,
che l'alba è già!
Presto!
Ah, che bel vivere,
che bel piacere,
per un barbiere
di qualità!
Ah bravo Figaro!
Bravo, bravissimo!
Bravo!

Sophie ascoltava deliziata, anche se, come prima con l'inglese di Shakespeare, adesso non capiva una sola parola dei versi in italiano che sgorgavano dalla bocca di Toussaint e si levavano verso il soffitto.

Quando finalmente, alle quattro e mezzo, il maestro congedò gli scolari, l'amico dovette aiutarla a vestirsi e poi dovette trascinarsela dietro tenendola per mano, tanto era confusa e trasognata.

Il primo pensiero che attraversò la mente di Sophie, appena uscita dalla casa del Cittadino Marchese, fu: "Chissà quando lo racconterò a mamma!", e immediatamente si rese conto che non avrebbe mai piú potuto raccontarle niente, che mai piú avrebbe riso con lei, seduta sul panchetto basso, con i gomiti appoggiati alle sue ginocchia. Eppure il proposito di raccontare a Fantine le sue nuove esperienze si sarebbe presentato, istintivo e involontario, alla sua mente per molti e molti mesi ancora.

IX
PARIGI, GIUGNO 1837

1

Parigi, rue Saint Augustin
23 giugno 1837

Carissima madame Céline,
oggi finalmente posso darvi una buona notizia. Immagino che foste molto preoccupata per il comportamento della stiratrice, e forse avrei fatto meglio a non raccontarvi niente in proposito. A che scopo darvi un nuovo motivo d'angoscia, quando non era in vostro potere cambiare le cose? Sono stata sciocca ed egoista, ora me ne rendo conto. Ma ero cosí abituata a confidarvi ogni mio pensiero, che l'ho fatto istintivamente, senza riflettere che oggi le nostre rispettive posizioni sono cambiate e che non posso piú ricorrere a voi per sostegno e conforto, ma che ora tocca a me evitarvi ogni nuovo motivo di dispiacere.

Vi giuro tuttavia che ciò che sto per raccontare è la pura verità, non una storia inventata allo scopo di tranquillizzarvi. Dovete sapere che da qualche giorno, con nostra grande meraviglia, madame Frédéric ha fatto scomparire dalla nostra tavola le aringhe e le patate e al loro posto ha cominciato a servirci dei pasti abbondanti e saporiti. A colazione mette in tavola pane fresco, burro e confettura di fragole e ogni sera, prima che Adèle vada a letto, le offre un bicchiere di latte caldo. Sulla sedia che uso come scrittoio è ricomparsa la candela, e infatti questa lettera la sto scrivendo in santa pace nel nostro stanzino.

«La stiratrice o suo marito devono avere ricevuto un'eredità» ha commentato Toussaint. Io credo invece che madame Frédéric sia una persona dal carattere lunatico, perché improvvisamente ha anche cominciato a comportarsi in modo assai piú gentile che nei giorni scorsi. Con Adèle poi è diventata affettuosa e paziente come non lo era mai stata prima. Potrei quasi dire che la tratta con rispetto e con deferenza, come se vostra figlia fosse un'adulta facoltosa e madame una sua domestica. Certe volte è davvero ridicola. Prima la chiamava per nome, oppure le diceva: «Tu, marmocchia!» Adesso si è messa a chiamarla "mademoiselle", e ancora piú spesso "miss". Dédé non sa come reagire a tante smancerie. Ieri probabilmente si è ricordata del Cittadino Marchese e le ha ordinato in tono perentorio: «Per favore, chiamatemi cittadina Adèle e basta.»

Naturalmente la stiratrice non ha obbedito, però ha smesso di vezzeggiarla in tono cosí zuccheroso.

Ma non è finita qui. Ieri ci siamo alzate di malumore, perché era il compleanno di Adèle e festeggiarlo senza di voi ci riempiva di tristezza. Di ritorno dalla passeggiata ai giardini delle Tuileries, abbiamo trovato sul nostro letto un grande pacco avvolto in carta di seta e decorato da un nastro dorato. «È per miss Adèle» ha detto la nostra ospite, senza altri commenti.

Potete immaginare l'impazienza con cui Dédé ha svolto il pacco. Dentro c'era una bambola grande come Poupette, ma molto piú bella. Di quelle tedesche che aprono e chiudono gli occhi, e che hanno gambe e braccia snodate. Adèle era quasi intimorita davanti a tanta perfezione. L'ha messa a sedere sul letto, le ha esaminato i capelli e il vestito, un po' delusa alla scoperta che non era possibile né spogliarla né pettinarla. L'ha inclinata avanti e indietro per farle aprire e chiudere gli occhi, l'ha presa in braccio. E sapete cosa ha detto alla fine di questo esame? «È molto bella, davvero. Però preferisco Dagoberta.»

«Hai ragione» le ho risposto. «Ma non dirlo a madame Frédéric. Anzi, corri subito in cucina a ringraziarla. È stata gentile a ricordarsi del tuo compleanno.»

Ma la stiratrice, senza nemmeno smettere di sbattere le uova per l'omelette, le ha detto bruscamente: «Ringrazia piuttosto il tuo angelo custode. È lui che te l'ha portata.»

Per Adèle questa può sembrare una spiegazione valida. Io però non so cosa pensare. Se madame ha voluto risarcire Dédé per averle venduto, in un momento di bisogno, la sua bambola migliore, perché non accettare adesso la sua riconoscenza?

Comunque, visto che non abbiamo un altro posto dove andare, meglio che madame Frédéric si comporti con generosità piuttosto che con avarizia.

Toussaint ha saputo dai domestici di madame Soulignac che la salute della vecchia signora sta migliorando e spera che presto riuscirà a farsi ricevere.

Io continuo a dare lezioni a Dédé, che nonostante le distrazioni degli ultimi giorni, continua a fare progressi, come voi stessa potete constatare qua sotto.

Ora mi congedo, perché voglio lasciare un po' di spazio sul foglio per le parole che vi scriverà la mia allieva.

Che peccato che il carceriere non vi permetta di risponderle! Adèle impazzirebbe dalla gioia a ricevere un vostro biglietto e a decifrare la vostra scrittura. E anche noi... Sapeste come ci fa soffrire il vostro si-

lenzio! Quanti dubbi, quante paure... Doverci accontentare di quello che ci racconta di voi il vostro custode. Dovergli credere sulla parola.

Gli abbiamo offerto il doppio e il triplo del denaro già pattuito, per convincerlo a lasciarvi scrivere almeno una frase di risposta. Ma su quel punto è inflessibile. Tússi dice che è un atteggiamento molto strano, perché quando una persona accetta per una prima volta di lasciarsi corrompere, in seguito è solo una questione di prezzo.

Forse quell'uomo spregevole sta aspettando come il ragno nella tela che aumentiamo ancora la nostra offerta. E lo faremo, ve lo prometto, a costo di esaurire completamente le risorse della mia "cassaforte di maglia".

Vi abbraccia con tutta la sua tenerezza la vostra riconoscente

Sophie

Cara mamma, lo sai que ho una bambola nuova che si ciama Catherine? La portata langelo custode per il mio compleanno. È bella, piega le bracia e le gambe e ha il vestito da dama, pero atacato. Non si può spoliare come Dagoberta. Io voglio piu bene a Dagoberta que ha Catherine. Lo sai che Dagoberta sta crescendo? È diventata piú alta, piu grassa e piú pesante. Perché obedische quando io le dico mangia!

Tu quando torni da quella Viena? Come si ciama il balletto que balli? Un baccione forte forte dala tua

Dédé

2

Parigi, Faubourg Saint Germain
25 giugno 1837

Cara madame Céline,
vi scrivo per informarvi di un fatto inquietante che Sophie ignora, e che preferisco tenerle nascosto per evitare che si preoccupi inutilmente. Si sta comportando con grande equilibrio e si occupa di Adèle con dedizione e senso di responsabilità. Ma ha solo quattordici anni, e sarebbe ingiusto caricarla del peso di un sospetto che forse si rivelerà solo frutto della mia immaginazione.

Non ho chiuso occhio tutta la notte, chiedendomi se non era il caso di risparmiarlo anche a voi, visto che comunque non potete intervenire in alcun modo. Ma so che siete forte, e che desiderate sapere tutto quello che riguarda Adèle. Siete stata voi a insegnarci che non bisogna nascondere la testa sotto la sabbia, che è meglio guardare il pericolo negli occhi. L'unica cosa che posso dire per rassicurarvi è che vi terrò informata di ogni nuovo sviluppo della situazione, a costo di scalare un'altra volta il muro di fianco al letto del visconte per poter pagare il carceriere.

Dunque, mi sembrava che negli ultimi giorni madame Frédéric nascondesse qualcosa. Anche senza considerare la comparsa inaspettata della bambola, e la nuova ricchezza del menú, la stiratrice aveva un modo di fare tra il colpevole, l'euforico e il segreto. Sophie lo attribuiva al carattere lunatico di madame e io ho finto di crederle. Ma, offrendole del denaro, sono riuscito a far cantare la vecchia. È incredibile quanto possa illuminarsi il suo sguardo alla vista di mezzo franco! Mi ha confessato che cinque giorni fa, mentre Adèle e Sophie erano al parco, si è presentato in rue Saint Augustin un signore dall'accento straniero, che le ha fatto mille domande sulle sue ospiti. Non le ha detto il proprio nome né il motivo di tale inchiesta. Ma le ha lasciato del denaro da usare per le necessità piú urgenti di Adèle, e gliene ha promesso dell'altro in cambio del suo silenzio. Due giorni dopo è arrivato un fattorino dei Magazzini Printemps, con un pacco indirizzato a Dédé, che conteneva la bambola di cui vi ha scritto Sophie, senza nessun biglietto d'accompagnamento.

Non mi piace il fatto che questo "angelo custode", come lo definisce poeticamente la vecchia, non voglia mostrarsi alla sua beneficata né far conoscere il proprio nome. Se vuole aiutare Adèle perché è un vostro amico, che motivo c'è di tanto mistero? Ho chiesto a madame Frédéric di descrivermelo. Mi ha detto che sembra un gentiluomo, che non è vecchio, che è alto piú o meno come il macellaio di Place de la Madeleine e che parla con un leggero accento straniero, come se avesse vissuto a lungo in Italia. Oppure in Germania. Direte che le due pronunce non si prestano ad essere confuse. Ma per la stiratrice l'una vale l'altra. Purtroppo non sono riuscito a ottenere altri dettagli. Madame Frédéric non è una gran fisionomista e non ricorda il colore degli occhi e dei capelli dello sconosciuto, né la sua carnagione, per non parlare di qualche caratteristica dei suoi lineamenti. Temo che tutta la sua attenzione fosse concentrata sulle monete che il "gentiluomo" le contava sul palmo della mano.

La stiratrice e suo marito sono convinti che il generoso sconosciuto sia un benefattore che preferisce restare anonimo, e anche a me piacerebbe crederlo. Ma non posso scartare l'ipotesi che si tratti invece di un lupo travestito da agnello. Purtroppo nel quartiere tutti sanno che Adèle e Sophie sono rimaste senza *mezzi e senza protezione, e che madame Frédéric è una donna così avida che per danaro farebbe qualsiasi cosa. Siete stata voi stessa a raccontarmi con orrore che la madre dell'attrice Coralie - la madre! - l'ha venduta per sessantamila franchi a monsieur de Marsay, quando la figlia aveva solo tredici anni!*

Ma basta! Non voglio allarmarvi piú del necessario. Le mie probabilmente sono solo fantasie. Se dovessi accorgermi che c'è davvero un pericolo, vi assicuro che farò trasferire altrove Adèle e Sophie. Dove, ancora non saprei dirlo. Forse in un convento? Lí starebbero al sicuro. Ma io non potrei piú visitarle tutti i giorni, e Sophie non potrebbe scrivervi. Allora in una locanda? Pensate che, pagando, il patrigno di Pauline sarebbe disposto a prenderle a pensione? O è meglio che cerchiamo di rintracciare quella parente di Solange che viveva al Marais?

Appena avrò un po' di tempo a disposizione, cercherò d'informarmi. Intanto abbiate fiducia in me. Veglierò su Adèle come un drago dai cento occhi.

Vi bacia devotamente le mani il vostro

Toussaint

X
PARIGI, 1832-1837

1

Nel biglietto col quale presentava Sophie al Cittadino Marchese, Céline aveva anche informato il padrino della partenza di monsieur Edouard e gli aveva scritto che aveva bisogno di vederlo quella sera stessa.

Puntualissimo, dieci minuti prima dell'ora di cena, il vecchio signore si presentò in Boulevard des Capucines. Indossava la solita antiquata redingote, che però era stata accuratamente spazzolata, e in testa portava una parrucca bianca cosparsa di cipria.

Céline, in suo onore, si era fatta arricciare i capelli e aveva sostituito la veste da camera bianca a volant, che portava sempre in casa, con un abito da sera di seta marezzata rossa che le lasciava scoperte le spalle. Sophie, che aveva assistito alla toeletta della giovane donna, era rimasta sbalordita dalla metamorfosi. Nei giorni precedenti la sua benefattrice le era sempre apparsa come una ragazza molto bella, dal corpo flessuoso, la carnagione fresca, gli occhi luminosi e i capelli folti e lucenti. Bella, fresca e vivace come una sorgente di montagna, come un ramo di roselline selvatiche cosparse di rugiada.

Il nuovo vestito, l'acconciatura elaborata, il trucco, i gioielli, avevano gradatamente trasformato sotto i suoi occhi la giovane madre dai modi spontanei e dallo sguardo diretto, in una donna affascinante e misteriosa, piú adulta, piú imponente, dal portamento quasi regale. Piú che a una delicata rosa di macchia adesso Céline somigliava a una camelia rosso cupo o a una peonia giapponese.

— Ecco, vedi? — le aveva sussurrato Toussaint quando Céline aveva sceso lentamente le scale per andare incontro all'ospite. — Cosí era "La divina Varens", per la quale gli adoratori erano pronti a fare qualsiasi pazzia.

Il Cittadino Marchese s'inchinò, baciò la mano alla figlioccia, salutò i due ragazzi e subito andarono a tavola. La tavola questa volta non era stata apparecchiata nello studiolo, accanto al caminetto acceso, ma nella grande sala illuminata dai candelieri d'argento, e per aiutare Charlotte a servire i commensali Jean-Baptiste aveva indossato la livrea e i guanti bianchi.

— Se ci fosse monsieur Edouard — sussurrò ancora Toussaint a Sophie, che prendeva posto intimidita alla destra del Cittadino Marchese — se ci fosse monsieur Edouard, noi due non potremmo sedere a tavola con i padroni. Anzi, io dovrei mettermi quella ridicola livrea variopinta e stare in piedi dietro la sedia di madame, attento a cambiarle il piatto e a versarle il vino.

Durante la cena, la conversazione ebbe come oggetto i progressi del cittadino Toussaint nello studio e le lacune che la cittadina Sophie avrebbe dovuto superare per raggiungere il livello di preparazione dei compagni. Anche a Céline il padrino dava del tu, però non la chiamava "cittadina", ma "mia cara".

Quando ebbero finito di cenare, Solange portò giú Adèle, assonnata e tiepida, morbida e deliziosa come un panino appena sfornato, che subito tese le braccia verso Toussaint e disse: — Tússi.

Il Cittadino Marchese la baciò sulla fronte e osservò:

— Come ti somiglia, mia cara! È il ritratto preciso di com'eri tu alla sua età. Per fortuna non ha preso niente dall'inglese.

Anche Céline baciò la figlioletta, e in quel momento Sophie le vide brillare negli occhi una lacrima, sulla quale il padrino non fece alcun commento e che venne subito furtivamente asciugata.

— Sii gentile, Sophie, accompagna Solange di sopra e aiutala a mettere a letto Dédé — disse Céline. — Tússi se vuole può restare nel salone ed esercitarsi al pianoforte. Il padrino e io ci ritiriamo nel salottino verde. Dobbiamo parlare, e vi prego di non disturbarci per nessun motivo.

Il colloquio durò fino a tardi, e il Cittadino Marchese se ne andò, accompagnato in carrozza da Jean-Baptiste, poco prima della poppata che Adèle reclamava ancora a mezzanotte.

L'indomani Céline era molto piú serena, e, approfittando del tempo asciutto, se ne andò a piedi fino a rue Le Peletier, dove si trovava il Teatro dell'Opéra, per assistere alle prove de *La Silfide*.

Quella sera il Cittadino Marchese venne in visita dopo cena, e ai due ragazzi fu permesso di restare fino a tardi in compagnia degli adulti. Sophie era intimidita dal vecchio signore. Quando viveva a Montmartre era abituata ad essere trattata dai maestri della scuola con grande severità, e la sola idea di poter sedere accanto a loro su un divano, di prendere con loro la cioccolata e di ridere ai loro scherzi, le sarebbe parso un vero e proprio sacrilegio.

Il Cittadino Marchese era un ottimo conversatore e aveva una riserva inesauribile di aneddoti. Come quelli relativi a Rossini, che aveva conosciuto fin dal lontano arrivo del musicista italiano a Parigi. Adesso Rossini non componeva piú, era ammalato di malinconia, trovava conforto soltanto nella buona tavola (e infatti, commentava Céline, aveva messo su pancia). Ma un tempo era capace di creare della musica stupenda in pochissimo tempo, e in situazioni a dir poco disagevoli.

— Anzi, il maestro ha una teoria personale — raccontava il Cittadino Marchese. — Secondo Rossini, solo se stretti dalla necessità si possono scrivere dei capolavori. Lui stesso, per creare le sue opere, avrebbe sempre aspettato la vigilia del giorno in cui la sua musica doveva essere eseguita in pubblico in pompa magna. Dovreste sentirlo! «Niente stimola la creatività piú della presenza del copista che freme aspettando il vostro lavoro, piú dell'agitazione dell'impresario che disperato e impaziente si mette le mani tra i capelli. Ai miei tempi ho scritto l'ouverture dell'*Otello* in una stanzetta di Palazzo Barbaja, dove il piú rude e il piú feroce dei direttori mi aveva fatto chiudere a chiave con l'unica compagnia di un piatto di maccheroni, minacciandomi che non avrei potuto lasciare la stanza prima di aver scritto l'ultimissima nota. E l'ouverture de *La gazza ladra*? Quella l'ho scritta il giorno prima del debutto, nella soffitta del teatro milanese alla Scala, dove ero stato imprigionato dal direttore. Aveva dato ordine che i miei carcerieri, tre robusti macchinisti di scena, gettassero dalla finestra il mio lavoro, foglio dopo foglio, al copista che aspettava da basso per trascriverlo. Se non avessi consegnato velocemente quei fogli, il direttore aveva ordinato ai macchinisti di gettare me fuori dalla finestra.»

Questa serie di aneddoti il padrino l'aveva raccontata per elogiare la rapidità di Toussaint nel disegno. Il ragazzo era velocissimo nello schizzare ritratti a carboncino, anche a memoria. Ne aveva appena eseguito uno del padrone di casa, somigliantissimo, e l'aveva regalato a Céline: — Cosí non vi lamenterete piú di non avere un'immagine di vostro marito da contemplare durante la sua assenza.

E a Sophie aveva sussurrato, cercando di non farsi sentire dalla padrona: — Quanto a me, preferisco di gran lunga vedermelo davanti di cartone, l'inglese, piuttosto che in carne e ossa. Speriamo che questa volta i suoi affari lo trattengano in Inghilterra molto, molto, molto a lungo!

A Céline il ritratto era piaciuto moltissimo. Lo aveva fatto incorniciare e lo aveva fatto appendere sul caminetto.

2

Approfittando dell'assenza di monsieur Edouard, il Cittadino Marchese adesso veniva a trovare la sua figlioccia tutte le sere. Qualche volta si faceva accompagnare da un amico, da una persona la cui conversazione riteneva interessante per la ballerina e per i due ragazzi. Céline e Toussaint erano abituati alla varietà delle sue conoscenze, ma Sophie ogni volta si meravigliava di quanto fossero diverse tra loro, per età, per carattere e per condizione sociale. Tra gli amici del marchese de la Pommelière c'erano capitani di vascello e architetti, cadetti dell'Accademia Militare e albergatori di periferia, astronomi e produttori di carta da parati. L'unica cosa che queste persone avevano in comune erano i sentimenti liberali, il rimpianto della Grande Rivoluzione, e la facilità di parola. La dote che il Cittadino Marchese riteneva fondamentale era quella di saper discutere, di saper esporre con chiarezza i propri ragionamenti, di saper difendere le proprie convinzioni.

Una sera il padrino portò a cena un giovane dal volto abbronzato, di nome Victor Schoelcher, che sembrava essere venuto di malavoglia e subito confessò d'essere stato, anni addietro, tra gli adoratori "della Varens". — Prima del mio viaggio, naturalmente. Adesso, con tutto il rispetto che ho per voi, madame, non ho piú tempo per queste frivolezze da zerbinotto. Adesso mi occupo di cose piú serie.

Sophie lo guardò con un cipiglio ostile che fece ridere Céline.

Il Cittadino Marchese esclamò: — Oh, là, là, cittadino Victor! Non essere scortese. La mia figlioccia non è soltanto una bellezza: è la persona piú seria del mondo. Tu che sei partito lancia in resta a combattere i pregiudizi contro le persone di colore, non dovresti accettare passivamente il pregiudizio che vuole tutte le ballerine frivole e ignoranti.

L'ospite accettò il rimprovero di buon grado e si scusò con la padrona di casa. — Sapete, sono appena tornato da un lungo viaggio nelle colonie, e ho perso l'abitudine alla vita mondana.

— Dove siete stato? — chiese Toussaint pieno d'interesse.

— E tu, da dove vieni? — chiese l'uomo, accorgendosi che nel salone c'era un ragazzo nero e meravigliandosi che non assistesse in silenzio alla conversazione dei padroni come si addice a un domestico.

— Dalla provincia di Santiago di Cuba — rispose Toussaint.

— Ci sono stato, a Cuba — disse Schoelcher — e anche in Messico, in Florida, in Louisiana...

— Siete un naturalista come von Humboldt? — chiese timidamente Sophie.

— No. Mi ci ha mandato mio padre a vendere le sue porcellane. Ha una fabbrica, sapete, e voleva trovare nuovi cliente nelle colonie. Ma quello che ho visto laggiú mi ha talmente sconvolto che ho lasciato perdere i piatti e le zuppiere...

— ... e si è dedicato anima e corpo alla lotta per l'abolizione della schiavitú — concluse il Cittadino Marchese compiaciuto, come se la "conversione" del giovane Schoelcher fosse merito suo. — Appena tornato ha scritto un articolo intitolato *Sui Neri* e l'ha pubblicato sulla "Rivista di

Parigi". E dall'anno scorso, quando è morto suo padre e il cittadino Victor ha ereditato l'impresa di famiglia, spende tutto il suo denaro per aiutare i liberali, i repubblicani, i nemici della tirannide... E non si limita a offrire sostegno, ma si impegna personalmente nella lotta per le cause piú nobili.

— In cosa consiste la vostra lotta? — chiese interessata Céline.

— Scrivo articoli sui giornali, mi tengo in contatto con gli abolizionisti americani, faccio conferenze. Bisogna aprire gli occhi alla gente! Bisogna far capire che la schiavitú non può essere tollerata nel mondo civile...

— Il cittadino Victor sta scrivendo anche un libro che dovrebbe essere pubblicato l'anno venturo — aggiunse il Cittadino Marchese.

— Un libro? Dovete essere una persona di grande talento — osservò ammirata Céline.

— Oh, no, madame. Non sono quello che si definisce un uomo geniale. Possiedo soltanto una modesta intelligenza di quinto ordine. Ma sarei felice se la mia vita servisse a provare che un uomo può fare qualcosa di buono senza possedere un'intelligenza al di sopra della media, grazie soltanto alla integrità del suo carattere e delle sue azioni, e alla dignità della sua vita che gli procurano il rispetto dei suoi concittadini.

— Siete troppo modesto. Io per esempio non solo vi rispetto: vi ammiro — disse Céline. — Parlatemi ancora dei vostri progetti.

— Ho intenzione di fondare una Società Francese per l'Abolizione della Schiavitú. E poi voglio lanciare una campagna contro la pena di morte. È un provvedimento inumano, che rende lo Stato piú abietto del criminale che pretende di punire. Conoscete il libro di Victor Hugo, *L'ultimo giorno di un condannato a morte*?

— Io l'ho letto, quando stavo in rue Marcadet — disse

Sophie. — L'ho letto a mio padre, e alla fine piangevamo tutti e due.

Schoelcher la guardò stupito. A quell'età le bambine di sua conoscenza si facevano leggere dai genitori *I racconti di Mamma Oca* di Perrault e i *Racconti di fate* di Madame d'Aulnoy. Si chiese che tipo di relazione legasse quella ragazzina pallida e magra alla padrona di casa. Era troppo grande per essere sua figlia. Forse si trattava di una sorellina minore, di una parente povera, anche se tra le due non c'era alcuna somiglianza.

Ma il personaggio che piú lo sconcertava era il ragazzo nero. Troppo ben vestito, troppo disinvolto, troppo istruito per essere un domestico. L'idea che potesse trattarsi di uno schiavo, dopo quei discorsi infiammati in cui pareva che tutti i presenti fossero d'accordo nell'esecrare la schiavitú, non lo sfiorava neppure. Nel suo idealismo non riusciva a immaginare che Céline, non potendo liberare il ragazzo senza il consenso del marito, se lo tenesse in casa trattandolo non come un servitore, ma come un amico piú giovane.

— Avete una famiglia singolare, madame — disse preparandosi ad accomiatarsi.

— E voi avete un animo nobile, monsieur Schoelcher. Tornate quando volete. Ormai conoscete la strada. Se troverete un po' di tempo da perdere in galanterie e frivoli giochi da zerbinotto, ci farete sempre molto piacere — gli disse Céline con il piú smagliante dei suoi sorrisi. — Voi e i vostri amici sarete sempre i benvenuti in questa casa.

— Almeno fino a quando non ricomparirà all'improvviso monsieur Edouard con la sua gelosia e i suoi malumori — sussurrò Toussaint a Sophie.

L'indomani Schoelcher tornò. Si fermò poco piú di un'ora, conversò amabilmente e affascinò Sophie ritagliando in un attimo, da un foglio di carta nera, una silhouette che le assomigliava moltissimo.

Al momento di accomiatarsi disse a Céline: — Madame, voi ieri avete generosamente esteso il vostro invito anche ai miei amici. Non ho intenzione d'invadere la vostra casa, ma c'è un gentiluomo, che ho incontrato nel corso del mio viaggio di ritorno dalle Americhe e che avrebbe piacere di conoscervi. È la prima volta che mister Mason viene a Parigi. Sulla nave mi aveva sentito parlare con tanto entusiasmo dell'Opéra e del suo corpo di ballo, che appena arrivato è andato subito in rue Le Peletier a prenotare un posto per il primo spettacolo, ma è rimasto deluso perché la stagione dei balletti non è ancora iniziata, ed egli deve lasciare la Francia prima del 12 marzo. Cosí quando gli ho detto che vi conoscevo personalmente e che forse potevo indurvi a riceverlo nella vostra casa, poco c'è mancato che dalla riconoscenza si chinasse a baciarmi il lembo della redingote.

— La mia fama è arrivata dunque fino al Nuovo Mondo come quella di Fanny Elssler? — chiese incredula Céline.

— Sinceramente no, madame. Sono stato io, sulla nave che ci portava in Francia, a vantare talmente la vostra bellezza e la vostra bravura, da creare nel mio compagno di viaggio il mito della vostra persona.

— Povero mister Mason! Portatelo pure, ma avvertitelo che ormai sono diventata una grassa madre di famiglia e che resterà deluso — esclamò divertita Céline.

— Non credo. Voi siete superiore a qualsiasi lode — rispose Schoelcher — perché alla grazia del corpo unite la nobiltà e la profondità di una mente coltivata e generosa.

— Smettila con queste sciocche galanterie, cittadino Victor! — intervenne tra il burbero e il divertito il Cittadino Marchese. — Te l'ho detto che la mia figlioccia non solo è sposata, ma è innamorata come una sartina romantica del suo Edouard. Innamorata e fedelissima. Quindi lasciala perdere.

3

Richard Mason era un gentiluomo alto e magro, vestito con l'eleganza un po' troppo ricercata dei ricchi piantatori delle colonie, e come quelli soffriva il freddo dell'inverno europeo. Entrando, aveva lasciato nelle mani di Jean-Baptiste un pesante soprabito foderato di pelliccia e lungo fino ai piedi, e per sedersi aveva scelto la poltrona piú vicina al fuoco del caminetto. Non era abbronzato come il suo accompagnatore, anzi aveva un colorito giallognolo e malsano, e gli occhi segnati da occhiaie profonde.

Anche il suo comportamento aveva qualcosa di troppo ricercato, le sue manifestazioni di ammirazione nei confronti di Céline erano eccessive, la sua cortesia talmente esagerata da rasentare il ridicolo.

Quando Lisette entrò a servire la cioccolata, i due ragazzi come d'abitudine la aiutarono a distribuire tazze e piattini, e Toussaint ne approfittò per dire a Sophie: — Ne ho conosciuto, di tipi cosí viscidi e falsi, quando stavo a Cuba con mademoiselle Athénaïs. Tutti miele, complimenti e rispetto esagerato con le signore e le signorine di buona famiglia, ma completamente privi di riguardo verso le donne che considerano socialmente inferiori. Credi che se non ci fosse il Cittadino Marchese a fare gli onori di casa, se non gli avesse fatto ben capire, sia pure implicitamente, che la sua figlioccia non è una cortigiana, non è la sua mantenuta, ma una donna perbene, sposata a un gentiluomo e fedele a suo marito, credi che mister Mason sarebbe cosí cerimonioso e delicato nelle sue attenzioni verso madame? Non lo vedi che, sotto sotto, è deluso? Probabilmente è arrivato in Francia convinto che tutte le ballerine siano donne di facili costumi e si aspettava di trovare una ragazza povera e senza protezione con la quale potersi prendere delle libertà. Mi stupisco che monsieur Schoelcher, che è una persona cosí acuta e intelligente, non abbia capito con chi aveva a che fare.

— Ha chiesto una tazza di tè invece della cioccolata. E se al posto dello zucchero ci mettessi un cucchiaio di sale? — propose feroce Sophie, ben decisa a vendicare l'onore della sua protettrice.

Toussaint si mise a ridere. — Lascia stare. Sono certo che anche il Cittadino Marchese si è accorto di che tipo è mister Mason, e che dirà al cittadino Victor di non portarcelo piú in casa.

L'ospite intanto si guardava in giro, ammirando l'eleganza del salone, le finestre con i vetri piombati di stile gotico, gli stucchi bianchi del soffitto che raffiguravano tralci di vite con foglie e grappoli e che contrastavano col velluto rosso dei tendaggi e dei divani; i folti tappeti bianchi decorati da ghirlande di fiori variopinti, i soprammobili di porcellana e di cristallo tutti sul tono del rosso. Osservava a lungo, fissamente, ogni particolare, come se ne fosse stupito e volesse imprimerselo bene nella mente.

"Forse qualche signora delle colonie lo ha incaricato di riferirle nei dettagli l'eleganza parigina perché le piacerebbe imitarla" pensò Sophie, leggermente a disagio per quel comportamento indiscreto che rasentava la sfacciataggine.

Anche il Cittadino Marchese nella sua poltrona dava segni d'inquietudine, e Victor Schoelcher era imbarazzato.

— Uno stile d'arredamento molto inglese, direi — osservò alla fine del suo esame mister Mason.

— Infatti. È stato mio marito a scegliere i mobili, le specchiere, le tende, i tappeti e le tappezzerie — disse gentilmente Céline, sforzandosi di alleggerire l'atmosfera.

— Avete dei bei quadri. Mi stupisce però che non ci sia un vostro ritratto in costume di scena — osservò ancora lo straniero.

La giovane donna arrossí. Come poteva spiegare a un estraneo che il suo Edouard non avrebbe sopportato di avere ogni giorno sotto gli occhi una immagine di sua moglie che mostrava le caviglie? Per togliersi d'imbarazzo disse la prima cosa che le venne in mente: — In compenso c'è un ritratto di mio marito, molto somigliante.

E additò all'ospite lo schizzo che Toussaint aveva fatto a memoria dopo la partenza del padrone di casa.

Mister Mason guardò. Aggrottò la fronte perplesso, e a Toussaint parve di vederlo impallidire. Ma forse era la luce del candeliere piú vicino, che improvvisamente aveva vacillato.

— Dunque quello è vostro marito? — chiese Victor Schoelcher, che nelle visite precedenti non aveva fatto molta attenzione al ritratto. — Sembra un tipo molto severo. Ma forse il disegno non gli rende giustizia.

— No, no. È somigliantissimo! — disse il Cittadino Marchese. — Edouard, il marito della mia figlioccia, è una persona molto seria, e il pittore l'ha colto nella sua espressione piú abituale.

Mister Mason intanto si era alzato e si era avvicinato al caminetto. Aveva inforcato un paio di occhiali e si era messo a osservare con molta attenzione lo schizzo di Toussaint. Lisette, che stava aggiungendo un po' di legna al fuoco, lo sentí borbottare tra i denti: — Edouard?!...

Poi l'ospite picchiettò con l'unghia il vetro che ricopriva il ritratto ed esclamò: — Un lavoro davvero pregevole. È recente, o risale a molti anni fa?

— Tússi, vieni avanti! Diglielo, a questi signori, che sei tu l'autore del ritratto — chiamò allora Céline. — E che l'hai fatto soltanto la settimana scorsa.

— Quindi magari piú tardi avrò l'onore di incontrare l'originale — disse l'ospite.

— No, purtroppo. Mio marito è dovuto andare in Inghilterra per seguire i suoi affari. Possiede anche delle piantagioni in Giamaica. Magari lo conoscete. Si chiama Edouard R...

— Non conosco nessuno che si chiami Edouard! — la interruppe Mason quasi con violenza. Poi aggiunse: — Quando vi siete sposati? E dove? Qui a Parigi?

— Questo veramente non vi riguarda, Mason — intervenne Schoelcher, rendendosi conto d'essersi fatto garante d'una persona quantomeno troppo curiosa e invadente.

— Scusate. Lo chiedevo perché madame mi sembra cosí giovane in confronto al marito... Una vera bambina, mentre lui... — cominciò a spiegare l'ospite.

— Mason! — ripeté Schoelcher severamente. Poi, guardandolo fisso negli occhi: — Vi ricordo che alle nove avete un appuntamento col vostro banchiere all'altro capo della città. Rischiate di arrivare in ritardo. Andiamo!

L'altro drizzò la testa come per ribellarsi. Era evidente che non aveva alcun appuntamento, e che non gradiva essere portato via nel bel mezzo della serata.

— Andiamo! — ripeté Schoelcher stringendogli un braccio. Toussaint nel frattempo si era precipitato in anticamera e ne era tornato col soprabito foderato di pelliccia di mister Mason.

L'ospite lo indossò in silenzio. Poi si avvicinò a Céline per accomiatarsi. — Vogliate perdonare uno straniero poco avvezzo alle consuetudini parigine, madame — disse in tono di scusa. — Vi assicuro che le mie domande poco discrete non erano dettate da intenzioni malevole, ma da un sincero interesse nei vostri confronti.

— Poveretto! Monsieur Schoelcher è stato troppo severo — esclamò Céline quando i due furono usciti.

— Il cittadino Victor ha fatto soltanto il suo dovere, risparmiandomi di mettere alla porta quel ficcanaso che lui stesso ti aveva portato in casa — rispose il Cittadino Marchese.

L'indomani il giovane fattorino dell'albergo piú elegante

di Saint Germain si presentò in Boulevard des Capucines con un grande mazzo di fiori accompagnato da un biglietto. — È per la vostra padrona — disse a Charlotte, che stava spazzando dal vialetto le ultime tracce di neve mezzo sciolta. — Una signora davvero fortunata, madame Varens! Vorrei avere dieci soldi per ogni omaggio floreale che le mandano i suoi ammiratori.

— Non fareste un buon affare — rispose la cameriera. — Ormai da piú di due anni, da quando madame si è sposata, qua di fiori ne arrivano molto pochi.

— Ne saranno arrivati moltissimi il giorno del matrimonio — insistette il fattorino, ch'era un giovane di bell'aspetto e di modi garbati, per cui era un piacere scambiarci due chiacchiere. — Mi basterebbero dieci soldi per ogni mazzo di fiori che è arrivato in questa casa il giorno delle nozze della vostra padrona.

— Andate a cercarli altrove, i vostri dieci soldi! — rise Charlotte. — I miei padroni si sono sposati senza alcuna pompa. Il notaio, noi due testimoni – perché hanno chiamato me e Jean-Baptiste a fare da testimoni, visto che siamo gli unici tra i domestici a sapere scrivere – le firme sul contratto, un bicchiere di vin dolce per brindare, e tutto è finito lí. Capisco che madame è un'artista celebre e che non voleva dare pubblicità alla cosa, ma insomma... Ci siamo tutti rimasti un po' male.

— Niente fiori, niente invitati, niente annunci sul giornale, niente mance per la servitú... Un vero peccato! — si dichiarò d'accordo il fattorino.

— Avete ragione. Jean-Baptiste e io abbiamo ricevuto un regalo, naturalmente, ma gli altri... — e Charlotte fece con le dita il gesto di chi resta a mani vuote. Poi si mise a ridere, cacciò la mano in fondo alla tasca del grembiule e ne tirò fuori una moneta che mise in mano al fattorino.

— I dieci soldi saranno per un'altra volta. Accontentatevi di questi.

Nel biglietto che accompagnava i fiori, mister Mason ringraziava ancora Céline per la bella serata, e ancora si scusava se la sua ignoranza dell'etichetta parigina lo aveva fatto sembrare poco discreto. Pregava madame di porgere al marito, quando fosse rientrato dall'Inghilterra, gli umili omaggi di un visitatore originario della Giamaica che si augurava di fare la sua conoscenza in una futura occasione.

— Pover'uomo! Non era il caso di trattarlo in modo cosí severo — disse Céline disponendo i fiori in un vaso di cristallo.

Ma decise che non avrebbe parlato al marito né di quello né degli altri visitatori che continuava a ricevere durante la sua assenza.

4

I giorni passavano, e con grande sollievo di Toussaint, di Sophie, di tutti i domestici e del Cittadino Marchese, il padrone di casa se ne restava tra le nebbie dell'Inghilterra e, come d'abitudine, non dava alcun segno di vita.

L'unica a soffrire per la sua assenza in Boulevard des Capucines era Céline, che Sophie spesso sorprendeva a contemplare il ritratto del marito con gli occhi arrossati o con un'espressione malinconica sul bel viso.

— Lo so che devo farmi forza per Adèle, e anche per voi ragazzi, per il padrino che è tanto buono con me. Ma è dura accettare un silenzio cosí lungo, cosí impenetrabile. Lo sai, bambina, che non solo Edouard mi ha avvertita di non aspettare che lui mi scriva. Neppure io posso scrivergli. Me lo ha proibito. Teme che una mia lettera possa essere intercettata dalla terribile zia e perciò non mi ha lasciato neppure il suo indirizzo completo di lassú. Se dovessi avere bisogno di qualcosa, se Adèle, Dio non voglia... Non saprei come rintracciarlo.

"Come potete amare un uomo cosí freddo ed egoista?" avrebbe voluto chiederle Sophie, ma non ne aveva il coraggio.

Fortunatamente le giornate di Céline erano piene di impegni che la distraevano dalle sue tristezze. Al mattino, ora che l'aria si faceva ogni giorno piú tiepida e che le gemme si aprivano sui rami degli alberi e dei cespugli, se ne andava in carrozza al Bois de Boulogne con Solange e con Adèle, che diventava sempre piú grande e robusta, e ogni giorno imparava a dire nuove parole.

Al pomeriggio c'erano le lezioni di monsieur Jolivet, quelle di scherma, di recitazione, di musica, di italiano. A malapena Céline riusciva a ritagliarsi, di tanto in tanto, qualche ora libera per andare in rue Le Peletier ad assistere alle prove de *La Silfide*.

Anche Sophie era assorbita quasi totalmente dallo studio. Il Cittadino Marchese le aveva preparato un programma personale molto intenso che le avrebbe permesso di mettersi alla pari con i compagni entro pochi mesi. La materia che per Sophie risultava piú ostica era l'inglese. Il maestro allora aveva incaricato Toussaint, che invece conosceva già abbastanza bene quella lingua, di leggere ogni giorno insieme all'amica qualche pagina di un romanzo scritto in inglese e intitolato *Northanger Abbey*.

— Anche a me lo ha fatto leggere, quando avevo piú o meno la vostra età — aveva osservato Céline. — Allora era uscito da pochi anni, subito dopo la morte dell'autrice, e se ne faceva un gran parlare. Il padrino è un grande ammiratore di miss Jane Austen, e mi aveva già fatto leggere *Orgoglio e Pregiudizio* ed *Emma*. Dice che raramente si trova un umorismo cosí sottile nei libri scritti dalle donne. Dice anche che, grazie all'ironia, *L'abbazia di Northanger* insegna alle lettrici a non essere eccessivamente romantiche come capita spesso alle ragazze, e a non vedere fantasmi, scheletri o misteri dietro ogni porta chiusa, o in fondo a ogni corridoio male illuminato.

Sophie procedeva lentamente nella lettura, e ogni tanto Toussaint, impaziente di vedere come andava avanti la storia, traduceva in meno di mezz'ora un intero capitolo e gliene faceva il riassunto. Cosí seguivano divertiti le avventure di Catherine Morland, che, suggestionata dalla lettura di un romanzo di fantasmi intitolato *Udolfo*, voleva trovare ad ogni costo un mistero tenebroso nella antica dimora di un'amica che l'aveva invitata per le vacanze, e riusciva soltanto a offendere i suoi ospiti e a coprirsi di ridicolo.

I giorni passavano, e non arrivava nessuna lettera da parte del padrone di casa. In compenso arrivavano molte lettere indirizzate a lui: probabilmente inviti, fatture da pagare, saluti e resoconti di viaggio da parte di amici lontani... Nessuno aveva il permesso di aprirle, neppure quelle sulla cui busta c'era l'intestazione del sarto, del calzolaio o del fornitore di vino. Charlotte aveva l'ordine di disporle in ordine di arrivo sulla scrivania del padrone, nella stanza che gli serviva da studio.

Un mattino arrivò una busta grande, di pesante carta color crema, chiusa con un sigillo di ceralacca rosso fuoco. Non c'era il nome del mittente, ma l'indirizzo era scritto con una grafia larga e ariosa che alla cameriera pareva di avere già visto, anche se non ricordava dove né quando. Però la busta aveva un aspetto cosí imponente, cosí diverso dalle altre, in un certo senso cosí perentorio, che invece di sistemarla nella pila secondo la data in cui era stata consegnata, Charlotte la collocò da sola, in bella evidenza, sulla mensola del camino, perché al suo ritorno il padrone la vedesse subito e la aprisse per prima.

Anche Sophie, ogni volta che entrava in quella stanza per prendere qualche libro, non poteva fare a meno di fermarsi un attimo a guardarla e a chiedersi chi poteva averla spedita. Non una donna, pensava, non la terribile e aristocratica zia, anche se la scrittura era elegante e ricercata. Ma il tratto era decisamente maschile, le erre maiuscole erano scritte in un modo strano, con una pancia aguzza e un lungo svolazzo che scendeva sotto la riga come se fosse la gamba della gi o della effe. Le a erano arricciolate all'interno come una chiocciola, le esse erano piú alte e strette del normale.

Sophie ne era rimasta cosí colpita che una volta aveva cercato addirittura di ricopiarla, subito rimproverandosi per quella stupida perdita di tempo. Anche perché si era accorta che Toussaint, quando entrava a sua volta nello studio, non degnava la lettera della minima attenzione.

Un pomeriggio, uscendo da scuola, Sophie e Toussaint trovarono le domestiche in grande agitazione perché Adèle piangeva stizzosa reclamando il pasto delle quattro, e Céline non era ancora tornata.

— Speriamo che arrivi presto la capra che il marchese de la Pommelière ha promesso di farci portare dalla sua tenuta di campagna — sospirò Solange. — Questo demonietto non vuole saperne di bere dalla bottiglia.

— Perché non proviamo a darle un po' di miele? — propose Toussaint togliendosi la pelliccia. Ricordava che laggiú a Cuba, nel baraccone degli schiavi, le madri dovevano tornare prestissimo a lavorare nei campi, quando i loro neonati avevano appena pochi giorni di vita, e rientravano a notte fonda. Quegli sfortunati bambini perciò venivano allattati due sole volte in ventiquattr'ore: subito dopo il ritorno della madre, e quattro ore dopo, appena prima della sua partenza per i campi. Il resto della giornata lo passavano a piangere, tormentati dai morsi della fame. Le vecchie schiave che, non essendo piú in grado di lavorare, venivano addette a custodire i lattanti, cercavano di calmarli dandogli da bere del guarapo, il succo denso e dolcissimo spremuto dalla canna da zucchero.

Solange era contraria a prendere quella iniziativa senza il consenso della padrona. Chissà cosa c'era scritto in proposito sui sacri testi del signor conte Pietro Verri e del filosofo Rousseau...

Ma Adèle gridava cosí forte che ogni tanto pareva le si bloccasse il respiro. E il miele in fondo non era un alimento pericoloso, se da qualche tempo veniva spalmato dalla stessa madre sulle gengive della bambina per alleviarle il dolore dei denti che stavano per spuntare.

— Però la responsabilità ve la prendete voi due — cedette alla fine la bambinaia.

Cosí dopo circa un quarto d'ora, quando Céline Varens rincasò, trovò la figlia seduta in grembo a Sophie davanti a un vasetto di miele, mentre Toussaint con grande cautela la imboccava col cucchiaino d'argento.

— Perdonatemi se ho fatto cosí tardi! — esclamò con vivacità la giovane donna. — Ma è successo qualcosa... Ho dovuto aspettare che monsieur Taglioni... Sí, tesoro, lo so che sei affamata. Ecco, vieni.

Céline si sbottonò in fretta il corsetto, si attaccò la figlia al seno e continuò a raccontare con gli occhi che le brillavano d'entusiasmo. Quel giorno all'Opéra si provava il finale del balletto, la scena in cui la schiera delle silfidi circonda la compagna morente e la porta via. Ma sollevando il corpo abbandonato di Marie Taglioni, una delle ballerine di fila era scivolata e si era slogata malamente una caviglia.

— È già cosí gonfia che bisognerà immobilizzarla con una stecca — aveva detto monsieur Jolivet, che assisteva le sue allieve durante le prove. — Temo che la povera Delphine non potrà poggiare il piede a terra per almeno due mesi, se non vorrà compromettere definitivamente la sua carriera.

L'infortunata era scoppiata in un pianto dirotto: quel verdetto significava la rinuncia definitiva non solo alla prima, ma a tutte le repliche parigine de *La Silfide.* Filippo Taglioni misurava a grandi passi il palcoscenico, nervoso e contrariato. Certo, il ruolo di Delphine non era quello di un personaggio importante, una ballerina di fila può sempre essere sostituita. Ma da chi? Tutto il corpo di ballo era stato impiegato nella scena finale, lo stuolo delle silfidi doveva essere folto e compatto. Un vuoto nel gruppo avrebbe richiesto una diversa impostazione della coreografia, e il giorno del debutto era vicino.

— Maledizione! Che dannato imbroglio! — imprecava l'italiano contrariato.

— Perdonate, Taglioni — disse allora sottovoce monsieur Jolivet, che gli era andato accanto. — C'è qui Céline Varens. È vero che manca dal palcoscenico da piú d'un anno. Ma in questo tempo si è tenuta in allenamento, le ho sempre dato lezioni... Garantisco io per lei.

Taglioni lanciò uno sguardo a Céline che se ne stava in un angolo avvolta nel suo scialle di cachemire, cercando di non dare fastidio.

— Dannazione! — ripeté in italiano. — Non ha mai ballato sulle punte.

— Provatela — insistette con garbo monsieur Jolivet.

Tremando dall'emozione Céline si era spogliata e aveva indossato la tunica che le era stata porta immediatamente dalla sarta di scena. Fortunatamente tra le scarpette di riserva ce n'era un paio del suo numero. Le antiche compagne l'avevano circondata con frasi di incoraggiamento. Non che mancassero le gelosie e le rivalità, nel corpo di ballo. Ma in quel momento era interesse generale che monsieur Taglioni si calmasse, che le prove andassero avanti. E in fondo, quella di Delphine, era solo una piccola parte...

5

— La prova è andata bene — continuò a raccontare Céline, mentre Sophie e Toussaint pendevano dalle sue labbra. — Monsieur Jolivet mi ha fatto i complimenti. Taglioni mi ha chiesto se, per cominciare, volevo continuare le prove. Dice che ha bisogno di studiarmi per due o tre giorni prima di assegnarmi la parte. Pensate! Se mi accettasse, tra quindici giorni tornerei a ballare in pubblico. E non in uno spettacolo dei soliti. Ricomincerei dal basso, è vero, come ballerina di fila, ma ne *La Silfide*, il balletto di cui parla tutta l'Europa!

— Cosa ne dirà monsieur Edouard? — domandò Solange, che aveva ascoltato tutto il racconto in silenzio, seria, senza condividere l'entusiasmo dei due ragazzi.

A quella domanda Céline chinò la testa e non rispose.

— Non potete accettare. Sapete bene che monsieur non ve lo permetterà mai — la incalzò la bambinaia.

— Monsieur è partito — intervenne Toussaint. — Non sappiamo dov'è. Non sappiamo quando torna. Come può pretendere...?

— È suo marito — disse Solange.

— Gli ho sempre detto che avrei ripreso a ballare! — protestò Céline sollevando la testa. — Non può impedirmelo. Non sono la sua schiava.

Questa volta fu Solange a non replicare. In silenzio prese in braccio Adèle, che aveva finito il suo pasto, e la portò di sopra.

La sera, quando venne il Cittadino Marchese e fu informato della novità, prese immediatamente le parti della figlioccia.

— Edouard non può pensare solo a se stesso. Se ti avesse lasciato un recapito, potrebbe protestare per non essere stato consultato; al limite perché non gli hai chiesto il permesso. Ma cosí... Ad ogni modo, mi sembra presto per preoccuparsi tanto, mia cara. Monsieur Taglioni, a quanto mi dici, non ha ancora deciso di darti la parte. Aspettiamo il suo verdetto. Se te la darà, vuol dire che la sorte ha deciso... — A questo punto il padrino assunse un'espressione severa. — Bada bene, non che devi continuare a ballare. Questo sei stata tu a deciderlo. Lo hai sempre ripetuto, fin dal primo giorno del tuo matrimonio. Se Edouard finge di non saperlo, è un ipocrita. L'unica incertezza semmai era "quando" avresti ricominciato. Bene, se la sorte e monsieur Taglioni lo vorranno, ricomincerai tra due settimane.

— Forse a marzo monsieur non sarà ancora tornato — azzardò Sophie. — Forse non lo verrà a sapere...

— Forse — convenne il Cittadino Marchese. — Ma in quel caso sarà Céline a informarlo. I matrimoni, bambina, come qualsiasi rapporto tra le persone oneste, non si tengono in piedi con le bugie e con i sotterfugi.

Dopo due giorni monsieur Taglioni sciolse la riserva e chiese a Jolivet di informare la sua allieva che era stata accettata nella compagnia, e che avrebbe fatto parte della schiera delle silfidi.

Céline era raggiante di gioia. L'ultimo ostacolo, la preoccupazione per lo svezzamento di Adèle, anche quello era miracolosamente caduto. Il fittavolo del padrino aveva infatti portato finalmente la capra, una bella capretta bianca dalle mammelle gonfie di latte, che Sophie aveva immediatamente battezzato "Djali", come la bestiola ammaestrata di Esmeralda nel romanzo che le era piaciuto tanto.

La tenevano legata nel giardino, dove Djali brucava con grande sfacciataggine non solo l'erba del prato, ma anche i fiori delle aiuole, e quando arrivava il momento in cui Adèle era solita prendere il latte dalla madre, la portavano dentro casa. Il vecchio dottore aveva dato istruzioni precise perché, ogni volta che la capretta entrava in contatto con la bambina, sia gli zoccoli che le mammelle le venissero lavati con acqua e sapone. La prima volta Adèle, tenuta in braccio da Solange, aveva guardato con grande interesse l'animale, tendendo le mani verso le corna e ridendo al suo belato. Poi si era guardata in giro cercando la madre, ma a Céline era stato consigliato da Gotton di restare nella stanza piú lontana della casa.

— Sarà piú facile per voi e per la bambina — aveva spiegato la vecchia domestica.

Allora Adèle si era rivolta al suo amico prediletto.

— Tússi? — aveva detto in tono interrogativo.

Toussaint aveva fatto segno a Solange di poggiare la piccola a terra, tra le zampe dell'animale, si era messo in ginocchio accanto a lei e con pazienza le aveva mostrato come attaccarsi al capezzolo di Djali, che se ne restava ferma e tranquilla come se avesse capito qual era il suo compito.

Forse perché aveva piú fame del solito, forse divertita dalla novità, e dal fatto di vedersi attorno tante persone che la incoraggiavano, fatto sta che Adèle aveva subito poppato di gusto. Aveva digerito benissimo il nuovo alimento e, sebbene quando stava in braccio alla madre cercasse ancora di slacciarle il corpetto, si era presto adattata al cambiamento.

Un giorno anzi, dopo essersi saziata, si era improvvisamente aggrappata al pelo della capra e si era drizzata in piedi. Solange e Sophie ch'erano presenti avevano battuto le mani: — Brava! — per invitarla a camminare. Adèle aveva abbracciato il collo di Djali e aveva cercato di muovere un passo, ma era ricaduta a sedere per terra con una espressione di gran disappunto.

— Hai ragione tu, tesoro: nove mesi sono davvero pochi per andarsene in giro da sola — le aveva detto Sophie, ridendo e chinandosi a prenderla in braccio.

Qualche volta, di notte, Adèle piangeva e chiamava la madre.

Anche se Céline era già rientrata e si trovava nella camera accanto, seguendo il consiglio di Gotton era Sophie a prendersi la piccina nel letto e a confortarla: a lei Dédé non avrebbe cercato il seno. Si addormentavano abbracciate. Sophie rifletteva che, a parte Fantine, non aveva e non avrebbe mai voluto tanto bene a un'altra creatura, quanto stava imparando a volerne ad Adèle.

6

La prima de *La Silfide* era stata annunciata per il 12 marzo. Le ballerine avevano ricevuto il costume dalla sartoria del teatro, e facevano le ultime prove indossando il corsetto di raso aderente al busto da cui sbocciava la gonna leggera e vaporosa che qualcuno – non si era scoperto chi avesse usato per primo la parola – aveva battezzato con lo strano nome di "tutú".

A Parigi non si parlava d'altro e i giornalisti teatrali fremevano d'impazienza. Toussaint aveva ottenuto il permesso di assistere a una prova restando tra le quinte, ed era riuscito a schizzare velocemente il ritratto di Céline vestita da silfide.

Quando lo portò a scuola, il Cittadino Marchese osservò con grande attenzione il disegno, lo mostrò agli scolari, poi disse: — Probabilmente non sapete che in origine, in Francia, i ballerini classici erano tutti di sesso maschile, perché si riteneva sconveniente che una donna muovesse le braccia e soprattutto le gambe con tanta libertà. Invece non era ritenuto sconveniente che le parti femminili fossero interpretate dai maschi, e neppure che le personalità piú importanti del regno sgambettassero in calzamaglia sul palcoscenico. Luigi XIV nel 1635 interpretò la parte del dio Sole in un balletto dal titolo *Balet de la Nuit*. Non fu lo splendore del suo regno, come molti credono, a procurargli il nome di Re Sole, ma l'aver danzato nel ruolo di questo personaggio.

— Doveva piacergli davvero il balletto — osservò

Angélique. — Io ho letto in un libro che fu il Re Sole a istituire, nel 1661, l'Accademia Reale di Musica e Danza.

— È vero — approvò il maestro. — E in quello stesso anno per la prima volta i ballerini smisero di ballare in mezzo al pubblico e salirono sul palcoscenico. Sempre nel 1661, nel balletto *Il Trionfo dell'Amore*, si esibí per la prima volta una ballerina, mademoiselle La Fontaine. La quale danzava, come i suoi colleghi maschi, col viso coperto da una maschera. Dovette passare piú di un secolo perché il grande Maximilien Gardel osasse comparire in scena col viso scoperto. Era il 1772.

Le ballerine in origine erano svantaggiate rispetto ai colleghi perché non potevano muoversi con altrettanta leggerezza ed eleganza: erano impacciate dagli abiti di scena, portavano busti, colletti rigidi, gonne e sottogonne lunghe e appesantite da pieghe e decorazioni, lo stesso abbigliamento che avrebbero usato per recitare una tragedia. Solo nel 1733 Maria Salle osò interpretare il balletto *Pigmalione* indossando una tunica sciolta e, per non mostrare le gambe, dei pantaloni di velo alla turca. Oggi la situazione è molto cambiata: spesso sono le ballerine a danzare *en travesti*, cioè a interpretare parti maschili. Ma credo che questo... – come hai detto che si chiama, cittadino Toussaint? – credo che questo "tutú" rivoluzionerà ancora una volta l'arte del Balletto.

Il Cittadino Marchese scrutò con attenzione la scolaresca per controllare che i ragazzi avessero capito tutto e non si fossero annoiati. Come li vide attenti e pieni d'interesse, si schiarí la voce e domandò: — Vi piacerebbe assistere alla prima de *La Silfide*?

— Antoine e io non avremo mai il denaro sufficiente a pagare il biglietto — obiettò tristemente Pauline.

— E se anche avessimo il biglietto, non ci lascerebbero entrare — disse Antoine accennando ai propri vestiti pieni di toppe e di rammendi.

— Una soluzione ci sarebbe — intervenne Angélique. — I nostri genitori hanno un palco all'Opéra.

— E anche mia nonna — disse Olympe. — Vi potremmo ospitare. Chi ha il posto in un palco non paga il biglietto. Se ci dividiamo in due gruppi, ci sarà posto per tutti.

— Sí, ma... e i vestiti? — domandò Pauline.

— Vi prestiamo i nostri — disse Angélique che stava cominciando a divertirsi. — Sarà come mettersi in costume per una commedia. Io ne ho uno bellissimo, di seta lilla ornato di mazzolini di rose gialle, che ormai non mi sta piú. Mi pare che mia madre me lo avesse fatto fare quando ho compiuto otto anni. L'ho messo pochissimo, è come nuovo. A te dovrebbe stare a pennello, Pauline.

— E Antoine non avrà che l'imbarazzo della scelta — intervenne Olympe. — Lo sapete che mia nonna mi ha fatto vestire da maschio fin da quando ho cominciato a camminare, e ha conservato tutti i miei abiti, quelli eleganti e quelli per tutti i giorni. Di sicuro nei suoi armadi troveremo qualcosa che vada bene al nostro Bougainville... Altrimenti, sia Maurice che Maximilien potranno offrirti qualcosa dal loro guardaroba...

Decidere chi doveva indossare che cosa, e di chi, diventò per gli allievi del Cittadino Marchese un frenetico gioco di travestimento. Alla fine ci fu uno scambio generale e nessuno sapeva piú a chi appartenevano i panni che aveva addosso.

Non solo Pauline ebbe in prestito il vestito lilla di Angélique, ma Sophie ne scelse uno di raso celeste, anche questo dal guardaroba della gemella. A sua volta Angélique decise di indossare un abito maschile *ancien régime*, completo di parrucca incipriata e di un gran jabot di pizzo bianco, che era appartenuto a una Olympe dodicenne.

Maximilien offrí ad Antoine un completo di velluto verde alla russa con l'alta cintura ricamata; Maurice chiese a Toussaint la sua esotica livrea che pareva uscita da un'opera lirica d'ambientazione medievale, e gli offrí in cambio l'uniforme da parata che aveva dovuto procurarsi l'anno prima per il collegio militare. L'unica che non poteva ricevere niente dai compagni era Olympe, che aveva già il fisico di un'adulta. Cosí, non volendo sottrarsi al gioco degli scambi, accettò il consiglio di Céline e decise di spingerlo all'estremo vestendosi da donna. L'abito glielo prestò la danzatrice, che aveva seguito con gran divertimento quella mascherata generale. Le offrí l'abito di raso rosso cupo che piaceva tanto a Sophie, e Olympe, per la prima volta in vita sua, strinse la vita nel busto e fece ondeggiare attorno ai fianchi la gabbia di nastri e stecche di balena che sosteneva la crinolina.

— Sei bellissima, cittadina. Avrai la bontà di sposarmi, quando compirò quindici anni? — le disse con gran serietà il piccolo Antoine.

7

Al mattino del 12 marzo Toussaint si svegliò con una fortissima emicrania. Aveva dormito male, tormentato dalla tosse e dal catarro che non lo lasciavano respirare regolarmente. Sentiva di avere la gola gonfia e congestionata e non riusciva a deglutire senza provare un dolore lancinante. Tentò di alzarsi, ma barcollò, e dovette tenersi alla colonna del letto per non cadere. Si portò una mano alle guance e sentí che bruciavano. Ma allo stesso tempo era percorso da brividi di freddo.

"Devo essermi preso una bella infreddatura" pensò. Non era nuovo a questi malanni di stagione. Il vecchio dottore gli aveva spiegato che tutte le persone nate e cresciute in un clima piú caldo sopportavano male l'umido inverno parigino, e dovevano fare molta attenzione a non prendere freddo, perché correvano il rischio di ammalarsi ai polmoni.

Cosí tornò a infilarsi sotto le coperte. Al di là della parete che divideva la sua cameretta dal corridoio poteva sentire il fruscio della scopa di Charlotte che faceva le pulizie mattutine. Bussò col pugno contro il muro.

— Com'è che non sei ancora in piedi, pigrone? — domandò burbera la cameriera entrando senza riguardo e spalancando la finestra.

— Chiudi, per favore, e chiama Sophie — le rispose Toussaint con la sua voce bassa e rauca da ammalato.

Allarmata Charlotte gli tastò la fronte. — Hai un bel febbrone da cavallo! — esclamò. — Altro che Sophie! Qui bisogna avvertire madame.

— No, per carità. Oggi è un giorno importante per lei. Deve restare tranquilla. Se ti chiede qualcosa, dille che sono andato a scuola.

— Hai ragione. Però diremo a Jean-Baptiste che, dopo aver accompagnato madame a teatro, passi a prendere il dottore.

Le ballerine dovevano trovarsi in rue Le Peletier alle dieci del mattino. Alle dieci e mezzo Jean-Baptiste ritornò in Boulevard des Capucines accompagnato dal vecchio medico.

Neppure Sophie era andata a scuola. Il dottore la trovò in piedi accanto al letto dell'amico, intenta a sistemargli sulla fronte una pezza di cotone imbevuta d'acqua fredda.

— Niente di grave! — decretò il medico dopo aver visitato con cura l'ammalato. — Dategli questa polverina sciolta nell'acqua, una dose immediatamente, una seconda nel pomeriggio e una terza prima di dormire. E del miele ogni volta che riesce a inghiottirlo. Probabilmente suderà come una fontana. Se dovesse bagnare le lenzuola, cambiategliele subito. È importante che resti asciutto e al caldo.

— Per le cinque sarò in grado di uscire? — chiese Toussaint.

— Per le cinque di giovedí, forse, briccone — rise il dottore. — Se non vuoi che la tua infreddatura si trasformi in mal sottile, devi restare a letto almeno per tre giorni interi.

Quando il vecchio fu uscito, Sophie esclamò sconsolata: — Cosí non potremo andare a veder ballare madame!

— Perché dici «non potremo»? Tu non sei ammalata e puoi uscire tranquillamente.

— Ma non voglio lasciarti solo.

— Senti, non sono moribondo, fino a prova contraria. E in casa ci saranno i domestici. Madame resterebbe delusa se tu non andassi a teatro con gli altri — disse Toussaint.

Dovette insistere per riuscire a convincere l'amica. Le ricordò che per lei assistere alla rappresentazione de *La Silfide* costituiva un'assoluta novità, mentre lui era già stato a vedere una prova in costume. E poi, a teatro c'era andato molte altre volte, per accompagnare i padroni, mentre per Sophie sarebbe stata la prima volta. Inoltre c'erano i compagni, che non sarebbe stato gentile deludere, dopo tutta la pena che si erano dati per procurarle un vestito elegante.

— E infine, bisogna pure che domani qualcuno mi racconti con tutti i particolari come avrà reagito il pubblico al ritorno di Céline Varens sulle scene!

Insomma, nonostante la febbre, Toussaint fu cosí eloquente che Sophie accettò di andare anche senza di lui. Bisogna dire che la ragazzina lo desiderava con tanto ardore, che fu riconoscente all'amico di averla praticamente costretta.

A metà pomeriggio Jean-Baptiste attaccò i cavalli alla carrozza grande, e insieme a Sophie andò al Quartiere Latino a prendere il Cittadino Marchese e gli altri ragazzi che si erano già riuniti in rue Jacob. Quando la comitiva arrivò in rue Le Peletier, i parigini che entravano a teatro assistettero, meravigliati e divertiti, al singolare spettacolo del vecchio marchese vestito alla moda del secolo scorso, che scendeva dalla carrozza circondato dallo stuolo variopinto dei suoi scolari.

La vocazione pedagogica del Cittadino Marchese non si smentí neppure in quell'occasione, perché invece di dirigersi subito verso l'entrata, il vecchio si fermò sul marciapiede e cominciò a spiegare alla piccola comitiva: — L'edificio che vi sta davanti, ovvero l'Opéra di Parigi, è il quinto, in ordine di tempo, a ospitare l'Accademia Reale di Musica e Danza, che come ricorderete è stata fondata dal Re Sole nel 1661. Le sedi precedenti furono il Teatro de la Porte Saint Martin, il Teatro Montansier, la Prima Sala Favart, il Teatro Louvois... Questo edificio fu costruito nel 1821, in soli dodici mesi, sotto la guida dell'architetto Debert, che si ispirò allo stile de La Scala di Milano. Vi prego di osservare le belle proporzioni della facciata, la simmetria fra il porticato al piano terreno e le finestre ad arco del primo piano, le otto statue che stanno in cima alle colonne erette a scandire lo spazio tra le finestre...

Olympe e i gemelli, che erano stati molte altre volte all'Opéra prima d'allora, non avevano mai badato a questi dettagli e li osservarono con lo stesso interesse degli altri. Solo Maurice aveva ricevuto in dono dalla madre, anni prima, una stampa a colori che raffigurava il teatro, e l'aveva ricopiata molte volte per esercitarsi nella prospettiva.

Mentre Sophie se ne stava col naso per aria a guardare le statue e la balaustra del terrazzo che correva tutto attorno al tetto, sentí il Cittadino Marchese che salutava con grande cordialità: — I miei rispetti, cittadina Dupin!

Abbassò lo sguardo, e vide che il padrino non si inchinava davanti a una dama, ma a un giovane gentiluomo dai lunghi capelli neri che indossava una redingote squadrata e un lucido cilindro di seta. Meravigliata, interrogò con gli occhi Angélique, che la tirò indietro e le disse all'orecchio: — È la baronessa Aurore Dudevant, la scrittrice che si firma Jules Sand.

— Ma perché si veste da uomo? — sussurrò Sophie, ricordando l'indignazione della madre quando le aveva letto quella notizia scandalosa. — Forse ha una nonna come quella di Olympe?

— No. Sostiene che è piú economico. Infatti ai maschi basta un unico abito da sera, che dura per tutta la stagione. Le signore devono cambiare toilette a ogni nuova serata, e un abito come quelli che indossiamo tu e io costa almeno dieci volte piú della piú elegante marsina.

Entrarono. L'atrio del teatro scintillava di luce. Un enorme lampadario a ruota con centinaia di fiammelle pendeva dal centro del soffitto, e altri torcieri a braccio sporgevano dalle pareti. Sophie, Pauline, Antoine, intimiditi da tanto splendore, si stringevano ai compagni.

Olympe divise la comitiva in due gruppi. — Anche mia nonna stasera è un po' raffreddata e ha preferito non uscire. Perciò abbiamo il nostro palco completamente libero. Prendo con me i piú piccoli, Cittadino Marchese.

Cosí Sophie dovette separarsi dal padrino, che accompagnò i gemelli nel palco dei genitori.

I palchi, disposti su tre file, erano già quasi tutti pieni di spettatori eleganti, che guardavano col binocolo giú in platea e facevano cenni di saluto agli ultimi arrivati. Sophie era sbalordita dall'illuminazione diffusa delle lampade a gas, protette da globi di opaline, dall'eleganza delle signore, dallo sfavillio dei gioielli, dal candore delle spalle scoperte, dal movimento incessante dei ventagli. Quando, in rue Marcadet, leggeva alla madre le cronache mondane della gazzetta, non arrivava a immaginare tanta ricchezza, tanta eleganza, tanta bellezza, riunite in un'unica sala. Chi avrebbe mai immaginato, allora, che nello spazio di pochi mesi avrebbe partecipato lei stessa a una cerimonia cosí straordinaria? E ancora una volta, al pensiero che non avrebbe potuto raccontare niente a Fantine di questa nuova esperienza, le si riempirono gli occhi di lacrime.

Olympe intanto si era presa sulle ginocchia Antoine, che altrimenti non sarebbe riuscito a guardare giú dal palco, e gli sussurrava all'orecchio: — Lo sai che in questo teatro è stata usata per la prima volta l'illuminazione a gas per creare degli effetti speciali nello spettacolo "Aladino e la lampada meravigliosa" ispirato a un racconto delle *Mille e una notte*? È successo esattamente vent'anni fa.

— Mi sarebbe piaciuto vederlo. Peccato che non ero ancora nato. E se fossi nato, avrei preferito andare nelle Indie col cittadino von Humboldt — disse serio il figlio del vetraio.

— Non avresti potuto. A quell'epoca von Humboldt era già tornato e viveva a Parigi.

— Allora ci sarei andato col cittadino Schoelcher.

— Non era ancora partito.

— Ma insomma, mi ci vuoi mandare da solo, nel Nuovo Mondo, cittadina, prima ancora di nascere!? Eppure lo sai che, ora che sono nato da quasi otto anni, non ho ancora imparato a nuotare.

Sophie non riuscí a trattenere una risatina.

— Silenzio! Si sta alzando il sipario! Lo spettacolo comincia — sussurrò Olympe.

8

In quello stesso momento, in Boulevard des Capucines, Toussaint, che la medicina aveva fatto cadere in un bel sonno ristoratore, fu risvegliato dal suono di una carrozza di piazza che si fermava davanti al cancello del giardino. Incuriosito si alzò e si avvicinò alla finestra. Era già quasi buio, ma riuscí a distinguere la sagoma massiccia di un uomo che pagava il vetturino e s'incamminava lungo il vialetto, verso la porta d'ingresso. Lo riconobbe immediatamente. Era monsieur Edouard. "Ha scelto il giorno meno adatto per tornare" pensò il ragazzo preoccupato. "Dice sempre che gli piace arrivare inaspettato per fare una sorpresa a madame. Ma oggi la troverà lui, la sorpresa."

Col cuore che gli batteva forte, sentí il padrone che apriva la porta d'ingresso con la sua chiave e chiamava a gran voce: — Jean-Baptiste! C'è il bagaglio da portar dentro!

Toussaint, movendosi con circospezione, uscí sul ballatoio e si sporse per guardare giú dalla tromba delle scale.

Vide arrivare Charlotte, tutta affannata. — Bentornato monsieur. Non vi aspettavamo. Mi occuperò io dei vostri bagagli. Sarete molto stanco. Se volete salire, vi farò portare dell'acqua calda da Lisette.

— Jean-Baptiste non c'è?

— No. È uscito con la carrozza grande per accompagnare...

Charlotte esitò un attimo. Sapeva anche lei che la situazione era delicata. Che, tanto per cominciare, il padrone non avrebbe approvato l'uscita della carrozza per risparmiare una camminata a un'orfana accolta per carità. E poi, quando avesse saputo che madame...

La cameriera temeva gli scoppi di collera dell'inglese, e decise di rimandare al piú tardi possibile il momento in cui monsieur avrebbe scoperto la verità. Nel frattempo forse lei sarebbe riuscita a svignarsela in cucina.

— ... per accompagnare madame all'Opéra — concluse a precipizio.

"E brava Charlotte! C'è un fondo di verità in quello che hai detto. È successo stamattina, ma è successo davvero" approvò tra sé e sé Toussaint.

— Che spettacolo è andata a vedere? — chiese monsieur Edouard, ancora tranquillo.

— Non lo so — mentí la cameriera, e di nuovo aggiunse subito alla bugia una falsa verità che poteva essere interpretata dal padrone in modo rassicurante. — Jean-Baptiste doveva passare a prendere anche il Cittadino Marchese. Ora, se permettete, signore, esco a occuparmi del vostro bagaglio.

— Un attimo ancora, Charlotte. È successo qualcosa di nuovo durante la mia assenza?

— No, monsieur. Anzi, sí. La piccola Adèle ora prende il latte da una capra, e ha detto le prime parole.

— Non intendevo questo genere di novità — disse annoiato l'inglese, liquidando quelle inezie con un gesto della mano. — Per caso è venuto qualcuno a cercarmi?

— No, che io sappia. Però sono arrivate molte lettere. Le ho messe nel vostro studio come avete ordinato.

— Bene. Fatemi portare di sopra quell'acqua calda.

Toussaint si ritirò precipitosamente per non essere visto dal padrone che saliva al primo piano. Lo sentí entrare nel suo gabinetto da toeletta, armeggiare con la brocca e il lavamano.

Charlotte gli aveva portato la borsa da viaggio ed era scesa in fretta a rifugiarsi nelle profondità della cucina. A parte Adèle, che dormiva il sonno incosciente dell'infanzia, tutte le persone presenti nella casa aspettavano con angoscia il momento in cui il padrone avrebbe scoperto che all'Opéra la moglie non era andata come spettatrice, a occupare un palco o una poltrona di platea, ma che violando il suo divieto, ci era andata come ballerina, a calcare le assi del palcoscenico e, come diceva monsieur con disprezzo, a mostrare le caviglie a chiunque avesse pagato il biglietto.

Forse, se la stanchezza del viaggio lo avesse spinto a coricarsi presto, monsieur Edouard lo avrebbe scoperto solo l'indomani. Ma comunque, tremavano Charlotte e Solange, presto o tardi la tempesta sarebbe scoppiata. E che tempesta!

Bisognava che Céline non venisse presa alla sprovvista, pensò Toussaint. Bisognava avvertirla che il marito era tornato.

Decise che, nonostante gli ordini del medico, sarebbe andato ad aspettarla fuori del teatro, all'uscita degli artisti. D'altronde si sentiva meglio, e poi si sarebbe coperto bene.

Indossò gli abiti e la pelliccia e sgattaiolò al piano terreno. Aveva già la mano sul pomolo della porta, quando sentí che anche l'inglese scendeva le scale. Pensò che volesse uscire, che volesse raggiungere la moglie a teatro, e fu colto dal panico. Oltretutto, l'atrio era illuminato a giorno. Per non farsi scoprire Toussaint s'infilò svelto nello studio del padrone, ma sentí che i passi dell'inglese si dirigevano proprio verso quella stanza. Per fortuna le tende erano tirate. Rapido, il ragazzo ci si nascose dietro e trattenne il respiro. Aveva ricominciato a sudare, vuoi per la febbre, vuoi per gli abiti pesanti e il caminetto acceso, vuoi per il timore di essere scoperto. Si augurava disperatamente che la tosse non lo costringesse a tradirsi, e intanto sbirciava attraverso una sottilissima fessura che gli offrivano le tende male accostate.

Monsieur Edouard, come aveva previsto Charlotte, dopo uno sguardo veloce alla scrivania, si diresse alla mensola del camino, incuriosito dalla grande busta color crema. Prese il tagliacarte d'avorio, l'aprí, ne estrasse un foglio, lo spiegò... e si fermò col braccio teso, come folgorato.

"Non è possibile che abbia già letto anche solo una parola" pensò Toussaint. "Probabilmente ha riconosciuto la scrittura."

— Dick! — esclamò l'inglese con rabbia. — Come diavolo ha fatto a rintracciarmi? Avevo preso tutte le precauzioni...

Poi si scosse e cominciò a leggere. Camminava su e giú per la stanza come un leone in gabbia, e leggendo imprecava: — Che sia dannato! Ma perché continua a intromettersi nella mia vita? Come osa darmi degli ordini?

Si gettò a sedere su una poltrona, appallottolò rabbiosamente la lettera, si guardò attorno con uno sguardo allucinato.

— Obbedire a un verme, io! Subire un ricatto cosí infame da parte di un vigliacco che ha paura della sua ombra! — disse rivolto al lampadario. Poi scoppiò a ridere, d'una risata amara, cattiva.

— Ebbene, sí, dovrò rinunciare a tutto questo. Non c'è rimedio — esclamò. — Bah, non che m'importi! La recita è durata abbastanza. Anzi, la situazione stava diventando stucchevole...

Toussaint, nel suo nascondiglio, ascoltava sbalordito, cercava di dare un senso a quelle frasi sconnesse, ma non vi trovava alcun filo logico. Guardava il foglio spiegazzato che era rotolato sul tappeto, con la speranza di potersene impadronire. Solo leggendo ciò che vi era scritto avrebbe potuto scoprire il mistero.

Ma, come indovinando i suoi pensieri, monsieur Edouard recuperò la lettera, la gettò nel fuoco del caminetto e stette a guardarla con rabbia fino a che non fu completamente bruciata. — Va' al diavolo, Dick! — le augurò con ferocia.

Poi uscí nell'atrio, spalancò la porta, e a testa nuda, senza cappotto, si gettò a gran passi nel buio della notte.

Toussaint lo seguí, scivolando tra le ombre, contento d'avere addosso pelliccia e berretto. Sentiva che il padrone continuava a parlare concitato. — Farla finita al piú presto! Che m'importa se piange? Ne ho abbastanza dei suoi capricci. Basta! Ci vuole coraggio. Ebbene, non è il coraggio che mi manca.

Arrivarono in rue Le Peletier, il ragazzo dieci passi dietro l'adulto. La facciata del teatro era illuminata. Lungo il marciapiede una fila di carrozze aspettava l'uscita dei padroni. C'era anche Jean-Baptiste, tra i cocchieri che ingannavano il tempo scambiandosi battute spiritose, ma il padrone non lo vide, o forse non lo riconobbe.

L'inglese stava per infilarsi nel portone spalancato, quando lo sguardo gli cadde su un manifesto attaccato al muro. C'era il ritratto di Marie Taglioni nel costume da silfide, c'erano il titolo del balletto, i nomi del musicista, del coreografo, degli altri collaboratori. E in basso c'era una striscia di carta giallina evidentemente incollata, un po' di traverso, in un momento successivo.

Ritorna sulle Scene la grande Céline Varens

dicevano le parole stampate in neretto.

L'inglese le fissò per qualche secondo, poi scoppiò in una grande risata. Strappò il manifesto dal muro e se ne cacciò in tasca i brandelli. Fece qualche passo allontanandosi dal teatro, si trovò davanti un lampione, lo abbracciò, poggiò la fronte contro il ferro verniciato di verde, e cominciò a tremare convulsamente. Toussaint, che gli era stato sempre alle calcagna, non riusciva a capire se a scuoterlo fossero singhiozzi o risate. Gli si avvicinò e gli poggiò con cautela una mano sul braccio. — Vi sentite male, monsieur?

— Cosa fai qui, muso nero? — gli gridò l'inglese con voce alterata. — Perché non sei dentro, seduto in prima fila, a sbirciare sotto le gonne di quella sgualdrina della tua padrona?

Poi afferrò il polso del ragazzo. — Torniamo a casa!

Toussaint cercò di svincolarsi, ma le dita del padrone lo stringevano come una morsa di ferro.

Quando arrivarono in Boulevard des Capucines, l'inglese lo spinse con malgarbo nel salottino del pianterreno.

— Volevi guastarmi la sorpresa, brutta scimmia? Volevi avvisarla perché avesse il tempo di inventare chissà quali bugie? — gli disse furibondo. — Lo so, che siete tutti dalla sua parte. È brava a ingannare gl'imbecilli quella finta ingenua, quella santarellina da trivio. Ma questa volta non riuscirete a risparmiargliela, la sorpresa che l'aspetta.

E chiuse a chiave la porta.

9

Il primo istinto di Toussaint fu quello di andare verso la finestra, anche se sapeva che era protetta da una grata di ferro che gli avrebbe impedito di uscire. Ma almeno poteva guardare fuori. Sedette nel vano della finestra abbracciandosi le ginocchia e aspettò. Dopo circa un'ora sentí cigolare il cancello, poi il rumore della carrozza sulla ghiaia del viale. Tremò al pensiero che certamente anche monsieur Edouard aveva sentito, e spalancò con cautela i vetri in modo da poter sporgere fuori una mano.

Vide arrivare la carrozza, la vide fermarsi, vide Sophie che scendeva aiutata da Jean-Baptiste. Sentí che, dentro casa, monsieur scendeva la scala con passo pesante. Qualche secondo e avrebbe raggiunto la porta d'ingresso, l'avrebbe spalancata. Intanto anche Céline era scesa dalla carrozza.

— Pss! Pss! — chiamò Toussaint agitando un fazzoletto per attirarne l'attenzione.

Céline guardò dalla sua parte. Stupita, lo interrogò con lo sguardo.

"Monsieur. È tornato" sillabò il ragazzo con le labbra, senza emettere suono.

Velocissima Céline sospinse Sophie dentro la carrozza

e ordinò con un soffio al cocchiere: — Via! Nella rimessa.

La rimessa delle carrozze, cosí come l'alloggio del cocchiere, era sul retro della casa. Jean-Baptiste obbedí. Conosceva abbastanza il padrone da capire che la presenza di Sophie, nel suo bel vestito elegante, non avrebbe fatto che complicare le cose. "Che sono già dannatamente mal messe per conto loro" pensò allarmato.

Toussaint aveva già avuto modo di apprezzare l'autocontrollo e il sangue freddo della padrona, che contrastavano stranamente con il suo carattere affettuoso e sentimentale e con il suo aspetto fragile e delicato. Perciò non si stupí di vederla salire tranquilla e intrepida i gradini, e allungare la mano verso la porta, e non sussultare quando questa si spalancò all'improvviso e monsieur Edouard le sbarrò la strada.

— Angelo mio! Siete tornato! — esclamò Céline, con un tono di dolce sorpresa.

— Non mi aspettavate, madame — rispose freddo il marito.

— Come potevo? Non avvertite mai. — E aggiunse, sfiorandogli la guancia con una carezza: — Sono felice di rivedervi. State bene? Mi sembrate un po' stanco.

L'inglese – che si aspettava sorpresa, sgomento, proteste di innocenza, giustificazioni fantasiose, richieste di perdono – preso alla sprovvista da tanta calma, si fece da parte e la lasciò entrare. Ma subito tirò fuori dalla tasca i brandelli del manifesto e glieli tese.

— Mi avete disubbidito — disse, in tono cupo e grave, ma ancora trattenuto.

— Non vi avevo mai promesso che avrei rinunciato alla danza — rispose lei dolcemente, come parlando a un bambino testardo.

— Avete trasgredito ai miei ordini.

— Sono vostra moglie, non la vostra schiava.

Di solito a questa frase, che attribuiva ai cattivi consigli del padrino, l'inglese s'infuriava e ricordava a Céline che la legge dava al marito ogni diritto sulla persona della moglie. «Quegli idioti dei rivoluzionari volevano allentarvi il freno, belle dame, ma Napoleone ha ristabilito l'ordine. Dovete obbedire, non avete scelta.»

Quella notte però fissò la giovane donna con freddezza e rispose: — Avete ragione: non lo siete.

— E dunque posso... — cominciò con fervore Céline, ma venne interrotta.

— Non siete mia moglie, intendo.

Un ascoltatore meno turbato di Céline avrebbe colto nella voce di lui una sfumatura sottilissima di soddisfazione, o meglio, di sollievo per aver trovato finalmente l'occasione giusta per pronunciare quelle parole.

La giovane donna invece impallidí: — Cosa dite?

— State calma, dolcezza. Venite di là. Toglietevi la cuffia.

Le circondò le spalle con il braccio, la guidò nello studio. Era diventato improvvisamente affettuoso e come malinconico.

— Sedete. Vi devo parlare.

Céline obbedí smarrita. Alle scenate, ai rimproveri, alle urla era abituata. Aveva imparato a non farci troppo caso. Sapeva che l'ira del suo Edouard sbolliva in fretta. Anche se gli altri lo giudicavano violento e iracondo, lei ne conosceva la generosità, l'onestà, la tenerezza, nascoste come un frutto dolce e succoso sotto la dura scorza di un carattere difficile. Non lo credeva capace di scherzi crudeli. Cosa significava quel «non siete mia moglie»?

— Spiegatevi — disse con un filo di voce.

L'inglese le prese le mani, gliele strinse, la guardò negli occhi sorridendo. — Sciocchina! Come è possibile che vi siate bevuta quella storia assurda della zia che non doveva sapere del nostro matrimonio? Voi, una donna cosí intelligente, una donna istruita... Come avete potuto credere che quel notaio fosse un vero notaio...

— Non lo era? — chiese Céline, che con uno sforzo enorme stava recuperando il sangue freddo.

— Era un attore de la Porte Saint Martin. L'ho pagato bene, e ha recitato bene la sua parte.

— E dunque, il contratto di nozze?

— Un pezzo di carta straccia.

— Voi non siete mio marito, allora.

— No.

— Chi siete dunque?

— Il vostro amante, il vostro ganzo, il vostro protettore, mettetela come preferite.

Céline tacque pensierosa. Guardava l'inglese, e le sembrava di avere davanti uno sconosciuto.

— Perché? — chiese dopo una pausa di silenzio.

— Perché vi amavo. Perché vi volevo a ogni costo. E voi invece...

— Io non volevo una relazione che non fosse per sempre — disse Céline con voce senza colore.

— Ma benedetta ragazza! Pensavate davvero che un gentiluomo potesse sposare una ballerina?

— E Adèle?

— Non cominciate a seccarmi con la vostra Adèle, adesso! Non sono nemmeno sicuro che sia mia figlia.

Céline si appoggiò allo schienale della poltrona e ne strinse convulsamente i braccioli. Le mancava il fiato, come se avesse ricevuto un colpo in mezzo al petto. Respirò profondamente. Sentí sorgere dal cuore e colmarle il corpo e tutta l'anima un'acqua gelida, una furia calma, un fuoco di ghiaccio. Sollevò la testa, sorrise e disse in tono di sfida a quello che, in un tempo che sembrava tanto lontano, era stato "il suo dolce Edouard": — Avete ragione: non lo è.

L'inglese questa risposta non se l'aspettava.

— Come, non lo è? — gridò facendosi paonazzo.

— Come io non sono vostra moglie, Adèle non è vostra figlia.

— Giuratemelo!

— Che vi importa di chi sia figlia una piccola bastarda?

— M'importa sí, bugiarda che siete! M'importa, visto che sono io quello che paga la sua casa, il suo cibo, i suoi vestiti, la bambinaia, la carrozza... persino una capra mi tocca pagare... per la figlia di chissà chi! E volevate convincermi che mi somigliava...

— Da questo momento in poi non pagherete piú niente, state tranquillo. Vi prego di fare le valige e di lasciare immediatamente questa casa.

— Non prendo ordini da voi, madame!

— Ho detto «vi prego». Comportatevi da quel gentiluomo che vi preme tanto essere. Siate degno della lady vostra zia, anche se non esiste.

— Vado allora. Ma ricordate che siete stata voi a cacciarmi. Domani mi manderete le mie cose con Jean-Baptiste all'Albergo dell'Aquila.

— Sarà fatto. E adesso permettetemi di ritirarmi, monsieur. Sono molto stanca.

Due ore piú tardi, nella camera dell'albergo, l'inglese, dopo aver cercato di calmarsi bevendo mezza bottiglia di acquavite, sedette al tavolino e scrisse una lettera. Se qualcuno degli abitanti di Boulevard des Capucines avesse potuto sbirciargli sopra la spalla, avrebbe letto queste parole, che però non l'avrebbero aiutato a chiarire il mistero dell'improvvisa decisione di monsieur Edouard:

L'ho lasciata come mi avete chiesto, Dick. L'ho lasciata, e Dio sa quanto mi è costato. Una creatura cosí dolce, cosí bella, cosí fiera! Dritta e tagliente come una spada. Bianca e profumata come un giglio. D'altronde, l'avete conosciuta e sapete a cosa mi avete ordinato di rinunciare. Quando vi deciderete a lasciarmi vivere in pace?

10

Jean-Baptiste era ritornato dall'Albergo dell'Aquila con un biglietto che diceva:

La casa e i domestici sono pagati per tutto il mese di marzo. Alle fatture e ai debiti che avete contratto durante la mia assenza dovrete provvedere personalmente, perché da me non avrete piú un soldo. Addio, madame. Dimenticatemi.

— Cosa farete adesso? — chiese Toussaint, che Céline, appena alzata, aveva mandato a chiamare nel salottino verde insieme a Sophie.

— Accetterò il posto che mi ha offerto il direttore del teatro. Ieri sera ho avuto un grande successo. Il contratto è già pronto.

Céline aveva pianto tutta la notte. All'alba si era addormentata e aveva dormito fino alle undici del mattino. Quando si era svegliata, sembrava un'altra donna: calma, serena, determinata. Lisette le aveva fatto degli impacchi di camomilla sugli occhi, l'aveva aiutata a indossare l'abito color malva ornato di passamaneria che metteva in risalto l'azzurro scuro dei suoi occhi, l'aveva pettinata annodandole in alto i capelli invece di lasciarglieli sciolti giú per le spalle.

Sophie, che la notte prima non aveva obbedito al cocchiere, ma era corsa a liberare Toussaint e insieme a lui aveva ascoltato dall'atrio il dialogo fra i due adulti, la fissava sgomenta, impietosita per la sua sofferenza cosí ben mascherata, e insieme piena d'angoscia all'idea della miseria che si spalancava, come la bocca zannuta di un mostro, davanti a tutti loro. E tuttavia non poteva impedirsi di ammirare quel collo lungo e slanciato, quella nuca elegante che la nuova pettinatura lasciava scoperta.

— Quattromila franchi all'anno non sono molti — osservò Toussaint.

— Ci vivevo agiatamente, prima di incontrare quel mostro.

— Eravate voi sola, e abitavate in una mansarda.

— Hai ragione, Tússi. Sarò obbligata a licenziare i domestici.

— Mi occuperò io, di Adèle — si affrettò a dire Sophie. Ma poi fu colta da un pensiero orribile. Se cadeva in miseria, Céline avrebbe dovuto mandare via anche lei. E dove? Non osava pensarci.

— Venderò i miei gioielli — disse la giovane donna — e lo scialle di cachemire. Vale una fortuna. Poi ci sono i cavalli e la carrozza...

— Se vendeste me, ne ricavereste un buon prezzo — intervenne Toussaint.

A Sophie dalla sorpresa mancò il fiato. Ansimante riuscí a balbettare: — No!

Céline invece fissò a lungo, in silenzio, il giovane schiavo.

— Già, se ti vendessi... — disse infine con voce incolore. — Legalmente mi appartieni. A meno che anche i documenti che ti riguardano non siano carta straccia.

— No. Quando mi avete ricevuto in dono, il trasferimento di proprietà è avvenuto con tutte le formalità di legge — disse il giovane schiavo. — Me lo ha spiegato il Cittadino Marchese. I miei documenti sono a posto. Potete vendermi anche domani, ora che non avete piú un marito a cui chiedere il permesso. So che molti aristocratici che mi hanno visto scortarvi al Bois de Boulogne vorrebbero comprarmi.

— Bisognerà trovare un notaio, uno vero — disse Céline, con quella nuova voce grigia, come da sonnambula.

Sophie piangeva. Vendere Tússi, come se si fosse trattato di un cavallo! Cosa ne avrebbe detto il padrino? E monsieur Victor Schoelcher?

In quella entrò Charlotte a dire che il Cittadino Marchese era giú da basso e chiedeva di essere ricevuto.

— È stato Jean-Baptiste che è andato a chiamarlo — spiegò. — Di sua iniziativa, appena tornato dall'Albergo dell'Aquila, ha fatto girare la carrozza ed è andato in rue Jacob, a raccontare al marchese che... Insomma, a informarlo di cosa è successo ieri notte. E il vostro padrino è voluto venire subito a vedervi.

Il Cittadino Marchese entrò e baciò la mano a Céline. Con stupore Sophie vide che dall'espressione del viso del vecchio signore non trasparivano né tristezza, né disappunto, come avrebbero richiesto le circostanze, o almeno la buona educazione.

— Mi congratulo con te, bambina cara — disse anzi il Cittadino Marchese in tono soddisfatto. — Ti sei liberata di un impostore.

— Infatti — rispose Céline con gli occhi asciutti. — E mi auguro di non rivederlo mai piú. Ma ho un problema urgente, per il quale mi serve il vostro aiuto.

— Sono ai tuoi ordini.

— Tússi dice che avete visto le sue carte, che siete certo che il ragazzo appartiene veramente a me, non a Edouard, e che posso disporne come voglio.

— Esatto.

— Allora vi prego di prendere con voi quei documenti, di cercare un notaio di vostra fiducia e di fargli preparare al piú presto l'atto di emancipazione. Non vorrei che uno dei molti creditori che tra poco mi cingeranno d'assedio potesse vantare su di lui qualche diritto.

— Brava figliola! È molto bello che il tuo primo gesto, dopo avere recuperato la libertà, sia quello di dare a tua volta la libertà a questo giovane cittadino.

— Tússi, da domani sarai padrone di te stesso — disse Céline, abbracciando il ragazzo. — Potrai fare ciò che vorrai, andare dove ti piacerà. Naturalmente se...

Toussaint la interruppe: — Naturalmente resterò con voi, madame. Lavorerò per aiutarvi. Posso cercarmi un impiego da valletto presso quei signori del Bois. Anche se sarò libero, non per questo la mia pelle diventerà bianca, e il mio aspetto meno esotico. Però non avranno gratis i miei servigi: dovranno darmi un salario.

— Bisognerà cercare un appartamento a buon mercato — disse Céline piú tranquilla — che sia vicino al teatro, e dove ci sia posto per te e per Sophie.

— Dunque, mi tenete con voi, madame! — esclamò sollevata e felice la ragazzina.

— Chi si occuperebbe di Adèle, altrimenti? — cominciò la giovane donna in tono scherzoso. Poi si fece seria: — Mi dispiace per Solange, per Lisette e per tutti gli altri...

— Non dispiacerti. Tienili — disse il Cittadino Marchese.

— Ma non me li posso piú permettere! Con quattromila franchi all'anno...

— ... sarà un miracolo se non morirai di fame, tu, la bambina e i tuoi due protetti — rise il vecchio.

"Cosa c'è da ridere?" si chiese Sophie preoccupata. Che il padrino cominciasse a dare segni di demenza senile?

— Sapete cosa avrebbe detto Balzac a Aurore Dupin secondo quei pettegoli della "Rivista dei due Mondi"? — continuava tranquillo il vecchio in tono di conversazione salottiera. — Che non si può essere donna a Parigi a meno di avere venticinquemila franchi di rendita. E la povera Aurore, che non può contare su tale fortuna, si sarebbe talmente spaventata da cambiare sesso. L'abbiamo vista ieri sera entrare a teatro vestita da uomo, ricordate, cittadina Sophie?

— Non credo che risolverei molto a quel modo. Neppure se Olympe mi regalasse tutto il suo guardaroba — osservò Céline. — E poi, dove li alloggerei i domestici? Alla fine del mese questa casa la dobbiamo lasciare.

— Non è detto.

— Ma l'affitto è di duemila franchi all'anno!

— Stammi a sentire, mia cara. Adesso ti pare che il mondo ti sia crollato addosso, e senti come una smania di allontanarti in gran fretta dalle macerie. Ma se avrai la bontà di ospitare questo vecchio cittadino e di permettergli di scaldare i suoi ultimi anni al fuoco del tuo affetto, tutto quello che ti circonda potrà restare come prima. Naturalmente non posso cancellare le ferite d'amore da quel tuo stupido cuore ingenuo e generoso. Non posso riparare l'inganno né l'offesa che hai ricevuto. Non posso far tornare il tuo Edouard e, ad essere del tutto sincero, neppure lo vorrei...

— Io nemmeno — si affrettò a dire Céline.

— Però posso sostituirlo per quanto riguarda le spese e, mi auguro, essere per voi tutti una migliore compagnia. La cittadina Corinne è vecchia e stanca e sono anni che mi chiede di lasciarla tornare al suo paese. La casa di rue Jacob è in pessime condizioni, e non ho alcuna voglia, alla mia età, di vivere neppure una settimana in mezzo al disordine e alla polvere di gesso che portano con sé i muratori e i decoratori. Se mi permetterai di venire a vivere qui con voi, avrò risolto tutti i miei problemi. E voi i vostri, perché sosterrò tutte le spese necessarie all'andamento della casa.

— Cosa ne diranno i vostri nipoti?

— Ah, quelli! Non sanno neppure dove abito. Sono piú di vent'anni che non mi degnano di una loro visita.

— Però mi permetterete di contribuire alle spese con i miei quattromila franchi.

— E tu mi permetterai di continuare a dare lezioni ai miei scolari in questa casa, anche se faranno un po' di confusione.

— Quante cose potrà imparare crescendo la mia Adèle! — esclamò Céline piena di entusiasmo. — Un precettore come voi, e a domicilio, non ce l'hanno neppure le principesse.

11

Mille ricordi degli anni vissuti sotto lo stesso tetto col Cittadino Marchese si affollavano nella mente di Sophie, mentre vegliava il sonno di Adèle, facendole vento con un foglio di carta da lettere ripiegato, nella piccola stanza cieca e soffocante di rue Saint Augustin.

Ricordava con struggimento il profondo e muto dolore di Céline nei primi mesi dopo la partenza dell'inglese, dolore che la giovane donna si sforzava coraggiosamente di nascondere. Nonostante tutto, quella creatura orgogliosa amava ancora il suo Edouard, rimpiangeva le sue carezze. Il dolore per l'abbandono, l'amarezza per il tradimento, le facevano dire: — Non voglio vederlo mai piú. — Ma agli occhi di chi le voleva bene, era evidente che il suo cuore continuava a struggersi per lui.

A Sophie, ora che nello stanzino soffocante si scioglieva le trecce per andare a letto, pareva di sentire ancora Lisette, quando al mattino spazzolava i capelli della giovane padrona e le diceva: — Ne troverete presto uno migliore. Siete cosí bella!

Céline scuoteva la testa. — D'ora in poi vivrò soltanto per la mia bambina.

— E per te stessa, mia cara. La vita ha ancora tante cose belle da offrirti — la correggeva con affetto il padrino.

Piú di una volta Sophie, passando accanto alla porta socchiusa del salone, aveva intravisto la sua benefattrice che, contemplando il ritratto dell'inglese, ripeteva a mezza voce l'ultima frase del racconto di Nodier: — Mille anni sono un tempo cosí breve per possedere colui che amiamo. Un tempo cosí breve per piangere la sua perdita...

Oppure l'aveva sentita intonare tristemente qualche strofa della canzone che l'inglese le aveva insegnato nella sua lingua, e che nelle serate in cui era di buonumore cantava per lei, che lo accompagnava al pianoforte, con la sua bella voce maschile bassa e profonda.

But wide as pathless was the space
That lay, our lives, between,
And dangerous as the foamy race
Of ocean – surges green.

And Haunted as a robber path
Through wilderness or wood;
For Might and Right, and Woe and Wrath,
Between our spirits stood.[1]

Incoraggiata dal padrino, Céline era tornata immediatamente a danzare. Quando Taglioni aveva portato *La Silfide* in Russia, il direttore del teatro le aveva dato una parte migliore in un balletto di repertorio, permettendole di restare a Parigi e di tornare tutte le sere a casa in Boulevard des Capucines. Sophie, che l'affetto e la devozione per la sua benefattrice rendevano sensibilissima a ogni sfumatura del suo umore, si era resa conto con sollievo che l'impegno del lavoro, le prove, i successi, gli applausi degli ammiratori pian piano allontanavano dalla mente dell'innamorata tradita il pensiero fisso dell'abbandono. Anche se la notizia che finalmente il conte Gilbert de Voisin aveva sposato Marie Taglioni, alla luce del sole, e con tutti i crismi della legalità l'aveva certo spinta a un

[1] Ma vasto e privo di sentieri era lo spazio/Che si stendeva tra le nostre vite,/Pieno di pericoli come lo spumeggiante tumulto/Delle verdi onde dell'oceano.//Infestato come da briganti di strada/Che tendono agguati nel folto del bosco./Perché il Potere, il Diritto, il Dolore e l'Ira/si ergevano a dividere le nostre anime.

doloroso paragone col comportamento dell'inglese nei suoi confronti.

Céline continuava a soffrire, ma non in ogni minuto della giornata, non quando Adèle la faceva ridere col suo linguaggio fantasioso, o quando Sophie e Toussaint le parlavano con entusiasmo dei loro studi. Non quando Maurice con la complicità degli altri scolari le faceva la sorpresa di allestire uno spettacolo di marionette nel salone, uno spettacolo di cui lei stessa, trasformata nell'imperatrice delle Indie, era protagonista. Oppure quando Olympe la sfidava a un incontro di scherma in giardino, o a una corsa a cavallo nei viali delle Tuileries.

Col passare dei mesi Sophie si era resa conto che il dolore di Céline si faceva meno cocente: non spariva, ma sembrava annidarsi in un angolo segreto dell'anima, come la cicatrice di un vecchio soldato che torna a farsi sentire, sorda e leggera, solo ai cambi di stagione.

Le stagioni! In rue Marcadet erano scandite unicamente dal freddo che spaccava i polmoni o dal caldo che toglieva le forze. Sophie non avrebbe mai dimenticato l'emozione della prima estate passata in campagna, nella tenuta de la Pommelière di proprietà del Cittadino Marchese. La scoperta dei sentieri ombrosi, dei ruscelli, dei campi di grano color del sole punteggiati dal rosso dei papaveri, col volo nero dei corvi che tagliava in due il cielo. La scoperta delle lucciole, che Toussaint raccoglieva tra l'erba e imprigionava sotto un bicchiere per la meraviglia di quella piccola cittadina ignorante. Quante volte Sophie aveva pensato a Fantine, che dalla campagna dove era nata si era dovuta trasferire tra le pietre grigie e sporche della periferia cittadina! Che aveva dovuto scambiare i ruscelli di acqua limpida con i rigagnoli sporchi dove invece delle anatre galleggiavano polvere di gesso, immondizia ed escrementi.

Sul grande piazzale lastricato davanti alla casa padronale, Adèle aveva mosso i primi passi, e un giorno, in un momento di distrazione di Solange, si era arrampicata sul bordo della vasca dei pesci ed era caduta in acqua, venendo immediatamente ripescata dal Cittadino Marchese che l'aveva agganciata alla cintura con l'estremità del suo bastone da passeggio.

Céline a la Pommelière era di casa. Fin da bambina vi era stata molte volte in compagnia dei genitori, e ne conosceva ogni angolo, ogni pianta, ogni roccia, ogni finestra e ogni comignolo della casa.

Sophie ricordava la notte in cui, al termine di una cena sulla terrazza, sotto la volta del cielo stellato, il Cittadino Marchese aveva detto: — Ho chiamato il notaio. Voglio aggiungere una clausola al testamento. Sai già che alla mia morte la Pommelière sarà tua, insieme a un piccolo capitale che ti permetterà di vivere tranquilla. Ma ho deciso di lasciarti anche la casa di rue Jacob. Potrai andarci a vivere, o affittarla e utilizzare quel danaro per gli studi di Toussaint e di Sophie.

Mentre loro erano in campagna, a Parigi c'era stato il funerale di un vecchio generale di Napoleone, e gli studenti repubblicani che lo accompagnavano, infiammati da un discorso del vecchio marchese de Lafayette, avevano scatenato una sommossa; ancora una volta il popolo aveva drizzato per le strade le sue barricate. Al fianco degli adulti, venne a sapere piú tardi Sophie, difendevano le barricate anche alcuni bambini e ragazzini: quegli stessi monelli allegri e maleducati con cui Fantine non le permetteva di giocare per la strada. Il piú sfrontato, il piú maligno, il piú sporco, il piú spiritoso dei monelli, quel Gavroche di cui si diceva che la notte dormisse, avvolto in una rete per difendersi dai topi, dentro la pancia della statua dell'elefante che cadeva a pezzi in piazza della Bastiglia, si era comportato da eroe ed era stato ucciso da un colpo di fucile, proprio come Jean-Jacques Gravillon due estati prima. Ma questa volta il Cittadino Marchese non aveva fatto in tempo ad applaudire da lontano al coraggio degli studenti e dei monelli, che il governo aveva rapidamente decretato lo stato d'assedio e sconfitto gli insorti. Il poeta Victor Hugo, sorpreso per strada con in tasca un libro considerato "sovversivo", aveva rischiato di essere fucilato sul posto. Luigi Filippo, che aveva dimostrato di essere, sotto la scorza degli Orléans, anche lui un Borbone, continuava a sedere tranquillo sul trono di Francia. E piú o meno negli stessi giorni, alla corte di Vienna era morto un giovanissimo principe, l'unico figlio di Napoleone, il bambino che alla sua nascita era stato salutato col titolo di Re di Roma.

12

In autunno Céline e il Cittadino Marchese, ritornati in città, avevano aperto il salone agli amici. Ogni giovedí ricevevano artisti, intellettuali, scienziati, uomini politici e giovani idealisti come Victor Schoelcher, innamorati delle piú luminose utopie. Che in novembre si erano infuriati quando, ancora una volta, la censura aveva proibito la rappresentazione dell'ultimo lavoro teatrale di Victor Hugo, *Il re si diverte.* E che si erano congratulati con Schoelcher che aveva pubblicato il saggio frutto della sua esperienza e delle sue riflessioni: *Sulla schiavitú dei neri e sulla legislazione coloniale.* L'anno precedente un altro libro aveva acceso gli entusiasmi e le discussioni, il romanzo *Indiana,* che Aurore Dupin – che fino allora aveva usato lo pseudonimo maschile Jules Sand – aveva per la prima volta firmato George Sand e che raccontava di un'altra forma di prevaricazione, quella dell'uomo sulla donna. Il critico della rivista "Il Gabinetto di Lettura", entusiasta del romanzo, lo aveva definito: "La nostra dichiarazione di guerra al codice napoleonico."

Quando, il 29 agosto del 1833, il Parlamento inglese abrogò l'istituto giuridico della schiavitú, tutti gli ospiti di Céline esultarono, anche se in molti si lamentavano:
— Quanti anni dovremo ancora aspettare noi francesi?

Grazie a quella legge anche tutti gli schiavi delle colonie che dipendevano dall'Inghilterra furono liberati, e Toussaint rifletté con soddisfazione che adesso il marito della sua antica padroncina, laggiú in Giamaica, avrebbe dovuto pagare un salario ai contadini che coltivavano le sue piantagioni, e che altrettanto avrebbe dovuto fare l'amministratore di monsieur Edouard.

L'anno dopo un avvenimento molto piú frivolo, ma di grande interesse per Céline, fu oggetto di conversazione nel suo come in tutti i salotti della capitale francese. Fanny Elssler aveva finalmente accettato la sfida della Taglioni e si era esibita sul palcoscenico dell'Opéra di Parigi, ottenendo un enorme successo come interprete del balletto *La Tempesta*.

Il Cittadino Marchese aveva accompagnato la figlioccia e i due ragazzi alla prima dello spettacolo, e Toussaint era quasi impazzito dall'entusiasmo, con gran divertimento del vecchio padrino. Il quale, tornato a casa, aveva commentato con Céline il giudizio di Théophile Gautier sulla ballerina viennese: «La sua è una danza piena di fuoco e di passione, una danza sfrenata, una danza pagana», mentre quella piú misurata e classica di Marie Taglioni gli sembrava fredda come una «danza cristiana».

— E tu, mia cara Céline, fra qualche anno le supererai entrambe — aveva concluso il padrino.

Nessuno, all'infuori dei familiari, sapeva del tradimento di monsieur Edouard e dell'inganno subito da Céline. La versione ufficiale era che l'inglese e la ballerina avevano divorziato. Questa notizia aveva fatto tornare alla carica ogni sorta di adoratori e di corteggiatori. In Boulevard des Capucines arrivavano bigliettini, dolci, fiori e anche regali piú importanti, che la padrona di casa aveva dato ordine di rimandare indietro. Al giovedí, nel salotto bianco e rosso, ospiti giovani e meno giovani assediavano la bella padrona di casa con le loro profferte amorose. Giú in cucina le domestiche si divertivano a scommettere quale sarebbe stato il favorito.

Céline ascoltava tutti, e a tutti rispondeva con un sorriso allusivo e misterioso: «Mi dispiace, monsieur, ma non posso ricambiare il vostro amore. Siete arrivato tardi. C'è già qualcun altro nella mia vita.»

I maligni dicevano che avesse una relazione con il padrino. — E se anche fosse! — esclamava sprezzante Toussaint. — Sono liberi entrambi, e la differenza d'età non riguarda altri che loro.

Ma sapeva, come lo sapeva Sophie, che l'affetto tra Céline e il Cittadino Marchese non era cambiato, che il loro rapporto continuava ad essere quello tra un padre e una figlia.

— Chi sarebbe dunque questo "qualcun altro"? — aveva chiesto una volta Lisette, indispettita che tutte le sue supposizioni si fossero rivelate vane.

— Io... — aveva cominciato a rispondere il ragazzo nero con grande serietà.

— Tu!? Vorresti farmi credere che madame?... — l'aveva interrotto la cameriera indignata e scandalizzata.

— Io, Adèle, Sophie. I suoi figli, la sua famiglia. La nostra benefattrice non è ancora pronta per pensare a un altro affetto. Forse, col tempo... — aveva concluso Toussaint sornione.

— Va' al diavolo, muso nero! Mi hai fatto prendere uno spavento! — aveva protestato la cameriera. — E non metterti in testa delle idee strane, solo perché madame ti ha ridato la libertà. Il colore della pelle non te lo cambia nessuno, quello.

Alle serate in Boulevard des Capucines qualche volta partecipava anche la contessa de Merlin che diceva scherzosa alla ballerina: — Mia cara, volete farmi concorrenza?

Il Cittadino Marchese attirava accanto a sé sul divano la sua cara amica Mercedes e s'informava del libro di memorie che la contessa aveva appena incominciato a scrivere, e del suo desiderio di tornare a Cuba, almeno per una breve visita, dopo tanti anni che l'aveva lasciata.

Una sera qualcuno portò la notizia che era morto il vecchio marchese de La Fayette, testimone, come il padrone di casa, degli ultimi settanta anni di storia. Gli ospiti di Céline ricordarono la sua partecipazione, poco piú che ventenne, alla Guerra d'Indipendenza americana, il suo ritorno in Francia, l'appoggio alla monarchia di Luigi XVI, la sua fuga in Inghilterra durante il Terrore, la sua attiva partecipazione politica negli anni della Restaurazione, fino al suo elogio, dopo la Rivoluzione di Luglio, della scelta di Luigi Filippo d'Orléans, un re costituzionale che a suo dire sarebbe stato per i francesi «la migliore delle Repubbliche».

Toussaint e Sophie, benché fossero molto interessati ai problemi di cui gli adulti discutevano, subito dopo cena salutavano e andavano a letto, perché al mattino dovevano presentarsi con la mente lucida alle lezioni del padrino, che adesso si tenevano al piano terreno della casa di Boulevard des Capucines.

Ci fu un'ennesima epidemia di colera, che fece strage nei quartieri poveri e nei Boulevards, ma per miracolo la terribile malattia risparmiò tutti coloro che vivevano sotto la protezione del Cittadino Marchese.

Adèle cresceva e ogni giorno stupiva gli adulti con le stravaganti invenzioni della sua fantasia. Era una bambina sveglia, capace di osservazioni e di ragionamenti acuti e profondi. Il padrino la chiamava "la mia piccola filosofa". Ma la caratteristica principale del suo carattere era la tendenza a fantasticare, ad attribuire vita, anima e sentimenti agli oggetti piú banali e quotidiani. Non parlava soltanto con le sue bambole, col medaglione che portava appeso al collo e che conteneva il ritratto in miniatura della madre, con la capretta Djali, con gli uccelli e con le formiche del giardino, ma anche con le pentole della cucina e con gli stivali di Toussaint, con i gradini della scala, con i lampioni a gas e con l'acqua della Senna.

Circondata com'era dall'affetto e dall'attenzione generali, Adèle avrebbe rischiato di diventare una piccola tiranna, se il Cittadino Marchese non avesse richiamato la madre, i due ragazzi e i domestici al loro dovere di adulti, e non avesse convinto Céline a imporre alla figlia quel rispetto degli altri al quale lei stessa era stata allevata.

La bambina considerava Toussaint e Sophie come due fratelli maggiori, e anche Céline li chiamava "i miei grandi figli adottivi".

Toussaint cresceva, e cambiava voce. Era diventato un adolescente alto e sottile, ma a differenza di Maurice e Maximilien, che si erano trasformati in due spilungoni goffi e foruncolosi, aveva conservato la sua pelle di seta e l'armonia dei movimenti che facevano dire ad Angélique: — Sembri una pantera di velluto nero. Vorrei dipingerti tra le fronde di una giungla, mentre ti chini su una zingara addormentata.

Con quanto dispiacere Sophie aveva visto disgregarsi anno dopo anno la scolaresca del Cittadino Marchese!

Olympe era stata la prima a lasciare la scuola. Per il suo diciottesimo compleanno la nonna aveva deciso ch'era arrivato per la nipote il momento del *Grand Tour*, il viaggio che ogni giovane gentiluomo deve fare in compagnia di un precettore, visitando tutti i paesi dell'Europa e qualcuno dell'Asia Minore e dell'Africa settentrionale. Se lo facevano i rampolli maschi delle famiglie piú ricche, aveva osservato madame Geneviève Soulignac, perché non dovevano poterlo fare anche le ragazze? E quasi a darle ragione Théophile Gautier, lo scrittore dalla lunga chioma merovingia che ai tempi della battaglia dell'*Ernani* aveva indossato il fiammeggiante gilè rosso, quello stesso anno aveva pubblicato il suo primo romanzo intitolato *Mademoiselle de Maupin*, dove raccontava, con grande scandalo dei benpensanti e dei bigotti, le avventure di una cantante realmente vissuta ai tempi del Re Sole, Madeleine d'Aubigny, che amava vestirsi da uomo, cavalcare, duellare, far innamorare di sé sia gli uomini che le donne. Il "precettore" che la nonna aveva scelto per scortare Olympe era una vedova inglese di circa trent'anni, famosa per aver accompagnato anni prima il marito in una avventurosa spedizione nel Tibet. Anche lei naturalmente per viaggiare indossava abiti maschili.

Antoine aveva pianto, nel salutare la sua grande amica. — Mi dimenticherai, cittadina. Promettimi che non ti sposerai con un altro prima che io abbia compiuto sedici anni.

Ma Olympe, ricordava Sophie con tristezza, non aveva potuto mantenere la promessa, e non per sua colpa. Antoine non era arrivato a compiere sedici anni. Ne aveva nove quando suo padre lo aveva costretto a lavorare cosí vicino alla fornace, che il bambino vi era caduto dentro, e si era ustionato gravemente, tanto che non era stato possibile salvargli la vita. Neppure con gli unguenti piú costosi che il Cittadino Marchese aveva fatto arrivare per lui da Costantinopoli e che andava tutti i giorni a spalmargli personalmente sulle piaghe infette.

Poi se n'era andata Pauline, anche lei vittima, sebbene

in modo meno cruento, dell'egoismo dei familiari. La madre, credendo di procurarle benessere e protezione, si era risposata col proprietario di un'osteria frequentata dagli studenti della Sorbona. Ma il patrigno, appena investito della nuova autorità, aveva decretato ch'era assurdo che a dodici anni, quando poteva già servire in tavola i clienti, una ragazza perdesse del tempo per andare a scuola.

A nulla erano valse le proteste del Cittadino Marchese, e gli ottimi risultati raggiunti nello studio da Pauline. — Quella smorfiosa si è già montata la testa. Bisogna rimetterla immediatamente al suo posto prima che faccia qualche stupidaggine — aveva ordinato il patrigno. E per metterla al posto giusto, invece di mandare la figliastra a servire in sala, l'aveva spedita all'acquaio del cortile, a lavare i piatti e le pentole.

Sophie aveva pianto di rabbia, e promesso a Pauline che sarebbe andata a trovarla ogni domenica, ma fin dalla prima volta aveva trovato sulla porta dell'osteria il patrigno dell'amica che le sbarrava la strada.

— Non fatele perdere tempo. Voi siete una signorina di buona famiglia che può permettersi il lusso di soddisfare ogni capriccio, mentre la mia figliastra deve guadagnarsi il pane. Non avete niente in comune. Andate per la vostra strada.

Qualche mese dopo era stata la volta di Angélique e Maximilien, che pieni di entusiasmo erano partiti con i genitori per il Nuovo Mondo. Il marchese loro padre, che era entrato a far parte della società fondata da Victor Schoelcher, era stato invitato dagli abolizionisti americani a tenere una serie di conferenze in Louisiana e in Florida, e poiché il viaggio sarebbe stato lungo, aveva deciso di farsi accompagnare dalla famiglia.

— Prendete nota di ogni cosa nuova che vedrete. Disegnatela — aveva raccomandato ai gemelli il Cittadino

Marchese — perché al vostro ritorno dovrete spiegarci com'è fatto, questo Mondo Nuovo.

Per ultimo aveva preso il volo Maurice, che aveva seguito la madre a San Pietroburgo, dove l'artista era stata invitata per fare il ritratto alla zarina e alle sue dame di compagnia.

Gli allievi del Cittadino Marchese adesso erano rimasti solo loro due: Toussaint e Sophie. Adèle era ancora troppo piccola per ricevere delle lezioni vere e proprie, anche se Céline si divertiva a insegnarle qualche favola di La Fontaine, che la figlioletta aveva imparato a memoria e che recitava sottolineando le parole con mossette incantevoli.

13

A turbare la tranquillità generale, un giorno era arrivato un biglietto da parte di monsieur Edouard, il primo segno di vita da quando l'inglese se ne era andato. Era indirizzato a Céline. Sophie avrebbe potuto, dopo tanto tempo, recitarlo ancora a memoria.

Madame – diceva il biglietto, senza preamboli e senza accennare in alcun modo al passato – *sono di passaggio a Parigi e voglio incontrare Adèle. Ho saputo che vivete ancora in Boulevard des Capucines, ma non intendo farvi visita nella vostra casa, né ho alcun desiderio di vedervi altrove. Domani, alle tre del pomeriggio, mandate la bambina, accompagnata da una persona a me del tutto sconosciuta, all'Hotel della Corona di Spagna. Non la tratterrò a lungo.*

— Io non la manderei — aveva detto subito Sophie.

— Io neppure — aveva ribadito Toussaint.

— E io nemmeno — aveva concluso il padrino. — Questo signore oltretutto dovrebbe imparare a chiedere le cose per favore, e non a dare ordini come un tiranno.

Ma Céline aveva detto: — È suo padre. Non ho il diritto di impedirle di conoscerlo.

Nel corso di due anni Adèle era stata convocata altre tre volte dall'inglese, con le stesse modalità, ogni volta in un albergo diverso. E ogni volta era stata esaminata e congedata in pochi minuti, ma aveva ricevuto in dono vestiti eleganti, dolci e giocattoli costosi.

Poi monsieur Edouard era sparito di nuovo, e nessuno in Boulevard des Capucines pareva sentire la sua mancanza. Adèle, col passare dei mesi, aveva rotto i giocattoli che il padre le aveva regalato, ed era cresciuta tanto che gli abitini di seta e velluto tutti pizzi e gale non le stavano piú.

Monsieur Jolivet continuava a frequentare la casa. Adesso che Céline non aveva piú bisogno di lezioni private e clandestine perché andava a esercitarsi a teatro con le colleghe, il vecchio maestro insegnava la danza a Sophie e a Toussaint. Non perché i due volessero diventare ballerini professionisti, ma perché non sfigurassero in società, e potessero partecipare con disinvoltura sia alle grandi serate eleganti delle case aristocratiche, sia alle feste in maschera che si davano a Carnevale all'Opéra, sia infine ai balli popolari nei locali pubblici frequentati da studenti e sartine come il Mabille o la Chaumière. Poco dopo il quarto compleanno di Adèle venne a Parigi, preceduto da una grande notorietà e da molti pettegolezzi, il compositore viennese Johann Strauss, la cui musica faceva ballare da qualche anno tutta la gioventú austriaca e tedesca. Il valzer conquistò immediatamente anche i francesi e Berlioz decretò che la musica viennese era superiore a tutte le altre. Anche Adèle volle imparare il valzer e, dopo qualche lezione di monsieur Jolivet, diventò la ballerina piú leggera, elegante e infaticabile di Boulevard des Capucines. Era una delizia vederla volteggiare nel salone guidata dal vecchio maestro, mentre

Sophie e Toussaint suonavano il piano a quattro mani.

Da una vacanza a Grasse monsieur Jolivet aveva portato in dono a Céline un grande sacchetto pieno di fiori di lavanda per profumare la biancheria. Uno strano sacchetto di robusta stoffa provenzale, tagliato e cucito in modo da somigliare, anche nelle dimensioni, a un bambino di circa sei mesi. Adèle se n'era subito impadronita e poiché era nudo – con la pelle azzurro scuro a piccoli disegni gialli – aveva chiesto i suoi abiti di quando era piccola per vestirlo. E poiché i suoi erano vestiti da bambina, aveva deciso che il pupazzo era una femmina, nonostante avesse il cranio completamente sguarnito, privo di trecce o boccoli. Per nascondere questa vergogna, come prima cosa Adèle aveva messo alla sua nuova "figlia" la cuffietta guarnita di pizzo con la quale lei stessa era stata ritratta nel quadro a olio del salotto. Poi con dita maldestre aveva cominciato a infilarle la biancheria.

— Sta' attenta! Le stai mettendo le mutande al rovescio! — l'aveva sgridata Solange, alla quale dava fastidio ogni forma di disordine.

A quella frase Adèle era scoppiata a ridere: — Le mutande al rovescio! Come il buon re Dagoberto.

Tutti i bambini francesi, da quelli di sangue reale ai marmocchi che giocavano per le scale di rue Marcadet, conoscevano e cantavano l'irriverente canzoncina del diciottesimo secolo:

Le bon roi Dagobert
A mis sa culotte à l'envers;
Le grand saint Eloi
Lui dit: Ô mon roi!
Votre Majesté
Est mal culottée.
C'est vrai, lui dit le roi,
Je vais la remettre à l'endroit.

Comme il la remettait
Un peu il se découvrait;
Le grand saint Eloi
Lui dit: Ô mon roi!
Vous avez la peau
Plus noire que un corbeau.
Bah, bah, lui dit le roi,
La reine l'a bien plus noire que moi.[1]

Adèle era deliziata dalla somiglianza della situazione, anche perché la pelle del sedere della bambola era, se non nera, blu, e decise subito che la nuova figlia si sarebbe chiamata Dagoberta.

Per uno di quegli strani capricci della fantasia infantile difficili da spiegare, nonostante la bambina possedesse molte bambole eleganti e costose, quel sacchetto azzurro e profumato che le si afflosciava tra le braccia, profumava di lavanda e produceva uno strano fruscio, diventò il suo giocattolo preferito, la sua "figlia" prediletta dalla quale non si separava neppure di notte.

Naturalmente col passare del tempo i fiori di lavanda secchi e troppo maneggiati si riducevano in polvere, filtravano via dalla trama della stoffa, e Dagoberta cominciava a dimagrire, suscitando nella padroncina una grande preoccupazione per la sua salute. Cosí Céline aveva adottato l'espediente di "rimpolpare" di tanto in tanto la bambola, scucendone un tratto della schiena e introducendovi un supplemento di imbottitura. Non osava metterci dell'ovatta, e neppure cambiare il tipo di fiori, per-

[1] Il buon re Dagoberto/Si è messo le mutande al rovescio./Il buon sant'Eloi/gli disse: «O mio re,/La Vostra Maestà/Ha le mutande mal messe.»/«Bah, bah» disse il re./«Adesso me le rimetto a posto.»/ Mentre se le aggiustava/Si scoprí un poco./ Il buon sant'Eloi/Gli disse: «O mio re/Avete la pelle/Piú nera di un corvo.»/«Bah, bah!» gli disse il re./«La regina l'ha molto piú nera di me.»

ché Adèle aveva un olfatto estremamente sensibile e se ne sarebbe accorta.

L'attaccamento della bambina a quello strano personaggio ricordava a Sophie la sua antica amicizia con Pipolet, che dopo la partenza dell'inglese e la fine dei litigi era tornato a sparire dalla sua vita.

Ormai Sophie era troppo cresciuta per avere un amico immaginario. Quando si guardava allo specchio pensava che non doveva piú temere di incontrare per la strada monsieur Félicien. E che neppure madame Annaud avrebbe potuto riconoscere in quella ragazza alta e dritta, dallo sguardo serio e penetrante, il topolino impaurito che strisciava lungo i muri della casa di rue Marcadet cercando di non farsi notare. Gli antichi maestri della Scuola del Mutuo Soccorso Operaio sarebbero rimasti sbalorditi davanti ai suoi progressi nello studio. Grazie al Cittadino Marchese e agli amici che il vecchio invitava a dare lezione ai suoi scolari, Sophie a quattordici anni era una vera *bas-bleu*, una calza blu, come i francesi chiamavano, con una sfumatura di derisione, le donne che aspiravano alla stessa istruzione dei maschi. Sapeva non solo leggere, ma anche parlare correntemente in inglese e in tedesco, cantare in italiano, suonare il pianoforte, andare a cavallo, dipingere all'acquarello... Delle materie necessarie alla educazione di una ragazza, le uniche che detestava erano il ricamo, il rammendo e il cucito. Forse perché le ricordavano gli ultimi tristi mesi passati con Fantine. In compenso conosceva l'algebra, il magnetismo, l'astronomia, la chimica e l'anatomia umana.

Tra i suoi sogni per il futuro c'era quello di studiare medicina. In Francia le donne medico erano ancora molto rare, ma Sophie aveva letto che alla corte d'Inghilterra la duchessa di Kent si affidava alle cure di una dottoressa tedesca, frau Siebold, che l'aveva anche aiutata a mettere al mondo, diciassette anni prima, la principessa Alexandrina Victoria, che probabilmente sarebbe succeduta allo zio sul trono. Questa notizia incoraggiava Sophie a ben sperare. Ma era comunque interessata a tutte le nuove scoperte scientifiche. Sapeva descrivere il funzionamento di una caldaia a vapore e il procedimento chimico grazie al quale si produceva il gas dei lampioni che da vent'anni avevano strappato al buio della notte le strade di Parigi. Sapeva anche perché all'Opéra i becchi a gas erano protetti da globi di vetro opalino. Erano state le spettatrici, abituate alla fiamma indulgente delle candele, a pretendere che quella luce troppo cruda che attentava al fascino misterioso della loro bellezza venisse attenuata e ingentilita.

Ogni mattina Sophie si svegliava contenta pensando a cosa avrebbe imparato di nuovo quel giorno. — Eppure le tue calze sono bianche, non blu — le diceva per scherzo Toussaint, che da parte sua era ancora piú avanti negli studi, tanto che il padrino parlava di mandarlo alla Sorbona a studiare diritto.

Nel '35 in tutti i salotti parigini, compreso quello di Boulevard des Capucines, si era sparsa la notizia che il conte de Voisin aveva chiesto il divorzio da Marie Taglioni, accusandola davanti ai giudici di non voler abbandonare la carriera. L'anno successivo era morta ad appena ventotto anni, in seguito a una tragica caduta da cavallo, la grande cantante Maria Malibran. Tutta la Francia era rimasta sconvolta dalla notizia. Una voce cosí stupenda, dicevano, adesso avrebbe commosso col suo canto gli angeli del Paradiso. La contessa de Merlin, che aveva ospitato la bellissima spagnola nella sua casa, aveva annunciato che ne avrebbe scritto la biografia.

In primavera il Cittadino Marchese si era ammalato. Céline e i due ragazzi l'avevano assistito con grandissima dedizione, fino a che il vecchio aveva superato la crisi. L'avevano portato in convalescenza a la Pommelière, ma il padrino non aveva piú recuperato le forze di un tempo. Adesso preferiva starsene a lungo nella sua stanza, da solo con Toussaint che gli leggeva i giornali, o con pochi ospiti scelti. La confusione lo stancava. Ma gli piaceva ancora andare a teatro e non si perdeva una nuova rappresentazione di Alexandre Dumas o di Victor Hugo. Per non parlare delle prime di ogni balletto a cui prendeva parte Céline.

L'anno successivo tornò ad ammalarsi, e questa volta il medico disse che gli restava poco da vivere.

Céline e i due ragazzi avevano pianto alla prospettiva di perdere il loro amico. Lo avevano circondato di cure fino all'ultimo, facendogli sentire tutto il loro affetto. Adèle restava seduta per ore accanto al letto stringendo con la sua manina calda e soffice quella fredda e ossuta dell'ammalato. Erano tristi al pensiero che tra poche settimane non lo avrebbero piú avuto con loro, non avrebbero piú potuto chiedergli consiglio, offrirgli le sue ghiottonerie preferite, ridere delle sue battute fulminanti, chiedergli di raccontare per l'ennesima volta cosa aveva risposto Danton ai rappresentanti dei coloni delle Indie Occidentali che davanti all'Assemblea si opponevano all'estensione dei diritti dell'uomo ai neri e all'abolizione della schiavitú. Naturalmente quell'estate non erano andati a la Pommelière, e pensavano con tristezza che negli anni a venire il vecchio amico non li avrebbe piú fatti uscire di notte sulla terrazza della casa di campagna per insegnar loro a identificare le costellazioni con l'aiuto del cannocchiale.

Erano tristi, ma non preoccupati per l'avvenire. Sapevano che il buon padrino aveva già da tempo provveduto generosamente a che Céline e i suoi tre figli potessero continuare a vivere agiatamente, senza sacrifici o rinunce.

Mai avrebbero immaginato che mentre il vecchio spirava tra le braccia di Toussaint, dicendo con l'ultimo soffio di voce: — Viva la Rivoluzione! Viva la Repubblica! — i suoi avidi nipoti stessero già facendo attaccare i cavalli alle loro carrozze blasonate per venire in Boulevard des Capucines a saccheggiare la loro casa e gettarli per strada.

Sopraffatta dal ricordo di quei terribili momenti, Sophie soffiò sulla candela generosamente offerta da madame Frédéric e si gettò sul letto. Adèle cercava un po' di fresco rannicchiata contro il muro. Aveva già spinto a terra il lenzuolo ed ora, per fare posto a Sophie, fece cadere a terra la povera Dagoberta, la cui imbottitura di fiori secchi scricchiolò e crepitò per un attimo nel silenzio dello stanzino come un falò di foglie morte in autunno.

XI
PARIGI, GIUGNO-LUGLIO 1837

1

Parigi, Faubourg Saint Germain
28 giugno 1837

Madame,
come saprete il carceriere ha rifiutato la nostra nuova offerta. Era il massimo che potevamo offrirgli perché vi desse il permesso di rispondere almeno una volta alle nostre lettere. Eppure abbiamo un estremo bisogno non solo di sapere come state, ma della vostra opinione, dei vostri consigli. È difficile decidere da soli cosa fare in questa nuova e difficile situazione.

L'ho supplicato, quel bruto, ho cercato di fargli paura, mi sono umiliato a lusingarlo... senza nessun risultato. «Nelle segrete penna e inchiostro non possono entrare» ripete da un mese con ostinazione. «E non può uscirne alcuna parola, né scritta, né riferita a voce da un altro.»

So che non è vero. So che alcuni prigionieri riescono a comunicare con i loro amici. Ho chiesto come. Tutti mi rispondono: «Pagando.» E mi riferiscono cifre uguali e persino inferiori a quelle che noi abbiamo offerto. Davvero, non so cosa pensare.

Che ci sia capitato, proprio a noi, il sorvegliante piú avido di tutto Saint Lazare! Ma tornerò alla carica. Sapete che sono testardo.

Come mai, vi chiederete, abbiamo tanto bisogno del vostro consiglio? Perché l'angelo custode... Insomma, il benefattore sconosciuto è tornato in rue Saint Augustin, e monsieur Frédéric, al quale avevo promesso del denaro perché lo osservasse con attenzione, a differenza della moglie me lo ha descritto con grande abbondanza di particolari. Tanto che adesso non ho piú dubbi sulla sua identità: si tratta certamente del mio antico padrone, del vostro falso marito, il gentiluomo inglese che noi chiamavamo monsieur Edouard, ma il cui vero nome è sir Edward Rochester. Sono passati cinque anni da quando l'ho visto per l'ultima volta, eppure sono sicuro che il signore robusto, dalla fronte quadrata, dalle mascelle volitive, dagli occhi neri sotto le folte sopracciglia e dall'accento inglese, non può essere che lui.

Perché, se il padre di Adèle ha saputo della nostra disgrazia e desidera aiutarci, non lo fa alla luce del sole?

È vero che, da quando se ne è andato, non ha voluto piú rivedervi, e le poche volte che è passato da Parigi ha chiesto di incontrare Dédé nel suo albergo, in gran segretezza, come per un incontro clandestino.

Adesso è ricomparso, e non sappiamo quali siano le sue intenzioni. Cosa dobbiamo aspettarci da lui? E se chiede di incontrare sua figlia? È piú di un anno che Adèle non lo vede. Lo riconoscerà? E se l'inglese le rivela che voi siete in prigione, dopo tutta la pena che ci siamo dati per farle credere che siete in tournée all'estero? Con Sophie ci siamo chiesti ancora una volta se non sarebbe meglio portar via la bambina dalla casa dei Frédéric e nasconderla da qualche altra parte.

Perdonatemi, madame, la viscontessa mi manda a chiamare per accompagnarla alla funzione: devo chiudere questa lettera e nasconderla da qualche parte. Purtroppo non riuscirò a consegnarla al vostro carceriere prima di dopodomani, insieme a quella che vi sta scrivendo Sophie e che andrò a ritirare piú tardi.

Abbiate fiducia in noi. Di qualunque genere siano le intenzioni di monsieur Edouard, io e Sophie resteremo al fianco di Adèle e non permetteremo che le accada niente di male.

Vi bacia le mani il vostro fedelissimo amico

Toussaint

Parigi, rue Saint Augustin
3 luglio 1837

Cara madame Céline,
Toussaint vi avrà spiegato del nostro sospetto che lo sconosciuto benefattore fosse monsieur Edouard.

Ho scritto *fosse* e non *sia*, perché il sospetto dopo due giorni si è trasformato in certezza. L'ho visto: è proprio lui! È venuto anche stasera, ed è entrato nella cucina di madame Frédéric mentre io stavo lavando nell'acquaio i piatti della cena. Per fortuna Dédé era già a letto. Madame si è offerta di svegliarla, ma lui non ha voluto. Si preoccupa del benessere materiale di vostra figlia, ma non dimostra alcuna tenerezza nei suoi confronti. Proprio come allora. Ricordate quanto vi addolorava la sua freddezza? Quanto a me, monsieur Edouard non mi ha riconosciuto. Sono cresciuta molto negli ultimi cinque anni, tutti dicono che ne dimostro almeno diciassette, e da molto tempo non vi ho piú sentita chiamarmi "sassolino". Anche i miei lineamenti sono cambiati. Ricordate che buffo naso all'insú avevo quando sono arrivata a casa vostra? Adesso ce l'ho dritto, quasi un profilo greco, come diceva il padrino, che era sempre molto galante e benevolo nei miei confronti. Povero Cittadino Marchese! Se sapesse tutto quello che stiamo passando per colpa dei suoi nipoti, si rivolterebbe nella tomba. Lui sí, che conosceva a memoria la fisionomia di tutti i suoi domestici, anche di quelli che avevano lasciato il servizio molti anni prima! Monsieur Edouard credo invece che non ci abbia mai guardato con attenzione né, a parte il sesso, che ci distinguesse l'uno dall'altro.

Il suo disprezzo per la servitú questa volta è stato la nostra fortuna. Non solo non mi ha riconosciuto: non ha neppure chiesto a madame Frédéric chi fossi. Probabilmente mi avrà creduto una povera sguattera ignorante venuta dalla campagna, e ha parlato liberamente senza preoccuparsi della mia presenza. Aveva portato un nuovo regalo per Adèle, come al solito una cosa inutile: una vestina di organza con le maniche a sbuffo, poco adatta al freddo di questo inverno.

Probabilmente è stata la sua amante di turno a consigliarlo, qualche donna frivola che non sa che le bambine hanno bisogno, oltre che di abitini eleganti, di guanti e calze di lana, sciarpe e sottovesti di flanella.

Madame Frédéric gli ha chiesto se era proprio deciso a non aiutarvi a uscire di prigione. Evidentemente nelle visite precedenti gli aveva già raccontato della morte del padrino e del vostro arresto. Ma lui ha risposto con tono sprezzante che il problema non lo riguardava. Che voi meritavate di essere punita severamente per tutti i vostri intrighi. Che gli artisti di teatro vivono tutti alle spalle dei cittadini onesti e ai margini della legge. E che l'unica cosa che era disposto a fare, nella remotissima eventualità che potesse essere sua figlia - cosí ha detto - era occuparsi di Adèle.

«In che modo?» gli ha chiesto la stiratrice. Secondo me a madame Frédéric piacerebbe continuare a "ospitarci" per i prossimi dieci anni in questo stanzino senza aria e senza luce, nutrendoci come i primi giorni con aringhe e patate, in cambio di una somma mensile uguale alla retta del miglior Pensionato per Fanciulle di Parigi.

«Ancora non ho deciso. Tornerò fra qualche giorno» ha risposto monsieur, e prima di andarsene ha deposto tre monete d'oro sulla credenza.

Per quanto io lo giudichi un uomo egoista e presuntuoso, non credo che intenda lasciare Adèle in rue Saint Augustin per molto tempo ancora. Ci ho pensato tutta la notte e sono arrivata alla conclusione che probabilmente vorrà mandarla in collegio. Non in un pensionato di suore, perché monsieur Edouard non è cattolico. Cercherà probabilmente uno di quei collegi tenuti da anziane signorine aristocratiche decadute, dove si insegnano le buone maniere e l'ipocrisia. Povera Dédé, lei che è stata abituata a comportarsi spontaneamente e a godere della massima libertà!

Vi ricordate di quando leggevamo insieme *I miei primi dodici anni* della contessa de Merlin? Come eravate d'accordo con la sua *mamita*, la bisnonna che non aveva voluto imporre alcuna regola alla vostra amica, quando era bambina, ma educarla soltanto con l'esempio dell'affetto!

Ad ogni modo non preoccupatevi, perché io farò di tutto per restare al fianco di Adèle, dovunque la vostra bambina venga portata. Mi farò assumere nello stesso pensionato come cameriera, come aiuto cuoca, come sguattera: non m'importa se dovrò *fare il lavoro piú umile e piú faticoso, purché riesca a non perdere d'occhio il nostro tesoro neppure un minuto. E poi si tratterà solo di poco tempo. Sono certa che prestissimo voi uscirete di prigione, verrete a prenderci e torneremo tutti nella nostra casa.*

Scusate, adesso devo cedere la penna a Dédé, che quasi me la strappa di mano, tanto vivo è il suo desiderio di scrivervi.

Abbiate fiducia in noi. Con due veri "angeli custodi" come me e Tússi, alla vostra bambina non potrà capitare alcun male.

Vi saluta con amore e devozione il vostro fedele sassolino

Sophie

Mamma carisima, quandè che torni? Sono stanca di stare da madam Fdredríc. Voglio tornare a casa nostra. Sohpie non mi lasia metere il vestito rosa col coleto di pizo ce mi a portatto langelo custode.

Iho avevo pregato tanto che mi portava una scattola di matite colorate per disenare come Tússi. Ma lui no ha obeditto. Opure una carozina di vimini per Dagoberta. Lo sai mamma che da quando tu sei partita è diventata cosí pesante che mi stanco a portarla in bracio? Mamma torna subito per piacere. Tússi dicce che non devo piangere, ma di nascosto piange anche Sopihe, e alora io che sono picola?

Un baccio forte fortisimo dala tua

Dédé

2

Parigi, rue Saint Augustin
9 luglio 1837

Cara madame Céline,
purtroppo devo darvi una brutta notizia. Quell'uomo crudele e bugiardo è tornato e ha chiesto di vedere Adèle. È rimasto molto lusingato quando Dédé l'ha subito riconosciuto e gli ha gettato le braccia al collo chiamandolo "caro monsieur Edouard" e chiedendogli se le avesse portato un regalo.

«Non ti bastano la bambola e il vestito col colletto di pizzo?» le ha risposto in tono severo.

«Ah, siete voi che li avete portati? Sono dei regali molto belli e ve ne ringrazio di cuore. Il fatto è che madame Frédéric vi aveva scambiato col mio angelo custode. Non so proprio come ha fatto a confondersi. Non avete le ali, e neppure i riccioli biondi» gli ha detto con deliziosa ingenuità la vostra bambina.

Invece di intenerirsi, a quel punto monsieur Edouard... Non riesco ancora a credere che sia stato capace di una azione tanto crudele nei confronti di una creatura innocente. Sono certa che quella menzogna non gli sarà mai perdonata, nemmeno il giorno del Giudizio.

Cosa ha fatto? Ha preso Adèle sulle ginocchia, l'ha baciata e, dopo aver lanciato uno sguardo d'intesa alla stiratrice, ha detto con una voce falsamente addolorata: «Cara bambina, devo darti una triste notizia. La settimana scorsa la tua mamma è volata in cielo dalla Santa Vergine.»

Per fortuna Dédé si era accorta di quello sguardo, e ha ri-

sposto tranquilla: «Ma che scherzo stupido! La mia mamma è a Vienna. È andata a trovare la sua amica Fanny Elssler. Tutte le sere ballano insieme nei teatri di quella città. Vienna è in un paese che si chiama Austria, sapete?»

Io fremevo dall'indignazione. Provavo un desiderio fortissimo di sbugiardare quell'impostore, ma temevo che, se avessi parlato, mi avrebbe potuto riconoscere. Madame Frédéric di certo era d'accordo con lui, infatti mi ha lanciato un'occhiata ammonitrice, come per invitarmi a non contraddirla, poi si è rivolta a Dédé con voce dolce e dolente: «Non te lo avevo detto prima per non darti un dispiacere, piccina. È triste restare sole al mondo...»

A quel punto Adèle ha guardato allarmata verso di me, che asciugavo i piatti con la testa china sull'acquaio, e ho capito che stava per protestare, che stava per tradire la mia identità chiamandomi a testimone del fatto che voi non siete morta. Avrei voluto rassicurarla, risponderle: "Non sei sola al mondo, tesoro. Ci sono Sophie e Tússi, e la tua mamma tornerà presto."

Ma ho dovuto limitarmi a farle cenno di tacere mettendomi un dito sulle labbra. Adèle ha annuito. Ha capito che le avrei spiegato tutto piú tardi: è incredibile quant'è intelligente, e non ha ancora compiuto sei anni.

«È triste restare sole al mondo» continuava intanto la stiratrice «ma per fortuna adesso è arrivato questo buon signore che si prenderà cura di te. Devi ringraziare la sorte ed essere molto riconoscente al tuo benefattore.»

Adèle taceva, sconcertata da quella che capiva essere una commedia, ma di cui non comprendeva il motivo.

«Bambina cara, visto che non hai piú una casa, vuoi venire con me in Inghilterra?» le ha chiesto allora monsieur Edouard.

Questo non ve lo sareste mai aspettato, vero madame? In Inghilterra! Ha intenzione di allevarla nel suo castello, oppure di metterla in uno di quei terribili collegi umidi in mezzo alla brughiera, dove le bambine non mangiano abbastanza, si ammalano e muoiono di polmonite?

Adèle mi guardava con aria interrogativa, e continuava a tacere mordendosi le labbra.

«Lo sai, vero, carina, dov'è l'Inghilterra? È un'isola: dobbiamo prendere un battello per arrivarci. Ti piacerà molto, ne sono certo. E comunque, non puoi restare da sola qui a Parigi.»

A quel punto Dédé non è piú riuscita a trattenere le lacrime e si è messa a singhiozzare: «Voglio la mia mamma! Non è vero che è morta! Voglio andare a Vienna dalla mia mamma!»

L'inglese si è alzato e ha detto con freddezza a madame Frédéric: «Lasciamo che si calmi. Ripasserò domani sera. Intanto preparate i suoi bagagli. Partiremo tra qualche giorno.»

Deve averle dato un bel po' di danaro, perché la stiratrice non si è lamentata per la perdita della sua pensionante, anzi lo ha salutato con grande deferenza. Appena monsieur Edouard è uscito, si è rivolta a me. «Portala a letto!» mi ha ordinato con impazienza. «Ne ho abbastanza di queste lagne. E sta' attenta a quello che le racconti.»

C'era un tono di minaccia nella sua voce che mi ha fatto capire benissimo cosa dovevo aspettarmi se avessi smentito le loro bugie.

Ho preso in braccio Adèle, le ho asciugato le lacrime e la stavo portando nel nostro stanzino, quando madame ha aggiunto: «Quanto a te, ragazza, ti ho già trovato una sistemazione. La pescivendola di rue de la Paix cerca una sguattera che la aiuti a sventrare e a pulire i pesci. È disposta a lasciarti dormire nel retrobottega, a lasciarti mangiare le interiora dei pesci e a darti dieci soldi alla settimana. Ci puoi andare appena la piccola miss sarà partita.»

Ma figuratevi, cara madame Céline, se lascio partire Adèle per l'Inghilterra senza di me! Ho già un piano, mi farò assumere come bambinaia. L'inglese non mi sembra il tipo capace di occuparsi personalmente di una bambina piccola. Dédé è già molto sveglia e indipendente per la sua età, ma fingeremo che sia una marmocchia viziata, incapace di soffiarsi il naso senza l'aiuto di una tata.

Aspetto con ansia Toussaint per chiedergli il suo parere. E mi servirebbe tanto anche il vostro consiglio. Ma come sapete il carceriere continua a negarci una vostra risposta.

Comunque state tranquilla. Adèle da sola con quell'impostore non ce la mando, no e poi no. Vi ho promesso che le sarei stata sempre vicina e che mi sarei occupata di lei. Bene, è arrivato il momento di mantenere quella promessa!

Abbiate fiducia in me, madame. Ce la caveremo. Anche se dovessimo andare in capo al mondo, ci manterremo in contatto con Toussaint e vi faremo avere nostre notizie. Per fortuna esiste la posta.

Quante volte ringrazio il cielo, o l'Essere Supremo come diceva il vostro padrino, per essere andata a scuola e avere imparato a leggere e a scrivere!

Non perdete la speranza.

Vi bacia devotamente le mani la vostra fedele e riconoscente

Sophie

3

— Ma so andarci da sola, al gabinetto! Non ho bisogno che qualcuno mi accompagni per aiutarmi a sbottonare le mutande dal bustino.

Adèle era indignata. Prima quei due bugiardi che volevano farle credere che sua madre era morta, e adesso questa richiesta assurda da parte di Sophie! Per fortuna, una volta rimaste sole nello stanzino, la sua "sorella maggiore" era riuscita a rassicurarla raccontandole finalmente tutta la verità, e cioè che la madre non era a Vienna ma in prigione, che lei e Toussaint erano in contatto con Céline, che si trovava a Parigi, e sapeva tutto di loro perché il carceriere le consegnava le lettere che le scrivevano.

— Ma perché quei due vogliono farmi credere che è morta?

— Forse per convincerti a lasciare la Francia senza fare storie — rispose Sophie, anche se sospettava che l'inglese volesse in quel modo vendicarsi della sua antica innamorata, cancellandola completamente dalla vita della figlia e facendogliela dimenticare.

La sera precedente, appena Adèle si era addormentata, madame Frédéric aveva chiamato la ragazza in cucina e le aveva ordinato severamente di sostenere anche lei con la bambina la versione della morte improvvisa della madre.

— E non cominciare con i tuoi "perché?" e i tuoi "non è giusto". Monsieur ha deciso cosí, e noi dobbiamo obbedire. Sta' attenta che se ti scappa una sola parola, ti caccio all'istante da questa casa e non rivedrai piú il tuo tesoruccio — le aveva detto in tono minaccioso. — Ma prima te ne darò tante e tante che ti pentirai d'essere venuta al mondo.

— Le ho promesso che avrei obbedito, Dédé. Non dobbiamo permetterle di separarci. Perciò anche tu devi far finta di credere a quella bugia. Mi dispiace di insegnarti a mentire, tesoro. Ricordi che il Cittadino Marchese, tua madre, Solange, e anche Tússi e io, fin da quando eri una bambinetta che appena sapeva parlare, abbiamo cercato di insegnarti ad essere sincera, a dire sempre la verità, anche a costo di essere sgridata o punita? Adesso però ci troviamo in una situazione speciale. Monsieur Edouard ha cercato di ingannarti e tu devi ingannare lui: devi lasciargli pensare che hai creduto alla sua bugia. Lo hai capito, vero, che lui non vuole bene alla tua mamma?

— È vero. Non ha mai voluto vederla, in tutti questi anni, e quando andavo a trovarlo nel suo albergo non ne voleva sentire parlare. Né di lei, né del Cittadino Marchese, né di Toussaint, né di tutti voi — osservò Adèle.

Sophie pensò con sollievo che grazie a questo atteggiamento di rifiuto verso tutti gli abitanti della casa di Boulevard des Capucines, l'inglese non aveva sentito mai parlare neppure di lei, e certamente aveva dimenticato l'esistenza della giovanissima aiutante di Charlotte che aveva visto da vicino solo il giorno in cui era stata assunta.

— Sai, Adèle — continuò — anche adesso monsieur non vuol sentir parlare di tua madre e si rifiuta di aiutarla a uscire dalla prigione. È meglio che non sospetti che noi invece sappiamo dov'è e che stiamo cercando di farla liberare. Per questo devi fingere di credere a quello che ti ha detto.

— Va bene. Vuol dire che ogni volta che qualcuno parla della mamma, mi metterò a piangere forte forte.

— Non basta, Adèle. Dovrai fingere anche di essere una bambina molto stupida e molto pigra, una marmocchietta viziata che non è capace di badare a se stessa.

— Ma non è vero! So vestirmi da sola e suonare il pianoforte. So ricamare a punto croce e so andare a cavallo, se Jean-Baptiste mi tiene le briglie, e sto imparando a leggere e scrivere — si ribellò la bambina.

— Per un po' te ne devi dimenticare, se non vuoi andartene tutta sola in Inghilterra.

— Tu non vieni? — domandò Adèle allarmata.

— No, se monsieur Edouard pensa che sei già abbastanza grande da non avere piú bisogno di una bambinaia.

— Cosa vuoi dire? Devo chiedergli di far tornare Solange?

— No, devi raccontargli che sono io, la tua bambinaia. Che, dopo il vostro ultimo incontro, Solange è andata via e che io ho preso il suo posto.

— Madame Frédéric gli dirà che non è vero.

— Alla stiratrice non importa che io ti accompagni oppure no. Piú tardi, quando passerà Tússi, gli chiederò di prometterle cinque franchi in cambio del suo silenzio. Madame non deve sospettare che io ho ancora delle monete d'oro nascoste nella calza, altrimenti non mi lascerebbe andar via senza prendermele tutte. E invece preferisco avere un po' di danaro con me, quando saremo in Inghilterra. Non si sa mai.

— Va bene: dirò a monsieur Edouard che non sono capace di vestirmi da sola e neppure di andare al gabinetto — sospirò Adèle avvilita.

— Dai, non fare cosí! Anch'io dovrò recitare la parte della stupida, per non farlo insospettire. Dovrò fingere di essere una ragazza di campagna rozza e ignorante. E nessuno dovrà sapere che conosco bene l'inglese, mi raccomando. Se penseranno che non capisco quello che dicono, parleranno liberamente davanti a me, e cosí potremo sapere quali sono le loro intenzioni.

Sophie sospirò. Quante volte il Cittadino Marchese aveva ripetuto ai suoi allievi che spiare gli altri, ascoltarne di nascosto i discorsi, leggerne le lettere o i diari, era una cosa vile e spregevole! E adesso lei stava insegnando ad Adèle che questo era un comportamento astuto, necessario e degno di ammirazione. Ma cos'altro poteva fare?

4

Parigi, rue Saint Augustin
17 luglio 1837

Addio, carissima madame Céline!

Chissà quando ci potremo riabbracciare? Domattina partiamo per l'Inghilterra. Monsieur Edouard ha noleggiato una bella carrozza da viaggio, un tiro a quattro, che ci porterà fino a Calais, dove prenderemo il battello. Adèle è preoccupatissima all'idea di salire su un'imbarcazione, e anch'io, vi confesso, non mi sento molto tranquilla. Speriamo che il mare resti calmo per tutta la traversata.

Monsieur Edouard, come speravo, ha accettato di buon grado la richiesta di Adèle. Anzi, sembra sollevato all'idea di poter disporre di una bambinaia che si occupi della sua pupilla. Mi ha chiesto persino quanto volevo come salario, e io ho risposto con modestia: «Quanto vi sembrerà opportuno, signore.»

Poi mi ha detto: «Ricorda che se la bambina chiederà della madre, dovrai risponderle che è morta.»

«Sí, signore» ho risposto con aria stolida, senza chiedere spiegazioni.

Ma lui evidentemente si è sentito in dovere di giustificare un ordine tanto crudele. «Quella donna è in carcere. Ha commesso un orrendo delitto e probabilmente sarà giustiziata, deportata o rinchiusa per sempre in un bagno penale. Non ricomparirà mai piú nella vita di Adèle, ed è meglio che la bambina ignori questa vergogna e si abitui da subito alla triste condizione di orfana» mi ha detto.

Potete immaginare quanto ribollissi d'indignazione a sentire queste parole. Ma ho chinato la testa e ho risposto: «Mi sembra una decisione saggia.»

E lui: «Vedo che sei una ragazza ragionevole. Ma ricorda che se ti scapperà di bocca una parola di troppo, sarai immediatamente licenziata.»

Poi mi ha dato dieci franchi di anticipo. «Comprati quello che pensi ti potrà servire in Inghilterra. Lassú vivrete in una tenuta di campagna molto isolata» mi ha spiegato. Cosa intende dire con quel "vivrete"? Lui non resterà con noi? E cosa significa "isolata"? Spero proprio di poter continuare a scrivervi. Ci sarà pure un villaggio nelle vicinanze, ci sarà un servizio postale...

Come mi dispiace, madame, che quando viveva in Boulevard des Capucines monsieur Edouard non vi abbia mai voluto parlare della sua residenza inglese, non vi abbia descritto la casa e i suoi dintorni, né abbia detto chi ci abita, chi se ne occupa durante la sua assenza.

Se lo avesse fatto, adesso potreste raffigurarvi con la mente il luogo dove Adèle e io andremo a vivere, e seguire dovunque i nostri passi. Ma visto che di quello che ci aspetta lassú ne sapete quanto noi, vi prometto che, una volta arrivata, vi scriverò il piú spesso possibile. Con Tússi siamo rimasti d'accordo che gli spedirò le sue e le vostre lettere all'Ufficio Postale di Saint Germain. Preferiamo che nel palazzo de Lagardière non si insospettiscano vedendolo ricevere posta dall'Inghilterra.

Vi descriverò tutto quello che vedo, vi racconterò tutto quello che sento, tutto quello che penso, tutto quello che fa e dice Adèle, e come sono le persone che vivono con noi, come ci trattano, quello che mangiamo, dove dormiamo, tutto, insomma, in modo che conosciate ogni minuto delle nostre giornate, della nostra vita.

Che dolore non poter sapere altrettanto di voi! Che tristezza pensarvi seduta su un mucchio di paglia, al freddo e al buio. Spero che seguiate l'esempio del vostro padrino, quando era dovuto restare un mese a letto con gli occhi bendati dopo quella brutta caduta da cavallo. Passava il tempo a richiamare alla mente tutte le poesie che sapeva a memoria. Anche voi ne conoscete tante, poesie, commedie in versi, canzoni, e sono certa che vi aiuteranno a passare il tempo.

Toussaint mi ha detto di aver ottenuto finalmente di farsi ricevere da madame Soulignac. Appena noi due saremo partite, andrà a trovarla in rue Notre Dame des Champs e gli chiederà di testimoniare in vostro favore. La nonna di Olympe era una buona amica del padrino e mi auguro che voglia aiutarvi.

Con questa nuova speranza mi congedo da voi, carissima madame, e spero che la nostra separazione non debba durare ancora a lungo.

Che potete contare su di me per quanto riguarda Adèle, già lo sapete. Dimenticavo di dirvi che da qualche giorno a Dédé ballava un dente, uno degli incisivi superiori. Stamattina, mentre faceva colazione, le è caduto. E cosí arriverà in Inghilterra con una piccola finestra nel sorriso. Ah, se prima di partire potessi portarvela anche solo per qualche minuto nella vostra cella! Vi asciugherebbe le lacrime con i suoi baci.

Vi saluta e vi benedice con tutto il cuore, madame, la vostra fedele e riconoscente

Sophie

Cara mama, ti saluto peché vado in Ingiltera con monsier Edouard e con Sopie. La bambola Catterina viene con noi. Pecato che no puo' venire anche Tússi, ma Sopihe mi a deto che non lo devo mai nomminare davanti a monsieur. Per non farli sentire tropo la nostra mancanza, lo sai cosa voglio fare? Volio lasiarli Dagoberta per farli compania. Sicuro domani mi viene da piangere forte forte quando la saluto, la mia bambina, e di notte sula nave non riesco a dormire, ma io ho Sophie e Caterine mentre Tússi non ha nesuno. Adeso averà Dagoberta. Quelo che mi dispiace piú di tuto, però, e che tu rimanghi a Parigi in quel bruto posto dove non ti lasiano uscire ne scrivere a me. Sophie mi ah promeso che tornerremo presto, e che alora tu sei di nuovo libera e usiamo in caroza al bois de boulogne con Tússi e con Dagoberta. Lo sai che mi è caduto un dente davanti?

Sopie ma promesso que ricresce. E una fatina di note se lo è venuto a prendere e mi ha lasiato un soldo.

Un baccio forte forte dalla tua

Dédé

5

Parigi, Faubourg Saint Germain
18 luglio 1837

Cara madame,
Adèle e Sophie sono partite! Ho seguito la carrozza fino alla barriera di Saint Denis e l'ho vista prendere la grande strada del Nord. Poi sono dovuto tornare a casa del visconte, anche

perché non volevo creare guai allo stalliere che mi aveva concesso di prendere in prestito uno dei cavalli da sella del padrone.

Inutile dirvi quanto ero triste e commosso. Anche perché ieri sera era successa una cosa incredibile. Quando sono passato a salutare per l'ultima volta le mie sorelline e a ritirare l'ultima lettera di Sophie, sapete cosa ha fatto Adèle? Mi ha messo tra le braccia la sua bambola di stoffa provenzale, quel fantoccio imbottito di lavanda da cui non si separa mai. Anzi, da cui non si era mai separata fino a quel momento. Me l'ha messa tra le braccia e ha detto seria seria: «Tienila tu, Tússi. Te la regalo. Ti farà compagnia.»

Madame, è una bambina davvero straordinaria vostra figlia! Fino a ieri si era sempre rifiutata di dormire se non aveva accanto la sua Dagoberta, e oggi se ne è partita senza di lei verso un paese straniero, un posto sconosciuto, un avvenire incerto. Ha rinunciato per me al giocattolo da cui attingeva tutto il suo conforto, ha sacrificato la propria tranquillità alla mia. Il Cittadino Marchese sarebbe fiero di lei.

Stamattina Dédé, al momento di lasciare la casa della stiratrice, piangeva e monsieur Edouard ha dovuto prenderla in braccio per portarla sulla carrozza. L'ha fatto con una certa gentilezza, non lo scrivo per consolarvi. Ma era anche lui d'umore cupo, come se non avesse affatto voglia di lasciare la Francia.

Quanto a Sophie, difficilmente l'avreste riconosciuta nei panni della ingenua ragazza di campagna bretone che indossa con tanta disinvoltura. Sembra davvero una sprovveduta bambinaia appena arrivata dalla provincia. Per fortuna monsieur si è bevuto la storia che era a servizio da voi soltanto da cinque mesi, e non ha fatto alcun collegamento con la piccola orfana che vi *aveva autorizzato ad assumere come aiuto per Charlotte quando Adèle era ancora una lattante. Ora l'importante è che Dédé non si tradisca, che non le scappi di bocca che Sophie non è quella analfabeta primitiva che sembra, ma una signorina civile e istruita che conosce l'inglese.*

Non dobbiamo preoccuparci per loro, madame. Monsieur Edouard si è comportato malissimo con voi, ma alla bambina sembra affezionato. E Sophie veglierà su Adèle e ci terrà informati di tutto quello che accade lassú.

Ora il problema che dobbiamo affrontare è quello del vostro processo. Dai discorsi che sento in casa del visconte, so che i parenti del Cittadino Marchese preferirebbero lasciarvi a tempo indefinito sepolta in quel buco fetido e gelato. Nel frattempo fingono che voi non esistiate e stanno cercando di vendere la Pommelière e le altre proprietà dello zio. Ma ho sentito il loro notaio che si lamentava per la mancanza di alcune carte. Io spero che siano quelle che voi avete nascosto insieme ai vostri gioielli e al mio certificato di emancipazione. Se solo poteste indicarmi dove!

Per fortuna, come vi ha già scritto Sophie, sono riuscito finalmente a far arrivare un mio biglietto a madame Soulignac, e domani andrò a trovarla. Sono certa che non si rifiuterà di aiutarvi, non fosse altro che per solidarietà femminile. Oltretutto mi hanno detto che ha molte conoscenze in tribunale.

Non piangete troppo per la partenza della vostra bambina, vi scongiuro, madame. C'è Sophie con lei. Cercate di stare serena.

Abbiate fiducia in me. Sarete prestissimo rimessa in libertà e potrete riabbracciare la vostra Adèle. Ve lo promette sul suo onore il vostro devoto e fedelissimo

Toussaint

IN INGHILTERRA

La bambinaia e l'istitutrice

I

LONDRA, POI THORNFIELD, LUGLIO-NOVEMBRE 1837

1

Londra, Hotel Victoria
20 luglio 1837

Tússi, siamo in Inghilterra!

Siamo sbarcate stamattina, prima dell'alba. La traversata è stata orribile: abbiamo vomitato tutta la notte, Adèle e io, e non perché fossimo delle novelline come ci dicevano ridendo i marinai e le cameriere di bordo. Anche monsieur Edouard, che ha passato la Manica tante volte, è stato male. Noi avevamo una cabina e siamo andate subito a stenderci nelle cuccette. Lui invece ha fatto lo spavaldo ed è rimasto nel salone a fumare il sigaro con gli altri signori. Ma appena la nave ha cominciato a ballare, anche quei gentiluomini che si davano tante arie di lupi di mare hanno cominciato a diventare pallidi e sono corsi a buttarsi sui divani. Ce lo ha detto la cameriera che andava avanti e indietro tra il salone e le cabine a svuotare i catini.

Lo sapevo, Tússi, ce l'avevano raccontato tante volte, che le acque del canale della Manica spesso sono agitate come il gorgo tra Scilla e Cariddi. Ma un fatto è sentirlo raccontare, un altro è tro-

varsi a bordo di un battello dal quale non si può scendere, come si farebbe da un omnibus o da una carrozza se il cocchiere comincia a guidare i cavalli in modo da farti venire il mal di stomaco. Be', tu lo sai meglio di me, perché da piccolo hai fatto una traversata molto piú lunga per venire in Francia, e credo che le tempeste sull'oceano fossero anche peggiori, e che il marinaio a cui eri affidato non ti abbia trattato con molta gentilezza quando stavi male, come ha fatto adesso monsieur Edouard con Adèle. Perché devo riconoscere che era pieno di attenzioni per Dédé, ci mandava continuamente la cameriera, e quando siamo sbarcati, visto che Adèle era troppo debole per poter scendere da sola lungo la passerella, l'ha presa in braccio e l'ha portata cosí fino alla carrozza.

Siamo venuti subito in albergo. Noi due ci siamo lavate, abbiamo dormito un poco e adesso stiamo molto meglio. Monsieur mi ha fatto vedere dalla finestra che proprio qui di fianco c'è un parco, e mi ha detto che ci posso accompagnare Adèle, se chiede di uscire. Lui se n'è andato subito a sbrigare i suoi affari nella City. Credo che ci fermeremo qui a Londra almeno una settimana.

Abbiamo fatto un giretto per le strade attorno all'albergo. La città è ancora tutta in fermento perché esattamente da un mese, dal 20 di giugno, l'Inghilterra ha una nuova regina. Il re William IV è morto ed è salita sul trono sua nipote Victoria, una ragazza di appena diciotto anni. Dappertutto si vedono esposti i ritratti della Queen Victoria, con la corona che è stata fatta apposta per lei perché quella usata in passato dai suoi predecessori era troppo pesante per il collo di una regina cosí giovane. Anche il nostro albergo ha cambiato nome in suo onore. Prima si chiamava La Spada e la Rosa. Lo sai che non approvo la monarchia, e che preferirei che in tutte le nazioni ci fosse la repubblica. Però questa nuova regina degli inglesi non mi dispiace: prima di tutto perché è femmina, e poi perché, sebbene abbia solo diciotto anni, tutti dicono che è una ragazza molto decisa. Speriamo che non si lasci comandare e manovrare dai ministri o dai parenti piú anziani.

Adesso ti lascio. Voglio scrivere un biglietto a madame, che certamente sarà in pena per Adèle. Prima di sigillarlo leggilo pure e cerca di farglielo consegnare al piú presto.

Un abbraccio,

Sophie

Londra, Hotel Victoria
20 luglio 1837

Cara madame Céline,
Dédé sta bene. Abbiamo fatto una buona traversata. Stanotte il mare era agitato, ma siamo riuscite a dormire tranquille. Ora siamo a Londra, in un bellissimo albergo vicino a Kensington Gardens. Io faccio un po' di fatica, quando la gente mi rivolge la parola in inglese, a fingere di non capire. Per il resto tutto va a meraviglia. Il tempo è bello; ho sentito il cameriere dire a monsieur Edouard che non piove da ben tre giorni. Ci fermeremo a Londra per una settimana e poi partiremo per Thornfield. Cosí ho scoperto che si chiama la tenuta di monsieur Edouard. Ma non saprei dirvi in quale zona dell'Inghilterra si trova, né a quale distanza.

Oggi non posso scrivervi piú a lungo, madame, ma prometto che vi terrò informata di ogni nostro movimento. Unisco alla lettera un biglietto di Dédé.

Spero che siate in buona salute, e di umore sereno. Tússi a quest'ora avrà già parlato con madame Soulignac, e sono certa che la vecchia signora muoverà mari e monti per aiutarvi. Coraggio! Le vostre sofferenze stanno per finire.

Vi abbraccia con devozione e tenerezza la vostra

Sophie

Mamma io da grande voglio fare la regina. Lo sai che nella corona nuova di queen Victoria ci hanno meso millisimi diamanti? Lo sai che sula nave c'era un comignolo che fumava un fumaccio nero e io piangevo, ma non per il fummo, perché volevo Dagoberta. Anche i muri di questa cità sono sporchi di fumo nero. Pero nel parcho ce tuto verde e ce un fiume per giocare que si ciama serpentino. No temere que no morsica perche e fato daqua.

Un kiss grande dala tua

Dédé

2

Thornfield, 29 luglio 1837

Caro Tússi,

due righe veloci per informarti del nostro nuovo e definitivo indirizzo. Prendine nota e scrivimi subito. Sono impaziente di *ricevere notizie tue e di madame, e di sapere come è andato l'incontro con la nonna di Olympe.*

L'indirizzo è: S. G. - Ufficio Postale di Hay, Millcote, Contea di S. La tenuta dove viviamo si chiama Thornfield, e il portalettere ci passa ogni due giorni. Ma preferisco che monsieur Edouard e la sua gente non vedano che ricevo posta. Potrei dire che a scrivermi sono i miei parenti. Ma loro credono che, oltre a non capire una parola d'inglese, io sia anche una contadina analfabeta. E come potrei leggerle, quelle lettere? A chi potrei chiedere aiuto in una casa dove solo monsieur Edouard capisce il francese? No, meglio che tu mi scriva fermo posta, come faccio io con te. Mi arrangerò a trovare delle scuse per venire ad Hay il piú spesso possibile. Spero che i fornitori non abbiano l'abitudine di portare loro alla villa la carne, il pane e tutto il resto. E se anche fosse cosí, madame Fairfax avrà pur bisogno di comprare lane per il suo eterno lavoro a maglia, e Grace Poole aghi per il suo lavoro di cucito...

Chi sono queste signore, ti chiederai. E che tipo di tenuta è Thornfield, com'è la casa dove stiamo...

Tutto questo puoi leggerlo sull'altro foglio destinato a madame che troverai nella busta, perché sai che preferisco scrivere una lettera lunga ed esauriente invece che due corte dove ripeto le stesse cose. Hai il permesso di leggerlo, e anche di ricopiarlo, prima di portarlo a Saint Lazare.

Ti abbraccio e ti scongiuro di rispondermi immediatamente,

Sophie

Thornfield (Millcote), 29 luglio 1837
Dalla tenuta di monsieur Edouard Rochester

Carissima madame Céline,
finalmente siamo arrivate, dopo un viaggio di due giorni molto faticoso. Monsieur aveva noleggiato a Londra un bel tiro a quattro, grande e comodo. La prima notte abbiamo cenato e dormito in una locanda e al mattino abbiamo cambiato i cavalli. Ma quando siamo arrivate a Millcote, la città piú vicina alla tenuta dei Rochester, avevamo le ossa a pezzi. Man mano che ci si allontana da Londra qui le strade sono molto brutte, anche perché in questo paese piove continuamente, anche d'estate, e tra buche e pozzanghere le ruote sobbalzano ch'è una bellezza.

Adèle non voleva andarsene da Londra. Le piaceva stare in albergo, pranzare nel salone comune insieme a tanti sconosciuti che la riempivano di complimenti. Con quelle tre parole d'inglese che conosce, pretendeva di fare conversazione suscitando l'ilarità generale. Un altro gioco che la divertiva era quello di fare da interprete per me, quando fingevo di non capire ciò che mi dicevano. Questo dovrà continuare a farlo anche qui a Thornfield, non piú per gioco, ma per necessità, e speriamo che per distrazione un giorno o l'altro non si tradisca.

A Londra le piaceva moltissimo anche andare al parco vicino all'albergo, che si chiama Kensington Gardens, ed è sempre pieno di bambini di tutte le età accompagnati dalle loro nurses*, che è il nome inglese per bambinaia. Ricordate quando Dédé si divertiva a far navigare la sua barchetta nella grande vasca dei Giardini del Lussemburgo? A Kensington i bambini le fanno navigare sulle acque di un piccolo fiume che scorre sinuoso in* mezzo ai cespugli fioriti e che per questo si chiama Serpentine. Adèle ci passava le ore a soffiare sulla sua barchetta di carta o a guidarla con un fuscello. Ha una tale fantasia, la vostra bambina! Un pomeriggio mi ha raccontato tutta eccitata che aveva visto passare sull'acqua un nido che galleggiava come una barca, e che a bordo c'era un bambino piccolo piccolo, nudo, perché con la camicina si era fatto una vela, e remava servendosi di una penna d'uccello. Si è mai sentita una fantasia cosí graziosa? Io, quando da piccola avevo il mio amico immaginario Pipolet, gli facevo compiere soltanto le azioni piú banali e quotidiane, le stesse che facevo io. Ho chiesto a Dédé se sapeva come si chiamasse questo bambino-uccello, e lei mi ha risposto sicura: «Peter.»

Ogni tanto di notte piange ancora per nostalgia di Dagoberta. Ma quando ne parla di giorno, è orgogliosa di averla regalata a Toussaint. Sta cominciando ad affezionarsi a Catherine, ma il tempo, anche qui a Thornfield, è cosí bello che finora le ho lasciato passare la maggior parte della giornata all'aperto come faceva a Londra, a correre dietro al cerchio o a inseguire le farfalle. Temo che se resteremo qui anche in inverno, farà molto freddo, e avremo tutto il tempo per giocare alle bambole vicino al caminetto.

Ma ancora non vi ho detto niente della casa e dei suoi abitanti.

Siamo dunque arrivati a Millcote e siamo scesi alla locanda, dove tutti sembravano conoscere monsieur Edouard e lo trattavano con molto rispetto. Abbiamo mangiato qualcosa, ma non ci siamo fermati a riposare, perché un domestico di Thornfield ci stava aspettando per portarci a casa con il suo calesse. Monsieur Edouard ha pagato la carrozza di Londra e l'ha rimandata indietro. Il domestico gli aveva portato il suo cavallo, un bellissimo purosangue arabo di nome Mansour, quindi sul calesse siamo salite soltanto Adèle e io con i nostri bagagli.

Thornfield dista da Millcote soltanto sei miglia, ma ci abbiamo messo due ore ad arrivare. Abbiamo attraversato campagne coltivate, prati, tre o quattro villaggi, gruppi di alberi che solo Adèle col suo entusiasmo può chiamare "boschetti". Siamo passate di fianco al villaggio di Hay e dopo due miglia siamo arrivate a un grande cancello. «Eccoci a Thornfield» ha detto il domestico scendendo ad aprirlo.

È una grandissima tenuta, in aperta campagna. Molto piú grande de la Pommelière. Dal cancello, per arrivare alla casa, bisogna percorrere un lungo viale. Tutto attorno c'è un parco. La casa è una grande villa a tre piani, con rimesse e scuderie. Adèle è rimasta molto colpita dal fatto che in alto il muro della facciata termina con una fila di merli, come un castello medioevale. «Ci sarà il fantasma di un cavaliere senza testa nel sotterraneo?» mi ha chiesto in un tono tra il serio e lo scherzoso.

Se al mio posto ci fosse stata Catherine Morland - ricordate, la protagonista de *L'abbazia di Northanger*? - questa domanda le avrebbe provocato un delizioso brivido di paura. Forse anche la portinaia di via Marcadet, quell'ingrata che voleva portarmi all'Ospizio nonostante le avessi letto decine di storie da Grand Guignol piene di assassini, scheletri nei sotterranei, fantasmi di mogli tradite e assassinate, ricordate?, forse anche madame Annaud troverebbe che Thornfield è il teatro ideale per un mistero tenebroso o per una macabra vendetta. Ma io non sono una ammiratrice né dei feuilleton né delle storie gotiche di madame Radcliffe. Non sono una romantica sognatrice piena di fantasie. Il Cittadino Marchese mi ha insegnato a preferire Swift e Voltaire. Quindi le due notti che ho già passato a Thornfield, ho dormito tranquilla senza sentire alcun gemito né alcun rumore di catene trascinate sul pavimento del corridoio.

Quando siamo arrivate monsieur Edouard era già lí da quasi un'ora, e aveva fatto preparare uno spuntino per Adèle. Devo ammettere che la sta trattando con molta gentilezza, anche se ho colto una frase che non mi è piaciuta affatto. «È un'orfana che ho tolto dal fango di Parigi» ha detto presentandola alla signora Fairfax, una anziana vedova molto distinta e molto complimentosa, sua lontana parente che, a quanto sembra, si occupa di dirigere la casa. La merenda di Adèle è stata apparecchiata nel suo salottino. Io invece sono stata mandata in cucina a mangiare con i domestici. Mi ci devo abituare. Istintivamente stavo andando a sedermi insieme a Dédé, al tavolo dei padroni.

Per una casa tanto grande la servitú è davvero scarsa. C'è una coppia di domestici tuttofare: John, che è venuto a prenderci col calesse, e sua moglie Mary. Poi una cameriera giovane che si chiama Leah, e una guardarobiera di nome Grace, che non ho ancora visto perché se ne sta sempre a cucire in una stanza del terzo piano. Tutto qui. Né maggiordomo, né valletto, né cuoca, né sguattera, né giardiniere, né garzone di stalla... Che delusione per chi avesse sentito monsieur Edouard vantarsi dei suoi possedimenti inglesi, ai tempi in cui viveva in Boulevard des Capucines! Ah, dimenticavo! Da avant'ieri c'è anche una bambinaia francese di nome Sophie.

Per fortuna non mi hanno mandato a dormire nell'appartamento dei domestici sul retro della casa. Il mio letto è nella stanza di Adèle, al primo piano, accanto a quella della signora Fairfax. Tutte le camere di questo piano si affacciano su una lunga galleria; sono moltissime e quella di mister Rochester è molto piú in fondo, verso le scale che portano al terzo piano.

La nostra è una grande camera luminosa, tappezzata di carta da parati dai colori allegri, con un bel tappeto a fiorami e il caminetto che al mattino viene acceso anche in questi giorni d'estate. I muri sono spessi e la porta è una pesante porta di quercia col chiavistello. Ho controllato e ho visto che anche quella della signora Fairfax e le altre vicine hanno lo stesso tipo di chiusura. Non capisco da quali pericoli ci si debba difendere una volta che le porte che danno sull'esterno sono ben chiuse. Vorrei chiederlo a Leah, che tra i domestici è la piú cordiale e sembra contenta di avere una compagna della sua età (non dimenticate che ufficialmente ho diciotto anni), vorrei fare tante domande anche a madame Fairfax. Ma poiché "non so parlare in inglese", e non posso certo chiedere a monsieur Edouard - l'unica persona in casa che conosca le due lingue - di farmi da interprete, devo limitarmi a sorridere come un'ebete e a scuotere la testa con espressione dispiaciuta quando mi rivolgono la parola.

Prima, raccontandovi dell'accoglienza che è stata fatta a Dédé, ho dimenticato un particolare che probabilmente vi farà arrabbiare quasi come quella allusione al "fango" di Parigi. Mentre sparecchiavo la tavola del salottino come mi era stato ordinato, ho sentito monsieur Edouard raccontare alla signora Fairfax che Adèle è molto ignorante, e che come tutte le bambine francesi è stata educata finora con troppa indulgenza e abituata a una vita di frivolezze e di vanità. «Purtroppo non mi sembra molto intelligente e non conosce né l'impegno né la disciplina. Ha bisogno di una solida e rigida educazione inglese che le insegni l'autocontrollo e le rinunce» ha concluso monsieur Edouard.

Questi inglesi sono ben strani! Da adulti si concedono tutti i piaceri, i vizi, le sregolatezze che passano loro per la testa, e monsieur ne è l'esempio vivente, con i suoi viaggi, il suo lusso, i suoi imbrogli a danno delle giovani donne che gli concedono la loro fiducia. (Credete che potrò mai perdonargli quello che vi ha fatto?) Ma dai bambini pretendono la disciplina e la rinuncia, come se si trattasse di addestrare dei soldatini capaci soltanto di tacere e obbedire. Sarà la religione protestante? Eppure non mi era mai sembrato che monsieur Edouard fosse un quacchero.

Sapete quale è stata la conclusione di questi ragionamenti? Madame Fairfax ha ricevuto l'ordine di assumere un'istitutrice che venga a vivere a Thornfield per occuparsi dell'educazione di Adèle. E per rendermi complicata la vita, perché naturalmente mi controllerà e mi vorrà insegnare come devo comportarmi con Dédé. Comunque non sarà una ricerca facile, perché a quanto pare la vecchia signora non ha molte conoscenze, e non lascia mai la tenuta. «Mettete un annuncio sul giornale» le ha detto monsieur Edouard. «Sono disposto a pagare trenta sterline all'anno. Vedrete che di zitelle istruite e bisognose ne accorreranno a dozzine. Spero che abbiate l'acume di scegliere quella piú adatta alle nostre esigenze.»

E cosí, madame, se non avremo la fortuna di tornare in Francia prima che questa ricerca dia i suoi frutti, la nostra Dédé dovrà rassegnarsi a imparare da una vecchia zitella inglese la rinuncia e la disciplina. Sulla qualità dell'istruzione che monsieur intende darle, ho qualche dubbio. Nella casa c'è una biblioteca abbastanza fornita, ma i libri sono chiusi a chiave. Vi sembra normale? Non so se i domestici sappiano leggere e non credo che ne avrebbero il tempo, dovendosi occupare di una casa tanto grande. L'innocenza e l'ignoranza di chi intende *salvaguardare monsieur Edouard tenendo i libri sotto chiave? Della signora Fairfax, che avrà almeno cinquant'anni e, come vedova, dovrebbe conoscere almeno un poco i fatti della vita?*

Non ho fatto ancora in tempo a esplorare tutta la casa. Ci sono moltissime porte chiuse e non vorrei che monsieur Edouard mi sorprendesse a curiosare e mi licenziasse per la mia indiscrezione.

Posso raccontarvi soltanto di una scoperta che mi ha lasciato senza parole. Al piano terreno c'è una grande sala da pranzo, collegata con un arco a un salotto e a un salottino. Non ci credereste: l'arredamento di queste tre sale è identico a quello dei nostri saloni di ricevimento di Boulevard des Capucines. Gli stessi stucchi bianchi sul soffitto, le stesse pareti rivestite di quercia, le stesse tende e poltrone di velluto rosso, gli stessi tappeti cinesi bianchi a ghirlande di fiori, persino gli stessi vasi di porcellana rossa sulla mensola del caminetto e gli stessi soprammobili di cristallo di Boemia. Mi piacerebbe sapere se è stato monsieur Edouard a scegliere gli arredi per la vostra casa di Parigi quando l'avete affittata, e come mai ha voluto fare dei vostri saloni la copia esatta di quelli di Thornfield. Ma naturalmente una povera e stupida bambinaia non può rivolgere al suo padrone una domanda cosí personale.

Monsieur Edouard ci ha detto che si fermerà solo per pochi giorni e poi lascerà Thornfield. Dove andrà? Tornerà a Londra, oppure sul continente? Mistero. Ho sentito la signora Fairfax lamentarsi con Leah che, da quando ha ereditato questa casa, il padrone non ci si è mai fermato piú di quindici giorni di seguito.

Speriamo che anche per noi il soggiorno non debba essere molto piú lungo, che voi possiate recuperare presto la libertà e richiamarci in Francia. Nel frattempo state serena e abbiate fiducia in me. Veglierò su Adèle e cercherò di tenerla di buonumore. Non penso che, finché restiamo qui, ci sia bisogno di proteggerla. Il pericolo maggiore che si profila all'orizzonte è l'arrivo dell'istitutrice, per affrontare il quale ci servirà solo un po' di pazienza. Per quanto bizzarro ed egoista sia monsieur Edouard, per quanto si sia comportato con voi in modo indegno, mi sembra che questa volta ci abbia portate in un rifugio sicuro dove potremo aspettare tranquillamente la vostra liberazione.

Vi bacia le mani con tenerezza la vostra affezionata e riconoscente

Sophie

PS: Fino ad oggi ho lasciato che Dédé vi scrivesse a suo modo, senza correggere i suoi strafalcioni. So che le letterine sgrammaticate dei bambini di solito suscitano la tenerezza dei genitori. Ma il giudizio sprezzante di monsieur Edouard sull'educazione ricevuta da Adèle, e la prospettiva che anche l'istitutrice possa dire di lei che è una bambina poco intelligente tirata su come una piccola selvaggia, mi hanno persuasa che devo insegnarle a scrivere correttamente almeno in francese. Perciò a cominciare da oggi quando vi scriverà le segnerò in rosso tutti gli errori che commette, e le farò copiare e ricopiare i suoi biglietti fino a quando la sua prosa non risulti accettabile. Non voglio intervenire sui concetti che Dédé cerca di esprimere, e neppure sulla sua spontaneità. Ma almeno le regole dell'ortografia dovrà impararle e rispettarle.

Cara mamma,
lo sai che quando ero a London ho visto passare Queen Victoria sul suo cocchio e tutta la gente batteva le mani? E lei mi ha guardato e mi ha detto: «Ciao Adèle, quando vieni a giocare con me nella mia reggia?» Ma non sono potuta andare perché siamo venute in campagna.

La casa di monsieur Edouard è un castello molto antico. Di sicuro c'è un drago da qualche parte e monsieur lo combatte in groppa al suo cavallo Mansour.

La signora Fairfax ha un gatto che graffia e monsieur ha un cane; però non si azzuffano. Il cane si chiama Pilota, è grande e peloso, ma non morde e si lascia accarezzare. Io gioco con lui perché qui non ci sono bambini che danno il pane agli uccelli come nel Park di Londra. Nel bosco dietro il castello ci sono tante cornacchie, come quelle che volavano sui campi di grano a la Pommelière.

Tu come stai? Tússi ti viene a trovare? Oggi cosa hai mangiato? Io una cosa cattiva che si chiama porridge e che piace agli inglesi. Tússi ti ha detto come sta Dagoberta?

Ti bacia forte forte la tua bambina

Dédé

3

Parigi, Faubourg Saint Germain
7 agosto 1837

Carissima Sophie,
devi essere forte. Se per caso sei in piedi mentre stai leggendo questa lettera, siediti. E se c'è qualcuno presente, cerca di controllarti. Soprattutto se quel "qualcuno" è Adèle, che non deve assolutamente conoscere quello che ti scrivo.

Tutto è perduto, Sophie! Abbiamo lottato tanto in questi due ultimi mesi, abbiamo creduto di poter aiutare la nostra benefattrice, di poterle almeno far sentire il nostro affetto, trasmetterle un po' di speranza... Ma era tutto inutile. Madame Céline non ha mai ricevuto le nostre lettere, né la zuppa calda, e neppure l'acqua pulita, la paglia asciutta o la coperta. Per il semplice motivo che mentre noi ci illudevamo di corrompere il suo carceriere, lei non si trovava nella cella sotterranea di Saint Lazare come ci era stato riferito. Non era nella segreta buia e fetida dove noi la immaginavamo, dove con gli occhi della fantasia la vedevamo leggere e poi bruciare le nostre lettere sulla fiamma della candela. Siamo stati vittime di un atroce inganno, Sophie. Il carceriere si è arricchito alle nostre spalle inventando di volta in volta delle notizie che ci illudessero e, creando in noi qualche speranza, ci rendessero totalmente succubi della sua prepotenza e della sua avidità.

Col senno di poi, avremmo dovuto insospettirci maggiormente davanti al suo rifiuto di lasciare che madame ci scrivesse anche solo una parola di risposta. Un individuo cosí avido e abbietto, se avesse potuto venderci quello che gli chiedevamo, avrebbe fini-

to per accettare le somme sempre piú alte che gli venivano offerte, avrebbe magari aumentato ancora il prezzo, ma avrebbe finito per cedere. Se non lo ha fatto è perché non poteva, perché la prigioniera che avrebbe dovuto rispondere alle nostre lettere e della quale avremmo potuto riconoscere la scrittura non era tra quelle affidate alla sua custodia.

Povera Sophie! Avrei voluto risparmiarti questo colpo. Darei un anno di vita per non trascinarti nella disperazione che mi tormenta e mi fa impazzire da quando madame Soulignac ha ricevuto la lettera del Direttore di Saint Lazare.

Ma basta con queste frasi sconnesse e incoerenti! Le ho rilette e mi rendo conto di averti causato un dolore e una confusione tanto piú grandi in quanto privi di ogni spiegazione logica.

Comincerò dunque a raccontarti per ordine come sono arrivato a questa drammatica scoperta.

Ricordi che aspettavo d'essere ricevuto da madame Soulignac, che si era appena ripresa da una grave malattia? La buona signora mi ha accolto con affetto e sollecitudine. Non sapeva niente delle nostre disgrazie: per ordine del medico i domestici le avevano fatto trascorrere il periodo della malattia completamente isolata dal mondo. Quando le ho detto che madame Céline era stata arrestata e per quali accuse, è saltata su tutte le furie. Come sai madame Soulignac era amica del Cittadino Marchese fin dalla giovinezza, e ne aveva sempre conosciuto l'intenzione di lasciare parte dei suoi beni alla figlioccia.

«Può darsi che abbia conservato qualche lettera di molti anni fa in cui Philarete me ne accenna» ha detto sforzandosi di ricordare. Questo dimostrerebbe ai giudici che Céline non ha estorto quel lascito a un povero vecchio ormai fuori di senno.

Il cofanetto delle lettere purtroppo si trova nella casa di cam-

pagna, nascosto in un luogo che lei sola conosce. Madame Soulignac non è ancora in grado di viaggiare e non vuole rivelare il suo segreto ai domestici. «Se ci fosse Olympe!» ha sospirato. «Ma è a Venezia. Non ho voluto che le scrivessero della mia malattia. Dovrebbe tornare fra una o due settimane. Intanto potresti andarci tu, ragazzo, a recuperare quel cofanetto.»

L'ho ringraziata per la fiducia, ma purtroppo non sono padrone di viaggiare senza il permesso della viscontessa de Lagardière. E abbiamo convenuto, con la mia nuova alleata, che era meglio tenere all'oscuro i nostri nemici della sua discesa in campo.

«Mi dici che in due mesi non avete avuto il permesso di visitare Céline? È un'indecenza!» ha esclamato madame Geneviève dopo avere ascoltato il mio racconto. «Scrivo immediatamente al giudice che si occupa della sua causa. Anzi, scrivo al Prefetto di Parigi e al Direttore di Saint Lazare. Hanno entrambi dei debiti di riconoscenza verso la mia famiglia. Stasera stessa, ragazzo, avrai una lettera del Direttore con l'autorizzazione a incontrare la prigioniera, nel parlatorio o nella sua stessa cella.»

Puoi immaginare, Sophie, con quanta allegria e con quanta speranza ho salutato madame Soulignac e sono corso all'uscita della chiesa a riprendere il mio posto sul predellino della carrozza della viscontessa. E quanto ho invocato l'aiuto di Babalú Ayé, che guarda caso si identifica col san Lazzaro dei cattolici e protegge gli ammalati.

Ma quando alla sera sono tornato a chiedere notizie dell'agognato permesso, madame Geneviève mi ha accolto con un'espressione perplessa e addolorata. «Sei sicuro che Céline si trovi a Saint Lazare?» mi ha chiesto.

«Certo» ho risposto. «Me l'ha detto in confidenza il valletto del visconte de Lagardière, che le guardie l'avevano portata in quella prigione. E me l'ha confermato il carceriere che la custodisce e che dietro compenso le consegna le nostre lettere. Ma perché me lo chiedete?»

Non avevo ancora capito che il mondo stava per crollarmi addosso. Anzi, per crollarci, povera Sophie, povera Adèle! Dovrete restare per sempre in Inghilterra, voi, e io per sempre schiavo del visconte?

Il Direttore di Saint Lazare aveva risposto immediatamente a madame Soulignac. Aveva fatto aspettare il domestico della signora nell'anticamera, aveva fatto consultare i registri con gli elenchi delle prigioniere... e aveva scritto, dopo i soliti preamboli: *Sarei onorato di esaudire il vostro desiderio, madame. Ma purtroppo tra le prigioniere rinchiuse in questa fortezza, non ce n'è alcuna che risponda al nome di Céline Varens.*

Se mi avesse colpito un fulmine, sarei rimasto meno atterrato e sconvolto. Tanto che la vecchia signora, nonostante la debolezza dovuta all'età e alla convalescenza, ha fatto subito attaccare i cavalli ed è salita con me sulla carrozza, ordinando al cocchiere: – A Saint Lazare!

Il Direttore ci ha ricevuto con grande rispetto, ma non ha potuto che confermare quanto aveva già scritto: Céline Varens non si trovava nella prigione femminile.

«Forse l'hanno registrata sotto falso nome» ha insistito madame Soulignac.

«Lo escludo. Ma se anche fosse... La Varens è un'artista molto nota. Le custodi e i carcerieri l'avrebbero riconosciuta e me lo avrebbero riferito.»

A quel punto ho deciso di tradire il "nostro" carceriere. Che m'importava se l'avessero accusato di corruzione e cacciato via? Ho raccontato al Direttore delle lettere che venivano consegnate a madame Céline, del denaro che ci veniva estorto...

«Ma lei non vi ha mai risposto, vero?» ha osservato con tristezza il funzionario. «Povero giovane, non siete il primo a cadere vittima di un inganno del genere. Come potrete capire, la sorveglianza del carcere non è affidata a suore di carità. I nostri dipendenti sono fatti della stessa pasta dei prigionieri. Vengono spesso dagli ambienti piú malfamati, sono volgari, bugiardi, avidi e spesso violenti... Se qualcuno di loro si accorge di poter approfittare dell'ingenuità di un parente preoccupato, state certi che non si tira indietro. Ad ogni modo datemi il nome di questo individuo. Provvederò a interrogarlo e a punirlo come merita.»

Poiché non sapevo il nome del carceriere, ho descritto il suo aspetto, la sua pronuncia della Turenna, i suoi turni, le ore e i giorni in cui sapevo di poterlo trovare all'ingresso del carcere...

Nei prossimi giorni tornerò io stesso a cercarlo. Voglio sapere che fine hanno fatto le nostre lettere. Se le ha consegnate ai nipoti del Cittadino Marchese, mettendoli al corrente dei nostri segreti e delle nostre intimità, giuro che lo strozzo con queste mie mani.

Madame Geneviève mi esorta a stare calmo, a non disperarmi, mi promette che continuerà le ricerche, dice che è impossibile che una giovane donna scompaia nel nulla. Specialmente se è famosa come Céline Varens. Io cerco di non pensare a tutti quei cadaveri irriconoscibili che vengono ripescati dalla Senna. E se la nostra buona e dolce benefattrice fosse morta?

Perdonami Sophie, se ti parlo dei miei incubi, delle mie terribili supposizioni. Ci siamo giurati, ricordi?, di dirci sempre tutto, e sempre la verità.

So che stanotte piangerai tutte le tue lacrime. Ma non farti sentire da Adèle. E non raccontare niente neppure a monsieur Edouard.

Ti confesso che stamattina non ho aspettato la viscontessa sul predellino della carrozza, ma anch'io sono entrato in chiesa a pregare. Ho rivolto le mie suppliche a Gesú, alla Santa Vergine e a tutti i santi cattolici, ma anche all'Essere Supremo e alla dea Ragione, come ci insegnava il padrino. E mi sono tornati in mente da un passato lontanissimo gli dei della mia terra, gli orisha che i bianchi volevano farci rinnegare. Cosí ho affidato madame Céline anche alla protezione di Obatalà, di Changò, di Yemanjà e di Babalú Ayé, come aveva fatto per me mia madre quando mademoiselle Athénaïs mi ha portato via dal baraccone degli schiavi. Pensi che abbia commesso un sacrilegio? Che mi sia comportato come un selvaggio ignorante e superstizioso? Come mi giudicherebbe Voltaire? Non sto scherzando, sorellina. Ti sembra il momento di scherzare? Lo dico sul serio.

Ti prometto che ti scriverò ancora prestissimo e che ti terrò informata di ogni novità. Tu mandami vostre notizie.

Un abbraccio bagnato di lacrime dal tuo

Tússi

PS: Ti raccomando ancora una volta di non dire niente a Adèle. Povera bambina! È meglio che continui a pensare che la madre è in prigione.

4

Thornfield, 16 agosto 1837

Caro Tússi,
io non ci credo. Alle cose terribili che tu pensi nei momenti piú neri, io non ci credo. Io so che madame Céline è viva. Non so spiegarti come faccio ad esserne cosí sicura. C'è qualcosa, dentro

di me, come un prezioso e sottilissimo calice di cristallo, che si sarebbe spezzato se la mia adorata benefattrice fosse morta. L'affetto che mi lega a lei è piú forte di una catena d'acciaio, di quelle che trattengono le navi al porto, e ne avrei sentito lo strappo, anche a tante miglia di distanza. E non solo io, ma la nostra Adèle... è cosí sensibile quella bambina! Vede cose che gli altri non vedono; parla in sogno con gli angeli. Lo avrebbe saputo da loro se madame Céline fosse davvero volata in cielo come vorrebbe farle credere monsieur Edouard. Invece è serena. Gioca e dorme tranquilla. Quando è sola con me parla della madre come se fosse nella stanza accanto. Naturalmente non le dirò niente di quello che tu e madame Geneviève avete scoperto, e la lascerò continuare a scrivere le sue letterine. Sono certa che un giorno madame le leggerà tutte insieme, e che le strapperanno un sorriso di tenerezza.

Abbi fiducia, Tússi: il fatto che il carceriere ci abbia mentito non significa che tutto è perduto. Madame Céline è viva e presto la ritroverai. Una persona oggi, a Parigi, non può sparire nel nulla. Non siamo piú ai tempi dell'Ancien Régime, quando bastava che un aristocratico prevaricatore, che avesse ottenuto dai suoi amici potenti un ordine di cattura in bianco, firmasse la sua lettre de cachet[1] *per cancellare una persona dalla*

[1] Le *Lettres de cachet* erano ordini di cattura in bianco, con i quali senza processo né altre formalità si poteva chiudere in carcere a tempo indefinito praticamente chiunque. In origine servivano a evitare la rivelazione di importanti segreti di Stato o a eliminare le occasioni di pubblico scandalo. In realtà era pratica comune della nobiltà francese procurarsi, tramite appoggi potenti, una di queste *lettres* per vendicarsi di un nemico o per liberarsi di una persona scomoda. La Rivoluzione Francese considerò le *lettres de cachet* come il simbolo del potere assoluto del re di Francia e del sistema dispotico. La pratica fu abolita dall'Assemblea Nazionale il 1° dicembre del 1789.

faccia della terra. Oggi abbiamo una costituzione, un Parlamento, ci sono leggi che proteggono i cittadini, ci sono tribunali... Madame Soulignac conosce tante persone influenti. Ha sempre lottato in difesa delle donne. Vuoi che lasci una sua amica personale, un'amica di Olympe, alla mercé di due uomini potenti quanto crudeli?

No, Tússi, non perdere la speranza. Sono certa che la tua prossima lettera mi darà qualche buona notizia. La aspetto con serenità e con fiducia.

Per fortuna monsieur Edouard è partito. Si sarebbe insospettito a vedermi frequentare con tanta assiduità l'ufficio postale di Hay. Anche se oggi ci andrò ufficialmente per incarico di madame Fairfax, che mi ha chiesto il favore di imbucare la sua lettera di risposta all'annuncio dell'istitutrice.

Non sai niente di questo annuncio, vero, Tússi? Perdonami se ti racconto i piccoli dettagli della nostra vita quotidiana, invece di abbandonarmi a lamenti e grida di disperazione. Non farebbe bene né a te né a me. E sapere di noi invece ti aiuterà a recuperare la calma. Inoltre quando, prestissimo, ritroverai madame Céline, lei vorrà sapere di Adèle, e tu potrai mostrarti informato.

Allora, ieri madame Fairfax stava leggendo "L'Araldo della Contea di S." come fa di solito mentre aspetta che le venga servito il tè, quando l'ho sentita esclamare: «Ma guarda! Chissà se questa signorina fa al caso nostro?»

Io, che aiutavo Adèle a mettersi il grembiulino da casa, ho fatto finta di non capire. Credo che ci voglia piú attenzione e autocontrollo per sembrare stupida e ignorante di quanto non ne serva per fingersi piú intelligente di quanto si è. Adèle nel suo inglese stentato ha chiesto: «Quale signorina?», ma invece di rispondere madame Fairfax l'ha guardata pensierosa, come sforzandosi di mettere a fuoco i suoi lineamenti. Per fortuna in quel momento è entrata la cameriera col vassoio del tè e la vecchia signora, con l'evidente soddisfazione di avere un'interlocutrice in grado di capirla, ha detto puntando il dito sul foglio: «Ascolta, Leah, che coincidenza! Qui sul giornale c'è scritto che una signorina con pratica di insegnamento desidera impiegarsi presso una famiglia i cui figli abbiano meno di quattordici anni. La signorina è abilitata a impartire tutte le nozioni inerenti a una buona educazione inglese, oltre alla lingua francese, al disegno e alla musica. Io cercavo giusto una istitutrice per miss Adèle. Credi che questa J. E. abbia i requisiti necessari?»

«Non saprei, signora» ha risposto Leah spostando alcuni oggetti dal tavolo per fare posto al vassoio.

Io avrei voluto chiedere: "Cosa significa una buona educazione inglese? Comprende anche l'algebra, l'astronomia, la chimica, la geologia, la fisica, il magnetismo e l'anatomia umana? Saper descrivere il funzionamento di un telaio meccanico o di una caldaia a vapore? Io sarei capace di insegnargliele tutte, queste cose, a Dédé, man mano che cresce. E non le farei leggere solo *Mary aveva un agnellino* e brani espurgati della Bibbia, ma Chaucer, Shakespeare, Defoe, Swift, Fielding, Byron, Shelley, Walter Scott. E la *Rivendicazione dei diritti della donna* di madame Mary Wollstonecraft, e i romanzi di miss Jane Austen, la mia adorata *Abbazia di Northanger*. E la storia dell'orfano Oliver Twist pubblicata solo l'anno scorso..."

Avrei voluto chiedere queste e molte altre cose. Ma avevo la lingua legata dalla mia presunta ignoranza dell'inglese. E poi, Tússi, credo che se qualcun altro avesse nominato quegli *scrittori a madame Fairfax, la povera signora avrebbe sgranato gli occhi stupita. Sono certa che la buona vedova, non che leggerli, non li ha mai sentiti nominare. Tranne Shakespeare, forse.*

Comunque, per non lasciare la stanza, mi sono inginocchiata e mi sono messa a spazzare la cenere, a radunare le braci e a disporre nuova legna nel caminetto. Madame Fairfax ha preso il tè con Adèle, poi ha chiesto a Leah di portarle carta, penna e calamaio, e con molti ripensamenti e correzioni, ha scritto un biglietto di risposta all'annuncio. Ne conosco il contenuto perché scrivendo la signora sillabava a mezza voce le frasi come per controllarne il tono, che evidentemente voleva fosse cortese, ma non troppo confidenziale.

Questa è piú o meno la sua risposta:

Se J. E. che martedí scorso ha messo l'annuncio sull'"Araldo della Contea di S." è in possesso del diploma che la abilita a insegnare le materie che ha menzionato, e se è in grado di fornire buone referenze sul suo carattere e la sua preparazione, possiamo offrirle un posto di istitutrice qui a Thornfield. Avrà per unica allieva una bambina di età inferiore ai dieci anni. Offriamo un salario annuale di trenta sterline. Si prega di inviare il nome, le referenze, l'indirizzo e quant'altro richiesto a Mrs Fairfax, Thornfield, presso Millcote.

L'indirizzo sulla busta è: Fermo Posta, Lowton, Contea di K. Evidentemente J. E. ha come me qualcosa da nascondere, se non desidera che le persone sotto il cui tetto vive sappiano che riceve delle lettere. Chissà a che nome corrispondono quelle iniziali? Jemima Ellerston? Jenny Ewit? Pensa che coinciden-

za, Tússi, se la istitutrice di Adèle dovesse chiamarsi Judith come quella di mademoiselle Athénaïs! Ma forse sto correndo troppo avanti. Forse le referenze di J. E. non saranno sufficienti a tranquillizzare la signora Fairfax. Forse tu rintraccerai madame Céline e la farai liberare prima che J. E. risponda, e noi ce ne torneremo in Francia e non avremo piú sue notizie.

Oh, Tússi! Ti supplico, non essere disperato. Non abbatterti. Spero che Olympe torni presto dall'Italia e che ti sproni ad avere piú fiducia in te stesso come faceva con tutti noi "piccoli" ai tempi della scuola.

Ti abbraccia stretto stretto la tua sorellina

Sophie

PS: Prenderò Adèle con me per andare ad Hay. È una bella passeggiata. Come abbiamo deciso, lei crede che tu sia ancora in contatto con madame Céline, e quindi le ha scritto il solito biglietto.

Cara mamma,

monsieur Edouard mi ha rimproverato perché lo chiamo cosí. Dice che siamo in Inghilterra e che lo devo chiamare mister Rochester e se mi chiedono chi è devo dire: il mio tutore, perché sono sola al mondo. Che stupido! Non lo vede che c'è Sophie? Adesso non lo posso chiamare in nessun modo, perché non ha mantenuto la promessa di restare con noi e se n'è partito. Ha portato via anche Mansour e Pilota e io non so piú con chi giocare. Pilota era un cane bravissimo, che si lasciava pettinare con il pettine di Catherine e non ringhiava. Il gatto di madame Fairfax se lo pettino mi graffia. Sophie mi ha detto che Pilota è un cane di razza Terranova. Mi ha fatto vedere sul mappamondo l'isola che ha lo stesso nome, e sta vicino al Canada dove ci sono gli orsi e gli huroni e fa molto freddo. Per questo Pilota ha il pelo cosí folto.

Mamma, lo sai che sono offesa con mister Rochester perché ha detto a madame Fairfax che io non sono una bambina intelligente e che a Parigi giocavo col fango. Ma non lo sa che Solange non mi ha mai permesso di scavare per terra nemmeno con la paletta? Non lo sa che il padrino mi chiamava la sua piccola filosofa e diceva che da grande sarei diventata anche piú brava di Sophie? Perché mister Edouard dice di me queste brutte cose? Non è gentile. Io voglio tornare in Francia. Voglio stare con te, mamma. Voglio dormire di nuovo con Dagoberta. Quando mi vieni a prendere? Ti abbraccia con tanto amore la tua

Dédé

5

Parigi, Faubourg Saint Germain
25 agosto 1837

Carissima Sophie,

avevi ragione. C'è ancora una piccola speranza, come quel lumicino in fondo al bosco di cui leggevamo a Dédé nei Racconti di fate di Madame d'Aulnoy. Il carceriere ci ha mentito, ma solo in parte. Quando è stata arrestata, madame Céline è stata portata davvero a Saint Lazare. L'abbiamo scoperto insistendo col Direttore del carcere perché esaminasse personalmente i suoi registri, e andasse indietro fino agli ultimi giorni di maggio. La nonna di Olympe ha un modo di fare cosí deciso e autorevole che è impossibile dirle di no. Dai registri risulta che "la danzatrice Céline Varens" è entrata nella fortezza il 28 di maggio e ne è uscita il 14 di giugno, perché "gravemente ammalata".

Di che malattia si trattasse, ce l'ha spiegato il carceriere, che in quei giorni l'ha avuta effettivamente sotto la sua custodia. Preparati, Sophie, perché sono costretto a raccontarti una storia terribile. L'unica consolazione che ti posso offrire è la ostinata certezza della nonna di Olympe che, nonostante tutto ciò che leggerai, madame Céline sia ancora viva.

Il Direttore ha fatto chiamare il carceriere nel suo ufficio. Dovevi vedere lo sguardo insieme terrorizzato e furioso di quell'essere spregevole quando mi ha riconosciuto! Adesso che stavo seduto accanto alla massima autorità di Saint Lazare, che mi chiamava "signore" e mi trattava con rispetto, quell'abietto individuo non poteva piú aggredirmi col suo "brutta scimmia nera", né divertirsi a tormentarmi alzando il prezzo del suo ricatto.

Ha dovuto ascoltare a testa bassa i rimproveri del Direttore e le promesse di una severa punizione - verrà frustato e gli tratterranno un mese di salario - e sotto la minaccia di essere a sua volta incarcerato, ci ha dovuto confessare la verità.

Dunque, madame Céline non era stata rinchiusa in una segreta, ma in una cella comune. Lei, cosí dolce e gentile, doveva stare giorno e notte in compagnia di donne violente e volgari, di ladre, prostitute, truffatrici e assassine. Le sue compagne l'avevano riconosciuta, e pensando che un'artista famosa dovesse avere addosso molto danaro, le avevano intimato di vuotare le tasche, e quando avevano constatato che erano vuote, avevano cominciato a maltrattarla e a minacciarla perché se ne facesse mandare dai suoi amanti danarosi, come dicevano quelle megere.

Le sorveglianti non si preoccupavano di difenderla, e neppure di suggerire che venisse trasferita in un'altra cella, perché trovavano molto divertente lo spettacolo di una "signora abituata a comandare e a farsi servire" derisa, insultata e malmenata.

Mi si stringe il cuore, Sophie, se penso alla nostra cara benefattrice totalmente indifesa tra le mani di quelle arpie. E il peggio doveva ancora venire. Preparati. Noi soffrivamo per lei pensandola al buio, al freddo, tormentata dalla fame, dalle cimici, dai topi, dall'umidità... Non sospettavamo che la maggiore sofferenza invece gliela dovevano infliggere altri esseri umani, creature del suo stesso sesso che lei, potendo, avrebbe soccorso volentieri.

Dopo circa due settimane dal suo ingresso a Saint Lazare noi abbiamo scoperto dove era stata rinchiusa e io ho pagato il carceriere perché le consegnasse le nostre prime lettere. Era un plico voluminoso, ti ricordi? Tre lettere tue e una mia, piú un foglio bianco per l'eventualità che la prigioniera ci potesse rispondere. Quando il carceriere gliel'ha consegnato, le altre donne hanno pensato che contenesse del denaro, e l'hanno aggredita per toglierglielo. Lei non voleva cedere le sue carte che sapeva venire da noi, le ha difese, ha combattuto. Ma era sola contro sei o sette energumene, che l'hanno colpita, graffiata, le hanno strappato i capelli, e finalmente sono riuscite a gettarla a terra. Poiché madame continuava a resistere e a stringere le lettere al petto, la piú robusta delle assalitrici le ha afferrato la testa e ha cominciato a picchiargliela con violenza contro il pavimento lastricato di pietra.

Solo a quel punto le sorveglianti hanno dato l'allarme, ma quando il carceriere, il "nostro" carceriere, ha messo in fuga a calci e a pugni quelle megere, la nostra povera amica aveva perso i sensi. L'hanno trasportata nell'infermeria e a stento sono riusciti a rianimarla. Ma quando ha aperto gli occhi, madame non ha riconosciuto i presenti, ha balbettato delle frasi prive di senso, e intanto smaniava per strapparsi di dosso il vestito che nella zuffa si era ridotto a brandelli, perché nel frattempo era caduta in preda a una febbre altissima.

La febbre, accompagnata da delirio, non ha piú lasciato la nostra povera amica. Dopo qualche giorno, convinto che la prigioniera aveva smarrito per sempre la ragione, il sorvegliante in capo del settore femminile ha deciso che non poteva tenerla piú a lungo a Saint Lazare e ha ottenuto che fosse portata altrove.

Sui registri non c'è scritto dove. Secondo madame Soulignac e anche secondo il Direttore, molto probabilmente madame è stata trasferita alla Salpêtrière, perché è là che vengono rinchiuse le pazze. Madame Geneviève ha già scritto al Prefetto di

Parigi, che è il suocero di una sua nipote, perché ci dia il permesso di visitare il manicomio femminile. Speriamo di ottenerlo entro domani mattina.

Ho molta paura di quello che troveremo, Sophie. Sono passati piú di due mesi dall'aggressione; madame quando ha lasciato Saint Lazare era in condizioni disperate; potrebbe essere morta subito dopo aver raggiunto la Salpêtrière. Se poi è veramente lí che l'hanno portata.

Madame Soulignac mi dice che non c'è motivo di disperarsi. La grande Céline Varens, continua a ripetermi, era una celebrità, una stella dell'Opéra conosciuta in tutta Parigi. Se fosse morta la notizia sarebbe certamente trapelata, anche dalle mura piú spesse e impenetrabili. E i giornali, sempre assetati di pettegolezzi, l'avrebbero diffusa con grande evidenza.

«No, Toussaint, abbi fiducia» mi dice. «La nostra Céline è viva e prestissimo potremo stringerla tra le braccia.»

Io ti confesso, Sophie, che ho paura anche di trovarla viva, se davvero ha perduto per sempre la ragione.

«La cureremo e la faremo guarire» insiste fiduciosa quell'ottimista di madame Geneviève. «Non bisogna mai perdere la speranza.»

Sforziamoci di seguirla su questa strada, sorellina. Ti prometto che ti informerò immediatamente di ogni novità. Tu cerca di essere forte e soprattutto non lasciare che Adèle indovini niente della nostra preoccupazione.

Dimenticavo un particolare importante: le nostre lettere. Quelle che sono arrivate nelle mani di madame Céline e quelle che il carceriere ci ha incoraggiato a scriverle anche dopo la sua scomparsa per non perdere l'affare. Le ho recuperate tutte quante. Per qualche motivo, forse pensando che un giorno gli *sarebbero potute servire per ricattarci, anche se non era in grado di sapere cosa c'era scritto, quell'uomo spregevole le ha conservate, e per ordine del Direttore del carcere me le ha restituite. Comprese le prime quattro, che aveva recuperato dopo la zuffa dal pavimento della cella. Se le vedessi, Sophie! Strappate, sporche, macchiate di sangue... La testimonianza piú straziante del martirio della nostra cara benefattrice. Le ho affidate a madame Soulignac, nella speranza (che per lei è certezza) che un giorno la destinataria le possa leggere. Ma prima le ho baciate e le ho bagnate con le mie lacr*

Sophie! Sophie! Sophie!

L'abbiamo trovata! Madame Céline è viva! Prima ho smesso di scrivere senza completare nemmeno la parola perché il valletto del visconte è venuto a dirmi che fuori c'era una carrozza signorile che mi aspettava con urgenza. Madame Violaine si era già ritirata per la notte e quindi il maggiordomo mi ha dato il permesso di uscire. Ad aspettarmi in carrozza c'era madame Soulignac, con la lettera del Prefetto che le era arrivata prima del previsto. Il cocchiere ha frustato i cavalli e ci siamo diretti al galoppo verso la Salpêtrière. La lettera era cosí perentoria che ci hanno aperto, anche se era già buio, e con un lume ci hanno accompagnato lungo le corsie dove si trovavano le ricoverate. Non sto a descriverti, sorellina, quello che abbiamo visto, la puzza insopportabile che mozzava il respiro, l'orrore che abbiamo attraversato percorrendo quelle corsie. Ti auguro di non dover mai entrare in un ricovero per alienati mentali, e preferisco che non immagini l'inferno dove la nostra cara benefattrice vive da oltre due mesi. Ti basti a parziale consolazione che non l'abbiamo trovata nel reparto delle "furiose" e nemmeno in quello delle "agitate". Madame Céline fin dall'inizio era stata assegnata al reparto delle "tranquille". Cosí vengono chiamate le povere creature che non gridano, non aggrediscono le sorveglianti e le compagne, non fracassano qualsiasi oggetto che venga loro tra le mani, ma se ne stanno accucciate in un angolo, mute, inebetite, senza reagire agli stimoli, senza distinguere il giorno dalla notte, senza rendersi conto della presenza delle altre, come prigioniere di una bolla invisibile di vetro che le isola dal resto del mondo. A differenza delle altre, le "tranquille" non sono legate agli anelli di ferro infissi nei muri o alle sbarre delle finestre.

La nostra povera amica, quando l'abbiamo trovata, era stesa sul paglericcio sporco e privo di lenzuola, abbandonata come una marionetta senza fili, ma non dormiva. Agitava debolmente la testa a destra e a sinistra come ad accompagnare il ritmo di una nenia incomprensibile che andava mugolando a bocca chiusa. Teneva gli occhi aperti rivolti verso il soffitto, e aveva le tempie e le orecchie bagnate da uno scorrere ininterrotto di lacrime.

«Da quando è arrivata non ha mai smesso di piangere» ha spiegato la sorvegliante che ci accompagnava.

L'ha chiamata, scuotendola rudemente per una spalla: «Varens! Ci sono visite per te!» Madame Céline non ha dato alcun segno, non dico di riconoscerci, ma neppure di accorgersi della nostra presenza.

«Mangia?» ha chiesto madame Geneviève, che era ancora piú turbata di me, ma non voleva darlo a vedere.

«Da sola no. Bisogna che qualcuno la imbocchi. Noi non abbiamo tempo, figurarsi!, e allora ci pensano le altre ricoverate.

Le vogliono bene, la trattano come una bambina, qualche volta la strapazzano come una bambola, ma naturalmente non hanno costanza, e spesso la dimenticano per intere giornate.»

Dovresti vedere, Sophie, quanto è dimagrita la nostra povera amica, e che stracci ha addosso, lei ch'era sempre cosí elegante!

Ti ricordi com'era bella con la veste da casa bianca, dritta come una spada d'argento, pura come un giglio, come le diceva quel traditore di monsieur Edouard? E quando appariva sul palcoscenico col tutú della silfide, luminosa e leggera come una nuvola d'estate sul mare... E il suo sguardo amoroso, il suo sorriso, il suo profumo delicato.

Vedessi come sono ridotti ora i suoi bei capelli: sporchi, opachi, aggrovigliati. E che odore disgustoso sale dal pagliericcio intriso di ogni genere di sozzura.

Ma è viva! È viva! Mi sono buttato in ginocchio accanto a lei, le ho preso una mano e gliel'ho baciata piangendo insieme di dolore e di sollievo.

Madame Geneviève invece è rimasta calma. Ha dato del denaro alla sorvegliante perché la facesse lavare e la nutrisse personalmente, e prima di andarsene ha parlato alla nostra povera amica come se potesse capire. «Vi porteremo presto fuori di qua, Céline» le ha detto. «Rivedrete la vostra bambina. Guarirete. Buona notte, mia cara. A domani.»

La vecchia signora è sicura che, grazie alle sue conoscenze, otterrà dal giudice il permesso di far trasferire madame a casa sua in attesa del processo. Dopo averla vista in azione, comincio a credere anch'io che ci riuscirà.

La fiammella della speranza è ancora accesa, Sophie. Le mie preghiere, anche se poco ortodosse, non sono state inutili.

Ora ti lascio, perché è molto tardi e la candela è quasi finita.

Buona notte, sassolino. Buona notte anche a Dédé. Aspetto vostre notizie e spero di potervene dare presto di migliori riguardo alla nostra amatissima benefattrice.

Il vostro fratello maggiore

Toussaint

6

Thornfield, 3 settembre 1837

Caro Tússi,
che sollievo sapere che madame è viva! Anche se il pensiero di quello che ha passato, e delle sue attuali condizioni, mi riempie di angoscia. E noi che fino a poco tempo fa la immaginavamo sana e tranquilla, al sicuro pur tra i disagi di una cella di isolamento, intenta a leggere le nostre lettere al lume di candela, informata di tutto quello che ci capitava, preoccupata per i nostri piccoli problemi, riscaldata dal nostro affetto! Mi chiedo se i nipoti del Cittadino Marchese siano al corrente della tragedia che hanno provocato con le loro false accuse. E che conseguenze può avere la malattia di madame Céline sul processo.

Spero con tutto il mio cuore che le autorità permettano alla nonna di Olympe di toglierla dalla Salpêtrière e di ospitarla nella sua casa. E sono certa, Tússi, me lo dice il cuore, sono certa che trovandosi circondata da persone amiche, curata da un buon medico, trattata con amore, la nostra benefattrice guarirà, tornerà ad essere quella ch'era una volta. Se potesse avere Adèle accanto, se potesse ascoltarne la voce, ricevere i suoi baci, *sono certa che reagirebbe, che uscirebbe dal suo isolamento. L'amore materno è la piú forte di tutte le medicine. Ma sono certa anche che monsieur Edouard, se glielo chiedessi spiegandogliene il motivo, non ci lascerebbe tornare.*

Ad ogni modo ho molta fiducia nell'influenza che potrà avere su di lei la compagnia di Olympe. Quand'è che torna?

Inutile dirti, Tússi, che aspetto la tua risposta con ansia. Scrivimi presto. Dimmi che madame è al sicuro in casa delle Soulignac. Naturalmente non racconterò niente a Adèle di questa novità. Si chiederebbe come mai la madre non ci scrive, e non voglio che sappia che madame ha perduto la ragione.

Di noi cosa posso raccontarti? Stiamo bene e ci annoiamo un po'. Il che, a guardarla dal lato positivo, significa che non abbiamo, perlomeno qui a Thornfield, né dolori né preoccupazioni.

In questa casa, adesso che monsieur Edouard è partito, nessuno capisce una parola di francese, quindi Adèle e io siamo libere di chiacchierare, di fare i nostri commenti, di scherzare sulle abitudini inglesi, sul cibo per esempio, sui mobili antiquati che abbiamo scoperto esplorando le camere del terzo piano che non sono chiuse a chiave. Madame Fairfax è convinta che, quando piove, passiamo il tempo nella nostra camera, io a rammendare la biancheria, Adèle a giocare con Catherine. Ma noi ce ne andiamo in giro per la casa oppure in biblioteca, dove monsieur Edouard ha lasciato aperto solo uno scaffale con pochi libri, che evidentemente ritiene potranno servire all'istitutrice per insegnare a Dédé quelle prime nozioni di una buona educazione inglese di cui si parlava nell'annuncio. Io li utilizzo per insegnarle intanto un po' d'inglese, e Adèle ha già fatto molti progressi. Mada-

me Fairfax è talmente ingenua che crede di essere stata lei, semplicemente parlandole, ad averle insegnato i vocaboli e le frasi che ora Adèle pronuncia correttamente e capisce quando sente parlare gli altri. Per me è una sofferenza continuare a fingere di ignorare l'inglese, perché mi costringe ad avere rapporti solo con Adèle, che è sveglia e affettuosa, ma è solo una bambina.

Qualche volta penso che il mio è un sotterfugio inutile, che in fondo siamo circondate da persone amichevoli che vogliono solo il nostro bene, e che non c'è alcun motivo di spiarle per scoprire le loro vere intenzioni. Poi ricordo la crudele bugia di monsieur Edouard sulla morte di madame... Anzi, sai una cosa, Tússi? In questo momento mi è venuto il sospetto che, quando è venuto in rue Saint Augustin a cercare Dédé, quell'uomo crudele fosse venuto a sapere in qualche modo che madame Céline era finita alla Salpêtrière. Sepolta viva. "In-pace", come dicevano gli spietati giudici medioevali. E non ha avvertito i suoi amici, non l'ha voluta aiutare! La signora Fairfax e i domestici probabilmente sono delle buonissime persone, ma il proprietario di Thornfield è, come diceva di Ulisse il padrino, un "tessitore d'inganni", e di sicuro ne tramerà degli altri. Quindi non devo abbassare la guardia.

Vuoi sentire l'ultima fantasia di Adèle?

Da qualche giorno ha un'amica immaginaria che si chiama Bertha, che parla in inglese e combina ogni sorta di monellerie. Suppongo che Adèle le abbia dato questo nome perché ha nostalgia di Dagoberta. D'altra parte è normale che un bambino che vive senza avere rapporti con i coetanei s'inventi un amico con cui giocare. Io, ti ricordi?, avevo Pipolet. Bertha, racconta Adèle, non può uscire all'aperto. Perciò *quando il tempo è bello e noi due andiamo a passeggiare nel parco, oppure all'ufficio postale di Hay, dobbiamo raccogliere gli ultimi fiori autunnali, le nocciole, le foglie dai colori piú accesi, le prime bacche, i sassi di forma strana, le piume cadute agli uccelli, perché Adèle li possa portare in dono alla sua amica. Conserva per lei anche frutta e pezzetti di dolce, perché a quanto pare Bertha è una bambina molto golosa. Prima o poi dovrò scoprire dove li nasconde, perché non attirino i topi o, marcendo, non mandino cattivi odori. La signora Fairfax è convinta che noi francesi siamo tutti gente poco amante della pulizia. Gliel'ho sentito dire a Leah. Non vorrei che Dédé incrementasse questo pregiudizio e venisse giudicata una sudiciona.*

Ti saluto e ti abbraccio, Tússi.

Unisco come al solito un biglietto di Adèle. Spero che un giorno madame li possa leggere tutti, insieme alle nostre lettere, e possa sorridere del passato.

Pensa a quanto è duro per me dover restare cosí lontana e non poter abbracciare e aiutare madame Céline.

Pensa a quanto sono affamata di notizie, e rispondimi immediatamente.

La tua

Sophie

Cara mamma,
lo sai che ho un dente nuovo al posto di quello che mi era caduto a Parigi? Qui piove

sempre, Sophie legge i libri inglesi che ci sono in biblioteca e io mi annoio. Per fortuna gioco con Bertha, che mi fa ridere perché dice le parolacce e getta per terra la tazza del tè che si rompe e sporca il tappeto. Bertha ha sempre freddo, però io le dico che è un po' scema perché qualche volta si toglie i vestiti, ne fa una palla e li butta nel fuoco del caminetto e dopo le viene il catarro. Questo è un segreto che posso raccontare solo a te e a Sophie. Anche Bertha crede che Sophie non sappia parlare in inglese. Gliel'ho detto io e mi crede. Non sa che è una bugia buona. Invece Sophie lo sa bene, ascolta tutto quello che dicono e mi ha insegnato tante parole. Adesso quando andiamo ad Hay per impostare le lettere, se incontriamo qualcuno che mi dice: «What a pretty little girl!» io gli rispondo: «Thank you.» E se mi chiedono: «Where do you come from?» io gli rispondo: «We now live in Thornfield, but we come from Paris.»

Hai visto come sono brava? Mister Rochester quando torna sarà molto contento di me e non dirà piú che sono una bambina poco intelligente.

Un bacione forte forte from your faithful

Adèle

7

Parigi, Faubourg Saint Germain
13 settembre 1837

Cara Sophie,
questa volta ho tante notizie da darti. Alcune buone, altre meno, ma nessuna di loro è tragica e tale da distruggere ogni nostra speranza. La prima e la piú importante è che la nostra cara benefattrice è stata dichiarata dal tribunale "incapace di nuocere e di tentare la fuga" e quindi affidata a madame Geneviève, che l'ha fatta subito trasportare a casa sua, dove io passo a trovarla tutti i giorni.

La seconda è che Olympe è tornata dall'Italia e che domani andrà nella casa di campagna dei Soulignac a cercare quelle antiche lettere del padrino che potrebbero sbugiardare i suoi eredi.

La terza è che purtroppo madame Céline, nonostante i nostri sforzi, non ci ha riconosciuto e continua a rimanere nel suo stato di totale incoscienza, di inerzia e di abbandono. Era cosí sporca che Olympe ha dovuto lasciarla a lungo immersa nell'acqua calda della vasca prima di poterle staccare dalla pelle tutte le croste e il sudiciume della Salpêtrière. I capelli è stata costretta a tagliarglieli a zero: non solo erano sporchi e aggrovigliati, ma pieni di pidocchi. Se la vedessi, Sophie! La nostra bella madame Varens adesso sembra un ragazzino denutrito. È pallidissima, ha due profonde occhiaie scure e su tutto il corpo una irritazione della pelle causata dai morsi delle cimici, che sul dorso e sulle braccia le ha prodotto delle brutte piaghe.

Però non sembra accorgersi della differenza tra il lurido pagliericcio dell'ospedale e il bel letto morbido dalla biancheria im-

macolata dove l'hanno distesa le sue soccorritrici. Continua a piangere, con gli occhi senza sguardo rivolti al soffitto, e ad agitare la testa al ritmo della stessa nenia che mugolava quando l'abbiamo trovata. Olympe, che l'ha vegliata e nel silenzio della notte l'ha ascoltata con attenzione, dice di aver riconosciuto il motivo della canzone che madame cantava tanti anni fa insieme a monsieur Edouard, ti ricordi? *But wide as pathless was the space/That lay, our lives, between...*

Olympe dice che è un buon segno, se madame ricorda qualcosa del suo passato. È un'infermiera straordinaria, paziente, energica, instancabile. Madame Geneviève le ha affidato completamente la responsabilità dell'ammalata e la nipote ha subito chiamato a visitare madame Céline il medico alienista piú famoso di Parigi, il vecchio dottor Manette che al tempo della Grande Rivoluzione ha partecipato agli esperimenti di magnetismo animale del dottor Mesmer.

E qui arriva la quarta notizia, che non può definirsi bella, però ci consente di nutrire qualche speranza.

Ascolta bene, Sophie, il dottore dice che non ha trovato lesioni irreversibili, che secondo lui lo stato "catatonico" di madame, cosí lo ha definito, dipende da un profondo trauma nervoso, e che l'ammalata potrebbe un giorno recuperare interamente la ragione.

Quando? Difficile dirlo. Ci vogliono cure e attenzioni costanti, medicine, massaggi, bagni, sollecitazioni d'ogni tipo. Il dottore dice che dobbiamo parlare a madame come se ci sentisse e ci capisse, il piú spesso possibile; che dobbiamo carezzarla, metterla a sedere, nutrirla con i suoi cibi preferiti, farle sentire le canzoni e la musica che era abituata ad ascoltare prima dell'arresto. Che bisogna organizzare dei turni per non lasciarla mai sola. Olympe ha già assunto una infermiera specializzata *per i massaggi e le medicazioni, e un'altra per la notte. Di giorno se ne occupano lei e madame Geneviève. Anch'io vorrei contribuire in qualche modo alle cure della nostra povera amica; mi si spezza il cuore ogni volta che devo andarmene da rue Notre Dame des Champs per tornare in casa del visconte.*

Ma non posso abusare della generosità del cocchiere e della moglie. Se dovessero avere dei guai per causa mia e, Dio non voglia, essere licenziati, allora sí che non potrei piú allontanarmi neppure un minuto dal Faubourg Saint Germain.

Bene, questo è tutto per ora, mio caro sassolino. So che ti ho dato con la mia lettera una grande delusione e una piccola speranza. Ma so anche che sei forte, e che lo sarai ancora di piú per Adèle.

Rispondimi subito. Anche Olympe e la nonna sono ansiose di avere notizie dall'Inghilterra. Raccontaci tutto quello che succede a Thornfield, perché sono sicuro che la prima parola che dirà madame quando si sveglierà dal suo letargo sarà: "E Adèle?"

Ti abbraccio cara Sophie e invoco su di te la protezione di Obatalà, il nostro orisha maggiore, che è vestito di bianco e ha per simbolo una colomba. Che ti illumini le stanze buie e fredde di quella casa lontana e ti sveli tutte le trappole del tessitore d'inganni Edouard Rochester.

Il tuo fratello maggiore

Toussaint

PS: Sai chi ho incontrato l'altro giorno? Con tante novità importanti quasi dimenticavo di dirtelo. Sul lungosenna ho incontrato Solange, che spingeva una carrozzina con dentro due gemelli di circa tre anni e si trascinava dietro un terzo mocciosetto dall'espressione petulante e capricciosa. Solange mi ha gettato le brac-

cia al collo, mi ha chiesto di tutti voi, si è commossa al pensiero di Adèle così lontana... È una brava donna, affezionata; dice di rimpiangere gli anni di Boulevard des Capucines, e credo sia sincera. Le ho chiesto se è disposta a venire a testimoniare in tribunale a favore di madame, e mi ha subito dato l'indirizzo dei nuovi padroni dove posso trovarla. Le ho detto che adesso sei tu la bambinaia di Adèle e il suo commento è stato: «Meno male!»

Le ho chiesto di procurarsi il recapito degli altri domestici. Con l'aiuto di madame Soulignac penso che potremmo farli accettare tutti come testimoni. Ti bacio con tenerezza.

8

Thornfield, 20 settembre 1837

Caro Tússi,
qui va tutto bene. Te lo scrivo subito, in modo che tu possa leggere il seguito di questa lettera con tranquillità. Ringrazia tanto da parte mia Olympe e sua nonna per tutto quello che stanno facendo per noi. Come vorrei essere lí in rue Notre Dame des Champs per aiutarle a prendersi cura della mia amata benefattrice! Come vorrei essere io la prima a indovinare i primi segni della sua guarigione! Perché sono certa che madame Céline guarirà. Ti ricordi quando ti scrivevo che non poteva essere morta, perché altrimenti il mio cuore me lo avrebbe detto? Allo stesso modo oggi "sento" che madame guarirà. Sono pronta a scommettere tutte le monete che mi sono rimaste nella calza, e anche il salario che madame Fairfax mi pagherà dopo il primo semestre (se come spero non ce ne andiamo prima).

Però mi dispiace che debbano essere madame Geneviève e Olympe a sostenere tutte le spese e la fatica. Non stancarti di assicurarle che gliene saremo eternamente riconoscenti.

Anche Adèle, se sapesse in che condizioni si trova madame, le ringrazierebbe. Ma naturalmente non gliel'ho detto. Povera Dédé, anche lei in un certo senso sta vivendo come una prigioniera. Da qualche giorno il tempo è cosí brutto che non possiamo uscire di casa e madame Fairfax non è una compagna molto divertente. Le sue osservazioni sono piene di buon senso, ma sempre cosí banali! Oltretutto è convinta che non bisogna dare confidenza ai domestici, per cui Adèle non può varcare la soglia della cucina, dove magari Leah, Mary o John potrebbero raccontarle qualche storia interessante.

Siamo cosí annoiate, lei e io, che quasi aspettiamo con impazienza l'arrivo dell'istitutrice. La signora Fairfax dice che ha mandato delle ottime referenze. Si chiama Jane Eyre e si è diplomata a Lowood, un istituto religioso per figlie di sacerdoti poveri. Lo sai, vero, Tússi, che gli inglesi sono protestanti e i loro preti si possono sposare? Chissà come sono le figlie dei preti? E chissà quanti anni ha questa Jane Eyre. Speriamo che non sia troppo anziana e che abbia un carattere socievole.

A proposito di domestici e di istitutrici, ho trovato in biblioteca un libro molto divertente dello stesso autore de *I viaggi di Gulliver*. Dev'essere un libro proibito, perché stava in una delle librerie chiuse a chiave. Ma non ci vuole niente ad aprirle con una forcina, e adesso posso leggere degli autori molto piú interessanti di quelli che monsieur Edouard aveva lasciato a nostra disposizione. Questo libro si intitola *Istruzioni alla servitú*. Però non devi credere che sia un manuale per insegnare ai domestici come comportarsi. Al contrario. Dovresti leggere, Tússi, che tipo d'istruzioni *impartisce mister Jonathan Swift! Tutte le malefatte che i domestici combinano di nascosto, e che poi cercano di negare o di nascondere, mister Swift sostiene che fanno parte dei loro compiti, e che non devono perdere occasione di metterle in pratica: tipo poggiare sempre i bicchieri piú preziosi vicino all'orlo del tavolo in modo che cadano e si rompano; non vuotare i vasi da notte finché non sono pieni fino all'orlo, e vuotarli sempre dalla finestra, per non perdere tempo a scendere dalle camere padronali fino alle latrine del cortile. Sembra di ascoltare Adèle quando racconta le monellerie della sua amica Bertha.*

Questo modo di scrivere con grande serietà quando invece si vuole fare dell'ironia, il padrino ci ha insegnato che si chiama "paradosso", ma non avevo mai trovato prima dei paradossi cosí divertenti. Mister Swift avrebbe dovuto scrivere qualcosa anche per le bambinaie come me che non parlano in inglese, cosí avrei saputo come e cosa rispondere a madame Fairfax quando ieri mi ha fatto una scenata perché avevo lasciato che Adèle se ne andasse da sola a gironzolare nel corridoio del terzo piano.

Non è la prima volta che lo fa, e non vedo cosa ci sia di male. Non ha mai rotto niente, e neppure ha sporcato o messo le cose in disordine. Anche in Boulevard des Capucines, ti ricordi, potevamo lasciarla da sola nel salone senza che combinasse alcun danno. E poi, salendo e scendendo le scale, almeno fa un po' di movimento. Una bambina di sei anni non può restare tutto il giorno ferma e composta come piacerebbe a madame Fairfax. Anch'io che ne ho quasi quindici sento un terribile formicolio nelle gambe, e anche nella testa, a stare sempre seduta a leggere o a rammendare.

E se anche Adèle al terzo piano fa un po' di chiasso, chi può disturbare? Non c'è nessuno in quelle stanze, a parte la cucitri-

ce, che in genere preferisce starsene da sola lassú invece di scendere a fare due chiacchiere con gli altri domestici in cucina. "Forse è Grace Poole che si è lamentata" pensavo, mentre la signora Fairfax strillava, rossa in faccia come un'aragosta, che non dovevo assolutamente perdere di vista Adèle neppure per un istante. Io naturalmente facevo finta di non capire e la guardavo con aria stolida. Allora la signora ha chiesto a Dédé di farci da interprete. Era piuttosto buffo sentire una bambina che rimprovera la bambinaia perché l'ha lasciata libera di giocare. Io ho risposto che se Adèle aveva fatto chiasso, l'avrei accompagnata di sopra a chiedere scusa alla cucitrice. Ma a questa proposta la signora Fairfax si è agitata ancora di piú e si è messa a strillare: «No! No! È pericoloso. Ve lo proibisco assolutamente. Assolutamente.»

Non ci voleva altro, Tússi, per suscitare la mia curiosità. Perché mai chiedere scusa a una cucitrice dovrebbe essere pericoloso? Grace Poole l'avevo vista diverse volte scendere in cucina e risalire con il vassoio della cena, e mi era sembrata una persona molto taciturna, ma del tutto normale.

Cosí dopo avere servito il tè alla signora e a Dédé nel salottino, sicura che non ne sarebbero uscite almeno per mezz'ora, ho preso una candela e mi sono avviata su per le scale. Non ero mai stata al terzo piano dopo l'imbrunire. Lí i caminetti non vengono accesi da anni e c'era un'aria umida e fredda che a Catherine Morland avrebbe suggerito l'idea di un cupo e deserto sotterraneo. In realtà anch'io mi sentivo un po' a disagio. Il corridoio è basso, stretto, con una piccola finestra in fondo, e due file di porte scure ai lati. Porte, a sentire madame Fairfax, proibite e pericolose come quelle del castello di Barbablú. Ma la tua amica Sophie è una ragazza coraggiosa, cosí ho respirato profondamente e mi sono diretta verso la porta dove una volta avevo visto entrare la cucitrice.

Non c'era pericolo di sbagliare, perché accanto alla porta, poggiato per terra, c'era il vassoio con i resti della cena.

E adesso viene il bello. Quanto riderai di me, Tússi, e quanto rideranno Olympe e madame Céline quando glielo racconterò.

Dunque, stavo per bussare, quando ho sentito risuonare dentro la stanza quello che Catherine Morland avrebbe definito "un suono agghiacciante". Bello non era: una via di mezzo tra una risata e un singhiozzo, e finiva in un lungo sospiro. Ti confesso che mi è venuta la pelle d'oca e il mio primo istinto è stato quello di darmela a gambe. Ma ho fatto appello a tutta la mia razionalità, ho aspettato che il cuore smettesse di battere cosí in fretta e ho bussato. Dentro c'è stato un po' di trambusto, e ho contato fino a trentasette prima che Grace Poole socchiudesse con cautela la porta. «Cosa vuoi?» mi ha chiesto con una strana voce impastata. Aiuto! E adesso cosa avrei fatto? Molto stupidamente non avevo previsto che mi avrebbe parlato. Sono la bambinaia straniera che non parla in inglese e quindi non avrei dovuto capire la sua domanda. Cosí, con la solita espressione idiota, ho fatto una riverenza e ho detto a precipizio in francese: «Sono venuta a chiederle scusa se la bambina affidata alle mie cure l'ha disturbata.»

«Fuori dai piedi!» mi ha risposto sgarbatamente la cucitrice, e insieme alle parole dalla sua bocca è uscita una zaffata d'alcol. Tússi, non ci crederesti! Era cosí ubriaca che non riusciva a stare dritta e doveva appoggiarsi allo stipite della porta. Ecco spiegato il mistero. Ecco il perché di quei versi strani e dei singhiozzi, e del trambusto prima di aprire. Non sapeva che ero io e stava nascondendo la bottiglia. Devo confessarti che quella poveraccia

mi ha fatto pena. Gli ubriachi non mi sono mai piaciuti, ma un fatto è prendersi una bella sbronza in allegra compagnia come faceva Jean-Baptiste nelle sue serate di libertà, un altro scolarsi in solitudine una bottiglia di acquavite scadente. Ti ricordi cosa ci diceva sempre il padrino? «Se proprio dovete bere, che sia un Borgogna o un Saint Emilion d'annata, o uno Chablis. E se è champagne, che sia della zona di Angoulême.»

Evidentemente madame Fairfax è una puritana che considera l'alcol uno strumento del diavolo, e teme per l'innocenza di Adèle, se dovesse scoprire che la cucitrice ogni tanto si scola un cicchetto. Mister Swift nelle sue *Istruzioni alla servitú* dedica molte pagine al "dovere" dei domestici di ubriacarsi senza che il padrone se ne accorga.

Ma c'è anche un passo, in quel libro, che si riferisce alle bambinaie, e che sembra fatto apposta per noi. *Se un bambino sta per mettersi a piangere, dice, tu raccontagli subito una storia di spiriti.*

Per fortuna Adèle non è una piagnona, altrimenti potrei raccontarle che al terzo piano si aggira il fantasma di una pazza sanguinaria murata viva secoli fa dagli antenati di monsieur Edouard. Cosí le toglierei la voglia di andarci e farei contenta la signora Fairfax.

Tússi, scusami se ti ho fatto perdere tempo raccontandoti simili stupidaggini. Ma questa è la nostra vita a Thornfield, cosí monotona che dobbiamo inventarci le storie piú assurde per non morire di noia. Sapessi come rimpiango Parigi! Persino le settimane che abbiamo passato in rue Saint Augustin oggi, in confronto a questo grigiore, mi sembrano vivaci e interessanti.

Rispondimi subito. Pensa a quanto sto in ansia per madame. Dimmi qualcosa anche a proposito del processo. Madame

Geneviève le ha procurato un bravo avvocato? Hanno trovato altri amici disposti a testimoniare a suo favore?

Dédé mi incarica di chiederti come sta Dagoberta. Spero che tu la stia trattando con cura, perché quando torniamo sono certa che te la chiederà indietro. Ti consiglio, se la conservi in un cassetto o in fondo a un armadio, di avvolgerla prima in un pezzo di tessuto pulito.

Per oggi ti saluto e ti abbraccio, Tússi, e sono sempre il tuo affezionato sassolino

Sophie

Dear mamma,
lo sai che sta per arrivare una istitutrice tutta per me? Madame Fairfax mi ha detto che mi insegnerà a diventare una vera lady. A Bertha le ladies non piacciono: dice che sono tutte bugiarde e piscialletto. Le ho fatto vedere la mia doll Catherine, che è vestita come una dama. E lei mi ha detto che non le piace, e che se gliela porto un'altra volta, la getta per terra e la rompe come ha fatto con la teiera. Bertha dice che ce ne dobbiamo scappare insieme per andare in un'isola dove i fiori sono grandissimi, gli uccelli parlano, c'è sempre il sole, e le bambine possono camminare scalze sulla sab-

bia. A me piacerebbe, però voglio che venga anche Sophie, e che non ci stiamo tanto tempo. Appena tu esci dalla prigione dobbiamo tornare subito a Parigi.

Quand'è che ti liberano, mamma? Io voglio come back to casa and stay con te.

Ti abbraccia forte forte your good little daughter

Adèle

9

Parigi, Faubourg Saint Germain
7 ottobre 1837

Carissima Sophie,
due righe in fretta, perché tra mezz'ora devo uscire per accompagnare la viscontessa alla funzione dei Vespri.

Ho lasciato da poco madame Céline, la cui salute, grazie alle cure incessanti di Olympe, sta facendo grandi progressi, anche se purtroppo solo dal punto di vista del fisico. Mangia regolarmente, non è piú pelle e ossa, le piaghe che ha sul dorso e sulle braccia si stanno pian piano rimarginando. Di questo passo in pochi mesi dovrebbe tornare come prima. Quello che non migliora è il suo stato mentale. Anche se qualche cambiamento c'è stato: adesso madame non giace piú inerte come nei primi giorni, ma cerca di buttarsi giú dal letto, grida, chiama il padrino e i genitori che sono morti ormai da tanto tempo. Col ritorno delle forze fisiche il suo delirio è agitato, pieno di angoscia. Non ci *riconosce, ma l'altro giorno, mentre il dottor Manette la visitava, si è messa a parlare con Adèle, come se fosse presente. Le ha detto di cambiarsi, di togliersi le scarpe infangate e di andare a sedersi sulle sue ginocchia. Poi le ha cantato la canzone del buon re Dagoberto. La ricorda perfettamente, ne ha cantato tutte le strofe con una vocina sottile che ci spezzava il cuore. E si è arrabbiata perché Adèle non cantava con lei. Il medico le ha detto con calma che la figlia non era nella camera, che era in viaggio e non poteva sentirla. Ma che c'erano degli altri cari amici che potevano esaudire il suo desiderio. E ha invitato con lo sguardo me e Olympe a intonare la canzoncina. Madame però si è tirata la coperta sul viso e non ha voluto sentire.*

La settimana scorsa Olympe è andata nella casa di campagna dei Soulignac e ha portato a Parigi il cofanetto di lettere della nonna. Ce n'erano tre che potrebbero esserci utili. Nella prima il padrino racconta a madame Geneviève della sua intenzione di lasciare la Pommelière, la casa di rue Jacob e una rendita di diecimila franchi alla sua figlioccia Céline Varens, che all'epoca aveva nove anni. Nella seconda, datata 1823, il Cittadino Marchese torna sull'argomento, lamentandosi dell'atteggiamento ostile dei due nipoti e dicendo di voler mettere al riparo la figlioccia dalle loro pretese formalizzando presso un notaio le sue volontà. Nella terza, datata 1831, si dice preoccupato per il matrimonio di madame Céline, e racconta di aver predisposto il testamento in modo che monsieur Rochester non possa vendere la tenuta o la casa di rue Jacob, né alienare il capitale di proprietà della moglie.

Madame Soulignac è corsa a portare queste lettere al magistrato che sta preparando il processo, e dice che il giudice è rimasto molto colpito e ha cominciato a dubitare della versione dei due nipoti, ai quali fino ad allora aveva creduto ciecamente.

«Ma purtroppo, madame» le ha detto «da quando il vostro amico vi ha scritto queste parole sono passati molti anni e nel frattempo il marchese Philarete può avere cambiato opinione. Per scagionare dall'accusa la vostra protetta ho bisogno del testamento vero e proprio, o almeno di rintracciare il notaio che lo ha registrato.»

Come ricorderai, Sophie, il padrino su questi argomenti era molto riservato. L'unica che può conoscere il nome del notaio è madame Céline, cosí come è l'unica a sapere dove si trovano il testamento e anche l'atto della mia liberazione. Per non parlare dei suoi gioielli e del danaro scomparsi insieme alle carte.

Ho scritto "conoscere" e "sapere". Ma forse nella mente della nostra povera amica non c'è piú niente che somigli a queste parole. E dunque non possiamo fare altro che aspettare.

Ti prometto che se ci sarà qualche cambiamento degno di nota, te lo scriverò immediatamente.

Ora finisco perché il valletto mi sta chiamando. Un grande abbraccio a te, sassolino, a Dédé, e visto che ci sono anche a quella discola di Bertha, dal vostro

Toussaint

10

Thornfield, 19 ottobre 1837

Caro Tússi,
lasciami dire che sei troppo pessimista. Cosa ti succede? Temi di illuderti che la nostra ammalata stia migliorando per il timore di restare deluso? A me sembra un grande progresso il fatto

che madame si ricordi le parole di una intera canzone, che la canti in modo comprensibile, e che la colleghi a Dédé. Cosa ne dice il dottor Manette? Scommetto che nella prossima lettera mi scriverai di qualche altro miglioramento.

Bisogna avere fiducia, Tússi, altrimenti come faremo ad andare avanti?

Hai indovinato che, nonostante le belle parole, questa volta sono io ad essere un po' giú di morale, vero?

Qui le cose sono molto cambiate. Thornfield non mi sembra piú il rifugio tranquillo dei primi tempi, ma un luogo pieno di insidie e di trappole. Adesso penserai che la mia recente "avventura" nel corridoio del terzo piano mi abbia suggestionata, facendomi temere che la povera Grace Poole sia una donna pericolosa. Ma non è lei che mi preoccupa. Davvero, amico mio, in questi giorni avrei proprio bisogno della protezione del tuo Obatalà.

"Ma insomma, cosa è successo?" ti starai chiedendo. È successo che ho perduto Adèle, Tússi. È arrivata la istitutrice e si è presa la mia bambina. No, non l'ha portata via da Thornfield. Semplicemente ha preso il controllo della sua vita, con grande entusiasmo e sollievo della signora Fairfax, e a me ha lasciato solo le briciole. La povera Adèle è confusa e disorientata. Sa che deve obbedire a "quella", ma era abituata ad avermi tutto il giorno al suo fianco. Adesso invece ci possiamo vedere solo di sfuggita nei ritagli di tempo tra una lezione e l'altra, e dobbiamo stare attente a quello che diciamo, perché miss Jane capisce benissimo il francese. Temevo che madame Fairfax avrebbe fatto dormire l'istitutrice al mio posto nella camera di Adèle. Invece per fortuna le ha dato una stanza accanto alla sua, una stanza elegante, dove Dédé non ha il permesso di entrare. Cosí noi due continuiamo almeno a dormire insieme.

Appena arrivata miss Jane ha cominciato a interrogare Adèle, a chiederle dei genitori, del posto dove viveva prima di venire in Inghilterra, dei suoi rapporti con monsieur Edouard... Dédé è stata bravissima. Ha risposto a tutto, ma senza darle nessuna informazione compromettente. Con grande autocontrollo ha recitato la parte dell'orfana, raccontando che la madre "era andata dalla Santa Vergine". Ha sempre parlato di me come della sua bonne, *e ha insistito sul fatto che non capisco una sola parola d'inglese. Miss Jane allora ha avuto la benevolenza di parlarmi in francese. Mi ha chiesto come mi chiamavo e quanti anni avevo, e sono stata pronta a rispondere: «Diciotto.» Ci ha creduto, anche perché sono piú alta di lei.*

È una donnina piccola e magra, dalla carnagione pallida e dai lineamenti molto marcati. Non si riesce a capire la sua età, anche perché si veste sempre di nero o di grigio, e si pettina come una zitella, coi capelli tirati, senza un ricciolo sulle tempie o sulla nuca. Però è piena di energia. Ha preso possesso della biblioteca e ci ha sistemato le sue cose, i libri e gli oggetti che le servono per fare lezione. Io naturalmente non ci potrò piú entrare, se non per spolverare e mettere in ordine in compagnia di Leah. Devo stare attenta a non farmi vedere in giro con un libro, neppure un libro in francese, perché anche miss Jane è convinta che, oltre a non sapere l'inglese, io non sappia né leggere né scrivere.

Adesso le nostre giornate si svolgono cosí: faccio alzare Adèle che è ancora buio, la aiuto a lavarsi e a vestirsi e la accompagno nel salottino di madame Fairfax, dove miss Jane la prende in consegna. Fanno colazione insieme, poi salgono in biblioteca. Io torno in camera nostra, metto in ordine, pulisco, e mi siedo accanto al caminetto a rammendare. Lo sai, Tússi, che i lavori di cucito non mi sono mai piaciuti. Eppure, a meno che Leah non mi chiami per darle una mano nelle pulizie della casa o in cucina, devo restarmene con l'ago in mano fino all'imbrunire. Sempre pronta ad accorrere, nel caso miss Jane si stanchi di Adèle e me la restituisca prima del tempo. Ma non succede quasi mai. Non solo le fa lezione, insegnandole Dio sa cosa, ma la porta con sé quando va a passeggio nel parco, e ci vanno tutti i giorni, anche se pioviggina. E nel pomeriggio la fa giocare con la bambola accanto a lei e a madame Fairfax nel salottino di quest'ultima. Ormai Adèle parla l'inglese meglio di me, e anche se sbaglia ancora qualche verbo, è in grado di comunicare perfettamente con le due signore e con i domestici. Ti giuro, Tússi, che sto morendo di malinconia. Non ti dico con quanta impazienza aspetti il momento in cui miss Jane mi chiama per ordinarmi di mettere Adèle a letto. Ma neppure allora me la posso godere per molto, perché è cosí stanca, povero uccellino, che si addormenta quasi subito.

Adesso frequento molto di piú gli altri domestici. Madame Fairfax mi ha fatto chiedere se voglio mangiare in camera come Grace Poole, ma le ho risposto che preferisco scendere in cucina. Mi sembrerebbe di essere prigioniera se restassi in quella stanza per tutto il giorno.

Leah e Mary devono considerarmi proprio un'idiota, perché dopo quasi tre mesi che vivo a Thornfield non ho imparato una sola parola d'inglese. Sono gentili e cercano di comunicare con me a gesti, ma presto si stancano e cominciano a parlare tra di loro. Io ascolto quello che dicono, i loro commenti sulla nuova venuta. Anche Leah pensa che è troppo severa, troppo seria, che si veste come una quacchera, come se volesse mortificarsi. È qui da una settimana e non l'abbiamo mai sentita ridere. Pove-

ra Dédé, lei che era abituata a stare con una mamma cosí allegra, cosí affettuosa, dover passare tutto il giorno con una musona del genere!

E oltretutto il tempo è sempre piú grigio e piovoso. Venire ad Hay per consegnare o ritirare le lettere alla posta comincia ad essere complicato, con tutto quel fango. Per fortuna nessuno controlla i miei movimenti, e quando capisco che miss Jane e Adèle non avranno bisogno di me per un paio d'ore, con la scusa di fare due passi nel parco, mi allontano a mio piacimento. Non so se potrò continuare a farlo quando comincerà a nevicare.

Ecco, Tússi, ti ho raccontato tutto. Sono triste e mi chiedo quanto durerà questa situazione. Come tu hai ritrovato nel momento del pericolo gli antichi dei della tua terra, io sono tornata a quello che mi insegnava mia madre, quando stavamo in rue Marcadet. L'Essere Supremo e la dea Ragione sono una bellissima cosa, ma quando hai voglia di piangere non c'è nessuno che ti consoli come il buon Gesú e la Vergine Maria. Li prego tutte le notti perché facciano guarire madame il piú presto possibile, e ci facciano tornare a casa. Li prego anche perché proteggano te, caro Tússi, e madame Geneviève e la carissima Olympe.

Scrivimi presto. Ti abbraccia con molta tristezza la tua

Sophie

Dear mamma,

è arrivata l'istitutrice. Dobbiamo stare insieme in the biblioteca tutto il day, e se sbaglio gli esercizi lei si arrabbia e mi dice: «Ma ti hanno insegnato solo a cantare canzoni indecenti?»

La colpa è di quel pezzo d'opera che tu cantavi al piano with monsieur Jolivet, quello della donna abbandonata che will vendicarsi. Credevo che le sarebbe piaciuto, invece ha detto in inglese a madame Fairfax, credendo che io dont understand: «Insegnare una cosa simile a una bambina! Che pessimo gusto!» E invece non me l'ha insegnata nessuno, I learned it da sola ascoltandovi singing. Mi ha chiesto se conoscevo una little song per bambini, e allora le ho cantato quella del king Dagoberto. Quando ha sentito delle mutande al rovescio, miss Jane è diventata rossa come se lo avesse visto davvero, il sedere nudo del re, e mi ha ordinato di smettere im-me-dia-tely. Lo dice così, con le sillabe separate, perché capisca che devo obbedire e basta.

Mamma, Sophie è triste. Non può parlare con nessuno and is bored. Le ho detto che può andare a giocare con Bertha, io non sono gelosa. Ma lei dice che il suo amico si chiamava Pipolet e che se ne è andato da tanti anni.

«Bertha invece deve rimanere qui. Non la lasciano andare via» le ho detto. «Per questo combina tanti malanni, per fargli dispetto. Ma con me è gentile, e sarà gentile anche con te se ci vai.» Però Sophie non ci vuole andare.

Mamma, esci presto da quella prigione, cosí torniamo a Parigi e Sophie doesn't cry.

Ti abbraccia stretta stretta your

Dédé

11

Parigi, Faubourg Saint Germain
29 ottobre 1837

Sassolino caro,
mi dispiace tanto per quello che mi scrivi. Adesso tocca a me invitarti ad avere pazienza. Vedrai che l'istitutrice si stancherà presto di passare tutto il giorno con Adèle, e si limiterà a tenerla con sé solo durante le ore di lezione.

Forse anche lei, nei primi giorni in quella casa buia e isolata, si sente un po' sola.

Per consolarti e darti un po' di speranza, ti informo che le cure prescritte dal dottor Manette sembrano funzionare e che madame Céline fa ogni giorno qualche piccolo progresso. Adesso si accorge della nostra presenza, anche se ancora non ci riconosce. Qualche volta ci parla come se fossimo le sue compagne di cella a Saint Lazare, e spesso si affanna a convincerci che non ha denaro con sé e ci supplica di non picchiarla. Sapessi che tristezza vederla cosí umile e timorosa! Però risponde a tono alle domande, quando le chiediamo se ha fame, se vuole mettersi seduta, se gradirebbe sentire della musica. Olympe ha fatto venire un violinista e gli ha chiesto di suonare un'aria de *La Silfide*. Madame seguiva il ritmo con la mano e muoveva i piedi sotto le coperte. Il dottore dice che non ha subito nessun danno permanente alle braccia e alle gambe e che, se recupera la ragione, dovrà fare molto esercizio fisico, ma potrà riprendere a ballare. Continua a dire "se", ma pare anche lui sempre piú fiducioso nella guarigione.

Però ci sono ancora dei giorni in cui la nostra povera amica è molto agitata, chiama la madre, il padrino, persino monsieur Edouard. Parla con Solange e si dispera perché ha perduto il latte e Adèle non vuole prendere quello della capra.

Olympe è andata a parlare con i nipoti del Cittadino Marchese per chiedergli di ritirare le loro accuse. Gli ha mostrato una delle lettere dello zio che testimoniano la sua volontà di favorire la figlioccia. E sai cosa ha fatto il piú giovane degli eredi, il marchese d'Arconville? Gliel'ha strappata di mano e ha cercato di distruggerla. Per fortuna le altre due sono già tra gli incartamenti del giudice.

Olympe si è talmente indignata che ha accusato il marchese d'essere un uomo senza onore e l'ha sfidato a duello. Quello si è rifiutato dicendo con disprezzo: «Non mi batto con una femmina.»

«Allora state attento, perché alla prima occasione che vi incontro senza scorta, vi infilzo senza prima mettervi in guardia!» gli ha risposto Olympe.

È tornata a casa fuori di sé dalla rabbia. Madame Geneviève le ha detto: «Neppure se tu fossi un maschio, avrebbe accettato di battersi. I Soulignac non appartengono alla nobiltà, e quelli come d'Arconville con i borghesi non incrociano la spada. Li fanno gettar fuori a bastonate dai servi.»

«Qui bisogna fare un'altra rivoluzione!» ha gridato allora

Olympe furibonda. «Ma grande, come quella dell'89. Qui bisogna impiccare gli aristocratici ai lampioni, riunire l'Assemblea Costituente e instaurare di nuovo la Repubblica.» Mi sembrava di sentir parlare il Cittadino Marchese, Sophie. Che nostalgia del suo modo di fare ragionevole e allo stesso tempo appassionato! Certe volte immagino la sua indignazione, se potesse sapere come è stata trattata e in che condizioni si trova la sua figlioccia. Fortunatamente Olympe e madame Geneviève sono fatte della stessa pasta del padrino e non si arrendono davanti a nessun ostacolo.

Spero che queste notizie ti abbiano un po' rincuorato, povera Sophie. L'unico consiglio che posso darti è quello di andare in biblioteca mentre l'istitutrice e Adèle sono a passeggio, e di procurarti una bella scorta di libri. Ma probabilmente lo avrai già fatto. Ti prometto che se in rue Notre Dame des Champs ci sarà qualche novità, ti scriverò subito, senza aspettare la tua risposta.

Da' un bacio a Adèle da parte mia, e anche da parte di Dagoberta. Dille che sta bene e, anche se non è vero, che dormo abbracciato a lei tutte le notti.

Ti abbraccio con tutto il mio affetto. Sii forte!

Toussaint

12

Thornfield, 10 novembre 1837

Caro Tússi,

non sai quale conforto siano per me le notizie che mi scrivi sui progressi di madame. Ho sempre creduto fermamente che sa-

rebbe guarita, e questi segnali mi incoraggiano a ben sperare.

Quando ti avvicini al suo letto e le fai una carezza o le baci le mani, pensa a me che desidero tanto abbracciarla e non lo posso fare. Pensa a Dédé che ha tanta nostalgia di sua madre.

Parlale all'orecchio e dille che pensiamo a lei ogni minuto e che le vogliamo tanto bene. Non importa se la sua mente non ti capisce. Ti capirà il suo cuore.

Saluta da parte nostra e ringrazia ancora e ancora madame Geneviève e sua nipote. Di' a Olympe che se infilza come un tordo quell'uomo crudele del marchese d'Arconville, tutta Parigi le farà un grande applauso. Dille che è stato lui a prendere Adèle sotto le ascelle e a depositarla sul marciapiede chiudendole alle spalle la porta della casa dove era nata e cresciuta.

Oh, Tússi, che nostalgia ho della nostra casa! Come vorrei essere a Parigi con voi!

Per quanto riguarda l'istitutrice, avevi ragione. Si è già stancata di Adèle. L'ho sentita lamentarsi con madame Fairfax di quanto sia faticoso insegnare a una bambina viziata e capricciosa, vivace ma superficiale, e incapace di sentimenti profondi come tutte le francesi, e ringraziare il cielo di non aver trovato a Thornfield una madre troppo indulgente che possa interferire nei suoi sistemi educativi. Credo che una donna cosí prevenuta e priva di tenerezza piacerà moltissimo a monsieur Edouard, quando tornerà. Senza conoscersi, la pensano allo stesso modo.

Quando Dédé mi descrive questi "sistemi" mi arrabbio e penso: "Ma non ha mai letto Rousseau, questa zitella? Cosa pretende dalla nostra bambina? L'inglese è una lingua difficile e Adèle ha cominciato a sentirla parlare solo da pochi mesi."

Miss Jane invece si aspetta che sappia anche leggerla e scriverla speditamente, e capire gli esercizi di matematica e imparare a memoria gli elenchi dei re d'Inghilterra... Cosí, dopo solo un paio d'ore di lezione si spazientisce e congeda la sua allieva dicendole: «Va' da Sophie!»

Io ho il sospetto che non sempre Adèle le obbedisca e venga direttamente a cercarmi nella nostra camera. Credo che qualche volta, specie quando ha le gambe particolarmente intorpidite, se ne vada al terzo piano "a giocare con Bertha". Probabilmente si sfoga a correre e a fare scivoloni nel corridoio chiacchierando con l'amichetta immaginaria. Grace Poole per fortuna non si è piú lamentata. Anzi, se per caso incontra Adèle nell'atrio o per le scale, le sorride e le strizza un occhio in segno di complicità. È una donna veramente strana.

Anche miss Jane, dopo il fervore dei primi giorni, sta cominciando ad annoiarsi. Me ne accorgo da come cammina nervosa su e giú per l'atrio, da come passa il tempo a guardare fuori della finestra.

Ogni tanto sale in soffitta, dove c'è una botola che porta al terrazzo, quello che ha il parapetto merlato come le mura di un castello. Un giorno, mentre tornavamo da una passeggiata verso lo stagno, l'abbiamo vista da lontano, che guardava l'orizzonte oltre il boschetto delle cornacchie.

Adèle mi ha detto: «Non ti sembra la sorella della moglie di Barbablú, quella che dalla torre aspettava l'arrivo dei fratelli che dovevano salvarle? Ma qui a Thornfield a salvare le ragazze prigioniere non ci viene nessuno.»

«Come fai ad esserne tanto sicura?» le ho chiesto.

E Dédé: «Me l'ha detto Bertha.»

Sai che certe volte parla della sua amica immaginaria con

tanta sicurezza che riesce a suggestionarmi e a farmi pensare che ci sia davvero una bambina che vive nella nostra stessa casa, invisibile a tutti tranne che a Dédé. Probabilmente se lo sapesse l'istitutrice, direbbe che noi francesi siamo creature ignoranti, irrazionali e superstiziose.

Però, nonostante mi faccia arrabbiare almeno sette volte al giorno, miss Jane Eyre spesso mi fa anche pena. Penso che forse prima di venire a Thornfield era abituata a vivere in un ambiente diverso, magari in una casa di città piena di gente con cui uscire, conversare, fare vita di società.

Qui non ha altra scelta che scambiare le solite frasi banali con madame Fairfax, anche perché è evidente che considera i domestici indegni della sua confidenza e compagnia. Con me ha cercato di fare un po' di conversazione in francese. Ma piú che conversazione, le sue domande somigliavano a un interrogatorio, perciò mi sono guardata bene dall'incoraggiarla. Sarebbe un gran sollievo per entrambe se lei conoscesse la verità sul mio conto e potessimo diventare amiche. Ma non credo che se scoprisse chi sono veramente, e che madame Céline è viva, si schierebbe dalla nostra parte contro mister Rochester e non voglio correre rischi.

Tússi, temo che questa probabilmente sarà l'ultima lettera che riuscirò a spedirti nell'anno di grazia 1837. Fa freddo e ha cominciato a nevicare quasi tutti i giorni. È difficile far credere ai domestici che dopo pranzo me ne vado a passeggiare nel parco per quasi due ore (tanto ci vuole a raggiungere l'ufficio postale di Hay e tornare). Quando non era ancora arrivata l'istitutrice, nessuno stava a controllare con l'orologio i miei movimenti. Se il tempo era bello, portavo Adèle con me; se pioveva, le raccomandavo di restarsene zitta zitta in camera a leggere o a dise-

gnare fino al mio ritorno. Adesso invece miss Jane mi manda a chiamare nei momenti piú imprevisti. Dà per scontato che io non esca mai di casa, e si aspetta che mi presenti in biblioteca nel giro di pochi minuti.

Praticamente sono prigioniera. Ho pensato che potrei consegnare le mie lettere al postino, che passa ogni due o tre giorni. Ma temo che, anche senza alcuna malizia, quell'uomo un giorno ne potrebbe parlare a Mary o a Leah. Le quali ne parlerebbero a miss Jane e a madame Fairfax. E queste nel peggiore dei casi mi ordinerebbero di fargliele leggere, e nel migliore mi accuserebbero comunque di averle ingannate con la recita della bambinaia ignorante e analfabeta.

Perciò devo aspettare che arrivi la primavera, o almeno che smetta di nevicare e venga qualche giorno di sole.

Questo significa, Tússi, che non potrò neppure ritirare le tue risposte prima del disgelo. Quindi prenditela calma, scrivimi solo se ne hai voglia. A meno naturalmente che in rue Notre Dame des Champs non succeda qualcosa di nuovo e di importante.

In questo caso lascia perdere ogni precauzione e spediscimi la lettera con la buona notizia qui a Thornfield. Se qualcuno si accorgerà che il portalettere ha posta per me, racconterò che mi hanno scritto i miei parenti e che mi farò leggere la lettera da Adèle. E se non ci crederanno, a quel punto non avrà molta importanza, perché noi due torneremo subito a Parigi.

E dunque con la speranza che il nostro prossimo appuntamento non debba aspettare il disgelo, ma che la tua prossima lettera arrivi presto e nella borsa del postino, ti abbraccia con tanto affetto la tua

Sophie

Dear mamma,

miss Jane mi ha fatto scrivere all the afternoon, sempre a ricopiare la stessa frase: "Sono stata disordinata e disattenta." Adesso mi fanno male the fingers e quindi non ti posso scrivere una lettera molto lunga. Sophie says that anche se miss Jane è severa, io devo avere pazienza ed essere obbediente.

Qui fa molto freddo, c'è la neve; ieri volevo uscire con Sophie e fare un pupazzo nel viale, ma miss Jane did not permit it. Madame Fairfax ha detto che non possiamo allontanarci da Thornfield fino alla primavera perché the streets are bloccate. Siamo come in un castello assediato. Ma al drago che c'è in cantina io gli dico: «Come out» e di soffiare il suo fuoco sulla neve cosí si scioglie.

Bertha è raffreddata e tossisce e sputa sulle braci del camino. Io le dico: «You are not educata» e lei mi risponde: «Non me ne importa niente. Io want scappare in quell'isola where c'è sempre caldo.»

And I say: «Anche nell'isola di Tússi c'è sempre caldo. Ma lui se ne è dovuto andare perché era uno schiavo e lo hanno venduto.» E Bertha mi ha risposto: «Cosa credi? Anch'io sono una schiava.» Ma qui non c'è nessun padrone e poi lei non ha la pelle nera come Tússi. Bertha qualche volta è proprio bugiarda. Dear mamma, adesso non posso proprio scrivere piú, e ti saluto.

Un kiss grande and hot dalla your daughter

Dédé

II

THORNFIELD, INVERNO 1837-1838

1

L'idea di dover restare prigioniera in questa casa per tutto l'inverno senza poter comunicare con i miei unici amici, senza sapere cosa succede a Parigi, mi fa impazzire. Cerco di controllarmi perché Adèle non si accorga della mia malinconia. È una bambina coraggiosa e piena di dignità, checché ne pensi miss Jane. Ma dopo quello che le è successo negli ultimi mesi ha bisogno di un adulto che le dia la sensazione di potersi completamente fidare, verso il quale non nutrire alcun sospetto.

Prima non avevo mai pensato a me stessa come a un'adulta.

Adesso mi guardo allo specchio e mi dico: "Sophie, non sei piú la *bas-bleu* di quattordici anni e mezzo che sognava di studiare medicina e che è entrata in casa dei Frédéric tenendo Adèle per mano. Adesso sei una bambinaia di diciotto anni, una domestica al servizio dei tuoi padroni."

Odio essere una domestica, odio dover obbedire a tutti con un inchino, odio dover lavare e stirare la biancheria mia e di Adèle, e anche quella della casa che Leah, poveretta, mi passa quando ha troppo da fare. Odio pulire le lampade, spazzare la cenere dai caminetti, trasportare al primo piano la legna o il carbone. Odio svuotare e lavare i vasi da notte. Odio cucire e rammendare, e avvicinarmi al pianoforte solo per spolverarlo, senza poter sollevare il coperchio e mettermi a suonare. Odio non avere il diritto d'intervenire in un discorso se sento che gli altri stanno dicendo qualcosa che non mi convince, e dover nascondere sotto il materasso il libro che sto leggendo quando sento un passo che si avvicina. Odio servire la colazione, il pranzo, la cena e il tè, quando Leah deve aiutare Mary in cucina. Ma almeno in quelle occasioni posso fermarmi nel salottino della signora Fairfax e ascoltare quello che dicono le signore.

«Non bisogna mai ascoltare di nascosto i discorsi degli altri, Sophie! Solo le spie dei Borbone si comportano in questo modo» mi diceva sempre mio padre, quando gli riferivo qualche pettegolezzo colto lungo le scale o nella guardiola di madame Annaud.

Qui a Thornfield mi capita molto spesso di pensare ai miei genitori. Cosa starei facendo adesso se mio padre non fosse morto quel 28 luglio? L'assistente della maestra in una scuola popolare? L'apprendista tipografa? La venditrice ambulante di libri, la *colporteuse* con la gerla di vimini sulle spalle? E se, quando è morta mia madre, madame Céline non mi avesse accolto nella sua casa? Quanto avrei resistito, prima di ammalarmi, all'Ospizio di Mendicità? E se ne fossi scappata, che lavoro avrei potuto fare per vivere? La sguattera del pescivendolo, come voleva madame Frédéric? La mendicante, la prostituta? Sarei ancora viva, o sarei già da un pezzo morta di fame, di tisi o accoltellata in un vicolo buio?

Certo se fossi rimasta sola non sarei mai riuscita a farmi assumere come bambinaia in una casa signorile, e dunque non devo lamentarmi della mia sorte.

Ho scoperto che anche miss Jane ha avuto un'infanzia molto difficile. Peggiore della mia, perché a dieci anni, quando i suoi ricchi parenti l'hanno cacciata di casa, non ha incontrato un angelo come madame Céline, un amico come Tússi e un insegnante straordinario come il padrino, ma è finita in un Istituto di Beneficenza dove in cambio di un diploma di maestra le hanno fatto patire il freddo e la fame, l'hanno picchiata, umiliata, mortificata. Dove la sua migliore amica le è morta tra le braccia di mal sottile, provocato dal freddo e dalla alimentazione insufficiente.

Non è stata miss Jane a raccontarmelo. Lei desidera parlare con me solo per esercitarsi nella lingua francese. Mi fa mille domande sulla mia vita, e si spazientisce perché non le rispondo come vorrebbe. Ma non è previsto che a mia volta io possa farle delle domande personali. Le bambinaie non possono prendersi tanta confidenza.

Però spesso, quando Adèle è a lezione, Leah mi chiede di aiutarla nelle pulizie, e un giorno, spolverando il tavolo in camera dell'istitutrice, ho trovato il suo diario, e ne ho letto qualche pagina. Non per indiscrezione o curiosità. Per legittima difesa.

So che mio padre, Pierre Donadieu e il Cittadino Marchese la giudicherebbero un'azione spregevole. Ma ho bisogno di sapere quali sono le intenzioni e i progetti di questi inglesi sulla mia Adèle. Purtroppo ho potuto leggerne solo le tre o quattro pagine iniziali, perché è entrata Leah col secchio del carbone. In seguito non ho piú trovato il diario. Evidentemente miss Jane lo tiene sotto chiave e quel giorno l'aveva eccezionalmente dimenticato sulla scrivania.

In questa casa sembra che il tempo non passi mai. Ora che non guardo piú con ansia il calendario in attesa delle lettere di Tússi, ogni giorno mi sembra uguale a quello appena trascorso e a quello che verrà. È arrivato il Natale ed è passato senza nessun avvenimento notevole, senza altro festeggiamento che una tazza di cioccolata calda a colazione per Adèle e, sempre per lei, il regalo di un libro di preghiere della setta protestante a cui appartiene miss Jane.

Chissà come avranno festeggiato in casa Soulignac? Chissà se madame Céline ha fatto nuovi progressi? Chissà se ricorda almeno vagamente i nostri Natali di un tempo? La Messa di Mezzanotte a Notre Dame, dove andavamo in carrozza, con Adèle piccolina avvolta in una coperta. E l'indomani il via vai degli amici che passavano a fare gli auguri, e alla sera la grande festa nel salone, la musica, lo champagne, i tavoli carichi dei cibi piú squisiti. E madame Céline bella, elegante, amabile, spiritosa, che insieme al padrino faceva gli onori di casa...

Anche a Thornfield sembra che una volta ci sia stato un gran ballo in occasione del Natale. La signora Fairfax lo ha raccontato all'istitutrice come qualcosa di eccezionale, di straordinario, considerate le abitudini da eremita del padrone. Il signor Rochester aveva invitato una cinquantina di ospiti appartenenti alle migliori famiglie della Contea di S. E tra questi una certa miss Blanche Ingram di diciotto anni alla quale faceva la corte, anche se poi non l'aveva sposata come tutti si aspettavano. Questo era accaduto nel dicembre del 1831. Una data che non posso dimenticare, perché è stato l'ultimo Natale che ho passato con mia madre nella soffitta di rue Marcadet.

E subito mi è venuto da pensare che era stato anche il primo Natale di Adèle, l'ultimo che madame Céline aveva trascorso nell'illusione di essere sposata con monsieur Edouard. Il quale, adesso ricordo che madame se n'era lamentata, non aveva passato le feste in famiglia, ma se n'era andato in Inghilterra col pretesto che la vecchia zia – quella che non è mai esistita – reclamava la sua presenza. Invece era venuto a Thornfield a divertirsi e a corteggiare un'altra donna. Che doppiezza! Che uomo spregevole! Adèle non deve restare nella sua casa un minuto piú del necessario.

Cosa importa se è suo padre? Non le vuole bene, la giudica una bambina stupida, vanitosa e senza carattere; mette in dubbio che sia davvero sua figlia, l'ha portata via «dal fango di Parigi» solo per dovere, per espiare le sue colpe piccole e grandi, come ha raccontato lui stesso a miss Jane.

E quella povera ingenua dell'istitutrice gli ha creduto e sta cadendo nella sua trappola, come hanno fatto prima di lei madame Céline, Blanche Ingram e chissà quante altre donne.

2

Monsieur Edouard è tornato in gennaio, con un piede slogato perché il suo cavallo era scivolato sul ghiaccio. Adèle, povera animuccia affettuosa, gli ha fatto grandi feste, ma senza ricevere in cambio che una carezza distratta e una frase sarcastica. Per il padrone di Thornfield un bacio di Dédé non ha piú valore di una zampata affettuosa di Pilota.

Appena arrivato ha invitato l'istitutrice a prendere il tè con lui e l'ha sottoposta a un vero e proprio interrogatorio al quale, devo riconoscerlo, miss Jane ha risposto con dignità e anche con una certa ironia. Ma intanto non ha potuto fare a meno di informarlo che è un'orfana sola al mondo, priva di qualsiasi risorsa finanziaria e di qualsiasi esperienza all'infuori di quella dell'istituto religioso dove ha studiato, e che non può contare sull'aiuto di alcun parente, amico o protettore.

Oltretutto miss Jane è molto piú giovane di quanto sembri: ha solo diciotto anni! Praticamente una mia coetanea, se avessi davvero l'età che ho dichiarato a mister Rochester.

Povera, inesperta, giovane e sola al mondo: la vittima ideale per una nuova trappola, ho pensato, mentre servivo loro il tè. Anche se miss Jane è cosí poco attraente che bisogna essere proprio annoiati a morte, oppure viziosi e privi di scrupoli, per immaginare di coinvolgerla in un'avventura galante.

Qualche giorno dopo sono arrivati da Millcote i bagagli del padrone di casa. Monsieur Edouard aveva portato dei regali per Adèle e l'ha chiamata in salotto in compagnia dell'istitutrice per divertirsi a vedere la sua reazione quando avesse aperto le scatole e i pacchetti. Come sua abitudine, insieme a qualche ninnolo luccicante, di quelli che gli esploratori offrono ai selvaggi e gli adulti ignoranti regalano ai bambini, le aveva comprato una *mise*, uno di quegli abitini eleganti completi di accessori che a Parigi erano la disperazione di Solange. Troppo leggeri e scollati per i giorni freddi, troppo rigidi e pesanti per correre in giardino d'estate; fatti di stoffe che non si possono lavare, pieni di lacci e nastri che impediscono i movimenti vivaci di una bambina in buona salute.

Adèle, che è stata educata a dimostrare la sua gratitudine anche per i regali che non sono di suo gusto, mi ha chiesto di aiutarla a indossare la vestina rosa, le calze di seta, i sandali di raso bianco, la ghirlanda di boccioli di rose, ed è tornata in salotto per farsi ammirare e per ringraziare monsieur Edouard. Il quale l'ha osservata freddamente, quasi con disprezzo, e poi ha detto a miss Jane: «Questa creatura è uguale a sua madre: ha la civetteria nel sangue, nel cervello e persino nelle ossa.»

Se fossi stata al posto di miss Jane gli avrei fatto osservare: "Non è stata Adèle a scegliere questo vestito. Gliel'avete regalato voi, e chissà in quale negozio di lusso siete andato a scovarlo, insieme a tutti quegli accessori ridicoli, cosí poco adatti a una bambina della sua età. Non avevate di meglio da fare, durante il vostro viaggio?

Non c'era un modo migliore per spendere il vostro denaro? Sono certa che Adèle avrebbe gradito molto di piú un pony."

Ma l'istitutrice è stata zitta. E anch'io non ho aperto bocca, naturalmente. Ma avevo una gran voglia di sbattere il vassoio del tè sulla testa di quel seduttore da strapazzo.

Perché tutte queste sue arie da persona austera e poco amante della mondanità, da peccatore pentito che aspira a una vita onesta e virtuosa, fanno parte del ruolo che sta recitando per conquistare miss Jane. Lei, poveretta, cerca di darsi un contegno, di rispondere con ironia o con severità quando monsieur Edouard la provoca con i suoi paradossi; gli fa la morale quando lui parla della sua giovinezza dissipata, e lo sprona a migliorarsi quando esprime propositi di ravvedimento. Non per niente è figlia di un sacerdote ed è stata educata in un istituto religioso!

Ma bisogna essere ciechi per non accorgersi che lo ammira, che lo trova affascinante, che pende dalle sue labbra. Tanto che mi sono posta il problema se non sia mio dovere avvertirla di come mister Rochester si è comportato a Parigi, di come ha ingannato madame offrendole un matrimonio che non aveva valore, e di come piú tardi si sia rifiutato di aiutarla a difendersi da una accusa ingiusta. Ma sono certa che l'istitutrice non mi crederebbe. Anche perché, dovendo giustificare la presenza di Adèle a Thornfield, monsieur Edouard ha pensato bene di raccontarle subito la sua personale versione dei fatti.

Non so come ho fatto a trattenermi sentendo descrivere madame Céline come una cortigiana interessata solo alle sterline che poteva cavar fuori dalle tasche del suo ingenuo adoratore. Una maliarda frivola, avida di danaro, senza cuore e senza spirito, bugiarda e infedele – sono queste le parole che ha usato monsieur Edouard per descrivere la mia dolce e buona protettrice – una mantenuta di gran lusso per la quale, accecato dalla passione, aveva rischiato di rovinarsi. Un'astuta creatura che, approfittando della sua fiducia, gli aveva fatto credere sua figlia la bambina nata nel corso della loro relazione. «Una bambina» ha ammesso monsieur Edouard, mentre miss Jane lo ascoltava seria e zitta, evidentemente turbata da questo spaccato di vita libertina e viziosa «una bambina che forse può essere mia figlia sebbene io non ritrovi nel suo volto nessuna prova di tale malaugurata paternità.»

Poi ha aggiunto sospirando in tono romantico: «La mia primavera se n'è andata, lasciandomi tra le mani questo fiorellino francese del quale a volte vorrei essere liberato.»

Ma alla fine ha concluso con durezza: «Non riconosco a Adèle alcun diritto naturale ad essere mantenuta da me, poiché non sono suo padre.»

"Allora lasciateci tornare in Francia, dove madame Soulignac sarà felice di ospitarci e di farci vivere accanto alla madre di Dédé, che non l'ha mai rinnegata come voi state facendo in questo momento" avrei voluto esclamare indignata. Che fatica ascoltare in silenzio le bugie di quel tessitore d'inganni!

Era arrivato il momento di spiegare come e perché quel grande amore era finito. Sotto lo sguardo severo di miss Jane quel bellimbusto non si è fatto nessuno scrupolo nel gettare fango sulla povera madame Céline per mettere se stesso in buona luce.

Quando Adèle ancora non camminava, ha raccontato monsieur Edouard, il presunto padre aveva scoperto per caso di venire tradito e coperto di ridicolo dalla amante, che mentre sperperava le sue sterline, se la faceva con un giovane visconte francese scapestrato e vizioso.

A quel punto, aperti finalmente gli occhi e recuperata la propria dignità, da quel gentiluomo che era aveva sfidato a duello il visconte e l'aveva ferito a un braccio; aveva scacciato la ballerina, e l'avrebbe dimenticata per sempre, se costei qualche anno dopo, aggiungendo alle altre infamie e perversioni quella d'essere una madre snaturata, non se ne fosse scappata in Italia con un cantante, abbandonando Adèle nel fango di Parigi. Dal quale il generoso mister Rochester l'aveva salvata giusto un attimo prima che ne venisse inghiottita.

«Le ho detto che sua madre è morta per evitarle di doversene vergognare» è stata la conclusione del racconto.

Io che so come sono andate veramente le cose, che ne sono stata in parte testimone, mi sentivo bruciare dalla rabbia e dall'indignazione. Mi chiedo se gli uomini mentono tutti cosí, quando vogliono conquistare una donna virtuosa e non possono nasconderle le avventure galanti del proprio passato.

Odio mister Rochester ancora piú di quanto detesti rammendare le calze e svuotare i vasi da notte. E sono contenta di avere resistito alla benevolenza di madame Fairfax, di non essermi abbandonata alla apparente sicurezza di Thornfield, di non aver rivelato la mia vera identità. Ho capito che non posso abbassare la guardia. Devo mantenere la promessa fatta tanti anni fa a madame Céline. È triste doverlo riconoscere, ma Adèle deve essere difesa dal male che potrebbe farle il suo stesso padre.

3

Quei due amoreggiano come due colombi. Anzi, come uno sparviero e una colomba. Monsieur Edouard è a Thornfield da quasi due mesi, e non c'è giorno che non inviti l'istitutrice a passare il pomeriggio o la serata nel suo salotto. Lui parla, racconta dei suoi viaggi, della sua giovinezza infelice, si lancia in ragionamenti teorici sulla morale, il rimorso, l'espiazione. Rivendica il proprio diritto alla felicità e si atteggia a eroe malinconico come un personaggio di Byron. Lei ascolta in silenzio, annuisce, arrossisce, sorride, abbassa gli occhi. Risponde solo quando non può farne a meno. Anch'io ascolto, attardandomi a sistemare la legna nel caminetto, oppure a spolverare i ninnoli nell'attigua stanza da pranzo, e penso a madame Céline, che aveva solo diciassette anni quando mister Rochester ha cominciato a corteggiarla raccontandole probabilmente le stesse bugie. L'istitutrice adesso si veste con piú cura. Sull'abito scuro da quacchera la sera mette un collettino di pizzo bianco, o un medaglione con un cammeo. Raccoglie i capelli in un nodo piú morbido. Ci sono dei momenti in cui le si formano due fossette sulle guance e allora sembra quasi graziosa. Lui, quando vuole farle un complimento, la chiama "la mia silfide". Mi chiedo se quella parola non gli richiami alla mente madame Céline nel suo tutú bianco con le piccole ali di velo sulle spalle.

Durante le lezioni, mi riferisce Adèle, miss Jane è trasognata, tende l'orecchio ai rumori fuori della biblioteca, dimentica dove ha poggiato il libro. È diventata anche piú affettuosa con la mia bambina. All'ora del tè se la fa sedere sulle ginocchia e un paio di volte è persino venuta nella nostra camera per darle il bacio della buona notte.

Anche con me è piú gentile: quando entro in biblioteca col secchio del carbone mi trattiene a parlare, mi chiede di Parigi, dei suoi teatri, della vita dell'alta società. A ogni domanda potrei rispondere con una conferenza di mezz'ora, invece mi limito a scuotere la testa e a dire: — Non so.

E intanto vorrei gridarle: "Scappate, miss Jane, prima che sia troppo tardi! Questo è il castello di Barbablú e, come dice Bertha, non arriverà nessun cavaliere a salvarvi."

Mister Rochester, come se potesse leggermi nel cervello, un giorno mi ha fermato nell'atrio, dove ero entrata per spolverare la pendola e mi ha detto: — Ti ho vista parlare in francese con l'istitutrice. Bada a quello che dici, ragazza, se non vuoi essere licenziata su due piedi.

— Oui, monsieur — ho risposto con un inchino.

Adèle è irrequieta. Le sue lezioni non sono piú cosí lunghe e impegnative e spesso non ha niente da fare per l'intero pomeriggio. Io cerco di colmare le lacune della sua educazione chiudendomi in camera con lei e raccontandole quello che mi ricordo delle materie che ci insegnava il padrino. Ma Dédé ha bisogno di muoversi, di giocare. E per quanto io cerchi di sostituire in tutto madame Céline, ha bisogno di sua madre. Guarda triste fuori della finestra il prato ancora coperto di neve e mi chiede sconsolata: — Quando torna la primavera? Quando potremo andare al villaggio a ritirare le lettere di Tússi? A quest'ora mamma è certo uscita dalla prigione. Perché non ci viene a prendere?

Poi tira fuori dalla scollatura il medaglione, lo apre e bacia il microscopico ritratto di madame Céline. Mi fa cosí pena, povero uccellino, che le dico: — Va' a farti una bella corsa nel corridoio del terzo piano. Va' a giocare con Bertha.

Ma sembra che anche Bertha sia di malumore. — È molto arrabbiata con miss Jane — mi informa Adèle. — È gelosa. Qui nessuno le vuole bene e lei vuole scapparsene. Vuole tornare a casa sua.

— Non sapevo che la tua amica avesse un'altra casa. Credevo che vivesse qua da sempre — ho osservato. Il mio Pipolet non aveva una biografia cosí complessa. Dove appariva, là era il suo mondo.

— Prima stava sull'isola — mi ha spiegato Adèle. — Quella dove le bambine possono camminare scalze, sai, come la contessa Mercedes. Anche Bertha aveva tanti schiavi, però lei li ha liberati.

— Ma se l'altro giorno ti ha detto che lei stessa era una schiava!

— Qui. Ma lí era la padroncina.

Evidentemente Dédé ricorda di avere sentito leggere a voce alta dalla madre *I miei primi dodici anni* della contessa de Merlin. E anche l'insofferenza e la gelosia per l'istitutrice credo che Adèle le attribuisca all'amica immaginaria per non riconoscere che le prova lei stessa.

Da almeno una settimana ha smesso di nevicare, ma la strada per Hay è ancora bloccata. Se potessi servirmi di un cavallo o di una carrozza, potrei raggiungere il villaggio facendo il percorso usato dal macellaio e dal portalettere. Ma si tratta di girare attorno alla collina e di allungare la strada di almeno quindici miglia. Impossibile percorrerla a piedi. E se anche avessi le gambe cosí robuste, come potrei assentarmi dalla villa per tutto il tempo necessario ad andare e a tornare?

Cosí mi rassegno a spiare anch'io il disgelo dalla finestra e a contare i giorni che ci separano dalla fine dell'inverno. Cerco di immaginare quello che succede nel frattempo a Parigi, come sta madame Céline. So che non devo illudermi pensando che ci sia stata nel frattempo una guarigione rapida e improvvisa. Tússi me lo avrebbe fatto sapere. Ma spero con tutte le mie forze che il miglioramento sia costante, e che ogni giorno porti nuovi progressi.

Adèle in questi mesi è cresciuta di ben tre centimetri. Avevo fatto un segno sullo stipite della porta il giorno che siamo arrivate, e ieri ho controllato la differenza. Anch'io devo essere cresciuta, perché l'istitutrice mi ha fatto osservare che ho le sottane troppo corte e che il tratto eccessivo di caviglie che lasciano scoperto non è compatibile col pudore richiesto alla bambinaia di una casa signorile.

— Allunga l'orlo — mi ha detto — o se non c'è abbastanza stoffa, aggiungici una striscia dello stesso colore.

Mi chiedo se, credendomi sua coetanea, non cominci

ad essere gelosa di me. Sarebbe davvero un'idea ridicola, considerato il mio ruolo in questa casa e ancor piú i sentimenti che provo per il nostro comune padrone.

4

L'altra notte c'è stato un incidente che ha portato un po' di movimento e di scompiglio. Monsieur Rochester ha l'abitudine di leggere a letto, e si è addormentato dimenticando di spegnere la candela che aveva sul comodino. Muovendosi nel sonno probabilmente ha spinto verso la fiamma le cortine del letto, che hanno preso fuoco. Non doveva essere un grande incendio, perché monsieur non si è neppure svegliato. Ma l'istitutrice che soffre d'insonnia dice di aver sentito dei rumori nel corridoio, è uscita, ha visto il fumo filtrare da sotto la porta, e si è precipitata con la brocca dell'acqua in camera di monsieur Edouard, inondando il letto e il suo occupante.

Adesso recita la parte dell'eroina che ha salvato il padrone sfidando un grave pericolo. Non lo dice esplicitamente, ma fa capire che nel corridoio si aggirava qualcuno, o qualcosa, pronto ad aggredirla. Un mostro? Un fantasma?

— Di sicuro era Bertha — dice Adèle.

Ci sono dei momenti in cui parla della sua amica con tanta convinzione che quasi dimentico tutta la mia razionalità e penso che forse Dédé vede davvero qualcosa, parla davvero con qualcuno, col fantasma di una bambina morta, per esempio. Una piccola antenata di mister Rochester, figlia magari della dama il cui ritratto è appeso nell'atrio di fronte a quello del cavaliere con la corazza e la spada. Poi mi vergogno di me stessa. Ho sempre giudicato ridicole e ignoranti le persone che credono negli spettri, e non immaginavo che una persona cosí fredda e controllata come miss Jane appartenesse a questa categoria.

Mi piacerebbe chiederle se anche lei ha letto *Udolfo* come la protagonista de *L'abbazia di Northanger*. Perché è stata punita per le sue macabre fantasie esattamente come Catherine Morland: ha perduto l'innamorato. La mattina subito dopo l'incendio mister Rochester è partito senza salutare nessuno, tranne la signora Fairfax, alla quale però non ha detto dove andava né quando e soprattutto se tornerà.

— Può darsi che vada all'estero e non torni prima di un anno — dice serafica la vecchia signora. — Non sarebbe la prima volta che sparisce per tanto tempo.

L'istitutrice, quando la sente parlare cosí, diventa pallida e sembra sul punto di piangere, anche se non si è mai lasciata andare. Evidentemente si era illusa che tra lei e il padrone potesse nascere, o magari fosse già nato del tenero.

È diventata nervosa, rimprovera Adèle per il minimo errore, non sopporta che entri nel salone e suoni al pianoforte le semplici arie che lei stessa le ha insegnato.

L'ho sorpresa che leggeva le offerte di lavoro sul foglio degli annunci dell'"Araldo della Contea di S". Che voglia andarsene da Thornfield? Sinceramente, non so piú se la sua partenza mi farebbe piacere. Nonostante tutte le sue stranezze Adèle le si è affezionata e anche per me la presenza di una persona giovane in casa serve come antidoto alla malinconia.

Sono passati cinque giorni da quando mister Rochester è partito, e le strade sono ormai sgombre. Miss Jane è già uscita piú volte a passeggio con Adèle, ma non si è mai spinta fino ad Hay. La signora Fairfax ha deciso di fare le Grandi Pulizie di primavera, quindi Leah e Mary sono impegnate dall'alba al tramonto a spostare mobili, arrotolare tappeti, lavare vetri e pavimenti, dare la caccia alle ragnatele, insomma a rivoltare la casa da cima a fondo. Ho capito che la vecchia signora si aspettava che anch'io mi offrissi di partecipare all'impresa, considerato che ogni tanto sostituisco di buon grado Leah nelle sue mansioni. Ma questa volta ho fatto orecchie da mercante. Le pulizie generali non rientrano nelle mansioni di una bambinaia, neppure mister Jonathan Swift nelle sue *Istruzioni alla servitú* oserebbe affermarlo. E ho tutte le intenzioni di approfittare della confusione per uscire finalmente di casa e andare all'ufficio postale di Hay.

Penso che, anche se piove, tenterò di andarci domani. Ho già scritto una lunga lettera a Tússi per informarlo di tutto quanto è successo in questi ultimi mesi. Anche se – Dio non voglia! – l'impiegata non avesse in giacenza alcuna lettera per me, almeno avrò la mia da spedire e la passeggiata non sarà stata inutile. Sono certa che anche Toussaint, anche Olympe e madame Geneviève hanno sofferto come me a restare senza notizie per tutto questo lungo inverno.

III

PARIGI-THORNFIELD, MARZO-GIUGNO 1838

1

Parigi, Faubourg Saint Germain
I marzo 1838

Cara Sophie, sassolino mio carissimo,
sapessi quanto mi sono mancate le tue lettere! Quanto ci sono mancate, perché anche le nostre buone amiche ogni tanto si chiedevano: «Cosa staranno combinando quelle due?» Per fortuna sia Olympe che la nonna sono due persone dotate di un incrollabile ottimismo, perciò non si abbandonavano a immaginare disgrazie e catastrofi. Ero talmente preoccupato per conto mio, che non lo avrei potuto sopportare. E lo sarò ancora, fino a quando non riceverò una tua risposta.

Spedisco questa lettera il primo giorno di marzo, ma so che probabilmente resterà ad aspettarti qualche tempo presso l'ufficio postale di Hay. Non riesco a immaginare quando le strade di campagna attorno alla vostra casa torneranno ad essere praticabili. Mi armerò di pazienza, ma ti supplico amica mia, appena riesci a uscire di casa, scrivimi immediatamente!

So che anche tu stai bruciando dall'impazienza. Sono piú di tre mesi che non sai niente di madame Céline. Il fatto di non aver ricevuto alcuna lettera indirizzata non all'ufficio postale ma direttamente a Thornfield dovrebbe averti fatto indovinare che le sue condizioni non sono molto cambiate. Ai leggeri progressi che ci riempiono di speranza, si alternano momenti di confusione e di delirio. Il dottor Manette ci dice di non disperare, che questo è il normale decorso della malattia, e che madame Céline sta dimostrando di avere una fibra robusta e grandi capacità di recupero. Ci esorta a continuare le cure, i massaggi, gli esercizi. Appena le giornate si sono fatte piú tiepide, ha consigliato a Olympe di portarla fuori in carrozza.

Madame Geneviève, che ufficialmente è la sua custode, ha dovuto chiedere il permesso del giudice, che per riguardo a lei è venuto personalmente a vedere madame e, con le lacrime agli occhi, gliel'ha subito concesso.

La nostra povera amica sembra gradire l'aria aperta, il sole, il movimento ritmico della vettura. È straziante vederla sorridere e cantare sottovoce con quel suo sguardo perso nel vuoto. C'è stato un momento in cui madame Soulignac ha sospettato che l'infelice, per le percosse ricevute a Saint Lazare sul viso e sul capo, potesse aver perduto l'uso della vista. Ma il dottore ci assicura che gli occhi funzionano perfettamente. È il cervello che si rifiuta di mettere a fuoco la realtà. Olympe non vuole che qualche conoscente veda madame in queste condizioni, perciò evita tutte le passeggiate alla moda, il Bois de Boulogne, gli Champs-Élysées, i Giardini del Lussemburgo. Guida personalmente la carrozza e le fa percorrere i viali di periferia, dove gli alberi cominciano a coprirsi di gemme e dai giardini delle case si affacciano cespugli pieni di boccioli pronti a schiudersi.

È davvero un'amica straordinaria, Olympe! Continua a vestirsi da uomo e a praticare sport e attività maschili. Credo che ormai i suoi muscoli siano piú sviluppati dei miei. Vedessi con quanta abilità guida la carrozza, tirata da due purosangue veloci, ma nervosi e pronti a impennarsi al primo ostacolo.

A parte questo, quando la notte si mette in vestaglia e si scioglie i capelli prima di iniziare il suo turno da infermiera, si trasforma in una bellissima donna bruna dai lineamenti classici e dagli occhi scuri e luminosi.

Sai, Sophie, l'altro giorno, mentre cercavo di schizzarne il ritratto, riflettevo che da quando sono arrivato a Parigi non ho mai visto una donna di colore, né una ragazzina né un'adulta. Perlomeno, non in carne e ossa. E il bello è che non riesco neppure a immaginarmela. I miei ricordi d'infanzia sono molto confusi. Di mia madre, di mia sorella, ricordo vagamente gli occhi, il sorriso. Non il viso intero, per non parlare della figura, del portamento. È strano, vero? Se dovessi incontrarne una, la guarderei con la stessa meraviglia e curiosità con cui lo farebbe un bianco. Questi sono pensieri oziosi, però so che tu mi capisci, sassolino.

Non ti scrivo piú a lungo. Penso che avrai tante cose da fare, e voglio che dedichi il tuo tempo a scrivermi piuttosto che a leggermi.

Bacia Dédé da parte mia. Dille che Dagoberta sta bene e che non ha preso una sola infreddatura in tutto l'inverno perché la tengo sempre avvolta nella mia sciarpa di lana come mi hai raccomandato.

Rispondimi immediatamente. Un caldo e fortissimo abbraccio dal tuo amico e fratello maggiore

Toussaint

2

Thornfield, 16 marzo 1838

Caro Tússi,
grazie per avermi scritto, anche se avrei desiderato notizie migliori della mia carissima madame Céline. Ma saperla circondata da tanti amici cosí affettuosi e solleciti mi consola dal dispiacere di non potermene occupare io stessa.

Di come abbiamo passato l'inverno, ti ho già raccontato nella lettera che ho impostato il giorno in cui ho ritirato la tua. Da allora non è cambiato molto. Monsieur Rochester ha scritto a madame Fairfax che si trova a Leas ospite di mister Eshton, il magistrato del distretto, e che ci si fermerà a lungo. Sembra che nella dimora degli Eshton ci siano altri ospiti appartenenti all'alta società, e tra questi alcune belle e giovani ereditiere in cerca di marito. L'istitutrice da quando ha saputo questa notizia è sempre piú triste e irritabile. Non ha piú alcuna pazienza con Adèle che, da parte sua, risente della lunga clausura invernale e ogni giorno ne inventa una nuova. Ieri per esempio si è presentata nel salottino di madame Fairfax pettinata in un modo stranissimo. Di solito sono io a sistemarle i capelli. Ricordi quanto li ha folti e ondulati? Fino a ieri non pensavo che fosse capace di farlo da sola. Glieli fermo in alto con un nastro e glieli lascio sciolti sulle spalle, dove formano dei boccoli naturali come quelli di madame Céline. E cosí glieli avevo pettinati ieri mattina. Ma all'ora del tè, dopo aver giocato da sola per qualche ora perché miss Jane era a letto con l'emicrania e io dovevo aiutare Mary a pulire le graticole in cucina, Adèle ha fatto il suo ingresso nel salottino con una acconciatura molto diversa. Mischiate ai boccoli aveva almeno due dozzine di trecce sottilissime, ciascuna legata in fondo con un pezzo di filo da cucire. Ho trattenuto a stento un sorriso, perché quella pettinatura le dava un aspetto disordinato, ribelle, stravagante e quasi un po' selvaggio che sapevo avrebbe sconvolto le signore.

Madame Fairfax l'ha guardata sbalordita, e ha poggiato la tazza sul tavolo portandosi una mano alla bocca. Devo confessare che, passato il primo attimo di divertimento, anch'io ero alquanto stupita. Adèle non aveva mai espresso il desiderio di cambiare pettinatura. E pensavo che le sue dita non fossero capaci di un lavoro cosí preciso e minuzioso. Ho sospettato che avesse chiesto aiuto a Leah, e stavo per chiederglielo conferma, quando è apparsa sulla soglia miss Jane, che si è bloccata come se avesse visto il volto della Medusa. Serpentelli guizzanti e velenosi invece che sottili trecce inoffensive.

«Chi ti ha conciata a quel modo!?» ha esclamato con una furia a mio avviso sproporzionata alla marachella di Adèle, che in fondo si poteva rimediare con due colpi di spazzola.

«Nessuno» ha risposto la mia bambina, spaventata, ma evidentemente decisa a non tradire la sua complice.

«Bugiarda!» le ha quasi gridato in tono aggressivo l'istitutrice, mentre madame Fairfax girava imbarazzata il cucchiaino nella tazza, dove aveva scordato di mettere lo zucchero.

«Su, Adèle, diglielo a miss Jane, che è stata Sophie» sono intervenuta allora in francese, non volendo coinvolgere Leah nelle conseguenze della sua imprudente indulgenza.

Dédé è scoppiata a piangere e miss Jane ha rovesciato sul mio capo torrenti di indignazione, rimproveri e minacce. Non credevo che conoscesse tanti vocaboli francesi dal significato cosí offensivo.

«Pardonnez-moi, mademoiselle, volevo provare un metodo

che si usa al mio paese per arricciare i capelli» ho inventato quando è arrivato il momento di giustificarmi. «Bagnandoli e lasciandoli asciugare intrecciati, quando si sciolgono dovrebbero mantenere l'ondulazione.»

«Ah, queste francesi! Cosa non si inventerebbero per soddisfare la propria vanità!» ha sospirato l'istitutrice, e ha aggiunto severa: «Fateli di notte, questi esperimenti! Non voglio vedere in giro né treccioline né diavolini.»

Evidentemente, nonostante l'educazione austera ricevuta a Lowood, è a conoscenza anche lei dei trucchi che aiutano molte donne a seguire la moda.

Piú tardi, in camera nostra, ho lodato Dédé per non aver denunciato la complicità di Leah, ma l'ho rimproverata per la stupidaggine e l'imprudenza dell'iniziativa.

«È stata Bertha, non Leah» ha piagnucolato Adèle. «Io non volevo, ma lei ha detto che sarei stata molto piú bella.»

Ti confesso che comincio ad averne abbastanza di questa amica immaginaria, e vorrei che sparisse presto come ha fatto al momento giusto Pipolet. Il quale oltretutto era una creatura beneducata e non mi ha mai spinta a disobbedienze o monellerie. Ma temo che Bertha non sparirà, fino a quando Adèle non potrà giocare con dei bambini in carne e ossa.

Finalmente Dédé si è addormentata e io mi sono fermata per qualche minuto accanto al suo letto a contemplare con meraviglia quelle piccole dita che erano state capaci di eseguire alla perfezione un lavoro cosí difficile.

Cosa devo fare, Tússi? Devo punirla? In fondo è una bambina di neppure sette anni e non credeva di fare male. Come faccio a spiegarle il motivo per cui la sua istitutrice in questi giorni è cosí irritabile?

Ti abbraccio, mio dolcissimo bonbon al cioccolato (ti ricordi che era uno dei vezzeggiativi preferiti di madame Céline?) e aspetto che tu mi risponda presto.

La tua amica fedele

Sophie

Dear mamma,

oggi we siamo state very bad e abbiamo fatto arrabbiare miss Jane. Sophie ha detto una bugia, perché la colpa era di Bertha. Sophie mi ha detto di non speak con nessuno about Bertha, specialmente with miss Jane. Mi ha spiegato che di solito gli adulti non capiscono che una bambina can avere un'amica cosí strana. Lei capisce perché aveva un amico come Bertha che si chiamava Pipolet. Miss Jane invece direbbe che è una stravaganza delle francesi, e che tu non mi hai educato bene. Invece chi è maleducata è Bertha, che non è francese. Non obbedisce mai alla sua governante e un giorno le ha dato un calcio. Io le ho detto: «Guarda che se dai un calcio a me, non vengo piú a giocare» e lei promitted me che non lo farà.

Cara mamma, I love you very very much, e la notte quando Sophie non mi sente, I cry because vorrei dormire nel lettone verde insieme a te.

Quando ti faranno uscire dalla prigione? L'ho raccontato a Bertha dove sei, e lei said che è molto brutto essere prigioniera, ma che almeno tu ricevi le nostre lettere e hai una little daughter che ti vuole bene waiting for you, e una friend as Olympe che ti aiuterà a scappare. Gli amici servono per questo, she said, per aiutarti a scappare.

Lo vedi che non c'è piú posto nel foglio? Devo salutarti. Un kiss grande grande from your

Dédé

3

Parigi, Faubourg Saint Germain
31 marzo 1838

Cara Sophie,
finalmente posso darti una buona notizia, anche se non riguarda la salute di madame Céline. Angélique e Maximilien sono tornati dall'America con i genitori. Vedessi come sono cresciuti! Angélique è diventata bellissima, somiglia alla contessa de Merlin da giovane, e Maximilien ha la pelle cosí bruciata dal sole che sembra un mulatto, cosa di cui, invece di vergognarsi, è molto orgoglioso. Tutta la famiglia del visconte d'Angers, appena ha saputo che madame era stata in carcere e adesso era ammalata, invece di sparire come hanno fatto molti altri conoscenti, è venuta immediatamente in rue Notre Dame des

Champs per farle visita. Sono rimasti costernati nel trovarla ridotta a una povera demente. Angélique si è subito offerta di aiutare e sostituire Olympe nell'assistenza dell'ammalata quando ce ne fosse bisogno. Il conte si è infuriato contro gli eredi del Cittadino Marchese e ha promesso che andrà subito dal giudice che sta preparando il processo per offrirsi come testimone a favore di madame. Fa bene al cuore scoprire che la nostra benefattrice nel tempo della sua fortuna ha suscitato sentimenti d'affetto cosí profondi e costanti.

Adesso devo dirti una cosa molto strana, Sophie. Ho guardato bene la data della tua ultima lettera e ho scoperto... Non pensare che stia scherzando. È una coincidenza che mi ha colpito profondamente. Sai come sono i miei capelli. Mademoiselle Athénaïs me li faceva sempre rasare a zero e anche in Boulevard des Capucines li tenevo piuttosto corti – «l'agnellino nero del mio gregge» diceva madame – perché se li lascio crescere si gonfiano e sembra che la mia testa sia enorme. Era un po' che non li tagliavo e lo scorso 15 marzo la viscontessa de Lagardière, mentre l'aiutavo a scendere dalla carrozza, mi ha guardato con disappunto e mi ha detto: «Va' dal barbiere, ragazzo, e fatti dare una bella tosata!» Ma stranamente questa volta non avevo voglia di farmi tosare, mi sentivo come un Sansone che insieme ai capelli avrebbe perduto le sue forze. E allora mi sono ricordato di aver visto, nel mio breve soggiorno in Giamaica, molti neri che, per tenere in ordine i capelli lunghi, li dividevano in ciocche sottili e regolari che poi intrecciavano e legavano in fondo una per una. I miei capelli non sono ancora molto lunghi, ma con l'aiuto di Olympe e di Angélique sono riuscito a dividerli e a domarli, e adesso ho la testa fitta di treccine come quelle che aveva co-

minciato a farsi Dédé. Nello stesso identico giorno in cui l'ho fatto io. Il padrino con la sua mentalità razionale non sarebbe stato contento di sapere che ho pensato a un caso di telepatia.

Però, Sophie, è un'operazione molto difficile! Non so come Adèle sia riuscita a farcela da sola, anche se mi pare di capire che aveva lasciato il lavoro a metà. Si ha bisogno dell'aiuto di almeno un'altra persona, e un'amica immaginaria non è la parrucchiera piú indicata per questo tipo di acconciatura. Una delle prossime sere chiudi la porta col chiavistello in modo che miss Jane non possa farvi un'improvvisata, e invita Adèle a rifarsi davanti a te quelle treccine. Sono curioso di sapere se le righe che dividono le ciocche sono regolari, e quanto tempo ci mette, e come fa a legarsele in fondo, a meno che non siano cosí lunghe da poterne stringere l'estremità tra le labbra.

Vedi, oggi sono io che mi metto a parlare di cose futili, giusto per continuare a conversare con te anche se sei cosí lontana. Un maschio con le trecce, *parbleu!*, esclamerebbe miss Jane, e mi accuserebbe di avere assorbito la colpevole vanità e frivolezza dei damerini francesi. Come se non fosse stato il loro Beau Brummel a inventare la figura del dandy e a dettare la moda maschile in tutta l'Europa!

Ora basta. Devo uscire con la viscontessa Violaine. La quale, detto tra noi, sembra aver gradito la mia nuova pettinatura. Poter contare sulla completa obbedienza di un gigante dalla pelle scura (anch'io sono cresciuto molto durante l'inverno) e dall'aspetto... come hai scritto di Adèle? un po' stravagante, ribelle e selvaggio, evidentemente le procura brividi di piacere che non confesserebbe nemmeno a se stessa.

Abbi fiducia sassolino. Vedrai che nella prossima lettera ti racconterò altri nuovi progressi della nostra amatissima protettrice.

Vi abbraccia strette, te e Adèle, il vostro fratello maggiore

Toussaint

4

Thornfield, 14 aprile 1838

Caro Tússi,

se mai avessi nutrito qualche dubbio in proposito, da qualche giorno ho la prova che monsieur Edouard è sempre lo stesso individuo incostante, egoista e crudele che sei anni fa ha ingannato e spezzato il cuore alla nostra povera madame Céline. Sembra che dopo aver illuso miss Jane con i suoi discorsi austeri, con le assicurazioni di avere rinnegato gli errori del passato, adesso si diverta a farla soffrire.

Da qualche giorno l'istitutrice di Adèle non ha bisogno di crearsi delle rivali immaginarie per nutrire la sua gelosia. Perché mister Rochester, contro ogni previsione, è stato via meno di tre settimane. E non è tornato da solo, ma in compagnia di tutta la comitiva che era con lui a Leas: sei gentiluomini, quattro dame e altrettante damigelle in età da marito. La piú bella, la piú disinvolta e la piú determinata a conquistare mister Rochester è quella stessa Blanche Ingram che sette anni fa ci aveva già provato con scarso successo. È ancora una bellissima donna, molto diversa da madame Céline. Se non fosse cosí alta, potrebbe sembrare una spagnola: ha i capelli corvini, gli occhi neri pieni di fuoco e la carnagione scura, un profilo classico e severo da medaglia romana e un modo di fare superbo e imperioso. Mi chiedo se in tutta la sua vita abbia mai parlato a qualcuno con dolcezza, se abbia avuto un solo momento di abbandono. Tratta tutti dall'alto in basso, a cominciare da sua madre. Con noi domestici, con l'istitutrice e persino con madame Fairfax è di una villania insopportabile.

Adèle è affascinata dal gruppo delle signore, dalla loro eleganza, dalla loro conversazione brillante. Probabilmente le ricordano le amiche di madame, le serate di ricevimento in Boulevard des Capucines. Cerca ogni pretesto per entrare nel salotto, e qualcuna delle ospiti piú anziane la tratta con affettuosa gentilezza. Invece miss Blanche la detesta e le si rivolge solo per parlarle con sarcasmo o per allontanarla, chiamandola "scimmietta". Forse teme che Dédé occupi un posto cosí grande nel cuore di mister Rochester da non lasciarvi spazio per un nuovo affetto. Forse quell'ipocrita a Leas ha recitato la parte del tutore, o chissà, magari quella del padre, che stravede per la sua piccolina.

L'unico che miss Blanche ritiene degno della sua gentilezza e delle sue attenzioni è proprio lui, monsieur Edouard, che a sua volta la corteggia senza alcun ritegno. La scorta nelle lunghe cavalcate che la spericolata amazzone pretende di fare ogni mattina, come per ispezionare la tenuta e controllarne le dimensioni e il valore finanziario. (Ma questa forse è una mia malignità.) La accompagna al piano e canta con lei ballate a due voci molto appassionate. Puoi immaginare la mia tristezza, Tússi, quando l'ho sentito intonare le stesse strofe che cantava con madame in Boulevard des Capucines! Lui che con l'istitutrice di Adèle fingeva d'essere ormai stanco della vita di società e dei suoi frivoli passatempi, si traveste di buon grado per il gioco delle sciarade e accontenta ogni desiderio di miss Ingram, per quanto strano e capriccioso possa sembrare.

Tutti gli altri ospiti, a cominciare dalla madre e dai due fratelli di miss Blanche, li considerano fidanzati, e anche la signora Fairfax li guarda con un misto di compiacimento e di inquietudine. Forse teme che, dopo il matrimonio, gli sposi si stabiliranno a Thornfield e mister Rochester non avrà piú bisogno di una governante che amministri la casa.

La povera miss Jane soffre e si consuma come una candela. Spolverando il suo scrittoio ho scoperto che si è fatta un autoritratto a carboncino, ritraendosi nel suo aspetto peggiore, una specie di crudele caricatura di se stessa, e sotto ci ha scritto: Ritratto d'una istitutrice, brutta, povera e senza parentela. Davvero non la capisco. Non le basta che siano gli altri a farla soffrire? Deve proprio girare da se stessa il coltello nella piaga? Forse è la sua religione cosí austera che la obbliga a mortificarsi e umiliarsi come punizione per avere nutrito speranze troppo alte.

Gli ospiti hanno portato con sé uno stuolo di domestici, ogni signora e signorina ha la sua cameriera personale, poi ci sono quattro valletti, due cocchieri, tre garzoni di stalla. La casa è piena dalle rimesse alle soffitte. Bertha, mi ha confidato Adèle, è molto nervosa per tutta questa confusione e ha detto che detesta Blanche Ingram, che vorrebbe darle un pugno sul naso e tirarle i capelli. In effetti anche noi due la notte stentiamo a prendere sonno, perché in salotto si conversa, si gioca a carte e al biliardo e si fa musica fino a molto tardi. Giú in cucina Mary ha tre aiutanti cuoche e una sguattera fatte venire dalla locanda di Millcote.

L'unica che non si è lasciata coinvolgere dall'agitazione generale è Grace Poole, che continua a restarsene tranquilla a cucire nella sua stanzetta del terzo piano. Non è una donna molto simpatica, ma devo ammettere che il suo comportamento imperturbabile suscita la mia ammirazione. Anche perché, nono-

stante continui a bere - la vedo spesso salire per le scale con un boccale di birra, e a passarle vicino si sente l'odore del gin o dell'acquavite - nonostante sia evidente che le piace l'alcol, nessuno l'ha mai vista uscire dalla sua stanza meno che sobria.

Monsieur Edouard, con la sua abituale insensibilità, o forse con l'intenzione maligna di divertirsi alle sue spalle, ha ordinato all'istitutrice di partecipare alle riunioni serali come se fosse una persona di famiglia e non una dipendente. Miss Jane ha dovuto mettersi l'unico vestito elegante che possiede - un abito rigido, austero e accollato come gli altri, ma di seta grigio perla - e scendere in salotto, dove è costretta ad ascoltare i discorsi sprezzanti e sarcastici che alcune signore fanno sulle istitutrici dei loro figli, senza nessun riguardo per la sua presenza. E, quel che è peggio, deve assistere al flirt tra monsieur Edouard e miss Blanche. Probabilmente non si rende conto che il suo "buon padrone", come lo chiamava solo in febbraio, è un uomo senza cuore, incapace di amare altri che se stesso, e che se ha deciso di sposare la sorella di lord Ingram è solo per convenienza. Sono convinta che questa volta si sposerà sul serio, alla luce del sole, con la benedizione della chiesa e della legge, perché miss Blanche appartiene al suo stesso rango, perché è ricca e imparentata con le prime famiglie d'Inghilterra. Gli aristocratici sono tutti uguali, Tússi, qui come in Francia. Credono di appartenere a una razza superiore. Non possono mescolare il loro sangue blu con quello di noi miseri mortali. Eppure noi francesi abbiamo fatto la rivoluzione per affermare l'uguaglianza di tutti gli uomini!

Sapessi quanto rimpiango il padrino! Lui sí, che era una persona veramente nobile, perché aveva una mente aperta e un cuore generoso, e giudicava al suo stesso livello anche la gente piú umile. Ti ricordi quanto ha sofferto per la morte di Antoi-

ne? Penso spesso anche all'amico di mio padre, a Pierre Donadieu, la buona Scimmia della mia infanzia. Mi chiedo che fine abbia fatto, se sia rientrato in Francia, se sia andato in rue Marcadet a cercarci.

Per tornare a miss Jane, stare in salotto con gli ospiti è cosí doloroso e umiliante per lei che non c'è da stupirsi se la poverina si tiene stretta a Dédé come un naufrago a un salvagente.

Per me invece in tutta questa confusione c'è un aspetto positivo. Sono tutti talmente impegnati nelle proprie mansioni oppure assorbiti dai propri intrighi o problemi, che quando esco per andare all'ufficio postale di Hay, nessuno si accorge della mia assenza.

Ti abbraccio e mi vesto per uscire. Scrivimi presto.

Sophie

Dear mamma,
Tússi crede che io dica le bugie, ma non è vero. È stata proprio Bertha quel giorno a farmi le treccine. I am not able to do it. Sophie mi ha fatto try, ma non ci sono riuscita. Do you know, mamma, che qui a Thornfield adesso ci sono tante belle signore, but miss Blanche non è gentile con me. Mi chiama sempre scimmietta, e Bertha mi ha detto: «Then tu morsicala come fanno le scimmie.» Ma io non lo faccio perché monsieur Edouard si arrabbierebbe. Per scendere in salotto mi sono messa il vestito elegan-

te, come facevo in Paris quando venivo a salutare i tuoi friends, e monsieur Edouard said to miss Jane che sono troppo vanitosa e penso troppo alle mie toilette. Ma se me le ha regalate lui per fare bella figura con i suoi ospiti! Se andassi ai ricevimenti col mio vestito scuro da casa, non sarebbe satisfied neppure allora. Miss Jane too si mette il suo vestito bello, però non è così bello. Non è scollato, non ha la sciarpa di raso alla vita e soprattutto non ha un bel colore allegro come quelli delle altre signore. Mamma, i vestiti più belli del mondo sono quelli che avevi tu. Te li hanno let bring in prigione? Bertha mi ha detto che chi sta in prigione ha sempre freddo. Mi raccomando, tu non stare scollata e mettiti lo scialle.

Un abbraccio forte forte from your

Adèle

5

Parigi, Faubourg Saint Germain
19 aprile 1938

Cara Sophie,
ti confesso che non m'importa un bel niente delle pene d'amore della vostra istitutrice e neppure dell'eleganza delle signore. Ho altro a cui pensare. Oggi in rue Notre Dame des Champs sia-

mo tutti contenti perché madame Céline ha detto il proprio nome. Ogni due o tre giorni, quando viene a visitarla, il dottor Manette la interroga sulle cose piú semplici per controllare la sua capacità di ragionamento. Fino a oggi alla domanda: «Come vi chiamate?» madame aveva sempre risposto: «Non lo so», oppure aveva taciuto smarrita, quando non era scoppiata a piangere. Stessa reazione alle domande sulla sua età, sul suo lavoro, sul luogo dove si trova, sul mese e sull'anno in corso. Tanto che oggi, quando l'ha sentita rispondere con voce ferma e tranquilla: «Mi chiame Céline Varens», Olympe dall'emozione ha stretto cosí forte i pugni che si è ferita con le unghie il palmo delle mani. Quando però il dottore le ha chiesto l'età, madame ha risposto: «Dodici anni» e poi ha detto che si trovava a la Pommelière in compagnia dei genitori, e che doveva affrettarsi perché il padrino la aspettava per preparare il falò di San Giovanni. Falò che, come ricorderai, si accende nel mese di giugno. Il dottore le ha chiesto ancora se avesse figli, e madame ha risposto: «Una bambina.» Olympe ha ricominciato a sperare, ma alla domanda: «Come si chiama vostra figlia?», la risposta è stata: «Dagoberta. Portatemela che devo aggiustarle il vestito. Solange glielo mette sempre al rovescio.»

Il dottor Manette tuttavia era molto soddisfatto e ha spiegato a Olympe che se ancora madame non riesce a orientarsi nel tempo e nello spazio, però sa chi è ed è capace di fare connessioni mentali corrette, come quella tra il nome della bambola, la canzone del buon re mal culotté *e la bambinaia incaricata di vestire la figlia.*

Ci ha raccomandato di continuare a parlarle in modo sensato, come se potesse capire ogni cosa, di raccontarle qualche episodio di quando vivevamo in Boulevard des Capucines, ma senza in-

sistere. Di leggerle a voce alta. E puoi star certa che, adesso che con Angélique siamo in cinque ad assisterla, obbediamo alla lettera agli ordini del dottore.

Da quando ha scoperto che non sono analfabeta, ogni tanto devo leggere ad alta voce anche alla viscontessa de Lagardière. Sai quando me lo chiede? Quando è immersa nella vasca da bagno. Ci sta un tempo lunghissimo, con addosso soltanto una camicia di leggero battista che nell'acqua diventa trasparente e le aderisce al corpo come una seconda pelle. Le cameriere devono aggiungere continuamente acqua calda perché madame Violaine non si prenda una infreddatura. Pensavo che si vergognasse di mostrarsi mezzo nuda a un domestico di sesso maschile, lei che è cosí devota e che si confessa due volte alla settimana. Ma l'ho sentita spiegare a un'amica in visita che tutte le folli teorie degli illuministi e della Grande Rivoluzione le considera prive di alcun senso, che per lei valgono solo le leggi di prima, quando il mondo non era ancora impazzito. E che secondo il Re Sole e il suo *Codice Nero* io non sono una persona, ma un oggetto di sua proprietà, anche se mi ritiene dotato di una certa intelligenza. Almeno come un cavallo o come un cane di razza.

«Voi lasciate girare per la stanza il vostro Fifí, quando siete nel bagno?» ha chiesto all'amica. «Eppure è un cagnolino che capisce tutto. Gli manca solo la parola. Perché io dovrei farmi scrupoli di lasciar entrare Toussaint se ho bisogno dei suoi servigi?»

Credi che mi senta offeso o umiliato da questo atteggiamento, Sophie? Affatto. Per fortuna fin da quando sono arrivato in Francia madame Céline mi ha dimostrato col suo affetto e con la sua attenzione di considerarmi una persona, e il padrino mi ha confermato e rinforzato questa idea con i suoi libri, i suoi ragionamenti e la sua fiducia in me. Non saranno le parole sciocche di una donnetta ignorante, anche se viscontessa, a farmi dubitare di me stesso. Anzi, vorrei metterla in guardia che ricevere una persona dell'altro sesso quando si è nella vasca da bagno può essere molto pericoloso. Guarda cosa è successo a Marat con Charlotte Corday!

A parte gli scherzi, sai cosa mi preoccupa, Sophie? Che il visconte de Lagardière non gradisca l'eccessiva confidenza che mi accorda la moglie e decida di disfarsi di me. Se dovesse vendermi a qualcuno che vive in provincia, dovrei lasciare Parigi, e questo sí, sarebbe un bel problema. Ne ho parlato con madame Geneviève, la quale, generosa come suo solito, si è immediatamente offerta di comprarmi lei, per togliermi da ogni impaccio. Ma Olympe le ha detto che non sarebbe prudente. Che i nipoti del Cittadino Marchese sanno che madame Céline vive in casa loro, e che potrebbero insospettirsi. Perciò mi devo armare di pazienza e resistere a ogni provocazione della mia padrona.

Cara Sophie, comincio ad essere stanco di avere pazienza. Vorrei essere un uomo libero davanti alla legge, vorrei poter testimoniare a favore di madame Céline, vorrei che la nostra cara amica guarisse, vorrei che la nostra vita tornasse quella di un tempo.

Ho cominciato a scriverti dicendo che ero contento, e adesso ti rattristo con le mie lamentazioni. Perdonami, sassolino caro. E scrivimi qualche cosa di allegro. L'arrivo della primavera nella campagna inglese dev'essere uno spettacolo meraviglioso. Qui le rose del giardino di madame Geneviève sono tutte fiorite. Madame Céline ama il loro profumo e Olympe non gliene fa mai mancare un mazzo sul tavolo della sua stanza. I petali che troverai dentro il foglio appartengono a una rosa che la nostra povera ami-

ca ha portato alle labbra per sentirne la consistenza vellutata. Anch'io le ho baciate prima di infilarle nella busta.

Che i nostri baci ti possano scaldare il cuore e farti coraggio.

Ti abbraccia forte il tuo fratello maggiore

Toussaint

6

Thornfield, 27 aprile 1838

Caro Tússi,
grazie dei petali di rosa. Sono arrivati quasi in polvere, ma conservavano il profumo di Parigi, di madame Céline, dei nostri giardini francesi. Mi hanno fatto pensare ai miei primi tempi di Boulevard des Capucines, quando la capretta Djali invece di brucare l'erba entrava nelle aiuole e mangiava i fiori preferiti di madame, ti ricordi? Il padrino diceva sempre per scherzo che quel latte profumato di fiori era il segreto del carattere dolce e sognatore della nostra Adèle.

Sono molto contenta dei progressi di madame Céline. Anch'io, come il dottor Manette, sono ottimista. Lo sono sempre stata. Spero solo che la nostra cara amica faccia presto a guarire. Non vedo l'ora di riportare Adèle a casa, di riabbracciarvi tutti quanti.

Voglio andarmene da Thornfield. Non mi piace. Non mi piace il suo padrone e non mi piacciono i suoi ospiti.

Tússi, se ti dico chi è arrivato stasera ad aggiungersi alla comitiva di Leas, non ci crederai. L'ultima persona al mondo che avrei pensato d'incontrare in Inghilterra!

Ti ricordi di mister Mason? Quel gentiluomo creolo che

aveva viaggiato dalla Giamaica all'Europa in compagnia di monsieur Schoelcher e che in Boulevard des Capucines si era comportato in modo cosí indiscreto da farsi mettere alla porta? Sono passati tanti anni, eppure l'ho riconosciuto immediatamente. Lui invece non ha riconosciuto me. Avevo solo dieci anni, quando mi ha visto a Parigi - ti ricordi che volevo mettergli il sale nel tè? - e non ero vestita da bambinaia.

È arrivato in carrozza, sotto la pioggia, e ha chiesto di vedere monsieur Edouard. Che evidentemente non lo aspettava, perché stamattina se ne era andato a Millcote per sbrigare certi affari. Mister Mason allora si è presentato agli altri ospiti, dicendo d'essere un amico di gioventú del padrone di casa, e che era appena arrivato da un lungo viaggio.

«Ho bisogno di parlargli e credo di poter contare sulla nostra antica amicizia per aspettarlo qui sino al suo ritorno» ha spiegato.

Che imbroglio c'è dietro a queste parole, Tússi? Un amico di gioventú? Se quando è venuto a casa nostra non ha riconosciuto il suo ritratto e ha detto, me lo ricordo benissimo: «Non conosco nessuno che si chiami Edouard!»

Mente adesso o mentiva allora? La sorella di miss Blanche e le altre ragazze lo trovano molto attraente, ma all'istitutrice non piace. Miss Jane è rimasta colpita anche da una frase del nuovo arrivato, che ha detto di aver conosciuto mister Rochester a Spanish Town. Mi ha preso da parte e mi ha chiesto sottovoce in francese: «Tu lo sapevi che monsieur ha viaggiato anche nel Nuovo Mondo?»

Evidentemente al tempo del loro idillio, due mesi fa, il padrone le aveva parlato dei suoi viaggi a Parigi, Roma, Vienna, Pietroburgo, ma non le aveva mai detto di aver varcato l'Atlantico.

Cosa dovevo rispondere? "Lo sapevo, eccome! Da dove credete che venga la maggior parte delle sue ricchezze? Dalle piantagioni che monsieur possiede nelle colonie. Valgono quindicimila sterline, compresi gli schiavi che ci lavorano. La vostra religione è contraria alla schiavitú? Per questo nell'elencarvi i regali di cui aveva coperto la sua mantenuta parigina, monsieur non vi ha parlato del dono piú costoso e stravagante: un ragazzino nero marchiato come un animale e strappato alla sua famiglia e alla sua terra a soli nove anni."

Ma sarebbe stato prudente da parte mia dimostrarmi cosí informata? Come al solito ho cercato di assumere l'espressione piú stolida possibile e ho risposto: «No. Non lo sapevo.»

C'è un'altra cosa che non riesco a spiegarmi e che mi rende inquieta. Miss Louisa Eshton, che sembra trovare il nuovo arrivato molto affascinante, gli ha subito proposto di far coppia con lei in un gioco di società che richiede tra l'altro di scrivere e scambiarsi dei bigliettini.

Quando piú tardi ho aiutato Leah a fare ordine nel salotto, mi sono capitati tra le mani due biglietti scritti e firmati da mister Mason.

E anche questo ti sembrerà incredibile, Tússi: la sua scrittura io l'avevo già vista. Dove? In Boulevard des Capucines. L'ho riconosciuta immediatamente, senza ombra di dubbio. Ti ricordi la grande busta color crema che, prima che madame ritornasse a danzare, ha aspettato per settimane sul caminetto dello studio il ritorno di monsieur Edouard? E che, quando il destinatario è arrivato e l'ha letta, ha scatenato le sue furie? Peccato che allora monsieur l'abbia subito bruciata e che tu non abbia potuto vederne la firma. Perché l'indirizzo l'aveva scritto di certo mister Mason. La sua grafia è inconfondibile.

Com'è possibile che la ricordi ancora dopo tanti anni?, mi chiederai. Perché mi aveva talmente colpito che avevo cercato di imitarla. Quelle erre maiuscole dalla pancia aguzza e dal lungo svolazzo che scendeva sotto la riga, e quelle a arricciolate all'interno come una chiocciola, quelle esse alte e strette non le potrò mai dimenticare.

Cosa aveva scritto di cosí terribile mister Mason in quella lettera al suo amico di gioventú? Ed è davvero un amico, o piuttosto un nemico? Riusciremo mai a scoprire questo mistero?

Adesso non dirmi che sto esagerando come Catherine Morland e che mi tormento per delle paure immaginarie.

Quei biglietti scherzosi scritti a miss Louisa dal suo compagno di gioco li metto nella busta e te li mando insieme alla lettera: sono certa che anche tu riconoscerai la scrittura.

Verso sera monsieur Edouard è tornato da Millcote. Non è sembrato particolarmente contento di vedere l'amico arrivato da cosí lontano. Lo guardava con diffidenza, come un pugile che sta in guardia perché conosce la scorrettezza dell'avversario e teme di prendersi un colpo basso. Io ormai lo conosco bene e capisco quando la sua cortesia non è spontanea. Mister Mason invece lo ha abbracciato con un affetto che mi è parso sincero. Era molto stanco e ha chiesto di andare subito a dormire. Monsieur gli ha assegnato la stanza accanto alla sua, e dopo un poco anche gli altri ospiti si sono ritirati per la notte.

È molto tardi, Adèle dorme già da un pezzo. Fortunatamente madame Fairfax non è avara nel rifornirci di candele, quindi potrei scriverti ancora a lungo, ma sono anch'io molto stanca, e quin

28 aprile, ore cinque del mattino

Oh, Tússi, che paura! Ho lasciato a metà la frase che stavo scrivendo e ho rovesciato il calamaio perché è successa una cosa terribile. Temo che mister Rochester abbia tentato di uccidere mister Mason. Si sono affrontati, hanno lottato e...

"Ma dove, e quando, e perché? Spiegati meglio, Sophie. Respira profondamente." Mi sembra di sentire la tua voce che cerca di calmarmi. Sono calma, Tússi. Ho avuto tutta la notte per riflettere. Ora è l'alba e fuori della finestra gli uccelli cantano tra i rami del frutteto. Tra due ore tutta la casa si sveglierà, e nessuno sospetterà il dramma che si è svolto nel cuore della notte. Perché istintivamente, stupidamente, io ho pulito il sangue che era sgocciolato sui gradini della scala mentre il dottor Carter e monsieur Edouard portavano via di peso il ferito e lo caricavano sulla carrozza.

Tutto è cominciato con un urlo. Un urlo tremendo, che mi ha fatto cadere di mano la penna. Veniva dal terzo piano, ed era cosí forte e agghiacciante che ha svegliato tutta la casa.

Gli ospiti sono usciti dalle loro stanze in vestaglia o in camicia da notte e hanno affollato la galleria chiedendo cosa fosse successo. Anch'io mi sono affacciata alla porta. Oltre all'urlo mi era parso di sentire attraverso il pavimento, proprio nella stanza sopra la mia, la voce di mister Mason che gridava: «No, Rochester, per l'amor di Dio!», insieme a dei colpi sordi e a dei gemiti soffocati.

Probabilmente alle orecchie di tutti gli altri che hanno le camere piú in fondo era arrivato solo il grido e gli ospiti non avevano alcun sospetto sul padrone di casa. Che, come supponevo, non era nella sua stanza, ma dopo pochi minuti è sceso come se niente fosse dal terzo piano e ha tranquillizzato tutti giustificando l'urlo con la storia di una domestica che aveva avuto un incubo e che lui era salito a calmare. Non capisco come quei signori abbiano potuto credergli, come non si siano meravigliati che mister Mason non fosse con loro nella galleria, e come non si siano accorti che sul polso della vestaglia di mister Rochester c'erano delle macchie scure. Io le ho viste e se non sapessi che il padrone di Thornfield è un signore cosí schizzinoso e ordinato, avrei potuto credere che si trattava di vino. Ma poiché ho imparato fin dai tempi di Parigi che non indosserebbe mai un indumento macchiato, devo dedurne che erano recenti, e non potevano essere altro che di sangue.

Monsieur Edouard è stato cosí convincente che gli ospiti sono tornati tutti in camera e suppongo che dopo un poco si siano riaddormentati. Io non ci riuscivo. Ero preoccupata per la sicurezza di Adèle e insieme tormentata dalla curiosità di capire cosa stava succedendo. Perché mister Rochester non era tornato nella sua camera come gli altri: col pretesto di confortare la domestica era salito ancora al terzo piano, forse per portare a termine quello che aveva appena iniziato.

Sento Adèle che si sta svegliando. Lei non si è accorta di niente, povero angioletto, e non voglio spaventarla. Ti lascio, Tússi. Continuerò a scriverti piú tardi, appena avrò un po' di tempo.

28 aprile, ore dieci di notte

Non ho avuto un momento libero in tutta la giornata, perché ho dovuto aiutare miss Jane a fare i bagagli e, appena l'istitutrice è partita, madame Fairfax mi ha chiamata per aiutarla a servire il tè agli ospiti. Ora finalmente ho messo a letto Adèle, mi sono tolta la gonna e il corsetto per poter respirare meglio, ho sciolto i capelli, e posso continuare a scriverti con un po' di calma.

Dov'ero rimasta? Mister Rochester era tornato al terzo piano e io non riuscivo a dormire. Aspettavo che si ripetesse quel grido da bestia ferita, ma attraverso il pavimento arrivavano solo dei rumori soffocati, dei passi, dei gemiti. Poi ho sentito qualcuno che scendeva le scale in punta di piedi. Non ho avuto il coraggio di aprire la porta e di guardare chi fosse, anzi, ho tirato il chiavistello. Ho sentito aprire la porta d'ingresso, e allora mi sono precipitata alla finestra per guardare chi usciva. Era mister Rochester, che è scivolato furtivo verso le stalle e ne è uscito subito in groppa a Mansour. L'ho visto chiaramente, perché c'era la luna piena. Ha percorso il viale, è arrivato ai cancelli, li ha aperti e se ne è andato al galoppo verso Hay. Sulla mia testa continuavo a sentire i gemiti e i sospiri, cosí fiochi che avrei potuto crederli il soffio del vento e i normali scricchiolii di una casa costruita per la maggior parte in legno. Ma sapevo che non era cosí. Il tempo non passava mai, mi era venuto freddo, ma non osavo infilarmi nel letto. Benedicevo in cuor mio madame Fairfax che invece di darci una candela per volta, ce ne aveva lasciato una bella scorta in un cassetto, per cui non correvo il rischio di restare al buio. Pensavo a cosa avrei fatto se monsieur avesse deciso di fare del male a Adèle, e fosse riuscito a forzare il chiavistello. Potevo rompergli sulla testa la brocca di porcellana del lavamano. Potevo tirargli addosso il vaso da notte. Ma certo non sarei riuscita a fermarlo.

Finché ho visto che sulla mensola del caminetto c'era un pesante candelabro di bronzo. L'ho preso e l'ho messo sul comodino per essere pronta a ogni evenienza. Puoi immaginare, Tússi, come ho passato la notte!

Circa un'ora e mezzo dopo essere partito, monsieur Edouard è tornato seguito da una carrozza. Ne è sceso il dottor Carter, il medico condotto di Hay, e insieme sono entrati in casa. Ho sentito del trambusto nella stanza di sopra, una poltrona spostata, il tintinnio di un oggetto di metallo poggiato sul marmo della toeletta. E di nuovo qualcuno che scendeva le scale. Meno leggero della prima volta, come strascicando qualcosa sui gradini. Fuori della finestra il cielo si faceva piú chiaro, e ho visto uscire sul piazzale mister Mason, pallidissimo, avvolto nella sua pelliccia e sorretto dal dottor Carter e da monsieur Edouard. Lo hanno caricato di peso sulla carrozza, il dottore è salito al suo fianco e sono partiti. Mister Rochester è rientrato in casa, e io ho pensato: "Adesso tocca a noi." Ma a quel punto non avevo piú paura, ero come sostenuta da una forza nervosa simile a quella che gli orientali ottengono con le loro droghe. Pensa che ho tolto il chiavistello e sono uscita nella galleria con il candelabro in mano per affrontarlo. Ma non l'ho visto. Invece ho visto che sul pavimento, vicino alla nostra porta, c'era qualche goccia di sangue, e delle altre piú avanti verso la scala. Ho pensato che se Adèle le avesse viste si sarebbe spaventata, perciò sono tornata in camera, ho preso uno straccio umido e le ho pulite. Ho fatto male, perché erano la prova che non avevo sognato, e l'indomani avrei potuto mostrarle a mister Eshton, che è il magistrato del distretto.

Poi, dal momento che in casa era tutto tranquillo, sono tornata a guardare fuori della finestra. E ho visto mister Rochester che si dirigeva verso il frutteto in compagnia... indovina di chi? Di miss Jane. Si sono messi a passeggiare sotto gli alberi, poi si sono seduti su una panchina. Parlavano tranquillamente e sembravano in grande intimità, proprio come nei mesi scorsi. Davvero Tússi, non so cosa pensare. Se li avesse sorpresi miss Blanche, che reazione avrebbe avuto?

Quando sono rientrati in casa, mi sono seduta e ho ripreso a scriverti, ma poco dopo Adèle si è svegliata; ci siamo vestite e siamo uscite nella galleria giusto in tempo per sentire monsieur Edouard che diceva tranquillo ai suoi ospiti: «Mason mi ha incaricato di porgervi i suoi omaggi. È partito presto, stamattina. Affari urgenti richiedono la sua presenza a Londra. Mi sono alzato alle quattro per salutarlo.»

Si può essere piú spudorati di cosí? E miss Jane per tutta la mattina ha fatto lezione a Dédé come se niente fosse accaduto. Io bruciavo dalla voglia di chiederle cosa fosse successo durante la notte, e cosa le avesse detto mister Rochester nel frutteto. Ma se lo avessi fatto, avrei dovuto confessare quello che avevo visto e sentito. "Prudenza, Sophie! Prudenza!" mi dicevo. "Fatevi invisibili come due pernici bianche sulla neve, tu e Adèle, e sperate che nessuno si accorga di voi."

Ma non è finita. Dovrai pagare almeno trenta soldi per ritirare questa lettera alla posta, perché sta diventando lunga e pesante come un romanzo. Cosa è successo ancora? Ricorderai che miss Jane è arrivata qui a Thornfield in ottobre e da allora, per nove mesi, non ha ricevuto una visita, né una lettera, né un biglietto, né saluti tramite qualche viaggiatore, come se non ci fosse una sola persona al mondo che pensava a lei. Bene, oggi pomeriggio è arrivata una carrozza signorile, con uno stemma nobiliare sulla portiera, guidata da un cocchiere vestito a lutto, che ha annunciato d'essere venuto a prendere l'istitutrice per portarsela via. Dove? A casa della zia, lady Reed di Gateshead.

Miss Jane dunque non è la figlia di un sacerdote poverissi-

mo e di umili condizioni, come ci ha dato a intendere, ma a quanto sembra può vantare parentele ricche e influenti. Perché non ne ha mai parlato prima d'oggi? Perché ha recitato la parte dell'orfana sola al mondo? Mister Rochester ne è rimasto molto colpito. Forse la notizia che miss Jane può contare su dei protettori potenti manda a monte i suoi piani.

Quello che non riesco a spiegarmi è come una nipote dei Reed sia finita in un Istituto di Beneficenza come Lowood e poi a fare l'istitutrice in casa di estranei.

Ma le sorprese non erano finite. Nessuno ci ha detto per quanto tempo starà via miss Jane, e se tornerà. Ma prima di partire l'istitutrice mi ha preso da parte e mi ha detto: «Presto Adèle andrà in collegio. Sarà bene che ti cerchi un altro posto, Sophie, o meglio ancora, visto che hai tanta difficoltà con la lingua, fa' in modo di tornare sul continente.»

Adèle in collegio? Ci voleva questa notizia per mettermi l'animo in pace alla fine di una giornata cosí spaventosa.

Spero che sia una fantasia di miss Jane, che si ritiene insostituibile. Non vedo perché, se lei non dovesse tornare, madame Fairfax non possa cercare un'altra istitutrice.

Oh, Tússi, se madame Céline potesse guarire presto, vincere il processo e farci tornare subito in Francia! Se non dovessimo aspettare e temere le decisioni di un individuo pericoloso come mister Rochester.

Prego continuamente la Santa Vergine e anche il tuo Obatalà perché la tua prossima lettera mi porti la notizia che madame ha recuperato la ragione. Scrivimi presto, Tússi, qualsiasi cosa abbia da raccontarmi.

La tua inquieta e preoccupata

Sophie

Dear mamma,
lo sai che miss Jane se n'è andata? Adesso potrò stare tutto il giorno whith Sophie. Potrò andare con lei all'ufficio postale and help her a spedire questa lettera. La mia doll Catherine è molto coraggiosa. L'ho messa a cavallo di Pilota e quando è caduta she did not cry, anche se si è sbucciata il naso e rotta due dita. Perché lei è di porcellana. Dagoberta non si sarebbe rotta neanche un po'. Bertha invece is very bad: mi ha detto che ha litigato con suo fratello, che gli ha dato una spinta e lo ha morsicato. Io l'ho sgridata perché queste cose le fanno the little children, e lei ha detto: «Grande o piccola, quando ti fanno arrabbiare devi difenderti. Dick è molto cattivo. Non mi ubbidisce mai.» E io did say: «Invece my brother mi ubbidisce sempre, anche se è piú grande di me. His name is Toussaint e ha la pelle nera.»

«Non ci credo» mi ha detto Bertha. «Non è possibile.»

«E io non credo al tuo, di fratello. Dov'è, che non l'ho mai visto?» I asked.

Bertha answered: «Se ne è andato.» Ma io le

ho detto che è una bugiarda e che si è inventata tutto. Allora lei si è messa a piangere perché nessuno le crede. Oggi Bertha è molto cattiva e la governante l'ha punita. Le ha dato la medicina, poi l'ha mandata a letto presto e non abbiamo potuto giocare.

Sophie dice che devo sbrigarmi perché dobbiamo andare ad Hay a imbucare. Sophie too oggi is very nervosa.

Ti abbraccio stretta stretta, mamma. Anche Catherine e Bertha ti mandano tanti saluti.

Your

Dédé

7

Parigi, Faubourg Saint Germain
14 maggio 1838

Cara Sophie,

quello che mi hai scritto non mi piace affatto. La calligrafia dei bigliettini che mi hai mandato è proprio la stessa di quella famosa lettera. Anch'io l'ho riconosciuta al primo sguardo. E mi sono ricordato della meraviglia con cui mister Mason si guardava attorno nel nostro salone. Evidentemente conosceva già quello di Thornfield ed era rimasto colpito dalla somiglianza. Ho ricordato la sua incredulità quando ha visto appeso sopra il caminetto il ritratto che avevo fatto a monsieur Edouard. Non si aspettava di trovarlo in Boulevard des Ca-

pucines, e di scoprire che l'originale era sposato con madame Céline Varens. Ricordi quante domande ha fatto su quando e dove era stato celebrato il matrimonio? Oggi, mettendo insieme le due cose, penso che la famosa lettera si riferisse a quella scoperta. Ma perché mai monsieur avrebbe dovuto informarlo delle sue nozze? Non sono parenti, che io sappia, né Mason è il suo tutore.

A meno che Mason non sapesse che il matrimonio era falso e che non esisteva nessuna vecchia zia. Forse nella lettera ricattava monsieur Edouard e gli chiedeva del danaro per non rivelare l'imbroglio. E monsieur, piuttosto che pagare, ha preferito abbandonare "il suo angelo" col pretesto che gli aveva disubbidito tornando sul palcoscenico. Tanto grande era il suo amore per lei, brutto ipocrita traditore!

Ma anche cosí, non c'è molta logica in questi fatti perché, visto che la zia non esisteva, cosa o chi doveva temere monsieur Edouard? Magari la vendetta del Cittadino Marchese che, pensava, non avrebbe gradito l'inganno teso alla sua figlioccia... Nella sua presunzione forse non sospettava che il padrino sarebbe stato felicissimo della sua scomparsa.

Mi viene il mal di testa a seguire tutte queste ipotesi, Sophie, perché c'è sempre qualcosa che non quadra.

Sono passati sei anni e non mi pare che mister Rochester si sia pentito di aver lasciato madame, o rimpianga la sua vita parigina. Mi hai raccontato che, parlandone con l'istitutrice, le diceva di ricordarla con disgusto e vergogna e rimorso. E allora perché invece di essere grato a mister Mason che l'ha riportato sulla retta via, dopo tanto tempo nutre ancora per lui un odio cosí feroce? Mason lo sa? Come mai allora è venuto a stuzzicare il nemico nella sua tana? Che nuove minacce o ricatti gli ha fatto perché mister Rochester l'attirasse al terzo piano e lo accoltellasse?

Non credo, come pensi tu, che volesse ucciderlo. Altrimenti non sarebbe andato a chiamare il dottore. O anche il medico è un suo complice, pagato per finire Mason e per farne sparire il cadavere? E l'istitutrice in che modo è coinvolta nella faccenda? Perché subito dopo ha lasciato Thornfield? La storia della zia che la manda a chiamare proprio quel giorno, dopo anni di silenzio, mi sembra una scusa poco verosimile. Esisterà davvero questa lady Reed, o sarà inventata come quella vecchia lady così aristocratica che non avrebbe sopportato le nozze tra il suo erede e una ballerina?

Non mi piace, Sophie, non mi piace affatto questa storia, e ti supplico di stare attenta, e di non perdere d'occhio Adèle neppure per un minuto. Per fortuna l'istitutrice se ne è andata, così potrai tenertela accanto anche nelle ore in cui prima andava a lezione. Cerca di distrarla: adesso che il tempo è bello, portala a fare delle lunghe passeggiate. Informati se ad Hay c'è qualche famiglia con bambini della sua età e accompagnala a giocare con loro.

Da quello che Adèle scrive mi sembra che questa fantasia su Bertha stia diventando quasi morbosa. Posso capire che Dédé attribuisca alla sua amica immaginaria le proprie antipatie, la propria insofferenza e aggressività, le parole e le azioni che lei non osa dire o mettere in atto. Ma da dove salta fuori questo fratello? L'unico "fratello" che Adèle può vantare sono io, il suo amico grande, il suo beniamino. E infatti Adèle-la-saggia si è vantata di me e della mia compiacenza con Bertha-la-discola. Dobbiamo pensare che inconsapevolmente la nostra bambina sia arrabbiata con me perché non mi vede da quasi un anno e me ne attribuisce la colpa? Tanto arrabbiata da avere voglia di morsicarmi, lei che non ha mai morsicato nessuno, neppure quando era molto piccola? Ho anch'io un doppio, adesso? Un doppio che si chiama Dick. La scelta di questo nome da parte di Adèle mi sembra inquietante. Dick è il diminutivo con cui mister Rochester chiama il suo amico-nemico Richard Mason.

«Va' al diavolo, Dick! Va' all'inferno!» gridava infuriato quella sera dopo aver letto la lettera, spingendo il foglio appallottolato nelle fiamme del camino. Non potrò mai dimenticare la sua espressione feroce.

Probabilmente Adèle ha captato qualcosa della tensione tra mister Mason e il suo tutore. Forse non è rimasta del tutto all'oscuro del loro scontro come tu credi. Forse, oltre a te, anche una delle domestiche ha visto qualcosa e ne ha parlato in cucina. Forse miss Jane a lezione si è lasciata sfuggire una parola di troppo.

Povera Sophie! Mi accorgo adesso di avere riempito il foglio di domande alle quali né tu né io siamo in grado di rispondere. Invece di tranquillizzarti, ti ho spaventata ancora di piú.

Ma non me ne pento, se questo ti spingerà ad essere ancora piú prudente.

Quanto alla notizia che Adèle andrà in collegio, penso anch'io che sia un'invenzione dell'istitutrice. Quindi non stare a tormentarti per questo. E se anche il prossimo autunno mister Rochester dovesse convincersi a farlo, sarà per poco, e inventeremo qualcosa perché tu possa accompagnarla e restarle vicino.

Se non ti ho raccontato ancora niente di madame, è perché non c'è stato alcun miglioramento decisivo. Solo piccoli progressi, che Olympe annota con incrollabile entusiasmo nel suo qua-

derno d'infermiera. La nostra buona protettrice continua a non riconoscere nessuno di quelli che le stanno attorno. Chiama Olympe "infermiera" e a me un giorno ha detto: «Signor spazzacamino, vi siete sporcato il viso di carbone. Dovreste andare a lavarvi.»

Ieri Angélique, sapendo quanto madame amava Rossini, si è messa al piano e ha intonato l'aria di Rosina da *Il barbiere di Siviglia*. Dopo un po' la nostra povera amica ha cominciato a cantare anche lei, con una vocina sottile ma pronunciando correttamente tutte le parole. Ti ricordi, vero? *Ma se mi stuzzicano dov'è il mio debole sarò una vipera, sarò!*

Quando è tornato il silenzio, Olympe, per controllare la memoria dell'ammalata, ha provato a chiederle: «In che lingua avete cantato?» E madame con nostra grande consolazione non solo ha risposto: «In italiano», ma le ha anche spiegato che "stuzzicare" significa *taquiner*.

A proposito di italiano, non sai quante volte mi è tornato alla memoria negli ultimi tempi quel poema cavalleresco che piaceva tanto al padrino, l'*Orlando furioso* di messer Ludovico Ariosto. Ricordi che ce ne recitava spesso dei brani a memoria, e quanto era musicale la lingua italiana con le sue rime? E come ci piacevano i suoi personaggi: re Carlo, i suoi paladini, la bella Angelica, Bradamante? Ecco, Olympe sarebbe una Bradamante perfetta. Ma non è a quello che penso. Ti ricordi che il paladino Orlando era impazzito per una delusione d'amore e che il suo compagno d'armi Astolfo era volato fin sulla luna a cavallo di un animale favoloso chiamato ippogrifo per recuperare il senno perduto dall'amico? Io sto sveglio per ore e ore la notte a chiedermi dove può essere andata a finire la ragione della nostra cara madame Céline. Magari fosse finita sulla luna, *rinchiusa in un'ampolla di vetro e io potessi volare sull'ippogrifo per andarla a recuperare!*

Il dottor Manette mi dice che sono troppo pessimista; che il senno di madame non è perduto, è solo come avvolto da ragnatele, o come un baco addormentato dentro il suo bozzolo di seta, e che pian piano si libererà da ciò che lo trattiene e ne verrà fuori una bellissima farfalla.

Speriamo che questo succeda presto. Nel frattempo voi due state attente. Anzi, tu, Sophie, stai attenta per due, perché Adèle è meglio non spaventarla con troppe raccomandazioni.

Un abbraccio fortissimo, un abbraccio stritolante dal tuo affezionato Astolfo spazzacamino

Tússi

8

Thornfield, 25 maggio 1838

Caro Tússi,
come prima cosa voglio rassicurarti. Devi stare tranquillo per noi: dopo quella notte terribile non è piú successo niente di allarmante.

Poi voglio dirti che anch'io verrei con te sulla luna, se potesse servire a qualcosa. È molto triste poter solo aspettare, e pregare come faccio tutte le notti. Prego il buon Gesú e la Santa Vergine che madame guarisca prima del matrimonio di monsieur Edouard con miss Blanche, perché vivere sotto lo stesso tetto di quella donna superba e prepotente, e prendere ordini da lei, sarebbe molto duro sia per me che per Adèle.

Madame Fairfax è sicura che il padrone e miss Ingram abbiano già fissato la data del matrimonio, anche se preferiscono non annunciarlo ancora ufficialmente. Quando gli ospiti sono partiti, circa una decina di giorni fa, si sono salutati alla presenza di tutti gli altri come due fidanzati, e lady Ingram tratta già monsieur come una suocera. Subito dopo gli ospiti è partito anche monsieur Edouard. È andato a Londra a ordinare una nuova carrozza. Quella che abbiamo adesso è vecchia e un po' rovinata, anche se ci si viaggia comodamente. Miss Blanche però non faceva che criticarla, diceva che era un rudere antidiluviano, che oggi la moda esige nuovi modelli, e che il cavallo era un ronzino peggio di quello di don Chisciotte. Dovevi vedere con che faccia avvilita la ascoltava il vecchio John, lui che alla carrozza e al cavallo è affezionato come se fossero suoi figli.

Thornfield adesso, dopo tanta animazione, dopo tante emozioni e tanti sospetti, sembra anche troppo silenziosa e tranquilla. Tanto che se non potessimo uscire di casa e fare delle lunghe passeggiate, rischieremmo di annoiarci come l'inverno scorso. Per fortuna il tempo è bellissimo. Madame Fairfax dice che non ricorda di avere mai visto, in maggio, delle giornate cosí calde, asciutte e luminose. Passano anche tre giorni di seguito senza che cada una goccia d'acqua.

Noi due ci portiamo dietro il pranzo in un cestino e passiamo tutto il giorno nel boschetto delle cornacchie. Disegniamo le forme degli alberi e le sagome delle foglie come ci aveva insegnato il padrino, osserviamo gl'insetti, cerchiamo le uova delle cornacchie nei nidi, Adèle si diverte un mondo a gettare sassi nel ruscello. Sul suo viso sono tornati i bei colori che erano scomparsi durante l'inverno: era diventata pallida quasi come miss Jane. Adesso invece assomiglia tanto a madame Céline che in certi momenti, a guardarla, mi si stringe il cuore.

Madame Fairfax è contenta che stiamo tanto tempo fuori di casa, e anche i domestici che senza di noi possono tornare al tran tran di una volta. John è stato cosí gentile da farci un'altalena rudimentale con una corda e un'assicella di legno e non devi credere che la usi soltanto Adèle. Anche a me piace arrivare sempre piú in alto, sfiorare con i piedi i rami degli alberi. Peccato che Dédé non riesca a spingermi con la forza di un adulto. Se ci fossi tu, allora sí che mi faresti volare! Quando siamo stanche ci sediamo su un tronco d'albero caduto e leggiamo a voce alta le fiabe della baronessa d'Aulnoy. Dédé è innamorata de *La gatta bianca* e non è mai stanca di sentirla. Ogni giorno coglie grandi mazzi di fiori selvatici "per portarli a Bertha". Probabilmente li nasconde da qualche parte su in soffitta e li lascia appassire.

Vorrei dire a Grace Poole, che se trova in un angolo delle foglie secche, della frutta avvizzita o altra sporcizia del genere, me lo dica e andrò io a pulire. Ma come faccio? Non posso azzardarmi a parlarle in inglese, e lei di francese non capisce una sola parola.

Sai, ho scoperto dalle chiacchiere delle domestiche giú in cucina, che Grace Poole prende uno stipendio cinque volte piú alto di quello di Leah, e che ha dei risparmi depositati alla banca di Millcote. Probabilmente lassú nella stanza del terzo piano non si limita a rammendare le lenzuola e la biancheria di casa. Probabilmente cuce la biancheria personale del padrone, confeziona le sue camicie, comprese quelle da sera. Forse è una sarta provetta, capace anche di fare marsine e redingote, di ricamargli panciotti e cravatte.

Quando la vedo passare col cuscinetto degli aghi appuntato sul petto, non posso fare a meno di pensare a mia madre. Sapessi quanta nostalgia sento dei miei genitori, dopo tanti anni che li ho perduti! E che rancore provo ancora per monsieur Félicien. Se avesse pagato mia madre per il suo lavoro un quarto di quello che dicono prenda Grace Poole, avremmo potuto vivere senza tante privazioni; lei non si sarebbe ammalata e non sarebbe morta.

Dev'essere una sensazione strana e triste quella di non ricordare il viso di tua madre e di tua sorella, mio povero Tússi. Dev'essere terribile non sapere nemmeno se sono vive o morte. Io almeno ho due tombe da visitare al cimitero di Montmartre. Quando torno, voglio piantarci due alberelli di alloro. Per ricordare il loro coraggio, la loro speranza in un mondo migliore, le virtú dell'umile cittadino, come sarebbe piaciuto al nostro vecchio maestro. Prima ero troppo piccola e non avevo mai riflettuto sulla poesia che Victor Hugo ha scritto nel 1830 in onore di mio padre, dei suoi compagni di lotta e di tutti i parigini insorti, comprese le donne che gettavano dalla finestra le vecchie pantofole sulle truppe di Carlo X. Te la ricordi?

Frères! Et vous aussi, vous avez vos journées!
Vos victoires, de chêne et de fleurs couronnées,
Vos civiques lauriers, vos morts ensevelis,
Vos triomphes, si beaux à l'aube de la vie.
Vos jeunes étendards, troués à faire envie
A de vieux drapeaux d'Austerlitz![1]

[1] Fratelli! E anche voi avete le vostre giornate!/Le vostre vittorie, di quercia e di fiori incoronate,/I vostri allori civili, i vostri morti sotto terra,/I vostri trionfi, cosí belli all'alba della vita./I vostri giovani stendardi, laceri da fare invidia/Alle vecchie bandiere di Austerlitz.

La voglio far imparare a memoria a Dédé. Ormai, tranne che con me, parla sempre in inglese, ed è bene che non dimentichi la nostra bella lingua.

Ti abbraccio, Tússi, e ti raccomando di non stare in pena per noi. Saluta Olympe, sua nonna, Angélique e la sua famiglia. Come si sta comportando la viscontessa? Visto che ti paragona a un cane, Bertha ti consiglierebbe: "E tu morsicala!"

(Bertha, ho scoperto, parlava solo in inglese, ma Adèle sta cercando di insegnarle il francese. Forse è per questo che da un po' di tempo nelle sue lettere mescola le parole delle due lingue in un modo cosí buffo.)

Ma per tornare alla viscontessa, la tua amica Sophie ti raccomanda di comportarti con astuzia. Il Codice Nero, se ricordo bene, raccomanda ai padroni di far battezzare gli schiavi (che strana contraddizione far battezzare degli oggetti!) e di istruirli nella fede cattolica. Perciò mostrati ancora piú devoto di lei. Appena ti sembra che si stia prendendo troppa confidenza, tu mettiti a cantare un inno quaresimale, tipo il Dies Irae. Vedrai che la smette subito.

Caro, caro Tússi, ti abbraccio con tutto il mio affetto.

Scrivimi presto. La tua amica

Sophie

Dear mamma,

l'altro giorno Mrs Fairfax ha scritto una lettera to miss Jane, e mi ha chiesto se volevo aggiungere i miei saluti. Glieli ho scritti in english, so she will be happy. Sophie dice che forse miss Jane non torna piú, invece la signora Fairfax dice di sí, when muore quella sua zia che è very very ill. Io sono contenta se torna, invece Bertha dice che stiamo meglio adesso che non c'è.

Sai, mamma, Sophie mi ha fatto leggere la fiaba della gatta bianca, che viveva in un castello e aveva many invisible servants. Tu vedevi solo le loro mani che si muovevano nell'aria. Nei disegni del libro la gatta è vestita as a lady, con la crinolina e il colletto a pieghe. Allora ho staccato l'abito di Catherine e ho cercato di infilare la gonna al gatto di madame Fairfax, but quello non ha voluto e mi ha graffiato. Mi graffia sempre.

Cara mamma, I love you very much and I pray la holy Vergine, come mi hai insegnato tu, perché ti faccia liberare presto. Prego perché liberino anche Bertha. L'hanno messa in castigo perché si è comportata male e non la lasciano uscire. Ma lei said that un giorno scappa. Anch'io scappo se monsieur marries miss Blanche e la porta a vivere qui con noi. Scappo e vengo da te.

Guarda che I put dentro la lettera two strane leaves che ho raccolto nel wood delle cornacchie. Ti abbraccio forte forte, your

Dédé

9

Parigi, rue Notre Dame des Champs
7 giugno 1838

Cara Sophie,
come vedi, ti sto scrivendo dalla casa di madame Soulignac. Questo pomeriggio mi sono offerto di sostituire Olympe nel suo turno di assistenza alla nostra povera amica, che da circa mezz'ora dorme dopo aver passato una mattina piuttosto agitata. Speravamo che il momento della guarigione fosse ormai vicino, perché ogni giorno madame Céline fa nuovi progressi e si comporta in modo sempre piú ragionevole.

Ormai mangia, si veste e si lava senza nessun aiuto, passeggia in giardino, legge la musica e suona il pianoforte per ore e ore. Qualche giorno fa ha riconosciuto madame Geneviève e le ha chiesto stupita come mai si trovasse in accappatoio nella sua casa. La nonna di Olympe ha cominciato a spiegarle quello che era successo, sorvolando sui particolari piú dolorosi. Ma dopo le prime frasi madame Céline ha smesso di ascoltarla, il suo sguardo si è fatto assente. Si stringeva le tempie con le mani lamentandosi di avere un forte mal di testa e alla fine si è messa a piangere e ha chiesto di andare a letto e di restare al buio. Il dottore però dice che il fatto di riconoscere il luogo dove si trova e la sua ospite è un ottimo segnale. Cosí come attribuisce grande importanza al fatto che l'ammalata da qualche giorno chieda con insistenza di Adèle, di te, di me, del padrino e dei domestici di Boulevard des Capucines. Anche se poi, quando io le prendo la mano, la guardo negli occhi e le dico: «Sono qui. Sono Tússi, *il vostro figlio maggiore, il vostro bonbon al cioccolato» lei mi guarda smarrita e risponde: «Non capisco quello che dite. Chi siete, di grazia, signore? Non ho l'onore di conoscervi» e continua a ringraziare Olympe delle sue cure chiamandola "infermiera".*

Oscilliamo in continuazione dallo sgomento alla felicità, come stamattina, quando è arrivata Angélique e madame non solo l'ha salutata chiamandola per nome, ma le ha chiesto, come se la vedesse per la prima volta: «Quando siete tornati dall'America? Su quale bastimento avete viaggiato?» E poi ha ascoltato con attenzione il suo racconto e le ha fatto le domande piú sensate del mondo. Ha guardato con attenzione l'album dei disegni che Angélique ha portato dal Nuovo Mondo: piante, animali, paesaggi... Che nostalgia, sassolino, di quei colori, di quella luce!

Angélique ci ha mostrato anche dei ritratti e ci ha riferito che nonostante in quelle regioni faccia sempre molto caldo, i coloni bianchi si vestono come in Europa: gli uomini con giacca e gilè, spesso di panno scuro e pesante. Le donne con mille sottogonne, crinoline, scialli, guanti... Sudano come fontane, ma non rinunciano a seguire la moda francese o spagnola. Madame rideva e osservava: «Che mancanza di senso comune! E oltretutto, che mancanza di igiene.»

Sembrava perfettamente in sé. Però subito dopo pranzo, quando sono rimasto solo con lei, ha cominciato a dare in smanie. Si torceva le mani e mi supplicava che le portassi Dagoberta. Diceva che era molto importante, che la bambola di Adèle stava perdendo l'imbottitura e che bisognava metterci dentro dei nuovi fiori di lavanda. «Ma subito, subito, prima che sia troppo tardi!» Era cosí angosciata che avrei voluto ac-

contentarla, ma sarei dovuto andare a casa del visconte, a prendere la bambola, e lasciarla sola, senza la certezza di poter tornare perché il maggiordomo avrebbe potuto vedermi e trattenermi per qualche lavoro.

Cosí le ho promesso che gliela porterò domani. Lei mi ha chiesto: «Adesso dov'è?» e quando le ho detto, senza pensare che potevo turbarla: «In casa del visconte de Lagardière» è scoppiata a piangere singhiozzando: «Tutto è perduto. Quell'uomo vuole la mia rovina!» Non si è lasciata consolare, ha rifiutato di guardare fuori della finestra il passaggio delle carrozze, uno spettacolo che di solito la distrae. Non ha voluto mangiare le fragole che le piacciono tanto, ha singhiozzato cosí a lungo sbattendo la testa contro lo schienale della poltrona, che alla fine mi sono deciso a farle bere il calmante che il dottor Manette ci ha lasciato, con la raccomandazione di usarlo solo se si agita tanto da farsi male. Dopo qualche minuto madame si è addormentata e l'ho trasportata in braccio sul letto.

Come è strana, la vita, Sophie! Quando sono arrivato dalla Giamaica e ho messo piede per la prima volta in casa di madame, in tutti i miei nove anni di vita non avevo mai dormito in un letto, ma sempre per terra, su una stuoia o sul nudo pavimento, davanti alla porta dei miei differenti padroni. Anche sulla nave il marinaio che mi aveva in custodia mi faceva dormire per terra. Invece in Boulevard des Capucines la prima notte madame mi ha chiesto se ero triste, se avevo paura di dormire da solo nella stanzetta dell'attico che mi aveva destinato e se non preferivo dividere il letto con qualcuno. Io ho pensato che intendesse con qualcuno dei domestici, e poiché avevo visto che erano tutti bianchi, temevo che si sarebbero rifiutati, o che avrebbero aspettato che mi addormen-

tassi per spingermi e farmi cadere fuori dal letto, quindi ho risposto di no.

Ma dovevo avere un'espressione cosí preoccupata e spaurita, che madame si è messa a ridere e mi ha detto: «Non fare l'eroe! Qui non ce n'è bisogno. Stanotte dormirai con me. Domani vedremo.» Non credevo alle mie orecchie e non osavo fare un movimento. Temevo che fosse un tranello per controllare se fossi stato addestrato a dovere. E poi il suo letto era cosí alto, che mi ci sarebbe voluto un panchetto per salirci. A quel tempo ero molto piccolo per la mia età. Ho cominciato a crescere solo piú tardi, quando ho potuto mangiare a sazietà, e non gli avanzi e gli scarti dei padroni e dei domestici adulti, ma buon cibo appena uscito dai fornelli di cui mi potevo servire fino a placare la fame.

Cosí me ne stavo in piedi nella mia nuova camicia da notte, quando madame con una mossa rapida mi ha infilato un braccio sotto le ginocchia, mi ha preso in braccio e mi ha deposto sul letto. Poi si è coricata al mio fianco e mi ha detto: «Se hai voglia di piangere, sfogati pure. Ma ricorda che io sono qua e che se me lo chiedi, ti tengo stretto finché non ti addormenti.»

Non me lo dimenticherò mai, Sophie. E poco fa mentre portavo in braccio madame e la mettevo a letto, pensavo a come le parti si fossero invertite. Solo che lei non si lascia abbracciare stretta stretta, nemmeno da Olympe. Forse, sebbene non fosse in un reparto di agitate o furiose, qualche volta alla Salpêtrière l'hanno legata con la camicia di forza.

Ora dorme tranquilla come una bambina, e con gli occhi chiusi e le membra rilassate sembra una persona sana e ragionevole. Ne ho approfittato per ritrarla, un semplice schizzo a matita su un foglio di carta da lettere. Te lo mando perché tu possa vedere com'è adesso. Vero che assomiglia a un ragazzino convalescente dal tifo, con quelle guance smunte e i capelli che le stanno ricrescendo folti e ricciuti come i miei prima che li intrecciassi? Chissà se al risveglio si ricorderà del motivo che l'ha fatta piangere cosí disperatamente? Ad ogni buon conto io domani porto qui Dagoberta. Se madame non la vuole, la lascio a Olympe, nel caso la chieda piú avanti. È una vera fortuna che Adèle non l'abbia portata con sé in Inghilterra.

Ti chiederai come riesco a fermarmi tanto a lungo in casa di madame Soulignac. Da qualche giorno posso disporre piú liberamente del mio tempo perché la viscontessa è partita per la campagna, dove starà per tre settimane ospite di una sua anziana cugina, la marchesa de Vinteuil. Ci va tutti gli anni, a godere l'aria dolce di giugno, e questa volta aveva intenzione di portarmi con sé, come valletto personale. Me l'ha detto alla vigilia della partenza. Puoi immaginare quanto fossi preoccupato all'idea di dovermi allontanare da Parigi per un periodo cosí lungo! E proprio quando madame Céline ha bisogno di tutta la nostra assistenza per fare gli ultimi passi verso la guarigione.

Sai chi mi ha aiutato a scampare a questo che per me era un vero pericolo, anche se è morto da trentacinque anni? L'eroe dell'indipendenza di Haiti, il principe ribelle di cui porto il nome. Devi sapere che la cugina di madame Violaine è piuttosto anziana. Era una ragazza da marito nel 1798, quando suo padre partí col generale Leclerc per combattere contro i miei fratelli schiavi di Saint Dominique che, seguendo l'esempio della Grande Rivoluzione francese, si erano ribellati ai loro padroni bianchi. Come abbiamo letto sui libri del Cittadino Marchese, Leclerc morí sull'isola di febbre gialla, i francesi furono sconfitti e i miei fratelli conquistarono la loro indipendenza. La giovane e bella vedova di Leclerc, Paolina Bonaparte, tornò in Francia scortata da un gruppo di ufficiali fedelissimi, tra i quali era il padre di madame de Vinteuil. E con loro arrivarono racconti terribili sulla ferocia di noi neri, sui massacri, sulle crudeltà e sulle vendette compiute ai danni dei coloni bianchi. Ne abbiamo parlato tante volte a scuola, ricordi? Conquistare la libertà non è come ballare un minuetto, diceva il cittadino Marchese, e quando il padrone te la nega usando le armi, tu non puoi fare altro che rispondergli con le armi. Ma Napoleone è considerato un eroe, mentre tutti parlano dei liberatori di Haiti come di selvaggi sanguinari.

Bene, da quei racconti madame de Vinteuil ha concepito un vero terrore per chiunque abbia la pelle nera. Sono passati piú di trent'anni, e lei teme ancora che tutti gli uomini di colore non pensino altro che a violentarla e a sgozzarla. Quindi fin dall'inizio, quando ha saputo della mia presenza in casa Lagardière, ha detto a madame Violaine: «Tu sei pazza, cugina, a tenere al tuo servizio una belva sanguinaria.» Poi, con l'avvicinarsi di giugno l'ha avvertita che non voleva selvaggi dal muso nero sotto il suo tetto. La viscontessa insisteva decantando la mia docilità e il mio buon carattere, ma quando la cugina ha saputo il mio nome, è caduta in deliquio. «Un altro Toussaint Louverture! Ci scatenerà contro i domestici, verremo uccisi a tradimento nei nostri letti!»

Era folle di terrore, e madame Violaine ha dovuto rassegnarsi a lasciarmi a Parigi. Cosí, non dovendola piú scortare a tutte le funzioni, posso disporre a mio piacimento dell'intera giornata. Il cocchiere e sua moglie continuano a proteggermi. Devo solo avere l'accortezza di girare alla larga dal visconte e dal mag-

giordomo, perché non gli salti in mente, vedendomi, di assegnarmi qualche lavoro che toccherebbe a un altro domestico.

Ecco, ti ho detto tutto di noi. Ti confesso che la tua penultima lettera mi aveva messo in grande apprensione. Se fossi stato un uomo libero, sarei partito immediatamente per raggiungervi in Inghilterra, visto che ora posso lasciare con fiducia madame affidata a Olympe e a sua nonna. Ma sono uno schiavo, e se fuggissi il visconte de Lagardière mi sguinzaglierebbe dietro la polizia e mi farebbe arrestare prima che riesca a passare la Manica. Per fortuna l'ultima tua lettera mi ha rassicurato. Che sollievo sapervi sole e tranquille! Speriamo che mister Rochester resti a Londra il piú a lungo possibile e che, se davvero si sposa, miss Blanche preferisca andare a vivere in un posto meno isolato, magari in Italia o in Provenza come è di moda adesso. E che l'istitutrice se ne resti a casa degli zii aristocratici e vi lasci vivere in pace.

Speriamo... in queste ultime settimane stiamo vivendo solo di speranze. Per voi due, per madame... Quanto è duro, Sophie, non poter agire, non poter combattere attivamente per la salvezza di quelli che amiamo!

Bacia Adèle da parte mia. Ho dato a sua madre le due foglie che ha messo nella busta, e madame Céline se le è portate alle labbra piú volte, come se capisse chi gliele aveva mandate. Ma questo non possiamo dirlo a Dédé. Cosí come ti raccomando di non mostrarle il ritratto di madame.

Ti abbraccio Sophie. E spero... spero che anche la tua prossima lettera mi parli di tranquillità, di sicurezza, di voli in altalena e di belle passeggiate nel bosco delle cornacchie.

Il tuo fratello maggiore

Toussaint Louverture Déchâtre Lacroix

10

Thornfield, 15 giugno 1838

Caro Toussaint Louverture,
grazie infinite per il ritratto di madame. Sapessi quanto mi manca il suo sorriso! Adèle ha la sua miniatura col ritratto della madre appesa al collo, e nei momenti di disperazione le chiedevo di mostrarmela per darmi coraggio. Adesso ho questa sua nuova immagine, che naturalmente terrò solo per me, perché nonostante la serenità del sonno, il dolore vi ha lasciato tracce profonde. È difficile continuare a recitare con Dédé la commedia che madame è in prigione, ma che è sana di mente e che può leggere le nostre lettere e ricevere i nostri regali. Però non voglio che sappia quanto ha sofferto e quanto ancora soffre, nonostante le vostre cure.

Sai, Tússi, credo che le smanie di cui mi scrivi, il desiderio di avere Dagoberta per sistemarle l'imbottitura, non siano un segno di regressione nella follia, ma anzi facciano ben sperare in un ritorno della memoria.

Forse tu non sai che, poco prima che il Cittadino Marchese morisse, madame Céline mi aveva detto che voleva aggiungere un po' di fiori di lavanda all'imbottitura della bambola, e che lo avrebbe fatto mentre vegliava il sonno del padrino. Charlotte era andata alla Bottega Provenzale e gliene aveva procurato un sacchetto. Ma evidentemente quando le guardie l'hanno portata via, madame non aveva neppure incominciato il lavoro, perché Solange e io abbiamo trovato Dagoberta gettata su una sedia accanto al letto del morto, e il mucchietto dei fiori di lavanda calpestato e sparso per terra.

Il desiderio di terminare il lavoro che ha dovuto interrompere mi pare un ottimo segno e magari procurerà alla nostra cara ammalata un'emozione benefica. E comunque per lei Dagoberta è cosí strettamente legata a Dédé, che le farà certo bene abbracciarla e respirarne il profumo.

Qui a Thornfield è tutto tranquillo, anche se non siamo piú sole con madame Fairfax e con i domestici. Prima è tornato mister Rochester, guidando personalmente una bellissima carrozza nuova, all'ultima moda, un tiro a due con i cuscini di pelle rossa, che piacerà molto a miss Blanche. Quella vecchia l'ha venduta al fattore di Ferndean insieme al cavallo, con gran dispiacere di John, e anche di Adèle, che si era affezionata al povero Devil e andava tutti i giorni a trovarlo nella stalla per portargli le zollette di zucchero.

Per consolarla John le ha proposto di fare un giro sulla nuova vettura e io l'ho accompagnata. Ma non è stata una passeggiata piacevole, perché i due nuovi cavalli gli hanno preso la mano e abbiamo rischiato di rovesciarci in un fossato. Sono due bestie giovani e nervose, e probabilmente si rendono conto che John non è abituato a guidare un tiro a due.

Qualche giorno dopo il ritorno di monsieur Edouard è tornata anche l'istitutrice. Evidentemente la ricca e nobile parentela non ha apprezzato la sua compagnia e l'ha rimandata indietro a guadagnarsi il pane col suo lavoro. Adèle le è saltata al collo. È contenta di rivederla, anche se i primi tempi era un po' preoccupata perché si aspettava di riprendere le lezioni al ritmo dello scorso autunno. Miss Jane però le dedica solo due o tre ore al mattino. Il resto del tempo lo passa in compagnia del padrone di casa.

Adesso vanno di nuovo d'accordo e amoreggiano come in

febbraio; lui ha smesso quel suo modo di fare sarcastico e pungente e, se la stuzzica, lo fa con un'ironia quasi affettuosa. Lei lo guarda come se fosse un dio, pende dalle sue labbra e gli dà sempre ragione. Le donne adulte sono strane, Tússi. L'istitutrice sembrava una ragazza orgogliosa, suscettibile, gelosa della propria indipendenza. Non pensavo che avrebbe dimenticato cosí facilmente le umiliazioni che ha dovuto subire solo il mese scorso e le sofferenze della gelosia. È proprio vero che l'amore rende ciechi. D'altra parte come si può spiegare in altro modo che una donna intelligente come la nostra madame Céline quando aveva l'età di miss Jane si sia lasciata ingannare dallo stesso impostore che adesso sta circuendo l'istitutrice? Cos'ha mister Rochester di talmente straordinario che nessuna donna riesce a resistergli? A me sembra brutto, vecchio e antipatico. Non gli darei retta neppure se mettesse il mondo intero ai miei piedi. E non sono poi tanto piú giovane di miss Jane. Ho già quindici anni. Molte ragazze alla mia età hanno già l'innamorato. Ma io lo vorrei giovane e soprattutto sincero.

Ci sono stati, nei primi giorni dopo il ritorno di miss Jane, dei momenti in cui la vedevo entrare nel salotto con un'espressione cosí sognante, cosí beata, che avrei voluto scuoterla, metterla in guardia raccontandole come il suo idolo si è comportato in realtà con la madre di Adèle. Come ha tradito la sua fiducia, come l'ha abbandonata, come le ha negato il suo aiuto nel momento in cui ne aveva piú bisogno. Mi pareva che fosse mio dovere impedirle di cadere anche lei nella stessa trappola.

Non l'ho fatto perché mi sono accorta che nell'atteggiamento dell'istitutrice c'è qualcosa di strano. Come se godesse a fare la parte della martire. Perché monsieur Edouard, mentre le fa gli occhi dolci, continua a parlare del suo prossimo matrimonio con Blanche Ingram, e di quando la nuova signora Rochester prenderà le redini della casa. Non perde occasione di vantare la bellezza della nobile fidanzata, la paragona addirittura alle superbe regine di Cartagine. E miss Jane si dice d'accordo, non mostra piú alcun segno di gelosia, come se avesse accettato di buon grado l'idea che questi sono i suoi ultimi giorni di felicità, come se fosse pronta, al momento opportuno, a cedere all'altra il suo innamorato e a togliere il disturbo lasciando immediatamente Thornfield. Li ho sentiti addirittura parlare di una nuova sistemazione che monsieur le avrebbe già trovato, come istitutrice presso una famiglia che vive in Irlanda.

Se miss Jane lascerà il suo posto, cosa ne sarà di Adèle? Mister Rochester pensa che la sua nuova moglie sarà in grado e avrà la pazienza di occuparsi della sua educazione? Oppure ha davvero in mente il progetto di mandarla in collegio? Per il momento cerco di non preoccuparmi, e non farlo neppure tu, Tússi, perché anche questo fidanzamento di cui si parla tanto è piuttosto strano. Da quando gli Ingram sono partiti, monsieur Edouard non è mai andato a trovarli, neppure per mostrare la nuova carrozza a miss Blanche. E sí che non vivono molto lontano da Thornfield. E neppure arrivano lettere da parte della fidanzata. Sto sempre attenta quando viene il portalettere, perché aspetto la tua, quella che mi scriverai quando non sarà piú necessario agire con prudenza. A un certo punto ho pensato che il matrimonio, per qualche motivo che ignoro, fosse andato a monte. Ma non è cosí. Monsieur Edouard e la signora Fairfax ne parlano tranquillamente e fanno progetti per quando la nuova signora Rochester arriverà a Thornfield. Però non accennano mai a una data, e neppure a un mese o a una stagione.

Mi auguro che tutto questo accada quando noi due saremo già tornate in Francia.

Ti abbraccio e aspetto vostre notizie, la tua amica e sorella

Sophie

Dear mamma,

sono contenta perché monsieur Edouard came back con Pilota e quando Sophie e io andiamo a passeggio we can portare anche the dog. Però ho pianto tanto quando è partito Devil horse, e anche John era triste. Adesso abbiamo due cavalli nuovi per la carrozza, che non vogliono obbedire a nessuno, solo a monsieur Edouard. E John mi ha detto che è pericoloso se mi avvicino per dargli una zolletta of sugar, perché possono darmi un calcio.

In questa casa sono tutti disobbedienti. Bertha non vuole prendere la medicina e di nascosto la sputa per terra, Catherine non vuole tenere la gonna che le avevo staccato per metterla al gatto di madame Fairfax, e il gatto di madame Fairfax non vuole farsi accarezzare e mi graffia. Solo Pilota è buono. Anche io sono buona, e Sophie mi ha detto che non permetterà che mi mettano in collegio, neppure se miss Jane se ne parte per fare l'istitutrice of five irlandesi children.

Cara mamma, adesso ti saluto perché monsieur Edouard ha detto che mi porta in carrozza a Millcote insieme a miss Jane.

Un abbraccio stretto stretto from your

Dédé

IV

PARIGI-THORNFIELD, GIUGNO-LUGLIO 1838

1

Parigi, rue Notre Dame des Champs
18 giugno 1838

Cara Sophie,
finalmente! I nostri problemi sono finiti, sassolino. Madame Céline è guarita, ha ritrovato la memoria e ragiona perfettamente. Lo avrai capito prima ancora di aprire la busta, vedendola arrivare a Thornfield nella borsa del portalettere. Non importa se monsieur Edouard se ne accorge perché insieme alla tua c'è anche una lettera per lui.

Ti scrivo prima che sia arrivata la tua risposta, perché volevo che sapessi al piú presto possibile la bella notizia. Probabilmente i due battelli che trasportano le nostre due lettere si incroceranno nel canale della Manica.

Ma c'è anche un'altra novità: chi ti scrive è un uomo libero. Sai dov'era nascosto il mio atto di emancipazione? Dentro la pancia di Dagoberta. Insieme al testamento del Cittadino Marchese, ai gioielli e al denaro che madame aveva in casa al momento della morte del padrino.

Per questo Adèle si lamentava che la bambola era diventata piú grassa e pesante e che le si stancavano le braccia a portarla a passeggio. Noi, che prima non avevamo mai sollevato Dagoberta, pensavamo che fosse una delle sue solite fantasie. Se le avessimo dato retta e avessimo esaminato con attenzione la bambola, avremmo potuto evitare la maggior parte delle nostre disgrazie.

Adesso ti racconto dall'inizio come è andata. Se madame Céline insisteva tanto perché le portassi Dagoberta, aveva le sue buone ragioni. Col ritorno definitivo della memoria, di cui ancora noi non ci eravamo resi conto, si era ricordata dell'ultimo gesto compiuto prima che le guardie la portassero via.

Ci ha raccontato che quella notte, poiché il padrino sembrava dormire tranquillo, aveva deciso di aggiustare la bambola di Adèle. Aveva scucito il solito lembo di stoffa e ne aveva tolto i pochi fiori di lavanda rimasti, ridotti ormai in polvere. Stava cominciando a metterci dentro quelli nuovi, quando il padrino si era svegliato, aveva cominciato a lamentarsi e madame aveva lasciato da parte il lavoro di imbottitura per cercare di dargli sollievo. Poche ore dopo invece il povero Cittadino Marchese era morto. La notizia si era sparsa con la velocità di un fulmine e in Boulevard des Capucines erano arrivati gli eredi. Sentendo giú nel viale il rumore delle carrozze madame aveva intuito che non si trattava di una visita di condoglianze. Conosceva la prepotenza dei due nipoti e la loro mancanza di scrupoli. Temeva che avrebbero fatto sparire e distrutto ogni documento, ogni prova che fosse contraria ai loro interessi. Quelle carte, insieme al denaro liquido e ai gioielli piú preziosi, erano nel secrétaire del salottino attiguo. Madame però non poteva metterli in salvo fuori di casa, perché aveva visto dalla finestra che *entrambe le porte erano bloccate dai servi del visconte de Lagardière e dai gendarmi che il marchese d'Arconville aveva già chiamato col pretesto di avere scoperto un furto in casa dello zio.*

Le restava poco tempo prima che gli eredi salissero al primo piano. Ci ha raccontato che mentre pensava freneticamente a cosa fare, le era caduto lo sguardo su Dagoberta, riempita a metà e col lembo di stoffa ancora aperto, abbandonata sulla sedia. Gli aghi col filo erano già pronti, puntati sul coperchio imbottito del cestino da lavoro.

Allora madame ha preso la bambola e, con la maggior velocità di cui era capace, le ha tolto un po' della nuova imbottitura per fare spazio, ha avvolto i gioielli uno per uno con le pezze di tela pronte per bagnare la fronte del malato, e ne ha fatto un fagotto legandoli dentro un fazzoletto perché urtando tra di loro non facessero rumore. Poi li ha sistemati dentro il corpo della bambola. Lo stesso ha fatto con le carte e il denaro, mettendoci attorno una flanella del padrino per attutirne gli spigoli. Quindi, col batticuore, perché sentiva le guardie ordinare a Jean-Baptiste che si togliesse di mezzo e le lasciasse salire al primo piano, ha ricucito l'apertura e ha gettato Dagoberta sulla poltroncina.

Non ha fatto in tempo ad avvertire nessuno di noi, perché dopo un attimo sono entrate le guardie e l'hanno trascinata via dalla porta sul retro.

Come madame aveva previsto, quando gli eredi hanno fatto il giro della casa impadronendosi di ogni oggetto o carta che pensavano di valore, non hanno degnato della minima attenzione quella bambola di stracci vecchia e malridotta. Per fortuna tu e Solange sapevate quanto Adèle ci tenesse, e siete venute a cercarla per metterla nel baule.

Cosí, fin dal primo giorno, voi due avete sempre avuto in mano gli strumenti della nostra salvezza. Pensa Sophie, quanto dolore e sofferenza avremmo potuto evitare a madame Céline, se ce ne fossimo accorti!

Per consolarmi penso che in fondo, nonostante tutto, ci è andata bene, che magari, prima che Solange la recuperasse, Dagoberta sarebbe potuta finire nella spazzatura. O anche che Adèle avrebbe potuto portarla con sé in Inghilterra e che, quando madame l'ha richiesta, non fosse in nostro potere accontentarla.

Perché secondo il dottor Manette è stata l'emozione di tenere fra le mani la bambola ancora intatta, di palparne il contenuto, di scucirla e di constatare che le carte e il resto erano ancora al loro posto, che ha provocato nella mente di madame Céline quella scossa che le ha fatto recuperare per intero la ragione.

Sul testamento c'era anche il nome del notaio: lo stesso che ha preparato l'atto della mia emancipazione. Madame Geneviève l'ha mandato a chiamare, e maître Boisseau ha confermato la legalità dei documenti. Mi ha accompagnato lui stesso in casa del visconte in compagnia di un usciere del tribunale e gli ha notificato che teneva ingiustamente in schiavitú un uomo libero, intimandogli di lasciarmi andare immediatamente. Adesso vivo anch'io nella casa di madame Soulignac, ospite della buona signora alla quale non potremo mai dimostrare pienamente la nostra gratitudine.

Il testamento è stato consegnato ai giudici, ma ormai il processo era stato avviato, e bisognerà aspettare l'udienza in tribunale perché madame Céline venga ufficialmente prosciolta da ogni accusa e possa entrare in possesso dell'eredità. Madame

Geneviève ha detto che metterà in moto tutte le sue conoscenze influenti affinché il processo si celebri al piú presto.

Nel frattempo voi due tornerete a casa dall'Inghilterra. Madame Céline vuole riabbracciarvi al piú presto. Ma non ti anticipo quello che ti scriverà lei stessa.

Ti mando un grande abbraccio, mio caro sassolino. Sono impaziente di abbracciarti in carne e ossa e di fare insieme a te dei grandi salti di gioia, dei salti da acrobata, come durante le lezioni di ballo di monsieur Jolivet. Sono impaziente di vedere quanto sei cresciuta, e di mostrarti la mia nuova pettinatura giamaicana. Anche se adesso non porto piú la livrea esotica di madame Violaine, e sotto il cilindro le treccine si notano poco.

La viscontessa non è ancora tornata dalla campagna. Le verrà un colpo quando scoprirà che il suo giovane selvaggio tanto pittoresco e pericoloso ha preso il volo. Pensa se dovesse incontrarmi seduto in carrozza al fianco di Olympe nel viale del Bois de Boulogne dove vanno a pavoneggiarsi i ricchi e i potenti!

A presto Sophie. Abbraccia Adèle e raccontale le novità in modo da non turbarla. Nella busta c'è un biglietto anche per lei. Vi aspetta con impazienza il vostro fratello maggiore

Tússi

Cara Sophie,
so che Tússi ti ha già raccontato tutto. Non posso scriverti a lungo perché sono ancora molto debole. Sto cominciando a leggere tutte le lettere che non ti sei mai stancata di scrivermi in quest'anno terribile, con tanta ostinata fiducia nella mia guarigio-

ne. A ogni pagina tremo al pensiero dei rischi che avete corso, tu e Adèle, ma poi vedo che hai preso sempre la decisione giusta, quella che ha risolto nel migliore dei modi la situazione. Ti ringrazio per il tuo affetto e per quello che hai fatto e stai facendo per Dédé. La mia bambina non poteva capitare in mani migliori delle tue.

Anch'io sono stata fortunata a poter contare sulla testardaggine di Tússi nel volermi ritrovare e poi sull'aiuto di madame Soulignac e della carissima Olympe. Non so quante altre amiche avrebbero affrontato tanti disagi e tante spese per soccorrere una povera pazza abbandonata da tutti. Credo che non mi basterà la vita intera per dimostrare loro la mia gratitudine. Su di te, Sophie, sapevo di poter contare fin dal giorno in cui sei venuta a stare nella mia casa e mi hai promesso che avresti difeso Adèle da ogni pericolo. Chi poteva immaginare, allora, che la vita avrebbe messo alla prova cosí duramente la tua fedeltà alle promesse?

Nell'attesa di riabbracciarti prestissimo ti saluta e ti benedice la tua amica riconoscente

Céline

Cara Dédé,

non so se riconosci la mia scrittura. Sono la tua mamma. Ho visto che adesso sai scrivere e ti ringrazio di tutte le belle letterine che mi hai mandato, anche se preferirei che ti sforzassi di usare solo parole francesi. Ti faccio tanti auguri per il tuo settimo compleanno. Povero uccellino, per la seconda volta hai dovuto festeggiarlo lontano dalla tua mamma. Ti giuro che sarà l'ultima. So che Sophie ti ha raccontato il motivo per cui non potevo risponderti. Adesso sono libera, sto in casa di Olympe e sono guarita. Ma sono ancora molto debole e non posso venire a prenderti come vorrei. Tu obbedisci a Sophie e vedrai che potremo riabbracciarci prestissimo. Che il buon Dio ti benedica!

La tua mamma che ti vuole tanto bene

2

For Sir Edward Fairfax Rochester
Thornfield
Parigi, rue Notre Dame des Champs
18 giugno 1838

Monsieur,
ho saputo che mia figlia Adèle si trova presso di voi. Vi ringrazio per averla aiutata e soccorsa in un momento di difficoltà, quando per cause di forza maggiore non potevo occuparmi di lei. Ora gli ostacoli che mi impedivano di tenere Adèle con me sono caduti. Ho delle buone amiche disposte a ospitarci, e non dispero di recuperare in breve tempo il mio patrimonio. Pertanto vi prego, monsieur, di volermi rimandare Adèle con la prima diligenza che passa da Thornfield diretta alla costa. La sua bambinaia è una ragazza svelta e responsabile ed è perfettamente in grado di accompagnarla nel viaggio e di sbrigarsela in ogni circostanza. Troverete nel plico il denaro necessario per tutte le spese che dovrete affrontare.

Con i sentimenti della piú doverosa riconoscenza vi saluta

Céline Varens

3

Thornfield, 29 giugno 1838

Madame,
vi informo che non ho intenzione di esaudire la vostra richiesta. Non voglio che Adèle torni a vivere con voi, a contatto del corrotto ambiente dello spettacolo, esposta al cattivo esempio e alla pessima influenza di una madre indegna. Anche se non le riconosco alcun diritto legale ad essere mantenuta da me, costretto dalle circostanze l'ho raccolta e ho cominciato a farle impartire una solida educazione inglese che la trasformerà, tra qualche anno, in una donna onesta e timorata di Dio quale voi non siete mai stata né mai sarete.

So che siete stata accusata di gravi crimini e sono certo che verrete condannata. Non vogliate coinvolgere Adèle nel vostro disonore. La bambina vi crede morta. Consideratela morta anche voi. Dimenticatela, cancellatela per sempre dalla vostra vita.

Vi sconsiglio di tornare a infastidirmi con le vostre lettere e di cercare di mettervi in contatto con Adèle. Ho già avvertito il magistrato della Contea di S. perché, in tale evenienza, adotti i provvedimenti opportuni.

Nel plico troverete il denaro che mi avete spedito e che vi rimando indietro.

Con l'auspicio che questo sia l'ultimo e definitivo contatto fra di noi mi firmo

Sir Edward Fairfax Rochester
di Thornfield Hall

4

Thornfield 29 giugno 1838

Cara e amatissima madame Céline,
sapeste come sono felice! Quanto vi amo! Quanto sono riconoscente al buon Dio che ha ascoltato le nostre preghiere! Subito dopo aver letto la vostra lettera sono corsa alla piccola chiesa che sta appena fuori dal cancello del parco per inginocchiarmi e rendere grazie alla Santa Vergine, anche se là dentro non c'è nessuna sua immagine o statua, perché è una chiesa protestante. Ero cosí emozionata che piangevo a dirotto, tanto che il pastore, mister Wood, è uscito dalla sagrestia a guardarmi allarmato. Era la prima volta che mi vedeva su quei banchi. Miss Jane porta con sé Adèle alle funzioni domenicali, ma io in quella chiesa era la prima volta che ci mettevo piede. Certo il signor Wood avrà pensato quello che miss Jane dice sempre ad alta voce: «Queste papiste sono tutte delle isteriche.»

Anche Adèle era fuori di sé dalla gioia. La "sua" lettera personale l'ha letta almeno trenta volte e poi, all'ora di andare a letto, l'ha voluta portare con sé e l'ha messa sotto il cuscino. Posso immaginare anche la gioia di Tússi, di Olympe, di tutti gli amici. Bentornata tra coloro che vi amano, madame!

E non preoccupatevi per quello che vi scrive mister Rochester. Non è un padrone di schiavi che può tenerci prigioniere, non può impedirci di tornare a casa. Può rendercelo solo piú difficile, ma la vostra Sophie ha già superato tante difficoltà e troverà il modo di riportare al piú presto Adèle tra le braccia di sua madre. Abbiate fiducia, e pensate a rimettervi completamente.

Vi bacio le mani commossa e riconoscente e sono la vostra

Sophie

PS: Non meravigliatevi di quello che racconta Adèle in tutte le sue letterine, quelle che avete già in mano e quella che si accinge a scrivervi adesso. Non vede un bambino della sua età da quasi un anno e in questa grande casa solitaria la sua fantasia tende a sbrigliarsi e a inventare le cose piú strampalate. D'altronde conoscete vostra figlia e il suo potere di dar vita alle briciole di pane e alle ombre delle nuvole.

Caro Tússi,
non far leggere questa lettera a madame. Inventa qualche scusa, ma non fargliela leggere. Sono fuori di me dalla rabbia! E pensare che ieri ero cosí felice... Perdonami, fratellino, non ti ho neppure ringraziato per aver pensato a noi due e per averci scritto subito la bella notizia. Ma devi scusarmi perché sono furibonda, e quando leggerai la risposta di mister Rochester a madame capirai perché. Quel mostro non vuole lasciarci tornare a casa. Lo so perché prima di sigillarla ha lasciato la lettera aperta sulla scrivania della biblioteca in attesa che l'inchiostro asciugasse. Per fortuna non ha ancora scoperto che so leggere, e quando sono entrata a spolverare non l'ha neppure coperta.

Per fortuna quando ieri è arrivato il portalettere monsieur era a Millcote con la fidanzata e non si è accorto che c'era posta per me. Si sarebbe insospettito, visto che, a quanto ne sa, io sono analfabeta. Magari miss Jane si sarebbe offerta di leggermela e avrei dovuto inventare mille scuse per rifiutare la sua gentilezza. E per fortuna io sono stata prudente e non ho raccontato a nessuno, tranne a Adèle naturalmente, le notizie che avevo ricevuto. Quando ho visto che, oltre alla mia, il portalette-

re aveva anche una busta indirizzata a mister Rochester e ho riconosciuto la scrittura, ho preferito aspettare la sua reazione, e nel frattempo ho continuato a recitare la solita commedia della bambinaia ignorante. Comincio a detestarlo, questo personaggio. Prima di leggere la risposta di monsieur, avevo sperato di potermene spogliare, magari di lasciarmelo dietro qui a Thornfield come un fantasma, a fare compagnia a Bertha. Ma visto come vanno le cose, temo che dovrò interpretarlo ancora un bel po'. La mia prima e sconosciuta salvatrice, la madre di madame Céline, che passò tutta la vita a recitare, sarebbe orgogliosa di me.

Mister Rochester stamattina è andato ad Hay con l'istitutrice per impostare personalmente quella lettera crudele e offensiva, che procurerà a madame un nuovo dolore, come se non bastassero quelli che ha già passato!

Ah, ma non creda che obbediremo ai suoi ordini, quel prepotente! Pensa forse, perché lui è una grande roccia e io solo un sassolino, che mi lascerò schiacciare? Non lo sa che le piccole schegge di ghiaia riescono a infilarsi in qualsiasi fessura? Se non ci lascia partire col suo permesso, fuggiremo.

Ieri a Londra, nell'Abbazia di Westminster, a un anno dalla sua ascesa al trono, è stata solennemente incoronata la regina Victoria. Gl'inglesi stanno festeggiando l'avvenimento già da una settimana. Mangiano, bevono e ballano nelle case e per le strade. E sai qual è il ballo per il quale adesso tutti impazziscono? Il valzer, di cui due anni fa, ti ricordi, non volevano sentir parlare e accusavano noi francesi di abbandonarci a una danza scomposta e impudica. Ci sarà tanta confusione per le strade, ancora per un bel pezzo, che non sarà difficile per me e per Adèle passare inosservate.

Ho da parte un po' di danaro: quello francese che mi era rimasto dai miei risparmi della calza, e il salario che madame Fairfax mi ha pagato per il primo semestre. L'ho tenuto da parte: qui a Thornfield non c'è nessuna occasione per spendere. Ma con tutto ciò, temo che non sia abbastanza. Devo informarmi di quanto costa la diligenza fino a Londra, e poi da Londra a Dover. E quanto costa il passaggio sul battello. Lungo il viaggio inoltre dovremmo fermarci a dormire almeno tre, se non quattro notti. Bisogna che scendiamo in una locanda decente. Non voglio far subire disagi o correre rischi a Dédé. Anche se credo che dovremmo andare a piedi fino a Strenghler, per confondere le idee ai nostri inseguitori. Se prendessimo la diligenza ad Hay o a Millcote ci faremmo scoprire subito.

Come vedi, sto già facendo i miei piani, anche se non posso metterli subito in esecuzione come vorrei. Se mister Rochester non avesse rimandato indietro il denaro di madame, prenderei quello, e non avrei neppure il rimorso di averlo rubato. Ma dovrò provvedere in qualche altro modo. Se ci fossi qui tu, con le tue doti di prestigiatore ed equilibrista, sapresti dove e come prenderlo senza destare sospetti. Ma io non sono cosí abile. L'unica che può aiutarmi è Olympe. Chiedile se può informarsi del costo e spedirmi la somma necessaria per il viaggio. Gliela restituiremo appena madame vincerà il processo.

Rileggendo quello che ho scritto, mi rendo conto di aver nominato la fidanzata di mister Rochester. Non crederai, Tússi, che miss Ingram sia venuta di nuovo in visita con tutta la famiglia! C'è stata una grande novità qui a Thornfield la settimana scorsa, esattamente il giorno di San Giovanni. Il padrone si è fidanzato con l'istitutrice. È sicuro, perché ne ha dato la notizia ufficiale a madame Jairfax, e hanno già fissato la data del matrimonio. Si sposano nella chiesa di mister Wood il prossimo 25 di luglio.

Madame Jairfax ancora non riesce a crederci. Quando li ha visti che si baciavano nell'atrio, la notte in cui il fulmine ha distrutto l'ippocastano dell'orto, ha pensato che tra i due ci fosse una relazione peccaminosa. Continua a dire che i Rochester sono una famiglia antica e orgogliosa e che mai e poi mai un loro discendente si abbasserà a sposare la propria istitutrice. Monsieur Edouard però ha già scritto a Londra al suo banchiere perché gli porti i gioielli di famiglia che tiene in cassaforte. E ha ordinato alla sarta due vestiti eleganti per miss Jane. Voleva regalargliene sei, ma la fidanzata ha rifiutato, e in quella occasione ha detto una cosa molto antipatica.

«Non crediate di comprarmi con i vostri doni. Ho la mia dignità. Non voglio essere la vostra Céline Varens inglese» gli ha detto. Non so come sono riuscita a trattenermi dal dirle che non è degna di baciarle i piedi, a Céline Varens.

Temevo che, una volta data ufficialmente la notizia delle prossime nozze con miss Jane, ci sarebbe stata da parte di Blanche Ingram qualche reazione violenta. Una nobildonna cosí superba non può accettare l'umiliazione d'essere abbandonata all'ultimo momento, e per chi? Per una povera istitutrice che deve lavorare per guadagnarsi il pane. Ma pare che monsieur, prima di dichiararsi a miss Jane, abbia fatto spargere la voce che il suo patrimonio ammonta a meno di un quarto rispetto a quanto credono gl'Ingram, e che miss Blanche per questo gli abbia dato immediatamente il benservito.

Adèle è tutta eccitata alla prospettiva di reggere lo strascico alla sua "mademoiselle Jeannette" il giorno del matrimonio.

Monsieur ha detto che offrirà alla fidanzata un prezioso velo di pizzo antichissimo che è sempre stato indossato da tutte le spose dei Rochester.

Io invece ero preoccupata perché avevo sentito dire dal padrone, e questa volta seriamente, che intendeva mettere Adèle in collegio, per poter viaggiare liberamente con miss Jane, e per risparmiarle comunque ogni tipo di lavoro e di fatica. Ma non ho fatto in tempo a pensare come si poteva risolvere questo problema, perché sono arrivate le vostre lettere a liberarmi da ogni preoccupazione per il futuro.

Spero che Olympe ci mandi il denaro per il viaggio a giro di posta, cosí il giorno del matrimonio noi due saremo già lontane.

Ti abbraccio, Tússi, questa volta non piú con la speranza, ma con la certezza che ci rivedremo prestissimo.

La tua

Sophie

Mammina cara,

per fortuna ho imparato a leggere bene anche in francese, cosí non c'è stato bisogno che Sophie mi leggesse la tua lettera ma ho potuto farlo da sola. E posso leggerla di nuovo tutte le volte che ne ho voglia. La tengo in tasca e non la faccio vedere a nessuno. Sono molto contenta perché Sophie mi ha detto che adesso non sei piú in prigione, ma in casa di Olympe dove ti trattano molto bene.

E che presto anche noi verremo a stare con te, ma non devo parlarne a monsieur Edouard.

Mamma, lo sai che alla fine di luglio monsieur Edouard si sposa con miss Jane? Io sono molto contenta, perché miss Blanche non la potevo sopportare.

Bertha invece è arrabbiata. Forse è gelosa perché io dovevo reggere lo strascico il giorno del matrimonio. Ha detto che lei quel velo di pizzo lo straccia e lo calpesta sotto i piedi. Io le ho detto che può fare quello che vuole, perché tanto io e Sophie ce ne scappiamo prima. E lei si è messa a piangere e mi ha detto: «Ti prego, non andartene. Come farò senza di te? Chi verrà adesso a farmi compagnia?» Io le ho detto: «Allora perché non scappi con noi? A Parigi non fa tanto freddo come a Thornfield», e lei ha detto che forse viene, se riesce a imbrogliare la sua governante. A te non dispiace, vero, mamma, se portiamo anche Bertha? Poverina, mi dispiace lasciarla qui da sola. L'ho chiesto a Sophie e lei mi ha detto che non ci sono problemi, che il suo Pipolet andava con lei dappertutto e non dava fastidio a nessuno. Bertha qualche volta fa i dispetti, ma se io le dico di smetterla obbedisce.

Cara mamma, Sophie dice che dobbiamo aspettare una lettera di Olympe e poi partiamo. Sono impaziente di vederti. E di farti vedere quanto sono cresciuta. Lo sai che ho due denti nuovi? Hai visto che non ho usato neppure una parola in inglese?

Ti abbraccio stretta stretta e a presto prestissimo

Dédé

5

Parigi, rue Notre Dame des Champs
11 luglio 1838

Carissima Sophie,
ieri mattina c'è stata l'udienza al tribunale, e il giudice mi ha assolto da tutte le accuse che mi avevano fatto i due eredi del Cittadino Marchese. Li ha condannati a cedermi la proprietà de la Pommelière, della casa di rue Jacob, i titoli e le obbligazioni che mi ha lasciato il padrino, e inoltre a pagare tutte le spese del processo e a darmi diecimila franchi come indennizzo per avermi fatta rinchiudere per quasi un anno in prigione e alla Salpêtrière. Il giudizio è stato veloce. Il magistrato aveva già potuto studiare a fondo i documenti: il testamento autentico, la copia depositata presso il notaio, le lettere che il padrino aveva scritto molti anni fa a madame Geneviève e quelle che aveva mandato in America, poco prima di morire, al padre dei tuoi

amici Angélique e Maximilien. Queste ultime hanno dimostrato quanto il nostro caro padrino fosse rimasto lucido, brillante e nel pieno possesso delle sue facoltà mentali fino ai suoi ultimi giorni. E quanto fossero assurde e prive di fondamento le accuse che mi avevano fatto gli eredi di aver manovrato e plagiato un vecchio ormai completamente rimbecillito e affetto da demenza senile. In aula hanno deposto i testimoni. Il visconte d'Angers è stato magnifico nel descrivere l'indifferenza e il disprezzo dei nipoti verso lo zio in contrasto con l'affetto e il rispetto di cui era circondato in Boulevard des Capucines; nel sottolineare il fatto che i due non lo avessero piú incontrato personalmente da diversi anni e non potessero quindi essere a conoscenza delle sue condizioni mentali. D'Angers ha ottenuto persino che il giudice chiamasse a testimoniare Toussaint. Ha dimostrato come, essendo stato affrancato da una cittadina francese e sul suolo francese, Tússi è da considerarsi anche lui cittadino francese a tutti gli effetti.

Con mia grande consolazione, dimostrandosi amici fedeli nella disgrazia, sono venuti a testimoniare a mio favore monsieur Jolivet, il maestro Gioacchino Rossini, il caro Théophile Gautier, Saint Beuve e persino la contessa de Merlin, nonostante abbia perduto il marito da poche settimane. Piú, naturalmente, i nostri domestici, alcuni dei quali sono tornati apposta dalla provincia dove avevano trovato un nuovo impiego.

Fa bene al cuore vedere che gli amici di un tempo non ti hanno dimenticata, e che non hanno paura del risentimento e della vendetta di due aristocratici potenti come i nipoti del mio padrino.

Ora non dovrò piú dipendere dalla carità degli altri, cara Sophie, anzi potrò ricompensare degnamente chi mi ha aiutata.

Non stupirti però di non trovare nel plico il denaro che avevi chiesto a Olympe e che adesso sarei in grado io stessa di spedirti. Non sono affatto d'accordo sui tuoi progetti di fuga. Tu e Adèle sole per le strade d'Inghilterra, costrette a nascondervi dai vostri inseguitori! Sei decisamente una ragazza troppo temeraria. È vero che avevo chiesto a mister Rochester di farvi partire da sole. Ma avrebbe dovuto organizzarvi il viaggio, affidandovi al postiglione, incaricandolo di sistemarvi, nelle varie tappe, presso locandieri di fiducia, indicandovi per la traversata un battello già sperimentato. Cosí come lo immagini tu, alla ventura, il vostro viaggio potrebbe rivelarsi molto pericoloso. Ti proibisco di muoverti da Thornfield prima che arrivino Tússi e Olympe, che partiranno domenica per venirvi a prendere. Non vengo io stessa per diversi motivi: sono ancora troppo debole per viaggiare, non mi rilasceranno il passaporto prima di due mesi e, cosa ancor piú importante, temo di venire riconosciuta dal padre di Adèle. Il rancore che ha dimostrato di avere nei miei confronti lo spingerebbe a nascondere la bambina, forse ad allontanarla da Thornfield, ad affidarla a gente estranea, pur di non restituirmela. Non credo che riconoscerà Toussaint, nel caso dovesse incontrarlo. Il mio schiavetto d'un tempo in questi ultimi anni ha subito una vera metamorfosi. Comunque Tússi non si avvicinerà alla villa, ma resterà nelle vicinanze ad aspettarvi e a scortarvi nel viaggio di ritorno. Chi verrà a cercarvi sarà Olympe, che mister Rochester non può riconoscere perché non l'ha mai vista in vita sua.

Forse ti chiederai, Sophie, perché ho deciso di organizzare questa specie di "rapimento" invece di rivendicare i miei diritti su Adèle davanti alla legge. Ci sono due motivi. Il primo è che mister Rochester nella sua Contea di S. è un uomo potente, e come tu stessa mi scrivi, amico personale del magistrato del distretto. Il secondo è che ne ho abbastanza di tribunali, di avvocati, di testimoni. Anche se dovessi vincere, la procedura sarebbe comunque molto lunga, mentre io sono impaziente di riabbracciarvi.

Quindi tieniti pronta. Prepara un bagaglio leggero che vi serva nel viaggio. Tutto il resto lascialo perdere. Quando sarete a Parigi compreremo tutto nuovo. Voglio portarti dalla mia sarta e farti fare un intero corredo all'ultima moda per risarcirti del tuo grigio travestimento da bambinaia durato ormai piú di un anno.

Io nel frattempo andrò ad aspettarvi a la Pommelière. Ora che posso allontanarmi da Parigi sento proprio il bisogno di respirare l'aria della casa della mia infanzia. Verranno con me madame Geneviève con la sua cameriera personale e... indovina chi? Lisette, Solange e Jean-Baptiste, che hanno scelto di lasciare i nuovi padroni per tornare al mio servizio.

È tutto, mio caro sassolino. Anzi, no. Mi preoccupo per quella ragazza, l'istitutrice. Sono certa che Rochester la sta ingannando. Capisco che tu non possa spiegarle che uomo ignobile è Edouard prima di esserti messa al sicuro con Adèle. Ma tienila d'occhio, fa' in modo che resti il meno possibile sola con lui, e prima di partire lasciale un biglietto e spiegale come si è comportato con me a Parigi. Raccomandale soprattutto di controllare che il matrimonio sia valido, non una commedia come il mio. Miss Jane segue una religione molto severa, inoltre non è un'artista, non vive in un ambiente che perdona gli errori fatti per amore, e non ha un padrino come il Cittadino Marchese. Cosa farebbe se scoprisse troppo tardi di essere stata ingannata? Magari già incinta di un bambino che verrebbe disprezzato da tutte le sue conoscenze in quanto bastardo? Ha il suo lavoro, ma in questo caso quale famiglia la accoglierebbe nella sua casa e le affiderebbe l'educazione dei propri figli?

Le scriverei io stessa, visto che l'istitutrice capisce il francese. Ma sono molto stanca, e ritornare col pensiero a quegli anni mi fa troppo male.

Quanto alle fantasie di Adèle, non mi meravigliano affatto. Anch'io da piccola vedevo cose e persone invisibili a tutti gli altri. È una fortuna che Dédé abbia ereditato da me, oltre alla fantasia, anche il carattere ottimista e si sia limitata a immaginare, in quella dimora che tu descrivi cosí tetra e lugubre, solo una bambina capricciosa della sua età con cui giocare e litigare. Pensa se avesse passato questi mesi a inventare e a temere situazioni paurose, fantasmi, mostri, assassini, trabocchetti, come la protagonista de *L'abbazia di Northanger*! È vero che Adèle è troppo piccola per avere letto un romanzo gotico. Ma il Babau lo conosce e forse ci ha sentito leggere a voce alta qualche brano di quello straordinario romanzo scritto dalla figlia di Mary Wollstonecraft intitolato *Frankenstein*. Avresti passato anche tu un periodo infernale, povera Sophie, cercando di rassicurarla e di consolarla.

Ben venga dunque questa pestifera Bertha che, sono d'accordo con te, probabilmente è battezzata con questo nome in onore dell'assente Dagoberta, la nostra salvatrice.

Credo che questa sarà l'ultima lettera che ti scriverò in Inghilterra. Tu rispondimi, soprattutto per avvertirmi dell'arrivo di Tússi e di Olympe. Ma spero che prestissimo non ci sarà piú bisogno di usare carta e penna per comunicare, e che potremo abbracciarci e parlarci guardandoci negli occhi.

Ti voglio bene Sophie. Il giorno in cui sei arrivata in Boulevard des Capucines è stato un giorno fortunato per me e per Adèle.

Ti raccomanda di essere prudente, ti bacia sugli occhi e su tutto il viso e aspetta di poterti stringere al piú presto sul cuore la tua amica riconoscente

Céline

Tesoro mio,

anch'io sono impaziente di vedere i tuoi due denti nuovi. Però non voglio che tu e Sophie scappiate da sole. Per questo vi mando a prendere da Tússi e da Olympe. Devi solo avere un po' di pazienza e fare tutto quello che ti dice Sophie. E soprattutto non raccontare niente a nessuno. So che in tutti questi mesi sei stata bravissima a fingere che lei fosse la tua bambinaia, che non capisse l'inglese e tutto il resto. Devi continuare a farlo ancora, ma solo per pochi giorni. Certo, se ti fa piacere puoi portare con te in Francia la tua amichetta. Io vi aspetto a la Pommelière, dove potrai mostrarle l'altalena e la vasca dei pesci rossi. Mi raccomando, Dédé. È molto importante che tu obbedisca a Sophie, immediatamente e senza fiatare. Qualsiasi cosa ti dica. Lei sa cosa dovete fare per tornare a casa il piú presto possibile.

Ti abbraccia con tanto amore

la tua mamma

Parigi, rue Notre Dame des Champs
11 luglio 1838

Cara Sophie,
fra tre giorni Olympe e io partiamo per Dover. Può darsi però che ci mettiamo una decina di giorni o forse piú per raggiungervi a Thornfield. Una volta in Inghilterra infatti, dobbiamo trovare il modo di viaggiare senza dare troppo nell'occhio. È importante che, quando torneremo indietro con te e con Adèle, la gente non si ricordi di noi e non ci possa riconoscere e segnalare il nostro passaggio, se per caso monsieur Edouard ci farà inseguire. Quindi non essere troppo impaziente. Appena saremo a Millcote te lo faremo sapere.

Ho un gran desiderio di rivederti, sorellina, e di controllare se davvero sei cresciuta tanto da dover allungare di un palmo le sottane per non mostrare le caviglie.

Prima di salutarti però ti voglio raccontare una cosa che ti farà sorridere. Olympe si è presa la sua rivincita sul marchese d'Arconville. Devi sapere che nella spartizione dei beni del padrino, la Pommelière era toccata al marchese, che in giugno ci si era trasferito per passarci l'estate. Secondo le informazioni di Olympe, per pigrizia d'Arconville non aveva cambiato la servitú, ma aveva conservato i vecchi domestici dello zio, quelli che ogni estate si sono presi cura di noi e che conoscono madame fin da quando era bambina. D'Arconville aveva portato con sé da Parigi soltanto il suo valletto personale.

La sentenza del tribunale ordinava l'immediata restituzione della tenuta; in genere però si accorda a chi ha perduto la causa almeno una settimana per il trasloco, e madame Céline avrebbe seguito questa consuetudine. Ma Olympe l'ha pregata, come di un favore personale, di lasciarla andare a la Pommelière già stamat-

tina. Mi ha chiesto di accompagnarla, insieme al nostro Jean-Baptiste, al cocchiere di madame Geneviève e ad altri due domestici di casa Soulignac particolarmente robusti. Quando siamo arrivati, d'Arconville non ci aspettava. Si era alzato da poco, e ancora in vestaglia stava prendendo il caffè sulla terrazza. Puoi immaginare la sua meraviglia, e poi la sua rabbia quando Olympe gli ha letto ad alta voce l'ordine del tribunale, quindi ha incrociato le braccia e ha ordinato ai suoi uomini: «Cacciatelo fuori!»

Quelli lo hanno sollevato di peso e lo hanno trasportato verso il cancello. Il marchese urlava, bestemmiava, chiamava in aiuto la servitú de la Pommelière, ma come Olympe aveva previsto, gli antichi domestici del Cittadino Marchese, che avevano ascoltato con gran soddisfazione la lettura della sentenza, non hanno mosso un dito. Conoscevano da sempre la volontà del padrone di lasciare la tenuta a madame e consideravano d'Arconville un usurpatore.

Arrivati al cancello i nostri uomini hanno scaraventato il marchese sulla strada, in mezzo alla polvere, e poiché quello, furibondo, cercava di tornare indietro, lo hanno allontanato a suon di legnate. Anch'io, pensando a tutto quello che lui e il cugino ci hanno fatto passare, gli avrei dato volentieri un gran calcio sul didietro per aiutarlo a raggiungere il crocicchio. Ma Olympe mi ha trattenuto. «Tu non sei un domestico» mi ha detto. «Il marchese l'autunno scorso ha rifiutato d'incrociare la spada con la mia, perché non sono all'altezza del suo rango, non ho il sangue blu e a suo dire sono degna unicamente d'essere cacciata a bastonate dai suoi servi. Oggi come vedi sono io che non voglio sporcare la lama della mia spada. E neppure voglio che si sporchino le mani i miei amici, toccando un essere cosí immondo.»

Già ti sento osservare, con la tua solita pignoleria: "Ma con un calcio ti saresti sporcato soltanto i piedi. Anzi, la suola delle scarpe!" Be',

Olympe voleva che persino i calci venissero dati unicamente dai servi.

Quanto al valletto personale del marchese, anche lui deve amare poco il suo padrone, perché ha seguito la scena senza intervenire, con un sorrisetto sulle labbra. Olympe gli ha ordinato di fare i bagagli al piú presto e di lasciare libera la casa. Poi ce ne siamo tornati a Parigi. Io ero un po' preoccupato, perché ero e sono convinto che il marchese non inghiottirà senza reagire l'umiliazione che ha subito, oltretutto da parte di una donna, e cercherà di vendicarsi. Madame Geneviève però ha riso fino alle lacrime e si è dichiarata orgogliosa della nipote. «Se ogni volta dovessimo temere le rappresaglie dei potenti» ha dichiarato «non combatteremmo mai per farci giustizia.»

Decisamente, caro il mio sassolino, la prudenza non è una virtú praticata dalle donne di casa Soulignac. Ma bisogna ammettere che i fatti sinora gli hanno dato sempre ragione.

Tu invece sii prudente piú che puoi. Aspettaci e tieniti pronta alla fuga. Ma non lasciar trapelare niente delle tue speranze.

In attesa di abbracciarti prestissimo, ti mando tutto il mio affetto. Bacia Dédé da parte mia.

Il vostro fratello maggiore

Tússi

6

Canterbury, locanda Alle Ali di Pegaso
15 luglio 1838

Cara madame Céline,
vi scrivo due righe in fretta per informarvi che siamo arrivati in Inghilterra e che ieri siamo riusciti a farci scritturare da

un circo che viaggia in direzione di Millcote. Olympe pensa che sia il modo piú sicuro per raggiungere Thornfield senza dare troppo nell'occhio. Già durante la traversata della Manica ci siamo accorti che il colore della mia pelle, unito al mio abbigliamento da gentiluomo, attirava in modo particolare l'attenzione della gente. C'era un viaggiatore, sul battello, che assomigliava in modo straordinario a mister Mason, il quale continuava a fissarmi con una insistenza davvero imbarazzante. Perciò quando, appena sbarcati, ci siamo imbattuti nel Circo Equestre del signor Sleary, che annovera tra i suoi artisti pellerossa d'America, indiani di Bombay, africani del regno Ashanti e persino cinesi di Nanchino, abbiamo pensato che era il gruppo ideale con cui viaggiare se volevamo passare inosservati.

Non è stato difficile ottenere una scrittura. Il signor Sleary è rimasto molto ammirato dalle mie abilità di acrobata e di prestigiatore. Olympe, che si presenta come "Gennaro il milanese", è arrivata al momento giusto per sostituire un Antico Romano che per qualche settimana non potrà guidare in modo spericolato la sua quadriga di vimini e cartapesta a causa di un braccio slogato.

Se alle nostre doti aggiungete il fatto che abbiamo chiesto un compenso molto basso, capirete perché mister Sleary ci abbia assunto senza fare troppe domande.

Domani mattina partiremo verso il Nord, faremo tappa a Londra e poi ci dirigeremo verso la Contea di S., dove contiamo di arrivare tra circa una settimana. Lungo il percorso infatti ci fermeremo in tre piccole città a dare spettacolo.

Se una volta a Millcote non potremo metterci in contatto immediatamente con Sophie, o se troveremo qualche ostacolo che ritardi la fuga sua e di Adèle, ve lo scriveremo. Altrimenti torneremo subito indietro tutti e quattro e ci vedrete arrivare quanto prima a la Pommelière.

Vi bacia le mani e vi chiede di aspettarci tranquilla e fiduciosa, cercando di recuperare completamente la salute, il vostro figlio maggiore

Tússi

Cara Céline,
aggiungo in fretta due righe alla lettera di Tússi, per raccomandarti di aver cura di te stessa, di seguire la dieta che ti ha prescritto il dottor Manette, e di stare il piú a lungo possibile all'aria aperta. Abbraccia mia nonna da parte del suo scapestrato "Gennaro".

Dille che ho chiesto a Tússi di schizzare un mio ritratto nelle vesti dell'Antico Romano e che al nostro ritorno mi potrà ammirare anche lei come fanno ogni sera gli spettatori di Canterbury.

Tu, che hai familiarità col palcoscenico, puoi capirmi quando ti dico che guidare la biga sulla pista del circo, tra gli applausi del pubblico, mi diverte e mi riempie di soddisfazione.

Se penso che vita noiosa conducono le giovani donne della mia età, chiuse in casa come uccelli in gabbia! Dovremmo fare una seconda Grande Rivoluzione solo per loro, per aiutarle a spezzare le loro catene. Te l'ho già detto piú di mille volte? Scusami, Céline, e ricevi un tenero abbraccio dalla tua affezionata infermiera

Olympe

7

Thornfield, 22 luglio 1838

Carissima madame Céline,
finalmente Tússi e Olympe sono arrivati! Ero cosí impaziente, cosí preoccupata vedendo passare i giorni e avvicinarsi la data del matrimonio di mister Rochester e miss Jane. Si sposeranno il 25, e l'indomani il vecchio John, secondo i programmi, dovrebbe accompagnare Adèle a K. dove si trova il collegio in cui le è già stato riservato un posto. Non so come avrei potuto impedirlo, se Olympe e Tússi non fossero arrivati. Ogni notte immaginavo che fossero rimasti vittime entrambi di un terribile incidente, e che era inutile aspettarli. Ero andata per tre volte all'ufficio postale di Hay, ma non avevo trovato alcun messaggio... Mi chiedevo se non fosse il caso di tornare al mio progetto originario, se non dovessi prendere Adèle per mano e scappare verso il Sud, noi due da sole, con i pochi soldi che possiedo, perché ancora madame Fairfax non mi ha pagato il secondo semestre.

Potete immaginare quindi il mio sollievo di ieri sera quando mister Rochester e le sue compagne sono tornati da Millcote col nuovo aiuto cocchiere appena assunto, e Adèle mi ha detto all'orecchio che l'italiano Gennaro in realtà era Olympe!

Forse però è meglio che vi racconti tutto con ordine. Come ho scritto sopra, il giorno del matrimonio si avvicina e anche se non sono previsti grandi festeggiamenti, negli ultimi giorni noi domestici siamo stati molto impegnati nei preparativi del rinfresco e dei bagagli degli sposi. Io ho dovuto non solo preparare il corredo di Adèle per il collegio, ma anche aiutare Leah a sistemare nei bauli il corredo da viaggio di "Mrs Rochester", cioè *di miss Jane, che ancora si stupisce quando legge sulle etichette quello che sarà il suo nuovo nome. Mancavano ancora due abiti leggeri per l'Italia e un mantello che monsieur Edouard aveva ordinato alla prima sartoria di Millcote. Ieri mattina i due fidanzati sono andati in città a ritirarli e hanno portato con sé anche Adèle e madame Fairfax che voleva provare la nuova carrozza.*

Quando sono arrivati in città, Adèle si è subito accorta che un circo aveva drizzato la sua tenda nella piazza principale, e naturalmente ha espresso il desiderio di assistere allo spettacolo. Sapete quanto le piacciono i pagliacci, gli acrobati e gli animali ammaestrati! Ha insistito tanto che alla fine madame Fairfax si è offerta di accompagnarcela, mentre i fidanzati andavano nella sartoria e poi nelle botteghe di High Street per gli ultimi acquisti.

Sembra che l'anziana signora abbia apprezzato in modo particolare i volteggi spericolati del Cavaliere Selvaggio delle Praterie Nordamericane. Adèle invece ha subito riconosciuto l'acrobata dalla pelle scura che camminava in equilibrio sul filo e poi spiccava il volo appeso a una fune verso la sommità del tendone. Si trattava di Tússi, naturalmente, che a sua volta ha riconosciuto Adèle e le ha fatto avere un bigliettino per me senza che madame Fairfax se ne accorgesse. Sapete come ci è riuscito? Glielo ha fatto poggiare in grembo, strettamente arrotolato attorno al gambo di un mazzolino di fiori, da un cane ammaestrato che eseguiva un numero comico in compagnia del suo padrone. Tutto il pubblico, compresa la signora Fairfax, ha pensato che il cane avesse scelto a caso una bambina tra quelle sedute in prima fila per concludere la sua esibizione con un omaggio floreale. Ma Tússi aveva rivolto una smorfia speciale di avvertimento a Dédé, che sapeva di dover cercare il messaggio e nasconderlo alla sua anziana accompagnatrice.

Nel biglietto Tússi mi diceva che erano appena arrivati e mi dava appuntamento per domani pomeriggio dietro il municipio di Hay. Ma adesso che Olympe è stata assunta come aiuto cocchiere ed è venuta a stare a Thornfield, all'appuntamento potrei anche non andare, se non fossi cosí impaziente di riabbracciare il mio Tússi.

L'assunzione di Olympe è stata un colpo di fortuna che nessuno di noi tre avrebbe potuto prevedere. Di solito monsieur Edouard sottopone i suoi domestici a un esame lungo e minuzioso prima di accordare loro la sua fiducia. Ma sentite un po' quello che è successo. Finite le compere i due fidanzati sono passati dal circo a prendere Adèle e la sua accompagnatrice e, visto che piovigginava e che lo spettacolo stava terminando, gli inservienti li hanno lasciati entrare ad aspettarle sotto la tenda. Cosí hanno potuto assistere al numero di chiusura, che era appunto il giro trionfale della pista fatto dalla quadriga romana guidata da "Gennaro il milanese". Miss Jane dice che monsieur Edouard è rimasto molto colpito dalla abilità e dalla disinvoltura di Olympe nel farsi obbedire dai quattro puledri scalpitanti in mezzo alla confusione e al fracasso del pubblico che si alzava per uscire dal tendone. La cosa sarebbe finita lí, se poco dopo, quando le signore e Adèle erano già salite in carrozza e mister Rochester era ancora a terra, i nostri due cavalli non si fossero imbizzarriti prendendo la mano al cocchiere e minacciando di travolgere la folla che usciva dal circo, di rovesciare la vettura, di combinare chissà quali altri disastri. John cercava invano di trattenerli, ma è anziano e irrigidito dai reumatismi. Miss Jane, Adèle e la Fairfax strillavano di paura. Monsieur Edouard aveva afferrato uno dei due cavalli *per il morso, ma quello scalciava e sgroppava con la schiuma alle narici. Per fortuna "Gennaro", che nel frattempo si era cambiato e stava uscendo dal tendone, si è reso conto del pericolo: con un salto è riuscito a salire in serpa, ha strappato le redini dalle mani di John e in pochi secondi ha ridotto i due animali all'obbedienza.*

Questa prodezza, insieme all'esibizione che aveva ammirato sotto la tenda, ha spinto monsieur Edouard a chiedere all'italiano se volesse entrare al suo servizio come assistente del vecchio John. Figuratevi se Olympe se lo è fatto ripetere! Ha detto d'essere stanca - anzi stanco, perché naturalmente non si presenta come una donna in abiti maschili, ma come un giovane uomo - di averne abbastanza della vita nomade, e ha acconsentito ad accompagnare immediatamente i nuovi padroni a Thornfield. John lo ha accettato di buon grado, perché guidare la nuova carrozza per lui era diventato un vero tormento. Non gli dispiace neppure l'idea di avere un aiuto giovane e vigoroso per tutti i lavori della scuderia e ha sistemato il nuovo garzone nella stanzetta di fianco alle stalle. Appena Adèle mi ha informata della novità, col pretesto di recuperare la sua cuffietta dimenticata in carrozza, sono corsa nella rimessa ad abbracciare Olympe. Potete immaginare, madame, quanto fossimo entrambe commosse nel rivederci dopo tanti anni! Quanti baci, quante lacrime, quante domande! E quante lodi mi ha fatto Olympe di Adèle, dell'autocontrollo della nostra bambina, che in tutto il pomeriggio non ha tradito nemmeno per un attimo l'emozione di avere finalmente incontrato i due amici e soccorritori. Penso che, dopo tutto questo fingere, da grande Dédé potrà diventare un'attrice consumata.

Con Olympe abbiamo fatto un piano, di cui informeremo Tússi, quando domani verrà ad aspettarci dietro il municipio di Hay.

Infatti, visto che alle nozze mancano solo tre giorni, pensiamo che non ci convenga scappare prima, mentre mister Rochester è ancora a Thornfield e potrebbe farci inseguire e arrestare dalla polizia. Invece quando gli sposi saranno partiti per il viaggio di nozze, nessuno controllerà, almeno nei primi giorni, se Adèle è arrivata davvero al collegio di K. oppure è stata riportata in Francia dai suoi amici. L'unica difficoltà sarà quella di convincere John a restare a casa e ad affidare la carrozza e la bambina a Gennaro. Per tranquillizzarlo, mi offrirò di andare anch'io per accompagnare Adèle e per sorvegliare l'italiano durante il viaggio di ritorno. Di me, dopo un anno che mi conosce, John si fida, come si fidano sua moglie, Leah e madame Fairfax. Mi dispiace ingannarli, ma se mister Rochester avesse accettato di rimandarci indietro come avevate chiesto, non ci sarebbe bisogno di tutti questi imbrogli.

Se riusciamo a partire da Thornfield il 26, dovremmo poterci imbarcare il 29 o il 30. Quindi saremo a la Pommelière entro la prima settimana di agosto. Forse, se abbiamo fortuna, arriveremo prima di questa lettera. So che ci aspettate con grande impazienza. Anche Adèle la notte non riesce ad addormentarsi per l'eccitazione. Ma presto, prestissimo, saremo riunite e potremo dimenticare tutti i nostri dispiaceri.

Vi bacia con devozione e con tenerezza la vostra

Sophie

PS: Solo dopo che avevamo perfezionato il nostro piano mi sono ricordata della vostra preoccupazione per miss Jane, e del vostro invito a metterla in guardia contro monsieur Edouard, perché controlli che il matrimonio non sia una farsa come il vostro. Ma Olympe dice che a questo punto scriverle un biglietto sarebbe troppo rischioso. Che avremmo potuto farlo se avessimo deciso di fuggire prima delle nozze, ma che adesso dobbiamo essere prudenti e pensare soprattutto alla nostra sicurezza. E che non c'è alcun motivo di preoccuparsi per l'istitutrice. Monsieur Edouard non le ha fatto la corte da lontano, ma hanno vissuto quasi un anno nella stessa casa, quindi miss Jane si è potuta rendere conto del suo pessimo carattere e di tutti i suoi difetti. Se nonostante tutto ha deciso di sposarlo, sostiene Olympe, sono fatti suoi e non tocca a noi preoccuparci. Sapete come è fatta la nostra mademoiselle Soulignac: difende le donne a spada tratta, ma quando le vede rinunciare alla libertà perché sono innamorate, le disprezza e dice che avranno quello che si meritano. Comunque, dice Olympe, non dovete temere per lei: questa volta monsieur Edouard non può organizzare una commedia come ha fatto a Parigi. Qui tutti lo conoscono, e il pastore che li sposerà è un vero sacerdote, anche se protestante. Quindi il matrimonio sarà certamente valido. Perciò state tranquilla, cara e generosa madame Céline: non succederà che un'altra donna debba subire le stesse umiliazioni e gli stessi dolori che voi avete sofferto.

Cara mamma,
lo sai che sono stata la prima a vedere Tússi che è venuto a prenderci insieme alla nipote di madame Geneviève? Quella che si veste da uomo e che era andata a fare un viaggio lunghissimo in Europa. Se invece di Tússi avessi visto Olympe, non l'avrei potuta riconosce-

re perché ero troppo piccola quando è partita.

Monsieur Edouard non voleva lasciarmi andare a vedere il circo, per fortuna anche la signora Fairfax ne aveva voglia, e cosí li ha convinti. Era uno spettacolo bellissimo. Piú delle marionette di Bobino e dei teatrini sui Boulevards. C'era un pagliaccio che si chiamava mister Juppe e aveva un cane ammaestrato bravissimo, che poi mi ha portato i fiori col bigliettino di Tússi nascosto dentro. Quel cane si chiama Merrylegs e sa contare meglio ancora di miss Jane.

E c'era un signore grasso che prima ballava su una grossa botte e poi sul collo di una bottiglia. C'era un ragazzo che faceva girare un piatto in cima a una bacchetta, e una famiglia che faceva la piramide umana. C'erano tantissimi cavalli, con le signorine che gli stavano in piedi sulla groppa, senza neppure la sella. Una si chiamava miss Josephine Sleary, proprio come il nome del circo. E c'era Tússi che camminava su una corda tesa in alto e faceva finta di cadere, ma non è caduto, e mi ha strizzato l'occhio per dirmi di stare attenta. Olympe invece era vestita da Antico Romano con la corazza e la gonnellina a pieghe, e dopo ha fermato i nostri cavalli che si erano imbizzarriti, e monsieur Edouard l'ha portata a Thornfield, però non sa che è una femmina, e io non devo dirlo a nessuno.

Mamma, lo sai che Sophie ha già preparato il mio baule perché miss Jane ha detto che andrò in collegio? Ma è solo per finta. Adesso che è arrivato Tússi ce ne torniamo in Francia, di nascosto da tutti quelli di Thornfield.

Olympe puzza di cavallo e mi ha detto che tu mi stai aspettando, e che tra pochi giorni vengo da te. Sono molto contenta. Bertha invece è arrabbiata. Ha gettato per terra tutte le tazze del tè con la zuccheriera e le ha rotte. Credevo che fosse triste perché io me ne vado con Tússi e le ho detto: «Puoi venire anche tu. Mamma ha detto che puoi stare con noi a la Pommelière.» Ma lei ha detto che è arrabbiata per il matrimonio. Che è gelosa, e che miss Jane non si deve sposare.

Invece si sposa e va a fare un viaggio con monsieur Edouard: va in Italia, in Francia e anche a Vienna dove l'anno scorso credevo che tu fossi andata a ballare con Fanny Elssler.

Adesso ti ho raccontato tutto e ti mando un bacio grande grande.

La tua

Dédé

V
THORNFIELD, LUGLIO 1838

1

Quanto è bello il mio Tússi! Quanto è cresciuto! Ormai non sembra piú un ragazzo, ma un giovane gentiluomo, anche se per venire all'appuntamento si è messo un abito vecchio e sformato di quelli che usano gl'inservienti del circo Sleary. E che emozione rivederlo, dopo una separazione cosí lunga! Per abbracciarlo mi sono dovuta alzare sulla punta dei piedi, ma non bastava. Gli sono dovuta salire sulle scarpe. Adèle era fuori di sé dalla gioia. Tússi l'ha presa in braccio e lei non voleva piú scendere, continuava a baciarlo, a strofinargli il naso sul collo e a passargli le mani tra i capelli, incantata dalle treccine cosí simili a quelle sue che avevano fatto arrabbiare tanto miss Jane.

Non ci siamo potute fermare a lungo. L'appuntamento era dietro il municipio di Hay, in un vicolo stretto e privo di finestre dove in genere non passa mai nessuno. Ma se qualche abitante del villaggio ci avesse visto e lo avesse riferito a Thornfield, non avrei saputo come spiegare tanta familiarità e confidenza con uno sconosciuto e per giunta di colore.

Tússi si è detto d'accordo con la decisione di rimandare la nostra fuga e di approfittare della carrozza che dovrebbe portare Adèle in collegio a K. Lui aspetterà a Millcote fino al giorno del matrimonio e alla partenza per Londra degli sposi. Continuerà a lavorare col circo e se nel frattempo ci fosse qualche novità, Olympe prenderà in prestito un cavallo di Thornfield e andrà in città ad avvertirlo. Ma è difficile che possa sorgere qualche contrattempo. Ormai mancano solo due giorni. Spero che passino in fretta. Conto le ore con piú impazienza di quanto facciano i futuri sposi.

2

È l'antivigilia delle nozze. Adèle è irrequieta. Posso capirla, povera bambina. Dover conservare tanti segreti, dover nascondere la gioia di avere rivisto Tússi, dover ingannare la sua cara "mademoiselle Jeannette", alla quale vuole piú bene di quanto l'istitutrice riesca a credere. In tutta la sua vita Adèle non ha mai assistito a un matrimonio, ed è rimasta molto delusa quando ha saputo che non potrà reggere lo strascico della sposa e neppure andare in chiesa ad assistere alla cerimonia. Ma cosí ha deciso mister Rochester. Nessun invitato. Solo gli sposi, il pastore e il chierico John Creen come testimone.

Per consolarla le ho promesso che sarà la prima a vedere l'abito da sposa. È arrivato da Londra all'ufficio postale di Hay, dentro una scatola cosí grande che Olympe-Gennaro deve andare a ritirarlo con la carrozza. Madame Fairfax mi ha pregato di farlo provare subito a miss Jane e di apportarvi tutte le piccole modifiche eventualmente necessarie. Queste inglesi disprezzano la nostra passione tutta francese per le toilette, ma quando si tratta della "loro" eleganza, non si fanno scrupolo di consultarci come esperte e di chiedere il nostro aiuto. Sapessero quanto detesto i lavori d'ago! Dovrebbero rivolgersi piuttosto a Grace Poole. Ma la sposa nutre una profonda antipatia per la cucitrice, me ne sono accorta da tanti piccoli particolari. È come se la disprezzasse e insieme ne avesse paura. Forse si è accorta che le piace un po' troppo l'alcol e la giudica severamente, secondo i rigidi principi della sua religione.

Mister Rochester è partito a cavallo di Mansour per andare in una sua fattoria piuttosto lontana a sistemare gli ultimi affari in previsione della partenza per il continente. Starà via fino a domani. Miss Jane è nervosa. Ha ultimato tutti i preparativi, non ha piú niente da fare per occupare il suo tempo, non riesce a stare dentro casa e se ne è andata a camminare nel viale degli allori, su e giú, a passo spedito, come se avesse fretta di arrivare chissà dove. Una parte di me vorrebbe gridarle: "Andatevene, miss, finché siete in tempo! Usate quelle gambe irrequiete per scappare dal castello di Barbablú."

Ma l'altra parte mi consiglia il silenzio e la prudenza. Il mio dovere è restituire Adèle a sua madre, non risparmiare all'istitutrice i dispiaceri che suo padre le darà nel futuro.

3

Olympe è tornata con la grande scatola della sartoria londinese e mi ha aiutata a portarla nella camera dell'istitutrice. La sua nuova parte di aiuto cocchiere e di valletto la diverte, e la livrea che le ha dato il padrone sembra fatta su misura e le sta benissimo. Mi ha raccontato ridendo che Leah la crede un giovanotto e le fa gli occhi dolci; che ha inventato una scusa per passare qualche ora da sola con "Gennaro". Gli ha chiesto un passaggio in carrozza dicendo che anche lei doveva ritirare una busta all'ufficio postale di Hay.

Lí hanno trovato un forestiero che chiedeva all'impiegata se un certo mister Rochester abitasse nelle vicinanze. — È il nostro padrone — è intervenuta Leah. — Se volete fargli avere un messaggio, o anche solo il vostro biglietto da visita, datelo a noi e glielo porteremo.

— Grazie, ma preferisco venirlo a trovare personalmente — ha risposto quel gentiluomo, che secondo Olympe aveva un aspetto molto distinto e un modo di fare autorevole, come chi è abituato a comandare. Leah però era euforica per la scarrozzata e non si è lasciata intimidire.

— Allora sbrigatevi — gli ha detto — perché dopodomani il padrone si sposa e parte per Londra.

— Vi ringrazio per la preziosa informazione — ha risposto lo sconosciuto, sollevando il cilindro per salutare. Olympe suppone che sia un uomo d'affari o un avvocato, perché aveva con sé una borsa di cuoio piena di carte. Ma non ha capito se ha intenzione di venire a Thornfield domani, oppure se rimanderà la sua visita a un altro momento.

Olympe era curiosa quanto me di vedere l'abito da sposa, ma tale curiosità non si addice a Gennaro, che non si è potuto fermare per assistere all'apertura della scatola, ed è andato subito in giardino a chiamare l'istitutrice, mentre io scendevo nel salottino di madame Fairfax ad avvertire Adèle.

L'abito è di seta color perla, di linea molto semplice, senza strascico. Se fosse bianco miss Jane, cosí piccola e sottile, sembrerebbe una comunicanda piú che una sposa. Si è provata davanti allo specchio anche il velo di pizzo antico, che ha strappato a Adèle un grido di ammirazione. — È piú prezioso di un gioiello — ha osservato miss Jane senza troppo entusiasmo. — Avrei preferito qualcosa di piú semplice. Ma visto che lo hanno indossato tutte le spose dei Rochester nel giorno delle loro nozze, dovrò farlo anch'io.

Se non temessi di farla soffrire, mi piacerebbe chiedere a madame Céline, quando saremo di nuovo in Francia, se quel velo otto anni fa ha passato la Manica per prendere parte anche alla commedia del suo falso matrimonio.

L'abito sta a pennello a miss Jane, non c'è stato bisogno

di sistemare l'orlo né di spostare un solo bottone. Quando se lo è tolto, l'ho appeso con cura nello spogliatoio, sistemandogli accanto il velo ben disteso.

4

Adèle era stanca, perché aveva passato la giornata nel boschetto delle cornacchie a raccogliere fragole in compagnia di Mary, che domani vuole fare una torta per gli sposi. Cosí l'ho messa a letto presto e quando si è addormentata sono andata nella stalla a cercare Olympe. Abbiamo ancora tante cose da raccontarci, tante domande da fare l'una all'altra, e per quanto mi riguarda, tante emozioni da sfogare infine liberamente con una persona che ti conosce e ti stima per quello che sei davvero, non per quello che fingi di essere.

Mi sarebbe piaciuto uscire con lei e fare due passi nel giardino sul retro della villa, ma il tempo dopo il tramonto era cambiato, il cielo si era coperto di nuvole e tirava un po' di vento. Cosí siamo rimaste nella stanzetta dove dorme Olympe, e abbiamo chiacchierato fino a tardi sedute sulla sua branda. Ogni tanto ci veniva un attacco di *fou-rire* al pensiero che Leah potesse scoprirci insieme, accusarmi di amoreggiare con lo stalliere italiano e magari farmi una scena di gelosia.

Quando mi sono decisa a rincasare era passata la mezzanotte. Tutte le finestre della casa erano buie, ma la luna piena illuminava la facciata di Thornfield e i merli al sommo del tetto.

— Che strana architettura! — ha osservato Olympe che era uscita per accompagnarmi. — Sembra un castello medioevale.

— Vorrai dire un'abbazia piena di scheletri nascosti, come quella di Northanger — le ho risposto ridendo.

— Ascolta! — mi ha interrotto però la mia amica in tono serio. — C'è qualcuno che piange.

Olympe non è una persona che si lascia suggestionare facilmente come l'eroina del romanzo di miss Austen. Perciò ho teso l'orecchio e ho sentito anch'io uno strano rumore, una specie di lamento continuo, basso e prolungato.

— Forse è il vento che fischia tra i comignoli — ho detto subito, piú per tranquillizzare me stessa che la mia compagna.

— Forse è un cane rimasto fuori del cancello — ha osservato Olympe.

— E se fosse Adèle che si è svegliata e non mi ha trovato nel mio letto? — ho esclamato, piú preoccupata per la mia Dédé che per i fantasmi della notte.

— Hai ragione. Corri in camera a consolarla prima che svegli tutta la casa — mi ha incoraggiato Olympe.

Avevo con me la chiave della cucina e sono entrata da quella parte. La casa era buia e silenziosa. Il suono che avevamo sentito dal cortile delle stalle – vento, cane, bambino o anima dannata – si era quietato, oppure proveniva dall'esterno. Mi sono tolta le scarpe, ho attraversato l'atrio a tentoni, ho salito le scale guidata dalla ringhiera, e in fondo alla galleria su cui si affacciano le camere da letto, ho visto la luce di una candela che si muoveva e mi veniva incontro. Il cuore mi è saltato nel petto quando ho riconosciuto la camicia da notte bianca di Adèle. L'ho raggiunta in un attimo. — Cosa fai, alzata a quest'ora? Dove stavi andando? — le ho chiesto sottovoce, ma in tono brusco, arrabbiata con me stessa piú che con lei per quell'attimo di paura acutissima che mi aveva trafitto.

— Tu non c'eri — mi ha risposto Adèle in tono di accusa — e Bertha non riusciva a trovare la strada di casa sua, cosí l'ho dovuta accompagnare.

— Oh, finiscila una buona volta con queste storie di Bertha! — le ho detto esasperata. — Di notte gli amici immaginari dormono, come quelli in carne e ossa. Torna a letto immediatamente.

— Bertha non è come dici tu — mi ha risposto Adèle in tono risentito.

— Lo so. Bertha è come dici tu. Io il mio Pipolet lo facevo dormire tutta la notte e tu mi farai il piacere di dare la stessa abitudine alla tua amica.

— Bertha non è una immagine in aria come dici sempre. E non fa quello che voglio io. Lei non obbedisce neppure alla sua governante.

— Adèle, basta! Sono stanca delle tue fantasie. E non ho mai detto che Bertha galleggi a mezz'aria, io. Andiamo a letto.

Le ho preso di mano la candela e ci siamo dirette verso la nostra camera. Passando davanti alla porta dell'istitutrice, mi sono accorta che era socchiusa.

— Dédé, non sarai entrata a disturbare miss Jane!?

— Io no.

"E chi allora?" avrei voluto chiedere. Ma ero stufa di quella petulante polemica infantile. Quindi mi sono avvicinata in silenzio per chiudere la porta, e dallo spiraglio ho intravisto qualcosa biancheggiare sul pavimento. Allarmata ho messo la testa dentro: l'istitutrice dormiva, anche se di un sonno un po' agitato che la faceva sospirare, cambiare posizione e abbracciare il cuscino. Cosa piú che normale per una sposa all'antivigilia delle nozze. Il biancore sul pavimento era il velo da sposa che io stessa avevo lasciato disteso con cura sul baule dello spogliatoio.

"Adèle sta esagerando" ho pensato. Potevo capire il suo disappunto per non essere stata invitata in chiesa, e il fascino che una acconciatura nuziale può esercitare su una bambina della sua età. Ma quello che aveva fatto, entrare di notte nella stanza di una estranea addormentata per misurarsi davanti allo specchio un suo capo di abbigliamento, oltrepassava i limiti della buona educazione.

Ho deciso che, anche se era il penultimo giorno che passava a Thornfield, l'indomani l'avrei messa in castigo e ho chiuso la porta di miss Jane cercando di fare il minor rumore possibile. Il velo nuziale ho preferito lasciarlo dov'era, per non rischiare di svegliare l'istitutrice e di spaventarla. Il vento fuori aveva cominciato a soffiare con violenza e scuoteva i vetri delle finestre. Miss Jane al risveglio avrebbe pensato che era stato un colpo di vento a strappare il velo dallo spogliatoio e a portarlo vicino al suo letto. Cosí non avrebbe avuto motivo di arrabbiarsi con Adèle, della cui punizione preferivo incaricarmi io stessa.

5

Oggi il vento soffia ancora piú forte. Tutte le finestre della casa vibrano, qualcuna sbatte. Fuori gli alberi del parco si piegano sotto le raffiche. Ha cominciato anche a piovere e il prato attorno alla casa si sta trasformando in un pantano. È la seconda estate che passo in Inghilterra, ma non pensavo che in luglio potesse fare tanto freddo. Leah mi ha chiesto di aiutarla ad accendere il caminetto nel salotto di madame Fairfax, e ho visto Grace Poole salire le scale del terzo piano portando due secchi di carbone. È l'unica tra i domestici a godere questo privilegio e a quanto pare ne approfitta. Mary mi ha detto che nel caminetto della stanza del cucito il fuoco resta acceso tutto l'anno.

Appena sveglia mi sono chiesta quale punizione potevo dare a Dédé, un castigo che non fosse crudele, ma che le imprimesse per bene nella mente che a nessuno è concesso prendersi certe libertà con le cose degli altri. Ho deciso che le avrei proibito per tutto il giorno di uscire dalla nostra stanza. Sapevo che Mary le aveva concesso di scendere in cucina per aiutarla a fare una torta con le fragole che avevano raccolto insieme, e che madame Fairfax si era impegnata a darle la rivincita di una partita a tric trac nella quale il giorno prima Adèle era stata sconfitta. C'erano poi le zollette di zucchero da offrire ai cavalli, conservate gelosamente nel cassetto del comodino. A differenza di John, Olympe sa come calmare i due focosi animali, in modo che Dédé gli si possa avvicinare senza pericolo.

A queste attività che le piacciono tanto, l'ho informata appena l'ho vista sveglia, avrebbe dovuto rinunciare. E per maggior precauzione, non l'avrei lasciata vestire. Avrei chiuso tutti i suoi abiti a chiave nell'armadio.

— Credi che mi vergogni a uscire in camicia da notte? — mi ha chiesto Adèle con aria di sfida.

— Chiuderò a chiave anche la porta. Devi imparare a comportarti bene. Ieri notte hai fatto una cosa molto brutta.

— Non sono stata io, è stata Bertha!

— D'accordo. Vuol dire che tu e Bertha resterete in castigo tutto il giorno.

— Ma non è giusto! Lei è già in castigo da tanto tempo, e io non ho fatto niente. Sei cattiva, Sophie! Non ti voglio piú bene.

Mi si stringeva il cuore a vederla piangere. Ma il pensiero della sua indiscrezione, e piú ancora della paura che avevo provato al vedere la fiammella tremolante di quella candela in fondo al corridoio buio, rinforzavano la mia decisione.

— Lo dirò a Tússi, quando verrà a prenderci.

— Benissimo. Anzi, sai cosa ti dico? Puoi scrivergli una lettera di protesta. Cosí fai un po' di esercizio e passi il tempo senza annoiarti.

Mi sono chiusa la porta alle spalle, ho messo la chiave nella tasca del grembiule e sono andata a cercare miss Jane;

per indagare se si fosse accorta dell'intrusione, e come avesse reagito. L'ho trovata che si accingeva a uscire dalla villa, avvolta in uno scialle pesante, con la cuffia legata stretta sotto il mento. — Vi prenderete un malanno — le ho detto. — Se avete una commissione urgente, mandate Leah, o meglio ancora Gennaro.

— No, Sophie. Non devo fare nessuna commissione. Sono molto nervosa e ho bisogno di camminare per calmarmi.

— Ma sotto quest'acqua, miss Jane! E con questo vento!

— Sono ben coperta. E mi piace il vento.

Poi mi ha guardato negli occhi, come chiedendosi se poteva fidarsi di me, e deve avere deciso di sí, perché alla fine mi ha detto: — Stanotte ho fatto un brutto sogno e ho bisogno di stancarmi fisicamente per cancellare quella sensazione angosciosa.

Stavo per risponderle: "Non dovete preoccuparvi. Non era un sogno. Era Adèle, ma l'ho punita a dovere" quando miss Jane ha continuato: — Ho sognato che Thornfield era distrutta. Tutti i muri erano crollati, restava solo la facciata con le finestre vuote. E uno stormo di corvi volava attorno alle rovine gracchiando lugubremente.

— Sognare una disgrazia porta bene, miss — le ho detto, sollevata che non si fosse accorta dell'intrusione della sua allieva. — Le rovine significano prosperità. In questa casa vivrete ricca e felice.

— Che Dio ti ascolti, ragazza! — ha esclamato. Era pallida e aveva due occhiaie profonde. Ho ricordato quel sonno inquieto che avevo spiato per pochi secondi. Forse avrei fatto bene a svegliarla e a liberarla dal suo incubo.

— Volete che vada a stirarvi il vestito da sposa? Che dia una rinfrescata al velo? — le ho chiesto ancora, per scoprire che spiegazione si era data trovandolo per terra.

Ma la mia curiosità non ha avuto soddisfazione. L'istitutrice ha tagliato corto: — No, no. L'ho già fatto io. Basta che domattina presto tu venga nella mia camera per aiutarmi a vestirmi.

E ha aperto la porta gettandosi nel vento, che le ha gonfiato le gonne e lo scialle e l'ha spinta verso i cancelli.

6

Verso le undici del mattino Olympe è venuta alla villa a prendere i bagagli di monsieur Edouard per caricarli sulla carrozza. Col pretesto di aiutarla l'ho seguita nelle scuderie. John non c'era: era andato nel giardino a rinforzare i sostegni delle rose rampicanti che il vento minacciava di strappare. Cosí mi sono potuta sfogare raccontando alla mia amica della sortita notturna di Adèle.

— Non so cosa le abbia preso da un po' di tempo a questa parte. Evidentemente è piú affezionata all'istitutrice di quanto credessi, e non sopporta l'idea che si sposi con monsieur Edouard — ho detto esasperata.

— Sei sicura che invece non sia gelosa proprio di monsieur? — mi ha chiesto Olympe. — Che lo voglia tutto per sé? Lo sa, Adèle, che il suo protettore in realtà è suo padre?

— Sa che lui dice di non esserlo. Con miss Jane, mister Rochester parla di lei come della "bastarda di una ballerina francese", e ha ripetuto piú volte che se ne occupa non perché è sua figlia, ma per filantropia e per espiare i propri errori di gioventú. Agli ospiti di Leas l'ha presentata come un'orfana che gli è stata affidata, senza spiegare da chi. I bambini ascoltano, e traggono le loro deduzioni. Anche perché Adèle sa che il suo cognome è Varens, non Rochester, e il padre si è sempre fatto dare del voi e chiamare "monsieur".

— Brutto ipocrita! Agli uomini è permesso dalle leggi e dalle consuetudini di sottrarsi a ogni loro responsabilità!

— ha esclamato indignata Olympe. — Anche i migliori approfittano dei privilegi che la società gli concede. Guarda Rousseau! Tutti ammiriamo le sue nobili teorie sull'allevamento e l'educazione dei bambini, ma se i genitori dovessero seguire il suo esempio concreto, i figli li abbandonerebbero appena nati sui gradini di una chiesa.

Non sapevo se ridere o se arrabbiarmi. Olympe non è cambiata dai tempi della scuola. Ogni occasione per lei è buona per scaldarsi e denunciare le ingiustizie della società nei confronti del nostro sesso.

— Senti, in questo caso è una fortuna che mister Rochester non abbia alcun diritto legale su Adèle. Cosí quando saremo in Francia, non potrà piú toglierla alla madre.

— Hai ragione, Sophie. Pensa a quello che ha fatto la nonna paterna alla povera Aurore Dupin!

La conosco bene anch'io quella storia, perché Aurore Dupin, che ormai firma i suoi romanzi con lo pseudonimo di George Sand, è venuta piú volte nel salotto di madame, quando era vivo il Cittadino Marchese. Suo padre era un aristocratico, e sua madre una donna del popolo. Quando il padre è morto, nonostante Aurore fosse attaccatissima alla madre, la nonna ricca e nobile, che non aveva altri eredi legittimi, gliel'ha portata via per sempre.

Ma non avevo piú voglia di ascoltare le invettive di Olympe. Mi era venuta una gran nostalgia della mia bambina, mi si stringeva il cuore a pensarla chiusa a chiave nella nostra camera, mi pareva di sentire la sua voce indignata che diceva: "Non è giusto! Sei cattiva!"

Ho deciso che il castigo era durato abbastanza, ho salutato Olympe e sono tornata alla villa per liberare la prigioniera.

Quando ho aperto la porta, Adèle era sdraiata sul tappeto, immersa profondamente nella lettura di un libro. Dall'illustrazione a colori ho riconosciuto *I racconti di Mam-*

ma Oca di Charles Perrault, sul quale l'estate precedente, in casa dei Frédéric, le avevo insegnato a leggere.

— Se vuoi, adesso ti puoi lavare e vestire, cosí scendi a pranzare insieme a madame Fairfax — le ho detto. Temevo che mi avrebbe trattato con freddezza, o ripetuto: "Sei cattiva, non ti voglio piú bene."

Invece si è alzata e mostrandomi il libro alla pagina di Barbablú mi ha detto con grande serietà: — Non riesco a capire una cosa, Sophie. Perché un uomo, per sposare una nuova moglie, deve uccidere tutte quelle che aveva prima?

— Non è cosí, tesoro mio — le ho risposto sollevata di non sentire alcun risentimento nella sua voce. — Barbablú era un uomo molto cattivo, e la sua non è una storia vera, ma una fiaba. Nella vita reale, i vedovi e le vedove si risposano dopo che i mariti o le mogli che avevano prima sono morti di malattia, di vecchiaia o per un incidente.

— Però devono essere morti — ha insistito Adèle. — Se la prima moglie è viva, un uomo non può sposare un'altra ragazza.

— Ti sbagli. Nei paesi dove è ammesso il divorzio può farlo. Sai chi era Napoleone, vero?

— Sí, era un amico del Cittadino Marchese che ha combattuto per la libertà della Francia, e poi si sono litigati perché al padrino non piacevano i re e gl'imperatori.

— Piú o meno. Napoleone era sposato con una signora che si chiamava Josephine. Dopo tredici anni si è stancato di lei, ha divorziato e ha sposato la principessa Maria Luigia, figlia dell'Imperatore d'Austria. Non c'è stato nessun bisogno che Josephine morisse, perché la Grande Rivoluzione aveva introdotto in Francia il divorzio.

— Miss Jane dice che chi si sposa, lo fa per tutta la vita e dopo non può cambiare idea.

— Oggi è cosí anche in Francia. Con la Restaurazione il divorzio è stato abolito. Ma perché ti interessa tanto questo problema?

— Perché non mi piace che Barbablú chiuda a chiave tutte quelle donne in una stanza piena di sangue e poi le ammazzi.

I bambini sono davvero strani. La maggior parte delle fiabe si conclude con un matrimonio che dura per tutta la vita. "E da allora vissero sempre felici e contenti." Perché mai Adèle, alla vigilia delle nozze di miss Jane, si è fissata proprio sulla storia di Barbablú?

Nel pomeriggio Dédé è rimasta nel salottino a giocare a tric trac con madame Fairfax. L'avrei portata volentieri a fare una passeggiata, ma pioveva ancora e soffiava un vento cosí forte che solo un'anima in pena come miss Jane poteva restarsene a camminare su e giú per il viale che porta al cancello. Mister Rochester è tornato che noi eravamo già andate a letto, e l'istitutrice è rientrata in casa con lui.

Adèle dormiva, forse sognando di Barbablú, ma io mi rigiravo inquieta tra le lenzuola. Pensavo a Tússi. Mi chiedevo se il vento avesse strappato il tendone del circo. O se mister Sleary, per prudenza, avesse sospeso lo spettacolo. Dov'era adesso il mio amico? Dormiva con gli altri artisti in un carrozzone, o in una stanza della locanda? Pensavo che era la penultima notte che avrei passato a Thornfield, cercavo di immaginare il momento della fuga, il viaggio verso la costa e le scene di felicità al nostro arrivo a la Pommelière.

Era passata da un bel pezzo la mezzanotte e ancora non ero riuscita ad addormentarmi, quando ho sentito girare la maniglia della porta e ho visto una striscia di luce disegnarsi sul pavimento.

— Miss Jane! Cosa è successo? Vi serve qualcosa? — ho chiesto, riconoscendo la figura sottile che scivolava dentro la stanza.

— Sei ancora sveglia, Sophie? Scusami. Stanotte ho deciso di dormire insieme a Adèle — ha bisbigliato l'istitutrice, che era già in vestaglia. — Ricordati di alzarti presto, domani. Devi aiutarmi a indossare il vestito da sposa.

Poi, mentre mi chiedevo da dove le venisse questo improvviso affetto per la mia bambina, ha fatto una cosa strana. Si è avvicinata alla porta, ha tirato il chiavistello e ha controllato per ben tre volte che fosse chiuso. Infine si è infilata nel letto di Adèle e ha soffiato sulla candela.

7

Stamattina mi sono svegliata alle sei, ma l'istitutrice se n'era già andata. Mi sono lavata e vestita in gran fretta e l'ho raggiunta nella sua stanza. — Come è pallida, miss Jane! — non ho potuto fare a meno di esclamare. — Non ha dormito bene? Adèle le ha dato dei calci?

— No, povera bambina. Non sai quanto mi dispiace lasciarla, Sophie.

"Ce l'hai un cuore, dunque, nonostante quel modo di fare cosí freddo e severo" ho pensato stupita, e stavo per consolarla dicendo: "Ma tornerete."

Mi sono trattenuta in tempo, perché miss Jane sa bene che al ritorno dal viaggio di nozze non troverà piú Adèle a Thornfield. Come ha potuto accettare, se le vuole un po' di bene come dice, che mister Rochester la mandi in collegio, lei che ha sofferto tanto a Lowood?

L'istitutrice si era già lavata e pettinata e aspettava, in sottoveste e crinolina, che la aiutassi a infilarsi dalla testa l'abito da sposa. Per la seconda volta ho dovuto constatare che quel semplice vestito chiaro la faceva sembrare ancora piú giovane. Le ho sistemato i capelli. — E adesso il velo. Dov'è? — ho chiesto, curiosa di verificare se le manine di Adèle lo avessero sgualcito o vi avessero lasciato qualche segno.

— Eccolo — mi ha risposto miss Jane, indicandomi un

semplicissimo e disadorno rettangolo di tulle bianco, privo di qualsiasi ricamo, che era disteso sul letto.

— E l'altro? Quello di pizzo? Quello della famiglia Rochester? — ho chiesto stupita. — Dov'è?

— Preferisco questo — mi ha detto l'istitutrice, in un tono secco che non ammetteva repliche. — Sbrigati, Sophie. Sai che al padrone non piace aspettare.

Era cosí ansiosa di raggiungere mister Rochester, che appena ho finito di sistemarla è scappata dalla stanza senza neppure guardarsi allo specchio. Io l'ho seguita e mi sono fermata sulle scale per vedere che reazione avrebbe avuto monsieur Edouard nel vederla senza il bel pizzo che le aveva regalato.

Monsieur però non ha battuto ciglio. Ha fatto girare la sposa su se stessa per ammirarla e le ha detto in tono appassionato: — Siete bella come un giglio! Jane Rochester, voi, la mia sposa, l'onore della mia vita e il desiderio dei miei occhi.

Poi ha ripreso i suoi modi bruschi e le ha intimato di fare colazione. — Non vi concedo piú di dieci minuti — le ha detto, ma l'istitutrice era cosí emozionata che si è rifiutata di mangiare.

Allora monsieur l'ha presa per mano e l'ha trascinata in gran fretta verso la porta d'ingresso.

Per fortuna stanotte il tempo è cambiato, e fuori l'aria era tiepida e il cielo sereno.

Madame Fairfax e i domestici erano schierati nell'atrio con i loro vestiti migliori, ma il padrone non ha lasciato loro il tempo per fare gli auguri alla sposa, ha varcato la porta sempre stringendole un polso per tirarsela dietro e si è avviato con lei a passo svelto lungo il viale. La chiesa è appena fuori dei cancelli. Li abbiamo visti uscire dalla proprietà e svoltare nella strada comunale.

— Uff! — ha sospirato Mary. — Che furia! Neanche andasse a fuoco la casa!

Leah è uscita nel piazzale a parlare con Gennaro, che stava dando gli ultimi tocchi ai bagagli legati sul retro della carrozza. Io ho strizzato un occhio all'aiuto cocchiere in segno di saluto, e sono tornata di sopra per fare alzare Adèle.

— Non me lo sarei mai aspettato da te — le ho detto in tono di rimprovero mentre la pettinavo. — L'altra notte hai rovinato il velo di pizzo di miss Jane, lo hai ridotto cosí male che oggi non se lo è potuto mettere.

— Te l'ho detto che non sono stata io — mi ha risposto Dédé col pianto nella voce. — È stata Bertha. Perché non mi vuoi credere, Sophie?

— Perché le bambine immaginarie non rovinano le cose, Adèle. Adesso stai esagerando. Devi smetterla di dare la colpa a una bambina che non esiste quando ti comporti male.

— Bertha non è una bambina — ha singhiozzato Adèle, allontanando bruscamente la testa dal pettine. — Non ti ho mai detto che è una bambina. È una signora. E non è una immagine nell'aria come dici tu. Esiste. Te lo faccio vedere io se esiste.

Mi ha preso per mano con la stessa furia con cui poco prima mister Rochester aveva afferrato il polso della fidanzata, e mi ha tirata fuori dalla nostra camera, lungo la galleria, su per la scala stretta e ripida che porta al terzo piano. Dédé, camminando, piangeva di rabbia e tirava su le lacrime per il naso. Io la seguivo sconcertata. Non riuscivo a immaginare quali fossero le sue intenzioni. Siamo arrivate davanti alla porta della stanza dove passa il suo tempo a cucire Grace Poole. Adèle ha bussato. Dall'interno la cucitrice ha chiesto: — Chi è? — con voce lucida e non impastata dall'alcol.

— Sono Adèle — ha risposto la mia bambina. Abbiamo sentito scorrere un chiavistello e la porta si è socchiusa. Nel vedermi Grace Poole ha esclamato con rabbiosa meraviglia: — Lei no! Ti avevo detto... — e ha cercato di sbarrarci la strada.

Ma Adèle si era slanciata dentro la stanza, scansando il corpo robusto della cucitrice e chiamando: — Bertha!

Una voce sconosciuta, rauca, una voce adulta dall'accento straniero, ha risposto con lo stesso entusiasmo: — Sono qui, tesoro. Sono sempre qui.

Grace Poole ha allargato le braccia: — Non lo direte a nessuno?! — mi ha detto in tono supplichevole e insieme minaccioso. — Manterrete il segreto di questa povera infelice, e le darete anche voi un po' di conforto come ha fatto per un anno questa generosa creatura?

Poi si è fatta da parte per lasciarmi entrare.

8

Bisognerebbe ascoltare con piú attenzione i bambini quando ci parlano, e non interpretare i loro discorsi secondo i nostri pregiudizi, cosí come abbiamo fatto quando Adèle diceva che Dagoberta era diventata piú pesante.

Bertha esiste e vive prigioniera in questa stanza senza finestre da piú di dieci anni. Ve l'hanno rinchiusa nel 1827. Era già prigioniera di questi muri solidi e spessi e tremava di freddo e di nostalgia quando monsieur Edouard corteggiava madame Céline all'uscita dell'Opéra, quando ha inscenato la commedia del matrimonio ed è andato a vivere con lei. Ecco perché tornava cosí di frequente in Inghilterra a "curare i suoi affari".

A quel punto non avevo piú ragione di fingere di non capire l'inglese, ed ero sicura che Grace Poole aveva tutto l'interesse a non svelare il mio segreto.

Bertha viene tenuta nascosta, mi ha spiegato Grace, perché è la vergogna dei Rochester. La cucitrice in realtà è la sua guardiana e la sua infermiera (la parola "governante" usata da Adèle aveva contribuito a farmela credere una bambina) e dice di non sapere esattamente che grado di parentela abbia la reclusa col padrone di casa. Forse è una lontana cugina, forse una sorella bastarda. In effetti un po' gli somiglia. È alta, con la carnagione olivastra, i capelli neri folti e ondulati con qualche filo bianco. Solo gli occhi ha diversi. Sono neri, come quelli di mister Edouard, ma cosí tristi che ti fanno venire voglia di piangere. Bertha è nata nelle colonie. Per questo ha sempre freddo e Grace Poole tiene il caminetto acceso tutto l'anno. Adesso è tranquilla e sembra rassegnata alla sua prigionia, mi spiega la guardiana, ma ha un'idea fissa, vuole scappare e tornare al suo paese. Dove non c'è piú nessuno che si possa occupare di lei. Mister Rochester è molto generoso a tenerla qui, con una persona dedicata interamente al suo servizio e tutte le comodità. Ma l'infelice non si rassegna. Ogni tanto dà in smanie, rompe tutto quello che le viene a tiro, cerca di abbattere la porta, lotta con chi cerca di impedirglielo, si ferisce picchiando i pugni e la testa contro il muro, bisogna legarla.

Mi sono ricordata di quello che ha scritto Tússi dopo aver visitato la Salpêtrière, del reparto delle "agitate", e del fatto che legassero anche madame Céline, che invece era tranquilla e inoffensiva.

— Anche tu diventeresti furiosa — protesta Dédé — se ti tenessero sempre qua dentro e non ti lasciassero uscire.

La mia bambina sta seduta tranquillamente in grembo alla reclusa e le cinge il collo con le braccia. Bertha la stringe come se non volesse lasciarla piú andare via.

— Hai detto che l'hanno messa in castigo perché si è comportata male? Cosa ha fatto? — chiedo a Adèle, che si stringe nelle spalle. Allora mi rivolgo a Grace Poole: — Cosa significa «la vergogna dei Rochester»? Chi l'ha condannata a stare per sempre qua dentro? Ci sono i tribunali, per i delitti.

E mi sono tornate in mente le terribili *lettres de cachet* dell'Ancien Régime, grazie alle quali un nobile poteva far sparire per sempre un suo nemico dalla faccia della terra.

— È pazza — mi risponde la guardiana.

— La pazzia non è una vergogna! — rispondo indignata. — Il nostro piú grande poeta, Victor Hugo, un genio, ha un fratello infelice ricoverato alla Maison Royale di Charenton, l'Asilo dei Pazzi di Parigi, e non lo ha mai tenuto nascosto.

— Ma una donna può... Voi siete troppo giovane. Non potete capire...

I nostri discorsi sono interrotti da un rumore di voci concitate.

Voci maschili di uomini che stanno entrando nella villa.

— Gli sposi! Sono tornati. Presto! Non devono trovarvi qui dentro! — esclama Grace Poole, e ci spinge fuori dalla stanza.

Scendiamo di corsa le scale, in tempo per sentire mister Rochester che dice bruscamente a madame Fairfax: — Niente auguri! Per me arrivano con quindici anni di ritardo.

E mister Wood che spiega imbarazzato alla vecchia signora: — Non è stato possibile celebrare il matrimonio.

Miss Jane è pallida come una morta. Con loro ci sono il pastore e due uomini sconosciuti. Si avviano tutti su per le scale. Ci facciamo da parte per lasciarli passare, e sentiamo mister Rochester che dice con disprezzo: — Non temere, Dick. Oggi non ha il coltello.

Dick? Guardo meglio e riconosco mister Mason in uno dei due uomini che seguono il padrone. Ricordo quelle macchie di sangue sul pavimento della galleria e stringo Adèle contro di me con un brivido di paura. Adèle mi sussurra: — Te l'avevo detto che Bertha ha morsicato il fratello. Gli aveva scritto una lettera: Vieni a liberarmi.

Lui è venuto, ma non l'ha aiutata a scappare. Anzi, si è messo davanti alla porta, e lei... Che bugiardi! Non l'ha ferito col coltello. Non ce l'ha il coltello. Grace Poole fruga sempre dappertutto per vedere se ce l'ha e glielo avrebbe preso. Lo ha solo morsicato.

Saliamo le scale in punta di piedi, tendiamo l'orecchio. Mister Rochester dice in tono amaro e sarcastico: — Mason ha ragione, signor pastore. E anche l'avvocato Briggs. Il matrimonio che lei stava per celebrare mi avrebbe reso colpevole di bigamia. La donna che per mia disgrazia ho sposato in gioventú è ancora viva ed è qui. Ve la presento.

Quando sento queste parole è come se un velo di nebbia mi si squarciasse davanti agli occhi e devo tenermi forte alla ringhiera per non cadere.

Anche perché alla frase del padrone risponde quel grido selvaggio che non ho dimenticato – come potrei? – lo stesso urlo che ci aveva svegliato in quella terribile notte d'aprile. Adèle commenta tranquilla: — Ecco, hanno fatto arrabbiare Bertha. Adesso romperà qualche cosa.

Poi mi guarda in faccia e chiede stupita: — Perché piangi, Sophie?

9

Gli stranieri e mister Wood se ne sono andati. Miss Jane si è chiusa nella sua stanza e non vuole parlare con nessuno. Monsieur Edouard sta seduto davanti alla sua porta e aspetta con pazienza che l'istitutrice gli apra. Sembra non accorgersi di quello che succede nel resto della casa.

Adèle mi ha detto che voleva salire a consolare Bertha, ma non mi sono fidata a lasciarla andare da sola. Mi vengono i brividi al pensiero che in tutti questi mesi la mia bambina ha passato interi pomeriggi nella cella di una pazza furiosa, mentre io la pensavo immersa nelle sue innocue fantasticherie di un'amichetta immaginaria. Povera Dédé, mi diceva la verità e io non le credevo. Ora non posso piú dubitare che sia stata davvero Bertha a intrecciarle i capelli alla moda giamaicana, a dare fuoco al letto del suo carceriere, prima che partisse per Leas. E a ferire mister Mason, anche se Adèle si rifiuta di credere che la prigioniera, in una delle sue evasioni notturne, sia riuscita a impadronirsi di un coltello. L'urlo che avevo sentito: «Rochester, per l'amor di Dio!» non era un'accusa, ma una richiesta di aiuto. È stata Bertha a entrare nella camera di miss Jane e a rovinare il velo di pizzo che evidentemente aveva indossato anche lei per il suo matrimonio, "come tutte le spose dei Rochester". Lo ha strappato per impedire che lo usasse la sua rivale. Come è possibile che sia riuscita a evadere dalla sua cella per ben tre volte in questi ultimi mesi, mi chiedo? Non è difficile rispondere, se si pensa alla simpatia di Grace Poole per il gin e per l'acquavite e alla sua abitudine di prendersi di tanto in tanto una bella sbronza che la fa cadere in un sonno profondo.

È un miracolo che non sia successo niente di male a Adèle, anche se Grace sostiene che i pazzi non sono mai aggressivi con i bambini, e che anzi i piccoli sono gli unici in grado di calmare le furie della sua paziente. Tanto che prima del nostro arrivo, se passava da Thornfield una mendicante con i suoi figli, l'infermiera le dava qualche moneta perché lasciasse salire i bambini a fare merenda con la reclusa e a distrarla un poco. Sostiene che lo faceva con l'approvazione del dottor Carter, l'unica persona di tutta la Contea di S. che è stata informata dal padrone della presenza e della identità della prigioniera.

Adèle ha insistito tanto che l'ho accompagnata di sopra, ma Bertha dorme. Grace Poole, per calmarla, le ha somministrato una dose abbondante di laudano. Ho scoperto che fa grande uso di questa medicina, prescritta dal dottore, anche se la sua paziente non la gradisce, la sputa, e spesso l'infermiera è costretta a metterglielа di nascosto nel cibo o nel tè. Dédé è stremata dall'emozione, cosí l'ho messa a letto e prima di andare nelle scuderie a cercare Olympe, ho chiuso a chiave la porta della nostra camera.

Olympe invece è alla villa, in cucina, in compagnia degli altri domestici. Il chierico John Creen, che è parente di Leah, è venuto a raccontare quello che è successo in chiesa e tutti lo ascoltano avidamente. Dice che quando il pastore ha pronunciato la formula di rito chiedendo se c'era qualche impedimento al matrimonio, con grande sorpresa dei presenti dal fondo della chiesa si è fatto avanti uno sconosciuto. Ha dichiarato di essere l'avvocato Briggs di Londra e di agire per conto dello zio di miss Eyre che vive a Madera, e che intende impedire che la nipote venga ingannata e spinta a commettere il reato di bigamia. Mister Rochester infatti è già sposato: Briggs ha letto l'atto del matrimonio, avvenuto quindici anni fa a Spanish Town, in Giamaica, e ha esibito un testimone, mister Mason, fratello della sposa, che ha dichiarato d'averla vista viva, a Thornfield, solo pochi mesi fa.

Ecco per quale motivo, quando è venuto a casa nostra, a Parigi, mister Mason non poteva credere al matrimonio di madame Céline con suo cognato! Ecco perché dopo avere letto la sua lettera monsieur Edouard si è infuriato, e poi ha confessato a madame che le loro nozze erano state una commedia e l'ha abbandonata. Il ritorno sul palcoscenico e la gelosia erano una scusa. Nella sua lettera evidentemente Mason ordinava al cognato di interrompere quella farsa e lo minacciava di denunciarlo per bigamia.

Ed ecco perché in aprile, quando si è sparsa la notizia che il padrone avrebbe sposato miss Blanche Ingram, è venuto ancora una volta a Thornfield a dissuadere il cognato da quelle nozze.

Dice, John Creen, che mister Mason conosce lo zio dell'istitutrice che vive a Madera, e che si trovava su quell'isola, convalescente dalla coltellata, quando è arrivata la lettera di miss Jane che annunciava il suo prossimo matrimonio. È stato d'accordo con il vecchio mister Eyre che mister Mason è tornato in gran fretta in Inghilterra per impedirlo.

Adesso parla Mary, che è stata assunta insieme al marito undici anni fa, quando tutti i vecchi domestici di Thornfield sono stati licenziati e mister Rochester ne ha cercato dei nuovi. Racconta che sapeva della prigioniera, ma che non l'aveva mai vista né sospettato che fosse la moglie del padrone. Aveva sentito dire da Grace Poole che i parenti erano stati costretti a rinchiuderla perché non era una donna virtuosa, perché le piacevano troppo gli uomini, tutti gli uomini, e in gioventú si era abbandonata a orge e ad avventure vergognose laggiú nelle Indie Occidentali, persino con gli schiavi di colore delle sue piantagioni.

Durante questo racconto vedo Olympe fremere e trattenersi a stento. Indovino i suoi pensieri. Qualsiasi gentiluomo, celibe o ammogliato, può avere relazioni o avventure con tutte le donne che desidera, può frequentare i postriboli, senza per questo venir messo al bando dalla società. Mister Rochester è stato l'amante di madame Céline, e in seguito ha avuto molte altre avventure, che non si è vergognato di raccontare all'istitutrice. Ma nessuno l'ha rinchiuso in una stanzetta senza finestre, nessuno l'ha legato alla sedia né intontito per dieci lunghi anni col laudano. Il padrino diceva che in realtà quella medicina a base di oppio è una droga e che a lungo andare indebolisce, peggio di quanto non faccia l'alcol, la mente di chi ne abusa.

Indovino cosa significa quell'espressione determinata che ha assunto il viso della mia amica, il lampeggiare minaccioso dei suoi occhi. "Quella povera vittima della prepotenza maschile non deve restare prigioniera nella sua cella. Dobbiamo liberarla. A costo di portarla in Francia con noi."

Non sa, Olympe, che Adèle, senza aver letto il libro di Mary Wollstonecraft, ha già fatto a Bertha questa promessa.

10

Sono le undici del mattino. Olympe sta sistemando il baule di Adèle e il mio fagotto sul retro della carrozza. Prima ha dovuto scaricare i bagagli di Mr e Mrs Rochester, che non li seguiranno piú sul continente per il viaggio di nozze. Adèle e io siamo pronte, vestite da viaggio e aspettiamo in piedi nell'atrio. Abbiamo già salutato madame Fairfax e le domestiche. Da entrambe le parti è stata versata qualche lacrima, anche se le emozioni e le sorprese di ieri e quella di stamattina presto hanno talmente scosso le abitanti di Thornfield che adesso la loro capacità di commuoversi sembra atrofizzata. Mary si è meravigliata che all'appello mancasse Grace Poole. Madame Fairfax ha osservato: — È una donna talmente stravagante... E poi, forse in questo momento non può allontanarsi dalla sua ammalata.

Neppure io mi sono stupita. So che Grace sta dormendo profondamente nel letto di Bertha, grazie alla dose abbondante di laudano che le ho versato di nascosto nella bottiglia di gin quando ieri notte sono salita con Adèle per gli ultimi addii, in realtà per gli ultimi accordi segreti con la prigioniera. È stata Olympe a suggerirmi di prenderne una bottiglia dall'armadio a muro del corridoio, quello nascosto dall'arazzo, dove ho scoperto che l'infermiera le conserva.

Appena Olympe avrà finito di assicurare il baule, saliremo in carrozza e partiremo in direzione del collegio di Adèle. Solo noi tre, a quanto credono tutti quanti. John non può accompagnarci. È ammalato. Oppure ubriaco fradicio, come ha insinuato poco rispettosamente Gennaro. Fatto sta che gli gira la testa e non riesce a sollevarsi dal letto. Mary non sarebbe cosí preoccupata per la sua salute se sapesse che anche il marito ieri notte ha bevuto senza rendersene conto, insieme alla birra offertagli dal suo aiutante, dieci cucchiai della medicina che Grace Poole è solita dare alla sua paziente per tenerla tranquilla.

Tússi è già arrivato da Millcote e ci aspetta dietro un cespuglio lungo la strada per Hay.

Temevamo che, dopo gli avvenimenti di ieri, la partenza di Adèle per il collegio sarebbe stata annullata o rimandata e che avremmo dovuto cambiare i nostri piani. Ma stamattina all'alba, prima di partire all'inseguimento di miss Jane in sella a Mansour, il padrone è entrato di furia nella nostra camera, ha svegliato Adèle, l'ha salutata con poche brusche parole raccomandandole di essere obbediente e di non fargli fare brutte figure, e a me ha detto in francese: — Addio, Sophie. Non ci rivedremo piú. Buona fortuna.

— Anche a voi, signore — gli ho risposto, e in quel momento ero sincera. Mi ha fatto pietà vederlo cosí sconvolto e disperato, e purché resti fuori dalle nostre vite, non gli auguro alcun male.

Miss Jane è partita nel cuore della notte. Ieri, verso sera, aveva accettato di uscire dalla sua stanza e di ascoltare le spiegazioni che mister Rochester voleva darle. Mi sono nascosta dietro le tende del salotto perché volevo sentire quali nuove bugie avrebbe raccontato quell'impostore. La sua versione dei fatti riguardo al matrimonio con Bertha Mason somiglia alle calunnie che in gennaio mi è toccato ascoltare a proposito di madame Céline. A monsieur Edouard piace presentarsi come una vittima innocente degli imbrogli e degl'intrighi altrui. Il matrimonio sarebbe stato combinato da suo padre e dal signor Mason, ricco proprietario creolo di Spanish Town in Giamaica. Il primo attirato dalla dote della ragazza, che ammontava a trentamila sterline, il secondo desideroso di imparentarsi con una famiglia aristocratica della madrepatria e ansioso di sistemare una figlia che aveva già dato prova di un carattere vizioso e dissoluto. Lo sposo, appena uscito di collegio e innocente come un agnello, sarebbe caduto nella trappola per accorgersi, ahimè troppo tardi, che non solo la moglie gli era infedele, ma che era una depravata, una insaziabile messalina, e che aveva ereditato queste tendenze dalla madre, pazza furiosa e ricoverata in un manicomio dell'isola, cosí come un fratello minore. Sembra che l'unico sano di mente in quella famiglia sia il figlio maggiore, Richard, quello che ieri è arrivato a impedire il matrimonio, ma a detta di monsieur Edouard anche lui è destinato a perdere tra breve la ragione.

Dopo quattro anni d'inferno lo sposo oltraggiato, infelice ai limiti del suicidio, si sarebbe deciso a portare in Inghilterra la moglie, che nel frattempo era diventata completamente pazza. Il vecchio mister Rochester e il suo figlio maggiore intanto erano morti senza rivelare a nessuno il segreto del vergognoso matrimonio del secondogenito. Cosí monsieur Edouard, diventato signore e padrone di Thornfield, aveva potuto nascondere Bertha nella stanzetta del terzo piano, l'aveva affidata alle cure e alla custodia di Grace Poole e si era messo a viaggiare per il continente alla ricerca del vero amore, cioè di una donna innocente, pura e virtuosa come miss Jane.

La quale ha ascoltato tutto in silenzio senza controbattere, senza chiedere, come avrei fatto io, che fine avessero fatto le trentamila sterline della dote, se per caso il marito non se ne fosse impossessato senza doverne rendere conto a nessuno. E se Bertha non poteva essere ricoverata in Giamaica, nello stesso manicomio dov'era la madre, senza dover soffrire per i rigori del clima inglese. E come mai mister Rochester aveva portato Adèle a vivere sotto lo stesso tetto della pazza. Non ha protestato, miss Jane, nemmeno quando il suo innamorato ha espresso, a proposito delle schiave e delle amanti, un'opinione che mi ha indignato profondamente, e che se l'avesse sentita Olympe, l'avrebbe spinta a schiaffeggiarlo e a sfidarlo a duello. Ha detto: — Un'amante o una schiava, spesso per indole, e sempre per posizione, sono inferiori a noi, e vivere in intimità con un essere inferiore è degradante. Oggi odio anche solo il ricordo del tempo passato con Céline, Giacinta e Clara.

Io invece in quel momento ho odiato con tutte le mie forze Edward Fairfax Rochester di Thornfield Hall, ma allo stesso tempo sono avvampata d'orgoglio al pensiero di essere francese, di essere nipote di quei rivoluzionari per i quali non esistevano "esseri inferiori" e che sulle loro bandiere hanno scritto LIBERTÀ, UGUAGLIANZA, FRATERNITÀ. E ho pensato che vivere in intimità col mio Tússi, negli anni in cui era uno schiavo, non mi ha degradato, ma anzi mi ha aiutato a crescere e a diventare migliore.

Sembrava che dopo tutte quelle chiacchiere, miss Jane lo avesse perdonato, e monsieur Edouard di certo ne era convinto, perché l'ha lasciata andare a dormire nella sua camera senza pensare a rinchiuderla o a sorvegliarla e lui stesso si è ritirato e si è addormentato profondamente.

Ma stamattina Leah ha trovato la porta della cucina aperta, una forma di pane in meno nella credenza e la stanza dell'istitutrice vuota.

Ha un bell'inseguirla mister Rochester. Probabilmente miss Jane ha già fatto molta strada. Difficile scoprire in quale direzione. Nel raggio di un chilometro attorno a Thornfield, al mattino presto passano ben cinque diligenze, con cinque diverse destinazioni. Come fare a sapere se ne ha preso una, e quale, oppure se ha tagliato a piedi per i campi? L'unica cosa certa è che la fuggitiva non vuole farsi trovare.

Olympe naturalmente ha approvato la decisione di miss Jane. — Se avessi saputo che voleva andarsene, le avrei detto di nascondersi dentro la carrozza e stamattina l'avremmo portata via con noi.

Le ho ricordato che avevamo già un'altra passeggera clandestina, e che dovevamo ringraziare il cielo che il padrone fosse uscito a cavallo a inseguire la sua ultima fiamma perché, se fosse rimasto alla villa, far evadere Bertha Mason non sarebbe stato cosí semplice.

Siamo consapevoli che portare con noi un'alienata mentale ci creerà molti problemi, e che ci stiamo assumendo una grave responsabilità. Ma contiamo molto sull'azione tranquillizzante di Adèle. Inoltre sia Tússi che Olympe, nei mesi in cui hanno assistito madame Céline, hanno imparato molte cose dal dottor Manette a proposito di come vanno trattati coloro che soffrono di disturbi mentali. E infine Olympe dichiara di essere sicura che Bertha non è affatto pazza, e che le sue crisi di violenza e di aggressività sono le reazioni piú logiche e ragionevoli a una prolungata e ingiusta prigionia.

11

Il cuore mi batte nel petto come un tamburo. Sono seduta in carrozza e tra pochi istanti Olympe darà ai cavalli l'ordine di partire. Aspettiamo Adèle, che con la scusa di avere dimenticato la bambola Catherine, che stamane ha lasciato apposta sulla panca del corridoio del terzo piano, è rientrata in casa ed è andata a prendere Bertha, che salirà sulla carrozza all'ultimissimo momento e si nasconderà sotto la coperta da viaggio fino a che non saremo lontani da Thornfield.

Le domestiche sono tornate ai loro lavori. Sul piazzale resta solo madame Fairfax che si asciuga gli occhi col fazzoletto in attesa di sventolarcelo dietro quando usciremo dal cancello. Cosa farà, quando vedrà Bertha Mason uscire di casa per mano a Adèle e salire sulla carrozza? È troppo anziana e troppo fragile per cercare di bloccarle, ma potrebbe mettersi a strillare e chiamare le altre donne. E se anche non riuscirà a fermarci, lo riferirà a mister Rochester, che capirà che la nostra meta non è il collegio di K. e ci farà inseguire. Olympe e io ci scambiamo un'occhiata d'intesa. Bisogna fare qualcosa. Bisogna che la vecchia signora vada via, che non assista alla nostra partenza.

Mi spremo il cervello e, pensando all'orgoglio di madame Fairfax per il suo orto, mi viene un'ispirazione. Ma non posso parlare in inglese, cosí sussurro due parole in francese a Olympe, che col fare galante del suo personaggio italiano si rivolge all'anziana signora.

— Sophie mi dice che Adèle ha una vera passione per il vostro ribes.

La signora sorride compiaciuta.

— Certamente in collegio non gliene daranno — prosegue Olympe con finto rammarico. — Sarebbe una bella sorpresa per lei se insieme ai bagagli, potessimo scaricare dalla carrozza un cestello di quella frutta deliziosa che le farebbe ricordare Thornfield e la sua buona governante per molti giorni ancora.

— Sophie ha sempre dei pensieri delicati — esclama madame Fairfax. — Mi sembra un'ottima idea quella del cestino nascosto tra le valige! Gennaro, dite alla bambinaia che la autorizzo ad andare nell'orto e a cogliere in fretta tutto il ribes che crede possa bastare.

Ahi! Non sono io quella che deve allontanarsi. Parlo in fretta con Olympe che riferisce: — Sophie ha paura di rovinare la vostra spalliera, madam. Non è in grado di riconoscere i frutti già maturi da quelli acerbi.

— Uno scrupolo molto lodevole — dice la signora. — Andrò io. A tra poco.

E si avvia col passo lento della sua età. Ma non facciamo in tempo a esultare, perché madame Fairfax non ha ancora girato l'angolo della villa che sentiamo il galoppo inconfondibile di Mansour, e vediamo arrivare lungo il viale il cavallo del padrone, con in sella il suo cavaliere esausto, sudato, deluso e di pessimo umore. Evidentemente miss Jane ha nascosto bene le sue tracce.

— Non siete ancora partiti? — ci chiede il cavaliere in tono aggressivo. — Arriverete a K. col buio. Adèle dov'è?

— Ha dimenticato in camera la bambola che le avete regalato ed è andata a prenderla — rispondo nel tono piú umile di cui sono capace.

— Gennaro, visto che sei qui, occupati del cavallo! — ordina mister Rochester smontando di sella, ed entra in casa. Prego Iddio che vada in uno del locali del pianterreno. Se sale in camera per lavarsi, lungo la scala incrocerà le due fuggitive, che in questo momento dovrebbero essere quasi arrivate in basso.

— Non ti muovere — mi ordina Olympe a mezza voce. E col cuore stretto dall'angoscia restiamo sulla carrozza e lasciamo che Mansour, con le briglie sul collo, se ne vada a pascolare nel prato.

Dio non mi ha dato ascolto. Dal punto in cui siamo non riusciamo a vedere l'interno della casa, ma sentiamo distintamente la voce furiosa del padrone che urla: — Per tutti i diavoli dell'Inferno! Dove andate? Indietro!

E in risposta lo strillo di Adèle: — Lasciateci passare!

Un grido di dolore di mister Rochester, un guaito, come di un cagnolino colpito da un calcio. Cosa ha fatto quel bruto alla mia bambina? Bertha Mason tace. Le avevamo detto che non doveva farsi sentire a nessun costo, e sta obbedendo alla lettera, anche se adesso ci arrivano i rumori pesanti di una colluttazione in cui certo non sono coinvolti i diciotto chili di Adèle. Mister Rochester ansima e impreca: — Demonio! Sta' ferma, maledetta!

Non sono passati che pochi secondi, ma sembra un'eternità. Inaspettatamente si apre una finestra del terzo piano e si affaccia Grace Poole tutta scarmigliata che grida: — È riuscita a scappare! Fermatela!

Ma come? Il laudano ha un effetto cosí breve? Ci manca che adesso arrivi anche John a dare man forte al padrone. Metto un piede sul predellino per scendere dalla carrozza. Olympe mi ripete imperiosa: — Non ti muovere.

Dalla finestra a cui è affacciata Grace Poole adesso viene fuori uno sbuffo di fumo nero. — Aiuto! La casa va a fuoco! — grida l'infermiera.

Sentiamo nell'atrio come uno scoppio, seguito da una cascata di cocci. Catherine. Lo conosco il rumore di una bambola di porcellana che va in mille pezzi. E subito dopo Bertha Mason esce di corsa seguita da Adèle; vengono verso la carrozza, Olympe frusta i cavalli, le tiriamo su che la vettura è già in movimento. Via! Via! Adèle piange per la tensione nervosa, Bertha Mason, ligia alle nostre istruzioni, si tira la coperta sulla testa anche se ormai è troppo tardi perché il suo peggior nemico l'ha vista scappare con noi. Ci allontaniamo al galoppo dalla casa, e prima di varcare il cancello vediamo madame Fairfax arrivare pian piano dall'orto, guardare stupita verso di noi, tendere il braccio mostrandoci il cestinetto di ribes, e poi guardare spaurita verso le fiamme che adesso si alzano ruggendo da tutte le finestre dell'ultimo piano. Grace Poole è salita sul tetto in cerca di scampo. Si tiene stretta a uno dei merli. Dalla galleria arriva la voce di mister Rochester: — Resistete, Grace! Sto arrivando!

I vetri delle finestre del primo piano scoppiano. Possiamo vedere l'interno della casa divorato dalle fiamme. Un rumore fortissimo, un polverone. È crollata la scala. Le domestiche non si vedono. Evidentemente stanno cercando di svegliare John per farlo allontanare dalla villa. Magari verso il laghetto delle oche. Grace Poole urla terrorizzata. Mansour dal prato risponde con un nitrito.

— Torniamo a vedere cosa succede? — chiedo titubante.

— Pensi di poterli aiutare? Andiamo verso Hay. Tússi ci sta aspettando — mi risponde Olympe, e fa schioccare la frusta.

12

— Sai, Tússi, noi scendevamo le scale e Bertha mi dava la mano. Bertha con me è molto obbediente, lo vedi come si lascia pettinare e sbrogliare i nodi dei capelli. Io piangevo sempre quando Solange me li tirava cosí forte. Eravamo quasi arrivate all'atrio, dove c'è la pendola e la porta a vetri per uscire sul prato, quando è entrato monsieur Edouard, e non voleva lasciarci uscire. Si è messo davanti, ha preso Bertha per le spalle. Lui è molto piú forte, ma io gli ho dato un morso sul braccio e gli ho fatto cosí male che l'ha mollata. Però non ci lasciava passare. C'era fumo dappertutto. Bertha lo ha stretto al collo e hanno fatto la lotta. Monsieur stava vincendo, ma io sono salita su un gradino piú in alto, ho preso Catherine per le gambe e gliel'ho sbattuta forte forte sulla testa. Peccato che si è rotta, ma gli ha fatto un taglio nei capelli e il sangue gli è sceso negli occhi. Cosí noi siamo scappate e siamo salite sulla carrozza.

— Ma il fuoco, Dédé? È stata Bertha a incendiare la casa?

— No. È stata la sua governante. Non l'ha fatto apposta. C'era un candeliere acceso vicino al letto, lei dormiva, ma quando io e Bertha siamo uscite, ha sentito il rumore e si è svegliata. Ci ha detto: «Ferme là!» Noi però non abbiamo obbedito. Allora si è alzata e con la manica della camicia ha rovesciato il candeliere che ha dato fuoco alla tenda. Era un fuoco piccolo e io credevo che prima di inseguirci Grace lo spegneva, te lo giuro Tússi. E Bertha neanche se ne è accorta.

— Forse gli ha buttato sopra dell'acqua, e ha pensato di averlo spento — dice Olympe. — Si stava occupando della tenda, ecco perché non ha dato l'allarme immediatamente. Quando si è affacciata gridando di fermarvi, voi eravate già arrivate in basso. Forse è stata proprio l'aria che è entrata dalla finestra aperta a fare da tiraggio e a ridare vita e forza alle fiamme che la povera Grace credeva di avere spento.

Siamo a Portsmouth, nella taverna Al Puledro Impennato, e aspettiamo il battello che ci porterà in Francia. La traversata sarà piú lunga di quella che avremmo fatto partendo da Dover, ma Tússi ha pensato che se mister Rochester, nonostante l'incendio, ci sta facendo inseguire, è a Dover che le guardie andranno ad aspettarci. Dal circo Sleary Tússi ha portato tutto il necessario per travestirci e ingannare i nostri inseguitori. Se uno non li guarda con molta attenzione, può crederli abiti normali e non costumi da scena. Olympe ha un vestito giallo di mussola indiana e una cuffia di paglia ornata di fiori. È bellissima, vestita da donna, ma si muove a disagio e anche a noi che la conosciamo bene sembra proprio un'altra. Io ho gettato via il grembiule da bambinaia e ho indossato un abito elegante, scollato, con le maniche corte e arricciate che qui chiamano *en beret* e un'alta fascia azzurra in vita. Dédé l'abbiamo travestita col costume da cavallerizzo del figlio minore dell'equilibrista, ornato di passamaneria viola. Tússi le ha accorciato i capelli, per completare la metamorfosi. Lo ha fatto cantando l'aria di Figaro da *Il barbiere di Siviglia*:

Rasori e pettini,
lancette e forbici,
al mio comando
tutto qui sta.

E quando ha finito, ha esclamato: — Adesso sí, che somigli a tua madre!

Sembrava di essere tornati ai tempi della scuola, quando noi ragazzi ci siamo scambiati i vestiti per andare col Cittadino Marchese alla prima de *La Silfide*. Forse per questo Olympe è diventata cosí triste guardando Adèle vestita da bambino. Forse le ricordava Antoine, il piccolo vetraio, il suo fidanzato di sette anni che non ha potuto mantenere la promessa di aspettarla.

A Portsmouth siamo arrivati in diligenza. La carrozza l'avevamo lasciata a Londra, insieme ai cavalli, nel cortile di una locanda, con un biglietto puntato sui cuscini: *Appartiene a mister Rochester di Thornfield Hall, Contea di S.*

Durante tutto il viaggio sono stata sempre io a parlare con i postiglioni, i gestori delle locande, i camerieri e tutte le persone alle quali bisognava chiedere qualcosa. In inglese. Finalmente ho potuto parlare in inglese: domandare, non fingere che non capivo quello che mi veniva detto, rispondere... Che sollievo, dopo un anno intero di silenzio! Ma non l'ho fatto per sfogarmi. Abbiamo pensato che se qualcuno avesse segnalato il nostro passaggio a Thornfield, sarebbe stato ancora piú difficile riconoscermi, visto che tutti mi credevano cosí ignorante.

A dispetto dei nostri timori, Bertha Mason è stata tranquilla durante tutto il viaggio. Di notte dorme abbracciata a Dédé, e parla solo con lei che ci riferisce i suoi disagi e i suoi bisogni. Tússi non sapeva che l'avremmo portata con noi, non sapeva neppure della sua esistenza, perché non avevamo fatto in tempo ad avvertirlo, e quando l'ha vista e ha sentito Adèle dire: — Questa è Bertha — è rimasto senza parole. Naturalmente non aveva comprato dal signor Sleary un costume che andasse bene a una donna alta e robusta di quarant'anni. Ma ha convenuto che non potevamo lasciarle addosso la lunga camicia informe che, insieme ai capelli sciolti e scarmigliati, la farebbe riconoscere da chiunque come l'ospite di qualche ricovero o ospedale per pazzi. Fortunatamente Olympe ha ancora con sé del denaro, e appena arrivati a Londra abbiamo comprato in una rivendita di vestiti usati due abiti decenti della sua misura, una cuffia di paglia e uno scialle, che Bertha Mason ha indossato senza protestare. I capelli però non vuole farseli toccare da nessuno, tranne che da Adèle. Cosí è stata Dédé a sbrogliarle con grande pazienza le ciocche ingarbugliate, a spazzolargliele e ad annodarle in una pettinatura raccolta, adatta alla sua età. Adesso la nostra compagna di viaggio è davvero irriconoscibile. Persino il suo sguardo non è piú cosí triste e smarrito, ma di tanto in tanto si accende di interesse e persino, quando ci sente ridere e scherzare, cosa che avviene sempre piú di frequente man mano che ci avviciniamo alla costa, di una piccolissima e fugace scintilla di allegria.

Adèle è stupita del suo silenzio e della sua docilità. La Bertha che giocava con lei nella stanzetta del terzo piano era piú loquace, ma anche piú ribelle, dispettosa, irritabile, insofferente d'ogni regola e soggetta a crisi di aggressività, anche se mai contro di lei.

Abbiamo dovuto spiegarle che quello non era il vero carattere della sua amica, ma una reazione al fatto di essere tenuta prigioniera e trattata come una pazza.

Olympe si dichiara convinta che, con le cure del dottor Manette e con le nostre attenzioni, in pochi mesi Bertha recupererà completamente la sua lucidità mentale.

Non dovrei continuare a parlare di lei come di Bertha

Mason, ma come di Agnes Priscilla Drummond, il nuovo nome che le abbiamo dato provvisoriamente, in attesa che recuperi il senno e se ne scelga uno da usare per il resto della sua vita. Bertha Mason è morta e giace nel piccolo cimitero di Thornfield, sotto una lapide di marmo accanto alla statua dell'angelo inginocchiato che da duecento anni protegge le spoglie mortali di Damer Rochester, ucciso nel corso delle guerre civili, e di sua moglie Elizabeth. Almeno, cosí credono gli abitanti di Thornfield, di Hay, di Millcote e tutti quelli che hanno letto l'ultimo numero dell'"Araldo della Contea di S.".

Ne abbiamo trovato una copia sul tavolo di una taverna di Guildford dove la diligenza si era fermata per il cambio dei cavalli. Il titolo dell'articolo in prima pagina ha subito attratto l'attenzione di Olympe.

Tragedia a Thornfield Hall.
Completamente distrutta da un incendio
l'antica dimora dei Rochester.

Abbiamo letto avidamente quello che raccontava il cronista:

Nella mattina dello scorso 26 luglio un incendio, sviluppatosi per cause ignote, ha distrutto la residenza di mister Edward Fairfax Rochester, il quale nel tentativo di contrastare l'opera devastatrice delle fiamme è rimasto ferito al capo e a una mano. I medici chiamati da Londra tuttavia sono fiduciosi che possa recuperare presto la salute. Sfortunatamente nel crollo del tetto ha perso la vita la consorte di mister Rochester, nata Bertha Mason, che si trovava indisposta nella sua stanza dell'ultimo piano. Il povero corpo è stato raccolto dai tardivi soccorritori completamente sfigurato dalle fiamme, ed è stato pietosamente composto nella bara e accompagnato alla sepoltura dagli affezionati domestici e dal pastore della cappella di famiglia, l'ottimo signor Wood. Era assente la giovane pupilla di mister Rochester, che da qualche tempo si trova in collegio in Irlanda. Nessuno di tutti gli altri abitanti di Thornfield Hall manca all'appello. Dell'imponente dimora resta in piedi soltanto la facciata, anch'essa pericolante, tanto che il sindaco di Millcote teme di doverla fare abbattere.

"E cosí l'incubo di miss Jane alla fine si è avverato" è stato il mio primo pensiero.

Tússi, piú pratico, ha domandato: — Chissà se qualcun altro, oltre monsieur Edouard, sa che quel corpo irriconoscibile apparteneva alla povera Grace Poole?

— I tre domestici probabilmente si erano rifugiati nelle scuderie, e non hanno visto niente — gli ha spiegato Olympe. — Oltretutto, nessuno, tranne mister Rochester, ha assistito alla fuga della prigioniera, ed era logico pensare che fosse stata lei a salire sul tetto.

— E madame Fairfax? — ho chiesto, ricordando la figuretta dell'anziana signora che ci guardava sbalordita tendendo verso di noi il cestino di ribes.

— Può darsi che sia l'unica persona a conoscere il segreto del padrone di Thornfield. Ma dipende in tutto dalla sua benevolenza e non le converrebbe tradirlo — ha detto Olympe, e ha aggiunto dubbiosa: — Può anche darsi che, prima del crollo, la vecchia signora si sia allontanata in direzione del parco cercando la sicurezza del ruscello e della cascata ornamentale, e non sappia cos'è veramente accaduto.

— Qualcuno però avrà cercato l'infermiera, dopo l'incendio — ha osservato Tússi. — Non aveva figli, o qualche parente?

— No — gli ho risposto. — Quando mister Rochester l'ha assunta, undici anni fa, Grace viveva al Rifugio di

Grimsby ed era sola al mondo. Me l'ha detto Mary. Gli altri domestici non avevano un buon rapporto con lei: la invidiavano, per lo stipendio piú alto del loro, e si sentivano offesi dal suo carattere scorbutico. Avranno trovato logico che, non avendo la prigioniera piú bisogno della sua assistenza, monsieur l'abbia licenziata. Ci deve essere stata una grande confusione nelle ore e nei giorni successivi al crollo della casa.

— Cosí adesso agli occhi del mondo e della legge mister Rochester è vedovo e libero di sposare miss Jane — ha detto Tússi. — Non sarà certo la nostra Agnes Priscilla Drummond a tornare indietro per impedirglielo.

— Sempre che riesca a rintracciare l'istitutrice, e che lei non gli serbi rancore — ha soggiunto Olympe.

— In tal caso non gli mancheranno altre ingenue ragazze da raggirare — ha detto Tússi.

— Ma io sono qui con voi, non in un collegio irlandese! — ha protestato Adèle, dopo essersi fatta rileggere il paragrafo che riguardava la "giovane pupilla" del padrone di Thornfield.

— Mister Rochester è astuto. Quando a K., dove ti hanno aspettato invano, leggeranno il giornale, non penseranno che sei scappata, ma che il tuo tutore ha cambiato idea e ha scelto un altro collegio — conclude Olympe.

VI
BRISTOL, 16 APRILE 1840

1

Non sono ancora passati due anni, e siamo di nuovo in Inghilterra. Anzi, siamo in acquc inglesi, nel porto di Bristol, ma non ci resteremo a lungo perché la nostra nave parte tra pochi minuti in direzione del Nuovo Mondo. Il visconte d'Angers guarda compiaciuto il fumo che si alza dalle ciminiere e discute garbatamente con la contessa de Merlin, che rimpiange lo spiegarsi delle vele gonfie di vento, e le traversate poetiche e avventurose che fino a ieri erano il tormento e la delizia dei viaggiatori per mare. Adesso, protesta indignata, con le navi a vapore è possibile persino prevedere il giorno esatto dell'arrivo, e addirittura imporre una multa al capitano se non entra in porto all'ora fissata.

Siamo a bordo della *Fanny Elssler*, la prima nave che attraverserà l'Atlantico spinta non piú dal vento, ma dalla forza del vapore. Si chiamava *Great Western*, ma le hanno cambiato il nome in onore della collega di madame Céline, che sta diventando sempre piú famosa nelle Americhe. L'arrivo a New York è previsto per il 3 di maggio.

Angélique, che ha già affrontato piú volte la traversata dell'oceano su grandi velieri, e che segue con interesse i progressi della scienza perché intende dedicarsi allo studio dell'ingegneria meccanica, mi ha spiegato che solo da due anni, con l'invenzione della propulsione a elica, le navi a vapore sono diventate piú veloci dei bastimenti a vela e dunque piú convenienti anche per i lunghi percorsi.

Quando suo padre ha saputo che volevamo accompagnare Tússi e Agnes Priscilla nel loro ritorno in patria ci ha suggerito di fare la traversata, in compagnia sua e della sua famiglia che torna in America, sulla *Fanny Elssler*, dove già aveva prenotato un posto anche la contessa de Merlin che torna per la prima volta nella sua Cuba trentotto anni dopo averla lasciata.

Da New York infatti proseguiremo in sua compagnia, sulla fregata *Cristóbal Colón* verso l'isola natale di Tússi, che spera di ritrovare se non la madre, almeno la sorella, e di comprarla per ridarle la libertà. A Cuba infatti, come in Francia e come negli Stati Uniti d'America, la schiavitú è ancora in vigore.

Tússi è rimasto di stucco quando ha sentito la contessa de Merlin dichiararsi contraria all'abolizione immediata della schiavitú col pretesto che sarebbe un disastro economico per le colonie. Per la contessa l'unica strada praticabile è quella di osservare rigorosamente il divieto della tratta, grazie al quale, a suo dire, la schiavitú si estinguerà da sola gradatamente.

— Ma se i figli degli schiavi che nascono nelle colonie continuano ad essere schiavi, non si estinguerà mai! — ha esclamato Tússi fremendo di indignazione. — E i miei fratelli che sono schiavi oggi, cosa hanno fatto per meritare di non venire liberati da una legge rispettosa della dignità umana? Cosa hanno fatto per non poter disporre di se stessi neppure nella vecchiaia e per dover morire in catene?

Anch'io non riesco a credere che una persona cosí colta e sensibile come la contessa, un'amica del Cittadino Marchese, una scrittrice che meno di dieci anni fa, ne *I miei primi dodici anni* ha scritto parole cosí umane e profonde sulla sofferenza degli schiavi e sul suo amore per la libertà, possa essere diventata cosí insensibile e crudele.

— Perché la ricchezza dei suoi parenti creoli si basa sullo sfruttamento della schiavitú, e ora che è rimasta vedova e ha perso i suoi beni, si aspetta di essere aiutata da loro — mi ha sussurrato all'orecchio Maximilien. — Le idee umanitarie sono molto belle da discutere nei salotti, ma quando si tratta di rinunciare ai privilegi che ti dà il denaro...

— Tuo padre non solo sta spendendo la sua vita e il suo patrimonio per la causa abolizionista al fianco di Victor Schoelcher — ho ribattuto — ma tre mesi fa ha emancipato tutti gli schiavi che aveva ereditato dallo zio sull'isola Maurice. E la povera Agnes Priscilla ha pagato con la sua libertà personale e con mille sofferenze la libertà che in gioventú ha voluto concedere ai suoi.

2

La prigioniera di Thornfield, una volta guarita, ha scelto di conservare il nome che le avevamo dato durante la fuga. Quando siamo arrivati a la Pommelière, madame Céline e madame Geneviève sono rimaste sbalordite, proprio come Tússi, nello scoprire che l'amichetta immaginaria di Adèle era in realtà la moglie creola di monsieur Edouard, una povera creatura confusa e spaventata, che si aggrappava alla sua piccola salvatrice come un naufrago alla corda della scialuppa di salvataggio. Madame Céline, commossa fino alle lacrime, ricordando la recente esperienza alla Salpêtrière e confrontandola con i tanti anni di reclusione della nostra compagna di viaggio, le ha subito gettato le braccia al collo e le ha dato il benvenuto nella sua casa.

Dal momento della fuga la ammalata non ha piú avuto

crisi di aggressività e di ribellione; sembrava piuttosto immersa in uno stato di stupore e di inerzia ancora piú preoccupanti. Olympe ha scritto al dottor Manette, che è arrivato dopo due giorni accompagnato da un giovane assistente. Entrambi, dopo aver visitato la nostra ospite, hanno dichiarato che il caso somigliava per certi versi a quello di madame Céline, ma che era stato aggravato dai lunghi anni di prigionia, dall'uso eccessivo del laudano, dal clima inglese e dalla nostalgia per la patria lontana. Non disperavano però che, con le cure opportune, madame Agnes Priscilla Drummond si sarebbe completamente ripresa.

Nei mesi seguenti sono stata io a occuparmi dell'ammalata seguendo le indicazioni del dottor Manette, il quale si è congratulato con me e mi ha detto che ho la stoffa per diventare un'ottima infermiera. — Perché non un ottimo dottore come voi? — gli ho domandato. — In Inghilterra ci sono già diverse donne che esercitano la professione di medico. Ho sentito dire, per esempio, che la regina Victoria è venuta al mondo con l'aiuto di una dottoressa.

— Non è un lavoro adatto alla sensibilità e al pudore di una giovane donna — ha risposto il dottore. — Si è obbligati a vedere tante brutte cose, signorina!

— Non piú di quante ne debba vedere un'infermiera — ha obiettato Olympe. Lei sostiene e incoraggia il mio desiderio di studiare medicina, e mi ha promesso che se il denaro di madame Céline non sarà sufficiente, mi farà prestare da sua nonna la somma necessaria perché possa frequentare l'Università.

Grazie anche alle mie cure, a primavera la nostra ospite è stata dichiarata guarita, anche se ancora molto fragile dal punto di vista nervoso. Le è ritornata la memoria, e ci ha raccontato la vera storia del suo matrimonio con mister Rochester. Una storia che nella prima parte coincide con quella che ho sentito l'estate scorsa nascosta dietro le tende del salotto di Thornfield. Il matrimonio era stato davvero combinato dalle rispettive famiglie, e i due fidanzati si erano incontrati soltanto alla vigilia del matrimonio, ignorando tutto l'uno dell'altro.

A questo punto le due storie divergono perché – racconta la nostra amica – mentre il giovane Rochester sembrava avere accettato di buon grado la decisione del padre e del fratello, probabilmente attirato anche lui dall'entità della dote, Bertha Mason fino all'ultimo aveva cercato di ribellarsi alla volontà paterna, sostenuta dalla madre, il cui matrimonio era stato molto infelice. Bertha aveva un segreto che non osava confessare al padre: era innamorata di un giovane poeta mulatto, Thomas Woodruf, nato da un artigiano bianco e da una schiava, quindi, secondo il *Codice Nero*, schiavo lui stesso.

Madre e figlio appartenevano a una anziana vedova, sorella di mister Mason, e Bertha da piccola aveva incontrato spesso quel ragazzino dallo sguardo intelligente nella piantagione della zia.

L'artigiano, che non aveva i mezzi per riscattare la libertà del figlio, aveva ottenuto almeno di farlo studiare a sue spese. Fin da piccolo Thomas aveva dimostrato le sue doti di finissimo poeta e la sua padrona amava esibirlo come un fenomeno da baraccone nei salotti di Spanish Town. Con tanto successo che, quando il ragazzo era cresciuto, alcuni ricchi intellettuali creoli, estimatori del suo talento, avevano fatto una colletta per comprargli a carissimo prezzo la libertà.

Mister Mason però non avrebbe mai permesso alla figlia di sposare un liberto dalla pelle scura, e Bertha non aveva alcuna speranza di coronare il suo sogno d'amore, anche se Thomas la ricambiava con passione. Entrambi avevano abbracciato le idee abolizioniste arrivate dall'Europa, e se per il mulatto poteva sembrare una scelta scontata, che le professasse la figlia di un ricco proprietario di schiavi aveva agli occhi dei giamaicani bianchi qualcosa di scandaloso.

La relazione segreta fra i due giovani andava avanti da tre anni, quando la sorella di mister Mason era morta, lasciando per ironia della sorte tutti i suoi beni in eredità alla nipote, che era diventata non solo la piú ricca ragazza da marito dell'isola ma, con suo grande sgomento, anche la proprietaria della madre e dei fratelli e sorelle del suo innamorato. Bertha rifiutava tutti i pretendenti che chiedevano la sua mano e il padre cominciava a insospettirsi, quando era arrivata la proposta del vecchio Rochester.

Dopo qualche mese di pianti, digiuni e minacce di fuga, Bertha si era dovuta piegare. Ma prima delle nozze aveva voluto seguire le sue convinzioni abolizioniste e fare un ultimo dono al poeta innamorato. La sua dote, che non proveniva dal patrimonio paterno, ma le era stata lasciata dalla zia come proprietà personale, consisteva in fertili piantagioni di canna da zucchero, cotone, tabacco e caffè. Il suo valore di trentamila sterline era stato calcolato comprendendo anche il prezzo dei centoventi schiavi che le coltivavano. Col matrimonio terra e schiavi sarebbero diventati di proprietà del marito, ma nel frattempo appartenevano personalmente alla giovane donna, che avendo compiuto venticinque anni, poteva disporne a suo piacimento. Cosí, di nascosto del padre e con la complicità della madre, poco prima dell'arrivo in Giamaica del promesso sposo, Bertha aveva liberato tutti i suoi schiavi.

A questo punto del racconto Céline l'ha abbracciata con le lacrime agli occhi. — E io che credevo di avere compiuto un'azione molto generosa liberando Tússi! — ha esclamato.

Il matrimonio era stato celebrato e solo dopo qualche giorno monsieur Edouard aveva scoperto il colpo di testa della moglie e che, prive delle braccia che le lavoravano, le sue nuove terre avevano perduto gran parte del loro valore. Aveva dovuto venderne la metà per comprare altri schiavi e aveva accusato Bertha e il suocero di averlo ingannato e attirato in una trappola. I litigi tra i due sposi erano continui, anche perché Rochester era un padrone severo e spesso crudele e non si faceva scrupolo di usare personalmente il gatto a nove code, la terribile frusta munita di uncini d'acciaio, per tenere a bada e punire la sua "negraglia", come la chiamava. Bertha non poteva sopportare questa abitudine e in tali occasioni lo insultava e lo chiudeva per giorni fuori della sua camera da letto. Non aveva piú rivisto l'antico innamorato, ma leggendo i suoi poemi sui giornali locali, si struggeva di nostalgia. Il marito non sospettava niente e pensava che la vendita sconsiderata dei vecchi schiavi e l'eccessiva indulgenza per quelli nuovi dipendessero unicamente dal "veleno delle idee abolizioniste" che erano arrivate anche nelle colonie.

Erano passati tre anni e i due sposi non erano riusciti a trovare il minimo accordo e neppure un po' di affetto, di stima, di complicità, o almeno di reciproca sopportazione. Il giovane marito non stava mai in casa, e quando non era in giro nelle piantagioni, passava il suo tempo nei caffè cittadini a bere, a fumare e a perdere alle carte, pezzo dopo pezzo, quella dote che l'aveva fatto sentire defraudato. Finché un giorno un giovane creolo, che Rochester con la sua superbia aristocratica trattava con disprezzo e che aveva accusato di barare, per vendicarsi gli aveva gettato sul viso la precedente relazione della moglie con un mulatto. Sí, proprio con quel giovane dai capelli crespi e dalla pelle scura che, al centro del locale, stava declamando una delicata lirica d'amore.

Ferito nell'onore e pazzo di rabbia, il giovane Rochester aveva alzato il frustino e aveva colpito sul viso non il malevolo delatore, ma l'ignaro poeta, spaccandogli le labbra e ferendolo gravemente a un occhio. Poi si era precipitato a casa e aveva aggredito la moglie, le aveva rinfacciato il tradimento e la vergogna nella quale lo aveva fatto precipitare. Che una donna bianca potesse nutrire sentimenti amorosi per un uomo di colore era qualcosa di inaudito, di turpe, un insulto alla decenza, alla morale e alla ragionevolezza. Solo una mente malata poteva abbassarsi a una tale degradazione. Bertha lo ascoltava con calma sdegnosa. Ma quando aveva sentito il marito vantarsi di come aveva punito l'indegno rivale, era stata presa a sua volta da una grande furia, gli aveva strappato il frustino di mano e glielo aveva abbattuto sul viso.

Quel gesto l'aveva definitivamente perduta. Tre giorni dopo Rochester si era imbarcato con lei su un vascello che faceva vela verso l'Inghilterra, l'aveva tenuta chiusa a chiave in cabina per tutta la traversata, l'aveva portata a Thornfield e murata viva nella stanzetta del terzo piano. Aveva informato della sua presenza, ma non della sua vera identità, solo il dottor Carter e l'infermiera e li pagava, oltre che per le loro prestazioni professionali, perché non rivelassero a nessuno il suo segreto. Il padre e il fratello maggiore infatti nel frattempo erano morti senza rivelare a nessuno del suo matrimonio, e il giovane Edward aveva ereditato il titolo, le proprietà e il diritto di comportarsi da padrone assoluto nelle sue terre.

Inutili erano stati i pianti, le suppliche, le promesse della moglie di ritirarsi in convento se l'avesse lasciata tornare in Giamaica. Della sua famiglia, solo il fratello Richard aveva cercato di intercedere per lei, ma senza nessun risultato.

3

Madame Céline tremava ascoltando il racconto di tanta violenza. Diceva di ritenersi fortunata, perché su di lei monsieur Edouard non aveva mai osato alzare le mani, forse per timore del padrino. Fortunata che il suo matrimonio con l'inglese fosse stato privo di valore e cosí semplice da sciogliere. Fortunata di avere degli amici come me, Tússi e Olympe che avevamo strappato Adèle dalle mani di quell'uomo senza cuore e gliela avevamo riportata.

Nonostante a la Pommelière la circondassimo di tutto l'affetto e le cure di cui eravamo capaci, la creola, adesso che aveva recuperato la memoria, si struggeva di nostalgia per la sua terra. Le avevamo spiegato che, in quanto colonia inglese, da sette anni la Giamaica aveva abolito la schiavitú. Madame Geneviève, usando le sue molte conoscenze, si era informata e aveva scoperto che negli undici anni della prigionia di Bertha, i suoi genitori erano morti e della sua famiglia non restava che il fratello Richard, il quale però si era trasferito piú vicino all'Europa, sull'isola di Madera. Thomas Woodruf scriveva su un giornale locale nonostante avesse perso l'uso di un occhio a causa della scudisciata, si era sposato con una ragazza nera, dalla quale aveva avuto cinque bambini, e attualmente era vedovo.

— Se avessi abbastanza denaro da pagare un viaggio cosí lungo e da poter vivere indipendente, tornerei a cercarlo — diceva Agnes Priscilla con tristezza. Era molto cambiata in quegli anni, e sotto il nuovo nome nessuno degli abitanti di Spanish Town l'avrebbe piú riconosciuta.

Con nostra grande meraviglia Tússi, che fino a quel momento non aveva dimostrato di avere alcuna nostalgia della sua terra, era stato contagiato dai discorsi e dai sospiri dell'ex prigioniera. Gli erano tornati in mente tanti ricordi della sua infanzia nella piantagione, di mademoiselle Athénaïs, e soprattutto della sorellina che aveva lasciato a Cuba nel baraccone degli schiavi di monsieur Déchâtre Lacroix.

— Avrà circa ventun anni, adesso, se è ancora viva — sospirava. — Se fossi ricco potrei tornare e comprare la sua libertà.

Al vedere il mio Tússi cosí triste, diventavo triste anch'io, ma non sapevo come aiutarlo.

Maledetto denaro! Né Toussaint, né Agnes Priscilla, né io stessa potevamo godere di alcuna rendita, e noi due giovani non eravamo ancora in grado di lavorare per guadagnarci la vita, a meno di voler fare i domestici. Ma ci avevamo già provato, anche se non per nostra scelta, e non era l'occupazione a cui aspiravamo per il futuro.

Per il momento dipendevamo, esattamente come la falsa Agnes Priscilla, dalla generosità di madame Céline.

Generosità che non si smentí neppure in quella circostanza.

— Il mio debito di riconoscenza nei vostri confronti è enorme — ci ha detto un giorno la nostra protettrice. — Se non fosse per voi, sarei ancora a piangere con lo sguardo nel vuoto su quel lurido pagliericcio della Salpêtrière. E Adèle sarebbe in un collegio inglese, picchiata con le verghe, affamata, gelata e probabilmente con i polmoni già minati dal mal sottile. Il patrimonio che mi ha lasciato il padrino ci è sufficiente per vivere con agio qui in Francia, ma in colonia la vita è meno cara e potremo concederci perfino qualche lusso. Fanny Elssler sta ottenendo grandi successi nei teatri del Nuovo Mondo, e anch'io potrò ottenere facilmente una scrittura nei teatri dell'Avana, di Matanzas e di Spanish Town. Monsieur Jolivet dice che sto facendo grandi progressi e che presto tornerò a danzare bene come un tempo.

Mentre noi stavamo a piangere e a disperarci, la nostra buona amica aveva già fatto i suoi progetti. La Pommelière e la casa di rue Jacob sarebbero state affittate per cinque anni, nel caso cambiassimo idea e volessimo ritornare. Madame Geneviève nel frattempo si sarebbe occupata dell'amministrazione del patrimonio spedendoci ogni semestre le rendite nel Nuovo Mondo.

Olympe sarebbe venuta con noi. — So che a Cuba molti giovani patrioti sognano l'indipendenza dalla Spagna e l'abolizione della schiavitú. Mi unirò a loro e cercherò di aggiungere ai loro obiettivi anche quello della liberazione delle donne — ha dichiarato.

Noi avremmo visitato l'isola di Tússi, avremmo fatto tutte le ricerche necessarie per rintracciare e liberare la madre e la sorella, ma poi saremmo andati a stabilirci in Giamaica. — Non mi piacerebbe vivere in un paese dove è in vigore la schiavitú — ha spiegato madame Céline.

Avremmo affittato una villa in riva al mare e Agnes Priscilla, dopo avere ritrovato il suo poeta, avrebbe avuto il tempo per scoprire se i sentimenti di entrambi erano sempre gli stessi e per decidere se restare con noi, o se andare a vivere con Thomas e prendersi cura dei suoi cinque orfanelli dalla pelle nera.

Mentre Olympe s'informava delle navi in partenza per il Nuovo Mondo, il visconte d'Angers ci aveva parlato dei vantaggi di viaggiare sulla *Fanny Elssler*, ed eccoci qui, in attesa che la nave a vapore si stacchi fischiando dalla banchina del porto.

Tutti i passeggeri sono affacciati a salutare chi resta. Ma c'è un uomo che se ne sta in disparte, seduto su un rotolo di corde, e sembra immerso nella lettura di un libro che tiene sulle ginocchia. Lo guardo con attenzione perché sono curiosa di scoprire cosa legge, cosa assorbe cosí profondamente la sua attenzione. Lo guardo, e quel modo di piegare la testa mi sembra familiare. Quelle sopracciglia, quelle orecchie. Di piú non riesco a vedere perché tiene il capo chino sulle pagine e ha il berretto di lana calato sulla fronte. Anche le mani però somigliano... no, sono identiche a quelle che hanno guidato le mie dita di bambina nel tracciare i primi segni dell'alfabeto. Che si stringevano a pugno e picchiavano sul tavolo di mia madre in rue Marcadet, quando la mia voce leggeva sul giornale, sillabando a fatica e sbagliando gli accenti, di qualche prepotenza o di qualche ingiustizia rimasta impunita.

"Pierre Donadieu!" sto per chiamarlo. Poi ricordo che il nome di una persona può tradirla, può essere la sua rovina, e grido invece con tutte le mie forze: — Scimmia! Se sei la mia cara Scimmia, alza la testa e fatti guardare negli occhi!

Il lettore solleva lentamente il viso dalle pagine. Sotto la barba grigia la sua bocca si allarga in un grande incredulo sorriso. — Scimmietta! Il mio bel sassolino di rue Marcadet!

Si alza, e io corro ad abbracciarlo. Mi solleva e mi fa volare, volteggiamo come in un valzer mentre la nave finalmente si stacca dal porto e il vento mi solleva le gonne in un modo che non piacerebbe a miss Jane, ma che fa sorridere Céline Varens.

— Sassolino caro, dunque la vita non ti ha schiacciato, come pretendeva madame Annaud...

Mi posa a terra e mi scruta dalla testa ai piedi. — Somigli tutta a tua madre, piccola Sophie. Ma lei non ha mai posseduto degli abiti cosí eleganti. Hai svaligiato una banca? Ti ho cercato dappertutto, sono tornato sette volte all'Ospizio di Mendicità per paura che mi mentissero quando dicevano che non c'eri.

Intanto si è avvicinata Céline, seria, dignitosa e un pochino preoccupata. — Lei conosce mia figlia, signore? Con chi ho l'onore di parlare?

— Con una Scimmia che aveva perduto il cucciolotto di un suo amico Orso e che finalmente l'ha ritrovato.

VII

STRETTO DELLE BAHAMAS, 12 MAGGIO 1840

Almeno per quanto riguarda la differenza tra i velieri e le navi a vapore, sono perfettamente d'accordo con quanto sta scrivendo alla figlia Teresa la contessa de Merlin sul suo piccolo scrittoio portatile che non abbandona mai:

L'uomo ha trovato il modo di imprigionare il fuoco e di calcolarne gli effetti. Il vento invece è incerto, la sua forza sconosciuta, la sua collera imprevedibile, e questa stessa incertezza è ciò che costituisce tutta la poesia dei velieri. È la vita umana con le sue incertezze, i suoi timori, le sue speranze, le sue false allegrie, e quando gira la sorte, quando un buon vento soffia contro la poppa, oh, allora come lo si accoglie, come lo si saluta, come gli si fa festa, come si inebria l'intero equipaggio col suo soffio di vita e di speranza!

Ieri ho passato gran parte della notte sul ponte, nella mia amaca, bagnata dai raggi della luna e protetta dalla volta stellata del firmamento. Le vele erano spiegate; una brezza tiepida e leggera sfiorava appena la superficie del mare. Il bastimento scivolava dolcemente e l'acqua, divisa dalla chiglia, mormorava e si disfaceva in bianchissima spuma, lasciando dietro di noi lunghe scie di luce.

Anch'io e Tússi ieri ci siamo lasciati cullare per tutto il giorno, abbracciati nella stessa amaca, dall'ondeggiare del veliero.

Stiamo per arrivare a Cuba. Una settimana dopo che la *Fanny Elssler* ci ha lasciato al porto di New York, ci siamo imbarcati su questa bella fregata dalle grandi vele bianche. Abbiamo lasciato Angélique e Maximilien con i genitori negli Stati Uniti, ma Pierre Donadieu è salito con noi a bordo del *Cristóbal Colón.*

Quando, ancora in vista delle coste inglesi, Céline – non vuole piú che la chiamiamo madame – gli aveva chiesto dove fosse diretto, il mio amico si era stretto nelle spalle e aveva risposto: «Il piú lontano possibile dall'Europa.»

In questi ultimi sette anni Pierre Donadieu ha vagato dalla Francia alla Svizzera, alla Spagna, all'Inghilterra, inseguito da tutte le polizie, sospettato, denunciato, tradito dai suoi stessi compagni di lotta. È stato incarcerato ed è evaso, è stato condannato alla deportazione nell'Isola del Diavolo, e ha segato la catena che aveva alla caviglia riuscendo a tuffarsi in mare un attimo prima di perdere di vista le coste di Marsiglia. Tutto a causa dei suoi discorsi e dei suoi scritti contro i tiranni, a causa degli ideali che erano cosí cari al Cittadino Marchese.

Oggi è una bellissima giornata. Ieri abbiamo doppiato i banchi delle Bahamas e ora stiamo navigando lungo le coste cubane. Quanto sarebbe piaciuto questo viaggio al Cittadino Marchese! Ricordo che, per una lezione di spagnolo, ci aveva fatto imparare a memoria la lettera che Cristoforo Colombo scrisse nel 1492 al re Ferdinando e alla regina Isabella:

La moltitudine delle palme dalle varie forme, le piú alte e piú belle nelle quali io mi sia mai imbattuto, ed una infinità di altri alberi grandi e verdi; gli uccelli dalle piu-

me variopinte e la vegetazione delle campagne, rendono questo paese, serenissimi Principi, di una tale meravigliosa bellezza che esso supera tutti gli altri per grazia e per attrattive, cosí come fa il giorno con la notte. Sono stato talmente sopraffatto alla vista di cosí grande bellezza che mi mancano le parole per riferirla.

Il mare è sereno e luccica come una distesa di diamanti. Decine di delfini circondano la nave e con le loro allegre evoluzioni ci scortano nel nostro viaggio. Altri pesci dalle ali d'argento e dal corpo color madreperla si alzano in volo dall'acqua e cadono a centinaia sul ponte della nostra nave.

Olympe è giú in cabina che mette in ordine le sue cose. Una volta sbarcati all'Avana, partirà con noi verso Oriente, ma non ci seguirà fino a Santiago. Se ne andrà a Bayamo in compagnia di un giovanissimo patriota, Carlos Manuel de Cespedes, che torna dalla Spagna per una breve visita alla sua famiglia e che l'ha invitata nella sua fattoria della Demajagua. Le è stato presentato sul molo di New York da Pierre Donadieu, che ha conosciuto a Madrid il giovane cubano e lo ritiene destinato a grandi imprese per la libertà della sua patria. Olympe è rimasta affascinata da un discorso che Carlos Manuel ripete in ogni occasione: — Compagni, il potere della Spagna è decrepito e corroso dai vermi e, se ci sembra ancora grande e forte, è perché per tre secoli lo abbiamo guardato stando in ginocchio. Alziamoci in piedi!

Forse anche per le donne è arrivato il momento, mi ha detto Olympe con entusiasmo, di non guardare piú gli uomini stando in ginocchio.

Tússi e Pierre Donadieu sono affacciati alla murata fianco a fianco, a chiacchierare, a godersi il sole e lo spettacolo dei delfini. Entrambi sono a torso nudo. Entrambi hanno sulla schiena, marchiate a fuoco, due lettere dell'alfabeto. Mi avvicino in punta di piedi e poggio le labbra sulle iniziali del primo padrone di Tússi: DL, Déchâtre Lacroix. So che Céline ieri notte ha fatto lo stesso col marchio TF, Travail Forcé, impresso a fuoco sulle spalle della mia cara Scimmia.

Temevo che l'inganno di monsieur Edouard le avesse spezzato per sempre il cuore, destinandola a una lunga vita di solitudine. Invece il sorriso di Pierre Donadieu ha fatto il miracolo. Appena arrivati in Giamaica si sposeranno e Adèle potrà soddisfare finalmente il suo desiderio di reggere lo strascico di un abito nuziale.

Io e Tússi... Sappiamo di avere ancora molto tempo davanti, molti incontri, molte esperienze da affrontare. Tússi deve ritrovare la sua famiglia, la sua gente. Forse le ragazze dalla pelle di velluto nero gli piaceranno piú di me. Io devo superare la sfida dell'Università, la diffidenza degl'insegnanti e dei compagni di studi, per diventare una delle prime donne-medico francesi. Comincerò i miei studi in Giamaica, ma vorrei continuarli e concluderli alla Sorbona, come aveva sognato per me il Cittadino Marchese.

Sappiamo che è presto per fare progetti. Ma quello che abbiamo vissuto insieme, il legame di affetto, complicità, fedeltà e risate comuni che ci unisce, quello nessuno lo potrà spezzare.

Anche se io non sarò la loro madre, i suoi figli saranno i miei figli. E semmai io metterò al mondo dei bambini, non importa insieme a chi, so che potranno sempre contare sull'amore e sulla protezione di Tússi come ha fatto Adèle.

— Adèle! — grida madame de Merlin. — Guarda quella montagna là in fondo! È il Pan di Matanzas. E quel villaggio è Puerto Escondido. Tra poco vedremo il Castillo de la Fuerza, e saremo arrivati all'Avana. Benvenuta a Cuba, bambina.

Questo libro nasce dalle mie riflessioni personali su un grande classico inglese dell'Ottocento, *Jane Eyre*, di Charlotte Brontë, pubblicato nel 1847.

Ma alla sua scrittura hanno concorso moltissimi altri romanzi e saggi, alcuni dei quali letti in precedenza, altri che ho consultato durante la stesura de *La bambinaia francese*, sia per documentarmi sulla storia e la vita quotidiana di quegli anni, sia spinta da nuove curiosità che la storia mi suggeriva.

A tutti questi libri e ai loro autori va il mio ringraziamento.

Citerò qui di seguito quelli piú importanti, anche se il loro numero è tale che certo ne dimenticherò qualcuno, e per questo mi scuso anticipatamente.

Il primo e doveroso omaggio va a tutte le opere di Charlotte Brontë, e in particolare a *Jane Eyre* e a *Villette* (1853), dove l'autrice esprime senza mezzi termini la sua opinione negativa sul carattere "falso, frivolo e superficiale" delle donne francesi, e sugli adulti che si inteneriscono eccessivamente sull'infanzia. A questa doppia dichiarazione di disistima io, che ho un debole per i bambini e una grande ammirazione per il carattere e per la cultura dei francesi, specie quelli dell'Ottocento, cerco di dare la mia risposta.

Nell'affrontare in questa chiave un "mostro sacro" come *Jane Eyre*, mi è servito da incoraggiamento uno straordinario romanzo del 1966 intitolato *Il Grande Mare dei Sargassi*, dove la "creola" di lingua inglese Jean Rhys ha raccontato la vita e i pensieri della moglie pazza e prigioniera del protagonista di *Jane Eyre*. Un'operazione analoga è stata fatta da Valerie Marin, nel 1990, con *La governante del dottor Jekyll*.

Negli anni in cui si svolge la vicenda del mio libro erano già stati scritti e circolavano in Inghilterra (e non piacevano a Charlotte Brontë) i romanzi di Jane Austen, tra i quali *L'abbazia di Northanger* (1818), sottile parodia dei romanzi "gotici", che ho usato come ironico controcanto all'atmosfera cupa e misteriosa di *Jane Eyre*. In quegli anni Mary Wollstonecraft ha già pubblicato il suo scandaloso *Rivendicazione dei diritti della donna* (1792), e sua figlia Mary Godwin Shelley il suo *Frankenstein* (1818). Poiché la mia protagonista è una ragazza istruita costretta dagli eventi a fingersi una bambinaia, non può ignorare il delizioso manualetto di Jonathan Swift intitolato *Istruzioni alla servitú* (1745). Il grande Dickens aveva appena cominciato a pubblicare i suoi primi libri. Mi sono presa la libertà di chiedergli in prestito alcuni personaggi di due romanzi posteriori: *Tempi difficili* (1854) e *Una storia tra due città* (1859).

Per la vita dei coloni bianchi nelle colonie antillane e per quanto riguarda la condizione degli schiavi e le polemiche abolizioniste, mi sono stati preziosi i brani dedicati a "I problemi dell'America latina" del grande naturalista e viaggiatore Alexander von Humboldt nelle sue opere *Viaggio nelle regioni equinoziali del Nuovo Continente* (1804-1827) e *Kosmos* (1845-1858), e il saggio *Sulla schiavitú dei neri e sulla legislazione coloniale* di Victor Schoelcher (1833); i tre libri della contessa creola di origine cubana Mercedes de Merlin: *I miei primi dodici anni* (1831), *Souvenirs et Memoires* (1836), e *Viaggio all'Avana* (1844). Poi la moderna *Storia di Cuba* di Hugh Thomas (1971) e il saggio *Schiavi e negrieri, la grande tratta* (1996) della Universale Electa/Gallimard; e per finire il romanzo *El harén de Oviedo* della cubana Marta Rojas (2003).

Ho trovato preziose testimonianze sulla rivolta degli schiavi di Haiti, vista dalla parte dei francesi, nel romanzo *Bug Jargal* di Victor Hugo (1826), dalla parte degli haitiani nel saggio *Toussaint Louverture* di Aimé Césaire (1960), e dalla parte dei cubani ne *Il regno di questo mondo di* Alejo Carpentier (1949).

Sulla vita quotidiana e l'educazione dei bambini tra la fine del XVIII e la prima metà del XIX secolo, ho trovato notizie dettagliate e interessanti in *Vita d'infanzia nell'età vittoriana – il mondo dei bambini Drummond, 1827-1832* (1983) di Susan Lasdun, nel *Manoscritto per Teresa* di Pietro Verri (1784) e, per quanto riguarda i bambini poveri, nel saggio di Arthur Morrison *Londra sconosciuta. Storie dell'East End* (1894) e in quello piú recente di Gian Antonio Stella *L'orda. Quando gli albanesi eravamo noi* (2002).

Dei pochi libri allora a disposizione dei bambini francesi, oltre alle *Favole* di La Fontaine (1668-1694), ho considerato *I racconti di Mamma Oca* (1697) di Charles Perrault e *Racconti di fate* di Madame d'Aulnoy (1698).

Poiché le mie protagoniste sono di nascita e cultura francese, nella creazione del loro carattere e della loro biografia ho utilizzato molta narrativa a loro contemporanea, talvolta attingendone dati precisi, in altri casi solo l'atmosfera, l'"aria del tempo". Per cominciare, tutta *La comédie humaine* di Balzac, e in particolare *Illusioni perdute* (1843) e *Splendori e miserie delle cortigiane* (1847). Tutti gli scritti narrativi, poetici ed epistolari di Victor Hugo e in particolare *Gli ultimi giorni di un condannato a morte* (1829), *I miserabili* (1862) e *Correspondance familiale et écrits intimes (1813-1885)*, nonché la biografia *Victor Hugo* di Alain Decaux (1984), la biografia per immagini *Victor Hugo* di Arnaud Laster (1984). *Les années Hugo*, di Jacques Marseille e Françoise Gomez, Larousse (2002). Poi *Indiana* (1832) e *Storia della mia vita (1854/56)* di George Sand e la biografia *George Sand, la somnambule* di Hortense Dufour (2002).

Inoltre, e cito a caso, gli scritti autobiografici di Rossini, *Mademoiselle de Maupin* di Théophile Gautier (1835), *Le preziose ridicole* (1659), *La scuola delle mogli* (1662), *Le donne saccenti* (1672) di Molière, i "racconti fantastici" di Charles Nodier (1822), l'*Emilio* di Rousseau (1762), *L'ingenuo* di Voltaire (1767), *I misteri di Parigi* di Eugene Sue (1843), vari libretti d'opera e per il balletto, tra cui *Roberto il diavolo* (1831), *La fanciulla mal custodita* (1789) e *La Silfide* (1832).

E per finire – ma certo molti titoli sono restati fuori da questo elenco – *Economia politica dell'arte* di John Ruskin (1857), *Il grande massacro dei gatti e altri episodi della storia culturale francese*, di Robert Darnton (1984), *Il Meridiano* di Denis Guedj (1987), *Storia della follia* (1961) e *Sorvegliare e punire* (1975) di Michel Foucault.

Su tutti gli argomenti e personaggi inoltre, e in particolare per quanto riguarda la storia del balletto (Portale della Danza) e i testi delle leggi – *Il Codice Nero (23,4,1615)*, la *Dichiarazione dei diritti dell'uomo e del cittadino (26,8,1789)* e la *Dichiarazione dei diritti della donna e della cittadina (1791)* – nonché della canzone originale del XVII secolo sul re Dagoberto, mi è stata preziosa la navigazione in Internet.

Indice

C O N T E M P O R A N E A

Bianca Pitzorno
Ascolta il mio cuore

Susanna Tamaro
Cuore di ciccia

Bianca Pitzorno
Polissena del Porcello

Bianca Pitzorno
Diana, Cupído e il Commendatore

Susanna Tamaro
Il cerchio magico

Isaac Bashevis Singer
Storie per bambini
volume primo

Isaac Bashevis Singer
Storie per bambini
volume secondo

Bianca Pitzorno
Re Mida ha le orecchie d'asino

Michael Ende
Fiabe e Favole

William Faulkner
L'Albero dei Desideri

Bianca Pitzorno
La Voce Segreta

Philip Ridley
Il favoloso Scribbolo

Susanna Tamaro
Tobia e l'angelo

Carmen Martín Gaite
Cappuccetto Rosso a Manhattan

Osvaldo Soriano
Al di là del mare

Chaim Potok
L'albero di qui

Carmen Martín Gaite
La torta del diavolo

Jean de Brunhoff
Il primo libro di Babar

David Grossman
Un bambino e il suo papà

Nâzım Hikmet
Il Nuvolo innamorato e altre fiabe

Jean de Brunhoff
Il secondo libro di Babar

Bianca Pitzorno
Tornatrás

Meir Shalev
Storie piccole

Mark Helprin
Il lago dei cigni

Dino Buzzati
La famosa invasione degli Orsi in Sicilia

Tomi Ungerer
Le avventure dei Mellops

David Grossman
Il duello

Silvina Ocampo
L'arancia meravigliosa

Italo Calvino
Il barone rampante

Randall Jarrell
Il pipistrello poeta

Alfonso Gatto
Il vaporetto

Rosa Montero
Il nido dei sogni

Yoram Kaniuk
Il ladro generoso

Fernando Savater
A briglia sciolta

Gabriel García Márquez
La luce è come l'acqua

Italo Calvino
Marcovaldo

Bianca Pitzorno
Quando eravamo piccole

Tomi Ungerer
Piccole fiabe di magia

Mervyn Peake
Lettere dal Polo Nord

Satyajit Ray
Shibu e il mostro

Sylvia Plath
Tre storie per bambini

Jorge Amado
Gatto Tigrato e Miss Rondinella

Rudolfo Anaya
Il canto della mia terra

Bianca Pitzorno
La bambinaia francese

Margaret Atwood
Il rude Ramiro e altre storie

Italo Calvino
Il visconte dimezzato